# Seigneur des Empereurs

## (La Mosaïque sarantine –2)

# DU MÊME AUTEUR

*La Tapisserie de Fionavar*
    1- *L'Arbre de l'Été*. Roman.
        Montréal : Québec/Amérique, Sextant 8, 1994. (épuisé)
        Lévis : Alire, Romans 060, 2002.
    2- *Le Feu vagabond*. Roman.
        Montréal : Québec/Amérique, Sextant 12, 1994. (épuisé)
        Lévis : Alire, Romans 061, 2002.
    3- *La Route obscure*. Roman.
        Montréal : Québec/Amérique, Sextant 13, 1995. (épuisé)
        Lévis : Alire, Romans 062, 2002.

*Une chanson pour Arbonne*. Roman.
    Beauport : Alire, Romans 044, 2001.

*Tigane (2 vol.)*. Roman.
    Beauport : Alire, Romans 018 / 019, 1998.

*Les Lions d'Al-Rassan*. Roman.
    Beauport : Alire, Romans 024, 1999.

*La Mosaïque de Sarance*
    1- *Voile vers Sarance*. Roman.
        Lévis : Alire, Romans 056, 2002.
    2- *Seigneur des Empereurs*. Roman.
        Lévis : Alire, Romans 057, 2002.

# Seigneur des Empereurs

## (La Mosaïque sarantine –2)

## Guy Gavriel Kay

traduit de l'anglais
par
Élisabeth Vonarburg

**ALIRE**

Illustration de couverture
JACQUES LAMONTAGNE

Photographie
BETH GWINN


Diffusion et distribution pour le Canada
**Québec Livres**
2185, autoroute des Laurentides, Laval (Québec) H7S 1Z6
Tél.: 450-687-1210   Fax: 450-687-1331

Pour toute information supplémentaire
LES ÉDITIONS ALIRE INC.
C. P. 67, Succ. B, Québec (Qc) Canada G1K 7A1
Tél.: 418-835-4441   Fax: 418-838-4443
Courriel: alire@alire.com
Internet: www.alire.com

Les Éditions Alire inc. bénéficient des programmes d'aide à l'édition
de la Société de développement des entreprises culturelles du Québec
(SODEC), du Conseil des Arts du Canada (CAC) et reconnaissent l'aide
financière du gouvernement du Canada par l'entremise du
Programme d'aide au développement de l'industrie de l'édition
(PADIÉ) pour leurs activités d'édition.
Les Éditions Alire inc. ont aussi droit au Programme de crédit d'impôt
pour l'édition de livres du gouvernement du Québec.

*Lord of Emperors*

© **2000** GUY GAVRIEL KAY

Dépôt légal: 3ᵉ trimestre 2002
Bibliothèque nationale du Québec
Bibliothèque nationale du Canada

© **2000** ÉDITIONS ALIRE INC. pour la traduction française
© **2002** ÉDITIONS ALIRE INC. pour la présente édition

10   9   8   7   6   5   4   3ᵉ MILLE

# TABLE DES MATIÈRES

*À Sam et Matthew*
*"les maîtres musiciens qui font chanter mon âme"*

*Ceci leur appartient, du début à la fin*

# Remerciements

La dialectique qui anime *La Mosaïque de Sarance* et sur laquelle elle s'est en partie édifiée tient à celle de la période classique tardive, avec sa propre dichotomie entre la civilisation enclose de murailles et la nature sauvage. Je dois ma propre introduction à cette dialectique (et à ses métamorphoses) à Simon Schama et à son livre magistral *Landscape and Memory*. C'est également l'ouvrage qui m'a fait connaître l'aurochs lithuanien et son symbolisme, pour donner naissance à mon propre *zubir*.

Les ouvrages généraux et spécialisés déjà cités dans *Voile vers Sarance* ont également servi de point d'ancrage à ce second volume, et Yeats en est encore l'esprit tutélaire, dans l'épigraphe et ailleurs.

J'aurais dû y ajouter le livre vraiment merveilleux de Guido Majno, *The Helping Hand: Man and Wound in the Ancient World*. Les ouvrages de Richard N. Frye et Prudence Oliver Harper sur la Perse et sa culture m'ont été extrêmement utiles. Pour ce qui est de la table et de ses bonnes manières, la traduction et les commentaires de Wilkins et de Hill sur Archistratus m'y ont aidé, ainsi que les travaux d'Andrew Dalby et Maguelonne Toussaint-Samat. Les œuvres de Gager, Kisckhefer et Flint explorent diverses attitudes à l'égard du surnaturel ; un recueil d'essais rassemblés par Henry Maguire pour le centre de recherches de Dumbarton Oaks, à Washington (D.C.), m'a également fourni des traductions de traités militaires byzantins, des communications présentées lors de divers symposiums, et quelques artefacts évocateurs tirés de sa collection permanente.

Sur un plan plus personnel, je suis extrêmement redevable de leurs talents, de leur amitié et de leur dévouement à John Jarrols, John Douglas et Scott Sellers. Je dois beaucoup aussi à l'œil attentif et amical de Catherine Majoribanks, qui a révisé les deux volumes de cet ouvrage. L'intelligence de Jennifer Barclay, de l'agence Westwood Creative Artists, ainsi que son sens indispensable de l'humour, ont beaucoup contribué à la négociation de droits étrangers toujours plus... byzantins. Rex Kay, comme toujours, m'a offert dès le début la clarté de ses commentaires, surtout pour ce qui est de la médecine, mais sans s'y limiter.

Je désire également souligner ici combien, depuis maintenant quinze ans, j'apprécie les encouragements et l'intérêt jamais démenti de Leonard et d'Alice Cohen. Andy Patton est une source d'inspiration et un soutien depuis plus longtemps encore et, dans ce cas précis, je lui suis particulièrement reconnaissant pour nos discussions sur Ravenne et la lumière, ainsi que les diverses approches (et les divers pièges) que doit négocier un romancier lorsqu'il prend pour motif les arts visuels.

Deux autres personnes se trouvent toujours au centre de mon univers, et donc de mon travail. Les suspects habituels, pourrait-on dire, mais cette désinvolture masquerait la profondeur de ce que je souhaite exprimer. Et donc, je nommerai simplement en conclusion Sybil et Laura, ma mère et ma femme.

NOTE DE LA TRADUCTRICE

La traduction de W. B. Yeats, à la page 621, est tirée de *Yeats, choix de poèmes*, introduction, choix, commentaires et traduction par René Fréchette, Aubier-Montaigne, Collection bilingue, Paris, 1975, p. 159)

*Tournant, tournant toujours en cercles élargis...*

# LA MOSAÏQUE

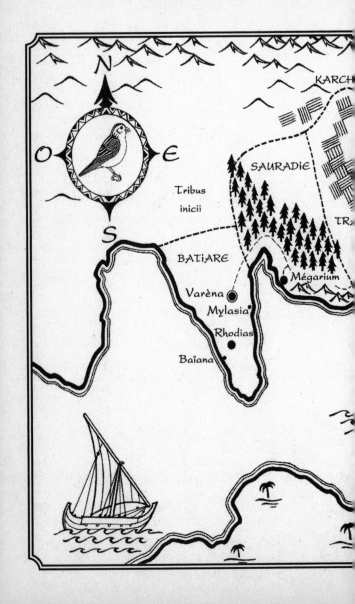

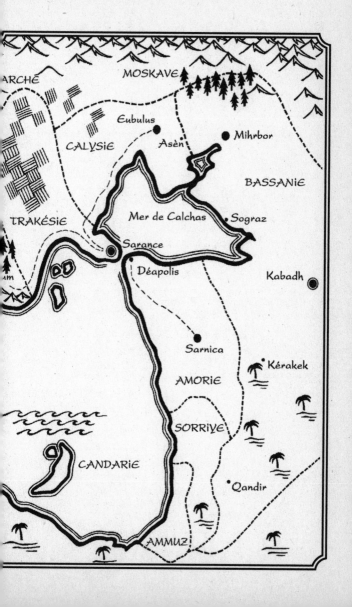

# PREMIÈRE PARTIE

## *Royaumes*
## *de lumière et d'ombre*

# CHAPITRE 1

Dans les premiers vents rigoureux de l'hiver, le Roi des rois de Bassanie, Shirvan le Grand, Frère du Soleil et des Lunes, Glaive de Pérun, Fléau d'Azal le Noir, quitta les murailles de sa cité fortifiée de Kabadh pour le sud-ouest avec une bonne partie de sa cour ; il voulait examiner l'état des fortifications dans cette partie des contrées sur lesquelles il régnait. Il sacrifierait à l'antique Sainte Flamme de la caste religieuse et chasserait les lions dans le désert. Au matin du premier jour de chasse, il fut blessé juste en dessous de la clavicule.

La flèche était fichée en profondeur et aucun de ceux qui se trouvaient avec lui dans les sables n'osa tenter de la déloger. On emporta le Roi des rois en litière jusqu'à la forteresse de Kérakek, non loin de là. On craignait fort de le voir trépasser.

Les accidents de chasse étaient choses communes. La cour bassanide comptait un certain nombre d'archers à la fois enthousiastes et erratiques. Ce qui augmentait considérablement la possibilité d'une tentative déguisée d'assassinat. Shirvan ne serait pas le premier monarque abattu dans le tumulte d'une royale expédition de chasse.

En guise de précaution, Mazendar, qui était le vizir de Shirvan, ordonna de mettre en observation les trois fils aînés du roi, qui s'étaient rendus avec lui dans le sud. Une circonlocution pratique pour masquer la vérité : on les détenait à Kérakek, sous surveillance. En même temps, le vizir renvoya des cavaliers à Kabadh avec un ordre identique de garde à vue pour leurs mères au palais. Cette année-là, cela faisait vingt-sept ans que Shirvan le Grand régnait sur la Bassanie. Son regard d'aigle était limpide, sa barbe ondulée encore noire, il ne donnait aucun signe de vieillissement. Il fallait s'attendre à une certaine impatience parmi ses fils adultes, tout comme à des intrigues meurtrières parmi les épouses royales.

Les hommes ordinaires peuvent espérer trouver de la joie auprès de leurs enfants, un soutien et un réconfort dans leurs foyers. L'existence du Roi des rois n'était pas celle du commun des mortels. Il portait le fardeau de la divinité et de l'autorité – et Azal l'Ennemi, toujours affairé, n'était jamais très loin.

À Kérakek, dans la pièce où l'on avait couché le Grand Roi, on convoqua les trois médecins royaux qui avaient accompagné la cour dans le sud. L'un après l'autre, ils examinèrent la flèche et la blessure. Ils tâtèrent la peau autour de la plaie, essayèrent de faire bouger le fût bien enfoncé du projectile. Ce qu'ils découvrirent les fit pâlir. Les flèches dont on se servait pour la chasse au lion étaient les plus grosses. Si l'on en cassait l'empennage à présent pour pousser la tige dans la poitrine afin de l'en sortir, cela causerait des dommages internes énormes, et mortels. Et l'on ne pouvait pas enlever la flèche tant elle avait pénétré loin, si large en était la pointe métallique. Quiconque essaierait de la tirer de là déchiquetterait la chair du roi, et la vie de celui-ci s'écoulerait avec le flot de son sang.

Si on leur avait présenté n'importe quel patient ordinaire dans cette condition, les médecins auraient tous énoncé la formule rituelle de retrait: "Je n'essaierai pas de traiter ce mal". Si trépas s'ensuivait, on ne pouvait en rien les en blâmer.

Mais il n'était évidemment pas permis de procéder ainsi quand le patient était le roi.

Quand il s'agissait du Frère du Soleil et des Lunes, les médecins étaient contraints d'accepter le devoir de le traiter, de se mesurer à ce qu'ils trouveraient, quelle qu'en fût la nature, et de s'efforcer de soigner la blessure ou la maladie. Si un patient dont on avait accepté le traitement mourait, le blâme en retombait comme il se devait sur le médecin ; lorsqu'il s'agissait d'un homme ou d'une femme ordinaire, on compensait la famille en lui versant une certaine somme d'argent.

Dans le cas présent, on pouvait s'attendre à voir les médecins brûler vifs sur le bûcher funèbre du Grand Roi.

Ceux à qui l'on offrait la position de médecins à la cour, avec la richesse et le renom afférents, le savaient fort bien. Si le roi avait rendu l'âme dans le désert, ses médecins – les trois présents dans la pièce et ceux qui étaient restés à Kabadh – se seraient trouvés parmi les honorables membres endeuillés de la caste religieuse au moment des rites funèbres, devant la Sainte Flamme. Il en allait tout autrement désormais.

Il s'ensuivit une discussion à mi-voix parmi les médecins regroupés près de la fenêtre. Leurs propres maîtres leur avaient enseigné – il y avait fort longtemps de cela, pour chacun d'eux –, l'importance d'une attitude imperturbable face à un patient. Ils manifestaient en l'occurrence un calme imparfait. Lorsque sa propre vie se trouve prise – telle une tige de flèche ensanglantée – dans les incertitudes du moment, il devient difficile de conserver une docte assurance.

L'un après l'autre, en commençant par le plus âgé, ils s'approchèrent à nouveau de l'homme étendu sur le lit. L'un après l'autre, ils se prosternèrent, se relevèrent, touchèrent la flèche noire, le poignet du roi, son front, et examinèrent ses yeux, lesquels étaient bien ouverts et emplis de rage. L'un après l'autre, d'une voix tremblante, ils déclarèrent, comme ils le devaient : « Je n'essaierai pas de traiter ce mal. »

Quand le troisième médecin eut reculé d'un pas hésitant après avoir énoncé ces paroles, le silence tomba sur la pièce, même si dix hommes s'y trouvaient assemblés entre les lampes et la lueur vacillante du foyer. Dehors, le vent avait commencé de souffler.

Dans cette muette immobilité, la voix profonde de Shirvan se fit entendre, basse mais distincte, quasi divine. « Ils n'y peuvent rien, déclara le Rois des rois. Leur expression le dit. La peur leur dessèche la bouche, comme du sable, leurs pensées volent comme du sable dans le vent. Ils n'ont pas idée de ce qu'ils pourraient faire. Emmenez-les et exécutez-les. Ils sont indignes de leur titre. C'est un ordre. Trouvez notre fils Damnazès et attachez-le à un poteau dans le désert pour y être la proie des bêtes sauvages. Sa mère sera livrée au bon plaisir des esclaves du palais à Kabadh. C'est un ordre. Puis allez trouver notre fils Murash et amenez-le-nous. » Shirvan s'interrompit pour reprendre son souffle et repousser l'humiliante faiblesse d'un accès de douleur. « Amenez-nous aussi un prêtre avec une braise de la Sainte Flamme. Nous semblons devoir mourir à Kérakek. Tout ce qui arrive advient par la volonté divine de Pérun. Anahita nous attend tous. Ce fut écrit, c'est écrit. Suis mes ordres, Mazendar.

— Aucun médecin, mon Grand Seigneur ? » demanda le petit vizir rondelet, la voix sèche, les yeux secs.

« À Kérakek ? » dit le Roi des rois, avec une furieuse amertume. « Dans ce désert ? Songe où nous sommes. » Il parlait, et son sang noir suintait des profondeurs de la blessure infligée par la flèche à la tige noire, à l'empennage noir ; la barbe du roi en était maculée.

Le vizir baissa la tête. Des soldats poussèrent les trois médecins condamnés hors de la pièce. Ils ne protestèrent pas, n'offrirent aucune résistance. Le soleil avait dépassé son zénith et commençait à décliner : un jour d'hiver en Bassanie dans une forteresse perdue au bord du désert. Le temps courait ; ce qui allait se passer était écrit depuis longtemps.

Certains, se surprenant eux-mêmes, trouvent parfois des réserves inattendues de courage et changent le cours de leur existence et de leur époque. L'homme qui se laissa tomber à genoux près du lit, le front pressé sur le tapis du plancher, était le commandant de la forteresse de Kérakek. La sagesse, la prudence et le souci de son propre salut exigeaient qu'il gardât ce jour-là le silence au milieu de ces courtisans dangereux malgré leurs manières onctueuses. Par la suite, il ne pourrait dire pourquoi il avait pris la parole. En se le rappelant, il tremblerait comme saisi de fièvre et boirait trop de vin, même les jours d'abstinence.

« Mon roi, dit-il dans la chambre illuminée par le feu, ici, au village qui se trouve au pied de la forteresse, nous avons un médecin qui a vu bien du pays. Ne pourrions-nous le convoquer ? »

Le regard du Grand Roi semblait déjà fixé ailleurs, là où se trouvaient Pérun et la Déesse, loin des limitations et des petits soucis de la vie mortelle. « Pourquoi en tuer un autre ? » murmura-t-il.

On le disait de Shirvan, on l'écrivait sur du parchemin, on le gravait sur des tablettes de pierre : aucun homme aussi pénétré de pitié et de compassion, aussi inspiré par l'esprit de la déesse Anahita, ne s'était jamais tenu sur le trône de Kabadh, détenteur du sceptre et de la fleur. Mais on appelait aussi Dame Anahita "la Moissonneuse", celle qui convoquait les humains à leur trépas.

Tout bas, le vizir murmura : « Pourquoi pas ? Quelle importance, Monseigneur ? Puis-je envoyer quelqu'un ? »

Le Roi des rois resta immobile encore un moment, puis il acquiesça, d'un geste bref et indifférent. Sa furie semblait épuisée. Sous ses lourdes paupières, ses yeux se fixèrent sur le foyer et y demeurèrent. Sur un signe du vizir, quelqu'un quitta la pièce.

Le temps passa. Dans le désert aux alentours de la forteresse, comme dans le village sous les murailles, un vent du nord s'était levé. Il balayait et soulevait les sables mouvants, effaçait des dunes, en édifiait d'autres ; les lions, qu'on ne chassait plus, se réfugièrent dans leurs cavernes rocailleuses pour attendre la nuit.

La lune bleue, celle d'Anahita, se leva à la fin de l'après-midi, pour faire pendant au soleil couchant. Dans la forteresse de Kérakek, des soldats partirent dans le vent sec pour exécuter trois médecins et un fils de roi, convoquer un autre prince royal, porter des messages à Kabadh et faire venir au chevet du Roi des rois un prêtre porteur de la Sainte Flamme.

Et pour trouver un autre homme encore, et le ramener.

◆

Rustem de Kérakek, fils de Zorah, était assis en tailleur sur le tapis de laine d'Ispahane dont il se servait quand il enseignait. Il lisait en levant parfois les yeux pour observer ses quatre élèves tandis qu'ils recopiaient avec soin des extraits de ses précieux textes médicaux. C'était présentement du Mérovius, sur les cataractes; chaque élève devait transcrire une page différente. Ils les échangeraient jour après jour jusqu'à ce que chacun possédât une copie complète du traité. Rustem était d'avis que, pour presque tous les problèmes liés à la vue, on devait préférer à toute autre l'approche occidentale des anciens Trakésiens.

Une brise venait de la fenêtre donnant sur la route poussiéreuse, aérant la pièce. La température encore clémente n'était pas désagréable, mais Rustem pouvait y sentir l'approche d'un orage. Un vent de sable. Le sable pénétrait partout dans le village au pied de la forteresse, quand le vent venait du désert. On y était accoutumé, le goût dans la nourriture, les petits grains qu'on pouvait sentir dans les habits, les draps, les replis les plus intimes de sa chair.

Derrière les élèves, vers la porte intérieure voûtée qui menait aux quartiers de sa famille, Rustem entendit un léger froissement; il aperçut une ombre sur le plancher. Shaski s'était installé à son poste habituel de l'autre côté du rideau de perles en attendant le début de la partie la plus intéressante de la leçon de l'après-midi. Le fils de Rustem, à sept ans, manifestait une patience mêlée de farouche détermination. Un peu moins d'un an plus tôt, il avait commencé à tirer son propre petit tapis de sa chambre pour l'installer juste à l'extérieur de la salle d'étude. Il s'y asseyait en tailleur et passait ce qu'on lui permettait de l'après-midi à écouter à travers le rideau les enseignements de son père. Si ses mères ou les serviteurs l'écartaient de là, il revenait dans le couloir dès qu'il pouvait leur échapper.

Les épouses de Rustem étaient toutes deux d'avis qu'il était inapproprié pour un jeune enfant d'entendre parler de façon explicite et détaillée de blessures sanglantes et de flux corporels, mais le médecin trouvait amusant l'intérêt du garçonnet et il avait négocié avec ses épouses la permission pour Shaski de rester à sa porte si ses propres leçons et ses tâches domestiques étaient terminées. Les élèves semblaient également prendre plaisir à cette présence invisible dans le corridor et ils avaient une fois ou deux invité le garçon à répondre aux questions de son père.

C'était assez attendrissant, même pour un homme circonspect et réservé, d'entendre un enfant de sept ans déclarer, comme requis : "J'essaierai de traiter ce mal", pour détailler ensuite la façon dont il proposait de soigner un doigt de pied douloureusement enflammé, ou une toux accompagnée de sang ou de déjections. Ce qui était intéressant, songea Rustem en lissant distraitement sa barbe bien taillée en pointe, c'était que les réponses de Shaski s'avéraient bien souvent adéquates. Même si plus tard ce soir-là il l'avait regretté, il avait même une fois invité le garçon à répondre pour mettre dans l'embarras un élève pris à ne pas s'être préparé après une nuit de beuverie. Les jeunes gens avaient le droit de visiter des tavernes de temps à autre ; ils y apprenaient la vie et les plaisirs des hommes ordinaires, et cela les empêchait de vieillir trop vite. Un médecin devait avoir conscience de la nature humaine et de ses faiblesses et ne pas être trop sévère lorsqu'il jugeait la folie des mortels. Le jugement était réservé à Pérun et à Dame Anahita.

Le contact de sa propre barbe lui rappela sa réflexion de la nuit précédente : il était de nouveau temps de la teindre. Il se demanda s'il était encore nécessaire de disséminer des touches de gris dans ses poils brun clair. Lorsqu'il était revenu d'Ispahane et des îles d'Ajbar, quatre ans plus tôt, pour s'installer dans sa petite ville natale, y ouvrir un cabinet de médecin et prendre des élèves, il avait estimé prudent de gagner une certaine crédibilité en se donnant l'air plus âgé. Plus à l'est, les prêtres médecins d'Ispahane s'appuyaient sur des cannes dont ils n'avaient nul besoin, prenaient délibérément du poids, s'exprimaient en phrases cadencées ou le regard perdu dans des visions intérieures, afin de correspondre à l'image requise de dignité et de succès.

Pour un homme de vingt-sept ans, se présenter comme professeur en médecine à un âge où beaucoup commençaient seulement leurs études, c'était faire preuve d'une réelle arrogance. En vérité, la première année, deux de ses disciples avaient été plus vieux que lui. Il se demandait s'ils l'avaient su.

Passé un certain point, cependant, pratique et enseignement ne parlaient-ils pas d'eux-mêmes ? À Kérakek, à la lisière des déserts méridionaux, les villageois respectaient Rustem et même le révéraient ; on l'avait souvent appelé aussi à la forteresse pour traiter les blessures ou les maux divers qui affectaient les soldats, suscitant ainsi l'irritation chagrine d'une kyrielle de médecins militaires. Les élèves qui lui écrivaient puis se rendaient jusque dans ce coin perdu pour recevoir son enseignement – certains étaient mêmes des adorateurs de Jad qui franchissaient la frontière amorienne – n'allaient sûrement pas faire demi-tour et repartir en découvrant que Rustem de Kérakek n'était pas un sage d'âge antique mais un jeune époux et père qui se trouvait posséder un don pour la médecine, tout en ayant lu et voyagé bien davantage que la plupart des autres médecins.

Peut-être. Les élèves, ou les élèves potentiels, pouvaient bien souvent être imprévisibles, et le revenu que Rustem tirait de son enseignement était nécessaire à un homme pourvu de deux épouses et de deux enfants – surtout quand les deux femmes voulaient toutes deux un autre bébé dans la maison déjà surpeuplée. Rares étaient les villageois de Kérakek capables de payer les honoraires normaux d'un médecin ; il n'y avait qu'un seul autre praticien au village pour diviser les maigres sommes qu'on pouvait y gagner – Rustem n'éprouvait envers lui qu'un mépris à peine déguisé. Dans l'ensemble, il valait peut-être mieux ne pas modifier une recette apparemment couronnée de succès. Si des touches de gris dans sa barbe rassuraient ne fût-ce qu'un ou deux disciples potentiels ou responsables militaires de la forteresse (où l'on avait tendance à le payer), alors, il valait sans doute la peine de se servir de teinture.

Rustem jeta un autre coup d'œil par la fenêtre. Le ciel était maintenant plus sombre à l'horizon de son petit jardin d'herbes aromatiques. Si un véritable orage se déclenchait, la distraction et le manque de lumière retireraient de la portée à ses leçons et rendraient difficile la chirurgie prévue pour l'après-midi. Il toussota. Les quatre élèves, habitués à sa routine, levèrent les yeux vers lui après avoir déposé leurs ustensiles d'écriture. Rustem hocha la tête ; l'élève le plus proche de la porte alla l'ouvrir et fit entrer le premier patient qui s'était tenu sous le portique couvert servant de salle d'attente.

Rustem préférait traiter les malades dans la matinée et enseigner après la pause de midi, mais les villageois les moins susceptibles de le payer se laissaient souvent examiner en après-midi par lui et ses élèves, comme objets de leçon. Beaucoup se sentaient flattés de leur attention, quelques-uns en éprouvaient de l'inconfort, mais on savait à Kérakek que c'était là un moyen d'avoir accès au jeune médecin qui avait étudié dans l'Orient mystique avant de revenir pourvu des secrets du monde invisible.

La femme qui venait d'entrer, pour se tenir d'un air hésitant près du mur à étagères où il suspendait ses herbes et rangeait ses petits pots avec ses sachets de drogues, souffrait d'une cataracte à l'œil droit ; il était au courant : il l'avait déjà rencontrée et diagnostiquée. Il se préparait à l'avance et, chaque fois que les maux des villageois le permettaient, il offrait à ses élèves de l'expérience pratique et des observations directes pour aller de pair avec les traités qu'ils apprenaient par cœur et recopiaient. Pas très utile d'apprendre ce qu'Al-Hizary dit de l'amputation, aimait-il à répéter, si on ne sait pas se servir d'une scie.

Avec son maître d'Orient, il avait consacré lui-même six semaines à une campagne militaire ispahanienne sans succès contre les rebelles, dans leur lointain nord-est ; il avait appris à se servir d'une scie.

Cet été-là, il avait également vu assez de morts violentes et de souffrances sordides et sans espoir pour décider de retourner à sa femme et au petit enfant qu'il avait à peine vu avant de partir pour l'Orient. Après son retour, il y avait eu cette demeure avec son jardin à la lisière du village, puis une autre épouse et une petite fille. Le garçonnet qu'il avait quitté, à présent âgé de sept ans, était assis sur un tapis à la porte de la salle de traitement et d'enseignement, et il écoutait les leçons de son père.

Rustem le médecin rêvait encore de la noirceur de certaines nuits sur un champ de bataille oriental ; il se souvenait d'avoir amputé des hommes hurlants dans la lumière fumeuse et incertaine des torches fouettées par le vent, tandis que le soleil se couchait sur un massacre. Il se rappelait les fontaines de sang noir, il se rappelait en avoir été inondé, le jet brûlant qui lui éclaboussait les vêtements, le visage, les cheveux, les bras, la poitrine… Il se rappelait être devenu lui-même une créature répugnante, effroyable, les mains tellement glissantes qu'il pouvait à peine serrer ses instruments pour scier, trancher, cautériser, tandis que les blessés se succédaient sans fin, sans répit, même après la tombée de la nuit.

Il y avait bien pis qu'un cabinet de médecin en Bassanie, avait-il conclu le lendemain matin, et il n'avait jamais changé d'avis depuis, même si l'ambition redressait parfois la tête et en disait autrement, aussi dangereusement séductrice qu'une courtisane de Kabadh. Rustem avait passé la majeure partie de sa vie d'adulte à essayer de paraître plus vieux que son âge. Or il n'était pas vieux. Pas encore. Il s'était demandé plus d'une fois, aux heures du crépuscule où ce genre d'idées tend à surgir, ce qu'il ferait si l'occasion et le risque venaient frapper à sa porte.

Plus tard, en y réfléchissant, il ne pourrait se rappeler si on avait frappé, ce jour-là. Tout s'était passé à la vitesse d'une tornade et il aurait aussi bien pu le manquer. Il lui semblait pourtant que la porte extérieure s'était simplement ouverte dans un brusque claquement, sans avertissement, assommant presque la patiente qui attendait près du mur, et le chaos du monde, avec des soldats bottés, avait envahi la pièce tranquille.

Rustem connaissait l'un d'eux, le chef: il était posté à Kérakek depuis longtemps. L'homme avait le visage convulsé, les yeux dilatés, l'air fiévreux. Quand il prit la parole, sa voix grinçait comme une scie à bois. Il s'exclama: « Vous devez venir! Immédiatement! À la forteresse!

— Il y a eu un accident? » demanda Rustem toujours sur son tapis, d'une voix bien modulée, en ignorant le ton péremptoire de l'autre et en espérant que sa propre tranquillité rétablirait le calme. Cela faisait partie de l'entraînement du médecin, et il voulait que ses élèves en voient la pratique. Il prit note du fait que le soldat avait été tourné vers le levant au moment où il avait énoncé ses premières paroles – un présage neutre. Il appartenait évidemment à la caste guerrière, ce qui était un bien ou un mal, selon la caste de la personne affligée. Le vent venait du nord: ce n'était pas bon, mais on ne pouvait ni entendre ni voir des oiseaux par la fenêtre, ce qui contrebalançait un peu ce mauvais augure.

« Un accident! Oui! » s'écria le soldat, sans le moindre calme. « Venez! C'est le Roi des rois! Une flèche! »

Le calme déserta Rustem comme il aurait déserté des conscrits face à la cavalerie sarantine. Sous le choc, l'un de ses élèves laissa échapper un cri inarticulé. La femme à l'œil affecté s'écroula sur le sol en un petit tas gémissant de vêtements froissés. Rustem se hâta de se lever en s'efforçant de mettre de l'ordre dans le tourbillon de ses pensées. Quatre hommes étaient entrés. Un chiffre malchanceux. La femme faisait cinq. Pouvait-on la compter, pour équilibrer les présages ?

Tout en jaugeant rapidement les augures, il se rendit à grandes enjambées à la large table placée près de la porte pour y attraper son petit sac de toile. Il y lança à la volée plusieurs de ses herbes et de ses pots et saisit la boîte en cuir qui contenait ses instruments chirurgicaux. Normalement, il aurait envoyé un élève ou un serviteur à l'avance avec le sac, pour rassurer les gens de la forteresse et éviter d'être vu se précipitant hors de chez lui, mais la circonstance ne se prêtait pas à une conduite ordinaire. C'était le Roi des rois !

Rustem prit conscience du violent battement de son cœur. Saisi de vertige, étourdi, il s'efforça de maîtriser son souffle. De fait, il se sentait épouvanté. Pour maintes raisons. Il était important de ne pas le montrer. Il récupéra sa canne, ralentit délibérément le pas et se coiffa d'un chapeau. Puis il se tourna vers le soldat et, en s'orientant avec soin sur le septentrion, il déclara : « Je suis prêt. Nous pouvons y aller. »

Les quatre soldats se précipitèrent dans l'entrée au-devant de lui. Rustem fit une pause et s'efforça de conférer un semblant d'ordre à la pièce qu'il quittait ; Bharai, son meilleur élève, le regardait.

« Vous pouvez pratiquer sur des légumes avec les instruments de chirurgie, puis sur des morceaux de bois, en utilisant les sondes, dit-il. Examinez-vous mutuellement, chacun à votre tour. Renvoyez les patients chez eux. Fermez les volets si le vent se lève. Vous avez la permission de pousser le feu et d'utiliser de l'huile pour avoir une lumière suffisante.

— Maître », dit Bharai en s'inclinant.

Rustem suivit les soldats et franchit la porte.

Il s'arrêta dans le jardin et, de nouveau face au nord, les pieds joints, il cueillit trois tiges de bambou. Il en aurait peut-être besoin comme sondes. Les soldats attendaient avec impatience sur la route, nerveux, terrifiés. L'anxiété pulsait dans l'air. Rustem se redressa, murmura une prière à Pérun et à la Déesse, puis se détourna pour les suivre. Ce faisant, il vit Katyun et Jarita à la porte principale de la maison. Leur regard exprimait de la crainte. Jarita avait visiblement les yeux écarquillés. Elle le contemplait en silence, appuyée contre Katyun, le bébé dans les bras. L'un des soldats devait avoir appris aux femmes ce qui passait.

Il leur adressa à toutes deux un hochement de tête rassurant et vit Katyun le lui retourner avec calme tandis qu'elle passait un bras autour des épaules de Jarita. Elles s'en tireraient très bien. S'il revenait.

Il franchit la petite barrière donnant sur la route, le pied droit en premier, levant les yeux pour déceler des signes parmi les oiseaux. On n'en voyait aucun : ils s'étaient mis à l'abri du vent qui se levait. Aucun présage là. Il aurait voulu qu'on n'eût point envoyé quatre soldats. On aurait dû y penser. Pas grand-chose à y faire, maintenant. Il brûlerait de l'encens à la forteresse, en geste propitiatoire. Il agrippa sa canne et s'efforça de prendre une expression sereine. Sans grand succès, certainement. Le Roi des rois. Une flèche.

Il s'immobilisa brusquement sur la route poussiéreuse.

Et au même moment, alors que, en se maudissant et en se traitant d'imbécile, il se préparait à retourner dans la salle de traitement tout en sachant à quel point ce serait un mauvais présage, il entendit quelqu'un derrière lui.

« Papa ? » fit une petite voix.

En se retournant, il vit ce que son fils lui tendait à deux mains. Son cœur cessa de battre un instant, ou il en eut l'impression. Il éprouva une soudaine difficulté à déglutir. Se força à prendre une autre profonde inspiration, figé sur place à présent, juste de l'autre côté de la barrière.

« Oui, Shaski ? » dit-il à mi-voix. Un calme étrange s'était emparé de lui tandis qu'il regardait le garçonnet dans le jardin. Ses élèves et ses patients l'observaient, regroupés sous le portique, les soldats sur la route, les femmes depuis l'autre entrée. Le vent soufflait.

«L'homme a dit… il a dit une flèche, Papa.»

Et il tendit ses deux petites mains, présentant à son père l'instrument qu'il avait apporté.

« Oui, c'est ce qu'il a dit, n'est-ce pas ? répondit Rustem avec gravité. Je devrais prendre ça avec moi, alors, hein ?»

Shaski hocha la tête, petite silhouette très droite, yeux brun sombre aussi sérieux que ceux d'un prêtre présentant une offrande. Il a sept ans, pensa Rustem. Anahita le garde.

Rustem repassa la barrière de bois, se pencha et prit des mains du garçon l'étui de cuir contenant l'instrument effilé ; il l'avait rapporté d'Ispahane, un présent de son maître lorsqu'ils s'étaient séparés.

Le soldat avait en effet parlé de flèche. Rustem éprouva un soudain désir, tout à fait inattendu, de poser une main sur la tête de son fils, sur les sombres boucles brunes, pour en sentir la chaleur, la petitesse. Cela avait rapport, bien sûr, avec le fait qu'il pourrait fort bien ne pas revenir de la forteresse. C'était peut-être un ultime adieu. On ne pouvait refuser de traiter le Roi des rois, et selon l'endroit où était logée la flèche…

L'expression de Shaski était si intense, c'était comme s'il avait possédé une sorte de compréhension surnaturelle de ce qui se passait. Impossible, bien sûr, mais l'enfant venait de sauver Rustem d'un mauvais augure : devoir retourner dans la salle de traitement après en être sorti et avoir cueilli ses tiges de bambous, ou devoir y envoyer quelqu'un à sa place.

Rustem se trouvait incapable de proférer une parole. Il resta encore un moment les yeux baissés sur son fils, puis jeta un coup d'œil à ses femmes. Il n'avait pas non plus le temps de leur dire quoi que ce fût. Le monde avait franchi sa porte, en fin de compte. Ce qui devait être était écrit depuis longtemps.

Après s'être détourné pour franchir à nouveau la barrière d'un pas pressé, il gravit la côte avec les soldats, dans le vent du nord qui s'était mis à souffler. Il ne regarda pas derrière lui, connaissant le présage qui y était rattaché, mais il était certain que Shaski se tenait toujours là et le fixait, seul à présent dans le jardin, droit comme une lance, aussi petit qu'une pousse de roseau au bord d'une rivière.

◆

Vinaszh, fils de Vinaszh, commandant militaire de la forteresse méridionale de Kérakek, était né plus loin encore au sud, dans une minuscule oasis de palmiers à l'est de Qandir, un maigre îlot de verdure irrigué par une source et encerclé par le désert. C'était un village de marchands, bien entendu. On y échangeait biens et services avec les austères et sombres hommes des sables, qui arrivaient sur leurs chameaux et repartaient, s'estompant puis disparaissant dans la distance à l'horizon chatoyant de mirages.

Fils de commerçant, Vinaszh avait en grandissant appris à fort bien connaître les tribus nomades, en temps de paix et d'échanges comme dans les saisons où le Grand Roi envoyait les armées au sud dans une autre futile tentative de gagner un accès à la mer occidentale au-delà des sables. Le désert, au moins autant que les sauvages nomades qui y vagabondaient, lui avait toujours fait obstacle. Ni les sables ni ceux qui y vivaient n'étaient enclins à se laisser subjuguer.

Mais son enfance dans le sud avait fait de Vinaszh – qui avait choisi la vie du soldat plutôt que celle du marchand – un candidat tout trouvé, et excellent, pour prendre le commandement d'une des forteresses du désert. C'était une rare indication de lucidité chez les officiels de Kabadh qu'il eût été nommé pour commander Kérakek après avoir obtenu le rang suffisant, plutôt que de se voir attribuer, par exemple, des unités gardant un port de pêche dans le nord, ou d'avoir affaire à des marchands vêtus de fourrures ou à des brigands moskaves. Parfois, presque à son corps défendant, l'armée s'arrange pour faire ce qu'il faut. Vinaszh connaissait le désert et lui manifestait le respect appro-

prié, tout comme à ceux qui y vivaient. Il pouvait bara-
gouiner les dialectes des nomades, connaissait les rudi-
ments de la langue kindath, et cela ne le dérangeait pas
d'avoir du sable dans son lit, dans ses vêtements ou dans
les replis de sa peau.

Pourtant, il n'y avait absolument rien dans les antécédents de cet homme pour suggérer que le soldat fils
de Vinaszh le marchand eût pu avoir l'audace de prendre
la parole au milieu des personnages les plus puissants
de Bassanie, pour offrir un avis non sollicité sur un médecin de village – lequel n'appartenait même pas à la
caste religieuse – et le faire convoquer auprès du Roi
des rois là où celui-ci se mourait.

Cette intervention mettait en péril, entre autres, la
vie du commandant lui-même. Si quiconque par la
suite décidait que le traitement de ce médecin de campagne avait hâté ou causé le décès du roi, il était un
homme mort – et ce même si Shirvan le Grand avait
déjà tourné son visage vers la cheminée comme s'il
cherchait dans les flammes Pérun du Tonnerre ou la
silhouette ténébreuse de la Déesse.

La flèche était dans sa chair, profondément enfoncée. Le sang continuait de sourdre, assombrissant les
draps du lit et les tissus qu'on avait appliqués sur la
blessure. De fait, il semblait étonnant que le roi res-
pirât encore et fût encore de ce monde, les yeux rivés à
la danse des flammes tandis que le vent du désert se
levait à l'extérieur. Le ciel s'était obscurci.

Shirvan ne semblait pas d'humeur à offrir d'ultimes
conseils à ses courtisans ou à nommer formellement un
héritier, même s'il avait donné des ordres qui impliquaient un choix. Agenouillé au pied du lit, le troisième
fils du roi, Murash, s'était couvert la tête et les épaules
de cendres chaudes prises au foyer et se balançait d'avant
en arrière, plongé dans ses prières. Aucun des autres
fils du roi n'était présent. La voix de Murash, une
psalmodie rapide qui passait alternativement du grave
à l'aigu, était le seul son humain dans la pièce, à l'exception du souffle laborieux du Grand Roi.

Dans ce silence, et malgré la lamentation du vent, on entendit clairement le son des bottes quand il retentit enfin dans le couloir. Vinaszh reprit son souffle et ferma brièvement les yeux en invoquant Pérun et en maudissant rituellement Azal, l'éternel Ennemi. Puis il se retourna et vit la porte s'ouvrir pour laisser entrer le médecin qui l'avait guéri d'une embarrassante inflammation cutanée au cours d'une expédition automnale de reconnaissance aux environs des forts et des villes de la frontière sarantine.

Le médecin, suivi par le capitaine des gardes visiblement terrorisé, fit quelques pas dans la pièce puis s'arrêta pour examiner celle-ci, appuyé sur sa canne ; il observa ensuite la silhouette étendue sur le lit. Aucun serviteur ne l'accompagnait – il avait dû partir en toute hâte, les instructions de Vinaszh au capitaine avaient été sans équivoque – et il portait lui-même sa sacoche. Sans un regard en arrière, il tendit son sac de toile et sa canne, ainsi qu'un instrument dans un étui, et le subordonné de Vinaszh se déplaça avec alacrité pour s'en saisir. Le médecin – il s'appelait Rustem – avait des manières réservées et dépourvues d'humour que Vinaszh n'appréciait pas vraiment, mais l'homme avait étudié à Ispahane, il ne semblait pas tuer ses patients, et il avait guéri cette inflammation.

Le médecin lissa d'une main sa barbe grisonnante, puis s'agenouilla pour se prosterner, faisant preuve d'un discernement imprévu. Un mot du vizir le fit se relever. Le roi n'avait pas détourné les yeux du foyer ; le jeune prince n'avait pas cessé de prier. Le médecin adressa une courbette au vizir puis, après s'être retourné avec précaution – plein ouest –, il déclara d'un ton abrupt : « J'essaierai de traiter ce mal. »

Il ne s'était même pas approché du patient, l'avait encore moins examiné, mais il n'avait pas vraiment le choix. Il devait faire ce qu'il pouvait. Pourquoi en tuer un autre ? avait demandé le roi. C'est ce qu'avait presque certainement fait Vinaszh rien qu'en suggérant de convoquer ce médecin.

Celui-ci se retourna pour lui jeter un coup d'œil. «Si le commandant de la garnison veut bien rester pour m'assister, j'en serai reconnaissant. Je pourrais avoir besoin de l'expérience d'un soldat. Il est nécessaire que vous quittiez tous la pièce, gracieux et honorés seigneurs, je vous en prie.»

Toujours à genoux, le prince déclara d'un ton farouche : «Je ne quitterai pas mon père.»

Ce jeune homme deviendrait certainement le Roi des rois, le Glaive de Pérun, lorsque se tairait le souffle de celui qui reposait sur le lit.

«Un désir compréhensible, Monseigneur Prince, dit le médecin avec calme. Mais si vous vous souciez de votre père bien-aimé, comme c'est le cas, je peux le voir, et si vous désirez le secourir à présent, vous me ferez l'honneur d'attendre dehors. Les traitements chirurgicaux ne peuvent s'effectuer au milieu d'une foule.

— Il n'y aura pas... de foule», dit le vizir Mazendar ; un léger rictus déforma ses lèvres à ce mot. «Le prince Murash restera, ainsi que moi-même. Vous n'êtes pas de la caste religieuse, évidemment, le commandant non plus. Nous devons donc demeurer ici. Tous les autres vont sortir, comme requis.»

Le médecin se contenta de secouer la tête : «Non, Monseigneur. Faites-moi exécuter à l'instant si vous le désirez. Mais on m'a enseigné, et je crois fermement, que les membres de la famille et les amis proches ne doivent pas se trouver présents lorsqu'un docteur traite un homme malade ou blessé. On doit appartenir à la caste religieuse pour être médecin du roi, je le sais. Mais ce n'est pas mon statut. Je suis seulement au chevet du Grand Roi sur votre demande. Si je dois me mesurer à ce mal, je dois le faire à la façon dont j'ai été formé. Autrement, je ne peux être d'aucune utilité au Roi des rois, et dans ce cas ma propre vie m'est un fardeau.»

Ce gaillard est un pédant prétentieux, grisonnant avant l'âge, songea Vinaszh, mais il a du courage. Il vit le prince Murash lever sur le médecin un regard noir et étincelant. Mais avant que le prince pût dire un mot, une voix faible et froide murmura, en provenance du lit : « Vous avez entendu le médecin. On l'a amené ici pour ses talents. Pourquoi ces arguties en ma présence ? Sortez. Tous. »

Il y eut un silence.

« Bien sûr, mon gracieux Seigneur », dit le vizir Mazendar, tandis que le prince ouvrait et refermait la bouche en se levant avec hésitation. Le roi n'avait toujours pas détourné les yeux des flammes. Vinaszh avait l'impression que sa voix venait déjà d'une contrée bien éloignée du monde des vivants. Il allait mourir, le docteur mourrait, Vinaszh très probablement aussi – et doublement stupide à l'approche de sa fin.

On commença à se rendre avec nervosité dans le corridor, où des torches avaient été allumées dans les torchères des murs. Le vent sifflait, un son d'une surnaturelle solitude. Vinaszh vit le capitaine de ses gardes poser les affaires du médecin avant de sortir en hâte. Le jeune prince s'immobilisa en face du mince médecin qui ne bougeait absolument pas, attendant qu'ils fussent tous sortis. En levant les mains, Murash murmura, d'une voix basse et féroce : « Sauve-le, ou ces doigts mettront un terme à ton existence. Je le jure par le tonnerre de Pérun. »

Le médecin ne dit rien, se contenta de hocher la tête en observant avec calme les mains du prince agité qui se fermaient et s'ouvraient, puis esquissaient un brusque mouvement de strangulation devant son visage. Murash hésita encore un instant, puis lança un coup d'œil à son père – pour la dernière fois peut-être, songea Vinaszh, avec une vision soudaine et vive du lit de mort de son propre père, dans le sud. Puis le prince sortit à grandes enjambées, tandis qu'on s'écartait sur son passage. Sa voix s'éleva de nouveau en prières dans le corridor.

Mazendar fut le dernier à quitter la pièce. Il s'arrêta près du lit, jeta un regard à Vinaszh et au médecin, sembla hésiter pour la première fois puis murmura : « Avez-vous des instructions pour moi, mon cher Seigneur ?

— Je les ai données, dit à mi-voix l'homme étendu sur le lit. Tu as vu qui était là. Sers-le avec loyauté s'il le permet. Il pourrait ne pas le permettre. Que le Dieu du Tonnerre et la Déesse protègent ton âme s'il en est ainsi. »

Le vizir déglutit. « Et la vôtre, grand Seigneur, si nous devons ne pas nous revoir. »

Le roi ne répliqua pas. Mazendar sortit. Quelqu'un dans le corridor referma la porte.

Aussitôt, avec des gestes rapides, le médecin ouvrit son sac de toile et en sortit un petit sachet dont il alla jeter le contenu dans le foyer.

Les flammes virèrent au bleu, et un parfum de fleurs sauvages se diffusa soudain dans la pièce, tel un printemps oriental. Vinaszh cligna des yeux. Sur le lit, la silhouette remua un peu.

« D'Ispahane ? » dit le Roi des rois.

Le médecin parut surpris : « Oui, mon gracieux Seigneur. Je n'aurais pas cru que vous…

— J'ai eu autrefois un médecin originaire des îles d'Ajbar. Très talentueux. Malheureusement, il a courtisé une femme qu'il aurait mieux fait de ne jamais toucher. Il utilisait ce parfum, je m'en souviens. »

Rustem traversa la pièce pour se rendre auprès de lui. « On nous apprend que la nature de la salle de traitement peut affecter la nature du traitement. De tels éléments nous influencent, Monseigneur.

— Pas les flèches ? » dit le roi. Mais il s'était un peu tourné pour observer le médecin.

« Peut-être pas », fit celui-ci sans se compromettre. Arrivé au lit, il se pencha pour la première fois afin d'examiner la tige de la flèche et la plaie. Vinaszh le vit interrompre brusquement son geste. Une expression étrange passa sur son visage barbu. Il laissa retomber ses mains.

Puis il jeta un coup d'œil à Vinaszh. « Commandant, vous devez me trouver des gants. En cuir, les meilleurs de la forteresse, et aussi vite que possible. »

Vinaszh ne posa pas de questions. Il était certain de mourir quand le roi mourrait. Il s'en alla, referma la porte derrière lui et traversa la foule de ceux qui se tenaient dans le corridor pour s'éloigner à pas pressés dans l'escalier, à la recherche de ses propres gants de monte.

Rustem était terrifié en entrant, accablé, et il avait fait appel à toutes ses réserves de sang-froid pour ne pas le montrer. Il avait presque laissé tomber ses instruments, en craignant qu'on ne vît ses mains trembler, mais le capitaine des gardes les avait saisis avec célérité. Rustem avait pris avantage des mouvements rituels de la génuflexion pour proférer mentalement une invocation apaisante.

Après s'être relevé, il avait été plus abrupt qu'il ne l'aurait dû en demandant aux courtisans – au vizir, et au prince ! – de quitter la pièce. Mais il affichait toujours un comportement précis et efficace pour suggérer une autorité dépassant son âge, et ce n'était ni l'heure ni le lieu de s'écarter de ses méthodes habituelles. S'il devait vraiment mourir, peu importait ce qu'on penserait de lui, n'est-ce pas ? Il avait prié le commandant de rester. Un soldat ne serait pas troublé par du sang et des hurlements, et il faudrait peut-être quelqu'un pour tenir le patient.

Le patient. Le Roi des rois. Glaive de Pérun. Frère du Soleil et des Lunes.

Rustem se força à ne plus y penser. C'était un patient. Un blessé. Voilà ce qui comptait. Les courtisans étaient partis. Le prince – Rustem ignorait de quel fils du roi il s'agissait – s'était arrêté devant lui en rendant très explicite, d'une torsion des mains, la menace de mort qui accompagnait Rustem depuis l'instant où il avait quitté son jardin.

On ne pouvait conférer trop d'importance à tout cela. Il en serait comme il avait été écrit.

Il avait jeté la poudre d'Ajbar dans le feu pour mettre la pièce en résonance avec des présences et des esprits plus harmonieux, puis il s'était rendu jusqu'au lit pour examiner la flèche et la blessure.

Et il avait senti une odeur de *kaaba*.

Sous le choc, il avait compris que l'odeur avait matérialisé une idée jusque-là vague, puis une autre prise de conscience l'avait rempli d'un violent effroi. Il avait envoyé en hâte le commandant chercher des gants. Il en aurait grand besoin.

S'il touchait la tige de cette flèche, il était un homme mort.

En tête-à-tête dans cette pièce avec le Roi des rois, Rustem se rendit compte que ses craintes étaient à présent celles d'un médecin et non d'un sujet de caste inférieure. Il se demanda comment formuler sa pensée.

Les yeux du roi s'étaient fixés sur son visage, sombres et froids. Rustem y lut de la rage. « Il y a du poison sur la tige », dit Shirvan.

Rustem baissa la tête : « Oui, Monseigneur. Du *kaaba*. Un extrait de la plante appelée *fijana*. » Il reprit son souffle et demanda : « Vos propres médecins ont-ils touché la flèche ? »

Le roi hocha très légèrement la tête. Sa colère ne semblait pas s'apaiser. Il devait beaucoup souffrir mais n'en donnait aucune indication. « Tous les trois. Amusant. J'ai ordonné de les faire exécuter pour leur incompétence, mais ils seraient tous morts bientôt, n'est-ce pas ? Aucun d'eux n'a remarqué le poison.

— On le trouve rarement ici », dit Rustem en s'efforçant de mettre de l'ordre dans ses pensées.

« Pas si rarement. J'en prends à petites doses depuis vingt-cinq ans, répliqua le roi. Du *kaaba*, d'autres substances néfastes. Anahita nous convoque devant elle quand elle le désire, mais on peut néanmoins vivre en exerçant sa prudence, et les rois le doivent. »

Rustem avala sa salive. Il comprenait maintenant pourquoi son patient avait survécu aussi longtemps. Vingt-cinq ans ? Une image lui vint à l'esprit : un jeune roi effleurant – avec crainte, sûrement ? – une dose infime de la poudre mortelle, le malaise qui avait dû s'ensuivre... et le geste répété jour après jour, pour ensuite en avaler à doses de plus en plus fortes. Il secoua la tête.

« Le roi a beaucoup souffert pour son peuple », dit-il. Il pensait aux médecins de la cour. Le *kaaba* bloquait les voies respiratoires avant d'atteindre le cœur. On mourait dans des souffrances atroces, par asphyxie. Il l'avait vu en Orient. Une méthode officielle d'exécution. "Amusant", avait dit le roi.

Rustem pensait maintenant aussi à quelqu'un d'autre. Il repoussa un moment cette idée, de son mieux.

« Cela ne fait aucune différence », reprit le roi ; sa voix ressemblait beaucoup à ce qu'en avait imaginé Rustem : froide, sans inflexion, grave. « C'est une flèche à lion. Mon immunisation contre le poison n'est d'aucun secours si on ne peut pas retirer le projectile. »

On frappa à la porte. Elle s'ouvrit et Vinaszh, le commandant de la garnison, revint, hors d'haleine comme s'il avait couru, avec des gants de monte en cuir brun foncé. Ils étaient trop épais pour être d'usage facile, mais Rustem n'avait pas le choix ; il les enfila. Délaça le cordon de l'étui qui renfermait un long instrument effilé. Celui que son fils lui avait apporté dans le jardin. "Il a dit une flèche, Papa"…

« Il existe certaines façons d'enlever même ce genre de flèche », dit Rustem en essayant de ne pas penser à Shaski. Il se tourna vers le couchant, ferma les yeux et se mit à prier tout en évaluant mentalement les augures de l'après-midi, favorables et néfastes, et en comptant les jours depuis la dernière éclipse lunaire. Quand il eut terminé, il disposa talismans et protections appropriés. Il proposa au roi, qui la refusa, une herbe à effet anesthésiant pour la douleur à venir. Il demanda au commandant de la garnison de s'approcher du lit et lui dit qu'il devrait maintenir le patient immobile. Il ne disait plus "le roi". Cet homme était un patient. Rustem était un médecin, avec un assistant, et une flèche à déloger, s'il en était capable. Il partait désormais en guerre contre Azal l'Ennemi, qui pouvait effacer les lunes et le soleil, et mettre un terme à une vie.

En l'occurrence, ni le commandant ni l'herbe ne s'avérèrent nécessaires. Rustem commença par briser

le fût noirci aussi près que possible de la plaie, puis se
servit d'une combinaison de sondes et d'un scalpel
pour élargir celle-ci, un processus qu'il savait être terriblement douloureux. Certains étaient incapables de
l'endurer, même abrutis par la drogue ; ils se débattaient
en hurlant, ou perdaient conscience. Shirvan de Bassanie
ne ferma jamais les yeux et ne fit pas un mouvement,
même si son souffle devint haletant. De la sueur perlait
à son front et les muscles de sa mâchoire étaient rigides
sous sa barbe ondulée. Quand Rustem estima l'ouverture
suffisante, il huila la longue et fine cuillère d'Enyati et
la glissa à l'intérieur vers la pointe enfoncée de la
flèche.

Il lui était difficile d'être précis avec les gants épais,
déjà imbibés de sang, mais il avait une bonne vision de
l'alignement des barbes et savait comment incliner la
partie creuse de l'invention d'Enyati. La petite coupe
peu profonde de la cuillère glissa jusqu'à la pointe de
la flèche à travers la chair du roi – qui retenait maintenant son souffle mais ne bougeait pas d'un pouce.
Rustem exerça une légère torsion et sentit l'engin glisser
tout contre la partie la plus large de la pointe. Il poussa
encore un peu, en retenant lui-même son souffle à cet
instant, le plus délicat de toute l'opération, et en invoquant la Déesse dans son avatar de Guérisseuse, puis il
répéta le mouvement de torsion et tira très légèrement
sur l'instrument.

Le roi laissa alors échapper une petite exclamation
étranglée, et esquissa un geste en soulevant un peu le
bras, comme pour protester, mais Rustem sentait qu'il
avait bien attrapé la pointe de la flèche, désormais cir-
conscrite par la cuillère. Il avait réussi à son premier
essai. Il connaissait quelqu'un, un maître du lointain
Orient, qui aurait été sagement, doctement satisfait.
Seule la face lisse et huilée de la cuillère elle-même
serait au contact de la chair blessée, la pointe et ses
barbes bien nichées à l'intérieur.

Rustem cligna des yeux. Il allait essuyer la sueur de
son front d'un revers de gant ensanglanté et se rappela

– au dernier moment – qu'il mourrait s'il le faisait. Le battement de son cœur redoubla.

« Nous y sommes presque, c'est presque terminé, murmura-t-il. Êtes-vous prêt, mon très cher Seigneur ? » Le vizir avait employé cette tournure de phrase. En cet instant, à observer celui qui, sur le lit, subissait sans broncher une épouvantable douleur, Rustem aussi le disait du fond du cœur. Le commandant Vinaszh le surprit en s'approchant un peu plus et en se penchant de biais pour placer sa main sur le front du roi, au-dessus de la plaie et du sang : plus une caresse qu'une prise d'immobilisation.

« Qui est jamais prêt pour ce genre de chose ? » gronda Shirvan le Grand, et dans ces paroles Rustem entendit – avec stupéfaction – une ombre d'amusement sardonique. Il orienta alors ses pieds vers l'ouest, proféra le mot ispahanien gravé sur l'instrument et, en empoignant celui-ci de ses deux mains gantées, il l'arracha d'un seul mouvement à la chair périssable du Roi des rois.

« Je vais vivre, si je comprends bien. »

Ils se trouvaient seuls dans la pièce. Du temps s'était écoulé ; il faisait complètement noir dehors, à présent. Le vent soufflait toujours. Sur l'ordre du roi, Vinaszh était sorti pour indiquer seulement que le traitement suivait son cours et que Shirvan était toujours vivant. Rien de plus. Le soldat n'avait pas posé de question, Rustem non plus.

Le premier danger était un épanchement trop important de sang. Rustem avait pressé sur la plaie élargie une compresse composée de tissu ouaté et d'une éponge propre. Il laissait la blessure ouverte. Refermer trop tôt une plaie était l'erreur médicale la plus répandue et les patients en mouraient. Plus tard, si tout allait bien, il utiliserait ses broches les plus petites comme matériel de suture, en prenant soin de laisser de la place pour l'écoulement des fluides. Mais pas pour l'instant. Il se contenta de bander la plaie et ses compresses de toile propre, en passant sous les aisselles, en travers de la poitrine, puis en remontant autour du cou, en triangle, comme prescrit. Il boucla le pansement sur la poitrine et arrangea les nœuds de façon à les faire pointer de la manière appropriée vers le bas, vers le cœur. Il voulait maintenant un matelas, des coussins et des draps propres, des gants propres pour lui-même, de l'eau chaude. Il jeta les gants ensanglantés du commandant dans le feu. On ne pouvait plus y toucher.

La voix du roi, quand il avait posé la question, était affaiblie, mais claire. Un bon signe. Il avait cette fois accepté l'herbe sédative que Rustem avait tirée de sa sacoche. Le regard des yeux sombres était calme, concentré, sans dilatation indue des pupilles. Rustem se permit avec prudence une certaine satisfaction. Le second danger à présent, comme toujours, était le pus verdâtre, même si les blessures de flèche avaient tendance à mieux guérir que celles infligées par une épée. Il remplacerait la compresse plus tard, irriguerait la plaie et changerait baume et pansement avant la fin de la nuit : une variante de son invention ; la plupart des médecins laissaient le premier pansement en place pendant deux ou trois jours.

« Mon roi, je crois que oui. La flèche a été retirée et la blessure guérira si Pérun le veut et si je prends bien garde d'y éviter les suintements nocifs. » Il hésita. « Et vous possédez votre propre… protection contre le poison qui se trouvait sur la flèche.

— Je désire vous parler à ce propos. »

Rustem déglutit avec peine : « Monseigneur ?

— Vous avez détecté la *fijana* à l'odeur ? Même avec vos herbes aromatiques dans le feu ? »

Rustem avait craint cette question. Il savait feindre – presque tous les médecins le savaient – mais c'était là son roi, un mortel parent du soleil et des lunes.

« Je l'ai déjà rencontrée, dit-il. J'ai été formé en Ispahane, Monseigneur, là où pousse la plante.

— Je sais bien où elle pousse, dit le Roi des rois. Qu'avez-vous d'autre à me dire, Docteur ? »

Aucun refuge où se terrer, apparemment. Rustem prit une profonde inspiration : « Je l'ai sentie aussi ailleurs dans la pièce, Grand Seigneur. Avant de jeter les herbes dans le feu. »

Il y eut un silence.

« Je pensais que ce pouvait être le cas. » Shirvan le Grand levait vers Rustem son regard froid. « Où ? » Un seul mot, aussi dur qu'un marteau de forgeron.

Rustem déglutit de nouveau. Se sentit un goût âcre dans la bouche : la conscience de sa propre mortalité. Mais quel choix avait-il à présent ? Il déclara : « Sur les mains du prince, Grand Roi. Quand il m'a ordonné de sauver votre vie, sous peine de perdre la mienne. »

Shirvan de Bassanie referma brièvement les paupières. Quand il les rouvrit, Rustem vit encore une fois cette sombre rage dans leurs profondeurs, malgré la drogue qu'il avait administrée. « Voilà qui me… chagrine », dit le Roi des rois, très bas. Mais ce que Rustem entendait, ce n'était pas du chagrin. Il songea soudain à se demander si le roi aussi avait détecté le *kaaba* sur la pointe et la tige de la flèche. Il en ingérait depuis vingt-cinq ans. S'il avait connu ce poison, il avait aujourd'hui laissé trois médecins le manier sans les en avertir, et il avait été prêt à laisser Rustem en faire autant. Une mise à l'épreuve de sa compétence ? Alors qu'il était lui-même au seuil de la mort ? Quelle sorte d'homme… Rustem frissonna sans pouvoir s'en empêcher.

« Il semblerait que je ne sois pas le seul à me protéger en créant une accoutumance », remarqua Shirvan le Grand. « Ingénieux, je dois le dire. » Il resta silencieux un long moment, puis reprit : « Murash. Ç'aurait été un bon roi, de fait. »

Il se détourna pour regarder par la fenêtre ; il n'y avait rien à voir dans les ténèbres. On pouvait entendre le vent qui soufflait du désert. « Et il semblerait que j'aie ordonné la mort du mauvais fils, et de sa mère. » Il y eut un autre silence plus bref. « Voilà qui me chagrine, répéta-t-il.

— Ces ordres ne peuvent-ils être contremandés, Grand Seigneur ? demanda Rustem avec hésitation.

— Bien sûr que non », dit le Roi des rois.

Le caractère final de ces paroles énoncées d'une voix calme, estimerait plus tard Rustem, était plus effroyable que n'importe quel autre événement de la journée.

«Appelez le vizir», dit Shirvan de Bassanie, en contemplant la nuit. «Et mon fils.»

En cet instant, le médecin Rustem, fils de Zorah, désira ardemment se trouver chez lui dans sa petite maison, volets clos pour se protéger du vent et des ténèbres, avec Katyun et Jarita, deux petits enfants paisiblement endormis, à portée de main une coupe tardive de vin aromatisé d'herbes, du feu dans la cheminée ; et il souhaita que le monde n'eût jamais frappé à sa porte.

Mais il s'inclina plutôt devant l'homme gisant sur le lit et se dirigea vers la porte.

«Médecin», dit le Roi des rois.

Rustem se retourna. Il se sentait épouvanté, terriblement dépassé par les événements.

« Je suis toujours votre patient. Vous êtes toujours responsable de mon bien-être. Agissez en conséquence.» L'intonation était neutre, et la rage froide toujours présente.

Il ne fallait pas une subtilité extraordinaire pour comprendre le sens de ces paroles.

Cet après-midi même, à l'heure où le vent s'était levé dans le désert, Rustem s'était trouvé dans sa propre modeste salle de traitement, se préparant à instruire quatre élèves sur le traitement des cataractes simples en accord avec les savantes méthodes de Mérovius de Trakésie.

Il ouvrit la porte. Dans la lueur des torches du corridor, il vit une douzaine de courtisans à l'air las. Des serviteurs et des soldats avaient apporté des bancs ; quelques courtisans étaient assis, affalés contre les murs de pierre. D'autres étaient endormis. D'autres encore se levèrent en le voyant. Rustem adressa un signe de tête au vizir Mazendar puis au jeune prince qui se tenait un peu à l'écart des autres, le visage tourné vers une étroite et obscure meurtrière, en train de prier.

Vinaszh, le commandant de la garnison – le seul ici présent qui fût connu de Rustem –, haussa les sourcils, une question silencieuse, en s'avançant d'un pas. Rustem fit un signe de dénégation puis changea d'avis. "Vous êtes toujours responsable", avait dit le Roi des rois, "agissez en conséquence."

Rustem s'effaça pour laisser le vizir et le prince entrer dans la pièce. Puis il fit signe au commandant d'entrer à son tour. Il ne dit mot mais intercepta le regard de Vinaszh au moment où celui-ci entrait. Rustem le suivit et referma la porte.

« Père ! s'écria le prince.

— Ce qui doit être est écrit depuis longtemps », murmura avec calme Shirvan de Bassanie. Il était assis dans le lit, appuyé à des coussins, sa poitrine nue bandée de toile de lin. « Par la grâce de Pérun et de la Déesse, les dessins d'Azal le Noir ont été contrariés pour un temps. Le médecin a retiré la flèche. »

Le vizir, visiblement ému, se passa une main sur le visage et s'agenouilla, frappant le sol de son front. Le prince Murash, après avoir fixé son père de ses yeux écarquillés, se tourna avec vivacité vers Rustem : « Pérun soit loué ! » s'écria-t-il. Il traversa la pièce à grands pas, saisit les mains de Rustem entre les siennes : « Vous serez récompensé, médecin ! » s'exclama-t-il.

Ce fut par un acte suprême de maîtrise de soi et de foi désespérée en sa propre science que Rustem ne recula pas brusquement. Son cœur battait à tout rompre. « Pérun soit loué ! » répéta le prince en se retournant vers le lit et en s'agenouillant comme l'avait fait le vizir.

« Toujours, fit le roi à mi-voix. Mon fils, la flèche de l'assassin se trouve sur ce coffre, en dessous de la fenêtre. Il y a du poison dessus. Du *kaaba*. Jette-la dans le feu pour moi. »

Rustem retint son souffle. Il jeta un rapide coup d'œil vers Vinaszh, croisa de nouveau son regard, revint au prince.

Murash se releva. « Avec joie, mon père et roi. Mais du poison ? Comment est-ce possible ? » Il alla à la fenêtre et tendit une main prudente vers un morceau de toile qui se trouvait près des instruments de Rustem.

« Prends-la dans ta main, mon fils », dit Shirvan de Bassanie, Roi des rois, Glaive de Pérun. « Prends-la de nouveau à main nue. »

Avec une extrême lenteur, le prince se retourna vers le lit. Le vizir s'était relevé et l'observait avec attention.

« Je ne comprends pas. Vous pensez que j'ai manié cette flèche ? dit le prince Murash.

— L'odeur en est encore sur tes mains, mon fils », déclara Shirvan avec gravité. Rustem fit un pas prudent en direction du roi. Le prince se retourna – extérieurement déconcerté, sans plus –, regarda ses propres mains, puis Rustem. « Mais alors j'aurai également empoisonné le docteur », remarqua-t-il.

Shirvan tourna la tête pour regarder Rustem. Barbe sombre au-dessus des pansements pâles, yeux noirs et froids. "Agissez en conséquence", avait-il dit. Rustem s'éclaircit la voix. « Vous aurez essayé », dit-il. Son cœur lui martelait la poitrine. « Si vous avez manié la flèche en tirant sur le roi, alors le *kaaba* a traversé votre peau et se trouve maintenant en vous. Il n'y a aucun danger à ce que vous la touchiez, Prince Murash. Il n'y en a plus. »

C'était la vérité, il le croyait. On lui avait *appris* que c'était la vérité. Il n'avait jamais vu cet enseignement mis à l'épreuve. Il se sentait saisi d'un curieux vertige, comme si la pièce se balançait un peu, à l'instar d'un berceau d'enfant.

Les yeux du prince s'assombrirent alors – très semblables à ceux de son père, de fait. La main de Murash descendit vers sa ceinture pour y dégainer un poignard, et il se tourna vers le lit.

Le vizir poussa un cri. Rustem se jeta en avant d'un pas trébuchant ; il n'avait pas d'arme.

Vinaszh, commandant de la garnison de Kérakek, abattit le prince Murash, troisième des neuf fils de Shirvan le Grand, de sa propre dague lancée depuis la porte.

Le prince, la gorge transpercée, laissa tomber son poignard de ses doigts sans vie et s'affaissa lentement en travers du lit, le visage sur les genoux de son père, son sang teintant d'écarlate les draps pâles.

Shirvan ne fit pas un geste et personne d'autre ne bougea non plus.

Après un long moment d'immobilité pétrifiée, le roi abandonna la contemplation de son fils défunt pour regarder Vinaszh, puis Rustem. Il leur adressa à chacun un petit hochement de tête.

« Médecin, le nom de votre père ? » Une question détachée, à peine curieuse.

Rustem battit des paupières : « Zorah, grand Seigneur.

— Le nom d'un homme appartenant à la caste guerrière.

— Oui, Monseigneur. C'était un soldat.

— Vous avez choisi une autre vie ? »

La conversation était si improbable qu'elle en paraissait bizarre. Rustem en avait le vertige. Un cadavre – celui d'un fils – se trouvait étalé sur le corps de celui avec qui il s'entretenait ainsi. « Je me bats contre la maladie et les blessures, Monseigneur. » C'était ce qu'il avait toujours répondu.

Le roi hocha de nouveau la tête, pensif, comme satisfait. « Vous savez qu'on doit appartenir à la caste religieuse pour devenir médecin royal, bien entendu. »

Bien entendu. En fin de compte, le monde frappait à sa porte.

Rustem baissa la tête. Garda le silence.

« Ce sera arrangé au cours de la prochaine présentation rituelle de la Sainte Flamme, à l'équinoxe d'été. »

Rustem déglutit avec peine. Il l'avait fait toute la nuit, lui semblait-il. Il se racla la gorge. « L'une de mes épouses appartient à la caste roturière, Grand Roi.

« On sera généreux avec elle. Y a-t-il un enfant ?

— Une fille, oui, Monseigneur. »

Le roi haussa les épaules. « On lui trouvera un bon époux. Mazendar, veilles-y. »

Jarita. Dont le nom signifiait "étang dans le désert". Yeux noirs, noire chevelure, le pas aérien duquel elle entrait dans une pièce ou en sortait, comme si elle n'avait pas voulu en troubler l'atmosphère. Les mains les plus légères du monde. Et Inissa, le bébé, qu'ils appelaient Issa. Rustem ferma les yeux.

« Votre autre épouse appartient à la caste guerrière ? »

Rustem hocha la tête : « Oui, Monseigneur. Ainsi que mon fils.

— Ils pourront être anoblis en même temps que vous au cours de la cérémonie. Et venir à Kabadh. Si vous désirez une seconde épouse, on l'arrangera aussi. »

Rustem ferma les yeux de nouveau.

Le monde entrait enfin chez lui comme le vent, après avoir martelé sa porte avec insistance.

« Cela ne pourra avoir lieu avant le milieu de l'été, bien entendu. Je désire me prévaloir de vos services auparavant. Vous semblez un homme compétent. Il n'y en a jamais assez. Vous me traiterez ici, Docteur. Puis vous entreprendrez pour moi un voyage hivernal. Vous semblez être également pourvu de capacités d'observation. Vous pouvez servir votre roi avant d'être élevé à une caste supérieure. Vous partirez dès que je serai assez bien portant à votre avis pour retourner à Kabadh. »

Rustem rouvrit les paupières. Leva lentement les yeux. « Où dois-je aller, Grand Seigneur ?

— À Sarance », dit Shirvan de Bassanie.

◆

Rustem retourna brièvement chez lui quand le Roi des rois se fut endormi, afin de se débarrasser de ses vêtements tachés de sang et de se réapprovisionner en herbes et en remèdes. Il faisait froid dans l'obscurité venteuse. Le vizir lui donna une escorte de soldats. Il était apparemment devenu un homme important. Ce qui n'était pas vraiment surprenant, sauf que tout lui était désormais une surprise.

Les deux femmes étaient éveillées, malgré l'heure tardive. Les lampes à huile brûlaient dans l'antichambre : du gaspillage ; par une nuit normale, il aurait tancé Katyun. Il entra. Elles se levèrent toutes deux brusquement en le voyant. Les yeux de Jarita se remplirent de larmes.

« Pérun soit loué », souffla Katyun. Le regard de Rustem passa de l'une à l'autre.

«Papa», dit une voix ensommeillée.

En regardant mieux, Rustem vit une petite silhouette aux habits chiffonnés se redresser sur le tapis devant le foyer. Shaski se frottait les yeux. Il avait été endormi, mais il attendait là avec ses mères.

«Papa», répéta-t-il, d'un ton hésitant. Katyun alla passer un bras autour de ses frêles épaules, comme effrayée de voir Rustem réprimander le garçon d'être là si tard, encore debout.

La gorge de Rustem se serra de façon bizarre. Ce n'était pas le *kaaba*. Autre chose. Il dit, après réflexion : «Tout va bien, Shaski. Je suis rentré, maintenant.

— La flèche, dit son fils. La flèche qu'ils disaient ?»

Parler était curieusement difficile. Jarita pleurait.

«La flèche a été retirée sans dommage. J'ai utilisé la cuillère d'Enyati. Celle que tu m'as apportée. Tu as très bien fait, Shaski.»

Le garçon sourit alors, timide, à moitié endormi, la nuque appuyée au ventre de sa mère. La main de Katyun lui effleura les cheveux, aussi tendre que la lumière de la lune ; ses yeux cherchaient ceux de Rustem, débordant de questions.

Les réponses avaient bien trop de conséquences.

«Va dormir à présent, Shaski. Je vais parler avec tes mères et retourner ensuite à mon patient. Je te verrai demain. Tout va bien.»

C'était vrai et faux à la fois. Se voir élevé à la caste religieuse était un événement stupéfiant, un miracle. Les castes bassanides étaient aussi immuables que les montagnes – sauf quand le Roi des rois voulait les voir bouger. Un poste de médecin à la cour signifiait richesse, sécurité, accès à des bibliothèques et à des érudits, la disparition des angoisses quant à l'achat d'une maison plus grande pour la famille ou l'allumage nocturne des lampes à huile. Le futur de Shaski lui-même venait soudain de prendre des proportions qui dépassaient tout espoir.

Mais que dire à une épouse qui serait répudiée sur ordre du Roi des rois et donnée à un autre homme ? Et la petite ? Issa, endormie en ce moment dans son berceau. La petite, il la perdrait.

« Tout va bien », répéta Rustem, en s'efforçant de le croire.

La porte s'était ouverte, pour révéler le monde sur son seuil. Bien et Mal marchaient main dans la main, on ne pouvait les séparer. Pérun avait toujours un adversaire, Azal. Les deux divinités étaient entrées ensemble dans le Temps ; elles ne pouvaient exister l'une sans l'autre. Ainsi l'enseignaient les prêtres devant la Sainte Flamme, dans tous les temples de Bassanie.

Les deux femmes emmenèrent ensemble l'enfant dans sa chambre. Shaski leur tendit une main à chacune en franchissant la porte, se les appropriant toutes deux. Elles le gâtaient trop. Mais il n'était pas temps de s'y attarder cette nuit.

Rustem resta seul dans l'antichambre de sa modeste demeure, baigné par la lumière des lampes et du foyer, songeant au destin et au hasard qui modelaient l'existence humaine, et à Sarance.

# CHAPITRE 2

Pardos n'avait jamais aimé ses mains, aux doigts trop courts, larges et boudinés. Vraiment pas des mains de mosaïste, même si elles présentaient le même lacis de coupures et d'égratignures que celles des autres.

Il avait eu un temps considérable pour y penser, comme à d'autres sujets, sur la longue route, dans le vent et la pluie de l'automne qui tournait peu à peu à l'hiver. Les doigts de Martinien, de Crispin ou du meilleur ami de Pardos, Couvry, ces doigts-là, oui, avaient l'aspect approprié. Longues et larges, leurs mains paraissaient adroites et capables. Ses mains à lui ressemblaient à celles d'un garçon de ferme, d'un ouvrier, de quelqu'un qui pratiquait un métier où l'habileté ne comptait guère. Quelquefois, cela le dérangeait.

Mais il était bel et bien mosaïste, n'est-ce pas ? Il avait terminé son apprentissage avec deux maîtres fameux et on l'avait officiellement admis dans la guilde à Varèna. Ses papiers se trouvaient dans sa bourse, son nom était inscrit dans les registres. L'apparence n'avait pas tant d'importance, alors, après tout. Ses doigts courts et épais étaient bien assez agiles pour faire ce qu'ils devaient. C'étaient l'œil et l'esprit qui comptaient, avait coutume de dire Crispin – avant son départ –, les mains pouvaient apprendre à obéir.

Et cela semblait vrai. Elles faisaient bien ce qui devait l'être ici, même si Pardos n'aurait jamais imaginé que ses premiers travaux de mosaïste diplômé seraient exécutés dans les lointaines contrées sauvages et le froid terrible de la Sauradie.

Il n'aurait même jamais imaginé, d'ailleurs, se trouver si loin de chez lui, et tout seul. Ce n'était pas le genre de jeune homme à s'imaginer des aventures exotiques. Il était pieux, circonspect, enclin à se faire du souci et totalement dénué d'impulsivité.

Mais il avait bel et bien quitté Varèna – sa demeure, tout ce qui lui était familier dans la création de Jad – presque aussitôt après les meurtres du sanctuaire, et c'était pratiquement l'action la plus impulsive qu'on pût imaginer.

Il n'avait pas eu l'impression d'être téméraire, mais plutôt de ne pas avoir le choix ; il se demandait pourquoi les autres ne pouvaient le comprendre. Pressé par ses amis, par Martinien et son épouse au grand cœur, inquiète, il avait seulement répété encore et encore qu'il ne pouvait rester dans un endroit où l'on commettait de tels actes. Quand ils avaient remarqué, avec cynisme ou avec tristesse, qu'il en était de même partout, il avait répliqué – très simplement – qu'il ne les avait pas vus arriver partout, seulement dans le sanctuaire agrandi pour accueillir les restes du roi Hildric, à proximité de Varèna.

La consécration de ce sanctuaire avait d'abord été le plus merveilleux jour de sa vie. En compagnie des autres anciens apprentis nouvellement intronisés dans la guilde, il avait bénéficié pour la cérémonie d'une place d'honneur avec Martinien, sa femme et la mère aux cheveux blancs de Crispin. Tous les puissants du royaume antæ s'étaient rendus de Rhodias à Varèna par les routes boueuses, tout comme maints Rhodiens des plus illustres, ce qui incluait des représentants du Grand Patriarche lui-même. La reine Gisèle, voilée et vêtue du blanc éclatant du deuil, siégeait si près de Pardos qu'il aurait presque pu lui adresser la parole.

Sauf que ce n'était pas la reine, mais une femme qui jouait son rôle, une de ses dames d'honneur. Cette femme avait péri dans le sanctuaire, ainsi que le gigantesque garde muet de la reine, tous deux abattus par une épée qui n'aurait jamais dû entrer dans un lieu saint. Puis le possesseur de l'épée – Agila, le Maître des Chevaux – avait été abattu à son tour près de l'autel, par des flèches décochées depuis la galerie. D'autres avaient connu une mort identique, tandis que les gens hurlaient et se piétinaient les uns les autres en se bousculant vers les portes et que le sang éclaboussait le disque solaire sous les mosaïques qu'ils avaient tous travaillé à créer dans le sanctuaire, en l'honneur du dieu, Crispin, Martinien, Pardos, Radulf, Couvry, tous les autres.

Ignoble et profane violence dans une chapelle vouée à l'adoration du dieu, profanation à la fois du sanctuaire et de Jad lui-même. Pardos s'était senti souillé, déshonoré, amèrement conscient d'être un Antæ et du même sang, de la même tribu en l'occurrence, que l'homme au langage ordurier qui, après s'être dressé avec son épée interdite, avait couvert la jeune reine d'insultes infâmes et haineuses pour périr ensuite avec ceux qu'il avait assassinés.

Pardos était sorti dans la cour par la porte à doubles battants du sanctuaire alors même que le service reprenait – sur ordre de l'onctueux chancelier, Eudric Cheveux d'Or. Il avait longé les fours temporaires auprès desquels il avait passé un été et un automne à s'occuper de la chaux des lits de pose ; il avait traversé la barrière pour reprendre la route menant à la cité. Avant même d'arriver aux murailles, il avait décidé de quitter Varèna. Et presque aussitôt après, il avait compris où il désirait se rendre, très loin, même s'il n'avait jamais de sa vie quitté sa ville natale, et même si l'hiver s'en venait.

On avait essayé de l'en dissuader, mais Pardos était un jeune homme entêté, qui ne changeait pas facilement d'avis une fois que son esprit et son cœur avaient pris leur décision. Il éprouvait le besoin de mettre de la distance entre lui et ce qui s'était passé dans le sanctuaire – ce qu'avait commis sa propre tribu, son propre sang.

Aucun de ses collègues ni de ses amis n'était des Antæ, tous étaient rhodiens de naissance. Peut-être était-ce pour cette raison qu'ils ne ressentaient pas la même terrible honte que lui.

Les routes de l'est, en hiver, pouvaient bien être dangereuses, mais quant à Pardos, elles ne pouvaient être pires que ce qui attendait maintenant son peuple après la disparition de la reine et après qu'on eut dégainé des épées dans des lieux saints.

Il désirait retrouver Crispin et travailler avec lui, bien loin des affrontements imminents entre les tribus. Encore des guerres tribales. Les Antæ connaissaient bien cette funeste route. Cette fois, Pardos en prendrait une autre.

On n'avait plus entendu parler du partenaire de Martinien, un homme plus jeune et au caractère plus excessif, depuis un unique message expédié d'un camp militaire en Sauradie. Cette lettre ne leur avait même pas été adressée à eux : on l'avait délivrée à un alchimiste, un ami de Martinien. Celui-ci – il s'appelait Zoticus – leur avait fait savoir que Crispin allait bien, du moins à ce stade de son voyage. Pourquoi il avait écrit au vieil homme et non à son collègue ou à sa mère, on ne l'avait point expliqué, du moins à Pardos.

Depuis, cependant, pas un mot ; Crispin devait pourtant être arrivé à Sarance, sûrement, s'il était du moins parvenu au terme du voyage. Pardos, à présent bien décidé à partir, se concentra sur l'image de son ancien maître et annonça son intention de le suivre dans la Cité impériale.

Quand on comprit qu'il ne se laisserait pas persuader du contraire, Martinien et son épouse Carissa mirent beaucoup d'énergie à s'assurer que Pardos serait correctement équipé pour le voyage. Martinien regrettait le départ récent – et très soudain – de son ami l'alchimiste, un homme qui semblait fort bien connaître les routes de l'est, mais il parvint à rassembler assez d'avis et de suggestions parmi d'anciens clients marchands, des voyageurs éprouvés. Pardos, qui était fier de savoir lire et écrire, se vit offrir des listes rédigées avec soin d'endroits où passer la nuit ou à éviter. Ses choix étaient limités, bien entendu, puisqu'il ne pouvait se permettre de payer les pots-de-vin nécessaires dans les relais impériaux de la route, mais il trouvait néanmoins utile d'apprendre dans quelles tavernes et tripots un voyageur risquait plus qu'ailleurs de se faire dévaliser ou assassiner.

Un matin, après la prière de l'aube dans l'antique petite chapelle proche de la chambre que Pardos partageait avec Couvry et Radulf, il s'en alla – un peu embarrassé – rendre visite à un chiromancien.

L'individu avait ses quartiers près de l'enceinte du palais. Quelques apprentis et artisans travaillant au sanctuaire avaient été enclins à le consulter, pour le jeu ou l'amour, mais cela ne justifiait guère la démarche de Pardos à ses propres yeux.

La chiromancie était une hérésie officiellement condamnée, bien sûr, mais les prêtres de Jad marchaient sur la pointe des pieds parmi les Antæ de Batiare, et les conquérants n'avaient jamais entièrement abandonné certains aspects de leurs anciennes croyances. La porte était bien visiblement indiquée par une enseigne peinte d'un pentagramme. Une clochette résonna quand elle s'ouvrit, mais personne ne se présenta. Pardos entra dans une petite salle sombre et, après avoir attendu un moment, il tambourina sur un comptoir branlant qui se trouvait là. Le devin écarta un rideau de perles et le conduisit, sans mot dire, dans une autre pièce à l'arrière, dépourvue de fenêtres, illuminée de chandelles et réchauffée par un unique petit brasero. Il attendit, toujours silencieux, de voir Pardos déposer trois pièces de cuivre sur la table et d'entendre sa question.

Le chiromancien désigna un banc ; Pardos s'assit avec prudence ; le banc était très ancien.

L'homme était maigre comme une tringle et vêtu de noir ; il lui manquait le petit doigt de la main gauche. Après avoir pris la main large et courte de Pardos, il pencha la tête pour en étudier la paume un long moment à la lueur des chandelles et du brasero fumeux. Il toussait par intermittence. Tout en subissant cet examen attentif,

Pardos éprouvait un bizarre mélange de crainte, de colère, de mépris à l'égard de lui-même. Ensuite, toujours sans avoir dit mot, l'autre lui fit lancer des os de poulet desséchés sur la table graisseuse. Il les étudia pendant un autre long moment puis déclara d'une voix asthmatique et haut perchée que Pardos ne mourrait pas en chemin vers l'Orient et qu'on l'attendait sur la route.

Ce dernier détail n'ayant aucun sens pour Pardos, il demanda des éclaircissements. Le chiromancien secoua la tête en toussant et porta à sa bouche un chiffon taché. Quand sa toux se fut apaisée, il déclara qu'il était difficile de discerner d'autres détails. Il voulait davantage d'argent, Pardos le savait bien mais se refusa à payer plus et ressortit dans le soleil matinal. Il se demanda si l'autre était aussi pauvre qu'il le semblait ou si son apparence miteuse, comme celle de sa salle de consultation, était un moyen de ne pas attirer l'attention. La toux et la voix enrouée avaient paru bien réelles, mais les riches pouvaient tomber malades aussi bien que les pauvres.

Encore embarrassé de son geste et conscient de ce qu'en aurait pensé le prêtre présidant aux services de sa chapelle habituelle s'il avait été au courant de cette consultation, Pardos avait tenu à en faire part à Couvry. « Si je me fais tuer, dit-il, récupère ces trois pièces, oui ? » Couvry avait acquiescé, sans ses plaisanteries habituelles.

La nuit précédant le départ de Pardos, Couvry et Radulf l'emmenèrent prendre un verre dans l'un de leurs estaminets favoris. Radulf allait bientôt s'en aller aussi, mais seulement à Baïana, dans le sud, près de Rhodias, là où vivait sa famille et où il s'attendait à trouver aisément et régulièrement du travail, décoration de résidences ou de retraites estivales sur le bord de mer. Espérances qu'une guerre civile pourrait affecter, ou une invasion orientale, mais ils avaient décidé de ne pas en parler pour leur dernière nuit ensemble. Au cours de ces adieux bien arrosés, Radulf et Couvry avaient tous deux exprimé un grand regret mélancolique de ne pas partir avec Pardos. Maintenant qu'ils étaient réconciliés avec l'idée de son soudain départ, ils commençaient à voir celui-ci comme une belle aventure.

Pardos ne le voyait nullement ainsi, mais il n'allait pas décevoir ses amis en le leur disant. Il fut extrêmement touché lorsque Couvry sortit un paquet et qu'ils lui offrirent une paire de bottes neuves pour la route. Ils avaient copié le contour de ses sandales pendant son sommeil, une nuit, expliqua Radulf, pour avoir la bonne pointure.

La taverne fermait tôt, sur ordre d'Eudric Cheveux d'Or, l'ancien chancelier qui s'était proclamé régent en l'absence de la reine. Au cours des derniers jours, une certaine agitation avait suivi cette proclamation et il y avait eu plusieurs morts dans des combats de rue. Tous les endroits où l'on buvait devaient respecter le couvre-feu. La tension était forte et continuerait à monter.

Entre autres raisons, nul ne semblait savoir où était partie la reine, ce qui suscitait de toute évidence une vive inquiétude parmi les présents occupants du palais.

Pardos espérait simplement qu'elle était en sécurité, où qu'elle se trouvât, et qu'elle reviendrait. Les Antæ ne voyaient pas d'un œil favorable des monarques de sexe féminin, mais Pardos était d'avis que la fille d'Hildric était préférable, et de loin, à n'importe lequel de ceux qui ne manqueraient pas de se présenter.

Il quitta Varèna le matin suivant, aussitôt après la prière de l'aube, et prit la route de l'est qui menait en Sauradie.

De fait, son principal problème, ce furent les chiens. Ils avaient tendance à éviter les groupes importants, mais à deux ou trois reprises Pardos fit route seul, à l'aube ou au crépuscule, et il y eut une nuit particulièrement pénible où il se trouva coincé entre deux auberges. Chaque fois, il fut pourchassé par des chiens sauvages. Il leur donna des coups de bâton, surpris lui-même de sa violence et de son langage profane, mais il eut son compte de morsures. Aucune des bêtes ne semblait enragée – ce qui était une bonne chose, car il aurait été mort ou mourant à l'heure présente, et Couvry aurait été obligé d'aller se faire rembourser par le diseur de bonne fortune.

Les auberges étaient plutôt sales et froides et offraient une nourriture d'origine indéterminée, mais la chambre de Pardos, à Varèna, n'était pas un palais urbain, et il ne lui était pas tout à fait inhabituel de partager sa paillasse avec des bestioles voraces. Il vit bon nombre d'individus douteux qui buvaient trop de mauvais vin par des nuits humides, mais il devait leur être évident que ce jeune homme taciturne ne possédait rien en matière de richesse ou de biens à voler, et on le laissa tranquille ; il avait pris la précaution de salir ses bottes neuves, afin de les faire paraître plus vieilles.

Il aimait ces bottes. Le froid ne le dérangeait pas, marcher non plus, et il trouvait étrangement excitante la grande forêt obscure, au nord – l'Ancienne Forêt. Il prenait plaisir à essayer de repérer et de décrire les nuances de vert foncé, de gris, de brun et de noir terreux transformés à mesure par le mouvement de la lumière à la lisière des bois. Il lui vint à l'idée que ses grands-parents et leurs pères pouvaient très bien avoir habité cette forêt, et que c'était peut-être ce qui la lui rendait attrayante. Les Antæ avaient longtemps vécu en Sauradie, avec les Inicii, les Vraques et d'autres tribus belliqueuses, avant d'amorcer leur grande migration vers le sud-ouest, en Batiare où s'émiettait un empire proche de sa chute. Peut-être les arbres qui longeaient la route impériale parlaient-ils à d'antiques passions dans ses veines… Le chiromancien avait déclaré qu'on l'attendait sur la route ; mais il n'avait rien dit de ce qui l'attendait.

Il recherchait la compagnie d'autres voyageurs, comme Martinien l'en avait instruit, mais après les quelques premiers jours, il ne se fit plus trop de souci s'il n'en trouvait pas. Il essayait d'être le plus fidèle possible dans ses prières, au lever et au coucher du soleil, en cherchant des chapelles au bord de la route, aussi finissait-il toujours par traîner derrière ses compagnons moins pieux, quand il en avait.

Un marchand de vin mégarien bien rasé lui avait offert de le payer pour partager son lit dans une auberge – un relais impérial, en plus ! – et il lui avait fallu un coup de bâton au creux des genoux pour le dissuader de tripoter les parties génitales de Pardos sous couvert du crépuscule qui avait surpris leur groupe sur la route. Pardos avait craint de voir les amis de l'individu réagir à son cri de douleur et devenir agressifs, mais ils semblaient en fait habitués à la nature de leur collègue et ne lui causèrent pas d'ennuis. L'un d'eux s'était même excusé, ce qui était surprenant. Leur groupe s'était arrêté au relais impérial lorsque l'édifice s'était détaché de la nuit – accueillant et de belles dimensions – et Pardos avait continué seul. C'était la nuit où il avait échoué du côté sud d'un mur de pierre dans le froid perçant, à se débattre avec des chiens sauvages sous les rayons de la lune blanche. Le mur aurait dû contenir les chiens, mais il était affaissé en trop d'endroits ; Pardos savait ce que cela signifiait : la peste était passée par là aussi dans les dernières années. Quand les gens mouraient en si grand nombre, il n'y avait jamais assez de bras pour les travaux indispensables.

Cette nuit-là fut très dure, et il se demanda bel et bien, secoué de frissons et luttant pour se tenir éveillé, s'il mourrait là en Sauradie après une brève existence totalement dénuée d'importance. Il se demanda ce qu'il faisait si loin de son univers familier, incapable d'allumer un feu, à fixer les ténèbres pour y guetter l'apparition des maigres silhouettes à la gueule écumante qui le réduiraient en pièces s'il ne repérait pas leur approche. Il entendit encore d'autres bruits en provenance de la forêt qui se trouvait de l'autre côté du mur et de la route : des grognements profonds et répétés, puis un hurlement et, une fois, le pas d'une créature de très forte taille. Il ne se releva pas pour voir de quoi il pouvait s'agir, mais ensuite les chiens s'en allèrent, Jad en fût loué. Pardos resta assis, recroquevillé dans son manteau, appuyé à son sac et aux pierres rugueuses du mur qui l'abritait. Il contempla les étoiles lointaines et la solitaire lune blanche en songeant à sa place dans la création de Jad, à cet endroit de l'univers où la petite tache insignifiante mais douée de souffle qu'était Pardos des Antæ passait une nuit glacée. Les étoiles étaient dures et étincelantes comme des diamants dans le noir.

Plus tard, il déciderait que cette longue nuit avait renouvelé son appréciation du dieu, si ce n'était pas là une pensée trop présomptueuse, car comment un homme tel que lui pouvait-il bien oser parler de son appréciation de la divinité ? Mais cette idée demeura en lui ; ce que Jad accomplissait chaque nuit, toutes les nuits, n'était-il pas infiniment plus difficile, alors qu'il combattait seul ses ennemis malveillants dans le froid mordant des ténèbres ? Et – plus vrai encore – le dieu ne le faisait-il pas pour le bénéfice d'autrui, pour ses enfants mortels, et non pour lui-même ? Pardos s'était contenté de lutter pour sa propre survie, non pour sauver une autre créature vivante.

À un certain moment, dans l'obscurité, après le coucher de la lune blanche, il avait songé aux Veilleurs, ces saints prêtres qui par leur veille nocturne manifestaient leur compréhension de ce que le dieu accomplissait chaque nuit. Il était ensuite tombé dans un sommeil agité et dépourvu de rêves.

Le lendemain, gelé, les muscles raides et endoloris, infiniment las, il était arrivé à une chapelle de ces mêmes Veilleurs, édifiée un peu en retrait de la route, et il était entré avec gratitude, désireux de prier et d'exprimer sa reconnaissance, peut-être aussi pour trouver un peu de chaleur par une froide et venteuse matinée. Et il avait vu alors ce qui se trouvait sur le plafond en coupole de la chapelle.

L'un des prêtres, qui était éveillé, s'avança pour le saluer avec bonté ; ils psalmodièrent ensemble la prière au soleil levant devant le disque, sous la silhouette majestueuse du dieu sombre et barbu représenté sur la coupole. Ensuite, Pardos confia avec hésitation au prêtre

qu'il venait de Varèna, qu'il était mosaïste, et que l'œuvre
créée dans le dôme était en vérité la plus bouleversante
qu'il eût jamais vue.

Le saint homme hésita à son tour, dans ses robes
blanches, et demanda à Pardos s'il connaissait un autre
mosaïste occidental, un nommé Martinien, qui était
passé par là plus tôt dans l'automne. Pardos se rappela
juste à temps que Crispin faisait route vers l'est en utilisant le nom de son partenaire ; oui, dit-il, il connaissait
Martinien, il avait fait son apprentissage avec lui et il
se rendait en Orient pour le rejoindre, à Sarance.

À ces paroles, le prêtre au mince visage hésita de nouveau, puis demanda à Pardos de l'attendre un moment.
Après avoir disparu par une petite porte latérale de la
chapelle, il revint avec un autre prêtre, plus âgé, à la barbe
grise ; celui-ci expliqua avec embarras que l'autre artisan,
Martinien, leur avait suggéré que l'image de Jad avait
peut-être besoin d'une certaine... attention, si l'on
voulait la voir durer comme elle le devait.

En levant les yeux pour observer alors avec plus
d'attention, Pardos aperçut la même chose que Crispin ;
il hocha la tête en disant qu'en vérité c'était bien le
cas. Ils lui demandèrent ensuite s'il accepterait d'y
aider. Pardos battit des paupières, frappé de révérence
et de stupéfaction, et balbutia : il faudrait beaucoup de
tessères à assortir à celles de la coupole pour mener à
bien ce travail d'une précision presque impossible ; il
aurait besoin d'un équipement et d'outils de mosaïste,
d'un échafaudage...

Les deux saints hommes se regardèrent puis, après
avoir traversé la chapelle, conduisirent Pardos à l'un
des bâtiments extérieurs ; par des marches grinçantes,
ils descendirent dans une cave. Et là, à la lueur d'une
torche, Pardos vit un échafaudage démonté et les outils
de son métier. Il y avait une douzaine de coffres le
long des murs de pierre ; les prêtres les ouvrirent, l'un
après l'autre, et Pardos vit des tessères d'un éclat et
d'une qualité tels qu'il dut lutter pour ne pas verser
une larme en se rappelant le vilain verre trouble que

Crispin et Martinien avaient été contraints d'utiliser à Varèna. C'étaient les tessères qui avaient servi à créer l'image de Jad sur la coupole : les prêtres les conservaient dans ces coffres depuis des centaines d'années.

Les deux saints hommes l'observaient en silence, dans l'expectative ; Pardos finit simplement par hocher la tête : « Oui, dit-il, oui. » Et : « J'aurai besoin de quelques-uns d'entre vous pour m'aider.

— Il faudra nous dire ce que nous devrons faire », dit le plus âgé des deux hommes, la torche haute, tout en contemplant le verre étincelant dans les coffres antiques où il reflétait et capturait la lumière.

Pardos resta donc à travailler là avec eux pendant presque tout l'hiver, en vivant comme eux. De la manière la plus étrange, il semblait qu'on l'y eût attendu.

Il arriva un moment où il eut atteint les limites de ce qu'il se sentait capable de faire sans mentor pour une œuvre d'une aussi sainte magnificence, et compte tenu de son expérience limitée. Les Veilleurs avaient pour lui du respect, conscients qu'ils étaient de sa piété et du soin qu'il apportait à son travail, et il avait même l'impression qu'ils l'aimaient bien : personne ne le contredit. La dernière nuit, dans une robe blanche qu'ils lui avaient offerte, Pardos veilla avec les Veilleurs et, secoué de frissons, il entendit son propre nom psalmodié par les saints hommes au cours de leurs rituels, comme celui d'un homme vertueux et méritant pour lequel on requérait la grâce divine. Ils lui firent des présents – un manteau neuf, un disque solaire – quand avec son bâton et son sac, par une éclatante matinée où les chants d'oiseaux annonçaient l'approche du printemps, il repartit pour Sarance.

◆

En toute honnêteté, Rustem devait admettre qu'il avait été blessé dans sa vanité. Encore un peu de temps et ce malaise dérangeant, ce réflexe colérique passerait sûrement, il commencerait à trouver amusantes et instructives les réactions de ses épouses et sa propre réaction, mais le délai nécessaire n'était pas encore passé.

Il s'était apparemment complu dans certaines illusions domestiques. Il n'était pas le premier homme à y succomber. La mince et frêle Jarita, qui devait être répudiée pour répondre au désir du Roi des rois d'élever Rustem à la caste religieuse, avait semblé tout à fait satisfaite lorsqu'elle en avait été informée – dès qu'elle avait appris qu'on promettait de la donner à un époux aimable et de statut approprié. Sa seule requête avait été que ce fût à Kabadh.

La seconde et délicate épouse de Rustem semblait détester le désert de sable bien davantage qu'elle ne l'avait jamais laissé entendre, et manifester un intérêt tout aussi marqué à voir l'animation de la cité royale, et à s'y installer. Rustem, abasourdi, avait indiqué qu'elle serait probablement satisfaite dans son désir. Jarita l'avait embrassé avec joie, et même avec une joie passionnée, et elle était allée rendre visite à son bébé dans la chambre des enfants.

Katyun, la première épouse de Rustem – Katyun la calme, la pondérée, qui allait être honorée avec son fils par cette élévation à la première des trois castes, avec la perspective d'une richesse et d'un avenir jusqu'alors inimaginables –, Katyun avait éclaté en un tempétueux chagrin à l'annonce des mêmes nouvelles. Gémissant de détresse, elle avait refusé d'être consolée.

Katyun n'aimait pas du tout les grandes cités du monde, n'en ayant jamais vu aucune et n'ayant jamais éprouvé le désir d'en voir. Habits ou cheveux pleins de sable étaient pour elle un inconvénient trivial ; on pouvait s'arranger de la chaleur du soleil si on savait comment s'y prendre ; Kérakek, petit village éloigné de tout, était un lieu de résidence tout à fait plaisant si l'on était l'épouse d'un médecin respecté et si l'on possédait le statut afférent.

Kabadh, la cour, les fameux jardins et leurs eaux, les terrains de *churka*, la salle de danse aux piliers écarlates et sa profusion de fleurs… Les femmes y seraient maquillées, parfumées, vêtues de soies exquises, leurs comportements et leur malice y seraient aiguisés par la familiarité et une longue pratique. Une femme originaire des provinces désertiques parmi de telles femmes ?

Katyun avait pleuré dans son lit, les paupières serrées, refusant même de regarder Rustem alors qu'il s'efforçait de la réconforter en évoquant les perspectives que la munificence royale offrait à Shaski et à tous les autres enfants qu'ils seraient désormais en mesure d'avoir.

À cette dernière remarque impulsive, non préméditée, les pleurs de Katyun se tarirent quelque peu. Elle désirait un autre bébé, et Rustem le savait. Une fois qu'ils auraient déménagé à Kabadh pour le poste prestigieux de médecin royal, l'argument de l'espace vital et des ressources tomberait de lui-même en ce qui concernait un autre enfant.

Intérieurement, Rustem avait pourtant été blessé. Jarita avait pris avec bien trop de sang-froid sa future répudiation en compagnie de sa fille ; Katyun n'avait absolument pas paru comprendre à quel point cette métamorphose de leur fortune était renversante, elle n'avait pas été fière pour lui, ni excitée à l'idée du nouveau destin qu'ils allaient partager.

Mais l'évocation d'un second enfant la calma. Elle s'essuya les yeux, s'assit dans le lit, dévisagea Rustem d'un air songeur puis parvint à esquisser un sourire. Rustem passa avec elle le reste de la nuit. Katyun, d'une joliesse moins délicate que Jarita, était aussi moins timide que sa seconde épouse et douée de plus de talent pour le stimuler de maintes façons ; avant l'aube, à demi endormi, il avait été amené à faire une première tentative pour engendrer l'enfant promis. Caresser Katyun, entendre ce qu'elle lui murmurait à l'oreille, cela mit un baume sur la fierté blessée de Rustem.

Au lever du soleil, il retourna à la forteresse pour déterminer l'état de son royal patient. Tout allait bien. Shirvan se remettait vite, signe d'une constitution de fer et d'un alignement bienveillant des augures ; Rustem ne s'attribua rien de l'une et prit grand peine à assurer le maintien de l'autre.

Entre deux visites au roi, il se retrouvait enfermé avec le vizir Mazendar et d'autres qui se joignaient à eux de temps en temps. Il se fit instruire de manière expéditive sur certains aspects du monde tel qu'il se présentait cet hiver-là, avec une emphase toute particulière sur la nature et les possibles intentions de Valérius II de Sarance, qu'on appelait parfois l'Empereur de la Nuit.

Si Rustem se rendait à Sarance, et dans un but spécifique, il devait savoir un certain nombre de choses.

Quand il partit finalement – après avoir pris des arrangements hâtifs pour que ses élèves poursuivent leurs études avec un médecin de sa connaissance à Qandir, plus loin encore au sud –, l'hiver était déjà bien avancé.

La séparation la plus pénible – détail complètement imprévu –, ce fut avec Shaski. Les femmes s'étaient réconciliées avec ce qui arrivait, elles pouvaient le comprendre ; le bébé était trop jeune pour savoir. Mais Shaski, bien trop délicat, songea Rustem, luttait visiblement pour ne pas pleurer ce matin-là tandis que son père finissait de serrer les cordons de son sac et se retournait pour leur dire adieu à tous.

Shaski s'était avancé de quelques pas dans l'allée. Il s'essuyait les yeux de ses poings fermés. Il essayait vraiment de ne pas pleurer, Rustem devait le reconnaître. Voyons, quel garçonnet éprouvait un attachement aussi absurde pour son père ? C'était une faiblesse. Shaski était encore à l'âge où l'univers qu'il devait connaître, dont il avait besoin, était celui des femmes. Un père devait procurer nourriture et toit, servir de compas moral et faire régner la discipline dans son foyer. Peut-être Rustem avait-il fait erreur, après tout, en permettant à l'enfant d'écouter ses leçons depuis le couloir. Shaski n'avait pas à réagir ainsi. Des soldats les regardaient ; une escorte de la forteresse accompagnerait Rustem pendant la première partie de son voyage, preuve de la faveur royale.

Rustem ouvrit la bouche pour admonester son fils et découvrit – avec honte – qu'il avait la gorge nouée et le cœur serré, ce qui rendait tout discours difficile. Il toussa.

« Écoute bien tes mères », dit-il, d'une voix plus enrouée qu'il ne l'aurait voulu.

Shaski hocha la tête. « Oui », murmura-t-il. Il ne pleurait toujours pas. Ses petits poings étaient serrés au bout de ses bras. « Quand reviendras-tu à la maison, Papa ?

— Quand j'aurai fait ce que je dois faire. »

Shaski s'avança de deux autres pas en direction de la barrière près de laquelle se tenait Rustem. Ils étaient seuls, à mi-chemin entre les femmes à la porte d'entrée et l'escorte militaire un peu plus bas sur la route. S'il avait tendu la main, Rustem aurait pu toucher l'enfant. Un unique oiseau chantait dans la lumière transparente de cette matinée hivernale.

Shaski prit une grande inspiration, rassemblant visiblement son courage. « Je ne veux pas que tu partes, tu sais », dit-il.

Rustem essaya d'en être scandalisé. Les enfants n'étaient absolument pas censés parler ainsi. Pas à leur père. Puis il se rendit compte que l'enfant le savait et qu'il avait baissé les yeux, épaules voûtées, comme dans l'attente d'une réprimande.

Rustem le contempla, avala sa salive puis se détourna en fin de compte sans rien dire. Il fit quelques pas avec son sac, jusqu'à ce qu'un des soldats le prît, après avoir sauté de sa monture, pour l'attacher avec dextérité sur le dos d'une mule. Rustem le regarda faire. Le chef des soldats lui lança un coup d'œil en haussant un sourcil interrogateur et en désignant le cheval qu'on lui avait fourni.

Rustem hocha la tête avec une inexplicable irritation. Il fit un pas en direction du cheval, puis se retourna brusquement pour regarder à travers la barrière. Shaski n'avait toujours pas bougé. Rustem leva une main pour faire signe au garçon, avec un petit sourire maladroit, pour laisser savoir à l'enfant que ses paroles n'avaient pas irrité son père, même si elles l'auraient dû. Les yeux de Shaski étaient toujours fixés sur Rustem ; il ne pleurait toujours pas, il paraissait toujours sur le point de le faire. Rustem l'observa encore un moment, se pénétrant de l'image de cette petite silhouette, puis, sur un dernier hochement de tête, il se retourna avec vivacité, accepta la main qu'on lui tendait pour l'aider à monter en selle, et ils s'éloignèrent. Dans sa poitrine, la sensation pénible s'attarda un moment, puis disparut.

L'escorte à cheval accompagna Rustem jusqu'à la frontière, mais il continua en pays sarantin – c'était la première fois de sa vie qu'il y mettait le pied – en la seule compagnie d'un serviteur barbu nommé Nishik. Il laissa le cheval aux soldats et continua sur une mule ; c'était plus approprié pour son rôle.

Le serviteur aussi était une supercherie. Ce serviteur n'en était pas plus réellement un que Rustem n'était en l'occurrence un simple maître médecin en quête de manuscrits et de discussions savantes avec des collègues occidentaux. Nishik était un soldat, un vétéran qui avait l'expérience du combat et de la survie. À la forteresse, on avait bien fait comprendre à Rustem que de tels talents compteraient dans son voyage, et peut-être même davantage une fois qu'il serait rendu à destination. Il allait espionner, après tout.

Ils s'arrêtèrent à Sarnica, sans essayer de dissimuler leur arrivée ni le rôle qu'avait joué Rustem en sauvant la vie du Roi des rois, ni son futur changement de statut. C'était un événement trop spectaculaire : les nouvelles de la tentative d'assassinat les avaient devancés de l'autre côté de la frontière, même en hiver.

Le gouverneur d'Amorie demanda à Rustem de l'examiner et parut manifester l'horreur appropriée en apprenant des détails supplémentaires sur les perfidies meurtrières qui florissaient au sein de la famille royale de Bassanie. Après une audience officielle, il renvoya ses aides et confia en privé à Rustem qu'il avait éprouvé quelque difficulté à satisfaire à la fois sa femme et sa maîtresse favorite. Il admit, avec un certain embarras, qu'il était allé jusqu'à consulter un chiromancien, sans succès. La prière avait également échoué à le secourir.

Rustem se retint de commenter l'un ou l'autre de ces expédients et, après avoir examiné la langue du gouverneur et lui avoir pris le pouls, il lui conseilla de consommer du foie de mouton ou de vache bien cuit les soirs où il désirait honorer l'une de ses femmes. En remarquant le teint particulièrement fleuri du gouverneur, il lui suggéra aussi de s'abstenir de boire du vin au cours de cet important repas. Il avait grande confiance de voir ce régime s'avérer efficace. Cette assurance, bien sûr, constituait la moitié du traitement. Le gouverneur le remercia avec profusion et donna des instructions selon lesquelles on devrait assister Rustem dans toutes ses entreprises pendant qu'il se trouverait à Sarnica. Deux jours plus tard, il envoya en présent, à l'auberge où demeurait Rustem, une robe de soie et un disque solaire jaddite magnifiquement décoré. Bien que splendide, le disque n'était pas un présent très approprié pour un Bassanide, mais Rustem en conclut que ses suggestions avaient eu des résultats nocturnes positifs.

Pendant son séjour à Sarnica, il rendit visite à l'un de ses anciens élèves et rencontra deux médecins avec lesquels il échangeait de la correspondance. Il acheta un texte de Cadestès sur les ulcères de la peau et paya pour une copie d'un autre manuscrit à lui expédier à Kabadh. Il fit aux médecins une relation exacte de ce qui s'était passé à Kérakek et comment, pour avoir sauvé la vie du roi, il allait bientôt devenir médecin à la cour. Dans l'intervalle, expliqua-t-il, il avait demandé et reçu la permission de se lancer dans un voyage d'acquisition, pour amasser davantage de connaissances directes ainsi que des documents occidentaux.

Il donna une conférence matinale, dont l'assistance fut plaisamment fournie, sur le traitement qu'on applique en Ispahane aux naissances difficiles, et une autre sur l'amputation des membres lorsqu'une blessure s'enflamme et présente des suintements nocifs. Il repartit après un séjour de près d'un mois et un agréable dîner d'adieu offert par la guilde des médecins. On lui communiqua le nom de plusieurs docteurs à la Cité impériale, qu'on l'encouragea à contacter, et l'adresse d'une auberge respectable où les membres de la profession médicale descendaient généralement quand ils se rendaient à Sarance.

Sur la route du nord, la nourriture était épouvantable et le logement plus encore mais – compte tenu du fait que ce n'était pas encore le printemps mais la fin de l'hiver, période où les gens dotés d'une étincelle d'intelligence s'abstenaient de tout déplacement –, le voyage s'avéra essentiellement dépourvu d'incidents. Leur arrivée à Sarance le fut moins. Rustem ne s'était vraiment pas attendu à rencontrer à la fois la mort et un mariage au cours de sa toute première journée dans la Cité.

◆

Il y avait des années que Pappio, directeur des Verreries impériales, n'avait pas lui-même soufflé du verre ou conçu une pièce. Ses devoirs étaient désormais administratifs et diplomatiques : coordination des stocks, production et livraison des tessères et des feuilles de verre requises par les artisans, dans la Cité et ailleurs. La partie la plus délicate de son office consistait à établir des priorités et apaiser les clients outrés. Les artisans, dans l'expérience qu'en avait Pappio, avaient fortement tendance à être outrés.

Son système était très bien organisé. Les projets impériaux passaient en premier et, parmi ceux-ci, il déterminait l'importance de chaque mosaïque dans le schéma général des travaux. Cela exigeait parfois des enquêtes délicates dans l'Enceinte impériale, mais il avait bel et bien constitué une équipe à cette fin et avait acquis des manières assez policées pour être à même de s'occuper en personne de hauts fonctionnaires de l'administration civile. Sa guilde n'était pas la plus importante – cet honneur revenait à la guilde de la Soie, bien entendu – mais elle n'était pas et de loin la plus insignifiante, surtout sous cet empereur, avec ses complexes projets architecturaux : on pouvait dire que Pappio était un homme de plus en plus en vue. On le traitait avec respect, en tout cas.

Les commandes privées passaient après celle de l'Empire, mais cela créait de réelles complications : les artisans engagés dans les projets impériaux recevaient leurs matériaux gratuitement, tandis que ceux qui exécutaient pour le privé des mosaïques ou d'autres travaux impliquant du verre devaient acheter leurs tessères et leurs feuilles de verre. Les Verreries impériales étaient maintenant censées être rentables, dans la nouvelle organisation élaborée par le trois fois honoré Valérius II et ses conseillers. Pappio n'était donc pas libre d'ignorer totalement les suppliques des mosaïstes réclamant des tessères pour des plafonds, des murs ou des planchers de clients privés. Et franchement, cela n'aurait pas eu grand sens pour lui de refuser *toutes* les offres discrètes de sommes destinées à sa propre bourse. Un homme avait des devoirs envers sa famille, n'est-ce pas ?

De surcroît, et cela comptait plus que toutes ces situations et leurs nuances, Pappio avait fortement tendance à favoriser les artisans – ou les patrons – qui étaient ouvertement des partisans des Verts.

Les Magnifiques Verts aux accomplissements grandioses et glorieux étaient sa faction bien-aimée, et l'un des plus grands plaisirs liés à son accession à cette prestigieuse position dans sa guilde, c'était pour lui d'être désormais en mesure de fournir un certain soutien financier à la faction et d'être honoré et reconnu en conséquence dans la salle des banquets et à l'Hippodrome. Il n'était plus simplement un humble partisan comme les autres mais un dignitaire, présent aux fêtes, siégeant à un emplacement bien visible dans les gradins, parmi ceux qui disposaient de places de choix pour les courses de chars. Bien loin étaient les temps où il faisait la queue avant l'aube devant les portes de l'Hippodrome, les jours de courses, pour obtenir une place debout.

Pappio ne pouvait manifester son favoritisme de façon trop évidente, bien sûr – les espions de l'Empereur étaient partout –, mais il s'assurait que, toutes autres choses étant par ailleurs vaguement égales, un mosaïste partisan des Verts ne repartirait jamais les mains vides si, désireux d'obtenir des couleurs ou des pierres semi-précieuses difficiles à se procurer, il se trouvait en concurrence avec un partisan connu des maudits Bleus ou même avec un artisan sans affiliation publique.

C'était l'état normal des choses. Pappio devait sa nomination à sa sympathie pour les Verts ; son prédécesseur à la tête de la guilde et à la direction des Verreries – un autre Vert fervent – l'avait en grande partie choisi pour cette raison. Quand Pappio déciderait de se retirer, on s'attendrait à lui voir offrir le poste à un autre Vert, il le savait. Cela arrivait constamment, dans toutes les guildes excepté celle de la soie, qui était un cas spécial, surveillé de près par l'Enceinte impériale. La plupart des guildes étaient contrôlées par l'une ou l'autre faction, qui s'en voyait rarement arracher le contrôle. On devait faire preuve d'une corruption massive pour voir intervenir les gens de l'Empereur.

Pappio n'avait nullement l'intention d'avouer quoi que ce fût, ni d'être corrompu, tant qu'à faire. C'était un homme prudent.

Et c'était en partie cette prudence innée qui lui avait fait éprouver un certain malaise devant la surprenante requête qu'il avait reçue et le paiement extrêmement substantiel qui l'avait accompagnée – avant même une esquisse préliminaire pour la coupe de verre commandée !

Il comprenait bien que ce qu'on achetait, c'était la caution de son statut. Ce présent aurait d'autant plus de valeur qu'il sortirait des propres mains du chef de la guilde, lequel ne s'adonnait plus à ce genre de travail. Il savait aussi que celui qui lui achetait cette pièce – un cadeau de mariage, avait-il compris – pouvait se le permettre. On n'avait nul besoin de faire enquête pour savoir que le principal secrétaire du Stratège suprême, un historien qui se trouvait aussi rédiger la chronique des projets architecturaux de l'Empereur, possédait des ressources financières bien suffisantes pour acheter une coupe richement décorée. C'était un homme qui, de plus en plus, semblait exiger une certaine déférence. Pappio n'aimait pas le secrétaire, sa face étroite, cireuse et toujours dénuée de sourire, mais cela n'avait pas à entrer en compte, n'est-ce pas ?

Il était plus difficile de déterminer pourquoi Pertennius d'Eubulus achetait ce présent. Il fallut à Pappio faire poser ailleurs quelques questions discrètes avant de penser connaître la réponse. Elle s'avéra assez simple, en fin de compte – l'une des plus vieilles histoires du monde –, et n'avait rien à voir avec la fiancée ou son prétendant.

Pertennius essayait d'impressionner quelqu'un d'autre. Et comme cette personne se trouvait être chère au cœur de Pappio lui-même, il dut maîtriser une certaine indignation – en imaginant une femme aussi lisse et splendide qu'un faucon entre les maigres bras du revêche secrétaire – afin de se concentrer de nouveau sur un art qu'il ne pratiquait plus guère. Il s'y efforça cependant, du mieux qu'il le put.

Après tout, il ne voulait pas se voir considérer par la première danseuse de ses Verts bien-aimés comme moins qu'un artisan exemplaire. Peut-être, fantasmait-il, lui demanderait-elle d'exécuter d'autres travaux pour elle après avoir vu cette coupe. Il imaginait des rencontres, des discussions, deux têtes penchées côte à côte sur une série de dessins, le célèbre parfum de la jeune femme qui l'enveloppait, – seules deux femmes le portaient dans tout Sarance –, une main confiante posée sur son bras…

Trapu, chauve et marié, avec trois enfants, Pappio n'était plus un jeune homme ; mais c'est une vérité universelle qu'une sorte de magie entoure certaines femmes, sur la scène et hors de la scène, et que les rêves les suivent où qu'elles aillent. On ne cessait pas de rêver simplement parce qu'on n'était plus jeune. Si Pertennius pouvait tenter de se gagner de l'admiration par un présent ostentatoire à des gens dont il devait se soucier comme d'une guigne, Pappio ne pouvait-il essayer de faire voir à l'exquise Shirin ce que le directeur des Verreries impériales pouvait accomplir lorsqu'il mettait son habileté et son ingéniosité – sans compter une partie de son cœur – dans l'exercice de son ancien métier ?

Elle verrait cette coupe quand on la livrerait chez elle ; il semblait que la future épouse vivait dans sa demeure.

Après avoir un peu réfléchi, et passé une matinée à exécuter des esquisses, Pappio décida de fabriquer une coupe verte, avec des incrustations de verre d'un jaune éclatant, comme des fleurs de prairies en ce printemps qui arrivait enfin.

Son cœur se mit à battre plus vite lorsqu'il se mit à l'œuvre, mais ce n'étaient pas son travail ni son art qui l'excitaient désormais, ni même l'image de la jeune femme. C'était tout autre chose. Si le printemps était presque arrivé, songeait Pappio en se chantonnant une marche de parade, alors les chars aussi, les chars aussi, les chars aussi.

◆

Chaque matin, pendant les prières de l'aube, dans l'élégante chapelle qu'elle avait choisi de fréquenter, la jeune reine des Antæ s'adonnait au même exercice : elle faisait le décompte, comme sur une ardoise imaginaire, de toutes ses raisons d'éprouver de la gratitude. Vues dans une certaine lumière, les raisons en étaient nombreuses.

Elle avait échappé à une tentative d'assassinat, survécu à un voyage maritime vers Sarance tard dans la saison, puis aux premières phases de son installation dans la cité – un processus plus démoralisant qu'elle ne voulait bien l'admettre. Lorsqu'ils étaient arrivés en vue du port et des murailles, conserver l'attitude hautaine qui s'imposait lui avait beaucoup demandé. Gisèle avait beau savoir que Sarance pouvait frapper ses visiteurs d'un excès de révérence, et s'y être préparée, elle avait appris ce matin-là, quand le soleil s'était levé derrière la Cité impériale, qu'il n'existait parfois aucune bonne façon de se préparer.

Elle avait apprécié les précieux atouts qu'étaient l'éducation donnée par son père, et la discipline personnelle exigée par sa vie de souveraine ; personne n'avait sans doute remarqué à quel point elle était intimidée.

Il y avait d'autres motifs d'adresser des remerciements au saint Jad ou à n'importe quelle divinité païenne qu'on choisissait de rappeler du fond des forêts antæ. Elle avait obtenu un logement tout à fait respectable, un petit palais proche des triples murailles, gracieuseté de l'Empereur. Elle avait agi avec une adéquate célérité, dès son arrivée, pour s'assurer des fonds suffisants en contractant des prêts de la couronne auprès des marchands batiarains qui faisaient ici commerce avec l'Orient. Malgré le caractère irrégulier de sa soudaine présence à Sarance, sans préavis, après avoir débarqué d'un navire impérial avec une simple petite escorte de gardes et de dames d'honneur, aucun des Batiarains n'avait osé refuser la requête de leur souveraine, présentée avec une désinvolture toute royale. Si elle avait tardé, il aurait pu en être autrement, elle le savait. Une fois qu'on saurait à Varèna où elle se trouvait – parmi ceux qui en cet instant même, sans aucun doute, réclamaient son trône et s'affrontaient pour l'obtenir –, on enverrait des instructions en Orient. Elle aurait peut-être davantage de mal à se procurer de l'argent. Et, plus important, elle s'attendait à ce qu'on essayât alors de l'assassiner.

Elle avait trop d'expérience en ces affaires – tout ce qui concernait la royauté, et la survie –, elle n'avait pas commis la folie d'attendre : dès qu'elle avait acquis des fonds, elle avait engagé une douzaine de mercenaires karches comme garde personnelle, les revêtant d'une livrée écarlate et blanche, les couleurs de l'étendard guerrier de son grand-père.

Son père avait toujours aimé avoir des Karches comme gardes. Si on les obligeait à rester sobres pendant leurs heures de service en leur permettant de disparaître dans des tripots pendant leur temps libre, ils étaient enclins à faire preuve d'une farouche loyauté. Elle avait également accepté l'offre de l'impératrice Alixana, trois dames d'honneur supplémentaires, un chef cuisinier et un intendant recrutés dans l'Enceinte impériale. Elle s'installait : des agréments et du personnel en quantité raisonnable étaient de rigueur. Gisèle savait parfaitement bien qu'il se trouverait des espions parmi eux, mais cela faisait aussi partie des choses familières. Il y avait des façons de les éviter ou de les induire en erreur.

On l'avait reçue à la cour peu de temps après son arrivée, en l'accueillant avec la parfaite courtoisie et le respect qui s'imposaient. Elle avait rencontré l'Empereur aux yeux gris et à la face ronde, et échangé avec lui des salutations officielles, ainsi qu'avec la petite danseuse exquise, et infertile, qui était devenue son Impératrice. Tout le monde avait été d'une politesse exactement mesurée, même si aucune rencontre ni aucuns échanges privés avec Valérius ou Alixana ne s'étaient ensuivis. Gisèle ignorait à quoi elle devait s'attendre sur ce plan. Cela dépendait des projets plus généraux de l'Empereur. Autrefois, tout avait dépendu de ses plans à elle. Ce n'était plus le cas désormais.

Dans son petit palais de la cité, elle avait elle-même reçu au début un flot régulier de dignitaires et de courtisans venus de l'Enceinte impériale. Quelques-uns par pure curiosité, elle le savait : elle était une nouveauté, une distraction hivernale. Une reine barbare fuyant son peuple. On avait peut-être été déçu de se faire recevoir avec style et avec grâce par une jeune femme aux manières réservées, vêtue de soie, et qui ne donnait aucune indication de se mettre de la graisse d'ours dans les cheveux.

Quelques-uns, moins nombreux, avaient des raisons plus sérieuses de se livrer à cette longue randonnée à travers la cité grouillante : pour l'évaluer, elle, et le rôle qu'elle pourrait jouer dans les alliances mouvantes d'une cour aux détours complexes. Le vieux chancelier Gésius, au regard perspicace, s'était fait porter en litière dans les rues pour lui apporter des présents : de la soie pour une robe, un peigne d'ivoire. Ils avaient parlé du roi Hildric, avec qui Gésius avait de toute évidence correspondu pendant des années, puis de théâtre – il l'avait incitée à s'y rendre –, et enfin de l'effet regrettable du climat humide sur les articulations de ses doigts et de ses genoux. Gisèle s'était presque laissée aller à apprécier le vieux chancelier, mais elle avait trop d'expérience pour se permettre ce genre de réaction.

Le Maître des offices, un homme plus jeune à l'expression roide du nom de Faustinus, était arrivé le matin suivant, en apparente réaction à la visite de Gésius, comme si les deux hommes surveillaient leurs agissements réciproques. C'était probablement le cas. La cour de Valérius II ne devait pas différer en cela de celle du père de Gisèle ou de la sienne. Faustinus but une infusion et posa une série de questions ostentatoirement anodines sur l'administration de la cour des Antæ. C'était un fonctionnaire ; il s'intéressait à ce genre de sujet. C'était aussi un ambitieux, estima-t-elle, mais seulement à la façon des gens trop zélés qui craignent de voir dérangé l'ordre d'une vie bien établie. Aucun feu intérieur n'animait cet homme.

Quelque chose à tout le moins brûlait chez la femme qui se présenta quelques jours plus tard, sous ses manières glacées de patricienne. Gisèle en ressentit la chaleur comme la glace. Ce fut une rencontre troublante. Gisèle avait entendu parler des Daleinoï, bien entendu : la famille la plus riche de l'Empire. Le père et l'un des fils morts ; un autre fils horriblement mutilé, selon la rumeur publique, et dissimulé quelque part ; et un troisième qui se tenait à une distance circonspecte de la Cité. Styliane Daleina, désormais épouse du Stratège suprême, était le seul membre visible de son aristocratique famille à Sarance, et n'avait quant à elle rien d'anodin, décida Gisèle au tout début de leur conversation.

Elles étaient presque du même âge, estima-t-elle, et la vie leur avait très tôt dérobé leur enfance à toutes deux. Les manières de Styliane ne révélaient rien, son comportement était parfait, un vernis d'exquise politesse ne trahissant rien de ses éventuelles pensées.

Jusqu'à ce qu'elle choisît de le faire. Alors qu'elles grignotaient des figues accompagnées d'une petite coupe de vin tiède et sucré, un échange décousu sur la mode vestimentaire occidentale avait soudain fait place à des questions très directes sur le trône de Gisèle, sa fuite et ce qu'elle espérait obtenir en acceptant l'invitation de l'Empereur à se rendre en Orient.

« Je suis vivante », avait répondu Gisèle d'un ton retenu, en croisant le regard bleu de l'autre femme. « Vous avez sans doute entendu parler de ce qui est arrivé au sanctuaire le jour de sa consécration.

— Ce fut déplaisant, si je comprends bien », avait dit Styliane avec désinvolture, référant à des meurtres et à des trahisons ; elle avait fait un geste dédaigneux : « Ceci est-il plaisant, alors ? Cette jolie cage ?

— Mes visiteurs constituent une source majeure de consolation », avait murmuré Gisèle en contrôlant férocement son irritation. « Dites-moi, on m'a pressée d'aller au théâtre, une de ces nuits. Avez-vous une suggestion ? » Elle souriait, l'air innocent, jeune, évidemment sans arrière-pensée. Une princesse barbare, qu'à peine deux générations séparaient des forêts où les femmes coloraient leurs seins nus.

Styliane n'était pas la seule, avait pensé Gisèle en se penchant pour choisir une figue avec soin, à pouvoir protéger son intimité par des discours creux.

Styliane Daleina prit congé bientôt en déclarant, sur le seuil de la porte, que les gens de la cour semblaient d'avis que la première danseuse et actrice des Verts était l'artiste la plus importante du moment. Gisèle l'avait remerciée en promettant de lui rendre sa courtoisie en allant la visiter un de ces jours. Elle avait même pensé qu'elle pourrait bien le faire ; il y avait un certain plaisir acide à ce genre d'escarmouche. Elle s'était demandé s'il était possible de trouver de la graisse d'ours à Sarance.

Il y avait eu d'autres visiteurs. Le Patriarche oriental avait envoyé son premier secrétaire, un prêtre zélé à l'odeur rance, qui avait préparé des questions sur la foi occidentale, puis l'avait sermonnée à propos d'Héladikos jusqu'au moment où il avait compris qu'elle ne l'écoutait pas. Quelques membres de la petite communauté batiaraine de Sarance – surtout des marchands, des mercenaires, quelques artisans – avaient mis un point d'honneur à la visiter régulièrement, puis, à un moment donné de l'hiver, avaient cessé de venir. Gisèle en conclut qu'Eudric ou Kerdas avaient expédié une consigne, ou même des ordres. Agila était mort ; on l'avait appris entre-temps. Il avait péri dans le lieu d'ultime repos du père de Gisèle, le matin de la consécration. Avec Pharos et Anissa, les deux seules personnes au monde dont on pouvait dire qu'elles l'aimaient. Elle avait écouté ces nouvelles, l'œil sec, et engagé une autre douzaine de mercenaires karches.

Les visiteurs avaient continué à venir de la cour pendant un temps. Quelques hommes indiquèrent qu'ils désiraient la séduire : un triomphe pour eux, sans aucun doute.

Elle était restée vierge, en le regrettant de temps à autre. L'ennui constituait le problème central de sa nouvelle existence. Ce n'était pas réellement une existence. Plutôt une attente, afin de voir si l'existence pouvait continuer, ou reprendre.

Et c'était à ce point, malheureusement, tous les matins, dans la chapelle, au moment où cessaient les prières au saint Jad, qu'échouaient en général ses consciencieux efforts pour éprouver la gratitude appropriée. Elle avait joui d'un réel pouvoir à Varèna – même s'il avait été précaire. Reine, elle avait régné sur un peuple conquérant, dans la mère patrie d'un empire. Le grand Patriarche de Rhodias reconnaissait son autorité, comme il l'avait fait de son père. Ici, à Sarance, elle devait subir les semons d'un prêtre de rang subalterne. Elle n'était rien de plus qu'une babiole brillante, une espèce de joyau pour l'Empereur et sa cour, sans fonction, sans accès à aucun rôle actif. Elle était, si l'on voulait s'en donner l'interprétation la plus simple, une excuse possible à l'invasion de la Batiare, et guère davantage.

Tous ces courtisans subtils qui traversaient la cité à cheval ou en litière close semblaient en être arrivés peu à peu à la même conclusion. Le chemin était long pour se rendre de l'Enceinte impériale à son palais proche des triples murailles. Vers le milieu de l'hiver, les visites de la cour aussi avaient commencé à devenir moins fréquentes. Ce n'était pas une surprise. Parfois, elle s'attristait de constater combien peu de choses la surprenaient.

L'un des aspirants à sa couche – plus déterminé que les autres – continua de lui rendre visite après que les autres se furent désistés. Gisèle lui permit, une fois, de lui embrasser une paume – non la main. La sensation en avait été vaguement distrayante mais, après réflexion, Gisèle avait choisi d'être occupée lors de la visite suivante, et de la suivante ; il n'y en avait pas eu de quatrième.

Ses choix étaient limités, en réalité. Sa jeunesse, sa beauté, le désir qu'on pouvait éprouver pour elle, c'étaient les seuls maigres outils qui lui restaient maintenant qu'elle avait abandonné un trône.

Elle se demandait quand Eudric ou Kerdas tenteraient de la faire assassiner. Si Valérius essaierait réellement de les en empêcher. Tout considéré, elle était plus utile vivante à l'Empereur, mais il y avait des arguments à l'opposé, et une Impératrice à prendre en compte.

Tous ces calculs, elle devait les faire seule. Il n'y avait ici personne de confiance pour la conseiller. Non qu'il y en ait eu à Varèna, au reste. Quelquefois, elle se sentait saisie d'un regret furieux en pensant à l'alchimiste grisonnant qui l'avait aidée à s'enfuir pour ensuite l'abandonner afin de poursuivre ses propres affaires, quelle qu'en eût été la nature. La dernière fois qu'elle l'avait vu, il se tenait sur le quai de Mégarium, sous la pluie, tandis que le navire s'éloignait.

Revenue de la chapelle, Gisèle était assise chez elle dans le joli solarium qui donnait sur la rue tranquille. Elle remarqua que le soleil levant se trouvait maintenant au-dessus des toits d'en face. Elle fit résonner une clochette posée près de son siège et l'une des femmes fort bien entraînée que l'Impératrice lui avait envoyée apparut à la porte. Il était temps de se préparer à sortir. En vérité, il était faux de dire que plus rien ne la surprenait ; des développements inattendus avaient bel et bien eu lieu.

Dans le sillage de l'un de ces développements, impliquant une danseuse qui s'était trouvé être la fille de ce même homme aux cheveux gris qui l'avait abandonnée à Mégarium, Gisèle avait accepté une invitation pour l'après-midi.

Ce qui lui rappelait l'autre homme qu'elle avait recruté à Varèna, le mosaïste roux. Caius Crispus serait également présent.

Elle s'était assurée qu'il se trouvait à Sarance peu de temps après sa propre arrivée. Il lui fallait le savoir ; des considérations spécifiques étaient attachées à cet homme. Elle lui avait confié un message dangereusement personnel et ignorait s'il l'avait transmis, ou s'y était même essayé. Elle se le rappelait comme un homme amer, pessimiste, d'une intelligence inattendue ; elle avait dû s'entretenir avec lui.

Elle ne l'avait pas invité – pour autant que le reste du monde en fût concerné, il ne l'avait jamais rencontrée, après tout. Six hommes avaient péri pour maintenir cette fiction. Elle était plutôt allée examiner les progrès accomplis au nouveau Sanctuaire de la Sainte Sagesse de Jad qu'avait fait bâtir l'Empereur. L'édifice n'était pas encore ouvert au grand public, mais s'y rendre était une sortie tout à fait appropriée – et même une manifestation de piété – de la part d'une souveraine en visite. Personne n'aurait pu s'en étonner. Une fois à l'intérieur, elle avait choisi, de manière tout à fait impulsive, une approche inhabituelle.

En revoyant les événements de cette matinée-là, au début de l'hiver, tandis que ses femmes préparaient son bain, Gisèle se surprit à sourire intérieurement. Jad savait, elle n'était pas femme à céder à ses impulsions et elle avait assez peu souvent l'occasion d'être divertie, mais elle ne s'était pas conduite avec ce qu'on aurait pu considérer comme une pieuse bienséance dans ce stupéfiant sanctuaire, et elle devait admettre qu'elle y avait pris plaisir.

L'histoire avait maintenant fait le tour de Sarance. C'était son but.

◆

Un homme sur un échafaudage, sous une coupole, du verre dans les mains, s'efforçant de créer un dieu. Plus d'un, en vérité, même si cette vérité n'en était pas une qu'il avait l'intention de révéler. Ce jour-là, au début de l'hiver dans Sarance, la sainte cité de Jad, Crispin avait été heureux d'être en vie, sans hâte particulière de se faire jeter au bûcher pour hérésie. L'ironie, c'était qu'il n'avait pas encore pris conscience de son bonheur, ne l'avait pas admis. Il n'avait pas éprouvé ce sentiment depuis très longtemps, il y était désormais étranger, il aurait foudroyé du regard, en lui lançant une insulte exaspérée, quiconque aurait osé remarquer qu'il semblait content de son sort.

Sourcils inconsciemment froncés dans sa concentration, bouche réduite à une ligne, il essayait de rendre plus nettes les couleurs de sa représentation de Jad au-dessus de la découpe naissante de Sarance sur la coupole. D'autres artisans créaient la Cité sous sa surveillance ; il s'occupait quant à lui des diverses figures et avait commencé par Jad, afin que l'image divine pût abaisser son regard sur tous les visiteurs tandis qu'on terminait la coupole et les demi-coupoles, ainsi que les murs. Il voulait que, sans en être une copie servile ou trop évidente, son dieu fît écho à celui qu'il avait vu dans une petite chapelle de Sauradie, un hommage tacite. Il travaillait à une échelle différente, son Jad était l'élément central d'une scène bien plus vaste et non la seule figure régnant sur la coupole ; il fallait résoudre des questions d'équilibre et de proportions.

À ce moment-là, il pensait aux yeux et aux rides qui les encadraient, en se rappelant le Jad blessé et hagard de cette chapelle, le Jour des morts. Il en avait été littéralement renversé, jeté à terre par la vision de cette toute-puissante figure émaciée.

Il possédait une très bonne mémoire des couleurs. Impeccable, de fait, et il le savait sans fausse modestie. Il avait étroitement collaboré avec le directeur des Verreries impériales pour trouver les nuances les mieux assorties à ce qu'il se rappelait de la chapelle sauradienne. Être désormais le responsable des mosaïques pour le projet architectural le plus important de Valérius II, et de loin, n'était pas sans avantages. Le précédent mosaïste, un nommé Siroès, s'était fait renvoyer, disgracié, et la même nuit un accident inexpliqué lui avait fracturé les doigts de chaque main. En l'occurrence, Crispin en savait plus long sur cette affaire. Il aurait préféré en être ignorant. Il se rappelait une grande femme aux cheveux clairs dans sa chambre, à l'aube, et son murmure : "Je peux attester que Siroès n'était pas en mesure d'engager des assassins cette nuit." Et elle avait ajouté, très calme : "Crois-moi."

Il la croyait. Sur ce point, sinon pour le reste. C'était l'Empereur, cependant, et non la femme aux cheveux blonds, qui avait montré cette coupole à Crispin en la lui offrant. Ce que Crispin demandait, maintenant, la plupart du temps, il l'obtenait, du moins aussi longtemps qu'il s'agissait de tessères.

Dans les autres sphères de son existence, une fois redescendu parmi les hommes et les femmes de la Cité, il n'avait pas encore décidé ce qu'il désirait, si même il désirait quoi que ce fût. Il savait seulement qu'il avait une existence en dehors de cet échafaudage, avec des amis, des ennemis – on avait attenté à sa vie à plusieurs reprises quelques jours à peine après son arrivée –, et des complexités qui pouvaient, s'il le leur permettait, constituer une distraction dangereuse à l'égard de ce qu'il devait accomplir dans ce dôme offert par un Empereur et un architecte de génie.

Il passa une main dans ses épais cheveux roux, les ébouriffant plus encore que d'habitude, et décida que les yeux de son dieu seraient brun sombre, en obsidienne, comme ceux de l'image sauradienne, mais qu'il n'évoquerait pas la lividité de cet autre Jad avec des nuances de gris pour la peau du visage. Il reprendrait ces deux teintes lorsqu'il ferait les longues mains maigres, mais il ne donnerait pas à celles-ci l'aspect ravagé qu'avaient celles de l'autre. Un écho, non une copie. C'était à peu près ce qu'il avait pensé avant même d'entrer dans le Sanctuaire – ses instincts premiers étaient en général les bons.

Après cette décision, Crispin prit une profonde inspiration et se sentit plus détendu. Il pourrait commencer le lendemain. Il sentit alors un léger déplacement de l'échafaudage, un mouvement de balancier : quelqu'un montait.

C'était défendu. C'était absolument, totalement défendu aux apprentis comme aux artisans. À tout le monde, d'ailleurs, y compris à Artibasos, qui avait édifié le Sanctuaire. Une règle : quand Crispin se trouvait là-haut, personne ne grimpait dans l'échafaudage. Il avait menacé tout le monde de mutilation, de démembrement, de mort. Vargos, qui s'avérait un assistant aussi compétent sous le dôme que sur la route, avait mis le plus grand soin à protéger la retraite sacrée de Crispin dans les hauteurs.

Crispin regarda vers le bas, surtout stupéfait de cette infraction de la part de l'Inici, et vit que c'était une femme qui grimpait à l'échelle – elle avait ôté son manteau pour se mouvoir plus aisément. Beaucoup plus bas, sur les dalles de marbre, il aperçut Vargos et les autres. Son compagnon inici écarta les mains en un geste d'impuissance. Crispin observa de nouveau la femme qui montait vers lui. Puis il battit des paupières et retint son souffle, en étreignant fortement la petite rambarde.

Une fois déjà il avait regardé depuis cette hauteur, juste après son arrivée, alors que, tel un aveugle, il venait d'utiliser ses doigts pour tâter le relief de la coupole où il avait l'intention de recréer le monde, et il avait vu une femme très loin en bas. Il avait éprouvé sa présence

comme une attraction irrésistible : la puissante séduction du monde où hommes et femmes menaient leur
existence.

Cette fois-là, il s'était agi d'une Impératrice.

Il était descendu jusqu'à elle. Ce n'était point une
femme à laquelle on résistait, même si elle se contentait
de se tenir là, et d'attendre. Il était descendu pour parler
de dauphins et d'autres sujets, pour rejoindre le monde
des vivants et se le réapproprier en abandonnant celui
où l'avait plongé un amour ravi par la mort.

Cette fois-ci, tout en suivant avec une muette stupéfaction l'ascension régulière de la personne qui était en
train de grimper avec adresse, Crispin essaya de se faire
à l'identité de celle-ci. Trop abasourdi pour lui adresser
la parole ou même savoir comment réagir, il se contenta
d'attendre, le cœur battant, tandis que sa souveraine le
rejoignait, très haut au-dessus du monde, mais bien
visible pour ceux qui se trouvaient sur le plancher du
Sanctuaire.

Elle atteignit le dernier barreau puis, ignorant la main
que Crispin lui tendait en hâte, la plate-forme de l'échafaudage ; un peu rouge, le souffle court, mais visiblement
contente d'elle-même, les yeux brillants, sans crainte
sur cette plate-forme précaire où l'on pouvait avoir des
conversations absolument privées, juste sous le dôme
d'Artibasos. Si nombreuses fussent les oreilles curieuses
dans la périlleuse Sarance, il n'y en avait point ici.

Crispin s'agenouilla, tête inclinée. La dernière fois
qu'il avait vu cette jeune femme environnée de dangers,
c'était dans le palais de celle-ci, dans sa capitale, loin
en Occident. Il lui avait baisé le pied avant de partir, il
avait senti sa main lui effleurer les cheveux. Puis il était
parti, après avoir trouvé moyen de promettre la livraison
d'un certain message à un Empereur. Et il avait appris
le matin suivant qu'elle avait fait supprimer six de ses
propres gardes, uniquement pour protéger le secret de
leur rencontre.

Sur l'échafaudage, Gisèle des Antæ lui effleura de
nouveau les cheveux d'un geste lent et léger. Toujours
agenouillé, il frissonna.

« Pas de farine, cette fois, murmura sa souveraine. Une amélioration, artisan. Mais je préfère la barbe, je pense. L'Orient vous a-t-il donc conquis si vite ? Êtes-vous perdu pour nous ? Vous pouvez vous relever, Caius Crispus, et me dire ce que vous avez à me dire.

— Votre Majesté, balbutia Crispin en se redressant et en se sentant rougir, terriblement troublé : le monde venait à lui, même ici. « Ce n'est pas ici un endroit… Vous n'êtes vraiment pas en sécurité ici, pas du tout ! »

Gisèle sourit : « Êtes-vous si dangereux, artisan ? »

Pas lui. Mais elle l'était. Il aurait voulu le lui dire. Sa chevelure était dorée, ses yeux d'un bleu profond dont il se souvenait bien – elle ressemblait en fait à une autre de ces femmes excessivement dangereuses dont il avait fait ici la connaissance. Mais là où Styliane Daleina était de la glace ourlée de malice, Gisèle, fille d'Hildric le grand, évoquait quelque chose de plus sauvage et de plus triste à la fois.

Il savait qu'elle se trouvait à Sarance, bien entendu. Tout le monde avait entendu parler de l'arrivée de la reine des Antæ. Il s'était demandé si elle l'enverrait chercher. Elle ne l'avait pas fait. Elle avait plutôt escaladé cette échelle pour venir le trouver, aussi gracieuse et assurée qu'un mosaïste expérimenté. C'était la fille d'Hildric. Une Antæ. Elle pouvait chasser, tirer à l'arc, monter à cheval, et probablement tuer en utilisant une dague dissimulée sur sa personne. Ce n'était pas une délicate dame de la cour, trop bien protégée.

« Nous attendons, artisan, déclara-t-elle. Nous avons fait un long chemin pour vous voir, après tout. »

Il inclina la tête. Et lui raconta, sans embellissements et sans rien omettre d'important, sa conversation avec Valérius et Alixana, lorsque l'éclatante et menue silhouette qui était l'impératrice de Sarance se fut retournée sur le seuil de sa chambre pour demander, avec une apparente désinvolture, ce qu'il en était de la proposition de mariage qu'il apportait sans aucun doute de Varèna.

Gisèle était troublée. Elle essayait de le dissimuler, et y aurait peut-être réussi pour un observateur moins perspicace. Quand il eut terminé, elle resta un moment silencieuse.

«Est-ce elle qui a deviné, ou lui?» demanda-t-elle.

Crispin réfléchit: «Tous les deux, je pense. Ensemble, ou séparément.» Il hésita. «C'est… une femme exceptionnelle, Majesté.»

Le regard bleu de Gisèle croisa brièvement le sien, se détourna aussitôt. Elle est tellement jeune, songea-t-il.

«Je me demande ce qui se serait passé, murmura-t-elle, si je n'avais pas fait supprimer les gardes.»

"Ils seraient en vie", eut-il envie de répliquer, mais il se retint. Il l'aurait peut-être dit une saison plus tôt, mais il n'éprouvait plus la même colère ni la même amertume qu'au début de l'automne. Il avait parcouru du chemin, entre-temps.

Un autre silence. «Vous savez pourquoi je suis ici, dit-elle. À Sarance.»

Il hocha la tête. Toute la cité en parlait. «Vous avez échappé à un attentat. Au sanctuaire. Je suis horrifié, Majesté.

— Bien sûr», dit sa souveraine en souriant d'un air presque absent. Malgré toutes les implications terrifiantes de ce dont ils discutaient et malgré ce qui lui était arrivé, une humeur étrange semblait émaner d'elle dans la dérive dansante du soleil qui pénétrait par les hautes fenêtres entourant le dôme. Crispin essaya d'imaginer ce qu'elle devait ressentir après avoir fui son trône et son peuple, à vivre ici en dépendant du caprice d'autrui, dépouillée de son pouvoir. Il n'en était même pas capable.

«C'est plaisant, ici», dit soudain la reine. Elle s'approcha de la petite rambarde pour regarder en bas, apparemment indifférente à l'altitude. Crispin avait vu des gens s'évanouir ou s'effondrer en s'accrochant aux planches de l'échafaudage.

Il y avait d'autres plate-formes dans le dôme, côté est, là où les artisans avaient commencé à insérer les tessères en suivant les contours esquissés par Crispin, un paysage urbain, les bleus et verts profonds de la mer; mais personne ne s'y trouvait pour l'instant. Gisèle des

Antæ contempla ses mains sur la rambarde, puis se retourna pour les lui montrer. « Pourrais-je être une mosaïste, d'après vous ? » Elle se mit à rire. Il guettait du désespoir, de la crainte, n'entendit qu'un réel amusement.

« C'est un artisanat indigne de vous, Majesté », dit-il.

Elle jeta un coup d'œil autour d'elle sans répliquer. « Non. Non, ce ne l'est pas », dit-elle enfin ; elle désigna le dôme d'Artibasos et la vaste mosaïque de Crispin qui commençait à s'y dessiner. « Ceci n'est indigne de personne. Êtes-vous content d'être venu ici, à présent, Caius Crispus ? Vous ne le vouliez pas, je m'en souviens. »

Devant cette question directe, Crispin hocha la tête en signe d'aveu, pour la première fois. « Je ne le voulais pas, mais pour quelqu'un comme moi, ce dôme est le plus beau don de toute mon existence. »

Elle inclina la tête à son tour. Son humeur avait brusquement changé. « Bien. Nous sommes également heureuse de vous voir ici. Nous avons peu de gens de confiance dans cette cité. En êtes-vous un ? »

Elle avait été directe aussi lors de leur première rencontre. Crispin s'éclaircit la voix. Elle était seule à Sarance. La cour s'en servirait comme d'un outil et, à Varèna, des hommes féroces la voudraient morte. Il demanda : « Quelle que soit la façon dont je puis vous aider, Madame, je vous aiderai. »

— Bien », répéta-t-elle ; elle s'était empourprée ; ses yeux étincelaient. « Je me demande. Comment allons-nous procéder ? Vais-je vous ordonner de venir m'embrasser, pour qu'on nous voie d'en bas ? »

Crispin battit des paupières, déglutit, se passa par réflexe la main dans les cheveux.

« Ça n'améliore pas votre apparence, vous savez, remarqua la reine. Réfléchissez, artisan. Je dois avoir une raison d'être venue vous voir ici. Cela vous aidera-t-il avec les dames de la cité, si vous êtes réputé être l'amant d'une reine, ou cela vous marquera-t-il comme… intouchable ? » Et elle sourit.

«Je… je n'ai pas… Madame, je…

— Vous ne voulez pas m'embrasser?» Une humeur terriblement fantasque, qui constituait un danger en soi. La jeune femme attendait, dans une parfaite immobilité.

Tout à fait décontenancé, et après avoir pris une profonde inspiration, il s'avança d'un pas.

Elle se mit à rire. «À bien y penser, ce n'est pas nécessaire, n'est-ce pas? Ma main fera l'affaire, Artisan. Vous pouvez me baiser la main.»

Elle la lui tendit. Il la prit entre les siennes et juste comme il la portait à ses lèvres, elle la retourna et ce fut sa paume, douce et tiède, qu'il baisa.

«Je me demande, dit la reine des Antæ, si quiconque a pu me voir agir ainsi.» Et elle sourit de nouveau.

Crispin trouvait difficile de respirer. Il se redressa. Elle resta tout près de lui et, de ses deux mains levées, remit de l'ordre dans sa chevelure.

«Nous allons vous laisser», dit-elle, avec un stupéfiant sang-froid, son humeur joueuse disparue aussi vite qu'elle était venue. «Vous pouvez nous rendre visite, bien sûr. Tout le monde pensera en connaître la raison. De fait, nous désirons aller au théâtre.

— Majesté, dit Crispin en s'efforçant de retrouver son calme, vous êtes la reine des Antæ, la souveraine de Batiare, une honorable invitée de l'Empereur… Vous ne pouvez vraiment prendre un artisan pour escorte au théâtre. Vous devrez siéger dans la Loge impériale. Vous devez y être vue. Il y a une étiquette.»

Elle fronça les sourcils, comme si l'idée venait seulement de la frapper. «Savez-vous, je crois que vous avez raison. Je devrai envoyer une note au Chancelier, alors. Mais dans ce cas, je suis peut-être venue ici pour rien, Caius Crispus.» Elle leva les yeux vers lui. «Vous devez veiller à nous fournir une raison.» Et elle se détourna.

Il était tellement secoué qu'il ne fit rien pour l'assister avant qu'elle eût descendu cinq barreaux de l'échelle.

Peu importait. Elle redescendit jusqu'au plancher de marbre aussi aisément qu'elle était montée. En la regardant rejoindre la dizaine de spectateurs à la curiosité non déguisée qui les observaient, Crispin se dit qu'il était désormais désigné comme son amant, ou même son confident, et que cela ferait peut-être courir des risques à sa mère et à ses amis, quand on l'apprendrait en Occident. Gisèle avait échappé à un attentat préparé avec beaucoup de détermination. On voulait son trône, on devait donc s'assurer qu'elle ne le reprendrait pas. Tous ceux qui lui seraient liés deviendraient suspects. De quoi, cela n'avait guère d'importance

Les Antæ ne prêtaient pas attention à ce genre de détail.

Et cette vérité s'appliquait aussi bien à la jeune femme qui se trouvait à présent presque au niveau du sol. Elle était peut-être jeune, et terriblement vulnérable ici, mais elle avait survécu un an sur son trône, au milieu d'hommes qui voulaient la voir morte ou subjuguée, et elle avait réussi à leur échapper quand ils avaient essayé de la faire assassiner. Et elle était la fille de son père. Gisèle des Antæ ferait tout ce qu'il faudrait pour arriver à ses fins, à moins qu'on ne mît un terme à ses jours. Elle ne penserait même pas aux conséquences possibles pour autrui.

Crispin songea à l'empereur Valérius, qui déplaçait des vies humaines comme des pièces sur un échiquier. L'exercice du pouvoir déterminait-il cette façon de penser, ou seuls ceux qui possédaient déjà cette tournure d'esprit accédaient-ils au pouvoir en ce monde ?

En regardant la reine arriver à destination sur le sol de marbre et accepter son manteau, et des courbettes, Crispin se dit que trois femmes en cette cité lui avaient offert leur intimité, et que chacune de ces offres avait été une tentative de manipulation et un faux-semblant. Aucune d'elles ne l'avait touché avec la moindre tendresse, le moindre souci de lui, ni même un réel désir.

Ou peut-être n'était-ce pas l'entière vérité. Quand il retourna chez lui plus tard, dans la demeure que les gens du Chancelier avaient fini par lui procurer, Crispin trouva une note qui l'attendait. Les nouvelles voyageaient vite dans cette cité – ou certaines variétés de nouvellès. Il déplia la note ; elle n'était pas signée, et Crispin ne connaissait pas cette écriture ronde et déliée, mais le papier était d'une finesse surprenante, luxueuse. En lisant, il comprit que nulle signature n'était nécessaire, ni possible.

"Vous m'avez dit", avait écrit Styliane Daleina, "que vous étiez étranger aux appartements privés de la royauté."

Rien de plus. Pas de reproche, pas de mention explicite d'avoir été induite en erreur, ni ironie ni provocation. Une simple expression des faits. Et le fait pour Styliane Daleina de les avoir exprimés.

Crispin, qui avait eu l'intention de prendre son repas de midi chez lui avant de retourner au Sanctuaire, était plutôt allé à sa taverne favorite, puis aux thermes publics. Aux deux endroits, il avait bu davantage de vin qu'il n'était bon pour lui.

Son ami Carullus, tribun de la Quatrième Légion sauradienne, l'avait retrouvé plus tard dans la soirée, à *La Spina*. Le solide gaillard s'était assis en face de lui et, avec un large sourire, avait fait signe qu'on lui apportât aussi une coupe de vin. Crispin avait refusé de lui rendre son sourire.

« Deux nouvelles, mon ami à l'inexplicable ébriété », avait jovialement déclaré Carullus, en levant l'index. « Un, j'ai rencontré le Stratège suprême. Je lui ai parlé, et Léontès m'a promis la moitié des arriérés de solde pour l'armée d'Occident avant le milieu de l'hiver, et le reste au printemps. Une promesse personnelle. Crispin, j'ai réussi ! »

Crispin le dévisageait en essayant de partager, en vain, la satisfaction de son ami. Cette nouvelle était pourtant très importante, en vérité – tout le monde était au courant de l'insatisfaction de l'armée et de la solde en retard. C'était la raison de la visite de Carullus à la Cité, si on faisait exception de son désir de voir les chars dans l'Hippodrome.

« Non, tu n'as pas réussi, dit Crispin, morose. Ça veut seulement dire qu'une guerre s'en vient. Valérius va envoyer Léontès en Batiare, finalement. On n'envahit pas avec des troupes qui n'ont pas été payées. »

Carullus se contenta de sourire. « Je le sais, couillon d'ivrogne. Mais qui en aura le *crédit*, mon vieux ? Qui va écrire au gouverneur demain matin, pour lui dire qu'il a réussi à obtenir la paie alors que tous les autres ont échoué ? »

Crispin reprit sa coupe en branlant du chef. « Content pour toi, dit-il. Pour vrai. Pardonne-moi si je ne suis pas aussi content d'apprendre que mes amis et ma mère vont maintenant être envahis. »

Carullus haussa les épaules. « Préviens-les. Dis-leur de quitter Varèna.

— Va te faire foutre », répliqua Crispin, injuste. Carullus n'était nullement responsable de ce qui se passait, et son avis avait peut-être du bon – plus encore à la lumière de ce qui s'était passé ce matin-là sur l'échafaudage.

« Tu as l'esprit à ça ? J'ai eu vent de ta visiteuse, ce matin. Tu gardes des coussins sur ton échafaudage, là ? Je te laisserais bien dessaouler, mais je vais exiger une explication extrêmement détaillée de la matinée, mon ami. » Carullus se passa la langue sur les lèvres.

Crispin jura de nouveau. « C'était de la comédie. Du théâtre. Elle voulait me parler et elle avait besoin d'une raison pour les spectateurs.

— Je n'en doute pas, dit Carullus en haussant les sourcils. « Te parler, hein ? Petit coquin. On dit que c'est une femme splendide, tu sais. Te parler ? Ha ! Tu me le feras peut-être croire demain matin. En attendant », ajouta-t-il après une pause inattendue, « voilà qui, eh bien, me rappelle ma deuxième nouvelle. Je suppose que, euh, je ne suis plus de la partie moi-même, maintenant. De fait. »

Crispin, plutôt abruti, leva les yeux de sa coupe de vin. « Quoi ?

— Je suis… eh bien, il se trouve que… je vais me marier, dit Carullus, de la Quatrième Légion sauradienne.

— Quoi ? » répéta Crispin avec esprit, un ton plus haut.

« Je sais, je sais, poursuivit le tribun. Inattendu, sur-prenant, amusant, tout ça. Une bonne rigolade pour tout le monde. Mais ça arrive, non ? » Il s'empourpra. « Eh bien, ça arrive bel et bien, tu vois. »

Crispin hocha la tête, abasourdi, en se retenant avec un certain effort de répéter une troisième fois, "Quoi ?"

« Et, hum, eh bien, est-ce que ça te… dérange si Kasia part de chez toi maintenant ? Ça ne ferait pas bien, évidemment, pas après qu'on l'aura fait proclamer à la chapelle.

— Quoi ? » dit Crispin, sans pouvoir s'en empêcher.

« Le mariage aura lieu au printemps, continua Carullus, les yeux brillants. La première fois que j'ai quitté la maison, j'ai promis à ma mère que, si jamais je me ma-riais, je le ferais proprement. Les prêtres le proclameront pendant toute une saison, comme ça, si quelqu'un veut faire objection, il le pourra, et ensuite on aura une véri-table fête pour les noces.

— Kasia » dit enfin Crispin, réussissant enfin à placer un mot. « *Kasia ?* »

Avec retard, son cerveau recommençait à fonctionner, à prendre la mesure de cette stupéfiante information ; Crispin secoua de nouveau la tête, comme pour la dé-barrasser des vapeurs de l'ivresse. « Laisse-moi être sûr que j'ai bien compris, outre gonflée de vent. Kasia a accepté de t'épouser ? Incroyable ! Par les os et les couilles de Jad ! Espèce de bâtard ! Tu ne m'as pas demandé la permission, et tu ne mérites foutrement pas cette femme, butor de soldat ! »

Mais il arborait un large sourire et tendit une main par-dessus la table pour étreindre avec force l'épaule de l'autre.

« Bien sûr que oui, je la mérite, répliqua Carullus. Je suis un homme doté d'un brillant avenir. » Mais lui aussi souriait avec un plaisir non dissimulé.

La femme en question appartenait à une tribu nor-dique d'Inicii, vendue en esclavage par sa mère un peu moins d'un an auparavant ; Crispin l'en avait tirée en chemin – en la sauvant aussi d'une mort païenne. Elle était trop mince, et trop intelligente, et trop volontaire, bien que mal à l'aise dans la Cité. Lors de sa première rencontre avec le soldat, elle lui avait craché à la figure – ce même soldat qui souriait maintenant avec satisfaction en annonçant qu'elle avait accepté de l'épouser.

Les deux hommes savaient, en réalité, ce qu'elle valait.

◆

Ainsi, par un jour éclatant et venteux de début de printemps, nombre de gens se préparaient-ils à se rendre au domicile de la principale danseuse des Verts où un mariage allait débuter par la procession habituelle dans la chapelle choisie, pour être ensuite célébré avec des festivités.

Les futurs époux n'appartenaient nullement à une bonne famille – même si le soldat promettait peut-être de devenir un personnage important. Mais Shirin des Verts possédait un cercle éblouissant de relations et d'admirateurs, et elle avait décidé de prendre ce mariage comme prétexte pour un événement minutieusement organisé. Elle avait connu une excellente saison théâtrale cet hiver-là.

De surcroît, l'ami le plus intime du fiancé (et de la fiancée, de toute évidence, murmuraient certains, avec un haussement de sourcils significatif), était le nouveau mosaïste impérial, le Rhodien qui se trouvait à exécuter les décorations complexes du Sanctuaire de la Sainte Sagesse de Jad – une personne qui méritait sans doute d'être cultivée. Selon les rumeurs qui couraient, d'autres figures importantes assisteraient peut-être aussi à l'événement – sinon à la cérémonie elle-même, du moins à la fête dont la demeure de Shirin serait ensuite le cadre.

On avait également largement répandu le bruit que la nourriture serait préparée dans la cuisine de la danseuse par le chef cuisinier des Bleus. Il y avait à Sarance des gens qui auraient suivi Strumosus dans le désert s'il y avait emporté ses poêles et ses sauces.

Un événement curieux, unique par bien des aspects, cette fête organisée conjointement par des Verts et des Bleus. Et tout cela pour un soldat de rang médiocre et une jeune barbare sauradienne aux cheveux blonds qui venait d'arriver à la Cité, dotée d'antécédents parfaitement inconnus. Elle était assez jolie, disaient ceux qui l'avaient vue avec Shirin, mais pas à la façon des filles qui réussissaient à décrocher un mariage surprenant. D'un autre côté, ce n'était pas comme si elle épousait un homme *réellement* important, n'est-ce pas ?

Puis une autre rumeur naquit selon laquelle Pappio, le directeur des Verreries impériales, dont le nom était de plus en plus connu, avait personnellement fabriqué une coupe commandée comme présent pour les heureux époux. Il n'avait rien fait de ses mains depuis des années, apparemment. C'était une autre énigme. Les conversations allaient bon train à Sarance. Les courses de chars ne commenceraient pas avant quelques jours, l'événement avait été bien planifié : la Cité aimait avoir des sujets de conversation.

*Je ne suis pas contente*, déclara un petit oiseau artificiel sans caractéristiques marquantes, de sa voix patricienne que seule pouvait percevoir mentalement l'hôtesse de la grande affaire de la journée. La jeune femme s'examinait d'un œil critique dans un miroir rond encadré d'argent que lui tenait une servante.

*Oh, Danis, moi non plus !* répliqua Shirin en silence. *Toutes les femmes de l'Enceinte impériale et toutes les actrices auront des parures éblouissantes, et j'ai l'air de ne pas avoir dormi depuis des jours.*

*Ce n'est pas ce que je voulais dire.*

*Bien sûr que non. Tu ne penses jamais aux choses importantes. Dis-moi, crois-tu qu'il me remarquera ?*

L'intonation de l'oiseau se fit revêche. *Lequel ? Le conducteur de chars, ou le mosaïste ?*

Shirin rit tout haut, faisant sursauter la servante. *N'importe lequel des deux*, dit-elle intérièurement. Puis son sourire se fit malicieux. *Ou peut-être les deux, cette nuit ? Ça, ce serait mémorable, non ?*

*Shirin!* L'oiseau semblait réellement choqué.

*Je te taquine, idiote. Tu me connais mieux que ça. Maintenant, dis-moi pourquoi tu n'es pas contente. C'est un jour de noces, et un mariage d'amour. Personne n'a arrangé cette union, ils se sont choisis mutuellement.* Son intonation était à présent d'une gentillesse et d'une tolérance surprenantes.

*J'ai seulement l'impression qu'il va se passer quelque chose.*

La jeune femme aux cheveux noirs, devant son petit miroir – elle n'avait en réalité pas du tout l'air d'avoir besoin de sommeil ou de quoi que ce fût d'autre, sinon de la plus extrême admiration –, hocha la tête et la servante, avec un sourire, reposa le miroir et tendit une main vers un flacon qui contenait un parfum aux caractéristiques très distinctes. L'oiseau reposait sur une table proche.

*Danis, vraiment, quelle sorte de fête serait-ce donc s'il ne s'y passait rien, justement ?*

L'oiseau ne dit mot.

Il y eut un bruit à l'entrée. Shirin se retourna pour regarder derrière elle.

Un petit homme rondelet se tenait là, la mine farouche, vêtu d'une tunique bleue et d'un très grand tablier à bavette attaché à son cou et autour de sa vaste bedaine. Sur la bavette apparaissait toute une variété de taches de nourriture, et l'homme avait sur le front une traînée de ce qui était probablement du safran. Il était muni d'une spatule en bois, d'un gros couteau passé dans la ceinture de son tablier et d'une expression chagrine.

« Strumosus ! s'exclama joyeusement la danseuse.

— Il n'y a pas de sel marin », déclara le chef cuisinier d'un ton impliquant que cette absence constituait une hérésie aussi grave que les croyances héladikéennes bannies ou qu'un paganisme absolu.

« Pas de sel ? Vraiment ? » dit la danseuse en se levant avec grâce de son siège.

« Pas de sel *marin* ! répéta le chef. Comment peut-on ne pas avoir de sel marin dans une maison civilisée ?

— Une omission épouvantable, vraiment», acquiesça Shirin avec un geste d'apaisement. «J'en suis tout simplement atterrée.

— Je sollicite la permission de prendre un de vos serviteurs et de l'envoyer à l'enclave des Bleus à l'instant. Il faut que mes marmitons restent là. Nous avons très peu de temps, vous en rendez-vous compte?

— Vous pouvez mettre mes serviteurs à contribution de toutes les façons que vous jugerez nécessaires aujourd'hui, dit Shirin, sauf à les faire rôtir.»

L'expression du chef suggérait qu'on pourrait bien en arriver là.

*Cet homme est absolument odieux*, dit l'oiseau en silence. *Je pourrais au moins supposer que tu ne le désires pas, lui.*

Shirin éclata d'un rire également silencieux: *C'est un génie, Danis. Tout le monde le dit. On doit être tolérant avec les génies. Maintenant, sois contente et dis-moi que je suis bien belle.*

Il y eut un autre bruit dans le couloir, derrière Strumosus. Le chef se retourna puis abaissa sa spatule en bois. Son expression se modifia, soudain extrêmement bienveillante. On aurait pu dire, en exagérant un peu, qu'il souriait. Il pénétra dans la pièce et s'effaça pour laisser passer la jeune femme au teint pâle et aux cheveux clairs qui se tenait timidement dans l'entrée.

Shirin sourit, elle, en portant une main à sa joue. «Oh, Kasia, dit-elle. Tu es splendide!»

# CHAPITRE 3

Plus tôt ce matin-là, très tôt, de fait, on aurait pu voir l'empereur Valérius II de Sarance, neveu d'un empereur, fils d'un fermier de Trakésie, en train de psalmodier machinalement le dernier des répons de la prière au soleil levant dans la Chapelle impériale du palais Travertin où il avait avec l'Impératrice ses appartements privés.

Le service religieux de l'Empereur est l'un des premiers dans la Cité ; il commence dans l'obscurité et se termine avec la renaissance du soleil à l'aube, alors que les cloches des chapelles et des sanctuaires, partout ailleurs dans Sarance, commencent à sonner. L'Impératrice ne se trouve pas avec Valérius à cette heure. L'Impératrice dort. L'Impératrice a son propre prêtre, pour elle seule, dans ses appartements, un homme connu pour son attitude tolérante quant à l'heure des prières matinales et pour son attitude tout aussi indulgente, quoique moins publique, à l'égard des hérésies concernant Héladikos, le fils mortel (ou semi-mortel, ou divin) de Jad. On n'aborde pas ce genre de sujet dans l'Enceinte impériale, bien entendu. Ou alors on le fait avec discrétion.

L'Empereur, en l'occurrence, observe méticuleusement les rituels religieux. Ses relations de longue date avec les Grands Patriarches d'Orient et d'Occident visent à tarir les innombrables sources de schismes inhérentes à la doctrine du dieu du soleil, mais elles ont autant rapport à sa piété qu'à un intérêt purement intellectuel de sa part. Valérius est un être énigmatique, contradictoire, et il ne fait pas grand-chose pour résoudre ou clarifier ces aspects de sa personnalité pour sa cour ou pour son peuple : il voit un avantage au mystère.

Certains l'appellent l'Empereur de la Nuit ; on prétend qu'il converse avec des esprits interdits de l'entre-deux-mondes dans les salles éclairées par les lampes ou les couloirs du palais illuminés par les lunes. Il trouve cela amusant. Parce que c'est absolument faux et qu'il se trouve dans cette chapelle, au point du jour, tous les jours – éveillé bien avant la plupart de ses gens – à sacrifier aux rites orthodoxes de la foi. Il est en vérité bien davantage l'Empereur du Matin.

Le sommeil l'ennuie, l'effraie même un peu ces temps-ci ; dans ses rêves, ou aux alentours de ses rêves, il se sent envahi par le sentiment vertigineux du temps qui passe comme l'éclair. Il n'est nullement vieux, mais assez avancé en âge pour entendre dans la nuit chevaux et chariot. Il désire encore accomplir bien des choses avant d'entendre – comme le font tous les vrais et saints empereurs, dit-on – la voix du dieu, ou de l'émissaire divin, qui lui dira, *Dépose ta couronne, le Seigneur des Empereurs t'attend.*

Son Impératrice, il le sait, parlerait de dauphins jaillissant à la surface de la mer et non de chevaux au galop dans les ténèbres – mais seulement avec lui, car les dauphins, antiques porteurs d'âmes, sont un symbole héladikéen proscrit.

Son Impératrice dort. Elle se lèvera un peu après le soleil, prendra son premier repas de la journée au lit, recevra son saint directeur de conscience, puis les serviteurs qui s'occupent de son bain et son secrétaire, et se préparera à loisir pour la journée. C'était une actrice dans sa jeunesse, une danseuse nommée Alixana, habituée au rythme de couchers et de levers tardifs.

Il partage avec elle les couchers tardifs mais n'a pas l'imprudence, après toutes leurs années communes, de venir la déranger à cette heure. De toute façon, il a beaucoup à faire.

Le service se termine. Valérius énonce le dernier répons. Une faible lumière commence à filtrer des hautes fenêtres. Il doit faire froid dehors, en cette heure grise de la matinée. Ces temps-ci, il n'aime pas le froid. Il quitte la chapelle après s'être incliné devant le disque et l'autel, en levant brièvement une main pour saluer son prêtre. Dans le corridor, il emprunte un escalier, d'un pas rapide, comme à son habitude. Ses secrétaires se hâtent par un autre chemin, à l'extérieur, en traversant les jardins – froids et humides, il le sait – du palais Atténin où va débuter le travail de la matinée. Seul l'Empereur et ses gardes choisis parmi les Excubiteurs ont la permission d'utiliser le tunnel reliant les deux palais, une mesure de sécurité introduite il y a très longtemps.

Des torches sont fichées à intervalles réguliers dans les parois du tunnel, allumées et maintenues par les gardes. Le passage est bien ventilé, d'une chaleur confortable même en hiver ou, comme présentement, à l'orée du printemps. Saison des éveils, saison de la guerre. Valérius adresse un signe de tête aux deux gardes et franchit seul la porte. Il prend un réel plaisir à ce court trajet. C'est un homme auquel l'existence ne permet aucun moment d'intimité. Même dans sa chambre, il y a toujours un secrétaire sur une couche et un messager ensommeillé à la porte, dans l'attente d'une possible dictée, d'une convocation ou d'instructions à porter à la course à travers les mystères et les fantômes d'une cité plongée dans la nuit.

Et il passe de nombreuses autres nuits avec Alixana dans le labyrinthe des appartements de celle-ci. Il y trouve un réconfort et de l'intimité, et quelque chose aussi de plus profond et de plus rare, mais il n'y est pas seul. Il n'est jamais seul. Les moments d'intimité, le silence, la solitude se limitent à ce tunnel souterrain, entre le moment où il y est introduit par un couple de gardes et celui où une autre paire d'Excubiteurs l'accueille à l'autre extrémité.

Lorsqu'il frappe à la porte et qu'elle s'ouvre du côté du palais Atténin, ils sont plusieurs à l'attendre, comme toujours. Le vieux chancelier Gésius, Léontès, le Stratège aux cheveux d'or, Faustinus, le Maître des offices, et le Questeur des impôts impériaux, un nommé Vertigus, dont l'Empereur ne peut dire qu'il est très satisfait. Après leur avoir adressé un signe de tête, Valérius gravit rapidement les marches tandis qu'ils se relèvent de leur profonde révérence et lui emboîtent le pas. Gésius a quelquefois besoin d'aide désormais, surtout quand le climat est humide, mais l'intelligence du chancelier ne donne aucun signe de semblable faiblesse et, de tout son entourage, il n'y a personne à qui Valérius fasse autant confiance, et de loin.

C'est Vertigus qu'il presse de questions dérangeantes ce matin, quand ils arrivent à la salle d'audience. L'homme n'est vraiment pas un imbécile – il aurait été renvoyé depuis longtemps, sinon –, mais on ne peut le considérer comme ingénieux ; or presque tout ce que l'Empereur désire accomplir, dans la Cité, dans l'Empire et encore plus loin, repose sur les finances. Ces temps-ci, la compétence ne suffit malheureusement pas. Valérius dépense des sommes considérables dans ses projets architecturaux, d'autres pour les Bassanides, et il vient justement de céder aux suppliques d'origines diverses (comme il en avait toujours eu l'intention) en réglant les arriérés de solde de l'armée d'Occident.

Il n'y a jamais assez d'argent, et la dernière fois qu'on a pris des mesures pour en générer en quantité suffisante, Sarance a été incendiée dans une émeute qui a presque coûté à Valérius son trône, sa vie, et tous les plans qu'il a jamais conçus. Il a fallu quelque trente mille morts pour l'éviter. Valérius espère que son Grand Sanctuaire de la Sainte Sagesse de Jad, un édifice sans égal, presque achevé, lui servira d'expiation aux yeux du dieu pour ces morts – et pour certaines autres de ses actions – lorsque viendra le jour du jugement, comme il doit arriver. Nonobstant, le Sanctuaire sert plus d'un but dans les desseins de Valérius.

C'est presque toujours le cas dans tout ce que fait l'Empereur.

◆

C'était bien compliqué. Carullus l'aimait, elle en avait conscience ; et un nombre étonnant de gens considérait leur mariage comme une occasion de réjouissances, comme si les épousailles d'une Inici et d'un soldat trakésien étaient un événement d'importance. Elle serait mariée dans une ravissante et patricienne chapelle proche de la demeure de Shirin ; le Maître du Sénat et sa famille la fréquentaient régulièrement. Le banquet aurait lieu chez la Première Danseuse des Verts. Et l'homme rondouillard et farouche que tout un chacun acclamait comme le meilleur chef cuisinier de l'Empire était à préparer le festin de noces.

Difficile à croire. Essentiellement, Kasia n'y croyait pas du tout, elle flottait au travers des événements comme dans un rêve, comme si elle s'était attendue à se réveiller à l'auberge de Morax, par un jour de froid brouillard, encore dans l'attente du Jour des morts.

Kasia, considérée par sa mère comme sa fille la plus intelligente, impossible à marier et donc vendue par elle aux marchands d'esclaves, se rendait bien compte que toutes ces extravagances avaient un lien avec ses relations : Crispin et ses amis, l'aurige Scortius et Shirin, chez qui Kasia avait déménagé lorsqu'on avait annoncé les fiançailles au début de l'hiver. Carullus avait rencontré à deux reprises le Stratège suprême en personne, des entrevues couronnées de succès en ce qui concernait les arriérés de paie des soldats. Une rumeur courait selon laquelle Léontès pourrait même faire une apparition à la fête nuptiale du tribun. À sa fête nuptiale à elle !

Une autre part de cette attention exagérée tenait aussi, elle avait fini par le comprendre, au fait que malgré tout leur fameux cynisme (ou peut-être à cause de lui), les Sarantins étaient presque toujours d'une nature émotive et passionnée, comme si vivre au centre du monde donnait du relief et de l'importance à chaque événement de leur existence. L'idée que Carullus et elle se mariaient par amour, s'étaient choisis de leur propre gré, exerçait un attrait extraordinaire sur ceux qui les entouraient. La seule pensée en embuait les yeux de Shirin, malgré tout son esprit et son ironie.

Ce genre de mariage n'était pas fréquent.

Et ce n'était pas le cas non plus, en l'occurrence, malgré ce qu'on en pensait, et même si Kasia était la seule à le savoir. Du moins l'espérait-elle.

L'homme qu'elle désirait – qu'elle aimait, même si quelque chose en elle résistait à ce terme – était celui qui se trouverait aujourd'hui avec eux dans la chapelle pour tenir une couronne symbolique au-dessus de la tête de son ami. Ce n'était pas une vérité particulièrement plaisante pour Kasia, mais il ne semblait vraiment pas en son pouvoir d'y rien changer.

Shirin se tiendrait derrière elle avec une autre couronne, et une élégante assemblée de spectateurs vêtus de blanc, appartenant au monde du théâtre et de la cour – ainsi qu'un certain nombre de soldats plutôt plus spontanés – souriraient leur approbation, puis tout ce monde reviendrait chez Shirin pour manger et boire : poissons, huîtres, gibier d'hiver, vins de Candaria et de Mégarium.

Quelle femme, en vérité, se mariait purement par choix ? Dans quelle sorte de monde vivrait-on s'il pouvait en être ainsi ? C'était un luxe dont ne jouissaient pas même les aristocrates ou les monarques, comment pouvait-il donc échoir à une barbare autrefois esclave en Sauradie pendant tout une cruelle année qui pesait encore dans son âme – et pour combien de temps encore ?

Elle se mariait parce qu'un honnête homme la désirait et le lui avait proposé. Parce qu'il lui promettait refuge et soutien, parce qu'il possédait réellement une bonne nature et parce que, sans cette union, quelle existence y aurait-il pour elle ? Devrait-elle dépendre d'autrui toute sa vie ? Être servante d'une danseuse jusqu'à ce que la danseuse choisît elle-même, avec soin, son propre époux ? Entrer dans une secte – les Filles de Jad – qui vous vouait à vie à un dieu auquel Kasia ne croyait pas vraiment ?

Comment aurait-elle pu croire en lui alors qu'elle avait été offerte en sacrifice à Ludan, qu'elle avait vu un *zubir*, une créature longtemps adorée par sa tribu, dans les profondeurs de l'Ancienne Forêt?

«Tu es splendide», dit Shirin en se détournant de sa conversation avec le chef pour contempler Kasia sur le seuil.

Kasia eut un sourire prudent. Elle ne le croyait pas réellement, mais après tout, ce pouvait être vrai. La maisonnée de Shirin était efficacement gérée par ses serviteurs; Kasia avait vécu tout l'hiver parmi eux, plutôt comme une amie invitée, en consommant une meilleure nourriture que jamais et en dormant dans un lit plus doux. Shirin était vive, amusante, observatrice, elle mijotait toujours quelque chose, elle était très consciente de sa position sociale à Sarance, des implications de la célébrité comme de son caractère transitoire.

Elle défaiait aussi cette description, car rien ne s'en appliquait lorsqu'elle se trouvait sur scène.

Kasia l'avait vue danser. Après cette première visite au théâtre, tôt dans la saison hivernale, elle avait compris le renom de la jeune femme. En voyant les masses de fleurs qu'on jetait sur la scène après un numéro de danse, en entendant les acclamations frénétiques – celles, rituelles, de la faction verte à laquelle appartenait Shirin, et les cris spontanés de ceux qui étaient simplement transportés par le spectacle –, elle avait éprouvé pour la jeune femme un respect admiratif, un peu effrayée par le changement qui se produisait lorsque la danseuse entrait dans son univers, et plus encore par ce qui se déclenchait lorsqu'elle s'avançait entre les torches et que la musique commençait à s'élever.

Kasia n'aurait jamais pu s'exhiber délibérément comme le faisait Shirin à chacune de ses performances, vêtue de soie ondoyante qui ne voilait presque rien de sa silhouette agile, alors qu'elle se livrait à des pantomimes comiques, parfois obscènes, pour le plus grand plaisir tapageur des spectateurs qui occupaient les sièges du fond, les moins chers. Et Kasia n'aurait jamais pu de sa vie se mouvoir comme le faisait Shirin lorsque la danseuse des Verts bondissait et tournoyait, ou se figeait, bras étendus telles les ailes d'un oiseau marin, puis s'avançait, solennelle, sur la pointe de ses pieds nus courbés comme l'arc d'un chasseur, dans les danses plus archaïques, plus cérémonieuses, qui faisaient pleurer les hommes. Ces mêmes pans de soie pouvaient s'épanouir derrière elle comme des ailes, devenir un châle lorsqu'elle s'agenouillait pour pleurer un deuil ou se transformer en suaire lorsqu'elle mourait et que le théâtre devenait silencieux, tel un cimetière dans les ténèbres de l'hiver.

Shirin se métamorphosait quand elle dansait, et ceux qui la regardaient danser en étaient également métamorphosés.

Et elle se métamorphosait de nouveau quand elle revenait chez elle. Là, elle aimait à parler de Crispin. Elle avait accepté d'inviter Kasia chez elle pour faire une faveur au Rhodien. Il connaissait son père, avait-elle confié à Kasia. Mais davantage était en jeu. Crispin occupait souvent les pensées de la danseuse, c'était évident, malgré tous ceux qui lui rendaient régulièrement visite – jeunes et moins jeunes, souvent mariés, courtisans, aristocrates, officiers de l'armée. Après ces visites, Shirin bavardait avec Kasia, faisant preuve d'une connaissance détaillée de leur position, de leur rang et de leurs perspectives d'avenir ; les bonnes grâces qu'elle prodiguait avec des nuances exquises faisaient partie des figures subtiles qu'elle devait exécuter en tant que danseuse à Sarance. Quelle qu'eût été l'origine de leur relation, Kasia avait le sentiment que Shirin était réellement heureuse de l'avoir chez elle, que son existence de danseuse n'avait guère connu l'amitié et la confiance. Non que l'existence de Kasia en fût familière, au reste.

Pendant l'hiver, Carullus était venu lui rendre visite presque tous les jours quand il était dans la Cité. Il s'était absenté un mois pendant les pluies, pour escorter – triomphalement – le premier versement des arriérés de l'armée occidentale jusqu'à son campement de Sauradie.

À son retour, songeur, il avait confié à Kasia que des indices sérieux indiquaient l'imminence d'une guerre en Occident. Ce n'était pas exactement une surprise, mais il y avait une différence entre des rumeurs et une réalité en voie rapide de se concrétiser. Elle avait pensé, en l'écoutant, que s'il se rendait là-bas avec Léontès, il pourrait y périr. Elle lui avait pris la main pour l'écouter ; il aimait cela, quand elle lui tenait la main.

Ils avaient peu vu Crispin pendant l'hiver. Il avait apparemment choisi son équipe de mosaïstes aussi vite que possible, et se trouvait presque tout le temps perché sur son échafaudage, au travail dès la fin des prières matinales et tard dans la nuit, à la lumière des torches suspendues dans les hauteurs. Certaines nuits, selon Vargos, il dormait sur une paillasse dans le Sanctuaire sans même retourner à la demeure que les eunuques du Chancelier lui avaient trouvée et meublée.

Vargos, qui travaillait aussi au Sanctuaire, était la source des meilleures histoires, notamment celle d'un apprenti pourchassé en rond dans le Sanctuaire un matin par Crispin – le Rhodien rugissait des imprécations en brandissant un couteau –, pour avoir laissé se gâter quelque chose qu'on appelait chaux vive. Vargos avait commencé à expliquer ce qu'était la chaux vive, mais Shirin avait fait semblant de pousser un cri d'ennui et lui avait lancé des olives jusqu'à ce qu'il se tût.

Vargos emmenait régulièrement Kasia à la chapelle, le matin, si elle voulait l'accompagner. C'était souvent le cas. Elle travaillait à s'accoutumer au bruit et à la foule, et ces randonnées matinales avec Vargos l'y aidaient. Un autre homme profondément bon, Vargos. Elle en avait rencontré trois d'un coup en Sauradie, à ce qu'il semblait, et l'un d'eux l'avait demandée en mariage. Elle ne méritait pas une telle fortune.

Quelquefois, Shirin les accompagnait. Il était utile de se montrer, expliquait-elle à Kasia. Les prêtres de Jad désapprouvaient le théâtre encore plus que les chars et les passions violentes qu'ils inspiraient, sans parler des pratiques de magie païenne. Il était prudent pour Shirin d'être vue agenouillée, sobrement vêtue, sans parure apparente, les cheveux relevés, attachés et couverts, tandis qu'elle psalmodiait les répons du matin devant le disque et l'autel.

Et quelquefois Shirin les emmenait dans une chapelle plus élégante que celle de Vargos, près de chez elle. Après les services, un matin, et après avoir accepté docilement la bénédiction du prêtre, elle avait présenté Kasia à deux autres des fidèles – qui se trouvaient être le Maître du Sénat et son épouse beaucoup plus jeune que lui. Le sénateur, Plautus Bonosus, était un homme à l'expression sarcastique, à l'air un peu dissipé ; son épouse semblait réservée, l'œil attentif. Shirin les avait invités à la cérémonie nuptiale et à la fête subséquente. Elle avait mentionné quelques-uns des autres invités et ajouté, avec désinvolture, que Strumosus d'Amorie préparait le festin.

Le Maître du Sénat avait cligné des yeux et s'était empressé d'accepter l'invitation. Il avait l'air d'un homme qui appréciait le luxe. Plus tard dans la matinée, chez elle, tout en buvant du vin épicé, Shirin avait raconté à Kasia certains des scandales associés à Bonosus. Lesquels pouvaient servir à expliquer en partie l'attitude froide et indépendante de la jeune femme, une seconde épouse. Kasia avait compris que c'était un assez beau coup de maître pour Shirin de faire venir tant de gens distingués chez une danseuse, une façon de souligner et d'affirmer son statut social. C'était bon pour Carullus aussi, bien sûr, et pour Kasia, qui le comprenait bien. Mais une aura d'irréalité environnait encore pour elle tous les événements.

Kasia venait d'être saluée par le Maître du Sénat sarantin dans une chapelle bondée d'aristocrates. Il allait venir à sa cérémonie de mariage. Au début de l'automne, elle était une esclave, jetée sur un matelas par les fermiers, soldats et messagers impériaux qui avaient quelques sous à dépenser.

La matinée du mariage était déjà bien avancée. On allait bientôt se rendre à la chapelle. Les musiciens en donneraient le signal, puisque Carullus arrivait avec eux pour escorter sa fiancée. Kasia, prête en ce jour de ses noces pour l'inspection d'une danseuse et d'un chef cuisinier, était vêtue de blanc – comme le seraient les participants et les invités –, mais portant à la taille la ceinture en soie rouge de l'épousée. Shirin la lui avait donnée la veille, en lui montrant comme la nouer. Et avait lancé en même temps une plaisanterie espiègle. Il y en aurait d'autres, et des chansons paillardes plus tard, Kasia le savait. En cela au moins la Cité des cités ressemblait exactement à son petit village natal. Certaines choses ne semblaient pas changer, quel que fût l'endroit où l'on se trouvait. Le rouge était le symbole de sa virginité, qu'elle devait perdre cette nuit.

Elle se l'était fait ravir par un marchand d'esclaves karche dans un champ du nord, en réalité, il y avait quelque temps de cela. Et son corps n'était pas non plus étranger à l'homme qu'elle allait épouser aujourd'hui, même si ce n'était arrivé qu'une seule fois, après la nuit où Carullus avait failli se faire tuer en défendant Crispin et l'aurige Scortius contre des assassins surgis de l'ombre.

La vie vous jouait de drôles de tours, n'est-ce pas ?

Kasia s'était rendue dans la chambre de Crispin ce matin-là, incertaine de ce qu'elle voulait dire – ou faire –, mais elle y avait entendu une voix féminine ; elle s'était arrêtée et détournée sans frapper. Pour apprendre ensuite dans l'escalier, de deux soldats, l'attaque qui avait eu lieu pendant la nuit qui s'achevait, la mort de deux de leurs compagnons, la blessure de Carullus. Une impulsion, un brusque souci pour Carullus, une extrême confusion, le destin – c'était ce qu'aurait dit sa mère, en esquissant un signe pour écarter le mauvais sort –, tout cela avait conduit Kasia, après le départ des soldats, à l'autre extrémité du couloir de l'étage, pour frapper à la porte du tribun.

Il lui avait ouvert, visiblement épuisé, déjà à moitié dévêtu. Elle avait vu le pansement ensanglanté qui lui entourait l'épaule et la poitrine, puis elle avait vu et soudain compris – n'était-elle pas effectivement "erimitsu", l'ingénieuse ? – l'expression de son regard lorsqu'il avait vu que c'était elle.

Ce n'était pas lui qui l'avait tirée de l'auberge de Morax puis sauvée du trépas dans la forêt, qui lui avait offert, dans l'obscurité d'une certaine nuit, un aperçu de ce que pouvaient être les hommes quand ils ne vous achetaient pas. Mais il pouvait être celui qui la sauverait de l'existence qui l'attendait *après* avoir été secourue, avait-elle songé ensuite, étendue près de lui dans son lit. Les anciens récits n'abordaient jamais cette partie de l'histoire, n'est-ce pas ?

En regardant le soleil se lever ce matin-là, en écoutant le souffle de Carullus s'apaiser tandis que, tel un enfant, il sombrait auprès d'elle dans un sommeil bien nécessaire, elle s'était dit qu'elle deviendrait peut-être sa maîtresse ; il y avait pire.

Mais peu de temps après, avant même le début de l'hiver, lors du service de l'Irréductible Jad, à minuit, il lui avait demandé de l'épouser.

Quand elle avait accepté, en souriant à travers des larmes qu'il ne pouvait réellement comprendre, Carullus avait juré, en levant la main et par les organes sexuels du dieu, qu'il ne la toucherait plus avant leur nuit de noces.

Une promesse qu'il avait faite autrefois, lui expliquat-il. Il lui avait parlé (plus d'une fois) de sa mère et de son père, de son enfance en Trakésie dans un endroit qui n'était pas si différent de son village à elle, des raids karches, de la mort de son frère aîné, de son propre voyage vers le sud pour se joindre à l'armée de l'Empereur. Il parlait, Carullus, il parlait beaucoup, mais de façon divertissante, et la bonté inattendue qu'elle avait perçue en ce robuste soldat au parler parfois vulgaire était bien réelle, elle le savait désormais. Elle pensait à sa propre mère, à ses larmes si elle apprenait que son enfant était vivante et sur le point d'inaugurer une existence bien protégée à une distance tellement inimaginable, sur tous les plans, de leur village et de leur ferme.

Impossible d'envoyer un message. Les trajets habituels de la Poste impériale de Valérius II n'incluaient pas des fermes proches du Karche. Pour ce qu'en savait sa mère, Kasia était maintenant morte.

Pour ce qu'en savait Kasia, sa mère et sa sœur l'étaient.

Sa nouvelle existence se trouvait ici, ou là où Carullus, tribun de la Quatrième Légion sauradienne, serait posté, et Kasia – vêtue de blanc, la taille ceinte de l'écarlate nuptial en ce jour de ses épousailles – savait qu'elle devrait toute sa vie des prières de gratitude à tous les dieux qu'elle pourrait jamais nommer.

« Merci », dit-elle à Shirin, qui venait de lui dire qu'elle était belle et la contemplait toujours en souriant. Le chef cuisinier, un petit homme passionné, semblait quant à lui essayer de ne pas sourire. Sa bouche ne cessait de s'infléchir vers le haut ; il avait une tache de sauce sur le front. D'un geste impulsif, Kasia l'effaça. L'autre sourit alors et lui tendit son tablier ; elle s'y essuya les doigts. Elle se demanda si Crispin se trouverait avec Carullus lorsque son futur époux viendrait la chercher pour la conduire à la chapelle, ce qu'il pourrait dire, ce qu'elle dirait, et elle s'étonna de l'étrangeté des êtres humains, de constater que même la plus belle journée n'était pas dépourvue de tristesse.

◆

Rustem n'avait pas prêté attention à la direction dans laquelle ils allaient ou à ceux qui les entouraient, et il se le reprocherait plus tard, même s'il n'avait pas eu la responsabilité de veiller à leur sécurité. C'était pour cela, après tout, qu'on avait assigné le sévère et bougon Nishik à un médecin en voyage.

Mais ils traversèrent le détroit houleux qui séparait la cité côtière toute en longueur de Déapolis, au sud-est, de l'immense et turbulent port de Sarance, en contournant des petites îles aux épais boisés, puis des navires qui dansaient sur l'eau et les filets traînés par les bateaux de pêche. En voyant les dômes de la Cité, les tours qui s'empilaient toujours plus haut et la fumée qui montait des innombrables maisons, des auberges, des commerces, depuis la côte jusqu'aux murailles, Rustem s'était trouvé encore plus impressionné qu'il ne l'aurait cru, puis il avait pensé aux siens, ce qui l'avait distrait.

C'était un voyageur, il était allé plus loin en Orient, par exemple, que personne de sa connaissance ; mais Sarance, même après les ravages de deux épidémies, était la plus grande et la plus riche cité du monde : une vérité familière, mais jamais réellement appréhendée avant ce jour. Jarita aurait été ravie et peut-être même excitée, songeait-il, debout sur le traversier, en contemplant les dômes dorés qui se rapprochaient. Pour ce qui était de Katyun, si sa récente compréhension de sa seconde épouse était correcte, elle aurait été terrifiée.

Il avait montré ses papiers, et les faux papiers de Nishik, puis s'était occupé de la Douane impériale sur le quai de Déapolis, avant de s'embarquer. Se rendre à ce quai avait constitué une expédition en soi : un nombre extraordinaire de soldats y avaient leurs quartiers, c'était un chantier naval, et cette partie du port résonnait de bruits de construction. On n'aurait rien pu dissimuler même si on l'avait voulu.

Le marchandage, aux douanes, avait été coûteux sans être désagréable ; on était en temps de paix, et Sarance devait principalement sa richesse au commerce et aux voyages. Les agents des douanes impériales le savaient très bien. On n'eut pas besoin d'autre chose que d'une somme raisonnable, payée avec discrétion et destinée à les soulager de leurs durs labeurs, pour accélérer l'entrée d'un médecin bassanide, de son serviteur et de sa mule – laquelle s'était révélée après examen ne pas transporter de soie, d'épices ou toute autre marchandise taxée ou illicite.

En débarquant dans la cité de Valérius, Rustem prit soin de s'assurer qu'aucun oiseau ne volait à sa gauche et de poser le pied droit en premier sur le quai, tout comme il avait embarqué du pied gauche à bord du tra-

versier. Il y avait du bruit ici aussi. Encore plus de soldats, encore plus de bateaux, encore plus de coups de
marteaux et de cris. Ils demandèrent leur route au capitaine du traversier et se frayèrent un chemin le long
d'un quai en bois ; Nishik menait la mule, emmitouflé
comme Rustem dans son manteau pour se protéger de
la brise acérée du printemps. Ils traversèrent une large
rue, en laissant d'abord passer des tombereaux bruyants,
et ils arrivèrent dans une rue plus étroite, parmi l'habituel
assortiment peu recommandable : marins, prostituées,
mendiants et soldats en permission.

Rustem avait vaguement remarqué tous ces détails
en marchant, et la façon dont tous les ports paraissaient
se ressembler de Sarance à Ispahane, mais il avait surtout
pensé à son fils tandis qu'ils s'éloignaient des docks et
de leur vacarme. Shaski aurait eu les yeux écarquillés,
la bouche béante, il aurait tout absorbé comme un sol
desséché boit la pluie. Le petit avait ce genre de qualité,
décida-t-il – il avait pensé à lui bien plus qu'on ne devait
à un jeune fils laissé à la maison –, une capacité d'ab-
sorption, oui, et une capacité de s'assimiler ensuite ce
qu'il avait ainsi acquis, de savoir quand et comment s'en
servir.

Comment expliquer autrement cet instant étrange où
le garçon de sept ans avait suivi son père dans le jardin
en portant un instrument qui avait fini par sauver la vie
du Roi des rois ? Et par assurer la fortune de leur famille ?
À ce souvenir, Rustem secoua la tête dans le matin de
Sarance tout en marchant avec son serviteur-soldat en
direction du forum qu'on leur avait désigné, et de l'auberge proche où ils logeraient s'il y restait des chambres.

On l'avait instruit de ne pas établir de liens directs
avec l'émissaire bassanide à Sarance, seulement de lui
envoyer la note de routine attendue, pour annoncer son
arrivée. Rustem était un médecin à la recherche de traités
et de savoir médicaux. C'était tout. Il chercherait à contacter d'autres médecins – on lui en avait cité quelques-
uns à Sarnica et il était parti lui-même en possession
de quelques noms. Il les contacterait, assisterait à des

conférences, en donnerait peut-être lui-même. Il achèterait des manuscrits ou paierait des scribes pour les copier. Resterait jusqu'à l'été. Observerait ce qu'il pourrait.

Observerait *tout* ce qu'il pourrait, en fait, et pas seulement ce qui concernait la profession médicale et ses traités. On désirait obtenir certains renseignements, à Kabadh.

Rustem de Kérakek était un homme qui n'aurait dû attirer aucune attention en une période de concorde entre l'Empereur et le Roi des rois (une paix que Valérius avait achetée à prix fort), et dont seuls un incident de frontière ou une dispute commerciale venaient parfois troubler la surface unie.

Il aurait vraiment dû en être ainsi, en tout cas…

Alors qu'avec Nishik il gravissait une ruelle fortement pentue et malheureusement déserte, s'en vint à leur rencontre, au sortir d'un porche de taverne, un jeune homme au pas titubant et à l'allure extravagante – cheveux, barbe, vêtements – et qui semblait malheureusement imperméable à ce genre de considérations rationnelles.

C'était apparemment vrai aussi de ses trois amis aux habits et à la pilosité similaires, qui le suivaient. Pour une raison quelconque, ils portaient tous les quatre des robes de style bassanide, mais avec des bijoux dorés au dessin rudimentaire aux oreilles et autour du cou, et leur chevelure en broussaille leur retombait dans le dos.

Rustem s'immobilisa, n'ayant pas grand choix. Les quatre jeunes gens leur barraient le chemin, et la ruelle était étroite. Le meneur vacilla un peu puis retrouva la verticale avec un effort. « Vert ou Bleu ? » dit-il, le souffle rauque et aviné. « Répondez, ou vous serez roués de coups comme une pute sèche. »

Cette question avait d'une façon ou d'une autre rapport à des chevaux. Rustem savait au moins cela mais n'avait pas idée de ce qui constituerait la meilleure réponse. « J'implore votre indulgence », murmura-t-il dans ce qu'il savait maintenant être un sarantin très adéquat. « Nous sommes étrangers ici et ne comprenons pas ce genre de choses. Vous nous bloquez le passage.

— Oui, on vous le bloque, hein ? Z'êtes foutrement perspicace, pas vrai ? Enculé de Bassanide », dit le jeune homme, abandonnant assez volontiers le sujet des Bleus et des Verts. L'origine de Rustem et de Nishik était évidente à leurs vêtements ; ils n'avaient fait aucun effort pour la dissimuler. L'épithète vulgaire était déconcertante, et l'odeur sure du vin dans l'haleine du jeune homme, si tôt le matin, dégoûta un peu Rustem. Ce gaillard était en train d'endommager sa santé ; même les plus jeunes recrues qui n'étaient pas de service à la forteresse ne buvaient pas si tôt le matin.

« Surveille ta sale langue ! » s'exclama Nishik, jouant le rôle du fidèle serviteur, mais d'un ton un peu trop tranchant. « C'est Rustem de Kérakek, un médecin respecté. Faites place ! »

— Un médecin ? Bassanide ? Qui sauve les foutues vies des ordures qui massacrent nos soldats ? Foutre non, je ne vais pas faire place, castrat à face de chèvre ! » Ce disant, le jeune homme s'obstina à altérer la nature d'une rencontre déjà infortunée en tirant une courte épée assez élégante.

Rustem retint brièvement son souffle, en remarquant que les autres jeunes gens semblaient alarmés à ce spectacle. Pas aussi saouls, songea-t-il. Il y a de l'espoir.

Il y en avait, jusqu'à ce que Nishik, en éructant lui-même un juron, se fût imprudemment tourné vers la mule flegmatique qui les avait accompagnés jusque-là, pour prendre sa propre épée attachée au flanc de la bête. Rustem était certain de connaître son intention : outragé par les insultes et l'obstruction d'un civil, le soldat devait être déterminé à le désarmer pour lui donner une prompte leçon. Bien méritée, sans aucun doute. Mais ce n'était vraiment pas une façon d'entrer discrètement à Sarance.

Et c'était malavisé pour de tout autres raisons. Celui qui venait de tirer son épée se trouvait savoir comment s'en servir, en ayant été instruit dès son plus jeune âge à la demeure de son père et dans leur domaine campagnard. Il avait aussi dépassé depuis longtemps, comme l'avait déjà remarqué Rustem, le stade où il aurait été à même d'évaluer avec prudence sa propre conduite et celle d'autrui.

Le jeune homme à l'élégante épée s'avança d'un seul pas et embrocha Nishik entre la troisième et la quatrième côte alors que le soldat bassanide tirait sa propre lame des cordes qui l'attachaient à la mule.

Une rencontre due au hasard, le plus pur des accidents, la mauvaise ruelle empruntée au mauvais moment dans une cité pleine de rues et ruelles. S'ils avaient raté le traversier, avaient été retenus plus longtemps aux douanes, s'étaient arrêtés pour manger, avaient choisi un autre itinéraire, tout aurait été absolument différent. Mais, gardé par Pérun et Anahita et sans cesse menacé par le Noir Azal, l'univers en était arrivé à ce point précis : Nishik à terre, son sang vermeil sur les pavés, et une épée qui se pointait, un peu vacillante, sur Rustem. Il essaya de se rappeler quel augure il avait pu manquer pour que tout eût si mal tourné.

Mais alors même qu'il y songeait, en s'efforçant d'accepter la soudaineté capricieuse de la mort, Rustem se sentit envahi d'une fureur froide, bien rare chez lui, et il brandit son bâton de marche. Tandis que le jeune homme contemplait son adversaire abattu, en proie à une confusion d'ivrogne ou avec satisfaction, Rustem lui asséna vivement un coup sec et violent sur l'avant-bras. Il attendait le bruit de l'os qui se brisait, fut bel et bien déçu de ne point l'entendre, même si la jeune brute poussa un cri en laissant son épée tomber avec fracas.

Les autres, malheureusement, tirèrent aussitôt leurs propres épées. Les citadins étaient d'une absence déconcertante dans cette ruelle matinale.

« À l'aide ! » s'écria Rustem, sans grand optimisme. « À l'assassin ! » Il jeta un bref coup d'œil à Nishik, qui n'avait pas bougé. Tout avait mal tourné, une catastrophe née d'un rien. Le cœur de Rustem battait à tout rompre.

Il releva les yeux, en brandissant son bâton devant lui. Le visage convulsé de douleur et d'une rage enfantine, l'assaillant blessé et désarmé se tenait le coude en hurlant des injonctions à l'adresse de ses amis. Les amis s'avancèrent. On avait tiré deux poignards, et une courte épée. Rustem comprit qu'il devait fuir. On mourait ainsi dans les rues des villes, inutilement, sans raison. Il se détourna pour se mettre à courir et vit du coin de l'œil un éclair de mouvement.

Il virevolta aussitôt en levant de nouveau son bâton. Mais il n'était pas la cible de la silhouette entrevue.

Un homme avait jailli d'une petite chapelle au toit plat, située plus haut dans la ruelle et, en plein élan, il venait de bousculer par-derrière les trois jeunes gens armés, muni seulement d'un bâton de voyageur presque identique à celui de Rustem. Il s'en servit avec dextérité, frappant rudement le porteur d'épée au creux des genoux. L'autre poussa un cri et s'effondra en avant. Le nouvel arrivant s'arrêta, fit volte-face et releva son bâton d'un mouvement vif, touchant un second assaillant à la tête. Le jeune homme laissa échapper un son geignard, plutôt un cri d'adolescent, et tomba en lâchant son poignard, les deux mains plaquées sur son cuir chevelu. Rustem vit du sang lui sourdre entre les doigts.

Le troisième – le seul désormais armé – jeta un coup d'œil au nouvel arrivant tout hérissé de colère, puis à Rustem, et finalement sur Nishik qui gisait immobile dans la rue. « Foutre de Saint Jad ! » dit-il et il bondit dans la ruelle en frôlant Rustem au passage, tourna le coin et disparut.

« Vous devriez bien en faire autant », lança Rustem à ceux qu'avait abattus l'intervenant. « Mais pas toi ! » Il pointait un doigt tremblant sur celui qui avait frappé Nishik. « Toi, tu restes où tu es ! Si mon serviteur est mort, je veux te voir passer devant un juge pour meurtre.

— Va te faire foutre, porc » dit le jeune homme en se tenant toujours le coude. « Prends mon épée, Tykos, allons-nous-en. »

Le nommé Tykos esquissa un geste pour prendre l'épée, mais le sauveteur de Rustem s'avança promptement d'un pas et plaqua sur la lame un pied botté. Tykos à demi penché se figea dans son mouvement, lui jeta un regard en biais, puis se redressa et s'écarta. Le meneur poussa un autre juron grossier et les trois jeunes gens se hâtèrent de suivre leur compagnon dans la ruelle.

Rustem les laissa faire. Il était trop abasourdi. Il pouvait sentir le martèlement de son cœur et luttait pour se maîtriser en prenant de profondes inspirations. Mais avant de tourner au coin de la rue, l'assaillant s'arrêta et regarda derrière lui en écartant ses longs cheveux de ses yeux, puis en faisant un geste obscène de son bras intact. « Ne crois pas que c'est fini, Bassanide ! Je vais revenir te faire ton affaire ! »

Rustem cligna des yeux puis, d'une façon tout à fait inhabituelle chez lui, aboya : « Va te faire foutre ! » tandis que le jeune homme disparaissait.

Son regard resta fixé un moment dans cette direction, puis il s'agenouilla en hâte, posa son bâton et appuya deux doigts sur la gorge de Nishik. Après un moment, il ferma les yeux et retira sa main.

« Qu'Anahita le guide, que Pérun le protège, qu'Azal n'apprenne jamais son nom », murmura-t-il dans sa propre langue. Des paroles qu'il avait proférées assez souvent déjà. Il était allé à la guerre, avait vu bien des morts. Mais il y avait une différence. Ici, c'était une rue citadine, dans la lumière du matin. Ils avaient simplement été en train de marcher. Une vie s'était éteinte.

Il releva les yeux, regarda autour de lui et se rendit compte qu'il y avait en fait eu des observateurs dans les porches des entrées et derrière les petites fenêtres des échoppes, des tavernes et des appartements empilés en étages le long de la ruelle.

Un divertissement, songea-t-il avec amertume. Cela ferait une bonne histoire à raconter.

Il entendit un bruit. Le jeune gaillard qui était intervenu avait récupéré le sac qu'il avait dû laisser tomber. Il glissait maintenant sous les cordes de la mule l'épée du premier assaillant, près de celle de Nishik.

« Caractéristique, dit-il, laconique. Regardez la poignée. Ça pourrait servir à l'identifier. » Il parlait sarantin avec un fort accent et portait des habits de voyage, une tunique brune sans détails particuliers et un manteau ceinturé haut, avec des bottes boueuses, et le gros sac qui se trouvait maintenant sur son dos.

« Il est mort, dit Rustem, ce qui était quelque peu superflu. Ils l'ont tué.

— Je vois bien, dit l'autre. Venez. Ils pourraient revenir. Ils sont saouls, et déchaînés.

— Je ne peux pas le laisser dans la rue ! » protesta Rustem.

Le jeune homme lança un coup d'œil derrière lui. « Là ! » dit-il en s'agenouillant pour glisser les mains sous les épaules de Nishik. Sa tunique se tacha de sang, il ne parut point le remarquer. Rustem se pencha pour prendre Nishik par les jambes. Ensemble ils le portèrent jusqu'à la petite chapelle – personne pour les aider, la ruelle était toujours déserte.

Quand ils atteignirent l'entrée, un prêtre en robe jaune tachée sortit en hâte, la main levée. « Nous ne voulons pas de lui ! » s'exclama-t-il.

Le jeune homme se contenta de l'ignorer en passant près de lui et le saint homme se dépêcha de les suivre, toujours en protestant. Ils portèrent Nishik dans la salle obscure et froide et le déposèrent près de la porte. Rustem aperçut un petit disque solaire et un autel dans la pénombre. Une chapelle des quais. Putains et marins s'y rencontraient. Plus un lieu de commerce vénal et de maladies partagées que de prière, vraisemblablement.

« Que sommes-nous censés faire avec ça ? » s'insurgea le prêtre en un murmure furieux, tout en les suivant. Il y avait une poignée de gens à l'intérieur.

« Priez pour son âme, dit le jeune homme. Allumez des cierges. On viendra le chercher. » Il jeta un coup d'œil significatif à Rustem, qui sortit de sa bourse quelques pièces de cuivre.

Après avoir fait disparaître les pièces – avec plus de dextérité qu'il ne convenait à un saint homme, songea Rustem avec acidité –, le prêtre eut un bref hochement de tête. « Ce matin, dit-il. À midi, on le jettera dans la rue. C'est un Bassanide, après tout. »

Il avait bel et bien été aux aguets un moment plus tôt. Et n'était pas intervenu. Rustem lui adressa son regard le plus glacial. «C'était un être doué d'une âme. Il est mort. Montrez-lui du respect, pour votre propre office et pour votre dieu, au moins.»

Le prêtre en resta bouche bée. Le jeune homme posa une main sur le bras de Rustem et le tira dehors.

Ils retournèrent sur leurs pas et Rustem prit la bride de la mule. Il vit le sang sur les pavés là où Nishik était tombé et il s'éclaircit la voix. «J'ai une grande dette envers vous.»

Avant que l'autre pût répondre, des claquements résonnèrent. Ils se retournèrent tous deux pour voir.

Des jeunes gens aux cheveux longs apparurent au tournant de la ruelle, une bonne douzaine, lancés à toutes jambes, et ils freinèrent pour s'arrêter.

«Là!» s'écria le premier assaillant avec férocité, en pointant un doigt triomphal.

«Courez!» lança le jeune homme qui se tenait près de Rustem.

Rustem saisit son sac sur la mule, celui où se trouvaient ses papiers et les manuscrits achetés à Sarnica, puis il se mit à courir vers le haut de la ruelle en abandonnant la mule, ses habits, son bâton, deux épées et les derniers lambeaux de la dignité dont il s'était imaginé drapé en entrant dans la Cité des cités qu'était Sarance.

◆

À la même heure, dans l'Enceinte impériale, au palais Travertin, l'Impératrice de Sarance repose dans un bain parfumé au milieu d'une pièce chaude et carrelée à travers laquelle flottent des lambeaux de vapeur, tandis que son secrétaire – assis sur un banc, et tournant soigneusement le dos à la forme alanguie et nue de l'Impératrice –, lui lit à haute voix une lettre dans laquelle le chef de la plus importante des tribus dissidentes de Moskave lui propose de convaincre l'Empereur de subventionner la révolte qu'il planifie depuis longtemps.

La lettre suggère aussi, sans grande subtilité, que son rédacteur est prêt à pourvoir aux délices et transports physiques de l'Impératrice, à un moment indéterminé de l'avenir, si elle arrive à persuader ainsi Valérius. Le document se conclut sur une expression bien tournée de sympathie pour l'Impératrice : quel dommage qu'une femme aussi manifestement splendide doive encore subir les attentions d'un empereur si désespérément inapte aux affaires de son État !

Alixana étire un bras hors de l'eau, au-dessus de sa tête, et se permet un sourire. Elle abaisse les yeux sur les courbes de ses seins. La mode a changé chez les danseuses, depuis son temps ; de nombreuses filles ressemblent beaucoup aux danseurs : petits seins, hanches droites, air garçonnier. Une description inappropriée pour la femme qui se trouve dans ce bain. Elle a vécu bien davantage que trente fort remarquables années, à présent, elle en a beaucoup vu ; et elle peut encore arrêter une conversation ou faire battre un cœur plus fort rien qu'en entrant dans une pièce.

Elle le sait, bien entendu. C'est utile et l'a toujours été. En cet instant, cependant, elle se rappelle le premier bain d'une fillette d'environ huit ans. On l'avait cueillie dans une allée au sud de l'Hippodrome, où elle était en train de se battre et de culbuter avec trois autres enfants dans la poussière et les ordures. Une Fille de Jad, elle s'en souvient, une femme grise et austère, à la mâchoire carrée, au visage sévère, qui avait séparé les rejetons batailleurs des employés de l'Hippodrome et emmené Aliana avec elle, tandis que les autres les regardaient s'éloigner, bouche bée.

Une fois dans le rébarbatif édifice entouré de murs de pierre et dépourvu de fenêtres où résidait la secte des saintes femmes, elle avait fait entrer dans une petite pièce privée la fillette maintenant silencieuse et frappée de révérence, avait ordonné qu'on apportât de l'eau chaude et des serviettes, avait déshabillé l'enfant et l'avait lavée dans une baignoire de bronze, seule. Elle n'avait pas touché Aliana, ou pas de façon intime. Elle avait lavé les cheveux sales, frotté les doigts et les ongles crasseux, mais sans jamais changer d'expression, pas plus que lorsqu'elle s'était redressée ensuite, assise sur son tabouret, pour simplement observer la fillette dans le bain, un long moment.

En se le remémorant, l'Impératrice a parfaitement conscience des complexités sous-jacentes aux actions de la sainte femme, cet après-midi-là, des pulsions secrètes et déniées qui avaient dû s'agiter en elle tandis qu'elle lavait puis contemplait la figure prépubère et nue de la fillette dans sa baignoire. Mais à ce moment-là, elle avait quant à elle seulement eu conscience de son appréhension peu à peu remplacée par une merveilleuse sensation de luxe : l'eau chaude, la pièce chaude, les mains de quelqu'un qui s'occupait d'elle.

Cinq ans plus tard, on commençait à connaître son nom, elle était une danseuse officielle des Bleus et la très jeune maîtresse d'un des aristocrates les plus renommés parmi les patrons des Bleus. Et elle était déjà notoire pour son amour du bain. Deux fois par jour aux thermes si elle le pouvait, dans la langueur des parfums, de la chaleur, de la vapeur flottante, les symboles d'un refuge et d'un confort dans une vie qui n'avait connu jusque-là ni l'un ni l'autre.

Et il en est toujours ainsi, même si le confort le plus extrême lui est désormais familier. Et ce qu'elle trouve le plus remarquable dans tout cela, quant à elle, c'est avec quelle clarté, avec quelle extraordinaire intensité elle peut encore se rappeler avoir été cette petite fille dans cette petite baignoire.

La lettre suivante, qu'on lit à l'Impératrice pendant que ses femmes la sèchent, la poudrent, la maquillent et l'habillent, vient d'un chef religieux nomade du désert, au sud de la Soriyie. Un certain nombre de ces vagabonds des sables partagent maintenant les croyances jaddites, après avoir abandonné leur incompréhensible héritage édifié autour des esprits des vents et des réseaux de lignes sacrées, invisibles à l'œil, carte des sables où elles s'entrecroisent, indiquant lieux saints et conjonctions sacrées.

Toutes les tribus du désert qui croient en Jad ont également adopté la croyance en son fils. C'est fréquent chez ceux qui se convertissent à la religion du dieu du soleil : Héladikos est une voie pour aller à son père. Officiellement, l'Empereur et les Patriarches ont interdit de telles croyances. C'est en général l'Impératrice, réputée bien utilement avoir de la sympathie à l'égard de ces doctrines tombées en disgrâce, qui s'occupe d'échanger correspondance et présents avec ces nomades. Ils peuvent avoir de l'importance, et c'est souvent le cas. Malgré la paix chèrement achetée aux Bassanides qui règnent dans les instables régions du sud, les alliances y sont fugaces et essentielles, et précieuses pour les mercenaires, l'or et le *sylphium* – cette épice d'un coût extravagant – comme pour les routes qu'elles offrent aux caravanes venues d'Orient et contournant la Bassanie.

La conclusion de cette lettre-ci n'inclut pas de promesses de délices physiques. L'Impératrice se retient d'exprimer de la déception ; son présent secrétaire n'a aucun sens de l'humour et ses servantes deviennent distraites quand elles sont amusées. Le chef du désert offre cependant une prière pour que la lumière veille sur son âme.

Alixana, maintenant vêtue, boit à petites gorgées du vin adouci de miel en dictant des réponses aux deux messages. Elle vient de terminer la seconde quand la porte s'ouvre sans qu'on y ait frappé. Elle lève les yeux.

« Trop tard, murmure-t-elle. Mes amants se sont envolés et je suis, comme vous pouvez le constater, tout à fait convenable.

— Je détruirai forêts et cités pour les retrouver », déclare l'Empereur trois fois honoré, saint régent de Jad sur terre, en s'asseyant sur un banc rembourré et en acceptant une coupe de vin (sans miel) d'une des femmes. « Je réduirai leurs os en poudre. Puis-je, je vous prie, proclamer que j'ai trouvé Vertigus en train de vous importuner et l'ai fait écarteler entre quatre chevaux ? »

L'Impératrice se met à rire et fait un geste bref. Servantes et secrétaire vident les lieux. « L'argent, encore ?

Je pourrais vendre mes bijoux », fait-elle lorsqu'ils sont seuls.

Il sourit. Son premier sourire de la journée, qui pour lui est commencée depuis un bon moment déjà. L'Impératrice se lève pour lui apporter un plat de fromage, de pain frais et de viandes froides. C'est un rituel, ils s'y livrent tous les matins quand les exigences de l'État le leur permettent. Elle lui baise le front en déposant le plat. Il lui effleure le poignet, inhale son parfum. D'une certaine façon, se dit-il, une nouvelle partie de sa journée commence alors. Chaque matin.

« Je ferai plus d'argent en vous vendant vous-même, déclare-t-il.

— Comme c'est excitant. Le Gunarque de Moskave serait acheteur.

— Il n'en a pas les moyens. » Valérius jette un regard circulaire sur la salle de bain, marbre rouge et blanc, ivoire, or, coupes et bols ornés de pierres précieuses, boîtes d'albâtre sur les tables. Deux foyers sont allumés ; des lampes à huile sont suspendues au plafond dans des paniers d'argent tressé. « Vous êtes une femme extrêmement coûteuse.

— Bien sûr. Ce qui me rappelle : je veux toujours mes dauphins. » Elle désigne la partie supérieure du mur opposé. « Quand en auras-tu terminé avec le Rhodien ? Je veux qu'il commence ici. »

Valérius lui adresse un regard sévère, sans mot dire.

Elle sourit en toute innocence, en ouvrant de grands yeux. « Le Gunarque de Moskave m'écrit qu'il pourrait m'offrir des délices telles que j'en ai seulement rêvé la nuit.

— Je n'en doute pas », acquiesce Valérius d'un air distrait.

— À propos de rêves », dit son Impératrice. Il saisit le changement d'intonation – elle est habile à ce genre de modulations, bien entendu – et la regarde retourner à son propre siège.

« C'est ce dont nous parlions, je suppose », dit-il ; et, après un silence : « Cela vaut mieux que de parler de dauphins illicites. De quoi s'agit-il, maintenant, mon amour?»

Elle hausse délicatement les épaules: «Quelle perspicacité de ta part. Le rêve concernait des dauphins.»

L'Empereur a une mimique ironique: «Quelle perspicacité de ma part. Tu m'as dirigé tel un bateau là où tu voulais me voir aller.»

Elle sourit, mais ses yeux restent graves. «Pas vraiment. C'était un rêve triste.»

Valérius l'observe. «Tu désires vraiment en avoir sur tes murs?»

Il fait mine de comprendre de travers, elle le sait très bien. Ils ont déjà eu cette conversation. Il n'aime pas parler des rêves qu'elle fait. Elle y croit, pas lui – du moins le prétend-il.

«J'en veux *seulement* sur les murs, réplique-t-elle. Ou dans la mer, très loin de nous pendant longtemps encore.»

Il prend une gorgée de vin, une bouchée de fromage avec du pain. De la nourriture campagnarde, c'est ce qu'il préfère à cette heure matinale. Il s'appelait Pétrus, en Trakésie.

«Nul d'entre nous ne sait où voyage notre âme, dit-il enfin. Ni dans cette vie ni par la suite.» Il attend qu'elle lève les yeux et croise son regard. Il a un visage rond, lisse, inoffensif; plus personne n'en est dupe, désormais. «Mais je crois bien être irréductible en ce qui concerne cette guerre en Occident, mon amour, et à l'épreuve des rêves comme des arguments.»

Après un moment, elle hoche la tête. Ce n'est ni une conversation ni une conclusion nouvelles. Mais le rêve de cette nuit était bien réel. Elle a toujours eu des rêves dont elle ne peut se débarrasser.

Ils discutent d'affaires d'État: les impôts, les deux Patriarches, les cérémonies d'ouverture à l'Hippodrome, dans quelques jours. Elle lui parle d'un amusant mariage qui a lieu le jour même, avec une liste d'invités étonnamment distingués.

«Selon certaines rumeurs, murmure-t-elle en lui versant davantage de vin, Lysippe a été vu dans la cité.» Son expression est soudain devenue espiègle.

Celle de l'Empereur est penaude, comme s'il s'était fait prendre.

Alixana éclate de rire : « Je le savais ! C'est toi qui les fais courir ! »

Il hoche la tête. « Je devrais réellement te vendre quelque part, très loin. Je n'ai pas de secrets. Oui, j'ai… fait quelques essais.

— Tu le rappellerais vraiment ? »

Lysippe le Calysien, au corps et aux appétits révoltants, est néanmoins le plus efficace et le plus incorruptible Questeur des impôts impériaux que Valérius ait jamais eu. Son association avec l'Empereur remonte très loin, dit-on, et certains détails n'en seront sans doute jamais rendus publics. L'Impératrice n'a jamais posé de question, du reste ; elle ne veut pas réellement savoir. Elle a ses propres souvenirs – et parfois des rêves – d'hommes en train de hurler, un matin, dans la rue au pied des appartements que Pétrus lui avait loués dans un quartier dispendieux, au temps de leur jeunesse, sous le règne d'Apius. Elle n'est pas spécialement sensible à ce genre de choses, impossible après son enfance à l'Hippodrome et au théâtre, mais ce souvenir – et l'odeur de la chair calcinée – s'est attardé et refuse de disparaître.

Il y a trois ans que le Calysien a été exilé, dans le sillage de l'Émeute de la Victoire.

« Je le ferais revenir, dit l'Empereur. Si on m'en laisse la possibilité. J'ai besoin pour lui de l'absolution du Patriarche, et que les maudites factions se tiennent tranquilles. Il vaut mieux que ce soit pendant la saison des courses, ils auront d'autres raisons de hurler. »

Elle a un petit sourire. Il n'aime pas les courses, c'est un secret bien mal gardé. « Où se trouve-t-il en ce moment, en réalité ? »

Valérius hausse les épaules : « Toujours dans le nord, je suppose. Il écrit depuis son domaine à côté d'Eubulus. Il a assez d'argent pour faire tout ce qu'il veut. Il est probablement mort d'ennui. Sème la terreur dans la campagne. Doit voler des enfants quand les lunes sont noires. »

Elle fait une petite grimace : « Un homme pas très plaisant. »

Il acquiesce. « Pas du tout. Mais j'ai besoin d'argent, mon amour, et Vertigus ne m'y est pratiquement d'aucune utilité.

— Oh, je suis tout à fait d'accord, murmure-t-elle. Tu n'as même pas idée de son inutilité. » Elle se passe la langue sur les lèvres. « Je crois que le Gunarque de Moskave me plairait infiniment plus. » Elle lui cache quelque chose, pourtant. Une impression, une intuition fugitive. Des dauphins, des rêves, des âmes…

Il se met à rire, il le doit, et finit par prendre congé après avoir terminé son bref repas. Des rapports des gouverneurs provinciaux et militaires l'attendent au palais Atténin, des réponses à dicter. Elle, elle reçoit dans sa propre salle d'audience une délégation de prêtres et de saintes femmes venus d'Amorie, et elle ira naviguer ensuite dans la baie du port, si les vents ne sont pas trop forts. Elle aime se rendre dans les îles du détroit ou de la mer intérieure et, comme l'hiver se termine, elle peut recommencer à le faire, quand le temps est doux. Pas de banquet officiel cette nuit. Ils dîneront ensemble avec un petit nombre de courtisans, en écoutant un musicien de Candaria.

Ils le feront en effet, prendront plaisir à la musique ondoyante et sonore, mais ils seront rejoints ensuite, pour une coupe de vin – et d'aucuns jugeraient cette visite surprenante –, par le Stratège suprême, Léontès, son épouse à la haute taille et aux cheveux blonds et une troisième personne, une autre femme, et de sang royal.

◆

Pardos courait de toutes ses forces, tout en se maudissant. Il avait passé sa vie dans les quartiers les plus turbulents de Varèna, une cité célèbre pour ses soldats Antæ ivres et ses apprentis amateurs de bagarres. Il savait que c'était une idiotie d'être intervenu, mais une lame nue et un homme abattu en plein jour, c'était bien

plus que les bleus et les bosses habituels. Il s'était élancé
sans prendre le temps de réfléchir, avait administré
quelques coups – et filait maintenant à toute allure aux
côtés d'un Bassanide grisonnant à travers une cité qu'il
ne connaissait absolument pas, avec aux trousses une
bande de jeunes aristocrates vociférants. Il n'avait même
plus son bâton.

Chez lui, sa prudence était bien connue, mais la prudence ne vous garantissait pas une existence dépourvue
d'incidents. Ce qu'ils devaient faire, il le savait – si les
jambes moins jeunes du docteur étaient capables de
tolérer cette allure.

Pardos jaillit de la ruelle, vira à gauche en dérapant
dans une rue plus large et renversa la première charrette venue – celle d'un marchand de poisson. Couvry
en avait fait autant dans des circonstances semblables.
Un glapissement scandalisé s'éleva, mais il ne regarda
pas derrière lui. Des foules, du chaos, c'était ce dont
ils avaient besoin pour couvrir leur fuite et empêcher
jusqu'à un certain point des voies de fait fatales si on
les rattrapait – même s'il ne savait pas trop dans quelle
mesure leurs poursuivants pouvaient se retenir.

Mieux valait ne pas mettre leur retenue à l'épreuve.

Le docteur semblait rester à sa hauteur ; il tendit
même un bras, tandis qu'ils prenaient à toute allure un
autre tournant, et arracha l'auvent d'un portique, au-
dessus d'une échoppe d'icônes. Pas un choix des plus
sages pour un Bassanide, peut-être, mais il réussit à
renverser tout un étal de Bienheureuses Victimes dans
la rue boueuse, en éparpillant les mendiants assemblés
autour, un désordre additionnel. Pardos jeta un regard
par-dessus son épaule ; le docteur, la mine sombre, faisait
aller ses jambes avec la plus grande énergie.

Tout en courant, Pardos continuait à chercher des
yeux les gardes de la Préfecture urbaine – il y en aurait
sûrement dans les environs, un quartier aussi turbulent ?
Les épées n'étaient-elles pas censées être illégales dans
la Cité ? Les jeunes patriciens lancés à leur poursuite ne
semblaient pas de cet avis ou s'en moquaient éperdument.

Il décida brusquement de se diriger vers une chapelle plus importante que le petit trou insignifiant où il s'était trouvé psalmodier la prière du matin après son arrivée au lever du soleil et son périple depuis les triples murailles. Il avait eu l'intention de prendre une chambre modeste près du port – toujours le quartier le moins coûteux, dans une ville – pour effectuer ensuite une visite à laquelle il pensait depuis qu'il était parti de chez lui.

La chambre devrait attendre.

Les foules matinales étaient à présent dehors, et ils devaient se contorsionner pour éviter les gens de leur mieux, en s'attirant des malédictions ; un soldat en permission avait lancé avec retard une bourrade à Pardos. Mais cela signifiait que leurs poursuivants étaient certainement obligés de se distancer maintenant les uns des autres et pourraient même les perdre de vue si Pardos et le docteur – qui se débrouillait vraiment bien pour un homme à la barbe grise – réussissaient à rendre leur progression assez erratique.

Pardos essayait constamment de se repérer, et il entrevit – à travers une échappée entre des édifices à plusieurs étages – un dôme doré plus vaste que tout ce qu'il avait vu auparavant. Il changea brusquement d'idée en pleine course.

« Par là ! » souffla-t-il hors d'haleine, en pointant le doigt.

« Pourquoi courons-nous ? laissa échapper le Bassanide. Il y a du monde ici, sapristi ! Ils n'oseront pas…

— Si ! Ils nous tueront et paieront une amende ! Venez ! »

Le docteur ne répliqua point, économisant son souffle. Il suivit Pardos qui vira raide pour quitter la rue où ils se trouvaient. Ils traversèrent une large place et déboulèrent près d'un Fou de Dieu et de sa petite foule d'auditeurs, frappés au passage par l'odeur dégoûtante de l'homme mal lavé. Pardos entendit un cri aigu derrière eux : quelques-uns des poursuivants les voyaient toujours. Une pierre siffla au-dessus de sa tête. Il regarda par-dessus son épaule.

Un poursuivant. Un seul. Voilà qui changeait tout. Pardos s'arrêta et se retourna.

Le docteur en fit autant. Un très jeune homme en robes vertes de style oriental, avec des boucles d'oreilles, un collier doré et de longs cheveux mal entretenus – il n'avait pas fait partie du groupe originel – ralentit avec hésitation, puis tâtonna à sa ceinture pour en tirer une courte épée. Pardos regarda autour d'eux, poussa un juron et fonça sur le Fou de Dieu. Bravant l'odeur de pourriture fétide qui émanait de l'individu, il lui arracha son bâton de chêne, lança une excuse par-dessus son épaule. Et se précipita droit sur leur jeune poursuivant.

« Imbécile ! hurla-t-il avec de sauvages moulinets de bâton. Tu es tout seul ! On est deux ! »

Le jeune homme – appréciant avec quelque retard cette vérité cruciale – jeta un prompt regard derrière lui, ne vit pas de renforts immédiats et sembla soudain moins féroce.

« File ! » s'écria le docteur près de Pardos, en brandissant un poignard.

Le jeune homme les dévisagea l'un après l'autre et choisit de suivre ce conseil. Il fila.

Pardos relança le bâton emprunté au Fou de Dieu, sur sa petite estrade. « Venez », dit-il d'une voix éraillée au docteur. Direction, le Sanctuaire. » Il le montrait du doigt. Ils firent volte-face ensemble, traversèrent la place et remontèrent en courant une autre ruelle située du côté opposé.

Ce n'était plus très loin, et l'allée – désormais en terrain plat, Jad merci – déboucha soudain sur un forum immense, dont tout le pourtour était occupé par des arcades et des échoppes. Pardos dépassa à toutes jambes deux garçons qui jouaient avec un cerceau et un vendeur de noix grillées sur brasero. La haute masse de l'Hippodrome se trouvait à sa gauche, ainsi que de grandes portes de bronze à doubles battants dans une muraille qui devait être celle de l'Enceinte impériale. Une énorme statue équestre se dressait devant les portes. Il ignora ces splendeurs pour traverser diagonalement le forum en courant de toutes ses forces vers un portique de vastes proportions menant à une autre grande porte à doubles battants et, plus loin encore, au-dessus, à un dôme qui lui aurait coupé le souffle s'il avait encore eu du souffle à perdre.

Avec le Bassanide, il bondit pour éviter maçons, charrettes de matériaux de maçonnerie, piles de briques et – vision familière ! – un four à chaux vive monté près du portique. En atteignant les marches, Pardos entendit de nouveau derrière lui le cri des poursuivants. Il gravit les marches du même pas que le docteur et s'arrêta, titubant, à bout de souffle, devant les portes.

« Personne n'entre ! » aboya un garde – il y en avait deux. « On travaille à l'intérieur !

— Mosaïste, s'étrangla Pardos. De Batiare ! Ces jeunes gens nous poursuivent ! » Il désigna du doigt le forum. « Ils ont déjà tué quelqu'un ! Avec des épées ! »

Les gardes regardèrent dans la direction indiquée. Une demi-douzaine de jeunes poursuivants s'étaient rendus jusque-là, en groupe. Leurs armes étaient dégainées – en plein jour, sur le forum. Incroyable, ou alors ils étaient tellement riches qu'ils s'en moquaient. Pardos saisit l'une des poignées de la lourde porte, ouvrit, poussa vivement le docteur à l'intérieur. Entendit le sifflement perçant, et fort gratifiant, d'un garde qui appelait des renforts. Ils seraient en sécurité ici maintenant, il en était certain. Le docteur était plié en deux, les mains sur les hanches, le souffle rauque. Il adressa un regard en biais à Pardos et hocha la tête, faisant sans aucun doute la même observation en ce qui concernait celui-ci.

Plus tard, beaucoup plus tard, Pardos réfléchirait à ce que la séquence des interventions et des activités de la matinée suggérait quant aux changements advenus en lui, mais pour le moment il se contentait de bouger et de réagir.

Il leva les yeux. Et réagit, mais sans bouger.

En réalité, il eut soudain l'impression que ses bottes étaient plantées dans le plancher de marbre comme...

des tessères dans un lit de pose, fixées là pour les siècles à venir.

Il resta ainsi comme s'il avait pris racine, essayant d'abord d'appréhender la pure immensité de l'espace couvert par le dôme, les larges nefs latérales et les fenêtres obscures qui s'enfonçaient apparemment à l'infini dans des tunnels de lumière pâle, assourdie. Il vit les colonnes massives entassées les unes sur les autres comme les jouets des légendaires géants de Finabar, qui était dans la religion païenne des Antæ le monde originel perdu, où les dieux marchaient parmi les humains.

Abasourdi, Pardos laissa ses yeux revenir au marbre poli et sans défaut du sol puis, en prenant une profonde inspiration, regarda de nouveau au-dessus de sa tête, loin, très loin, pour voir flotter la grande coupole elle-même, aérienne, d'une inconcevable immensité. Et sur la coupole, en train de prendre forme en cet instant même, se trouvait ce que Caius Crispus de Varèna, son maître, était en train de créer au cœur de cette omniprésente sainteté.

Des tessères blanches et dorées sur fond bleu – un bleu comme Pardos n'en avait jamais vu en Batiare, n'avait jamais pensé en voir de sa vie – délimitaient la voûte des cieux. Pardos en reconnut immédiatement la manière et le style. Quiconque était en charge de ces décorations lorsque Crispin était arrivé d'Occident n'en était plus désormais le concepteur.

Celui qui exécutait ceci avait *appris* son art à Pardos, de maître à apprenti.

Ce qu'il ne pouvait encore saisir – et il savait qu'il lui faudrait observer longuement avant même de commencer à saisir – c'était l'échelle colossale de ce que Crispin était en train d'accomplir sur la coupole. Un concept à la hauteur de l'immensité du site.

Près de lui, le docteur essayait toujours de reprendre son souffle, adossé à une colonne de marbre. La pierre avait une nuance bleu-vert dans la lumière douce, comme la mer par un matin ennuagé. Les yeux du Bassanide silencieux faisaient avec lenteur le tour des lieux, écar-

quillés au-dessus de sa barbe striée de gris. Le Sanctuaire de Valérius était un sujet de conversations et de
rumeurs dans l'ensemble du monde connu, et voici
qu'ils s'y tenaient.

Il y avait des travailleurs à l'œuvre partout, beaucoup
dans les coins, si distants qu'ils en étaient invisibles, on
ne pouvait que les entendre. Mais le bruit de la construction lui-même était modifié par l'énormité de l'espace,
les échos profonds qui y résonnaient. Pardos essaya d'y
imaginer les chants liturgiques et en eut la gorge serrée.

La poussière dansait dans les rayons obliques du
soleil qui coulaient à flots par les fenêtres percées haut
dans les murs et sur le pourtour de la coupole. En portant son regard au-delà des lampes à huile de bronze et
d'argent, Pardos vit partout des échafaudages appuyés
contre les parois de marbre où l'on composait des mosaïques de fleurs mêlées à des formes géométriques.
Un seul échafaudage montait jusqu'à la coupole, du
côté nord de sa vaste circonférence, à l'opposé de la
porte d'entrée. Et dans cette douce et suave lumière
matinale qui illuminait le Sanctuaire de la Sainte Sagesse
de Jad, Pardos aperçut sur ce haut échafaudage la petite
silhouette de celui qu'il avait suivi jusqu'en Orient, sans
qu'on le lui eût demandé ni qu'on eût désiré sa présence
– car Crispin avait catégoriquement refusé d'être accompagné par un apprenti lorsqu'il était parti pour son propre
voyage.

Pardos prit une autre inspiration pour se calmer et fit
le signe du disque solaire. L'endroit n'était pas encore
consacré officiellement – il n'y avait pas d'autel devant
un disque d'or – mais pour lui, c'était déjà un lieu saint,
et son voyage était terminé, ou du moins cette partie de
son voyage. Il remercia Jad de tout cœur, en se remémorant le sang sur un autel près de Varèna, les chiens
sauvages dans une nuit au froid mordant en Sauradie,
alors qu'il s'était cru sur le point de périr. Il était vivant,
et il était ici.

Il pouvait entendre les gardes dehors, de plus en plus
nombreux. Une voix de jeune homme s'éleva, furieuse,

interrompue par la réplique abrupte d'un soldat. Pardos jeta un coup d'œil au docteur et se permit un sourire en biais. Puis il se rappela que le serviteur du Bassanide était mort. Ils avaient survécu, mais ce n'était pas un moment de satisfaction, pas pour son compagnon.

Non loin de là, deux artisans se tenaient l'un près de l'autre et Pardos décida que s'il pouvait commander à ses pieds de bouger, il irait leur parler. Avant de le pouvoir, il entendit leur conversation anxieuse.

« Où est Vargos ? Lui, il pourrait le faire.

— Il est parti s'habiller. Tu sais bien. Il est invité aussi.

— Saint Jad. Peut-être que, euh… un des apprentis maçons peut le faire ? Ou un des briqueteurs ? Ils ne le connaissent peut-être pas… trop ?

— Impossible, ils connaissent tous les histoires. On doit le faire, Sosio, maintenant. Il est tard ! Je te le joue aux dés.

— Non ! Je ne vais pas là-haut, pas question ! Crispin tue du monde.

— Il le dit. Je ne crois pas qu'il l'ait jamais fait.

— Tu ne le crois pas, hein ? Bon. Alors, tu y vas.

— J'ai dit que je te le joue aux dés, Sosio.

— Et j'ai dit que je n'irai pas. Je ne veux pas non plus que tu y ailles, Silano. Je n'ai vraiment pas d'autre frère !

— Il va être en retard ! Il va nous tuer pour l'avoir laissé être en retard ! »

Pardos découvrit qu'il pouvait se mouvoir et que, nonobstant les événements de la matinée, il réprimait un sourire. Cela lui évoquait trop de souvenirs, soudains et vivaces.

Il s'avança sur le marbre, dans la lumière sereine. Ses bottes éveillaient de légers échos. Les deux frères – des jumeaux parfaitement identiques – se retournèrent pour le regarder. Dans le lointain, quelqu'un laissa tomber un marteau ou un ciseau, et le son en résonna doucement, presque musical.

« Si je comprends bien, dit gravement Pardos, il est question d'interrompre Crispin sur son échafaudage ?

« — Caius Crispus, oui, dit vivement celui qui s'appelait Sosio. Vous… vous le connaissez ?

— Il doit aller à un mariage, dit l'autre frère.

— Tout de suite ! Il fait partie des témoins.

— Mais il ne permet à personne de l'interrompre !

— Jamais ! Il a déjà tué quelqu'un pour ça, une fois !

— À Varèna. Avec une truelle, on dit. Dans une sainte chapelle. » Silano avait l'air horrifié.

Pardos hocha la tête avec sympathie. « Je sais, je sais. Il l'a fait. Dans une chapelle ! En fait, c'est moi qu'il a tué. C'était vraiment terrible de mourir comme ça ! Une truelle. » Il s'interrompit avec un clin d'œil tandis que les deux jeunes gens, avec une mimique identique, restaient bouche bée. « Ça va, je vais aller le chercher. »

Il s'éloigna avant d'être totalement trahi par son sourire – qu'il avait maintenant vraiment du mal à supprimer. Il traversa l'espace stupéfiant qui s'étendait sous l'arc de la coupole. En levant les yeux, il vit l'image de Jad selon Crispin à l'est au-dessus des détails en voie d'émergence de Sarance vue comme à l'horizon ; et, parce qu'il venait de passer tout un hiver dans une certaine chapelle sauradienne, il comprit aussitôt le projet de son maître avec sa propre représentation du dieu. Crispin était passé par la chapelle aussi ; les Veilleurs l'avaient dit à Pardos.

Il arriva à l'échafaudage. Deux jeunes apprentis étaient là pour le tenir, comme on devait toujours le faire. Ceux à qui était confiée cette tâche mouraient en général d'ennui et se tournaient les pouces. Ces deux-là avaient l'air terrifié. Pardos se rendit compte qu'il ne pouvait vraiment pas cesser de sourire.

« Tenez-le-moi bien, voulez-vous ? leur dit-il.

— Mais vous ne pouvez pas ! s'étrangla l'un des garçons horrifié. Il est là-haut !

— C'est ce que j'ai compris », fit Pardos. Il pouvait si facilement se rappeler avoir éprouvé les mêmes sentiments que l'apprenti livide – et avoir eu sans doute exactement la même expression. « Il doit cependant recevoir un message. »

Et il saisit les barreaux de l'échelle pour commencer à y grimper. Il savait que, loin dans les hauteurs, Crispin sentirait bientôt, s'il ne l'avait fait aussitôt, les saccades et le va-et-vient. Il garda les yeux fixés sur ses mains, comme on les entraînait tous à le faire, et entama son ascension.

Il était à mi-chemin lorsqu'il entendit une voix bien familière qu'il avait traversé la moitié du monde pour entendre à nouveau, et qui criait avec une rage froide bien familière aussi : « Encore un barreau et je mets fin à ta misérable existence en te pulvérisant les os, et je les place dans le lit de pose ! »

Vraiment bien trouvé, songea Pardos. Du nouveau. Il leva les yeux. « Tais-toi, s'écria-t-il. Ou je te taillerai les fesses à coups de tessère pour te les faire avaler une tranche à la fois. »

Il y eut un silence. Puis. « C'est moi qui dis ça, que tes yeux se putréfient ! Qui diantre… »

Pardos continua son chemin sans répondre.

Au-dessus de lui, il sentit la plate-forme bouger comme Crispin s'approchait du rebord pour regarder vers le bas.

« Qui es-tu, sapristi ! » Un autre silence, suivi de : « Pardos ? *Pardos ?* »

Pardos ne répondit pas, continua à grimper. Son cœur éclatait dans sa poitrine. Il atteignit le sommet et enjamba la rambarde basse de la plate-forme sous les étoiles de mosaïque du ciel de mosaïque, d'un bleu profond.

Pour se retrouver pris dans une étreinte qui faillit les faire tomber tous les deux.

« Maudit sois-tu, Pardos ! Qu'est-ce qui t'a pris si longtemps ? J'avais besoin de toi ici ! Ils m'ont écrit que tu étais parti cet automne, foutre ! Il y a six mois ! Sais-tu à quel point tu es en retard ? »

Ignorant pour l'instant le fait que Crispin, en partant, avait explicitement refusé toute compagnie, Pardos se dégagea.

« Savez-vous à quel point vous êtes en retard vous-même ? demanda-t-il.

— Moi ? Quoi ?

— Mariage » dit Pardos, ravi, et il l'observa.

Cela lui fit encore plus plaisir, plus tard, de se remémorer la prise de conscience épouvantée qui se faisait jour sur le visage de Crispin, lequel était, de façon imprévue, rasé de près.

« Ah ! *Ah !* Saint Jad ! Ils vont me *tuer* ! Je suis un homme mort ! Si Carullus ne le fait pas, la maudite Shirin le fera ! Pourquoi aucun de ces imbéciles en bas ne me l'a-t-il dit ? »

Sans attendre la réponse des plus évidentes, Crispin abandonna Pardos, sauta témérairement par-dessus la rambarde et commença à dégringoler l'échelle, en glissant plus qu'en passant de barreau en barreau, à la façon des apprentis quand ils faisaient la course entre eux. Avant de le suivre, Pardos jeta un coup d'œil à la partie de la mosaïque sur laquelle Crispin avait été en train de travailler. Un aurochs dans une forêt d'automne, énorme, en noir, bordé de blanc pour le mettre en relief. La silhouette serait très frappante, contrastant ainsi avec les couleurs éclatantes des feuilles tout autour, une image impérieuse. Ce devait être délibéré. Une fois, Crispin avait emmené les apprentis voir une mosaïque de plancher, dans un domaine au sud de Varèna, où l'on avait utilisé pareillement du blanc et du noir en contraste avec des couleurs. Pardos commença à redescendre, soudain pensif.

Crispin l'attendait en bas, grimaçant et dansant d'un pied sur l'autre dans son impatience. « Mais dépêche-toi donc, idiot ! On est tellement en retard, ça me tue. Ça va bel et bien me tuer ! Viens ! Pourquoi t'a-t-il fallu si longtemps pour arriver ici ? »

Pardos mit pied à terre avec une lenteur délibérée. « Je me suis arrêté en Sauradie, dit-il. Une chapelle au bord de la route. On m'a dit que vous y étiez passé aussi plut tôt. »

L'expression de Crispin se modifia brusquement. Il fixa sur Pardos un regard pénétrant. « Oui, fit-il enfin. J'y suis passé. Je leur ai dit qu'ils devraient… est-ce que… Pardos, tu l'as restaurée, vraiment ? »

Pardos hocha la tête avec lenteur. «Autant que j'ai pensé pouvoir le faire par mes propres moyens.»

L'expression de Crispin changea de nouveau, réchauffant Pardos comme le soleil après une matinée qui lui avait mis les nerfs à vif. «J'en suis content, dit son maître. J'en suis très content. Nous en reparlerons. En attendant, viens, il va falloir courir.

— J'ai déjà couru. À travers tout Sarance, j'ai l'impression. Il y a des jeunes gens, dehors, assez riches pour se moquer de la loi, qui ont essayé de nous tuer, moi et un docteur bassanide.» Il désigna le médecin qui s'était approché d'eux avec les artisans jumeaux. L'expression des deux frères était une étude de confusion en miroir. «Ils ont abattu son serviteur, ajouta Pardos. Nous ne pouvons pas juste sortir comme ça…

— Et le cadavre de mon serviteur sera jeté dans la rue par l'un de vos prêtres si pieux si on ne le réclame pas d'ici midi.» Le docteur parlait un excellent sarantin, meilleur que celui de Pardos. Il était encore furieux.

«Où se trouve-t-il? demanda Crispin. Sosio et Silano peuvent aller le chercher.

— Je n'ai pas idée du nom de la…

— Chapelle de la Sainte Ingacia, dit vivement Pardos, près du port.

— Quoi? dit le jumeau nommé Sosio.

— Que faisiez-vous là? dit son frère du même souffle. C'est un endroit terrible! Des voleurs, des prostituées…

— Et comment en savez-vous autant là-dessus, vous deux?» remarqua Crispin, ironique; puis il sembla se rappeler l'affaire pressante: «Prenez deux gardes impériaux. Les hommes de Carullus doivent tous être à ce maudit mariage, présentement. Dites-leur que c'est pour moi, et pourquoi. Et vous deux…» – il se tourna vers Pardos et le docteur – «Venez! Vous resterez avec moi ce matin, j'ai des gardes.» Crispin aboyant des ordres, Pardos s'en souvenait; il changeait toujours ainsi d'humeur. «On va sortir par une porte latérale, et il faut se presser! Vous aurez besoin de quelque chose de blanc à porter, c'est un mariage, sapristi! Idiots!» Il s'éloigna d'un pas rapide ; ils n'eurent d'autre choix que de le suivre en hâte.

Et c'est ainsi que le mosaïste Pardos de Varèna et le médecin Rustem de Kérakek se trouvèrent assister à la cérémonie officielle – vêtus de tuniques blanches empruntées à la garde-robe de Crispin –, puis à un festin de noces le jour même de leur arrivée à Sarance, la sainte et auguste Cité de Jad.

Même s'ils étaient bel et bien en retard, ce ne fut pas trop épouvantable.

Des musiciens flânaient dehors. Un soldat qui attendait avec anxiété près de l'entrée les vit approcher et se précipita à l'intérieur pour annoncer la nouvelle. Crispin, en murmurant à la cantonade un flot pressé d'excuses, fut à même de prendre de justesse sa place devant l'autel afin de tenir la mince couronne dorée au-dessus de la tête du futur époux pour la cérémonie. Il était lui-même fort ébouriffé, mais c'était presque toujours le cas. Juste avant le début du service, Pardos remarqua que la fort séduisante jeune femme qui devait tenir la couronne au-dessus de l'épousée assénait un rude coup de poing dans les côtes de Crispin. Une vague de rires courut dans la chapelle. Le prêtre qui présidait à la cérémonie parut surpris ; le futur époux sourit et hocha la tête en signe d'approbation.

Pardos ne vit le visage de l'épousée qu'après la cérémonie. Elle était voilée dans la chapelle tandis que le prêtre prononçait les paroles de l'union, suivi, à l'unisson, par les deux futurs époux. Pardos ignorait tout de leur identité ; Crispin n'avait pas eu le temps d'expliquer. Pardos ne savait même pas le nom du Bassanide qui se tenait près de lui ; les événements s'étaient déroulés à une vitesse incroyable ce matin, et un homme était mort.

La chapelle était élégante, somptueuse, de fait, une extravagance d'or et d'argent, piliers de marbre veiné, et splendide autel de pierre noire comme de l'encre. Au-dessus de leurs têtes, sur la petite coupole, Pardos vit – avec surprise – la silhouette dorée d'Héladikos portant sa torche flamboyante et tombant du chariot paternel.

On avait proscrit la croyance au fils de Jad, ses représentations étaient considérées comme une hérésie par les
deux Patriarches. Les fidèles de cette chapelle, apparemment, étaient des gens assez importants pour avoir
évité jusqu'à présent la destruction de leur mosaïque.
Pardos, qui avait adopté l'éclatant fils du dieu en même
temps que le dieu lui-même, comme tous les Antæ
d'Occident, en eut brièvement chaud au cœur, comme
d'une bienvenue. Un bon présage, songea-t-il. Inattendu
et réconfortant de trouver l'Aurige qui l'attendait là.

Puis, vers le milieu du service, le Bassanide toucha
le bras de Pardos et lui montra quelque chose du doigt.
Pardos suivit son indication. Cligna des yeux. Le jeune
homme qui avait abattu le serviteur du médecin venait
d'entrer dans la chapelle.

Il était d'un calme impavide, joliment drapé de soie
blanche, avec une chaîne d'or pour ceinture et un manteau vert sombre. Ses cheveux étaient bien proprement
rassemblés sous un chapeau mou vert, bordé de fourrure.
Il allait avec discrétion prendre place entre un homme
plus âgé, de belle allure, et une femme beaucoup plus
jeune. Il ne montrait plus aucun signe d'ivresse. Il ressemblait à un jeune prince et aurait pu servir de modèle
au splendide Héladikos de la coupole.

Certains, dans l'Enceinte impériale et dans les plus
hauts cercles de l'administration, courtisaient activement
les factions liées aux courses de chars, la bleue, la verte,
ou les deux. Plautus Bonosus, Maître du Sénat, ne le
faisait point. Il était d'avis qu'un détachement bienveillant, aussi bien à l'égard des Bleus que des Verts,
convenait mieux à sa position. De surcroît, il n'était pas
par nature enclin à assiéger des danseuses, et les charmes
de la fameuse Shirin des Verts étaient donc pour lui une
pure affaire d'esthétique et non une source de désir et
de séduction.

Il n'aurait donc pas assisté à ce mariage si ce n'avait
été de deux facteurs. L'un était son fils : Cléandre l'avait

désespérément pressé d'y assister et de l'y amener et, puisqu'il était de plus en plus inhabituel pour son fils de manifester le moindre intérêt pour les réunions civilisées, Bonosus avait préféré ne pas renoncer à une occasion de montrer le garçon dans un état présentable, capable de fonctionner en société.

L'autre raison, davantage une indulgence à son propre égard, avait été l'indication, habilement glissée dans son invitation par la danseuse, que le festin, chez elle, serait préparé par Strumosus d'Amorie.

Bonosus avait des faiblesses. Charmants adolescents et mets mémorables en étaient certainement les principales.

Ils avaient laissé leurs deux filles nubiles chez eux, bien entendu. Bonosus et sa seconde épouse, avec une scrupuleuse ponctualité, se rendirent à la cérémonie dans la chapelle qui était celle de leur quartier. Cléandre arriva en retard, mais il était propre et vêtu de façon appropriée. En regardant avec une certaine perplexité son fils à ses côtés, Bonosus arrivait presque à se rappeler le garçon intelligent et discipliné qu'il avait été seulement deux ans plus tôt. L'avant-bras droit de Cléandre semblait enflé et livide, mais son père choisit de ne pas s'en enquérir. Il ne voulait pas savoir. Ils se joignirent aux membres vêtus de blanc de la procession et aux musiciens (excellents, du reste, venus du théâtre), pour le trajet, court et plutôt frisquet, jusqu'à la demeure de la danseuse.

Il ressentit un inconfort passager lorsque la parade en musique dans les rues s'acheva devant un portique orné d'un buste de femme, une fort bonne copie de la manière classique trakésienne. Il savait ce qu'éprouverait son épouse en entrant dans cette maison. Elle n'en dirait rien, bien sûr, mais il le savait. Ils entraient chez une danseuse du commun, conférant ainsi à la femme et à sa demeure toute la dignité symbolique de l'office de Maître du Sénat.

Jad seul savait ce qui se passait ici la nuit après le théâtre. Thénaïs était comme toujours impeccable, ne montrant pas le moindre signe de réprobation. Beaucoup plus jeune que lui, sa seconde épouse était d'une éducation sans tache et d'une réserve bien connue. Il l'avait choisie pour ces deux qualités après l'été de la peste, trois ans plus tôt, lorsque la mort d'Aélina l'avait laissé avec trois enfants sans personne pour s'occuper de sa maisonnée.

Thénaïs offrit un sourire gracieux et un murmure poli à la mince Shirin des Verts lorsqu'elle les accueillit avec animation sur le seuil. Cléandre, entre son père et sa belle-mère, devint cramoisi quand Bonosus le présenta, et il garda les yeux rivés au sol alors que la danseuse lui effleurait une main pour le saluer.

Voilà un mystère éclairci, songea le sénateur en observant le garçon avec amusement. Il savait maintenant pourquoi Cléandre avait été si désireux d'assister au mariage. Au moins, il avait bon goût. L'humeur du sénateur se fit encore plus indulgente quand une servante lui tendit du vin (qui s'avéra être un splendide candarien), et qu'une autre lui présenta avec dextérité une petite assiette contenant de délicates bouchées de poisson.

L'opinion de Bonosus sur le monde et sur ce jour en particulier devint positivement ensoleillée lorsqu'il goûta son premier échantillon de l'art de Strumosus. Il laissa audiblement échapper un soupir de plaisir et jeta autour de lui un regard bienveillant : une hôtesse des Verts, le chef cuisinier des Bleus à la cuisine, nombre d'invités en provenance de l'Enceinte impériale (ce qui rendait sa propre présence moins voyante, se dit-il en les remarquant et en en saluant un d'un signe de tête), un assortiment d'artistes de théâtre, dont un ancien amant aux cheveux bouclés qu'il résolut promptement d'éviter.

Il aperçut la tête ronde du directeur de la guilde de la Soie (un homme qui semblait assister à toutes les fêtes de la Cité), le secrétaire du Stratège suprême, Pertennius d'Eubulus, remarquablement bien accoutré, et le factionnaire musclé des Verts, au nez busqué et dont il ne pouvait jamais se rappeler le nom. Ailleurs, le mosaïste rhodien si apprécié de l'Empereur se tenait avec un jeune homme trapu et à la barbe embroussaillée et un autre homme également barbu, visiblement un Bassanide. À la suite de quoi le sénateur remarqua un autre invité inattendu, et de marque.

« Scortius est là ! », murmura-t-il à son épouse, en goûtant un minuscule hippocampe mariné dans du *sylphium* ou quelque autre substance impossible à identifier, une saveur stupéfiante qui évoquait le gingembre et l'Orient. « Il est avec le coureur vert de Sarnica, Crescens.

— Oui, c'est une assemblée hétéroclite », répliqua Thénaïs sans même prendre la peine de suivre son regard vers les deux auriges encerclés par un groupe de leurs admirateurs. Bonosus eut un petit sourire. Il appréciait vraiment son épouse ; il couchait même avec elle, à l'occasion.

« Goûte ce vin, dit-il

— Je l'ai goûté. Du candarien. Tu vas être content.

— Je le suis déjà », fit Bonosus, ravi.

Et il le fut jusqu'à ce que le Bassanide qu'il avait remarqué avec le mosaïste s'approchât de lui à grandes enjambées pour accuser Cléandre de meurtre, d'une voix orientale qui était assez catégorique – mais, Jad merci, assez basse – pour qu'il fût tout à fait improbable d'éviter d'éventuels développements déplaisants.

# CHAPITRE 4

Il n'avait pas connu Nishik longtemps – seulement pendant leur voyage vers Sarance – et il n'aurait pu dire qu'il avait de l'amitié pour lui. Le soldat trapu était un piètre serviteur et un compagnon par trop dépourvu de respect envers lui. Il n'avait pas pris la peine de dissimuler qu'il voyait seulement en Rustem un civil encombrant : l'attitude traditionnelle des militaires. Rustem avait mis un point d'honneur, au début, à mentionner à plusieurs reprises ses nombreux voyages, mais comme cela n'avait pas suscité de réaction positive, il avait cessé : vouloir impressionner un soldat du commun manquait par trop de dignité.

Nonobstant, il demeurait notable que l'assassinat fortuit d'un compagnon – qu'on apprécie ou non ce dernier – n'est vraiment pas un acte à tolérer, et Rustem n'en avait pas l'intention. Il était encore outré après l'affrontement meurtrier de la matinée et l'humiliation de sa propre fuite à travers la cité jaddite.

Il le fit savoir au grand artisan roux pendant la fête nuptiale à laquelle on l'avait emmené. Il avait en main une excellente coupe de vin, mais il n'arrivait pas à y prendre plaisir, pas plus qu'à la concrétisation de son arrivée, enfin, après ce rude voyage hivernal, dans la capitale sarantine. La présence du meurtrier à cette fête avait de quoi miner ce genre de sentiment, et ravivait sa colère. Le jeune homme, maintenant vêtu comme un petit seigneur sarantin, ne ressemblait en rien à la brute ivre et vulgaire qui les avait accostés avec ses compagnons dans la ruelle. Il ne semblait même pas avoir reconnu Rustem.

Rustem désigna le gaillard du doigt à la requête du mosaïste, lequel semblait avoir les pieds sur terre et faisait les choses rondement, contrairement à la première impression qu'il donnait – un tempérament colérique et passionné, plutôt morbide. L'artisan jura tout bas et inclut sans plus tarder le marié dans leur petit groupe.

« Cléandre a encore fait une connerie », dit sombrement le mosaïste – il s'appelait Crispin. Et il semblait enclin à parler de façon grossière.

« Il a essayé de peloter Shirin dans le couloir ? » Le marié s'obstinait à manifester une bonne humeur inappropriée.

« Je voudrais bien. Mais non, il a abattu le serviteur de cet homme ce matin, dans la rue, devant témoins. Incluant mon ami Pardos, qui vient juste d'arriver en ville. Ensuite, avec une bande de Verts, il les a pourchassés jusqu'au Sanctuaire, épée en main.

— Oh, merde ! » fit le soldat avec conviction. Son expression avait changé. « Ces gamins stupides !

— Ce ne sont pas des gamins, déclara Rustem avec froideur. Des gamins ont dix ans, ou à peu près. Cet individu était ivre au lever du soleil, et il a tué en se servant d'une épée. »

Le grand soldat examina Rustem pour la première fois. « Je comprends bien. Mais il est encore jeune. Il a perdu sa mère à un mauvais moment, et il a abandonné quelques amis intelligents pour un groupe plus jeune et plus turbulent de partisans de sa faction. Il est aussi éperdument amoureux de notre hôtesse et a dû boire ce matin parce qu'il était terrifié de venir chez elle.

— Ah », dit Rustem avec un geste que ses élèves connaissaient bien. « Voilà qui explique, bien sûr, pourquoi Nishik devait mourir ! Évidemment. Pardonnez-moi d'avoir même mentionné cette affaire.

— Ne nous fais pas chier, Bassanide, reprit le soldat avec un bref et dur éclat dans le regard. Personne ne justifie ici un assassinat. Nous essaierons d'y voir. J'explique, je n'excuse pas. Je devrais également mentionner que le gamin est le fils de Plautus Bonosus. Il faut exercer une certaine discrétion.

— Qui est…

— Le Maître du Sénat, intervint le mosaïste. Il est là-bas, avec sa femme. Laissez-nous nous en occuper, Docteur. Une bonne peur fera du bien à Cléandre, et je vous promets que nous y veillerons.

— Une bonne peur ? » dit Rustem. Il sentait renaître son irritation.

Le rouquin le regarda bien en face. « Dites-moi, Docteur, un membre de la cour du Roi des rois serait-il plus sévèrement puni pour avoir abattu un serviteur dans un combat de rue ? Un serviteur sarantin ?

— Je n'en ai pas idée », dit Rustem, ce qui était faux, bien entendu.

Pivotant sur ses talons, il passa près de la blonde épousée dans ses robes blanches ceinturées de rouge et traversa la salle pour se rendre droit au meurtrier et à l'homme plus âgé que l'artisan lui avait indiqué. Il avait conscience du fait que son allure déterminée, dans l'ambiance détendue de cette réunion, ne manquerait pas d'attirer l'attention. Une servante, devinant peut-être un problème, apparut en travers de son chemin, souriante, avec un plateau de petites assiettes. Rustem fut forcé de s'arrêter ; il n'avait pas la place de passer. Il reprit son souffle et, faute d'autres options, accepta une des petites assiettes. La femme – jeune, voluptueuse et à la chevelure noire – continuait à lui bloquer le passage. Prenant son plateau d'une seule main, elle débarrassa Rustem de sa coupe de vin. Ses doigts effleurèrent les siens. « Goûtez », murmura-t-elle, toujours souriante. Sa tunique avait une coupe très plongeante, qui provoquait la distraction – cette mode n'avait pas atteint Kérakek.

Rustem s'exécuta. C'était un petit feuilleté de poisson, avec la sauce dans l'assiette. Lorsqu'il y mordit, des saveurs passablement stupéfiantes lui explosèrent dans la bouche, et il ne put réprimer un petit grognement de plaisir étonné. Son regard passa de l'assiette dans sa main à la fille qui se tenait devant lui. Il plongea un doigt dans la sauce et y goûta de nouveau, émerveillé.

La danseuse hôtesse de cette fête avait de toute évidence un bon cuisinier. Et de gracieuses servantes. La fille aux cheveux noirs le contemplait en arborant des fossettes satisfaites. Elle lui tendit un petit tissu pour s'essuyer la bouche tout en lui reprenant la minuscule assiette, toujours souriante. Elle lui rendit sa coupe de vin.

Rustem découvrit que son élan de colère semblait s'être dissipé. Mais alors que la servante, avec un murmure, se tournait vers un autre invité, Rustem regarda de nouveau le sénateur et son fils et il lui vint une idée. Il resta immobile encore un instant, en se lissant la barbe, puis se remit en marche, plus posément.

Il s'arrêta devant la figure légèrement rougeaude du Maître du Sénat sarantin, en remarquant la jeune femme sévère et pourtant séduisante qui se tenait près de lui et – plus essentiel – le fils, de l'autre côté. Il se sentait maintenant très calme. Après s'être incliné devant l'homme et la femme, il se présenta.

En se redressant, il vit que le garçon l'avait enfin reconnu : il était devenu livide. Le fils du sénateur jeta un rapide coup d'œil vers l'entrée de la salle où leur hôtesse, la danseuse, accueillait toujours les retardataires. Pas d'échappatoire pour toi, songea Rustem avec froideur, et il énonça son accusation d'une voix délibérément basse et mesurée.

Le mosaïste avait eu raison, bien sûr : discrétion et dignité étaient critiques lorsqu'étaient impliqués des personnages d'un certain statut. Rustem ne désirait nullement des démêlés avec la loi sarantine, il voulait s'arranger directement avec le sénateur. Il lui était venu à l'esprit que, même si un médecin pouvait beaucoup apprendre de la médecine sarantine et peut-être surprendre quelque bavardage sur des affaires d'État, un homme à qui le Maître du Sénat était redevable pourrait se trouver dans une situation différente – pour le plus grand bénéfice du Roi des rois à Kabadh, lequel désirait ces temps-ci obtenir un certain nombre de renseignements sur Sarance.

Rustem ne voyait pas pourquoi le pauvre Nishik, son serviteur bien-aimé et de longue date, aurait dû périr en vain.

Le sénateur jeta à son fils un regard empoisonné, comme il se devait, et murmura : «Assassiné ? Saint Jad, je suis absolument horrifié, bien sûr. Vous devez me permettre…

— Il était en train de dégainer sa propre épée !» s'exclama le garçon d'une voix basse et farouche. «Il allait…

— Silence !» dit Plautus Bonosus, un peu plus fort qu'il n'en avait peut-être eu l'intention. Non loin d'eux, deux invités regardèrent dans leur direction. L'épouse, image même de la réserve et du sang-froid, semblait observer le reste de la salle, oublieuse de sa famille. Mais elle écoutait, Rustem pouvait bien le voir.

«Comme je disais», poursuivit Bonosus plus bas, en se retournant vers Rustem, et encore plus rubicond, «vous devez me permettre de vous recevoir chez nous pour une coupe de vin après cette charmante fête. Je vous suis reconnaissant d'avoir choisi de m'en parler directement, évidemment.

— Évidemment, dit Rustem avec gravité.

— Où trouverions-nous votre infortuné serviteur ?» demanda le sénateur. Un homme pourvu de sens pratique.

«On s'est occupé du cadavre, murmura Rustem.

— Ah. Et… d'autres personnes sont-elles déjà au courant ?

— Nous avons été poursuivis dans les rues par un groupe de jeunes, épée en main, menés par votre fils», déclara Rustem en se permettant une nuance d'emphase. «J'imagine qu'un certain nombre de gens nous ont vus passer, oui. Nous avons été secourus par le mosaïste de l'Empereur, au nouveau Sanctuaire.

— Ah », répéta Plautus Bonosus, en jetant un coup d'œil dans la salle. «Le Rhodien. Il est vraiment partout. Eh bien, si cette affaire est réglée…

— Ma mule et tous mes biens, dit Rustem, je les ai abandonnés quand j'ai dû fuir. Je suis arrivé à Sarance ce matin, voyez-vous.»

L'épouse se retourna alors vers lui pour l'examiner pensivement. Rustem croisa un instant son regard, détourna les yeux. Les femmes d'ici semblaient… plutôt plus… présentes que partout ailleurs à sa connaissance. Il se demanda quel en était le rapport avec l'Impératrice et le pouvoir qu'elle détenait, selon la rumeur publique. Une danseuse du commun, autrefois. Une histoire vraiment remarquable.

Le sénateur se tourna vers son fils : « Cléandre, tu vas t'excuser auprès de notre hôtesse et t'en aller maintenant, avant que le repas ne soit servi. Tu te renseigneras sur la mule et les biens de cet homme et tu les feras amener chez nous. Puis tu m'attendras.

— M'en aller ? Déjà ? » dit le garçon et sa voix se brisa en effet comme celle d'un adolescent. « Mais je n'ai même pas…

— Cléandre, tu pourrais être marqué au fer ou exilé pour cet acte. Va chercher la maudite mule », dit son père.

Son épouse lui toucha le bras : « Chut, murmura-t-elle. Regarde. »

Un soudain silence était tombé sur cette grande salle pleine de Sarantins animés et avides de plaisirs. Plautus Bonosus regarda derrière Rustem et cligna des yeux surpris.

« Et comment se fait-il qu'ils soient là, eux ? » souffla-t-il à la cantonade.

Rustem se retourna. Le silence devint un murmure accompagné de froissements tandis que les assistants – une bonne cinquantaine – s'inclinaient ou s'agenouillaient pour saluer l'entrée de l'homme et de la femme qui se tenaient à présent sur le seuil de la salle, précédant leur hôtesse.

L'homme était très grand, rasé de près, d'une beauté virile qui commandait l'attention. Tête nue, ce qui était inhabituel et mettait en valeur sa chevelure dorée, il portait une tunique bleu sombre qui s'arrêtait au genou, fendue sur les côtés pour montrer du doré en dessous – des chausses –, avec des bottes noires de soldat et un manteau d'apparat à pans vert foncé, attaché à l'épaule par une gemme bleue aussi grosse qu'un pouce d'homme. À la main, il tenait une fleur blanche, symbole d'épousailles.

La femme à ses côtés avait aussi une chevelure dorée, relevée en un chignon lâche sous un bonnet de dentelle blanc, d'où s'échappaient de petites boucles artistiquement disposées. Elle portait une longue robe écarlate, à l'ourlet brodé de pierres précieuses. À ses oreilles des pendentifs d'or, un collier d'or et de perles à son cou, sur ses épaules une mante dorée. Elle était presque aussi grande que son compagnon. Un maigre individu au teint cireux se matérialisa auprès de l'homme, pour un bref murmure à son oreille, tandis que les invités de la fête se relevaient de leur révérence.

« Léontès », dit tout bas le Sénateur à Rustem. « Le Stratège. »

C'était de la courtoisie : Rustem ne pouvait connaître cet homme, même s'il en entendait parler depuis des années et le craignait, comme tout un chacun en Bassanie. La renommée vous entourait d'une certaine aura presque tangible, songea-t-il. C'était Léontès le Doré (l'origine de ce surnom était plus claire à présent), qui avait écrasé à l'est d'Asèn la dernière véritable armée bassanide à être envoyée dans le nord au complet, en manquant d'en capturer le général et en le contraignant à une paix humiliante. On avait invité le général à se suicider lorsqu'il était retourné à Kabadh et il s'était exécuté…

C'était aussi Léontès qui avait conquis pour Valérius des territoires et des citoyens productifs et imposables dans les vastes étendues qui touchaient aux légendaires déserts du Majriti, loin au sud-ouest ; qui avait brutalement réprimé les incursions moskaves et karches, et qui avait été honoré – on en avait entendu parler jusqu'à Kérakek – par le triomphe le plus grandiose qu'un empereur eût jamais consenti à un Stratège victorieux depuis la fondation de la Cité par Saranios.

Et on lui avait aussi accordé, en guise de trophée supplémentaire, la grande femme élégante et glacée qui se tenait à ses côtés. On connaissait aussi les Daleinoï en

Bassanie – même à Kérakek, qui se trouvait pourtant sur les routes commerçantes du sud. Dix ou quinze ans plus tôt, Flavius Daleinus avait été assassiné d'une quelconque façon épouvantable, pendant une période de succession impériale. Par le feu ou quelque chose d'approchant, se rappelait Rustem. Ses fils aînés avaient été tués ou mutilés lors du même attentat et sa fille… sa fille se trouvait dans cette salle, aussi étincelante et dorée qu'un trophée de guerre.

Sur un geste bref du Stratège, une servante aux cheveux noirs s'empressa de lui apporter du vin, les joues empourprées d'excitation. Son épouse accepta aussi une coupe mais ne bougea pas quand le Stratège s'avança, comme un acteur sur une scène. Rustem vit Styliane Daleina jeter un lent regard circulaire sur la salle, enregistrant assurément des présences et des alliances totalement invisibles pour lui. Son visage était aussi indéchiffrable que celui de l'épouse du Sénateur, mais l'impression qui se dégageait de ces deux femmes était par ailleurs toute différente. Là où celle de Plautus Bonosus montrait réserve et détachement, l'aristocratique épouse du soldat le plus puissant de l'Empire était froide, brillante, et même un peu effrayante. Il y avait dans ses antécédents une richesse imposante, un immense pouvoir et des morts violentes. Rustem réussit à en détacher son regard au moment où le Stratège commençait son discours.

« Lysurgos Matanios a dit autrefois que voir un ami bien marié est un plaisir plus délicat que de boire même le vin le plus rare, déclara Léontès en levant sa coupe. Nous jouissons de ces deux plaisirs aujourd'hui », ajouta-t-il en faisant une pause ensuite pour boire. Il y eut des rires : bien élevés chez les gens de la cour, plus évidemment excités parmi les gens de théâtre et les militaires.

« Il fait toujours cette citation », murmura Bonosus à Rustem, avec une sèche ironie. « J'aimerais pourtant savoir pourquoi il est là, lui. »

Comme en réponse, le Stratège reprit : « Il m'a semblé approprié de m'arrêter pour lever une coupe en l'honneur des noces du seul soldat qui a pu tellement argumenter, et si longtemps, et si… enfin, tellement, qu'il a réussi à extraire les arriérés de la solde des coffres de l'Enceinte impériale. Je ne conseille vraiment à personne de jamais se mettre en situation d'être persuadé de faire quoi que ce soit par le tribun de la Quatrième Légion Sauradienne. À moins d'avoir beaucoup de temps à lui consacrer. »

Encore des rires. L'homme avait l'habileté du courtisan, mais aussi les façons directes et sans prétentions, la plaisanterie fruste et facile du militaire. Rustem regarda les soldats de la salle qui contemplaient l'orateur. Leur adoration se lisait sur leurs traits. L'épouse du Stratège, désormais aussi immobile qu'une statue, semblait en proie à un vague ennui.

« Et je crains bien, était en train de poursuivre Léontès, que nous n'ayons pas beaucoup de temps aujourd'hui, en réalité. Aussi Dame Styliane et moi-même ne sommes-nous pas en mesure de nous joindre à vous pour goûter aux délices préparés par Strumosus des Bleus dans la demeure d'une Verte. Je félicite chaudement les factions pour cette rare collaboration et j'espère qu'elle présage une paisible saison de courses. » Il s'interrompit encore, un sourcil levé pour accentuer ses propos : c'était une figure d'autorité, après tout. « Nous sommes venus afin de pouvoir saluer l'époux et son épouse au très saint nom de Jad, et pour leur apporter une petite information qui ajoutera peut-être un peu à la félicité de cette journée. »

Il fit encore une pause pour boire une gorgée. « Je me suis adressé à l'instant à l'époux comme à un tribun de la Quatrième Légion sauradienne. J'étais en retard sur les événements, en l'occurrence. Il semble qu'un certain Stratège suprême, anxieux d'écarter de son oreille accablée une certaine voix de miel, a dans un excès d'enthousiasme signé ce matin des papiers confirmant la promotion du tribun Carullus de Trakésie à son nouveau rang et à son nouveau poste… comme chiliarque de la Deuxième Calysienne, poste qu'il devra rejoindre dans les trente jours… ce qui permettra au nouveau chiliarque de passer un peu de temps ici avec son épouse, et d'avoir une chance de perdre son augmentation de solde à l'Hippodrome. »

Des exclamations de plaisir s'élevèrent, mêlées à des rires, couvrant pratiquement ses dernières paroles. Le nouveau marié s'avança en hâte, le visage empourpré, et s'agenouilla devant le Stratège.

« Monseigneur, dit-il en levant les yeux vers lui, je suis… j'en suis sans voix ! »

Ce qui déclencha d'autres éclats de rire chez ceux qui connaissaient l'individu. « Cependant, ajouta Carullus en levant une main, j'ai une question à poser.

— Sans voix », remarqua Styliane Daleina derrière son époux. Son premier commentaire, proféré d'une voix mesurée, mais tout le monde l'entendit. Certains n'avaient pas besoin d'élever la voix pour se faire entendre.

« Je ne possède pas ce talent, Madame. Je dois me servir de ma langue, avec un talent bien moindre que mes supérieurs, cependant. Je désire seulement demander s'il m'est possible de décliner cette promotion. »

Le silence retomba. Léontès battit des paupières.

« Voilà une surprise, dit-il. J'aurais pensé… » Il laissa sa voix s'éteindre.

« Mon très haut Seigneur, mon commandant… si vous désirez récompenser un soldat qui ne le mérite guère, ce sera en lui permettant de combattre à n'importe quel poste à vos côtés dans la prochaine campagne. Je ne crois pas m'écarter de la bienséance en suggérant que Calysium, où a été signée la Paix Éternelle avec l'Orient, n'en sera pas le lieu. N'y a-t-il nulle part… en Occident où je pourrais servir avec vous, mon Stratège ? »

La référence à la Bassanie suscita un petit mouvement chez le Sénateur, auprès de Rustem ; il toussota légèrement. Mais rien d'important n'avait été dit. Pas encore.

Le Stratège eut un petit sourire ; il avait retrouvé son sang-froid. Il tendit une main et, d'un geste presque paternel, ébouriffa les cheveux du soldat agenouillé devant lui. Ses hommes l'adoraient, disait-on, autant qu'ils adoraient leur dieu.

« On n'a déclenché aucune campagne où que ce soit, Chiliarque, dit Léontès. Et ce n'est pas mon habitude d'envoyer des officiers nouvellement mariés au front quand il y a d'autres options possibles, et il y en a toujours.

— Alors je peux bel et bien être attaché à votre service, puisqu'il n'y a pas de front », reprit Carullus avec un sourire innocent ; Rustem renifla : l'homme n'était pas sans audace.

« Mais tais-toi donc, idiot ! » Toute la salle entendit le mosaïste roux. Le rire qui s'ensuivit le confirma. La remarque avait été faite de façon délibérée, bien sûr. Rustem commençait déjà à comprendre à quel point ce qui venait de se dire et de se faire constituait une pantomime organisée avec soin, ou improvisée avec brio. Sarance, décida-t-il, était une scène destinée à des performances d'acteurs. Pas étonnant qu'une actrice pût jouir ici d'autant de pouvoir, amener des gens aussi importants à lui faire la grâce d'une visite – ou devenir impératrice, à tout prendre. Impensable en Bassanie, évidemment. Absolument impensable.

Le Stratège souriait de nouveau, à son aise, sûr de son dieu – et de lui-même, songea Rustem. Un *juste*. Léontès jeta un coup d'œil au mosaïste et leva sa coupe dans sa direction.

« C'est un bon conseil, soldat », dit-il à Carullus toujours agenouillé devant lui. « Tu verras la différence entre la solde d'un légat et celle d'un chiliarque. Tu as une épouse à présent, et devrais avoir bien assez tôt des enfants robustes à élever dans la sainte foi de Jad, et pour honorer son nom. »

Il hésita. « S'il y a en effet une campagne cette année – et laissez-moi souligner bien clairement que l'Empereur n'en a encore donné aucune indication pour l'instant –, ce pourrait être au nom de la malheureuse reine des Antæ qui a été injustement traitée. Ce qui veut dire en Batiare, et je ne prendrai pas, non, un homme marié avec moi làbas. En Orient, c'est là que je te veux, soldat, n'en parle donc plus. »

Des paroles définitives, sur un ton presque paternel – même si Léontès ne devait pas être plus vieux que le soldat agenouillé devant lui. « Relève-toi, relève-toi, amène-nous ton épouse, que nous puissions la saluer avant de repartir.

— J'imagine très bien Styliane en train de faire ça », murmura le Sénateur en aparté, près de Rustem.

« Chut, dit vivement son épouse. Et regarde mieux. »

Rustem le vit aussi.

Quelqu'un s'avançait à présent, en dépassant Styliane Daleina, quoiqu'en faisant une brève pause gracieuse à sa hauteur, de sorte que Rustem en garderait longtemps le souvenir : ces femmes côte à côte, toutes deux aussi dorées l'une que l'autre.

« La pauvre reine des Antæ injustement traitée pourrait-elle avoir une opinion sur la question ? La question de savoir si on portera la guerre dans sa contrée en son nom ? » déclara la nouvelle venue. Sa voix – elle parlait sarantin avec un accent occidental – était aussi claire qu'une cloche, et empreinte d'une vive colère. Elle passa dans le silence de la pièce tel un poignard tranchant dans de la soie.

Le Stratège se retourna, visiblement surpris et le dissimulant aussitôt. L'instant d'après, il s'inclinait poliment et son épouse – avec un petit sourire secret, remarqua Rustem – faisait une profonde révérence, avec une grâce parfaite ; toute la salle en fit alors autant.

La jeune femme s'immobilisa en attendant qu'on en ait fini de reconnaître sa présence. Elle n'était pas allée à la cérémonie nuptiale, elle devait arriver à l'instant. Elle aussi était vêtue de blanc, sous une collerette de pierres précieuses et une étole. Ses cheveux étaient relevés sous un chapeau souple de teinte vert foncé et, alors qu'elle se débarrassait d'un manteau à la teinte identique entre les mains d'une servante, on put constater que sa longue robe portait une unique bande verticale, sur un côté, et que cette bande était de couleur pourpre, celle de la royauté partout dans le monde.

Tandis que les invités se relevaient dans un froissement murmurant, Rustem vit que le mosaïste et le jeune gaillard batiarain qui lui avait sauvé la vie le matin même restaient dans la même position, toujours agenouillés.

Le jeune homme trapu leva les yeux et Rustem fut surpris de voir qu'il pleurait.

« La reine des Antæ », murmura le Sénateur à son oreille. «La fille d'Hildric.» Une confirmation qui n'était guère nécessaire : les médecins sont capables de tirer des conclusions de l'information qu'ils rassemblent. On lui avait également parlé de cette femme à Sarnica et dit comment elle avait fui une tentative d'assassinat, à la fin de l'automne, voguant en exil vers Sarance. Une otage de l'Empereur, un prétexte pour la guerre s'il en était besoin.

Il entendit le Sénateur parler de nouveau à son fils. Cléandre marmonna d'un ton farouche et chagrin dans son dos mais quitta la salle, obéissant aux ordres de son père. Le garçon n'avait plus guère d'importance à présent. Rustem observait avec attention la reine des Antæ, seule, si loin de chez elle. Fort digne, d'une jeunesse surprenante mais d'un maintien royal, elle survolait du regard la foule étincelante des Sarantins. Mais ce que vit le docteur en Rustem – le médecin qu'il était dans le tréfonds de son être –, ce qu'il vit dans le clair regard bleu de ces yeux nordiques, à travers la salle, ce fut une autre évidence masquée.

« Eh bien ! » murmura-t-il malgré lui, puis il prit conscience du fait que l'épouse de Bonosus l'examinait de nouveau.

◆

Préparer un festin pour cinquante personnes ne demandait pas un effort spécial à Strumosus, Kyros le savait bien, puisqu'on servait souvent quatre fois plus de convives dans la salle de banquet des Bleus. Il y avait toujours quelques problèmes à travailler dans une cuisine qui n'était pas la vôtre, mais ils avaient rendu visite à celle de Shirin quelques jours plus tôt et Kyros – à qui l'on avait confié de plus importantes responsabilités cette fois – avait fait un inventaire, attribué les postes et supervisé les aménagements nécessaires.

Pour une raison quelconque, il n'avait pas fait état de l'absence de sel marin et Strumosus ne l'oublierait pas de sitôt, c'était sûr. Le chef cuisinier ne tolérait pas très bien les erreurs – ce n'était rien de le dire ! Kyros serait bien retourné à la course à leur enclave pour le rapporter lui-même, ce sel, mais il n'était pas très doué pour la course, compte tenu du pied bot qu'il traînait avec lui. De toute façon, les légumes de sa soupe requéraient toute son attention à ce moment-là, et les autres marmitons et apprentis cuisiniers avaient leurs propres tâches. L'une des servantes y était allée à leur place – la jolie fille aux cheveux noirs dont les autres parlaient quand elle n'était pas dans les environs.

Kyros participait rarement à ce genre de plaisanteries. Il gardait ses passions pour lui. En l'occurrence, les quelques derniers jours – depuis leur première visite à cette maison –, ses propres fantaisies concernaient la danseuse qui y vivait. Ce qui aurait pu être déloyal envers sa faction, mais personne parmi les danseuses des Bleus ne l'émouvait comme Shirin des Verts, ne possédait sa voix ou sa beauté. Entendre son rire musical dans une pièce voisine lui faisait battre le cœur et guidait ses pensées, la nuit, dans les corridors du désir.

Mais elle avait cet effet sur presque tous les mâles de la Cité, et Kyros le savait bien. Strumosus aurait jugé que c'était là un goût banal, trop évident, dépourvu de subtilité. La danseuse en vogue à Sarance ? Quelle passion originale, en vérité ! Kyros pouvait presque entendre la voix acide du chef et ses applaudissements moqueurs, dos de la main contre paume.

Le festin était presque terminé. Ils avaient pu entendre depuis la cuisine l'acclamation suscitée par le sanglier servi entier sur un énorme plat de bois et farci de grives, de pigeon des bois et d'œufs de cailles. Plus tôt, Shirin avait envoyé la servante aux cheveux noirs leur dire que l'esturgeon – roi des poissons ! – servi sur un lit de fleurs, et le lapin accompagné de figues et d'olives soriyiennes avaient jeté ses invités dans des paroxysmes de plaisir. Et leur hôtesse avait fait connaître au tout début ses propres commentaires sur la soupe. Les termes exacts, transmis par la même servante aux fossettes rieuses, c'était qu'avant la fin de la journée la danseuse des Verts avait l'intention d'épouser celui qui avait cuisiné cette soupe. Strumosus avait pointé Kyros de sa spatule et la fille aux cheveux noirs lui avait fait un clin d'œil en souriant.

Kyros avait immédiatement baissé la tête sur les herbes aromatiques qu'il était en train de hacher tandis que s'élevait autour de lui un concert de voix tapageuses et taquines, mené par son ami Rasic. Il avait senti rougir l'extrémité de ses oreilles, mais avait refusé de relever les yeux. Strumosus, en passant près de lui, lui avait donné un petit coup de sa spatule à long manche : sa version d'une tape de bénigne approbation. Strumosus brisait maintes spatules en bois dans sa cuisine ; s'il vous frappait assez doucement pour que la spatule y survécût, on pouvait en déduire qu'il était satisfait.

La négligence à propos du sel marin avait été oubliée, apparemment, ou pardonnée.

Le dîner avait commencé sur une note fiévreuse tandis que les invités excités et distraits discutaient furieusement de l'arrivée du Stratège suprême et de son épouse, suivie presque aussitôt de leur départ en compagnie de la jeune reine d'Occident. Gisèle des Antæ était venue se joindre au banquet, une présence imprévue, une sorte de cadeau de Shirin à ses autres invités, l'occasion de dîner en royale compagnie. Mais la reine avait accepté la suggestion du Stratège lui offrant de revenir avec lui à l'Enceinte impériale pour discuter de la Batiare – son pays, après tout – avec certaines des personnes qui y résidaient.

L'implication, qui n'était pas perdue pour les assistants, et que la fine servante aux cheveux noirs avait transmise à la cuisine à un Strumosus fort intéressé, c'était que ces personnes pourraient bien être l'Empereur lui-même.

Léontès avait manifesté une surprise navrée, avait dit la fille, en apprenant que la reine n'avait pas été consultée, de fait, ni même informée de ce qui pouvait se passer, et il avait promis de rectifier cette omission. Quelle impossible merveille, cet homme, avait ajouté la fille.

Et donc, en l'occurrence, il n'y avait finalement pas d'invitée royale aux tables installées en U dans la salle à manger, seulement le souvenir de la visite d'une souveraine et de sa caustique sévérité à l'adresse du plus important soldat de l'Empire. Strumosus avait été déçu en apprenant le départ de la reine, il fallait s'y attendre, mais pour devenir ensuite curieusement songeur. Kyros était seulement désolé de ne pas l'avoir vue. On manquait bien des choses aux cuisines, parfois, quand on s'occupait du plaisir des autres.

Les serviteurs de la danseuse, ceux qu'elle avait engagés pour la journée et les garçons qu'ils avaient eux-mêmes amenés de l'enclave des Bleus, semblaient avoir fini de débarrasser les tables. Strumosus les examina avec soin tandis qu'ils se rassemblaient, arrangeant des tuniques, essuyant des taches sur des joues ou du tissu.

Un grand gaillard aux yeux très noirs, fort bien tourné – Kyros ne le connaissait pas –, croisa le regard du chef alors que Strumosus s'arrêtait devant lui, et murmura avec un curieux demi-sourire : « Saviez-vous que Lysippe est de retour ? »

Un murmure, mais Kyros se tenait près du cuisinier, et même s'il s'était détourné aussitôt en s'occupant des plateaux à desserts, il avait de bonnes oreilles.

Après une pause, il entendit seulement Strumosus répliquer : « Je ne te demanderai pas comment tu as obtenu cette information. Tu as de la sauce sur le front. Essuie-la avant de retourner dans la salle. »

Il continua le long de la rangée. Kyros se rendit compte que, quant à lui, il respirait avec difficulté. Lysippe le Calysien, le Questeur monstrueusement obèse des impôts impériaux, avait été exilé après l'Émeute de la Victoire. Les manies du Calysien avaient été une source de terreur et de révulsion parmi les classes populaires de la Cité ; on se servait de son nom pour faire peur aux enfants désobéissants.

Avant son exil, il avait aussi été l'employeur de Strumosus.

Kyros jeta un regard furtif au chef, qui remettait à présent de l'ordre dans la tenue du dernier des jeunes serveurs. Ce n'était qu'une rumeur, se rappela-t-il, et ce pouvait bien être nouveau pour lui mais ce ne l'était pas forcément pour Strumosus. En tout cas, il n'avait aucun moyen de démêler la portée de cette information, qui ne le regardait absolument pas de toute façon. Mais c'était troublant.

Après avoir fini d'arranger les garçons comme il le désirait, Strumosus les envoya parader parmi les convives avec les vins doux et la grande procession des desserts : gâteaux de sésame, fruits confits, entremets de riz au miel, melons cantaloup, poires à l'étouffée, dattes, raisins, amandes, marrons, grappes de raisins, énormes plateaux de fromages – venus des montagnes et des plaines, blanc et jaune, doux et dur – avec du miel pour les trempettes, et son fameux pain aux noix. Un pain rond spécialement cuit pour eux fut présenté aux époux avec à l'intérieur deux anneaux d'argent, présent du chef.

Quand on eut expédié de la cuisine le dernier plateau et la dernière corbeille, le dernier flacon, la dernière carafe, le dernier plat, et qu'aucun bruit de catastrophe ne fût parvenu de la salle à manger, Strumosus se permit enfin de s'asseoir sur un tabouret, une coupe de vin à portée de la main. Il ne souriait pas, mais il avait posé sa spatule de bois. Kyros, qui l'observait du coin de l'œil, poussa un soupir. Ils savaient tous ce que signifiait cet abandon de la spatule. Il se permit lui-même de se détendre.

« J'imagine, dit le chef à la cantonade, que nous en avons fait assez pour assurer à ces noces une fin douce et joyeuse, et pour que la nuit soit comme elle devra l'être. » Il citait un poète quelconque. Il le faisait souvent. Son regard croisa celui de Kyros et il ajouta, plus bas : « Les rumeurs concernant Lysippe débordent de temps à autre comme du lait bouilli. Jusqu'à ce que l'Empereur révoque son exil, il n'est pas ici. »

Il savait donc de toute évidence que Kyros avait entendu. Il ne ratait pas grand-chose, Strumosus. Le chef se détourna pour parcourir du regard la cuisine bondée. Il éleva la voix : « Un bon après-midi de travail, vous tous. La danseuse devrait être contente, là-bas. »

◆

*Elle me fait dire que si vous ne venez pas immédiatement à sa rescousse, elle se mettra à hurler en plein milieu de son propre banquet et vous en fera porter le blâme. Vous comprenez bien*, ajouta la voix silencieuse de l'oiseau, *que ça ne me plaît pas vraiment d'avoir à vous parler ainsi. Ce n'est pas normal.*

Comme s'il y avait la moindre normalité à ces échanges, songea Crispin en essayant de prêter attention à la conversation qui se déroulait autour de lui.

Il pouvait entendre l'oiseau de Shirin aussi clairement qu'il avait entendu Linon – pour autant que la danseuse fût assez près de lui. À distance, la voix intérieure de Danis s'affaiblissait, puis disparaissait. Ni l'oiseau ni Shirin ne pouvaient percevoir aucune des pensées de Crispin. De fait, Danis avait raison : ce n'était vraiment pas normal.

La plupart des invités étaient retournés dans la salle de réception. On n'observait pas en Orient la tradition rhodienne de s'attarder à table – ou sur les couches des banquets à l'antique. Quand leur repas était terminé et qu'ils buvaient leurs dernières coupes de vin allongé d'eau ou adouci de miel, les Sarantins avaient tendance à se lever, parfois sans être bien assurés sur leurs jambes.

Crispin regarda autour de lui, incapable de réprimer un sourire amusé qu'il masqua d'une main. Shirin, l'oiseau autour du cou, s'était fait coincer contre un mur – entre un beau coffre en bois et bronze et une grosse urne décorative – par le secrétaire en chef du Stratège suprême. Pertennius, lancé dans un grand discours accompagné de forces gestes, semblait peu enclin à remarquer les efforts de la danseuse pour s'échapper et rejoindre ses invités.

C'est une femme accomplie et sophistiquée, décida Crispin, amusé. Elle pouvait se débrouiller avec ses soupirants, désirés ou indésirables. Il revint à la conversation qu'il suivait. Scortius et l'aurige musculeux des Verts, Crescens, discutaient des diverses façons d'atteler les chevaux d'un quadrige. Carullus avait quitté sa toute nouvelle épouse et était suspendu à leur moindre parole. Nombre d'autres invités aussi. La saison des courses allait commencer ; cet échange excitait visiblement les appétits. Les saints hommes et les auriges étaient les figures les plus révérées des Sarantins. Crispin se rappelait l'avoir entendu dire avant même d'avoir entrepris son voyage vers Sarance. C'était vrai, avait-il fini par comprendre, du moins en ce qui concernait les auriges.

Non loin de là, Kasia se trouvait en compagnie de deux ou trois des plus jeunes danseuses des Verts, avec Vargos aux alentours, protecteur. Les danseuses devaient sûrement la taquiner à propos de la nuit qui s'en venait ; cela faisait partie des traditions nuptiales. L'idée vint à Crispin qu'il devrait la saluer lui-même comme il se devait.

*Elle dit maintenant qu'elle vous offrira des plaisirs dont vous avez seulement rêvé, si vous voulez seulement aller la trouver*, dit soudain l'oiseau de la danseuse dans sa tête. En ajoutant : *Je déteste quand elle fait ça !*

Crispin éclata de rire, suscitant des regards curieux parmi ceux qui suivaient le débat. Tout en transformant son rire en quinte de toux, il jeta un nouveau coup d'œil de l'autre côté de la salle. La bouche de Shirin arborait un sourire figé. Son regard croisa le sien par-dessus l'épaule du maigre et cireux secrétaire, un regard meurtrier : absolument rien n'y promettait des délices, qu'ils fussent de la chair ou de l'esprit. Crispin se rendit compte avec retard que Pertennius devait être extrêmement ivre. Cela aussi l'amusa. Le secrétaire de Léontès exerçait d'habitude sur lui-même un contrôle rigide.

Même dans ce cas, Shirin pouvait se débrouiller, décida-t-il. C'était tout à fait divertissant, de fait. Il lui fit un petit signe de la main avec un sourire affable, avant de revenir à la conversation des conducteurs de chars.

Lui et la fille de Zoticus en étaient arrivés à une compréhension mutuelle en ce qui concernait sa capacité à entendre l'oiseau, et l'histoire qu'il lui avait racontée à propos de Linon. En ce froid après-midi d'automne qui semblait si loin, Shirin lui avait demandé si ce qu'il avait fait avec son propre oiseau signifiait qu'elle devait également libérer Danis de la même façon. Il n'avait su que répondre. Après un silence, le genre de silence que Crispin pouvait comprendre, il avait entendu l'oiseau murmurer : *Si je me lasse de tout ceci, je te le dirai. Dans cette éventualité, tu me ramèneras.*

Crispin avait frissonné en pensant à la clairière où Linon, en restituant son âme au dieu, leur avait sauvé la vie dans la brume de l'entre-deux-mondes. Il n'était pas aisé de rapporter dans l'Ancienne Forêt un oiseau de l'alchimiste ; mais il n'en avait pas parlé alors, ni depuis.

Pas même lorsqu'une lettre de Martinien était arrivée à Shirin, et que Crispin prévenu au Sanctuaire par la danseuse était venu la lire. Zoticus avait apparemment laissé des instructions à son vieil ami. Si vers le milieu de l'hiver l'alchimiste n'était pas revenu de son voyage automnal imprévu, ou n'avait pas envoyé de nouvelles, Martinien devait le tenir pour mort et diviser son héritage selon ses instructions. Les serviteurs, il s'en était occupé ; il y avait quelques dons personnels ; certains objets nommément désignés et certains documents devaient être incinérés.

Zoticus laissait la villa près de Varèna et tout ce qui n'y aurait pas été détruit à sa fille Shirin, pour qu'elle en fît ce qu'elle jugerait bon.

« Mais pourquoi a-t-il fait ça ? Au nom de Jad ! » s'était exclamé la jeune fille dans son salon, l'oiseau posé sur le coffre près du feu. « Qu'est-ce que je pourrais bien faire d'une maison en Batiare ? »

Elle avait été déconcertée, irritée. Elle n'avait jamais rencontré son père de sa vie, Crispin le savait. Et elle n'était pas non plus son unique enfant.

« Vends-la, lui avait-il dit. Martinien le fera pour toi. C'est l'homme le plus honnête du monde.

— Mais pourquoi me l'a-t-il laissée à moi ?»

Crispin avait haussé les épaules : «Je ne le connaissais pas du tout, ma petite.

— Pourquoi le croient-ils mort ? Où est-il allé ?»

Cette question-là, il croyait en détenir la réponse. Ce n'était pas une énigme bien difficile, ce qui ne rendait cependant pas sa solution facile à accepter. Zoticus, avait écrit Martinien, était subitement parti, tard dans la saison, pour la Sauradie ; Crispin avait auparavant écrit à l'alchimiste à propos de Linon, un récit cryptique de ce qui s'était passé dans la clairière.

Zoticus devait en avoir très bien compris les implications, bien davantage encore que Crispin. Crispin était certain de savoir, en réalité, où s'était rendu le père de Shirin.

Et il était raisonnablement certain de ce qui s'était passé lorsqu'il y était arrivé.

Il ne l'avait pas dit à la jeune fille. Il était plutôt reparti dans le vent froid et la pluie oblique en s'abandonnant à de pénibles réflexions, et il avait beaucoup bu cette nuit-là à *La Spina*, puis dans une taverne plus tranquille, suivi des gardes attitrés qui protégeaient de tout possible incident le mosaïste si prisé de l'Empereur. D'incidents liés au monde ordinaire. Il y avait d'autres mondes. Le vin n'eut pas l'effet désiré. Le souvenir du *zubir*, cette ténébreuse et massive présence dans sa vie, semblait devoir ne jamais quitter Crispin.

Shirin elle-même constituait une influence stabilisatrice. Il en était venu à la voir ainsi pendant que l'hiver s'appesantissait sur Sarance. Une image de rire, de mouvements aussi vifs que ceux des colibris, avec une intelligence tout aussi rapide et une générosité qu'on n'aurait pas attendue d'une femme aussi célébrée. Elle ne pouvait même pas sortir dans la Cité sans sa propre escorte pour écarter les admirateurs.

Il semblait – et Crispin ne l'avait pas su avant ce jour même – que la danseuse eût développé une sorte de relation avec Gisèle, la jeune reine antæ. Comment cela avait commencé, il n'en avait pas idée. Elles ne lui en avaient certainement rien dit. Les femmes qu'il connaissait ici étaient… des êtres complexes.

Plus tôt dans l'après-midi, à un moment donné, Crispin avait eu une conscience aiguë, presque douloureuse, de la présence dans cette salle de quatre femmes dont il avait peu ou prou partagé l'intimité : une reine, une danseuse, une aristocrate mariée… et celle qu'il avait rescapée de l'esclavage, et qui était aujourd'hui une épousée.

Seule Kasia l'avait touché avec ce qu'il savait être de la tendresse, par une nuit froide de Sauradie, venteuse et noire, hantée par des rêves. Ce souvenir le remplissait de malaise. Il pouvait encore entendre le volet qui claquait dehors, pouvait encore voir l'Ilandra de son rêve, le *zubir* qui les séparait pour disparaître ensuite subitement. Il s'était éveillé, il avait crié, et Kasia s'était trouvée à son chevet pour lui parler.

Il l'observa – Kasia, fraîchement mariée à son meilleur ami à Sarance – puis détourna les yeux aussitôt lorsqu'il se rendit compte qu'elle le regardait elle-même.

Cela faisait écho à d'autres regards échangés plus tôt dans l'après-midi, avec une autre femme.

Au moment où Léontès le Doré avait parlé à Carullus et où tous les invités aux noces avaient été suspendus à ses paroles comme à de saintes écritures, Crispin n'avait pu s'empêcher de jeter un regard à une autre récente épousée.

"Son trophée", Styliane s'était ainsi décrite l'automne précédent, dans la pénombre de la chambre de Crispin à l'auberge. Tout en écoutant Léontès, Crispin avait eu une soudaine illumination en se rappelant les paroles et les manières directes du Stratège au palais Atténin, la nuit où il y avait été introduit pour la première fois. Léontès parlait à la cour comme un soldat sans artifices, aux soldats comme aux citoyens avec la grâce d'un courtisan ; et c'était efficace, très efficace.

Tandis que cet impeccable mélange de charme et de pieuse honnêteté tenait l'assistance captive telle une forteresse assiégée, Crispin avait constaté que Styliane regardait dans sa direction, comme si elle avait attendu ce coup d'œil de sa part.

Elle avait un peu haussé les épaules, gracieuse, comme pour dire "Voyez-vous, maintenant ? Je vis avec cette perfection, j'en suis l'un des ornements." Et Crispin avait seulement pu soutenir brièvement le regard de ces yeux bleus avant de se détourner.

Gisèle, sa propre souveraine, ne s'était pas attardée assez longtemps pour même remarquer sa présence, moins encore pour reprendre la comédie de leur prétendue intimité. Il lui avait rendu visite deux fois pendant l'hiver – comme elle le lui avait ordonné – au petit palais qu'on lui avait offert près des murailles, et à chaque occasion la reine avait fait montre d'un royal détachement. Ils n'avaient échangé aucune réflexion ou supposition sur leur contrée ni sur l'invasion. La reine n'avait pas encore rencontré l'Empereur en privé. Ni l'Impératrice. Cela l'irritait, il le voyait bien, de vivre comme elle le faisait ici avec peu d'information en provenance de Batiare, et aucun moyen d'agir.

Crispin avait essayé d'imaginer, sans succès, la forme et la teneur d'une rencontre entre la jeune reine, qui l'avait envoyé à Sarance avec un message secret six mois plus tôt, et l'impératrice Alixana.

On était à présent au seuil du printemps et, dans la salle de réception de Shirin, les pensées de Crispin revinrent à l'épousée. Il pouvait se rappeler la première vision qu'il en avait eue dans le couloir d'entrée de l'auberge de Morax. "Ils vont me tuer demain. Voulez-vous m'emmener ?"

Il éprouvait encore envers elle un sentiment de responsabilité : un fardeau inévitable quand, en sauvant la vie de quelqu'un, on prolongeait et transformait entièrement une existence. Elle l'observait souvent, au temps où elle partageait une maison en ville avec lui, Vargos et les serviteurs que leur avaient procurés les eunuques de la Chancellerie ; il y avait eu dans ces regards une expression interrogative qui l'avait mis extrêmement mal à l'aise. Puis, une nuit, Carullus était venu le trouver à

*La Spina* où il prenait une coupe de vin, pour lui annoncer qu'il allait épouser Kasia.

Une déclaration qui les avait tous amenés ici en ce jour, pour une réunion qui touchait à sa fin avec la soirée, et les séculaires chansons paillardes qui allaient précéder les rideaux du lit nuptial parsemé de safran, symbole de désir.

Crispin regarda de nouveau Shirin, en face, adossée au mur. Il vit avec amusement qu'un autre homme s'était joint à Pertennius. Un autre soupirant transi, devait-on supposer. Ils étaient légion dans la Cité. On aurait pu former un régiment avec ceux qui désiraient la Danseuse des Verts et dont la passion urgente se traduisait par des vers lamentables, des sérénades sous son porche au milieu de la nuit, des bagarres de rue, des tablettes de sorts amoureux achetées aux chiromanciens et jetées dans son jardin intérieur par-dessus le mur d'enceinte. Elle en avait montré quelques-unes à Crispin : "Esprits des morts de fraîche date, voyageurs, venez maintenant à mon aide ! Envoyez dans la couche de Shirin, danseuse des Verts, un désir qui détruise son sommeil et ravage son âme, que toutes ses pensées nocturnes soient empreintes de désir pour moi. Qu'elle franchisse ses portes à l'heure grise précédant le lever du soleil et qu'elle se rende à ma demeure, audacieuse et sans vergogne, envahie de désir…"

Lire ce genre de choses pouvait être dérangeant, et même effrayant.

Crispin n'avait jamais touché Shirin, et elle ne lui avait jamais offert d'invites plus explicites que des insinuations taquines. Il n'aurait pu dire pourquoi, au reste : ils n'étaient liés à personne ni l'un ni l'autre, et ils partageaient un secret de l'entre-deux-mondes inconnu de tout autre mortel. Mais quelque chose l'empêchait de voir la fille de Zoticus sous cet angle.

Peut-être était-ce l'oiseau, le souvenir de son père, la ténébreuse complexité de ce secret partagé. Ou l'idée qu'elle devait être bien lasse de tous ces hommes qui la poursuivaient : les foules d'amants potentiels dans la rue, dans le jardin ces tablettes de pierre invoquant des divinités païennes connues ou sans nom, uniquement afin de partager sa couche…

Mais il n'était pas au-dessus d'un certain amusement, il devait l'admettre, en la voyant en cet instant assiégée par des soupirants dans sa propre demeure. Un troisième homme s'était joint aux deux autres. Il se demanda s'il y aurait une bagarre.

*Elle dit qu'elle vous tuera dès qu'elle aura massacré ces deux marchands et ce misérable scribe*, dit l'oiseau. *Elle me dit de vous le dire en vous criant très fort dans la tête.*

« Mon cher, cher Rhodien », dit une voix riche et policée, au même instant, derrière lui. « Je comprends que vous êtes intervenu plus tôt pour secourir ce visiteur dans notre cité. Voilà qui était fort recommandable de votre part. »

Crispin se retourna pour voir le Maître du Sénat et son épouse, et avec eux le Bassanide. Plautus Bonosus était bien connu, à la fois pour ses faiblesses privées et sa dignité publique. Le Sénat était un corps purement symbolique, mais Bonosus, disait-on, en menait les affaires avec style et en bon ordre, et il était également fameux pour sa discrétion. Sa séduisante seconde épouse arborait des manières impeccables, déjà modestes et graves malgré sa relative jeunesse. Crispin se demanda fugitivement ce qu'elle faisait pour se consoler tandis que son époux passait la nuit avec des adolescents. Impossible de l'imaginer s'abandonnant à la passion. Elle adressait présentement un sourire poli aux deux auriges entourés de leurs admirateurs. Tous deux s'inclinèrent devant elle et devant le Sénateur. Il fallut un moment à Scortius, un peu distrait, pour reprendre le fil de son argumentation.

Pardos se détacha de l'entourage des deux hommes pour rejoindre Crispin. Le jeune homme avait changé en six mois, mais Crispin devrait explorer ces transformations quand il aurait un peu de temps en privé avec son ancien apprenti. Il savait en tout cas qu'il avait éprouvé un pur sentiment de joie le matin même en voyant que c'était Pardos qui grimpait dans l'échelle de l'échafaudage.

Il était rare de trouver ou d'éprouver quoi que ce fût de pur dans les complexités labyrinthiques de la Cité de Valérius. C'était une des raisons qui portaient encore Crispin à essayer de vivre en haut de ses échafaudages, avec de l'or et du verre coloré, et l'image d'un monde à créer. Un simple vœu, et il connaissait assez cette Cité à présent, et lui-même, pour se rendre compte qu'il ne se réaliserait pas. Sarance n'était pas un endroit où l'on trouvait refuge, même si on poursuivait une vision. Ici, le monde vous réclamait, vous emportait dans son tourbillon. Comme à l'instant.

Il inclina respectueusement la tête à l'adresse de Bonosus et de sa femme, en murmurant : «Je comprends que vous pourriez avoir une raison personnelle de vouloir régler cette affaire au mieux avec le médecin. Je suis heureux de vous en laisser le soin, si notre ami oriental » – il jeta un regard poli au docteur – « y est prêt aussi. »

Le Bassanide, un homme un peu guindé et prématurément grisonnant, hocha la tête : «J'en serai satisfait », dit-il en un sarantin vraiment excellent. «Le sénateur a été assez généreux pour m'offrir un logement pendant que je me livre à mes recherches ici. Je lui laisserai, ainsi qu'à d'autres mieux instruits que moi de la justice sarantine, voir au châtiment qu'on devra infliger à ceux qui ont assassiné mon serviteur. »

Crispin acquiesça d'un air innocent. Le Bassanide était en train de se faire soudoyer, bien entendu. La résidence offerte en était le premier versement. Le père infligerait à son fils une punition quelconque, le serviteur mort serait enterré dans une tombe hors-les-murs.

La nuit, on y jetterait des tablettes de sorts. La saison de courses allait bientôt commencer : les chiromanciens et ceux qui prétendaient faire trafic de la puissance de l'entre-deux-mondes s'affairaient déjà à élaborer des malédictions contre chevaux et coureurs – et des protections contre lesdites malédictions. Un charlatan pouvait être payé pour souhaiter une patte brisée à un cheval célèbre, puis pour protéger le même animal le jour suivant. La tombe d'un païen bassanide assassiné serait assurément réputée détenir encore plus de puissance magique que les tombes habituelles.

« Justice sera faite, dit sobrement Bonosus.

— J'y compte bien », répliqua le Bassanide. Il jeta un coup d'œil à Pardos. « Nous rencontrerons-nous de nouveau ? Je suis votre débiteur et j'aimerais vous récompenser pour votre courage. » Un homme raide, songea Crispin, mais assez courtois, qui savait ce qu'il fallait dire.

« Inutile, mais mon nom est Pardos, dit le jeune homme. Vous me trouverez assez aisément au Sanctuaire si Crispin ne me massacre pas pour avoir posé des tessères de travers.

— Ne les pose pas de travers, voilà tout », intervint Crispin. La bouche du sénateur frémit légèrement.

« Je suis Rustem de Kérakek, dit le Bassanide, en visite ici pour rencontrer mes collègues occidentaux, partager mon savoir et l'élargir, si possible, afin de mieux traiter mes propres patients. » Il hésita puis, pour la première fois, se permit un sourire. « J'ai voyagé en Orient. Il semblait temps de voyager en Occident.

— Il logera dans l'une de mes résidences, dit Plautus Bonosus. Celle qui a deux fenêtres rondes, dans la rue Khardelos. Il nous fait honneur, certes. »

Crispin se sentit brusquement glacé. Il lui sembla être traversé par un souffle de vent : l'air froid et humide de l'entre-deux-mondes qui effleurait son cœur mortel.

« Rustem. Rue Khardelos, répéta-t-il, stupide.

— Vous connaissez ? dit le sénateur avec un sourire.

— Je… j'en ai entendu le nom. » Crispin déglutit.

*Shirin, je ne dirai absolument rien de tel !* entendit-il intérieurement alors qu'il s'efforçait toujours de réprimer son soudain élancement de crainte. Il y eut un silence, puis de nouveau Danis : *Tu ne peux pas vraiment croire que je vais…*

« C'est une maison agréable, disait le sénateur. Un peu exiguë pour ma famille, mais proche des murailles, ce qui était pratique au temps où je voyageais davantage. »

Crispin hocha la tête, absent. Puis entendit : *Elle me dit de vous dire que vous devez maintenant imaginer ses mains, tandis que vous vous tenez devant ce pédéraste blasé et son épouse trop bien élevée. Imaginez ses doigts qui se glissent sous votre tunique par-derrière, puis sous vos dessous et redescendent sur votre peau. Imaginez-les effleurant maintenant votre chair nue, en train de vous exciter. Elle me dit de dire que... Shirin! Non!*

Crispin eut une quinte de toux. Il se sentit rougir. La femme prétendument trop bien élevée du sénateur l'observait avec un intérêt distant. Il se racla la gorge.

Le sénateur, par expérience infiniment doué pour le bavardage insignifiant, poursuivait : «Elle se trouve assez proche du palais Eustabius, en fait, celui que Saranios a édifié près des murailles. Il aimait chasser, vous le savez, et il rechignait aux longs trajets à travers la Cité depuis l'Enceinte impériale, les matins propices à la chasse.»

*Elle veut que vous l'imaginiez en train de vous toucher en ce moment, tandis que vous êtes là en face d'eux. Ses doigts vous caressent aux endroits les plus privés, plus bas, et encore plus bas, alors même qu'en face de vous cette femme vous regarde, incapable de se détourner, en entrouvrant les lèvres, les yeux écarquillés...*

«Vraiment, réussit à dire Crispin d'une voix étranglée. Il aimait la chasse, oui.» Pardos lui lança un coup d'œil.

*Elle... elle dit que vous pouvez maintenant sentir la pointe de ses seins contre votre dos. Érigés, preuve de sa propre excitation. Et qu'en bas... elle est toute... Shirin, je ne dirai absolument pas ça!*

«Et Saranios y passait la nuit, poursuivait Plautus Bonosus. Il y amenait ses compagnons préférés, quelques filles quand il était plus jeune, et au lever du soleil il était de l'autre côté des murailles avec ses arcs et ses lances.»

*Elle dit que ses doigts touchent maintenant votre... sexe par... en dessous, ah... vous caressent et... euh... glissent? Elle dit que la jeune épouse du sénateur vous regarde fixement, bouche bée tandis que dur et roide votre... NON!*

La voix intérieure de l'oiseau se mua en un hurlement silencieux puis se tut, le dieu en fût loué. Crispin, en s'efforçant de conserver les lambeaux éparpillés de son calme, souhaitait désespérément que personne ne regardât son entrejambe. Shirin ! Que Jad la maudisse !

« Vous sentez-vous bien ? » demanda le Bassanide. Son attitude avait changé : il était maintenant attentif et plein de sollicitude. Un médecin. Il allait sûrement bientôt jeter un coup d'œil plus bas, songea Crispin avec désespoir. La femme du sénateur l'observait toujours. Ses lèvres, heureusement, n'étaient point entrouvertes.

« J'ai un peu… chaud, oui, euh… pas sérieux… certainement, j'espère beaucoup que nous nous reverrons », se hâta de dire Crispin. Il fit une courbette rapide. « Si vous voulez m'excuser, ah… quelque chose en rapport avec les noces. Je dois… en discuter.

— Quoi donc ? » demanda le maudit Carullus, en lui lançant un coup d'œil de là où il se trouvait, à côté de Scortius.

Crispin ne prit même pas la peine de répondre. Il traversait déjà la salle en direction de la mince jeune femme qui se tenait toujours contre le mur d'en face, presque dissimulée par ses trois interlocuteurs.

*Elle me dit de dire qu'elle est votre débitrice pour l'éternité*, reprit l'oiseau comme il s'approchait. *Que vous êtes un héros à l'instar de ceux d'autrefois et que le bas de votre tunique présente les indices d'un certain désordre.*

Cette fois, il entendit de l'amusement dans la voix de Danis, cette singulière voix masculine dont l'alchimiste Zoticus avait doté toutes les âmes qu'il avait capturées, y compris cette timide jeune fille sacrifiée – comme toutes les autres – un lointain matin d'automne en Sauradie.

Elle se moquait de lui.

Il aurait pu en être amusé, et même s'accommoder de son propre embarras, mais quelque chose d'autre venait de se produire et il ne savait qu'en faire. Avec plus de brusquerie qu'il ne l'aurait voulu, il s'immisça entre la silhouette de Pertennius et le marchand ventru, certainement un patron des Verts. Ils le foudroyèrent du regard.

« Pardonnez-moi, mes amis. Pardonnez-moi. Shirin, nous avons un petit problème, voudrais-tu venir ? » Il prit la danseuse par un coude, sans douceur excessive, et l'entraîna loin du mur et du demi-cercle des hommes qui l'assiégeaient.

«Un problème?» dit Shirin, mutine. «Oh, ciel. Quelle sorte de…?»

Crispin vit qu'on les regardait traverser la salle et souhaita, avec conviction, que sa tunique fût maintenant décente. Shirin adressait des sourires innocents à ses invités.

À défaut d'une meilleure idée, conscient de ne pas penser très clairement, Crispin lui fit franchir les battants ouverts de la porte afin de retourner dans la salle à manger où s'attardaient une demi-douzaine de personnes, puis plus loin, dans la cuisine.

Ils s'immobilisèrent sur le seuil, deux silhouettes vêtues de blanc au milieu du désordre de l'après-festin : chaos de la cuisine, serveurs et chef épuisés. Le bavardage se tut à mesure qu'on prenait conscience de leur présence.

«Salutations! dit Shirin avec vivacité, alors que Crispin se retrouvait muet.

— À vous de même», répliqua le petit homme grassouillet au visage rond que Crispin avait rencontré pour la première fois, avant l'aube, dans une cuisine bien plus vaste que celle-ci. Des hommes étaient morts cette nuit-là. Une tentative d'assassinat contre Crispin. Il se rappelait Strumosus armé de son gros tranchet, prêt à s'en servir contre tout intrus qui oserait envahir son domaine.

Le chef souriait à présent en quittant son tabouret pour s'approcher d'eux. «Nous avons donné satisfaction, Madame?

— Vous savez bien que oui, dit Shirin. Que pourrais-je vous offrir pour que vous veniez vivre avec moi?» Elle souriait aussi.

Strumosus eut une expression ironique : «En vérité, j'allais vous faire la même proposition.»

Shirin haussa les sourcils.

«L'endroit est trop achalandé», reprit le cuisinier en désignant les ustensiles et les plats empilés, ainsi que tous les gens qui vaquaient dans la cuisine. L'hôtesse et son invité le suivirent jusqu'à une pièce plus petite où étaient entreposés plats et aliments. Une autre porte y donnait sur la cour intérieure. Il faisait encore trop froid pour aller dehors. Le soleil descendait au couchant, dans la pénombre grandissante.

Strumosus referma la porte de la cuisine. Un soudain silence s'établit. Crispin s'adossa au mur en fermant brièvement les yeux. Puis les rouvrit en regrettant de ne pas avoir pris au passage une coupe de vin. Deux noms se réverbéraient sans fin dans son esprit.

Shirin adressa un sourire bien sage au petit chef. «Mais que dira-t-on de nous? M'offrez-vous le mariage alors même que j'essaie de vous séduire, cher homme?

— Pour une noble cause, répliqua le cuisinier, l'air sérieux. Que devraient vous offrir les Bleus afin que vous deveniez leur Première Danseuse?

— Ah», dit Shirin, et son sourire s'effaça. Elle jeta un regard à Crispin, revint au cuisinier. Secoua la tête.

«Ce n'est pas possible, murmura-t-elle.

— À aucun prix? Astorgus est généreux.

— Je le comprends bien. J'espère qu'il vous paie comme vous le méritez.»

Le chef hésita, puis, abruptement, énonça une somme. «Je suppose que les Verts ne vous offrent pas moins.»

Shirin avait les yeux au sol et Crispin vit qu'elle était embarrassée. Sans regarder le cuisinier, elle se contenta de dire: «Non.»

L'implication était claire. Strumosus rougit. Il y eut un silence. «Eh bien, dit-il en reprenant du poil de la bête, c'est compréhensible. Une Première Danseuse est plus… importante que n'importe quel cuisinier. Plus visible. Un degré différent de renom.

— Mais pas de talent», déclara Shirin en relevant les yeux. Elle effleura le bras du petit homme. «Ce n'est pas une question de cachet pour moi. C'est… autre chose.» Elle se mordit les lèvres, puis reprit: «L'Impératrice, quand elle m'a envoyé ce parfum, m'a fait très clairement comprendre que je le porterai seulement aussi longtemps que j'appartiendrai aux Verts. C'était juste après le départ de Scortius.»

Il y eut un autre silence.

« Je vois, dit Strumosus à voix basse. L'équilibre entre les factions ? Elle est… ils sont vraiment très ingénieux, n'est-ce pas ? »

Crispin songea à ce qu'il aurait pu dire alors, mais s'abstint. "Très ingénieux" n'était pas la formulation adéquate, pourtant. Et de très loin. Il était certain que ce détail procédait d'Alixana seule. L'Empereur n'avait aucune tolérance pour les histoires de factions, c'était bien connu. Cela lui avait presque coûté son trône pendant les émeutes, lui avait confié Scortius. Mais l'Impératrice, qui avait dansé pour les Bleus dans sa jeunesse, devait avoir pour ce genre de choses une intuition sans égale dans l'Enceinte impériale. Si l'on permettait aux Bleus de ravir le principal aurige de l'époque, les Verts devaient garder sa danseuse la plus célèbre. Le parfum – que nulle autre dans l'Empire n'était autorisée à porter – veillait à ce que Shirin s'en souvînt.

« Quel dommage, soupira le petit homme, pensif. Mais je suppose que c'est compréhensible. Si l'on nous regarde de très haut. »

Et en cela, il avait assez raison, songea Crispin.

Strumosus changea de sujet : « Et pourquoi donc êtes-vous venue dans ma cuisine, alors ?

— Pour vous féliciter, bien sûr », dit aussitôt Shirin.

Le regard du chef passa de la danseuse à Crispin. Celui-ci trouvait encore difficile de rassembler ses idées. Strumosus eut un petit sourire. « Je vais vous laisser un moment. Incidemment, si vous cherchez réellement un cuisinier, le petit qui a fait la soupe aujourd'hui sera capable de travailler à son compte plus tard dans l'année. Il s'appelle Kyros. Celui qui a le pied bot. Jeune, mais un garçon très prometteur, et intelligent.

— Je m'en souviendrai », dit Shirin en lui rendant son sourire.

Strumosus retourna dans la cuisine, en refermant la porte derrière lui.

Shirin regarda Crispin : « Merci, dit-elle. Espèce de bâtard.

— Tu as eu ta vengeance, soupira-t-il. La moitié des invités vont se souvenir de moi comme d'une figure de fertilité païenne, raide comme une pique. »

Elle se mit à rire : « Ça vous fera du bien. Trop de monde a peur de vous.

— Pas toi », fit-il, distrait.

L'expression de Shirin se modifia ; elle l'examina avec attention. « Que s'est-il passé ? Vous n'avez pas l'air de vous sentir bien. Ai-je vraiment ?… »

Il secoua la tête. « Pas toi. Ton père, en réalité. » Il reprit son souffle.

« Mon père est mort, dit Shirin.

— Je sais. Mais il y a six mois, il m'a donné deux noms de personnes dont il m'a dit qu'elles pourraient m'aider à Sarance. L'un de ces noms était le tien. »

Elle le regardait fixement. : « Et ?

— Et l'autre était celui du docteur, avec la maison et la rue où je pourrais le trouver.

— Les docteurs ont leur utilité. »

Crispin prit une autre profonde inspiration. « Shirin, l'homme dont ton père m'a donné le nom l'automne dernier vient seulement d'arriver à Sarance ce matin, et s'est vu offrir une maison dans la rue en question seulement cet après-midi, à l'instant, chez toi.

— Oh », dit la fille de l'alchimiste.

Il y eut un silence. Dans lequel ils entendirent tous deux une voix : *Mais pourquoi est-ce si troublant ?* dit Danis. *Vous saviez bien qu'il pouvait faire ce genre de choses.*

C'était vrai, bien sûr. Ils le savaient tous deux. Danis elle-même en était la preuve. Ils entendaient intérieurement la voix d'un oiseau artificiel qu'habitait l'âme d'une femme sacrifiée. Quelle autre évidence était nécessaire du pouvoir de Zoticus ? Mais le savoir et… le *savoir* étaient deux choses différentes, à ces frontières de l'entre-deux-mondes, et Crispin était assez sûr de se rappeler Zoticus déniant toute capacité de prédire l'avenir, quand il le lui avait demandé. Avait-il menti ? Peut-être. Pourquoi aurait-il dû dire toute la vérité à un mosaïste irritable qu'il connaissait à peine ?

Mais pourquoi, alors, aurait-il dû donner à ce même étranger le premier oiseau qu'il eût jamais façonné, le plus cher à son cœur?

Les morts demeurent avec nous, songea Crispin.

Il considéra Shirin et son oiseau et se surprit à se rappeler son épouse Ilandra, en se rendant compte qu'il n'avait pas pensé à elle depuis plusieurs jours, ce qui n'était jamais arrivé auparavant. Il se sentait attristé, plein de confusion; il avait bu trop de vin.

«Nous ferions mieux de revenir, dit Shirin. Il est probablement temps pour la procession jusqu'au lit nuptial.»

Crispin hocha la tête. «Probablement.»

Elle lui effleura le bras, ouvrit la porte de la cuisine. Ils traversèrent la salle et retournèrent parmi les invités.

Un peu plus tard, Crispin se retrouva dans une rue enténébrée au milieu des torches, des musiciens et des chansons salaces, avec des soldats, des gens de théâtre et l'assemblage habituel de badauds qui s'étaient joints à la bruyante procession qui conduisait Carullus et Kasia à leur nouvelle demeure. On tapait sur des pots, on chantait, on criait, on riait. Le bruit était bénéfique, bien sûr: il effrayait les mauvais esprits néfastes au lit nuptial. Crispin essaya de se joindre aux réjouissances générales, mais sans succès. Personne ne parut s'en apercevoir; la nuit tombait et les autres faisaient bien assez de bruit. Il se demanda ce qu'en pensait Kasia.

Il embrassa les deux époux sur le seuil de leur porte. Carullus avait loué un appartement dans un beau quartier. Son ami, désormais et pour de bon officier de haut rang. Il étreignit Crispin, qui lui rendit son étreinte en se rendant compte que ni lui ni Carullus n'étaient tout à fait sobres. Quand il se pencha pour embrasser Kasia, il prit soudain conscience de quelque chose de nouveau en elle, une différence subtile, puis comprit avec un choc de quoi il s'agissait: un parfum. Un parfum que seules une Impératrice et une danseuse étaient censées porter.

Kasia déchiffra son expression dans la pénombre. Ils se tenaient très proches l'un de l'autre. «Un ultime présent, a-t-elle dit», murmura-t-elle avec timidité.

Il pouvait l'imaginer. Shirin était ainsi. Kasia appartiendrait cette nuit à la royauté. Un soudain élan d'affection envers la jeune fille le traversa. « Que Jad te chérisse et que tes propres dieux te protègent, murmura-t-il, farouche. Tu n'as pas été épargnée dans le bosquet pour connaître le chagrin. »

Nul moyen pour lui de savoir si c'était vrai, mais c'était ce qu'il souhaitait. Elle se mordit la lèvre, les yeux levés vers lui, mais sans rien dire, et se contenta de hocher la tête. Crispin recula. Pardos et Vargos se tenaient non loin de là. Il avait commencé à faire froid.

Il s'arrêta auprès de Shirin, les sourcils arqués : « Un présent risqué », remarqua-t-il. Elle savait ce qu'il voulait dire. « Pas pour une seule nuit, murmura-t-elle. Dans une chambre nuptiale. Qu'elle soit impératrice. Qu'il enlace une impératrice. »

Comme ceux qui voudraient t'enlacer ? songea-t-il soudain, mais sans le dire. Son expression était peut-être parlante, pourtant, car Shirin détourna brusquement les yeux, déconcertée. Il alla trouver Pardos. Ils regardèrent les époux s'arrêter sur le seuil de leur demeure, au milieu des plaisanteries et des acclamations.

« Partons », dit Crispin.

*Attendez !* dit l'oiseau.

Il regarda derrière lui. Shirin, maintenant encapuchonnée dans l'obscurité, et emmitouflée dans un manteau, vint à lui et posa une main gantée sur son bras. D'un ton implorant, et de façon à être entendue, elle dit : « J'ai une dernière faveur à vous demander. Pourriez-vous escorter chez lui un ami cher ? Il n'est… pas tout à fait lui-même, et il ne serait pas juste de priver maintenant des soldats de leur fête, n'est-ce pas ? »

Crispin jeta un regard par-dessus l'épaule de la jeune femme. Titubant de manière instable, avec un large sourire totalement étranger à sa nature et les yeux aussi vitreux que ceux de l'icône émaillée d'une quelconque sainte figure, se tenait là Pertennius d'Eubulus.

« Mais bien sûr », répondit Crispin d'un ton égal. Shirin sourit. Son assurance lui était revenue très vite. C'était une danseuse, une actrice, bien entraînée.

*Elle dit que vous ne devez pas abuser sexuellement
de ce pauvre homme dans l'état où il se trouve.* Même
ce maudit oiseau semblait de nouveau amusé. Crispin
serra les dents sans rien dire. Carullus et Kasia disparurent à l'intérieur de la maison, salués par un dernier
chœur lubrique de musiciens et de soldats.

«Non, non, non, non», fit le secrétaire en s'avançant
d'un pas trop rapide derrière Shirin. «Chère femme! Je
vais bien, je suis absolument bien! En fait, je vais… vous
escorter moi-même chez vous! Honoré! Honoré de…»

Vargos, qui était le plus proche, réussit à attraper
l'autre avant qu'il ne s'effondrât en voulant démontrer
l'excellence de sa condition.

Crispin poussa un soupir. Pertennius avait besoin
d'une escorte, en effet, et Shirin avait raison à propos
des soldats, qui étaient tous aussi saouls que le secrétaire
et proclamaient avec bruit leur intention de continuer à
célébrer en l'honneur du nouveau chiliarque de l'armée
sarantine.

Il renvoya Vargos et Pardos chez lui et commença à
faire route avec le secrétaire – lentement, par nécessité
– en direction des appartements de Pertennius, proches
de la résidence du Stratège en ville. Il n'avait pas besoin
de se faire indiquer le chemin: outre une aile entière
d'un des palais de l'Enceinte impériale, Léontès possédait
la plus grande demeure de Sarance. Elle se trouvait
n'être pas dans le voisinage de celle de Crispin, et sur
une colline par rapport à l'endroit d'où ils partaient;
Shirin l'avait su, bien entendu. Crispin se dit soudain
qu'elle l'avait emporté sur lui dans tous leurs affrontements de la journée. Il aurait sans doute dû en être
davantage irrité. Mais le présent de la jeune femme le
touchait encore, le parfum.

En jetant un coup d'œil derrière lui, et tout en portant
sa propre torche, il vit que la danseuse des Verts ne
manquerait pas d'escortes pour le bref trajet qui la
ramènerait chez elle.

Il faisait froid. Dans sa course folle pour se changer et
arriver à temps à la cérémonie, il n'avait évidemment
pas songé à emporter un manteau.

«Foutre de Jad», dit-il à mi-voix.

Pertennius gloussa, faillit tomber. «Foutre», acquiesça-t-il, en gloussant de nouveau, comme s'il s'était surpris lui-même. Crispin renifla avec amusement; des hommes qui se contrôlent beaucoup peuvent être divertissants quand ils sont ivres.

Il aida le secrétaire à conserver son équilibre en lui prenant un coude. Ils continuèrent leur périple, aussi proches que des cousins, que des frères, vêtus de blanc sous la lune blanche. De temps à autre, du coin de l'œil, Crispin voyait trembler une langue de flamme qui s'évanouissait au loin dans les rues. On en apercevait toujours à Sarance, la nuit; personne n'en faisait plus le commentaire après un certain temps dans la Cité.

Un peu plus tard, en passant près du Sanctuaire et en tournant dans la large rue qui les amènerait aux appartements du secrétaire, ils virent une somptueuse litière apparaître devant eux, rideaux clos. Ils savaient tous deux où ils se trouvaient, cependant, et qui, presque sûrement, devait se trouver à l'intérieur.

Ni l'un ni l'autre ne fit de commentaire, même si Pertennius retint brusquement son souffle dans la nuit froide et carra les épaules pour faire quelques pas seul, avec une dignité exagérée, avant de trébucher de nouveau et d'accepter le soutien de Crispin. Ils rencontrèrent un garde de la Préfecture urbaine et lui adressèrent un grave signe de tête : deux ivrognes, plus tard dans la nuit que ne l'aurait exigé leur sécurité, mais bien habillés et qui ne détonaient pas dans le voisinage. La litière tourna devant eux dans une cour illuminée par des torches, tandis que des serviteurs ouvraient et refermaient en hâte les portes de la résidence.

Un croissant de lune bleue flottait à présent au-dessus des toits. Une mince ligne de flamme blanche sembla traverser une allée, à l'intersection d'une large rue, pour disparaître ensuite.

«Devez entrer», dit Pertennius d'Eubulus alors qu'ils arrivaient à sa porte en longeant la massive demeure de pierre et les portes refermées de la cour où avait été admise la litière. « Une chance de discuter. Loin de la foule des rues, des soldats. Des acteurs. Plèbe ignorante.

— Oh, non », s'opposa Crispin. Il réussit à sourire. Il y avait une certaine ironie acide à entendre cet homme prendre ce genre de ton dans son état présent. «Nous avons tous les deux besoin de dormir, mon ami. » Il sentait maintenant les effets de ses propres libations, entre autres. L'énervement du printemps. La nuit. Des noces. La présence du passé. Il n'avait pas envie de se trouver en compagnie de cet homme en ce moment ; il ne savait pas avec qui il aurait aimé se trouver.

«Mais je dois! » insista le secrétaire. «Vous parler. Ma propre tâche. Chroniqueur des édifices de l'Empereur, du Sanctuaire. Votre travail. Des questions ! Pourquoi un aurochs ? Ces femmes ? Sur la coupole ? Pourquoi tellement de… de vous, Rhodien ? » Sous la lueur de la lune, pendant un instant, son regard fut direct, déconcertant, aurait presque pu être considéré comme lucide.

Crispin cligna des yeux. Il y avait davantage ici qu'il ne s'y serait attendu de la part de cet homme, en un pareil moment. Après une longue hésitation, et avec un haussement d'épaules intérieur, il se rendit à la porte avec le secrétaire de Léontès et entra quand un serviteur leur ouvrit. Pertennius trébucha sur son propre seuil, mais le devança ensuite d'un pas pesant dans une volée de marches. Crispin entendit qu'on refermait la porte, au rez-de-chaussée.

Derrière eux, dans les rues nocturnes de la Cité, des flammes apparaissaient et disparaissaient, comme elles le faisaient toujours, qu'on les vît ou non, sans avoir été allumées à une mèche ou à une étincelle, aussi insondables que la mer illuminée de lune, ou les désirs entretenus par les humains entre leur naissance et leur mort.

# CHAPITRE 5

La première chose que Gisèle en vint à comprendre en la présence de l'empereur et de l'impératrice de Sarance, alors qu'elle y était introduite en compagnie du Stratège et de son épouse à l'exquise fierté, ce fut qu'on les attendait.

Mais elle n'était pas censée le comprendre, elle le savait. On voulait lui faire croire que l'invitation impulsive de Léontès avait pris Valérius et Alixana par surprise. Elle devait se fonder sur cette idée erronée pour agir, en concevoir de l'audace, commettre des erreurs. Mais elle avait passé toute son existence dans une cour royale et ces arrogants Orientaux pouvaient bien penser ce qu'ils voulaient des Antæ de Batiare, son palais de Varèna et l'Enceinte impériale se ressemblaient au moins autant qu'ils différaient l'un de l'autre.

Tout en évaluant rapidement ses options tandis que le musicien déposait son instrument et que l'Empereur, en compagnie très réduite, se tournait vers elle, Gisèle choisit de lui offrir la profonde révérence officielle, en effleurant le sol de son front. Valérius – toujours les joues lisses, l'air ordinaire, l'expression aimable – jeta un regard à Léontès puis à Gisèle qui se relevait. Ses lèvres dessinèrent un hésitant sourire de bienvenue. Assise sur un siège d'ivoire au dossier bas, vêtue de rouge profond et ornée de bijoux, Alixana offrit quant à elle un sourire tout à fait gracieux.

Et ce fut cette aisance de leur part, cette double super-cherie sans effort, qui emplit soudain Gisèle d'effroi, comme si les murs de cette salle tiède s'étaient écartés pour révéler au-delà une vaste mer glacée.

Six mois plus tôt, elle avait envoyé ici un artisan porteur d'une offre de mariage à cet homme. Cette femme, l'Impératrice, le savait. L'artisan l'avait confié à Gisèle : ils l'avaient tous deux anticipé, ou deviné, avant même qu'il en eût parlé avec eux, lui avait dit Caius Crispus. Elle le croyait. En les voyant ensemble – la feinte surprise de l'Empereur, Alixana et l'illusion qu'elle offrait d'un accueil sans réserve –, Gisèle croyait implicitement Caius Crispus de Varèna.

« Pardonnez-nous, Trois Fois Honorés, cette intrusion imprévue, dit Léontès sans plus attendre. C'est une souveraine que je vous amène, la reine des Antæ. Il est plus que temps, à mon avis, de l'avoir parmi nous. J'en prends l'entière responsabilité si c'est une erreur. »

Ses paroles étaient directes et sans fard. Aucune trace du rythme et du ton bien mesurés de courtisan dont il avait fait montre chez la danseuse. Mais il devait bien savoir que ce n'était pas une surprise, n'est-ce pas ? Ou bien se trompait-elle à cet égard ? Elle lança un bref coup d'œil à Styliane Daleina : ses traits étaient indéchiffrables.

D'un air absent, l'Empereur fit un geste, et des ser-viteurs se hâtèrent d'offrir un siège aux deux jeunes femmes. Styliane eut un petit sourire discret, ne mani-festant pas trop ostensiblement son amusement tandis qu'elle traversait la pièce pour accepter une coupe de vin et une chaise.

Gisèle s'assit aussi. Elle observait l'Impératrice. Ce faisant, elle éprouva une légère mais très réelle épouvante en songeant à sa folie de l'an passé. Elle avait suggéré qu'on pouvait se passer de cette femme – âgée, infertile, certainement usée et ennuyeuse désormais.

"Folie" n'était pas en réalité le terme adéquat. Alixana de Sarance, aussi lisse et lustrée qu'une perle, étincelait d'une lumière réfléchie à la fois par ses bijoux et ses yeux sombres. Il y avait là aussi de l'amusement, mais d'une variété très différente de celui qu'on pouvait discerner chez l'épouse du Stratège.

« Nulle intrusion, Léontès », murmura-t-elle, prenant la parole en premier. Une voix grave, douce comme le miel, et très calme. « Vous nous faites tous trois honneur, évidemment. Vous arrivez d'un mariage, à ce que je vois. Accepterez-vous un peu de vin en écoutant de la musique avec nous, avant de nous en parler ? »

— Je vous en prie », dit d'un ton très sérieux Valérius, empereur de la moitié du monde. « Considérez-vous comme nos honorables invités. »

Ils étaient vraiment parfaits, tous les deux. Gisèle prit sa décision.

Elle ignora la coupe tendue, se leva souplement de son siège et, croisant les mains devant elle, elle murmura : « L'Empereur et l'Impératrice sont bien trop bons. Ils me laissent même l'illusion flatteuse que cette visite n'était pas attendue. Comme s'il pouvait se passer dans la grande cité de Sarance un quelconque événement qui échappât à leurs yeux omniprésents. Cette courtoisie me remplit d'une immense gratitude. »

Elle vit le mince et vieux chancelier Gésius arborer soudain une expression songeuse, assis près du feu auquel il se réchauffait. Il n'y avait que cinq autres invités, superbement vêtus, coiffés et rasés, et un musicien grassouillet à la calvitie naissante. Léontès sembla soudain irrité, même s'il devait bien être celui qui avait averti Valérius de leur arrivée. Styliane souriait de nouveau, derrière sa coupe de vin et ses bagues.

Valérius et Alixana éclatèrent de rire. À l'unisson.

« Nous voici donc dûment tancés, dit l'Empereur, en frottant son menton mou. Tels des enfants espiègles surpris par leur tuteur. Rhodias est plus ancienne que Sarance, l'Occident a existé bien avant l'Orient, et la reine des Antæ, fille de roi avant de gouverner elle-même, doit depuis toujours être consciente des pratiques des cours.

— Vous êtes intelligente et belle, mon enfant, dit Alixana. Une fille comme j'aurais voulu en avoir une. »

Gisèle retint son souffle. La déclaration ne pouvait rien avoir de sincère, mais cette femme venait d'attirer en passant l'attention sur leurs âges respectifs, sa propre stérilité et l'aspect physique de Gisèle.

«Les filles sont rarement en demande dans une cour, murmura-t-elle en réfléchissant le plus vite possible. Nous sommes seulement des instruments d'alliances, la plupart du temps. Juste une autre forme de complication, à moins qu'il n'y ait aussi des fils pour faciliter la succession.» Si Alixana pouvait être directe, elle aussi. Elle ressentait un indéniable frisson d'excitation intérieure : elle était là depuis près de six mois, inactive, suspendue tel un insecte pris dans de l'ambre de Trakésie. Elle pourrait bien périr en conséquence de ses actes présents, mais elle se rendait compte qu'elle était prête à courtiser cette éventualité.

Cette fois, ce fut Gésius qui eut un bref sourire. Elle avait conscience de son regard évaluateur posé sur elle.

«Nous connaissons, bien entendu, vos difficultés en Batiare, dit Valérius. De fait, nous avons passé tout un hiver à réfléchir à des façons d'y pallier.»

Il ne servirait pas non plus à grand-chose de répliquer à ces paroles.

«Nous avons passé tout un hiver à en faire autant, murmura Gisèle. Peut-être serait-il approprié de le faire de concert? Nous avons bel et bien accepté une invitation ici dans ce but.

— Vraiment? En est-il ainsi?» fit un homme en habit de soie vert foncé. «À ce que j'ai compris, ce sont notre invitation et un navire impérial qui vous ont sauvé la vie, Reine des Antæ.» Son intonation, orientale et patricienne, était juste à la limite du tolérable en cette compagnie. Le Maître des offices reprit, après un petit silence : «L'histoire de votre tribu est empreinte de sauvagerie, après tout.»

Cela, elle ne le tolérerait pas. L'Orient et l'Occident déchu, encore? Les glorieux héritiers sarantins de Rhodias, les barbares primitifs des forêts nordiques? Non, pas encore, et pas ici. Gisèle se détourna pour le toiser.

« Jusqu'à un certain point, dit-elle avec froideur. Nous sommes un peuple guerrier, un peuple conquérant. Bien entendu, ici, à Sarance, les successions se font toujours de façon plus ordonnée. Aucune mort violente n'a jamais lieu au moment d'un changement d'empereur, n'est-ce pas ? »

Elle savait ce qu'elle disait. Il y eut un petit silence. Gisèle prit conscience qu'on jetait quelques regards brefs et vite détournés vers Styliane Daleina, qui s'était assise derrière l'Impératrice. Elle mit un point d'honneur, quant à elle, à ne point regarder de ce côté.

Le Chancelier émit une petite toux sèche derrière une main. Un autre des assistants assis lui lança un bref coup d'œil puis fit un geste également bref. Le musicien, avec alacrité et un soulagement évident, quitta la pièce avec son instrument après une courbette hâtive. Nul ne lui accorda la moindre attention. Gisèle foudroyait toujours du regard le Maître des offices.

L'Empereur, d'une voix pensive, remarqua : « La reine a raison, évidemment, Faustinus. En vérité, même l'ascension de mon oncle au trône a été accompagnée de violence. Le père bien-aimé de Styliane a été assassiné. »

Tant d'intelligence. Ce n'était pas là un homme à laisser échapper une nuance, s'il pouvait se l'approprier à ses propres fins. Elle le comprenait très bien, en l'occurrence : son propre père avait été sensiblement pareil. Elle en conçut une certaine assurance, même si son cœur battait à tout rompre. Ces gens manifestaient une dangereuse subtilité, mais elle était la fille d'un homme qui en avait eu autant. Peut-être même était-elle aussi subtile qu'eux ? On pouvait la faire abattre, et le ferait peut-être, mais on ne pouvait lui arracher sa fierté et tout ce dont elle avait hérité. Elle avait cependant conscience d'une amère ironie : elle défendait son peuple qui venait d'être accusé de traditions meurtrières, quand elle avait justement été la victime désignée d'une tentative d'assassinat – et dans un lieu saint, consacré.

« Les périodes de changement sont rarement sans victimes », remarqua le Chancelier à mi-voix, ses pre-

mières paroles ; il avait une voix aussi mince que du
papier, mais très claire.

« On peut en dire autant de la guerre », répliqua Gisèle
sans détour. Elle n'allait vraiment pas laisser cette discussion dégénérer en soirée de philosophie. Elle avait
vogué jusqu'ici pour une raison bien précise, et ce n'était
pas simplement pour sauver son existence, quoi qu'on
pût dire ou penser. Léontès l'observait avec une expression qui trahissait sa surprise.

« Très juste, dit Alixana en hochant la tête avec lenteur.
Un homme meurt brûlé, ou il en périt par milliers. Nous
faisons nos choix, n'est-ce pas ? »

"Un homme meurt brûlé". Gisèle jeta cette fois un
rapide coup d'œil à Styliane. Aucune réaction. Elle
connaissait l'histoire, tout le monde la connaissait. Un
jet de feu sarantin dans une rue, au matin.

Valérius secouait la tête. « Des choix, oui, mon amour,
mais si nous sommes honorables, ce ne sont point des
choix arbitraires. Nous servons le dieu, dans la mesure
où nous pouvons l'appréhender.

— Certes, Monseigneur », dit Léontès d'une voix
nette, comme s'il essayait de planter une épée dans la
douceur séductrice de la voix de l'Impératrice. « Une
guerre au saint nom de Jad n'est en effet pas une guerre
comme les autres. » Il jeta un autre coup d'œil à Gisèle.
« Et l'on ne peut croire non plus que les Antæ n'ont pas
l'habitude des invasions. »

Bien sûr que non. Elle l'avait implicitement reconnu
elle-même. Son peuple avait conquis la péninsule batiaraine, incendié Rhodias après l'avoir mise à sac. Ce
qui rendait difficile de plaider contre l'idée d'une armée
d'invasion ou de demander merci. Mais ce n'était pas
son but. Elle essayait d'infléchir la conversation vers une
vérité connue d'elle : si l'invasion avait lieu – si même
ce grand général doré y parvenait, pour commencer –,
ils ne pourraient conserver les territoires conquis. Ils
ne tiendraient jamais contre les Antæ, avec les Inicii aux
frontières et la Bassanie qui ouvrirait un second front
lorqu'elle comprendrait les implications d'un Empire

réunifié. Non, ils ne pourraient reprendre Rhodias que d'une seule façon. Et c'était avec elle-même, avec toute sa jeunesse – une existence à laquelle pouvait mettre fin une coupe de vin empoisonné ou une lame silencieuse et anonyme.

Elle devait négocier ici un chemin si étroit et si tortueux… Léontès, le séduisant et pieux soldat qui l'observait en cet instant, était celui qui apporterait la ruine à sa contrée si l'Empereur lui en donnait l'ordre. "Au nom du saint Jad", avait-il dit. Les morts en étaient-ils moins morts ? Elle aurait pu le leur demander, mais ce n'était pas la question qui comptait pour l'instant.

« Pourquoi ne m'avez-vous pas parlé auparavant ? » demanda-t-elle en luttant contre un brusque accès de panique et en regardant de nouveau Valérius, cet homme calme au visage doux qu'elle avait invité à l'épouser. Elle éprouvait quelque difficulté à croiser le regard de l'Impératrice, même si Alixana – comme eux tous – avait été très accueillante. On ne pouvait rien considérer ici comme allant de soi, se répéta-t-elle. S'il y avait une vérité à laquelle s'accrocher, c'était bien celle-là.

« Nous étions en négociation avec les usurpateurs », répondit Valérius avec une franchise brutale. Il s'en sert comme d'un outil, songea-t-elle.

« Ah, fit-elle en dissimulant du mieux qu'elle le pouvait sa déconfiture. « Vraiment ? Comme c'est… prudent. »

Valérius haussa les épaules. « Une option évidente. C'était l'hiver. Les armées ne se déplacent pas en hiver, mais les messagers, oui. Ce serait stupide de ne pas essayer d'en savoir le plus possible sur eux. Et si nous vous avions officiellement reçue ici, on l'aurait su là-bas, évidemment. Aussi ne l'avons-nous point fait. Nous vous avons fait surveiller et protéger contre tout attentat à votre vie, cet hiver. Vous devez en avoir conscience. Ils ont des espions ici, tout comme vous en aviez. »

Elle ignora cette dernière remarque : « Ils ne l'auraient pas su si nous nous étions rencontrés comme maintenant », dit-elle. Son cœur lui martelait toujours la poitrine.

«Nous avons supposé, dit avec douceur l'Impératrice, que vous refuseriez d'être reçue autrement que comme une reine en visite. Ce qui était, ce qui est, votre droit.»

Gisèle secoua la tête : «Devrais-je insister sur l'étiquette quand des gens meurent ?

— Nous le faisons tous, dit Valérius. C'est tout ce qui nous reste alors, non ? L'étiquette ?»

Leurs regards se croisèrent. Elle songea soudain aux chiromanciens, aux prêtres las et à un vieil alchimiste dans un cimetière hors les murs de la cité. Rituels et prières, tandis qu'on édifiait le tumulus des morts.

«Vous devriez savoir, reprit l'Empereur, d'une voix toujours affable, qu'Eudric, lequel se fait appeler maintenant régent à Varèna au fait, nous a offert un serment d'allégeance et – ce qui est nouveau – de commencer à nous payer un tribut deux fois l'an. De surcroît, il nous a invités à poster des conseillers à sa cour, aussi bien religieux que militaires.»

Des détails, en quantité. Gisèle ferma les yeux. "Vous devriez savoir". Elle ne l'avait pas su, bien entendu. Elle se trouvait presque de l'autre côté du monde, loin de son trône, et elle avait passé l'hiver à attendre d'être introduite au palais, d'avoir un rôle à jouer, de justifier sa fuite. Eudric avait gagné, alors. Elle avait toujours pensé qu'il gagnerait.

«Ses conditions, poursuivait l'Empereur, étaient prévisibles : nous le reconnaissons pour roi et nous nous chargeons d'une simple exécution.»

Elle releva les paupières pour le regarder, sans tressaillir. Un terrain familier, plus facile pour elle qu'ils ne le pensaient peut-être. On avait parié, à Varèna, qu'elle périrait avant l'hiver. On avait essayé de l'assassiner au sanctuaire. Deux êtres qu'elle aimait y avaient été massacrés, à sa place.

Elle était la fille de son père. Elle releva le menton et répliqua avec hardiesse : «Vraiment, Monseigneur Empereur ? Feu sarantin ? Ou, pour moi, un simple poignard dans la nuit ? Un prix modeste pour une si éclatante victoire, n'est-ce pas ? Un serment d'allégeance !

Un tribut, des conseillers ? Religieux *et* militaires ? Jad est grand, qu'il soit loué ! Les poètes chanteront cette splendeur et elle résonnera à travers les siècles. Comment pourriez-vous refuser une telle gloire ? »

Une pause rigide s'ensuivit. L'expression de Valérius se modifia un peu, mais, en observant ces yeux gris, Gisèle comprit comment on pouvait craindre cet homme. Elle entendait le crépitement du foyer dans le silence.

Ce fut Alixana, comme c'était prévisible, qui osa prendre la parole. « Vous voilà vaincu, mon amour, dit-elle d'un ton léger. Elle est trop intelligente pour vous. Maintenant, oui, je comprends pourquoi vous ne me répudierez pas pour l'épouser et pourquoi vous ne vouliez pas la recevoir à la cour comme il se devait. »

Quelqu'un laissa échapper un son étranglé. Gisèle déglutit avec peine.

Valérius se tourna vers son épouse.

Il ne dit rien, mais son expression se modifia encore une fois, se fit étrange, curieusement intime. Et, un moment plus tard, ce fut à Alixana de rougir un peu en baissant les yeux.

« Je vois, dit-elle tout bas. Je n'avais pas vraiment pensé… » Elle s'éclaircit la voix en manipulant distraitement son collier. « Ce n'était pas… nécessaire », murmura-t-elle, les yeux toujours baissés. « Je ne suis pas si fragile que cela, Monseigneur. »

Gisèle n'avait pas idée de ce qu'elle voulait dire et soupçonnait qu'il en était de même pour tout le monde. Un échange d'une intense intimité dans un espace public. Son regard passa de l'un à l'autre, puis, de façon extrêmement soudaine, elle comprit. Vraiment. Avec certitude.

La situation n'était pas ce qu'elle avait pensé.

Elle n'avait pas été invitée dans l'Enceinte impériale avant cette nuit, non pas à cause de négociations avec les usurpateurs de Varèna ou de manques de souplesse protocolaire, mais parce que l'empereur Valérius protégeait son épouse de la jeunesse de Gisèle et de ce qu'elle signifiait en termes purement formels, ou pouvait signifier.

Ils savaient tous qu'il y avait une façon de simplifier la reconquête de la mère patrie de l'Empire. Elle n'avait pas été la seule à le voir, elle qui avait confié un message secret à un artisan parti pour un long voyage. La logique et le simple bon sens d'un mariage étaient plus forts que tout. Mais l'époux l'avait emporté sur l'Empereur. Stupéfiant.

Ce qui signifiait que ses réflexions avaient pris la bonne voie, qu'elle avait bien été admise au palais ce soir, uniquement parce que… parce qu'on avait pris une autre décision.

Le printemps s'en venait. Était arrivé, de fait. Elle retint son souffle.

« Vous allez nous envahir, n'est-ce pas ? » demanda-t-elle abruptement.

Valérius de Sarance se détourna de son épouse pour l'observer. Arborant de nouveau la gravité d'un prêtre, l'expression pensive d'un académicien, il dit simplement : « Oui, de fait. En votre nom et au nom du dieu. J'espère que vous approuvez. »

Il ne le lui demandait pas réellement, bien sûr. Il la mettait devant le fait accompli. Et pas seulement elle. Gisèle entendit, put presque ressentir physiquement l'onde qui traversait cette petite pièce luxueuse tandis que les assistants remuaient sur leur siège, ou s'asseyaient. Les narines du Stratège s'élargirent comme celle d'un cheval de course qui entend la trompette. Il avait supposé, espéré, mais il n'avait pas su. Jusqu'à maintenant. Elle comprenait. C'était le moment que Valérius venait de choisir pour faire sa déclaration, en suivant l'inspiration du moment, parce qu'elle était venue ce soir. Ou peut-être avait-il organisé toute cette soirée de musique avec des intimes, à l'orée tremblante du printemps, pour ménager précisément ce moment, sans en prévenir personne, pas même son épouse. Un homme qui tirait des ficelles invisibles, qui faisait danser autrui quand il en avait besoin – danser ou mourir.

Elle jeta un coup d'œil à Alixana et trouva le regard calme de l'autre qui l'attendait. En contemplant les profondeurs de ces yeux sombres, en imaginant quel effet ils pouvaient avoir sur un homme ou sur certains types de femmes, Gisèle eut une autre intuition, tout à fait inattendue : si improbable cela fût-il, elle avait ici une alliée, quelqu'un d'autre qui désirait trouver un moyen de leur éviter cette invasion et ce qu'elle augurait. Non que cela semblât avoir quelque importance.

« Il faut congratuler l'Empereur », intervint une troisième voix féminine, celle de Styliane, aussi fraîche que le vent nocturne à l'extérieur. « On dirait que ses collecteurs d'impôts ont été plus diligents que ne le suggère la rumeur publique. C'est un miracle du dieu et de son régent sur terre que le trésor contienne en fin de compte de quoi soutenir une invasion. »

Il s'ensuivit une pause fragile. Styliane devait posséder une extraordinaire confiance en son statut pour parler ainsi en pareille compagnie. Mais ce devait être le cas, n'est-ce pas ? De par sa naissance, de par son mariage – et de par son caractère.

Valérius se tourna vers elle et, de façon remarquable, eut de nouveau l'air amusé. « Un empereur reçoit l'aide qu'il mérite, a dit autrefois Saranios. J'ignore ce que cela suggère à mon propos, ou à propos de mes serviteurs, mais il y a plusieurs façons de soutenir un effort de guerre. Inutile d'acheter la paix des Bassanides et de payer en même temps des soldats pour la maintenir. »

Léontès parut surpris. Il s'éclaircit la voix. « C'est décidé, Monseigneur ? » Il n'avait de toute évidence pas été consulté.

« Une affaire de fisc, Stratège. De fait, je désire vous rencontrer demain pour discuter de la possibilité d'offrir aux soldats des terres en Orient, comme colons. On en a déjà discuté par le passé, et le Chancelier a proposé que nous le fassions. »

Léontès avait trop d'expérience pour trahir davantage sa surprise. « Bien entendu, Monseigneur. Je serai ici au lever du soleil. Je regrette cependant d'avoir menti malgré moi cet après-midi aux noces. J'ai accordé au futur époux une promotion et un poste en Orient. À présent, non seulement perd-il son augmentation de solde mais l'intégralité de sa paie. »

Valérius haussa les épaules : « Donnez-lui un autre poste. Emmenez le bonhomme en Occident avec vous. Un point mineur, assurément. »

Léontès secoua la tête. « Je suppose que oui. Mais je n'emmène jamais des nouveaux mariés en campagne.

— On doit vous en féliciter, Léontès, dit l'Impératrice. Mais je suis sûre que vous pouvez faire une exception.

— C'est mauvais pour le moral d'une armée, Haute Dame.

— L'entêtement aussi, sûrement », remarqua son épouse depuis le siège qu'elle occupait près de l'Impératrice. Elle posa sa coupe de vin. « Mon cher, vraiment. Vous estimez de toute évidence cet homme compétent. Nommez-le dans votre propre entourage, payez-le vous-même, comme vous payez les autres, postez-le à l'est d'Eubulus comme observateur pour un an – ou jusqu'à ce que vous pensiez qu'il est approprié pour lui d'être rappelé en Occident pour se faire tuer dans une guerre. »

Une description aussi claire et précise de la situation, de la part d'une femme, devait sûrement être vexante pour les hommes assemblés. Mais Gisèle changea d'avis en observant l'Impératrice. On y était habitué ici – au contraire de sa propre cour, où une femme parlant avec autorité se désignait presque certainement aux assassins.

D'un autre côté, Gisèle avait bel et bien régné à Varèna, et en son propre nom. Ce n'était le cas d'aucune de ces deux femmes. Cela avait son importance. C'était une véritable différence entre elles. Et comme pour le souligner, Styliane Daleina reprit la parole. « Pardonnez-moi, Messeigneurs, cette présomption. J'ai toujours eu trop tendance à dire ce que je pensais. » Son intonation n'indiquait cependant aucune contrition.

« Un trait que vous avez hérité de votre père », dit l'Empereur à mi-voix. « Et qui n'a pas besoin d'être un défaut. »

"Et qui n'a pas besoin"… des couches entremêlées du passé, du présent et de l'avenir semblaient s'alourdir dans cette pièce. Des nuances qui se tordaient en se répandant comme une fumée d'encens subtile et entêtante.

Styliane se leva pour exécuter une gracieuse révérence. « Merci, Monseigneur. Je vous demanderai, et à l'Impératrice, la permission de me retirer. Si l'on discute ici de guerre et de politique, je dois prendre congé. »

Il le fallait, bien sûr. Nul ne dit le contraire. Gisèle se demanda si elle avait espéré qu'on le fît. Son époux ? Dans ce cas, elle devait être déçue. Léontès l'escorta bien jusqu'à la porte, mais revint sur ses pas tandis qu'elle sortait. Il jeta un coup d'œil à l'Empereur et sourit.

Les deux hommes se connaissaient avant même l'ascension sur le trône du premier Valérius, Gisèle se rappelait l'avoir entendu dire. Léontès devait avoir été très jeune alors.

« Mon cher Seigneur, dit le Stratège sans pouvoir vraiment maîtriser sa voix, puis-je demander que tous les assistants présents sachent bien que cette information ne doit pas sortir d'ici ? L'avantage de la surprise ne me sera pas inutile.

— Oh, mon cher, dit l'épouse de l'Empereur à ses côtés, on se sera préparé à votre venue bien avant que cette enfant n'eût fui son trône. Demandez-le-lui, si vous le pensez vraiment nécessaire. »

Gisèle ignora aussi bien "enfant" que "eût fui", et vit que Valérius l'observait ; puis elle comprit avec retard qu'il attendait vraiment une réponse à la question qu'il lui avait posée, "j'espère que vous approuvez ?"

Une formalité, de la courtoisie. Il paraissait attacher de l'importance à ce genre de choses. C'était bon à savoir. Il se devait d'être toujours courtois, cet homme qui siégeait sur le Trône d'or. Même en faisant exactement ce qu'il avait choisi de faire, tout en acceptant – ou en risquant – les conséquences que pouvait en subir autrui.

« Approuver », répéta-t-elle. Et elle mentit : « Monseigneur, bien sûr que j'approuve. Pourquoi sinon aurais-je vogué vers Sarance ? »

Elle se prosterna de nouveau, surtout pour dissimuler son visage et ce que son regard devait alors révéler.

Elle revoyait le tumulus des morts, et non cette élégante salle palatiale illuminée par les lampes, elle se rappelait la guerre civile, la famine, les lendemains empoisonnés de la peste, avec la désolation farouche de ne pas avoir un seul être en qui placer sa confiance. Elle souhaitait presque avoir péri à Varèna après tout, n'avoir pas vécu pour s'entendre poser cette question alors qu'elle se trouvait totalement isolée dans une contrée étrangère où sa réponse – vérité ou mensonge – n'avait aucun poids, aucune conséquence.

◆

«Je ne me sens vraiment pas bien», déclara Pertennius d'Eubulus, en détachant les mots avec soin.

Ils se trouvaient dans une modeste pièce à l'étage de la demeure du secrétaire. Pertennius était affalé sur une couche vert sombre, une main couvrant ses yeux, l'autre sur l'estomac. À une petite fenêtre, Crispin contemplait la rue déserte en contrebas. Les étoiles avaient disparu, le vent soufflait. Une brassée de bois était allumée dans la cheminée. Sur un bureau poussé contre le mur entre la couche et la fenêtre se trouvait étalé un assortiment de documents, livres, ustensiles d'écriture, papiers de diverses couleurs et textures.

Éparpillées au milieu – Crispin l'avait vu dès son entrée dans la pièce –, il y avait ses propres esquisses pour la coupole et les murs du Grand Sanctuaire.

Après s'être demandé comment elles avaient abouti là, il s'était rappelé que le secrétaire de Léontès servait également d'historien officiel pour les projets architecturaux de Valérius. C'était un peu déconcertant, mais le travail de Crispin faisait partie de son mandat.

"Pourquoi un aurochs ?" avait demandé Pertennius en titubant dans la rue devant sa porte. "Pourquoi y a-t-il tellement de vous sur cette coupole ?"

Deux questions également pénétrantes, en l'occurrence. Crispin, qui n'était pas un admirateur de ce secrétaire aussi sec que de la poussière, avait gravi l'escalier après être entré. Il réagissait au défi, il était intrigué, les deux ? Probablement une perte de temps, se dit-il en jetant un coup d'œil au secrétaire étendu. Pertennius avait vraiment l'air mal en point. S'il avait davantage apprécié l'autre, Crispin aurait pu en éprouver de la sympathie.

« Trop de vin en après-midi peut produire ce genre d'effet, dit-il avec indulgence. Surtout si on n'a pas l'habitude de boire.

— Je ne bois pas », admit Pertennius. Il y eut un silence. « Elle vous aime bien, ajouta le secrétaire. Plus que moi. »

Crispin se détourna de la fenêtre. Pertennius avait ouvert les yeux et l'observait. Son regard et son intonation étaient tous deux parfaitement neutres : un historien notant un fait, non la récrimination d'un rival.

Crispin n'en fut pas dupe. Pas sur ce point précis. Il secoua la tête en s'adossant au mur près de la fenêtre. « Shirin ? Elle m'aime bien, oui, je suis un lien qui la rattache à son père. Rien d'autre. » Il n'était pas certain que ce fût vrai, de fait, mais la plupart du temps, à son avis, ce l'était. *Imaginez ses doigts qui se glissent par-derrière sous votre tunique et qui redescendent le long de votre peau.* Brusquement, Crispin secoua de nouveau la tête, mais pour une raison différente. Il hésita, demanda : « Vous dirai-je ce que je pense ? »

Pertennius attendait. Un homme toujours à l'écoute, et qui en entendait beaucoup : par profession, par nature. Il avait vraiment l'air en mauvais état.

Crispin aurait soudain voulu ne pas être entré. Avoir cette conversation ne le tentait nullement. Avec un haussement d'épaules intérieur et un peu irrité de se trouver placé dans cette situation – ou de s'y être placé lui-même –, il déclara : « Je crois que Shirin est lasse d'être assiégée par des soupirants chaque fois qu'elle met le pied hors de chez elle. Cela lui rend la vie difficile, même s'il y a des femmes pour croire qu'elles aimeraient ce genre de situation. »

Pertennius acquiesça avec lenteur, la tête lourde. Il ferma les paupières, lutta pour les rouvrir.

« Les mortels poursuivent la renommée, dit-il d'un ton sentencieux, inconscients de ce qu'elle implique. Shirin a besoin d'un… protecteur. De quelqu'un qui éloigne les autres. »

Il y avait du vrai là-dedans, bien sûr. Crispin décida de ne pas remarquer qu'un secrétaire historien s'avérerait sans doute insuffisant, en tant qu'amant officiel, pour assurer cette protection. Il choisit plutôt de temporiser en murmurant : « Vous savez que certains ont commandé des sorts amoureux à des chiromanciens ? »

Pertennius fit une grimace acide : « Pouah, dit-il. De la magie. C'est impie.

— Et ça ne fonctionne pas, ajouta Crispin.

— Vous le savez avec certitude ? » demanda l'autre ; ses yeux s'étaient brièvement éclaircis.

Soudain conscient de la nécessaire prudence à observer en la matière, Crispin répliqua : « Les prêtres nous l'enseignent, mon ami. » De nouveau agacé, il ajouta : « En tout cas, avez-vous jamais vu Shirin errant dans les rues avant l'aube contre son désir et sa volonté, les cheveux défaits, appelée malgré elle à la demeure d'un homme qui l'attend à sa porte ouverte ?

— Oh, Jad ! » dit Pertennius avec conviction. Il poussa un grognement. Désir et nausée, une combinaison impie.

Crispin réprima un sourire, regarda de nouveau par la fenêtre entrouverte. L'air était frais, la rue en contrebas déserte et silencieuse. Il décida de s'en aller, envisagea de demander une escorte. Ce n'était pas très sain de traverser seul la Cité, la nuit, et sa propre demeure se trouvait assez loin.

« Vous feriez bien de dormir un peu, dit-il. Nous pourrons parler une autre…

— Savez-vous qu'on *adore* l'aurochs, en Sauradie ? demanda brusquement Pertennius. C'est dans "L'Histoire des guerres rhodiennes" de Metractès. »

Un autre frisson d'alarme traversa Crispin. Il regretta avec encore plus d'intensité d'être venu là. « Je me rappelle Metractès, dit-il avec désinvolture, on me l'a fait apprendre par cœur quand j'étais petit. Terriblement ennuyeux. »

Pertennius eut l'air offensé : « Mais pas du tout, Rhodien ! Un excellent historien. Un modèle pour mes propres chroniques.

— Excusez-moi, je vous prie, s'empressa de rectifier Crispin. Il est, eh bien, volumineux, c'est certain.

— Complet, dit Pertennius ; il referma les yeux. Sa main revint se poser sur ses paupières. « Cette sensation va-t-elle passer ? demanda-t-il d'un ton plaintif.

— Dans la matinée. Avec du sommeil. Il n'y a pas grand-chose d'autre à y faire.

— Je vais vomir ?

— C'est très possible. Voulez-vous venir à la fenêtre ?

— Trop loin. Parlez-moi de l'aurochs. »

Crispin retint son souffle. Les yeux de Pertennius s'étaient rouverts et le fixaient. « Il n'y a rien à dire. Et tout à dire. Comment peut-on bien expliquer ce genre de choses ? Si les mots faisaient l'affaire, je ne serais pas mosaïste. C'est comme le chevreuil, les lièvres, les oiseaux, les poissons, les renards, les épis dans les champs. Je les voulais tous sur ma coupole. Vous avez les esquisses, Secrétaire, vous pouvez en évaluer le concept. Jad a créé le monde des animaux comme celui des mortels. Ce monde s'étend de mur à mur, de l'occident à l'orient, sous la main et le regard du dieu. »

Tout cela, bien que vrai, n'était pas l'entière vérité.

Pertennius esquissa vaguement le signe du disque solaire. Il luttait visiblement pour rester éveillé. « Vous l'avez fait très gros.

— Mais c'est qu'ils sont très gros », dit Crispin en essayant d'effacer son intonation irritée.

« Ah ? Vous en avez vu un ? Et Rhodias est là-haut aussi ? "Ma coupole", vous avez dit. Est-ce bien pieux ? Est-ce… approprié pour un sanctuaire ? »

Crispin tournait maintenant le dos à la fenêtre, appuyé au rebord. Il allait répondre, ou essayer de le faire, quand il se rendit compte que ce n'était plus nécessaire. Le secrétaire s'était endormi sur la couche verte, portant toujours ses sandales et le vêtement blanc d'un invité à des noces.

Crispin prit une profonde inspiration en éprouvant un indéniable sentiment de soulagement, comme s'il venait d'échapper à un danger. Il était temps de partir, escorte ou pas, avant que l'autre ne s'éveillât pour poser d'autres questions à la perspicacité également déconcertante. "Il est inoffensif", lui avait dit Shirin lors de leur première rencontre ; il n'avait pas été d'accord. Il ne l'était toujours pas. Il s'éloigna de la fenêtre pour retourner à la porte. Il enverrait le serviteur s'occuper de son maître.

S'il n'avait pas vu sur la table des notes griffonnées à la main sur ses propres esquisses, il serait sorti. Mais la tentation était irrésistible. Il s'arrêta, jeta un rapide coup d'œil à l'homme endormi. Pertennius avait la bouche grande ouverte. Crispin se pencha sur les esquisses.

Pertennius – ce devait être lui – avait écrit une série de notes cryptiques sur tous les dessins de Crispin pour la coupole et les murales. Une écriture en pattes de mouche, presque illisible. C'étaient des notes à usage personnel – inutile de s'en préoccuper ; il n'y avait rien de spécial à des ébauches de recommandations.

Crispin se redressa ; ce faisant, ses yeux tombèrent sur une autre page à demi dissimulée sous l'un des dessins, portant la même écriture, mais plus soignée, élégante, même, et cette fois il pouvait déchiffrer les mots.


"Il m'a été révélé par un employé du Maître des offices (l'homme ne peut être nommé ici car sa vie serait en danger, et pour des raisons de sécurité), que l'Impératrice, toujours aussi corrompue que dans sa jeunesse, est bien connue pour faire amener certains jeunes Excubiteurs à son bain, le matin, par ses femmes – lesquelles sont bien entendu choisies pour leurs propres mœurs dépravées. Elle accueille ces hommes comme une dévergondée, nue et sans pudeur, comme lorsqu'elle s'accouplait avec des animaux sur la scène, et elle fait arracher leurs vêtements aux soldats."

Crispin découvrit qu'il avait du mal à respirer.

Avec beaucoup de soin, après un autre regard en direction de la couche, il souleva un peu le papier et continua de lire, incrédule.

"Elle copulera avec ces hommes, insatiable, parfois avec deux à la fois, comme une prostituée, dans son propre bain, tandis que les autres femmes se masturbent ou se caressent mutuellement en lançant des encouragements obscènes et lascifs. Une vertueuse jeune fille d'Eubulus, m'a dit l'employé dans le plus grand secret, a été empoisonnée par l'Impératrice pour avoir osé déclarer que sa conduite était impie. Son corps n'a jamais été retrouvé. L'innommable prostituée qui est désormais notre Impératrice fait toujours retenir de saints hommes à la porte de son bain le matin, après le renvoi des soldats par une porte intérieure dérobée. Elle va alors accueillir les prêtres, à demi nue, empestant les plaisirs charnels et faisant une moquerie des prières matinales au saint Jad."

Crispin déglutit avec peine. Il sentait une veine battre à sa tempe. Il regarda l'homme endormi. Pertennius ronflait, à présent; il avait l'air mal en point, gris et impuissant. Crispin se rendit compte que ses mains tremblaient. Il lâcha la feuille de papier quand il commença à l'entendre vibrer entre ses doigts. Il ressentait de la rage, de la crainte et – en bruit de fond, comme un grondement de tambour – une horreur croissante. Il avait envie de vomir.

Il aurait dû partir, il le savait. Il devait absolument s'en aller. Mais il y avait, dans cette diatribe venimeuse si élégamment tournée, une sorte de puissance qui le poussa, presque malgré lui, comme s'il avait été soumis à l'emprise d'un ténébreux sortilège, à prendre une autre page.

"Quand le fermier trakésien qui eut recours à un ignoble assassinat pour s'emparer du trône au nom de son oncle analphabète s'y assit de sa propre autorité, mais non sous son nom de paysan (car il l'abandonna dans un vain effort pour se débarrasser de l'odeur excrémentielle des champs), il commença à pratiquer plus ouvertement ses rites nocturnes d'évocation des démons et des noirs esprits. Ignorant les admonestations désespérées de ses saints prêtres, et détruisant sans merci ceux qui refusaient de se taire, Pétrus de Trakésie, Empereur de la Nuit, transforma les sept palais de l'Enceinte impériale en lieux impies, pleins de rituels barbares et sanglants à la tombée de la nuit. Puis, dans une perverse parodie de piété, il déclara son intention de bâtir au dieu un vaste Sanctuaire neuf. Il passa commande à des gens malfaisants et sans dieu – des étrangers, pour beaucoup – qui le concevraient et le décoreraient, en sachant qu'ils ne contrarieraient pas ses propres ténébreux desseins. On était nombreux alors dans la Cité à croire que le Trakésien officiait lui-même aux sacrifices humains rituels dans le Sanctuaire inachevé, la nuit, quand nul n'y était autorisé sinon ses propres complices. L'Impératrice, couverte du sang des innocentes victimes, dansait alors pour lui, disait-on, entre des cierges allumés pour moquer la sainteté de Jad. Puis, nue, tandis que l'Empereur et les autres observaient, la putain se saisissait d'un cierge éteint, comme elle l'avait fait sur scène dans sa jeunesse, et elle se couchait sur l'autel à la vue de tous pour…"

Crispin repoussa les papiers en tas. C'était assez. Plus qu'assez. Il se sentait vraiment mal, à présent. L'onctueux, l'attentif Pertennius, le secrétaire si discret du Stratège, ce chroniqueur officiel du règne et des projets architecturaux de Valérius, honoré d'un poste dans l'Enceinte impériale, vomissait depuis cette pièce les ordures et la bile accumulées de sa haine.

Crispin se demanda si ces mots étaient destinés à être jamais lus. Et quand ? Les croirait-on, vraiment ? Pourraient-ils donner, dans les temps à venir, une impression de vérité à ceux qui n'auraient jamais réellement connu les personnes dont on disait ces horreurs ? Était-ce possible ?

Il lui vint à l'esprit que s'il sortait de cette pièce avec une de ces feuilles choisie au hasard, Pertennius d'Eubulus serait disgracié et exilé.

Ou, très probablement, exécuté. Une mort à mettre au compte de Crispin. Même ainsi, l'idée persistait, alors qu'il se tenait penché sur la table encombrée, le souffle rauque, et imaginait ces pages teintées d'écarlate par la haine qui en exsudait, tout en écoutant les ronflements de l'homme endormi, les craquements du feu et les bruits vagues et distants de la cité nocturne.

Il se rappelait Valérius, la première nuit de leur rencontre, sous l'immensité stupéfiante du dôme qu'avait réussi à bâtir Artibasos. L'intelligence et la courtoisie de l'Empereur alors qu'il le regardait prendre la mesure de l'espace qu'on lui offrait pour exercer son art.

Il se rappelait Alixana dans ses appartements. Une rose d'or sur une table. La terrible impermanence de la beauté. Tout est transitoire. "Faites-moi quelque chose qui durera", avait-elle dit.

La mosaïque : une tentative pour toucher à l'éternel. Alixana le comprenait, il s'en était rendu compte. Et il avait aussi compris, même lors de cette toute première nuit, que cette femme l'accompagnerait toujours, d'une façon ou d'une autre. C'était avant que l'homme présentement endormi, bouche béante sur sa couche, eût frappé pour entrer, apportant un présent de Styliane Daleina.

Crispin se rappelait – et il le comprenait à présent d'une façon toute différente – le coup d'œil avide que Pertennius avait jeté sur la petite chambre luxueuse d'Alixana, éclairée par sa cheminée, et l'expression de ce regard lorsqu'il avait vu l'Impératrice les cheveux dénoués et apparemment seule avec Crispin tard dans la nuit. "L'innommable prostituée qui est désormais notre Impératrice."

Crispin quitta la pièce avec brusquerie.

Il descendit rapidement l'escalier. Le serviteur somnolait sur un tabouret dans le couloir d'entrée, sous une

lampe métallique accrochée au mur. Il se réveilla en
sursaut au bruit de pas. Bondit sur ses pieds.

« Ton maître dort tout habillé, dit Crispin d'un ton
abrupt. Occupe-t'en. »

Il déverrouilla la porte principale et sortit dans l'air
froid et l'obscurité qui l'épouvantaient bien moins que
ce qu'il venait de lire à la lueur des flammes. Il s'immobilisa au milieu de la rue, leva les yeux, vit les étoiles :
si lointaines, si éloignées de la vie des mortels, qui
pouvait les invoquer ? Il accueillit le froid avec gratitude
en se frottant le visage à deux mains comme pour le
nettoyer.

Il avait soudain un désir urgent de se retrouver chez
lui. Pas dans la maison qu'on lui avait donnée ici, mais
de l'autre côté du monde. Vraiment chez lui. Loin de la
Trakésie, de la Sauradie, des forêts ténébreuses et des
lieux déserts, à Varèna de nouveau. Il voulait Martinien,
sa mère, d'autres amis trop négligés ces deux dernières
années, le réconfort d'une existence familière.

Un refuge illusoire. Il le savait, alors même qu'il for-
mulait cette pensée. Varèna était maintenant un cloaque,
autant et plus que Sarance, un lieu de meurtres et de
violences civiles, de noirs complots de palais. Et sans
même la possibilité de rédemption qui flottait ici dans
la coupole du Sanctuaire.

Il n'était vraiment nul endroit où se protéger du
monde, à moins de jouer au Fou de Dieu et de s'enfuir
dans un quelconque désert, ou d'escalader un piton
rocheux. Et vraiment, à l'échelle générale du monde et
de ses desseins – Crispin aspira une autre bouffée de
l'air froid de la nuit –, comment la malveillance amère
et timorée d'un scribe, sa malhonnêteté pleine de concu-
piscence se comparait-elle avec… des morts d'enfants ?
Ce n'était pas comparable. Absolument pas.

Il lui vint à l'esprit que, parfois, on ne parvenait pas
à une conclusion sur ce qu'était son existence, on
découvrait simplement qu'on y était déjà parvenu. Il
n'allait pas prendre la fuite devant tout cela, se laisser
pousser une tignasse, laisser ses habits puer la sueur

jamais lavée et les excréments dans le désert pendant que sa peau se couvrirait de cloques sous la brûlure du soleil. On vivait dans le monde. On y cherchait le peu de grâce qu'on pouvait y trouver, quelle qu'en fût la définition qu'on s'en donnait, et l'on acceptait que la création de Jad – de Ludan, du *zubir*, ou de n'importe quelle autre puissance divine qu'on adorait – ne fût pas un lieu où mortels ou mortelles étaient censés trouver une paix facile. Peut-être existait-il d'autres univers meilleurs que celui-ci, où une telle harmonie était possible, – certains l'enseignaient –, mais il ne vivait pas dans l'un d'eux, et n'y vivrait jamais.

Tout en songeant ainsi, Crispin se retourna pour regarder un peu plus loin dans la rue ; il y vit le mur illuminé par des torches de l'énorme demeure adjacente à celle de Pertennius, et la cour derrière ses portes, où l'on avait un peu plus tôt porté l'élégante litière qu'ils avaient aperçue ; dans la pénombre illuminée par les étoiles, il s'aperçut que la porte d'entrée de cette demeure était maintenant ouverte sur la nuit et qu'une servante s'y trouvait, emmitouflée contre le froid, une bougie à la main ; elle regardait de son côté.

La femme vit qu'il l'avait remarquée. Sans un mot, elle leva la bougie et d'un geste de l'autre main désigna la porte ouverte.

Crispin avait en fait tourné les talons avant même de s'en rendre compte, un mouvement tout à fait involontaire. Dos tourné à l'obscure invitation de cette lumière, il demeura parfaitement immobile dans la rue, mais cette porte ouverte changeait tout, complètement. À sa gauche, au-dessus des belles façades de pierre et de briques, un dôme illuminé par les étoiles élevait sa courbe sereine au-dessus de toutes ces œuvres de mortels aux lignes chaotiques et blessantes, et les dédaignait de toute sa pureté.

Il avait pourtant été créé par un mortel. Un homme nommé Artibasos, un de ceux qui vivaient ici-bas dans le réseau acrimonieux, mais humain : épouses, enfants, amis, patrons, ennemis, les enragés, les indifférents, les amers, les aveugles, les mourants.

Crispin sentit que le vent se levait, s'imagina la mince servante protégeant sa bougie dans l'embrasure de la porte derrière lui. Visualisa ses propres enjambées pour s'approcher de cette porte et la franchir. Prit conscience du martèlement de son cœur. Je n'y suis pas prêt, songea-t-il, tout en sachant que d'une certaine façon, c'était tout simplement faux mais que par ailleurs il ne serait jamais prêt à ce qui l'attendait derrière cette porte – c'était donc une réflexion dépourvue de sens. Mais il comprenait aussi, seul dans la nuit étoilée de Sarance, qu'il lui fallait entrer.

La nécessité possède bien des masques, le désir en est un. Les dents tranchantes de la mortalité. Une porte devant laquelle l'avait amené son existence, en fin de compte. Il se retourna.

La fille était toujours là à attendre. C'était sa tâche. Il se dirigea vers elle. Nulle flamme surnaturelle à présent, pour voleter ou s'allumer dans la rue nocturne. Nulle voix humaine, ni le cri du guetteur ni la chanson d'une prostituée, ni l'écho par-dessus les toits des partisans de factions titubant au sortir d'une taverne lointaine. Quatre torches étaient disposées à intervalles réguliers dans les torchères métalliques, le long du mur de pierre bellement maçonné. Les étoiles brillaient avec éclat dans le ciel, la mer était maintenant derrière Crispin, presque aussi lointaine. Sur le seuil de la porte, la femme était très jeune, guère plus qu'une adolescente, avec une expression craintive dans ses yeux sombres quand il s'approcha d'elle.

Elle lui tendit la bougie sans rien dire, fit de nouveau un geste pour désigner l'intérieur de la maison et les marches que n'éclairait aucune lampe. Il retint son souffle, sentit au tréfonds de son être comme un lourd martèlement et reconnut en partie, dans le courant trouble de l'instant, ce qu'en signifiait l'intensité. La fureur de la mortalité. Les ténèbres, et l'on portait un peu de lumière, mais si peu…

Il prit la bougie des doigts froids de la fille et gravit l'escalier en spirale.

Aucune autre lueur que celle de sa bougie, projetant son ombre mouvante sur le mur, jusqu'à ce qu'il eût atteint le palier de l'étage et se fût retourné pour voir une lumière – orange, écarlate, jaune, un tremblement doré – par la porte entrouverte d'une pièce, dans le corridor. Il resta immobile un long moment, puis souffla la bougie et la posa sur une table au dessus de marbre veiné de bleu, avec des pieds métalliques tournés en pattes de lion. Il longea le corridor en pensant aux étoiles et au vent froid, dehors, à sa femme, lors de sa mort et avant sa mort, puis à une nuit de l'automne dernier ici, alors qu'une femme l'avait attendu dans sa chambre avant l'aube, la main sur un poignard.

Il arrivait maintenant à la porte de cette femme dans cette demeure plongée dans l'obscurité, la poussait, entrait, pouvait apercevoir des lampes, le feu à demi éteint, des braises rougeoyantes, un large lit. Il referma la porte en s'y adossant, resta là, le cœur tambourinant dans la poitrine, la bouche sèche. À la fenêtre où elle s'était tenue, et qui donnait sur une cour intérieure, la jeune femme se retourna.

Ses longs cheveux d'or pâle étaient dénoués, tous ses bijoux avaient disparu. Elle portait une robe de la soie la plus blanche, le vêtement de nuit d'une épousée. Une marque d'amère ironie ? Ou un indice de son besoin ?

Crispin en eut la vue brouillée d'appréhension et de désir, son souffle se fit rapide et désordonné. Il craignait cette femme, la haïssait presque, et il avait l'impression que, s'il ne la possédait point, il mourrait.

Elle vint à sa rencontre au milieu de la pièce. Il n'avait pas eu conscience de s'être avancé, le temps se mouvait par à-coups, comme dans un rêve fiévreux. Ils ne parlèrent ni l'un ni l'autre. Il vit le bleu farouche et dur de son regard, mais elle baissa soudain la tête, découvrant son cou comme un loup ou un chien en signe de soumission. Puis, avant même qu'il pût réagir, répondre, essayer de comprendre, elle avait relevé la tête avec un regard mystérieux et sa bouche s'était emparée de la sienne, comme six mois plus tôt.

Elle le mordit, violemment. Il jura, goûta son propre sang. Elle se mit à rire, fit mine de reculer. Il jura de nouveau, indiciblement excité, enivré, la saisit par le voile de ses cheveux pour l'attirer vers lui. Et cette fois, tandis qu'ils s'étreignaient, il vit les paupières de Styliane se refermer, ses lèvres s'entrouvrir, le battement au creux de sa gorge, et son visage à la lueur vacillante du foyer, aussi blanc que sa robe, comme un drapeau de reddition.

Il n'y en eut point, pourtant. Nulle reddition. Il n'avait jamais auparavant fait l'amour comme on se bat, chaque baiser, chaque caresse, chaque étreinte, chaque recul pour reprendre désespérément son souffle, deux armées qui s'entrechoquent, le besoin de l'autre impossible à démêler de la crainte furieuse de ne jamais refaire surface, de ne plus jamais retrouver le contrôle de soi. Elle le provoquait sans effort, s'approchait, le caressait, se retirait, revenait, détournait et baissait de nouveau la tête en ce mouvement bref et soumis – long cou mince, jeune peau lisse et parfumée dans la nuit – et il éprouva un véritable choc de soudaine tendresse, mêlé à la rage et au désir. Mais elle releva la tête, yeux étincelants, bouche tordue, et ses mains lui lacérèrent le dos tandis qu'ils s'embrassaient. Puis, d'un mouvement vif, elle lui prit une main, la porta à ses lèvres et la mordit.

Il travaillait la mosaïque, le verre, les carreaux de céramique, la lumière. Ses mains étaient toute sa vie. Il laissa échapper un grondement incohérent, la souleva de terre, la porta à bout de bras sur le haut lit à baldaquin. Il resta là un moment à la tenir, puis il la déposa sur le lit. Elle le regardait, yeux levés vers lui, et la lumière qui s'y reflétait en métamorphosait la nuance. Sa robe était déchirée à une épaule. C'était lui qui l'avait déchirée. Il vit l'ombre portée d'un sein rond dans la lueur du feu.

Elle dit : « Êtes-vous sûr ? »

Il battit des paupières : « Quoi ? »

Il se rappellerait son sourire alors, tout ce qu'il signifiait, tout ce qu'il révélait de Styliane. Elle murmura, ironique, assurée, mais aussi amère que les cendres d'un feu éteint depuis longtemps. « Sûr que ce n'est pas une impératrice ou une reine que vous désirez, Rhodien ? »

Il demeura muet un moment, les yeux baissés sur elle, et c'était comme si son souffle eût été un poisson pris à l'hameçon, et l'hameçon fiché dans sa poitrine.

« Très sûr », dit-il dans un murmure rauque, en faisant passer sa tunique blanche par-dessus sa tête. Styliane resta un moment étendue, puis leva une main et fit glisser un long doigt sur son corps, un unique mouvement vertical, une illusion d'ordre et de simplicité dans l'univers. Mais il pouvait voir qu'elle avait du mal aussi à se contrôler, et cela renforça son propre désir.

"Très sûr". C'était absolument vrai et en même temps terriblement inexact, car où trouver une quelconque certitude dans l'univers où ils vivaient ? Le mouvement net et rectiligne de ce doigt n'était vraiment pas celui de leurs existences. Peu importe, se dit-il. Pas cette nuit.

Il laissa glisser de lui deuils et questions. Il la couvrit de son corps et elle le guida en elle aussitôt, avec brusquerie, et puis ces longs bras minces et ces longues jambes étaient enroulés autour de lui, ces mains lui agrippaient les cheveux puis lui caressaient le dos, à son oreille ces lèvres, un murmure sans cesse répété, des paroles rapides, avides, jusqu'à ce que ce souffle se fît plus irrégulier, terriblement urgent, comme le sien. Il devait lui faire mal, il le savait, mais il l'entendit crier violemment alors que son corps se tendait en arc et le soulevait un instant, loin des contours brisés et des lignes chaotiques.

Il vit des larmes sur ses pommettes, comme des diamants, et il sut – avec une absolue certitude – que, même consumée telle une mèche ardente par le désir, elle rageait encore intérieurement contre la faiblesse ainsi révélée, elle enrageait de trahir ainsi l'étendue de ce désir. Elle aurait pu le tuer à l'instant aussi aisément que l'étreindre encore. Ce n'était pas un refuge, cette femme, ni cette chambre, absolument pas un abri, mais une destination qu'il avait un besoin désespéré d'atteindre et ne pouvait nullement dénier : les complexités amères et furieuses du désir humain, ici-bas sous la perfection du dôme, et les étoiles.

« Vous ne craignez pas les hauteurs, puis-je supposer ? »

Ils étaient étendus l'un près de l'autre, quelques cheveux dorés de la jeune femme sur son visage, chatouillis léger, une de ses mains sur sa cuisse. Son visage était détourné, il pouvait en voir le profil alors qu'elle contemplait le plafond. Il y avait là une mosaïque, il s'en rendit compte, se rappela brusquement que c'était Siroès qui l'avait créée, lui dont cette femme avait fait briser les mains, pour avoir échoué.

« Peur des hauteurs ? Ce serait un handicap, dans mon métier. Pourquoi ?

— Vous allez quitter les lieux par la fenêtre. Il sera peut-être bientôt de retour, avec ses serviteurs. Descendez le long du mur, traversez la cour jusqu'à l'autre extrémité de la rue. Il y a un arbre, il faut grimper. Ça vous permettra d'atteindre le sommet du mur extérieur.

— Je pars maintenant ? »

Elle tourna alors la tête vers lui, et il vit ses lèvres frémir légèrement. « J'espère que non, murmura-t-elle, mais vous pourriez devoir partir en catastrophe si nous nous attardons trop.

— Est-ce qu'il… entrerait ? »

Elle secoua la tête : « Peu vraisemblable.

— Des gens meurent pour des raisons peu vraisemblables. »

Elle se mit à rire : « Assez juste. Et il se sentirait évidemment obligé de vous abattre, je suppose. »

Cela le surprit un peu. Pour une raison ou une autre, il avait conclu que ces deux-là, le Stratège et son aristocratique trophée, s'étaient entendus en ce qui concernait leur fidélité réciproque. Cette servante avec sa bougie, visible de la rue dans l'embrasure de la porte…

Il se tut.

« Avez-vous peur de moi ? » Elle l'observait, à présent.

Crispin changea de position pour lui faire face. Il ne voyait aucune raison de feindre. Il hocha la tête. « Mais c'est de vous, pas de votre époux. » Elle soutint son regard un moment puis, de manière surprenante, se détourna. Après une petite pause, il ajouta : « J'aimerais vous apprécier davantage.

— M'apprécier ? Un sentiment trivial, dit-elle un peu trop vite. Ça n'a pas grand-chose à voir. »

Il secoua la tête : « L'amitié commence avec ce sentiment-là, sinon le désir. »

Styliane se retourna vers lui. « J'ai été pour vous une meilleure amie que vous ne le pensez, depuis le début. Je vous ai dit de ne pas trop vous attacher au travail que vous pourriez exécuter dans le dôme. »

Elle le lui avait effectivement dit, sans donner d'explications. Il ouvrit la bouche, mais elle leva un doigt pour le poser sur ses lèvres. « Pas de questions. Mais souvenez-vous-en.

— Impossible, dit-il. De ne pas s'y attacher. »

Elle haussa les épaules. « Ah. Eh bien, je n'ai aucun pouvoir sur l'impossible, bien entendu. »

Elle eut un soudain frisson dans l'air froid, la peau encore en sueur de leurs ébats. Il jeta un coup d'œil dans la pièce, se leva et alla fourrager dans le feu qui s'éteignait, y empilant des bûches. Il lui fallut quelques moments pour faire repartir les flammes. Quand il se redressa, nu et réchauffé, il vit que, en appui sur un coude, elle l'enveloppait d'un regard direct et approbateur. Il se sentit brusquement embarrassé, la vit sourire quand elle s'en rendit compte.

Il revint se tenir près du lit, les yeux baissés sur elle. Sans essayer de se dissimuler, sans honte, elle resta là, sans vêtement ni drap, lui laissant suivre du regard les courbes de son corps, l'arc de la hanche, la courbe des seins, l'ossature délicate du visage. Un désir renaissant l'envahit, aussi irrésistible qu'une marée.

Le sourire de la jeune femme s'accentua tandis que son regard descendait plus bas. Lorsqu'elle reprit la parole, sa voix s'était de nouveau voilée. « J'espérais que vous n'étiez pas trop pressé d'aller trouver la cour et l'arbre. » Et elle tendit une main pour lui caresser le sexe, puis pour l'empoigner et l'attirer ainsi sur le lit.

En une danse plus lente, cette fois, plus complexe, elle finit par lui montrer – comme elle le lui avait proposé six mois plus tôt – comment Léontès aimait se servir d'un oreiller, et Crispin découvrit certaines vérités sur lui-même et ses illusions de civilité. À un moment donné, plus tard, il se trouva lui faire ce qu'il n'avait jusqu'alors jamais fait qu'avec Ilandra et, en sentant ses mains se crisper dans ses cheveux, en l'entendant murmurer comme à son corps défendant un flot de paroles incohérentes, il lui vint à l'esprit qu'on pouvait éprouver la tristesse du deuil, de l'absence, de l'amour et du refuge disparus, mais sans en être sans cesse anéanti et calciné comme par un éternel et tragique éclair. Vivre n'était pas en soi une trahison.

On avait déjà essayé de le lui dire, il s'en rendait compte.

Styliane émit un son plus aigu, alors, après avoir repris son souffle comme si elle avait eu mal ou comme si elle avait lutté contre quelque chose. Elle l'attira vers elle, l'obligeant à se relever, à la pénétrer de nouveau, les paupières étroitement closes, puis inversa brusquement leurs positions respectives pour le chevaucher, de plus en plus violemment, impérieuse, le corps luisant d'un éclat humide à la lumière des flammes. Il tendit une main pour lui caresser les seins, prononça son nom, une fois : contre son gré, comme elle plus tôt. Puis il lui agrippa les hanches et la laissa leur imposer son rythme, pour enfin l'entendre crier. Il ouvrit les yeux alors, vit son corps se recourber à nouveau, la peau vibrant sur les côtes alors qu'elle se tendait sur lui comme un arc. Il y avait des larmes sur ses joues, comme auparavant, mais cette fois il l'attira avec douceur vers lui pour les chasser de ses baisers, et elle le lui permit.

Ce fut ensuite, encore étendue sur lui, le corps secoué de frissons, comme lui, avec sa chevelure épandue sur eux comme un voile, que Styliane murmura sans aver-

tissement, avec une douceur qui lui parut plus tard
étrange : « Ils vont vous envahir plus tard ce printemps.
Personne ne le sait encore. On l'a annoncé à quelques-
uns d'entre nous cette nuit au palais. Certains événements
vont maintenant se mettre en branle. Je ne dirai pas en
éprouver du regret. Un acte a été commis autrefois, et
tout le reste en découle. Mais rappelle-toi cette chambre,
Rhodien. Malgré tout le reste. Quoi que je fasse par
ailleurs. »

Dans sa confusion, l'esprit encore au ralenti, soudain poignardé par la crainte, il put seulement dire :
« "Rhodien" ? C'est tout ce que je suis pour vous ? Même
maintenant ? »

Elle était couchée sur lui de tout son long, immobile.
Il pouvait sentir le battement de son cœur. « Rhodien »,
répéta-t-elle après un silence méditatif. « Je suis ce
qu'on m'a faite. Ne t'y trompe pas. »

"Pourquoi alors pleuriez-vous ?" aurait-il voulu demander, mais il se tut. Il se rappellerait plus tard aussi
ces paroles, toutes ces paroles, et l'arc bandé de ce
corps au-dessus du sien, et ces larmes amères devant le
désir qu'elle ne pouvait dissimuler, ni à autrui ni à elle-
même. Mais dans le silence, ensuite, ce qu'ils entendirent
tous deux, ce fut l'écho de la porte d'entrée qui se
refermait lourdement au rez-de-chaussée.

Styliane bougea légèrement. Il se doutait qu'elle
souriait, ce sourire d'une sèche ironie. « Un bon époux.
Il me laisse toujours savoir quand il est rentré. »

Crispin la regarda fixement ; elle lui rendit son regard,
yeux agrandis, toujours amusée. « Oh, mon cher, vraiment. Croyez-vous que Léontès veut passer ses nuits à
massacrer du monde ? Il doit y avoir un poignard quelque
part dans un coin. Vous voulez l'affronter en mon honneur ? »

Ils avaient donc bel et bien une entente. D'une sorte
ou d'une autre. Il ne les comprenait vraiment pas du
tout, ces deux-là, n'est-ce pas ? Il se sentait la tête lourde,
las et effrayé. "Un acte a été commis autrefois"... Mais
la porte avait claqué au rez-de-chaussée, ne laissant

plus de place à de telles réflexions. Il quitta le lit avec des mouvements maladroits, commença de s'habiller. Elle l'observait avec calme en lissant les draps autour d'elle, les cheveux éparpillés sur l'oreiller. Elle jeta sa robe déchirée sur le plancher sans essayer de la dissimuler davantage.

Il ajusta tunique et ceinture, s'agenouilla pour nouer en hâte ses sandales. Quand il se releva, il lui jeta un dernier coup d'œil. Le feu était bas de nouveau, les bougies éteintes. Le corps dénudé était chastement recouvert par les draps. Elle était adossée aux oreillers, immobile, et soutenait sans fléchir son regard. Il comprit abruptement qu'il y avait là aussi une sorte de défi, qu'elle était très jeune, que c'était trop facile de l'oublier.

« Ne vous y trompez pas vous-même, dit-il. Tandis que vous vous donnez tant de peine pour nous contrôler tous. Vous êtes davantage que la somme de vos machinations. » Il n'était même pas sûr de savoir ce qu'il voulait dire.

Elle secoua la tête avec impatience : « Rien de cela n'importe. Je suis un instrument. »

Avec une mimique ironique, il répliqua : « Un trophée, m'avez-vous dit l'autre fois. Un instrument cette nuit. Que devrais-je savoir d'autre ? » Mais il éprouvait une tristesse imprévue, presque douloureuse, en l'observant.

Elle ouvrit et referma la bouche. Il vit qu'elle avait été prise au dépourvu, entendit les pas qui s'approchaient dans le corridor.

« Crispin, dit-elle en désignant la fenêtre. Allez. Je vous en prie. »

Ce fut seulement en longeant la fontaine pour traverser la cour en direction de l'olivier indiqué, au coin proche de la rue, qu'il se rendit compte qu'elle avait dit son nom.

Il escalada le tronc, sauta sur le sommet du mur. La lune blanche était levée, à demi pleine. Assis sur un mur de pierre au-dessus d'une rue sombre et déserte, il se rappela Zoticus, et le garçon qu'il avait été autrefois, sautant d'un mur dans un arbre. Un enfant, puis un

homme. Il songea à Linon, entendit presque son commentaire sur ce qui venait de se passer. Ou peut-être
avait-il tort : peut-être aurait-elle compris qu'il y avait
ici des motifs plus complexes que le simple désir.

Il rit tout bas, pour lui-même, avec regret. Car il
avait tort en cela aussi : il n'y avait absolument rien de
simple dans le désir. Il leva les yeux, vit une silhouette
se profiler à la fenêtre par où il venait de passer. Léontès.
On referma la fenêtre, on tira les rideaux de la chambre
de Styliane. Crispin demeura immobile dans sa cachette,
assis sur un mur.

Il regarda de l'autre côté de la rue, vit le dôme qui
s'élevait au-dessus des maisons. Le dôme d'Artibasos,
de l'Empereur, de Jad. Le sien ? À ses pieds dans la rue
– étincelle entr'aperçue du coin de l'œil – apparut une
de ces soudaines flammèches nocturnes, absolument
inexplicables, qui caractérisaient Sarance, puis elle s'évanouit, comme les rêves, les vies humaines ou les souvenirs
des mortels. Que reste-t-il jamais après nous ? se demanda
Crispin.

"Ils vont vous envahir plus tard ce printemps"…

Il ne retournait pas chez lui. C'était très loin, chez lui.
Il sauta au bas du mur, traversa la rue et tourna dans
une longue et obscure ruelle en pente. Une prostituée
l'appela dans les ombres, comme une mélopée nocturne.
Il suivit la courbe de la ruelle pour arriver enfin là où
elle donnait sur la place faisant face à la porte de l'Enceinte impériale, avec à sa droite la façade du Sanctuaire.
Des soldats montaient la garde toute la nuit sur le portique. Ils le reconnurent à son approche, le saluèrent d'un
hochement de tête, ouvrirent l'un des massifs battants.
Il y avait de la lumière à l'intérieur. Assez pour lui permettre de travailler.

# CHAPITRE 6

À la même heure, cette nuit-là, battus par le même vent, quatre hommes cheminaient ailleurs dans la Cité sous cette lune qui se levait.

Sarance n'était jamais tout à fait sûre après la tombée de la nuit mais, à quatre, on pouvait penser jouir d'une relative sécurité. Deux des hommes portaient de lourds bâtons. Marchant tous d'un pas assez vif dans le froid, ils ralentirent un peu dans une descente, puis dans une côte : ils avaient bu du vin, et l'un d'eux traînait un pied bot. Le plus âgé, petit et gras, était emmitouflé jusqu'au menton dans un épais manteau, mais jurait chaque fois qu'une bourrasque de vent soulevait des détritus dans la rue obscure.

Il y avait aussi des femmes dehors, réfugiées sous des porches, mais elles étaient peu vêtues, par profession. On pouvait en voir plusieurs s'attarder avec les mendiants sans-abri à la chaleur des fours des boulangers.

L'un des plus jeunes sembla donner quelque indication de vouloir ralentir là aussi, mais celui qui était emmitouflé jura d'une voix enrouée et ils poursuivirent leur chemin. Une femme – une adolescente, en fait – les suivit un moment puis s'arrêta, solitaire dans la rue, avant de retourner vers la chaleur. Ce faisant, elle aperçut une énorme litière à huit porteurs – et non comme d'usage quatre ou six –, qui tournait au coin et descendait la rue à la suite des quatre hommes. Elle avait assez d'expérience pour ne pas essayer de racoler cet aristocrate. S'ils voulaient une femme, ceux-là, ils la choisissaient eux-mêmes. Et s'ils en appelaient une dans une litière close, ce n'était pas nécessairement pour le plus grand bien de la fille. Les riches avaient en cela leurs propres lois, comme dans d'autres domaines.

Aucun des marcheurs n'était sobre. Leur hôtesse les avait abreuvés de vin à la fin d'un festin de noces, et ils venaient juste d'émerger d'une taverne bruyante où le plus âgé d'entre eux en avait acheté plusieurs flacons qu'ils s'étaient partagés.

C'était une longue randonnée, mais Kyros n'y voyait pas d'inconvénient. Strumosus avait été d'une stupéfiante cordialité à la taverne, discutant avec volubilité d'anguilles et de venaison, et du mariage approprié du plat principal et de sa sauce, tel que l'avait décrit Aspalius quatre cents ans plus tôt. Kyros et les autres avaient conscience du fait que leur maître était satisfait de la tournure de la journée.

Ou du moins l'avait-il été jusqu'à ce qu'ils retournent dehors pour constater à quel point il faisait froid, combien l'heure était tardive, et quel long chemin il leur restait à faire dans les rues venteuses jusqu'à l'enclave des Bleus.

Kyros, en l'occurrence raisonnablement à l'épreuve du froid, était trop transporté de joie pour s'en soucier : la combinaison d'un banquet couronné de succès, de trop de vin, d'images vivaces de leur hôtesse – son parfum, son sourire, ses commentaires sur le travail de Kyros à la cuisine – et enfin l'humeur affable et communicative de Strumosus à la taverne... C'était une très bonne journée, avait décidé Kyros. Il aurait voulu être poète pour être à même de décrire toutes ces émotions qui se bousculaient en lui.

Des claquements résonnèrent devant eux. Une demi-douzaine de jeunes gens jaillirent d'une porte basse de taverne. Il faisait trop sombre pour bien les voir : si c'étaient des Verts, ce pouvait être dangereux, avec la saison sur le point de commencer et l'attente qui s'exaspérait. Si courir devenait nécessaire, Kyros serait un problème, il le savait. Les quatre hommes se rapprochèrent les uns des autres.

Ce n'était pas nécessaire, en l'occurrence. D'un pas hésitant, le groupe de la taverne descendit la colline en direction des quais, en essayant de chanter une chanson de marche à la mode. Pas des Verts. Des soldats en permission en ville. Kyros poussa un soupir soulagé. Il jeta un coup d'œil par-dessus son épaule – et ce fut donc lui qui aperçut la litière derrière eux, dans l'obscurité.

Il ne dit mot, continua à marcher avec les autres. Rit comme il se devait de la plaisanterie de Rasic, énoncée d'une voix trop forte, sur les soldats saouls – l'un d'eux s'était arrêté pour vomir dans l'embrasure d'une échoppe. Il regarda de nouveau derrière eux à un tournant, après une boutique de cordonnier et un étal à yogourt, tous deux fermés depuis longtemps pour la nuit : la litière prenait le tournant aussi, calquant son allure sur la leur. Huit hommes la portaient. Les rideaux étaient fermés des deux côtés.

Kyros se sentit envahi d'appréhension. Les litières, la nuit, ce n'était guère inhabituel – les gens aisés avaient coutume de les utiliser, surtout quand il faisait froid. Mais celle-ci suivait trop précisément leur pas et allait trop exactement dans la même direction qu'eux. Quand elle les suivit en diagonale sur la place en contournant la fontaine centrale, puis dans la rue opposée, Kyros se racla la gorge et effleura le bras de Strumosus.

« Je crois… » commença-t-il quand le chef le regarda. Il déglutit. « Il est possible que nous soyons suivis. »

Les trois autres s'immobilisèrent pour regarder derrière eux. La litière s'arrêta derechef, avec ses porteurs vêtus de noir, immobiles et silencieux. La rue était déserte autour d'eux. Portes closes, devantures closes, quatre hommes ensemble, une litière patricienne aux rideaux fermés, le silence, rien d'autre.

La lune blanche flottait dans le ciel au-dessus du dôme cuivré d'une petite chapelle. À quelque distance, une brusque flambée de bruit, des rires bruyants, une autre taverne, d'autres clients qui s'en allaient. Puis le son s'amenuisa et disparut.

Dans le silence immobile, les trois jeunes gens entendirent Strumosus d'Amorie laisser échapper un long soupir, puis jurer, tout bas mais avec une intense conviction.

«Restez là», leur dit-il. Puis il s'éloigna en direction de la litière.

« Merde », murmura Rasic à défaut d'un autre commentaire. Kyros éprouvait le même sentiment : une impression d'oppressante menace.

Ils restèrent silencieux en observant le petit chef cuisinier. Strumosus s'approcha de la litière. Aucun des porteurs ne fit un geste, ne prononça une parole. Le chef cuisinier s'arrêta près des rideaux tirés. Il sembla dire quelque chose, mais ils ne purent l'entendre, pas plus que l'éventuelle réplique en provenance de l'intérieur. Puis Kyros vit le rideau se relever et s'écarter légèrement. Il n'avait pas idée de l'identité de l'occupant, homme ou femme, s'ils étaient plusieurs ou non – la litière était bien assez large pour plus d'un occupant. Il savait seulement que maintenant, il avait peur.

«Merde, répéta Rasic qui regardait aussi.

— Merde, lui fit écho Mergius.

— Taisez-vous, tous les deux », intervint Kyros de façon inhabituelle pour lui.

Strumosus semblait parler de nouveau, puis écouter. Il croisa les bras sur sa poitrine en parlant encore. Au bout d'un moment, le rideau retomba, et la litière finit par faire demi-tour pour s'éloigner en sens inverse, en direction de la place. Strumosus resta où il se trouvait et la regarda disparaître de l'autre côté de la fontaine. Il revint vers les trois jeunes gens. Kyros pouvait bien voir qu'il était troublé, mais il n'osa pas poser de questions.

« Au nom du dieu, qui cela pouvait-il bien être ? » fit Rasic, qui n'éprouvait pas ce genre de scrupules.

Strumosus l'ignora, comme s'il n'avait rien dit. Il se remit en marche ; ils lui emboîtèrent le pas. Personne ne souffla mot, pas même Rasic. Ils arrivèrent à l'enclave sans autre incident, furent reconnus et admis à la lumière des torches.

«Bonne nuit», leur dit Strumosus à l'entrée du dortoir. Puis il s'éloigna sans attendre de réponse.

Rasic et Mergius gravirent les marches, mais Kyros s'attarda sous le porche. Il vit que le chef ne se rendait pas à ses appartements personnels mais traversait la cour en direction des cuisines. Un moment plus tard, des lampes s'y allumèrent. Kyros aurait voulu y aller, mais il ne le fit pas. Ç'aurait été trop présumer. Au bout d'un moment, après une dernière bouffée d'air froid, il rentra comme les autres. Alla se coucher. Ne dormit pas avant longtemps. Cette très bonne journée et cette excellente nuit s'étaient de manière obscure transformées en tout autre chose.

Dans sa cuisine, Strumosus d'Amorie allait et venait avec agilité : il alluma le feu et les lampes, se versa une coupe de vin qu'il allongea judicieusement d'eau, puis saisit un couteau, l'affûta et se mit à hacher des légumes d'un mouvement régulier. Après avoir cassé deux œufs, il y ajouta les légumes, du sel marin, une généreuse pincée de coûteux poivre d'Orient et fouetta le mélange dans le petit bol ébréché qu'il possédait depuis des années et réservé à son seul usage. Il fit chauffer une poêle sur une grille posée sur le feu, l'arrosa d'huile d'olive et se fit cuire cette omelette, en la retournant d'un coup de poignet quand son intuition lui dit qu'elle était prête d'un côté. Ensuite, il posa la poêle sur une pierre plate et, choisissant une assiette au dessin bleu et blanc, il y fit glisser sa création improvisée, en décora la surface de pétales de fleurs et de feuilles de menthe et fit une brève pause pour en évaluer l'effet. "Un chef peu soucieux de la façon dont il se nourrit", aimait-il à dire à ses assistants, "finira par ne pas se soucier de la façon dont il nourrit autrui."

Il n'avait absolument pas faim, mais il était troublé, il avait besoin de cuisiner ; et une fois un plat bien préparé, c'était un vrai crime, selon son interprétation de l'univers de Jad, de n'y point prendre plaisir. Il s'assit sur un tabouret haut dans l'îlot central de travail et mangea seul. But son vin, remplit de nouveau sa coupe, regarda la lumière de la lune blanche tomber dans la cour. Il pensait que Kyros serait venu le rejoindre, et n'aurait pas été totalement opposé à de la compagnie, mais le garçon manquait encore trop de confiance en soi pour suivre ses intuitions.

Strumosus se rendit compte que sa coupe était encore vide. Après une hésitation, il la remplit, en y ajoutant moins d'eau cette fois. Il était rare pour lui de boire autant, mais il ne faisait pas souvent des rencontres comme celle qu'il venait de faire dans la rue.

On lui avait offert un emploi, et il l'avait refusé. C'était la deuxième fois aujourd'hui, de fait. D'abord la jeune danseuse, et puis à l'instant, dans l'obscurité. Pas un problème en soi. Cela lui arrivait souvent. On le connaissait, on désirait ses services, certains en avaient les moyens. Mais il se trouvait bien avec les Bleus. Même si ce n'était pas une cuisine d'aristocrate, c'était une cuisine importante, et il avait l'occasion de faire changer la perception de son art, de sa passion. Les Verts, disait-on, étaient à la recherche d'un maître cuisinier. Strumosus en avait été amusé, et satisfait.

Mais la personne qui lui avait fait cette offre de l'intérieur de sa somptueuse litière, c'était différent. Il la connaissait très bien, en réalité, et il se trouvait à présent en proie à ses souvenirs – y compris ceux de ses silences déférents et complices dans certains cas. "Le passé reste avec nous jusqu'à notre mort", avait écrit Protonias longtemps auparavant, "et nous devenons ensuite le souvenir d'autres personnes, jusqu'à ce qu'elles meurent à leur tour. Pour la plupart des humains, c'est tout ce qui reste après leur disparition. Les dieux l'ont voulu ainsi."

Les anciens dieux eux-mêmes avaient pratiquement disparu, songea Strumosus en contemplant sa coupe de vin. Et combien de gens vivant aujourd'hui se rappelaient Protonias de Trakésie ? Comment, en vérité, laissait-on un nom dans l'Histoire ?

Avec un soupir, il jeta un regard circulaire sur la cuisine familière, dont chaque recoin avait été pensé, alloué à une tâche précise, exemple d'ordre imposé à l'univers. Il va se passer quelque chose, songea soudain le petit chef, seul au milieu des lampes. Il avait cru savoir de quoi il s'agissait – n'avait pas hésité à faire connaître son opinion. Une guerre en Occident : quel homme intelligent pouvait en ignorer les signes ?

Mais parfois réflexion et observation n'étaient pas des clés suffisantes. Parfois, ce qui ouvrait les portes verrouillées, c'était quelque chose dans le sang même, dans l'âme, dans les rêves.

Il n'était plus si sûr de ce qui s'en venait. Mais il savait bien que, si Lysippe le Calysien se trouvait de nouveau à Sarance et se promenait avec sa litière dans l'obscurité, sang et rêves en feraient partie.

"Les souvenirs des autres, jusqu'à ce qu'ils meurent à leur tour"…

Il n'avait pas peur pour lui-même, mais l'idée lui vint à l'esprit de se demander s'il l'aurait dû.

Temps d'aller se coucher. Il n'en avait pas envie. Il finit par somnoler sur place sur son tabouret, plié en deux, ayant repoussé assiette et coupe, la tête posée sur l'oreiller de ses bras joints tandis que les lampes brûlaient lentement leur huile et que l'obscurité s'infiltrait de nouveau dans la cuisine.

◆

Au cœur de cette même nuit, alors que le vent était si cinglant dehors que le dieu semblait vouloir priver sa création du printemps, un homme et une femme buvaient du vin épicé devant une cheminée, le soir de leurs noces.

La jeune femme était assise sur un tabouret rembourré, l'homme sur le plancher à ses pieds, la tête sur sa cuisse. Ils contemplaient les flammes dans un silence caractéristique pour elle, mais non pour lui. La journée avait été bien longue. La jeune femme avait posé une main légère sur l'épaule de l'homme. Ils se rappelaient tous deux d'autres flammes, d'autres chambres. Un léger embarras s'était glissé dans la pièce, la conscience de la chambre – et du lit – juste de l'autre côté de la porte voûtée que barrait un rideau de perles.

L'homme dit enfin : « Tu n'as jamais porté ce parfum auparavant, n'est-ce pas ? Tu n'en portes pas, d'habitude. Non ? »

La jeune femme secoua la tête, se rendit compte qu'il ne pouvait la voir, murmura : « Non. » Et, après une hésitation : « C'est celui de Shirin. Elle a insisté pour me le faire porter cette nuit. »

Il tourna la tête pour la regarder, yeux écarquillés. « Le sien ? Mais alors… c'est le parfum de l'Impératrice ! »

Kasia hocha la tête. « Shirin a dit que je devais me sentir comme une reine cette nuit. » Elle réussit à sourire : « C'est sans danger, je pense. À moins que tu n'aies des invités. »

Leurs invités les avaient quittés quelque temps plus tôt à la porte d'entrée et s'étaient éloignés avec des plaisanteries paillardes et un chœur désordonné de soldats qui chantaient une chanson particulièrement obscène.

Carullus, fraîchement nommé chiliarque de la Deuxième de Cavalerie Calysienne, émit un gloussement bref puis redevint silencieux.

« Je ne peux imaginer désirer quiconque d'autre auprès de moi, dit-il enfin tout bas. Puis : « Et tu n'as nul besoin du parfum d'Alixana pour être une reine ici. »

Kasia eut une mimique ironique, venue du passé, de quand elle vivait dans son village ; ces aspects de sa personnalité semblaient lui revenir peu à peu. « Tu es un flatteur, soldat. Est-ce que ça marchait sur les filles des tavernes ? »

Elle avait été une fille de taverne.

Il secoua la tête, toujours sérieux, concentré. « Je ne l'ai jamais dit. Je n'ai jamais été marié. »

L'expression de Kasia changea, mais Carullus regardait de nouveau le feu et ne s'en aperçut pas. Elle abaissa son regard sur lui. Ce soldat, cet époux. Un grand gaillard aux cheveux noirs, aux épaules larges, aux mains épaisses, à la poitrine musclée. Et elle se rendit brusquement compte, en s'en étonnant, qu'il avait peur d'elle, qu'il craignait de lui faire du mal, ou de la peine.

Quelque chose se tordit en elle tandis que dansait la lueur des flammes. Autrefois, dans son nord lointain, il y avait eu un étang ; elle s'y rendait pour être seule. "*Erimitsu*" : l'ingénieuse. Trop d'intelligence, trop d'ironie. Avant la peste, puis sur une route d'automne, sa mère debout sous la pluie des feuilles, et qui les regardait l'emmener, attachée aux autres filles.

Les dieux du nord, ces vastes étendues battues par les vents, ou Jad, ou le *zubir* de l'Ancienne Forêt, au sud – quelqu'un ou quelque chose l'avait conduite dans la cette pièce, en cet instant. Un refuge, semblait-il. Il y avait une cheminée, des murs. Un homme assis à ses pieds, tranquille. Un endroit à l'abri du vent, pour une fois.

C'était un présent, un don. L'angoisse qui lui serrait le cœur s'intensifia tandis qu'elle contemplait l'homme à ses pieds. Un don. Sa main aussi se resserra sur l'épaule de celui-ci, se déplaça pour lui caresser les cheveux.

« Tu le dis, maintenant. Tu as une épouse, maintenant. Ne l'emmèneras-tu pas se coucher ?

— Oh, Jad », souffla-t-il avec force, comme s'il s'était longtemps retenu de respirer.

Elle se mit bel et bien à rire. Un autre don.

◆

Mardoch, de la Première Légion d'Infanterie Amorienne, avait été rappelé des territoires frontaliers à Déapolis avec sa compagnie – et aucun des officiers ne voulait dire vraiment pour quelle raison, même si chacun avait ses propres hypothèses. Il était presque convaincu qu'il avait été empoisonné par un des plats goûtés dans l'une des tavernes de la nuit. C'était bien sa chance. Sa première vraie permission à la Cité, après six mois dans l'armée impériale, et il était malade comme un chien bassanide, et les vétérans se gaussaient de lui.

Quelques autres l'avaient attendu, les deux premières fois où il avait été forcé de s'arrêter pour vomir tripes et boyaux dans une entrée d'échoppe, mais quand ses entrailles recommencèrent à bouillonner et qu'il se fut assez remis pour se redresser avec précaution, en essuyant son menton mouillé et en frissonnant, adossé au mur dans un vent à vous geler les fesses, il découvrit que les bâtards avaient continué sans lui, cette fois. Il tendit l'oreille, entendit des voix qui chantaient quelque part devant lui, et se détacha du mur pour les suivre.

Outre le chambardement prononcé de ses organes internes, il était loin d'être sobre. Il perdit vite la trace des chanteurs et il n'avait aucune idée de l'endroit où il se trouvait. Il décida de retourner vers le port – ils allaient par là de toute façon – et de trouver soit un autre tripot, soit leur auberge, soit une prostituée. La lune blanche, au levant, lui indiquait une direction. Il ne se sentait plus aussi mal qu'auparavant, non plus, ce qui était une bénédiction de l'éclatant Héladikos, éternel ami du soldat.

Mais il faisait froid, et la pente de la rue semblait plus longue, et les ruelles plus tortueuses que plus tôt dans la soirée. Se maintenir dans la bonne direction s'avérait curieusement difficile. Il voyait sans cesse apparaître et disparaître ces flammèches bizarres… On n'était pas censé en parler, mais c'était extrêmement troublant. Elles le faisaient bondir chaque fois, oui. Mardoch poursuivit son chemin en jurant à mi-voix.

Quand une litière qu'il n'avait pas vue ou entendue arriver se rangea à sa hauteur et qu'une voix aux cassants accents aristocratiques lui demanda si un citoyen pouvait assister un brave soldat de l'Empire, il fut tout à fait heureux d'acquiescer.

Il réussit à saluer, puis grimpa à l'intérieur tandis qu'un des massifs porteurs écartait pour lui le rideau. Il s'installa sur des coussins bien rembourrés, soudain conscient de son odeur peu ragoûtante. L'occupant était encore plus gros que les porteurs – une masse stupéfiante, en fait. Il était énorme. L'intérieur se fit très sombre quand le rideau retomba, et il régnait une odeur un peu sucrée, une espèce de parfum… l'estomac de Mardoch menaça de se vider à nouveau.

« Vous allez vers les quais, je suppose ? demanda le patricien.

— Bien sûr, dit Mardoch en reniflant. Où donc un soldat pourrait-il trouver une pute à des prix abordables ? Excusez mon langage, votre Seigneurie.

— Il vaut mieux se méfier des femmes par ici », remarqua l'autre. Sa voix était particulière, bizarrement haut perchée, très précise.

Mardoch haussa les épaules : « C'est ce que tout le monde dit. » Il faisait chaud là-dedans, les coussins étaient d'un moelleux époustouflant. Il aurait presque pu s'endormir. Dans l'obscurité, les détails du visage de l'autre étaient difficiles à discerner. Sa masse, c'était tout ce qu'on pouvait percevoir.

« Tout le monde est sage. Voulez-vous du vin ? »

Deux jours plus tard, quand on fit l'appel à Déapolis, pour la Première Amorienne, Mardoch de Sarnica serait l'un des trois hommes manquants et, selon la routine, déclarés déserteurs. Cela arrivait aux jeunes soldats qui se rendaient dans la Cité et se trouvaient exposés à ses tentations. On les avertissait tous, bien entendu, avant de les laisser partir en permission. Les hommes qu'on reprenait pouvaient se faire crever les yeux ou mutiler pour désertion, selon leurs officiers. Pour le premier délit, après un retour volontaire, la punition était en général le fouet. Mais avec les rumeurs de plus en plus répandues de guerre, et la frénésie de construction dans les chantiers navals de Déapolis et sur l'autre rive du détroit, de l'autre côté des petites îles boisées, les soldats savaient que ceux qui ne revenaient pas de leur propre gré pouvaient s'attendre à bien pis si on les retrouvait. En temps de guerre, pour désertion, on vous exécutait.

En l'espace d'un jour ou deux, certaines rumeurs deviendraient plus précises. L'armée orientale allait perdre la moitié de sa solde, à ce qu'on disait. Puis quelqu'un entendit qu'on la perdrait en totalité. Une histoire de terres accordées en échange. Des terres, à la lisière du désert ? Cela n'amusa personne. Ces plans concernaient ceux qui allaient rester en Orient. Les autres partaient en guerre – dans ces bateaux qu'on était en train de fabriquer bien trop vite pour la tranquillité d'esprit des fantassins. Voilà donc pourquoi on leur avait ordonné de venir à Déapolis. Pour faire voile vers l'Occident, la Batiare, bien loin de chez eux, pour combattre les Antæ et les Inicii – ces tribus sauvages et sans dieu qui dévoraient la chair rôtie de leurs ennemis et buvaient leur sang encore fumant, transperçaient à coups de couteau le ventre des soldats et les violaient par ces orifices avant de les castrer, de les écorcher et de les pendre dans des chênes par les cheveux.

Deux des trois soldats manquants reviendraient à la compagnie le second jour, livides et craintifs, encore plus mal en point de s'être livrés à des beuveries répétées. Ils prendraient leurs coups de fouet, se feraient soigner par le médecin de la compagnie à grand renfort de vin versé sur leurs blessures et dans le gosier, la routine. Mardoch de Sarnica ne revint pas ; de fait, on ne le retrouva jamais. Un bien chanceux bâtard, décideraient quelques-uns de ses compagnons, en surveillant avec inquiétude les bateaux qu'on leur construisait.

« Voulez-vous prendre du vin ? » avait demandé la voix cassante à Mardoch, dans l'obscurité tiède de la litière bien close. Le mouvement des porteurs était régulier, apaisant.

Question idiote à poser à un soldat. Bien sûr qu'il prendrait du vin. La coupe était lourde, sertie de pierres précieuses, le vin sombre, excellent. L'autre le regarda vider la coupe.

Quand il la tendit pour une nouvelle rasade, l'énorme patricien secoua la tête avec lenteur dans la pénombre exiguë et parfumée. « Ce sera suffisant, je pense », dit-il. Mardoch cligna des yeux. Il eut une sensation confuse, brouillée, une main qui se posait sur sa cuisse et ce n'était pas sa main à lui.

Il s'imagina dire : « Va te faire foutre ! »

◆

Rustem était médecin, et il avait passé trop de temps à Ispahane pour être choqué ou surpris par les anneaux métalliques vissés dans les montants du lit ou les autres instruments plus délicats trouvés dans la chambre qu'on lui indiqua dans la petite et élégante maison d'amis du sénateur, près des triples murailles.

C'était, conclut-il, une chambre où Plautus Bonosus avait de toute évidence coutume de se divertir du confort – et des contraintes – de sa vie familiale.

Guère inhabituel : dans le monde entier, les aristocrates se livraient à des variantes de ce genre de comportement lorsque leur existence leur permettait une certaine vie privée. Kérakek ne possédait pas de pareille demeure, bien entendu. Tout le monde au village savait ce que tout le monde faisait, de la forteresse à la dernière hutte.

Rustem replaça dans le sac de cuir l'assortiment de minces anneaux d'or – conçus, il l'avait enfin compris, pour s'adapter à des organes masculins de tailles variées. Après avoir tiré les cordons du sac, il le déposa de nouveau dans le coffre doublé de cuivre où il l'avait pris, avec des écharpes de soie, des morceaux de corde et quantité d'autres objets aux destinations plus obscures. Le coffre n'avait pas été verrouillé et la chambre était désormais la sienne, puisqu'il était l'invité du sénateur ; il n'éprouvait aucune vergogne à l'explorer tout en rangeant ses propres affaires. Il espionnait pour le Roi des rois. Il devait développer ses talents en la matière. Se débarrasser de ses scrupules. Shirvan le Grand et ses conseillers seraient-ils intéressés à connaître les inclinations nocturnes du Maître du Sénat sarantin ?

Après avoir refermé le coffre, Rustem jeta un coup d'œil au feu qui baissait dans la cheminée. Il pouvait le regarnir lui-même, bien sûr, mais il en décida autrement. Les objets qu'il venait d'examiner et de manipuler avaient engendré en lui des émotions inattendues, en lui faisant prendre conscience de la distance considérable qui le séparait de ses épouses. Malgré la fatigue résultant d'une longue et turbulente journée – laquelle avait commencé par une mort violente – Rustem pouvait noter en lui, avec une expertise toute professionnelle, des indices d'excitation sexuelle.

Il alla à la porte, l'ouvrit et appela quelqu'un pour s'occuper du feu. C'était une petite maison ; une réponse monta aussitôt du rez-de-chaussée. Avec une certaine satisfaction, il vit bientôt entrer la jeune servante – Élita, s'était-elle identifiée plus tôt –, les yeux poliment baissés. Ç'aurait pu être l'intendant plutôt zélé, mais l'autre était évidemment au-dessus de ce genre de tâche et dormait probablement déjà. L'heure était tardive.

Rustem, assis sur le rebord de la fenêtre, observa la jeune femme qui attisait les flammes et balayait les cendres. Quand elle eut terminé et se fut redressée, il dit d'un ton bienveillant : « J'ai tendance à avoir froid la nuit, petite. Je préférerais que tu restes. »

Elle rougit, mais ne refusa pas. Il savait qu'elle ne le ferait point, pas dans une telle demeure. Et il était un honorable invité.

Elle s'avéra moelleuse, d'une agréable tiédeur, et accommodante sinon vraiment experte. Il le préférait ainsi, d'une certaine façon. S'il avait désiré une expérience érotique plus intense, il aurait fait venir une prostituée coûteuse. C'était Sarance. On pouvait avoir n'importe quoi ici, à ce qu'on disait. N'importe quoi au monde. Il traita la fille avec gentillesse, la laissa rester au lit avec lui ensuite. Son lit à elle ne devait guère être qu'une paillasse dans une pièce froide au rez-de-chaussée, et l'on pouvait entendre le vent siffler dehors.

Alors qu'il commençait à dériver dans le sommeil, il lui vint à l'esprit que les serviteurs avaient peut-être bien reçu l'ordre de surveiller de près le visiteur bassanide – ce qui aurait aussi bien expliqué l'acquiescement facile de la fille. C'était à la fois amusant et troublant. Mais il était trop fatigué pour y réfléchir. Il s'endormit. Et rêva de sa fille, celle qu'il allait perdre quand le Roi des rois l'élèverait à la gloire et à la caste religieuse.

La fille, Élita, se trouvait encore avec lui un peu plus tard quand toute la maisonnée fut réveillée par des coups redoublés à la porte, en plein cœur de la nuit.

◆

Dans sa litière qui traversait l'obscurité pour se rendre de l'Enceinte impériale à sa propre demeure en ville, et accompagnée d'une escorte à cheval imprévue, Gisèle décida de ses intentions bien avant d'être arrivée à destination.

Peut-être y regagnerait-elle une certaine fierté : ce serait son choix à elle, sa propre décision. Ce qui ne voulait pas forcément dire qu'elle réussirait. Il y avait maintenant en cours tant d'autres plans et machinations – à Sarance et en Batiare – que la chance jouait contre elle de façon accablante. Il en avait toujours été ainsi, depuis la mort de son père et le moment où les Antæ avaient avec réticence couronné son unique enfant survivante. Mais au moins pouvait-elle penser, agir, et non se laisser ballotter comme une barque sur la grande vague des événements.

Elle avait par exemple pleinement su ce qu'elle faisait lorsqu'elle avait envoyé un artisan amer et colérique de l'autre côté du monde avec une offre de mariage pour l'empereur de Sarance. Elle se rappelait comme elle s'était tenue devant cet homme, Caius Crispus, seule dans son palais, une nuit, et l'avait laissé la regarder, exigeant qu'il l'examinât avec attention.

"Vous pourrez dire à l'Empereur que vous avez vu la reine des Antæ de très près…"

Elle s'empourpra à ce souvenir. Après ce qu'elle venait de vivre au palais, l'étendue de son innocence était bien évidente. Il était plus que temps d'en perdre un peu. Mais elle ne pouvait même pas vraiment imaginer quel plan sa décision pourrait bien servir – ce plan où courait encore un fil de crainte indigne d'elle. Elle savait seulement qu'elle irait jusqu'au bout de cette décision.

Elle souleva un peu le rideau, put voir le cheval qui marchait toujours à la hauteur de sa litière. Reconnut la porte d'une chapelle. La résidence était proche. Elle prit une profonde inspiration, essaya de trouver divertissante sa crainte, cette primitive angoisse.

Il s'agissait seulement, se dit-elle, de mettre en jeu un élément nouveau, qui viendrait d'elle pour une fois, et de voir quelles répercussions cela susciterait. Dans le chaos turbulent d'événements majeurs, on se servait de ce qui vous tombait sous la main ou vous venait à l'esprit, comme toujours, et elle avait décidé de considérer son propre corps comme une pièce du jeu. Dans la partie qui se jouait.

Les reines n'avaient vraiment pas le luxe de se considérer autrement. Dans l'élégante salle du palais, cette nuit, l'empereur de Sarance lui avait ôté toute illusion de consultation, de négociation, de diplomatie qui aurait pu retarder pour la Batiare la vérité tranchante et métallique de la guerre.

Le voir dans cette petite salle ravissante avec son impératrice, la voir, elle, avait également fait disparaître d'autres illusions de Gisèle. Dans cette pièce au luxe renversant, avec ses tissus, ses tentures murales, ses chandeliers d'argent, au milieu de l'acajou, du bois de santal, de l'encens et du cuir de Soriyie, avec un disque solaire d'or au-dessus de chaque porte et un arbre d'or où se perchaient une dizaine d'oiseaux sertis de gemmes, elle avait eu l'impression que les personnes présentes étaient au centre même de l'univers en mouvement. Ici se trouvait le cœur de toutes choses. Il lui avait semblé voir des images soudaines et violentes de l'avenir danser en tourbillonnant dans l'atmosphère illuminée par le foyer, filant à des vitesses vertigineuses sur les murs tandis que la pièce restait pourtant immobile, comme les oiseaux dans les branches dorées de l'arbre de l'Empereur.

Valérius allait partir en campagne contre la Batiare.

Il en avait pris la décision depuis longtemps, avait-elle enfin compris. Il était homme à prendre ses propres décisions et il envisageait les générations encore à naître autant que celles sur lesquelles il régnait. Elle l'avait rencontré, maintenant, elle le voyait fort bien.

Elle-même, sa présence à Sarance, pouvait ou non aider Valérius. Un outil tactique. Peu importait, pas dans la perspective plus vaste qui était la sienne. Pas plus que les opinions d'autrui. Ni celles du Stratège, ni celles du Chancelier, pas même celles d'Alixana.

L'empereur de Sarance, cet homme contemplatif, courtois et si sûr de lui, avait une vision : Rhodias reconquise, l'unité retrouvée de l'Empire divisé. Pareilles visions grandioses pouvaient être dangereuses, pareille ambition pouvait tout écarter. Il veut laisser un nom, avait-elle pensé en s'agenouillant devant lui pour dissimuler son expression, puis en se redressant, impassible. Il veut que ce soit le souvenir qu'on gardera de lui.

Les hommes étaient ainsi. Même les sages. Son père n'avait pas fait exception. Cette terreur de mourir et d'être oublié… Perdu pour la mémoire d'un monde qui continuait sans vous, impitoyable. Elle s'examinait et ne pouvait discerner en elle pareil désir brûlant. Elle ne voulait être ni haïe ni méprisée lorsque Jad l'appellerait à lui derrière le soleil, mais elle n'aspirait pas avec une farouche passion à savoir son nom chanté à travers les âges, ou à voir préserver son visage et sa silhouette dans de la mosaïque ou du marbre, pour l'éternité – ou pour le temps que duraient pierre et verre.

Ce qu'elle chérissait, comprenait-elle avec mélancolie, c'était l'idée du repos final, quand arrivait la fin. Son corps auprès du corps de son père dans ce modeste sanctuaire non loin des murailles de Varèna, son âme baignant dans la grâce du dieu adopté par les Antæ. Une telle grâce était-elle permise ? Ou possible ?

Plus tôt, au palais, en croisant un instant le regard attentif du chancelier Gésius, l'eunuque, elle avait cru y voir de la pitié et de la compréhension. Un homme qui avait survécu pour servir trois empereurs devait avoir quelque expérience des fortunes capricieuses du monde.

Mais Gisèle s'y trouvait encore prise, jeune, et vivante, et bien loin du détachement de la sérénité ou de la grâce. La colère l'étranglait. Elle haïssait la simple idée qu'on pût éprouver de la pitié à son égard. Une Antæ,

une *rein*e des Antæ ? La fille d'Hildric ? De la *pitié* ?
C'était assez pour se sentir des envies de meurtre.

Ce soir, en la circonstance, le meurtre n'était pourtant
pas une possibilité. Il y en avait d'autres, incluant son
propre sang répandu. Une ironie. Bien entendu.

L'univers en débordait.

La litière s'arrêta. Gisèle releva de nouveau le rideau,
vit l'entrée de son palais, encadrée par les torches nocturnes allumées dans leurs supports sur les murs. Elle
entendit celui qui l'escortait mettre pied à terre, vit son
visage apparaître devant elle : son souffle émettait des
petits nuages de vapeur dans l'air glacé de la nuit.

« Nous sommes arrivés, très gente Dame. Je suis navré
qu'il fasse si froid. Puis-je vous aider à descendre ? »

Elle lui sourit. Découvrit qu'elle pouvait fort aisément sourire. « Venez donc vous réchauffer. Je ferai
préparer du vin chaud avant que vous ne repartiez dans
le froid. » Elle le regardait bien en face.

La pause fut brève. « J'en suis fort honoré », dit
Léontès le Doré, Stratège suprême des armées sarantines. À son intonation, on pouvait le croire. Et pourquoi
pas ? Elle était reine.

Il lui tendit une main pour l'aider à quitter la litière.
L'intendant de Gisèle avait déjà ouvert la porte d'entrée
principale. Le vent tourbillonnait en bourrasques. Ils
entrèrent. Elle fit allumer des feux par les serviteurs, au
rez-de-chaussée et à l'étage, et leur fit préparer du vin
chaud épicé. Avec Léontès, elle s'assit devant la plus
grande cheminée, dans la salle de réception, et ils discutèrent de sujets nécessairement banals. Des chariots,
des actrices, ce petit mariage chez la danseuse des Verts.

La guerre s'en venait.

Valérius le leur avait dit cette nuit, et le monde avait
changé.

Ils parlèrent des jeux à l'Hippodrome, du vent inhabituel en cette saison alors que l'hiver aurait dû être
terminé. Léontès, à l'aise, détendu, lui parla d'un Fou
de Dieu qui venait apparemment de s'installer sur un
rocher devant l'une des portes des murailles donnant sur

la terre, et qui avait fait serment de ne pas en descendre tant que les païens, les hérétiques et les Kindaths n'auraient pas été chassés de la Cité Sainte. Un homme dévot, dit-il en secouant la tête, mais qui ne comprenait pas les réalités du monde.

Il était important, acquiesça-t-elle, de comprendre les réalités du monde.

Le vin arriva, plateau d'argent, coupes d'argent. Léontès leva la sienne à la santé de Gisèle, poliment, en rhodien. Il était d'une courtoisie sans faille. Et le serait même s'il ravageait sa contrée à la tête d'une armée, incendiait et rasait Varèna, et déterrait les ossements de son père. Il préférerait sincèrement ne rien incendier, bien entendu. Mais le ferait s'il le devait. Au nom du dieu.

Elle pouvait sentir son cœur battre à tout rompre, mais ses mains ne tremblaient pas, ne révélaient rien. Elle renvoya ses femmes, puis son intendant. Quelques instants plus tard, elle se leva en posant sa coupe – sa décision à elle, son acte à elle. Elle traversa la pièce pour s'immobiliser devant le siège de Léontès, les yeux baissés sur lui. Sourit après avoir mordillé sa lèvre inférieure. Il lui sourit en retour, prit le temps de vider sa coupe avant de se lever, tout à fait à l'aise, en homme accoutumé à ce genre de situation. Chéri de la fortune. Elle le prit par la main, lui fit gravir à sa suite l'escalier et le mena dans son lit.

Il la meurtrit, n'ayant pas prévu sa virginité, mais depuis les commencements du monde les femmes avaient connu ce genre de douleur et Gisèle s'obligea à l'accueillir. Il fut surpris, puis visiblement satisfait en voyant les gouttelettes de sang sur les draps. Vanité. La conquête d'une royale forteresse.

Il eut des paroles généreuses pour dire à quel point il était honoré et surpris. Un courtisan au moins autant qu'un soldat. De la soie sur des faisceaux de muscles, une fois dévote derrière l'épée et la torche. Elle sourit sans parler. S'obligea à l'attirer vers elle pour recommencer, ce corps dur de soldat, couturé de cicatrices.

Elle savait ce qu'elle faisait. En ignorait totalement l'éventuelle utilité. Son corps, un nouveau pion en jeu dans la partie. La deuxième fois, la face enfoncée dans un oreiller, elle avait plus d'une raison de verser des larmes dans la nuit ténébreuse.

◆

Scortius songea à aller aux écuries, mais il y avait apparemment des circonstances, des états d'esprit que ne parviendrait pas à résoudre un aparté avec son cheval Servator dans la stalle d'acajou que les Bleus lui avaient construite.

Autrefois – il y avait longtemps, il n'y avait pas si longtemps – tout ce qu'il avait désiré, c'était de se retrouver parmi des chevaux, dans leur univers. Et maintenant, encore jeune sous bien des aspects, il possédait le plus magnifique étalon du monde, il était l'aurige le plus couvert d'honneurs de toute la création divine, et pourtant, cette nuit, la réalisation de ses rêves ne suffisait plus à l'apaiser.

Consternante vérité.

Il avait assisté aujourd'hui à des noces, vu un soldat de ses amis, qu'il appréciait, épouser une femme évidemment digne de lui. Il avait bu un peu trop parmi des gens pleins d'entrain. Et, à la cérémonie puis à la réception subséquente, il avait vu la femme qui troublait ses nuits. Avec son époux, évidemment.

Il n'avait pas su que Plautus Bonosus et sa seconde épouse se trouveraient parmi les invités. Passer une journée presque entière en la présence de cette femme, c'était… pénible.

Et l'indéniable bonne fortune qui semblait caractériser son existence ne suffisait pas à régler son problème. Était-il terriblement trop exigeant ? Il désirait trop ? C'était ça ? Gâté comme un enfant boudeur, il en demandait trop au dieu et à son fils ?

Il avait enfreint une de ses règles, cette nuit, une règle très ancienne. Il s'était rendu chez elle dans l'obscurité, après la fin de la fête nuptiale. Absolument certain que Bonosus serait ailleurs, qu'avec l'humeur paillarde suscitée par les plaisanteries de la fête, les habitudes bien connues, quoique discrètes, du sénateur manifesteraient leurs exigences et qu'il passerait la nuit dans la demeure plus modeste qu'il conservait pour son usage privé.

Eh bien, non. Inexplicablement, non. Scortius avait vu des lumières aux fenêtres grillagées de l'étage donnant sur la rue, dans la demeure principale du sénateur Bonosus. Un serviteur secoué de frissons qui rallumait des torches murales éteintes par le vent était descendu de son échelle pour l'informer, moyennant une modeste somme, que le sénateur se trouvait en effet chez lui, en tête-à-tête avec son épouse et son fils.

Scortius avait remonté sur son visage le collet de son manteau jusqu'à ce que ses pas l'eussent entraîné dans les ruelles étroites de la Cité. À son passage, une femme l'avait hélé de sous un porche : « Laisse-moi te réchauffer, soldat ! Viens avec moi ! Ce n'est pas une nuit à dormir tout seul. »

Non, Jad le savait. Il se sentait vieux. En partie le vent, le froid : son bras gauche, fracturé des années plus tôt, une blessure parmi bien d'autres, lui faisait mal quand le vent était rude. Humiliante infirmité de vieillard, songea-t-il, saisi de dégoût. Comme l'un de ces vieux soldats à la démarche claudiquante, appuyé sur des béquilles, auquel on concédait un tabouret près du feu dans les tavernes à soldats, et qui restait assis là toute la nuit en faisant subir aux imprudents, pour la dixième fois, le récit mortellement ennuyeux d'une campagne mineure, trente ans plus tôt, aux temps jadis où le grand et glorieux Apius était l'empereur bien-aimé de Jad et où les choses ne s'étaient pas détériorées pour en arriver aux tristes conditions actuelles, et ne pouvait-on donner à un vieux soldat de quoi s'humecter le gosier ?

Voilà bien ce qu'il pourrait devenir, songea amèrement Scortius. Édenté, mal rasé, dans un cubicule de *La Spina*, en train de raconter cette splendide course d'autrefois, sous le règne de Valérius II, quand il avait…

Il se surprit à se masser le bras, s'interrompit avec un juron à voix haute. Mais son bras le faisait vraiment souffrir. Il n'y avait pas de courses de chars en hiver, ou il aurait eu bien des problèmes à faire virer un quadrige. Crescens des Verts n'avait absolument pas eu l'air mal en point, cet après-midi, et pourtant, il devait avoir eu son compte de blessures, depuis le temps. Tous les conducteurs de chars. Le Premier Conducteur des Verts était de toute évidence fin prêt pour sa deuxième saison dans l'Hippodrome. Plein d'assurance, d'arrogance même – comme il se devait.

Les Verts avaient fait venir du sud quelques nouveaux chevaux, gracieuseté d'un partisan qui était aussi un militaire de haut rang. D'après les sources d'Astorgus, il y en avait deux ou trois qui étaient exceptionnels. Scortius savait que les Verts avaient au moins un extraordinaire cheval de flanc droit, échangé par les Bleus dans une transaction qu'il avait encouragé Astorgus à accepter. Donnant, donnant – dans ce cas, un conducteur. Mais s'il voyait juste au sujet de ce cheval et de Crescens, le porteur d'étendard des Verts se serait bien vite approprié l'étalon pour son propre attelage, et en serait d'autant plus formidable.

Scortius ne s'en souciait guère. Il se réjouissait même à l'idée qu'on pouvait croire possible de lui faire concurrence. Cela ranimait sa flamme, qui avait bien besoin de l'être après tant d'années d'invincibilité. Un Crescens formidable, c'était tout à fait bon pour lui et pour l'Hippodrome. Assez facile à comprendre. Mais il ne donnait pas dans la facilité, cette nuit. Rien à voir avec les chevaux ni son bras, en réalité.

"… pas une nuit à dormir tout seul"…

Bien sûr que non, mais parfois une copulation mercenaire sous un porche ou ailleurs n'était pas ce qu'on désirait réellement. Sur sa table, chez lui, dans l'entrée, il y avait des messages de femmes qui seraient ravies de soulager le fardeau de sa solitude, cette nuit, même à une heure aussi tardive. Ce n'était pas ce qu'il désirait, même si ce l'avait été pendant longtemps.

La femme pour laquelle il avait gravi la colline dans le vent coupant s'était… retirée en tête-à-tête avec son époux, avait dit le serviteur. Quoi que cela pût bien signifier.

Il poussa un autre juron féroce. Pourquoi ce maudit Maître du Sénat n'était-il pas quelque part à jouer à ses jeux nocturnes avec le dernier adolescent à la mode cette saison ? Qu'est-ce qui allait de travers chez Bonosus, au nom de Jad ?

C'est à ce moment qu'il avait pensé aller aux écuries, alors qu'il marchait seul (un acte un peu téméraire, mais on n'amenait ordinairement pas des compagnons quand on allait rendre une visite nocturne à sa maîtresse avec l'intention d'escalader son mur). Il n'était pas loin de l'enclave des Bleus. Il y ferait chaud ; il y aurait les odeurs et les bruits des chevaux, qu'il connaissait et chérissait depuis toujours. Il pourrait même trouver quelqu'un qui ne dormait pas aux cuisines pour lui offrir une dernière coupe de vin et un morceau à manger tranquillement.

Il ne voulait pas réellement boire ni manger. Ni même la présence de son cheval bien-aimé. Ce qu'il désirait lui était refusé, et le degré de frustration qu'il en éprouvait était peut-être précisément ce qui le dérangeait le plus. Cela paraissait enfantin. Ses lèvres frémirent à cette ironie : se sentait-il vieux, ou trop jeune, ou les deux ? Plus que temps de se décider, n'est-ce pas ? Il examina la question et choisit : il aurait voulu être de nouveau un adolescent, rien qu'un adolescent ou bien, à défaut de cela, se trouver seul dans une chambre en compagnie de Thénaïs.

Il vit se lever la lune blanche. Longea une chapelle des Veilleurs et, tout en marchant plein est, put entendre les incantations à l'intérieur. Il aurait pu entrer quelques instants à l'abri du froid, partager une prière avec les saints hommes, mais le dieu et son fils, en cet instant précis, ne lui offraient pas non plus de réponses.

Peut-être l'auraient-ils fait s'il avait été meilleur, plus pieux, mais il ne l'était pas, et ils demeuraient silencieux, et c'était tout. Il aperçut un vif éclat de flamme bleutée plus bas dans la rue – un rappel de la présence parmi les mortels de l'entre-deux-mondes qui n'était jamais très loin dans la Cité. Et il en arriva soudain, en cet instant, à une décision surprenante.

Il pouvait escalader un autre mur.

S'il était éveillé, dans la rue, et agité à ce point, peut-être pouvait-il faire bon usage de son humeur. Aussitôt, sans se donner le temps d'hésiter, il quitta la rue et tourna à angle droit dans une ruelle.

Il marchait d'un pas vif en restant dans les ombres, se figea dans une entrée quand il vit un groupe de soldats saouls qui chantaient en sortant pêle-mêle d'une taverne. Il resta là un moment pour observer une litière massive qui sortait des ténèbres à l'autre extrémité de la rue pour tourner dans la rue fortement pentue qu'ils avaient empruntée en direction du port. Il y réfléchit un moment, haussa les épaules. La nuit était toujours propice aux histoires. On mourait, on naissait, on trouvait l'amour ou le chagrin.

Il gravit la côte en sens inverse, en se frottant le bras par moments, jusqu'à être revenu à la rue et à la demeure où il avait passé la majeure partie de l'après-midi et de la soirée à fêter des noces.

La maison offerte par les Verts à leur meilleure danseuse était belle, bien entretenue et située dans un excellent quartier. Elle possédait un large portique, un solarium et un balcon aux proportions harmonieuses donnant sur la rue. Il s'était déjà rendu dans cette maison auparavant, de fait, pour rendre visite aux précédents occupants. Ceux-ci plaçaient parfois leur lit dans la pièce d'en avant, en utilisant le solarium comme une extension, un endroit d'où observer la vie en contrebas. Parfois la chambre donnant sur la rue était un salon, avec la chambre à coucher à l'arrière, au-dessus de la cour intérieure.

Sans guère d'autre ressource que son instinct, il décida que Shirin des Verts n'était pas le genre de personne à s'installer au-dessus de la rue. Elle passait une assez grande partie de ses jours et de ses nuits à regarder des gens du haut d'une scène. Elle devait dormir au-dessus de la cour. Malheureusement, les maisons étaient si serrées les unes contre les autres ici qu'il n'y avait pas moyen d'accéder aux cours par la façade.

Il regarda les deux côtés de la rue déserte. Des torches brûlaient ici et là sur les murs ; le vent en avait éteint quelques-unes. Il soupira en levant les yeux. Sans faire de bruit, avec l'adresse d'une longue habitude, il se rendit à l'extrémité du portique, escalada le balustre de pierre et tendit les bras pour s'agripper puis se hisser sur le toit du porche, d'un seul mouvement souple.

On développait des muscles des jambes et du torse très puissants, après des années passées à maîtriser les chevaux d'un quadrige.

On se blessait, aussi. Il fit une pause assez longue pour laisser échapper un son étranglé de douleur : son bras. Il devenait vraiment trop vieux pour ce genre de plaisanterie.

Du toit du portique au balcon du solarium, il fallait exécuter un court saut à la verticale, s'agripper de nouveau solidement puis se hisser jusqu'à ce qu'on puisse passer un genou et faire levier. Ça lui aurait simplifié la vie si Shirin avait choisi de coucher dans le solarium, en effet. Mais ce n'était pas le cas, comme il l'avait supposé. Un coup d'œil à l'intérieur lui montra de l'obscurité, quelques bancs, une tenture sur le mur, au-dessus d'un buffet. C'était une salle de réception.

Après un autre juron, il longea le balcon, en équilibre sur la balustrade. Au-dessus, le toit était plat, comme partout dans le voisinage, aucun rebord, afin de laisser la pluie s'écouler. Difficile de trouver un appui. Cela aussi il se le rappelait d'une expérience précédente. D'autres maisons. Une chute était possible, si sa prise glissait. Le sol était loin. Il imagina un serviteur ou un esclave le trouvant mort dans la rue au matin, le cou brisé. Une hilarité soudaine l'envahit. Il était d'une incroyable témérité, et il le savait.

Thénaïs aurait dû être seule chez elle. Elle ne l'avait pas été. Et lui, il était ici, escaladant le toit d'une autre femme, dans le vent.

Des pas résonnèrent dans la rue en contrebas. Il resta immobile, les deux pieds sur la balustrade, une main sur une colonne du coin pour garder l'équilibre, jusqu'à ce qu'on s'éloignât. Puis il lâcha la colonne et sauta de nouveau, les deux mains à plat sur le toit – unique façon de procéder avec succès – pour se hisser au sommet, avec un grognement. Un mouvement difficile, et qui lui coûta.

Il resta étendu un moment sur le dos, déterminé à ne pas se frotter le bras, les yeux perdus dans les étoiles et la lune blanche. Le vent soufflait. Jad avait fait des hommes de bien sottes créatures, conclut-il. Les femmes étaient en général plus sages. La nuit, elles dormaient. Ou s'enfermaient avec leur époux. Quoi que cela pût bien signifier.

Il rit cette fois, tout bas, pour se moquer de lui-même, et se releva. D'un pas léger, il se rendit à l'endroit où le toit se terminait, dévoilant la cour intérieure en contrebas. Une petite fontaine, encore sans eau en cette fin d'hiver, des bancs de pierre autour, des arbres dénudés. L'éclat de la lune blanche, des étoiles. Une nuit venteuse, d'une étincelante clarté. Il se rendit compte qu'il se sentait soudain heureux. Extrêmement vivant.

Il savait exactement où devait se trouver la chambre de Shirin, pouvait en apercevoir plus bas l'étroit balcon. Il jeta un autre coup d'œil à la lune pâle. Les Kindaths l'appelaient "sœur du dieu". Une hérésie, mais on pouvait parfois – en privé – les comprendre. Il regarda par-dessus le bord du toit. Redescendre serait plus facile. Il se mit à plat ventre, laissa ses jambes pendre dans le vide, s'étira le plus bas possible, à bout de bras. Puis il atterrit sans bavure sur le balcon, accroupi, en silence, tel un amant ou un voleur. Il se redressa, s'avança sans bruit pour scruter une chambre de femme à travers les deux battants vitrés de la porte. Curieusement, l'un d'eux était entrouvert sur la nuit froide. Il regarda le lit. Personne.

« Une flèche vous vise au cœur. Restez où vous êtes. Mon serviteur se fera un plaisir de vous abattre si vous ne vous nommez pas », dit Shirin des Verts.

Il lui sembla sage de rester sur place.

Il ignorait réellement comment elle avait pu s'apercevoir de sa présence, appeler un garde. Il songea ensuite, bien tard, à se demander pourquoi il avait pensé qu'elle dormirait seule.

"Nommez-vous", avait-elle dit. Il avait quand même un certain amour-propre.

« Je suis Héladikos, fils de Jad, déclara-t-il avec gravité. Le chariot de mon père est là. Voulez-vous faire un tour avec moi ? »

Il y eut un silence.

« Oh, ciel, dit Shirin, d'un ton différent. C'est vous ? »

Quelques mots bas et rapides renvoyèrent le garde. Après son départ, elle ouvrit elle-même la porte du balcon et Scortius, en faisant une petite pause pour s'incliner devant elle, entra dans sa chambre. On frappa un coup léger à la porte ; Shirin traversa la pièce pour aller l'entrouvrir, accepta une mince bougie allumée d'une servante brièvement révélée dans le couloir, puis referma la porte. Elle alla allumer elle-même lampes et bougies dans la pièce.

Les couvertures étaient en désordre. Elle avait bel et bien été endormie, mais se trouvait maintenant tout habillée, une robe de chambre vert foncé boutonnée très haut sur ses vêtements de nuit, si elle en portait. Ses cheveux sombres, coupés courts, lui arrivaient aux épaules – une mode qui commençait à se répandre ; Shirin des Verts lançait des modes pour toutes les femmes de Sarance. Ses pieds nus à la forte cambrure se mouvaient avec une légèreté dansante sur le sol. Scortius ressentit, en l'observant, un brusque élancement de désir. C'était une femme fort séduisante. Il défit son manteau, le laissa tomber derrière lui. Le retour de la chaleur lui rendait un certain contrôle de soi ; il avait une longue expérience de ce genre de rencontre. Elle en finit avec les bougies, se retourna vers lui.

« Si je comprends bien, Thénaïs se trouve avec son époux ? »

C'était demandé avec de si grands yeux innocents…

Il déglutit avec peine. Ouvrit et referma la bouche. Regarda la jeune femme s'asseoir, toujours souriante, sur un siège rembourré près du feu qui couvait.

«Asseyez-vous, Aurige, murmura-t-elle avec un calme exquis, le dos bien droit. Une de mes femmes va nous apporter du vin.»

Avec un mélange d'extrême confusion et de soulagement bien réel, il se laissa tomber sur le siège qu'elle lui désignait.

C'était un homme séduisant jusqu'à l'absurde, là était le problème. Alors qu'il abandonnait son manteau, encore vêtu de blanc après les noces, Scortius paraissait d'une éternelle jeunesse, insensible à toutes les douleurs, aux doutes et aux infirmités des humbles mortels.

Elle avait été en train de dormir, seule, par choix, évidemment. Jad savait qu'il y en avait assez pour lui offrir du réconfort dans le noir si elle le leur demandait ou le leur permettait. Mais, avait découvert Shirin, le plus grand luxe que pouvait offrir le statut social, le véritable privilège qu'il vous apportait, c'était le pouvoir de ne pas permettre et de ne demander que lorsqu'elle désirait vraiment, là où elle désirait vraiment.

Viendrait un temps où prendre un protecteur aurait du bon sens, peut-être même un époux important, militaire ou riche marchand, ou peut-être même quelqu'un de l'Enceinte impériale. La présente Impératrice était la preuve que de telles possibilités existaient. Mais pas pour l'instant. Shirin était jeune, à l'apogée de sa gloire au théâtre, et elle n'avait pas besoin d'un gardien – pas encore.

Elle était bel et bien protégée, par la célébrité, entre autres. Et entre autres par le fait qu'elle avait ici quelqu'un pour l'avertir lorsque d'aucuns cherchaient à pénétrer dans sa chambre après la tombée de la nuit.

*Je comprends pourquoi on ne peut pas l'abattre, mais pourquoi cet homme est-il assis à son aise, en attendant du vin? Éclaire-moi, je te prie.*

*Danis, Danis, il est magnifique, non?* demanda-t-elle en silence, en sachant d'avance ce que l'oiseau répliquerait.

*Oh, merveilleux. Attendre qu'il te sourie encore une fois, et ensuite le mettre dans ton lit, c'est ton idée?*

Scortius de Soriyie eut un sourire un peu embarrassé : « Pourquoi, euh… penseriez-vous que… je… eh bien…

— Thénaïs ? termina-t-elle à sa place. Oh, les femmes savent ce genre de choses, cher homme. Je vous ai vu la regarder cet après-midi. Je dois dire qu'elle est ravissante.

— Hum, non ! Je veux dire… Je dirais plutôt… que les femmes voient des possibilités d'histoires là où il n'en existe pas. » Son sourire s'affirma. « Mais vous êtes ravissante, vous, je dois dire. »

*Tu vois ? Je le savais !* dit Danis. *Tu sais très bien comment il est ! Reste où tu es. Ne lui rends pas son sourire !*

Shirin sourit. Baissa les yeux avec modestie, mains sur les genoux. « Vous êtes trop aimable, Aurige. »

Un autre grattement à la porte. Pour protéger l'identité de son invité – et éviter l'ouragan de potins que causerait cette visite –, Shirin se leva pour prendre elle-même le plateau des mains de Pharisa, sans laisser celle-ci entrer. Elle le posa sur une petite table et leur servit à boire à tous deux même si, Jad savait, elle n'en avait vraiment plus besoin à cette heure. Il y avait en elle un fourmillement fébrile qu'elle ne pouvait nier. Toute la Cité – de palais en chapelle et en tripot des quais – serait stupéfaite d'apprendre cette rencontre entre le Premier Conducteur des Bleus et la Première Danseuse des Verts. Et cet homme était…

*Davantage d'eau dans ta coupe !* ordonna Danis d'un ton sec.

*Oh tiens-toi tranquille. Il y a plein d'eau dedans.*

L'oiseau renifla. *Je ne sais pas pourquoi je me suis donné la peine de t'avertir qu'il y avait du bruit sur le toit. J'aurais aussi bien pu le laisser te trouver nue au lit. Ça lui aurait épargné bien des efforts.*

*Nous ne savions pas qui c'était,* argua Shirin, raisonnable.

« Comment, euh… avez-vous compris que j'étais… » demanda Scortius tandis qu'elle lui tendait sa coupe.

Elle le regarda en prendre une profonde gorgée. « Vous avez fait autant de bruit que quatre chevaux en

atterrissant sur le toit, Héladikos », fit-elle en riant. C'était
faux, mais il n'aurait pas droit à la vérité, et personne
d'autre non plus. La vérité, c'était l'oiseau que son père
lui avait envoyé, un oiseau doté d'une âme, qui ne dormait jamais, surnaturellement alerte, un don de l'entre-
deux-mondes où résidaient les esprits.

*Ne plaisante pas*, se plaignit Danis. *Tu vas l'encou-
rager! Tu sais bien ce qu'on dit de cet homme!*

*Bien sûr que oui*, murmura intérieurement Shirin. *Le
mettrons-nous à l'épreuve, ma chère? Il est renommé
pour sa discrétion.*

Elle se demanda comment et quand il allait commencer son entreprise de séduction. Elle se rassit en
face de lui et sourit, amusée et détendue, mais excitée,
une excitation secrète, comme l'âme de l'oiseau. Un
sentiment qu'elle n'éprouvait vraiment pas souvent.

« Vous savez, bien sûr, dit Scortius des Bleus sans
bouger de son siège, que cette visite est entièrement
honorable bien que… inhabituelle. Vous n'avez absolument rien à craindre de mes désirs incontrôlés. » Avec
un bref et éclatant sourire, il reposa sa coupe d'une main
désinvolte : « Je ne suis ici que pour vous faire une offre,
Shirin, en tant qu'intermédiaire d'une proposition purement professionnelle. »

Elle déglutit avec peine, inclina la tête de côté, pensive.
« Vous… contrôlez l'incontrôlable ? » murmura-t-elle.
Un trait d'esprit pouvait servir d'écran.

Il rit, de nouveau avec aisance. « Maîtrisez quatre
chevaux dans un chariot cahotant, dit-il, et vous verrez ! »

*Mais de quoi parle cet homme ?* protesta Danis.

*Silence. Je pourrais décider d'être offensée.*

« Oh », dit-elle tout haut, en s'asseyant bien droit et
en tenant sa coupe avec délicatesse. « C'est le cas, je n'en
doute pas. Continuez. » Elle fit passer sa voix dans un
registre plus grave, se demanda s'il s'en rendrait compte.

Impossible de ne pas remarquer son changement de
timbre. C'était une actrice : elle pouvait en faire comprendre beaucoup d'une simple variation d'intonation,

de posture. Et elle venait de le faire. Il se demanda encore pourquoi il avait tenu pour acquis qu'elle serait seule. Ce que cela révélait sur elle, sur l'impression qu'il en avait. Une mesure de la fierté de cette femme, à tout le moins... autonome, maîtresse de ses propres choix.

Eh bien, ce serait son propre choix, quoi qu'elle fît. C'était après tout le but de ce qu'il était venu lui dire, et il le dit donc, en énonçant avec soin : « Astorgus, notre factionnaire, s'est demandé tout haut en ma présence, et assez longuement, ce qu'il faudrait pour vous faire changer de faction. »

Ce qu'elle fit, ce fut de changer à nouveau de position : elle se leva vivement, d'un mouvement souple et nerveux. Elle posa sa coupe, en le dardant d'un regard fixe et glacial.

« Et c'est pour cela que vous pénétrez dans ma chambre au milieu de la nuit ? »

Une mauvaise idée, semblait-il, c'était de plus en plus évident.

Il répliqua, sur la défensive : « Eh bien, ce n'est pas le genre de proposition qu'on voudrait faire en public...

— Une lettre ? Une visite en après-midi ? Un mot en privé pendant la réception d'aujourd'hui ? »

Il leva les yeux vers elle, vit sa froide irritation et se tut, même si, en constatant la fureur de la jeune femme, il y lut autre chose et fut traversé d'un autre élancement de désir. Étant ce qu'il était, il s'imagina comprendre la source de son outrage.

Lui adressant un regard foudroyant, de toute sa hauteur, elle déclara : « Il se trouve que c'est justement ce qu'a fait Strumosus aujourd'hui.

— Je l'ignorais, dit-il.

— Eh bien, de toute évidence, répliqua-t-elle d'un ton acerbe.

— Avez-vous accepté ? » reprit-il, un peu trop allègre.

Elle n'allait pas le laisser s'en tirer aussi aisément. « Pourquoi êtes-vous ici ? »

Scortius se rendit compte, en l'observant, qu'elle ne portait rien sous la soie de sa robe de chambre vert foncé. Il s'éclaircit la voix.

« Pourquoi agissons-nous, tous autant que nous sommes ? » répliqua-t-il. Des questions à la chaîne. « Le comprenons-nous jamais vraiment ? »

Il n'avait pas exactement prévu de parler ainsi, de fait. Il vit se modifier l'expression de la jeune femme et ajouta : « J'étais énervé, je n'arrivais pas à dormir, je n'étais pas prêt à me coucher. Il faisait froid dans les rues. J'ai vu des soldats ivres, une prostituée, une litière noire qui m'a troublé, pour une raison ou une autre. Quand la lune s'est levée, j'ai décidé de venir ici… en pensant que je pourrais aussi bien essayer… de faire quelque chose, puisque j'étais debout. » Il lui lança un coup d'œil. « Je suis navré.

— Faire quelque chose », répéta-t-elle d'une voix sèche, mais il pouvait voir sa colère se dissiper. « Pourquoi avez-vous supposé que je serais seule ? »

Il avait redouté cette question.

« Je ne sais pas, admit-il. Je me le demandais justement. Aucun… nom masculin n'est lié au vôtre, je suppose, et je n'ai jamais entendu dire que vous étiez… » Il laissa sa voix s'éteindre.

Et vit l'ombre d'un sourire aux coins des lèvres de la jeune femme. « Attirée par les hommes ? »

Il secoua vivement la tête : « Non, pas ça. Plutôt… Eh bien… portée aux audaces nocturnes. »

Elle hocha la tête. Il y eut un silence. Il aurait aimé davantage de vin à présent, mais n'avait pas envie de le lui laisser voir.

« J'ai dit à Strumosus que je ne peux pas changer de faction, fit-elle à mi-voix.

— Vous ne pouvez pas ? »

Un autre hochement de tête. « L'Impératrice a été très claire sur ce point. »

Une fois énoncé, de fait, c'était péniblement évident. Il aurait dû le savoir, ou Astorgus, assurément. Bien sûr que la cour voudrait maintenir un équilibre entre les factions. Et cette danseuse portait le parfum personnel d'Alixana.

Elle restait immobile, silencieuse. Il jeta un regard autour de lui tout en réfléchissant : tentures murales, beaux meubles, fleurs dans un vase d'albâtre, un petit oiseau artificiel sur une table, le désordre troublant des couvertures du lit. Il revint à elle, qui n'avait pas bougé en face de lui.

« Je me sens stupide à présent et entre autres, dit-il en se levant à son tour. J'aurais dû le comprendre avant de venir troubler votre nuit. » Il esquissa un geste des deux mains. « L'Enceinte impériale ne nous permettra pas d'être ensemble, vous et moi. Je vous présente mes plus profondes excuses pour cette intrusion. Je vais partir. »

L'expression de la jeune femme changea encore ; il s'y glissa un certain amusement, puis de l'ironie, puis autre chose encore. « Non point, dit Shirin des Verts. Vous me devez quelque chose pour mon sommeil interrompu. »

Scortius ouvrit et referma la bouche, puis la rouvrit quand la jeune femme s'avança pour refermer ses mains sur sa nuque et l'embrasser.

« Il y a des limites à ce que la cour peut décréter. Et si d'autres images nous accompagnent, murmura-t-elle en l'entraînant vers le lit, ce ne sera pas la première fois dans l'histoire des hommes et des femmes. »

Il avait soudain la gorge sèche d'excitation ; voilà qui était imprévu. À proximité du lit, elle lui prit les mains pour les passer autour de sa taille. Elle était mince et ferme, extrêmement désirable. Il ne se sentait plus vieux du tout, mais comme un jeune conducteur de chariot arrivé du sud, découvrant les gloires de la grande Cité et recevant un doux accueil à la lueur des bougies là où il n'aurait pas cru le trouver. Son cœur battait très vite.

« Parlez pour vous, réussit-il à murmurer.

— Oh, mais c'est ce que je fais », dit-elle, mystérieuse, avant de se laisser tomber sur le lit en l'attirant vers elle dans le parfum caractéristique que seules deux femmes au monde avaient le droit de porter.

*Eh bien, encore heureux que tu aies eu la décence de me bâillonner avant de...*

*Oh, Danis, je t'en prie. Je t'en prie. Sois gentille.*

*Ha. Et lui, il l'a été ?*

La voix intérieure de Shirin se fit langoureuse et basse. *Quelquefois.*

L'oiseau émit un son indigné. *Vraiment !*

*Pas moi,* dit la danseuse après un moment.

*Je ne veux pas le savoir ! Quand tu te conduis…*

*Danis, sois gentille. Je ne suis pas vierge et depuis longtemps.*

*Regarde-le, endormi. Dans ton lit. Pas un souci au monde.*

*Il a des soucis, crois-moi. Tout le monde en a. Mais je le regarde. Oh, Danis, n'est-il pas beau ?*

Il y eut un silence. Puis, *Oui,* dit la voix intérieure de l'oiseau. Qui avait été une jeune fille sacrifiée à l'aube, un automne, dans un bosquet de Sauradie. *Oui, c'est vrai.*

Un autre moment de calme. On pouvait entendre le vent dans la nuit sombre qui s'achevait. L'homme était effectivement endormi, étendu sur le dos, cheveux en bataille.

*Et mon père ?* demanda brusquement Shirin.

*Quoi, ton père ?*

*Était-il beau ?*

*Oh.* Un autre silence, intérieur, extérieur, et l'obscurité de la pièce maintenant que les bougies s'étaient éteintes. *Oui,* répéta l'oiseau. *Il l'était, ma chérie. Shirin, dors. Tu danses demain.*

*Merci, Danis.* Dans le lit, la jeune femme émit un léger soupir ; l'homme dormait toujours. *Je sais. Je vais dormir, maintenant.*

La danseuse était assoupie quand il s'éveilla ; l'obscurité régnait encore. Il s'y était entraîné : s'attarder dans un lit étranger jusqu'à l'aube n'était pas sans danger. Et même s'il n'y avait pas ici de menace immédiate, ni époux ni amant à redouter, il serait fort embarrassant, bien trop public, d'être vu quittant au matin la demeure de Shirin des Verts.

Il contempla un moment la jeune femme, avec un petit sourire. Puis il se leva et s'habilla prestement, tout en examinant une fois de plus la pièce silencieuse. Quand son regard revint au lit, Shirin était éveillée et l'observait. Sommeil léger ? Il se demanda ce qui l'avait réveillée. Puis se demanda, une fois de plus, comment elle avait su qu'il se trouvait sur le toit.

« Un voleur dans la nuit ? murmura-t-elle d'une voix ensommeillée, vous prenez ce que vous désirez et vous vous sauvez ? »

Il secoua la tête : « Un homme reconnaissant. »

Elle sourit. « Dites à Astorgus que vous avez fait tout votre possible pour me convaincre. »

Il rit tout haut, mais avec discrétion. « Vous pensez que c'est tout ce que je puis faire ? »

À son tour de rire, une lente vague de plaisir. « Allez, dit-elle, avant que je ne vous rappelle pour m'en assurer.

— Bonne nuit. Jad vous protège, danseuse.

— Et vous de même. Sur les sables et loin des sables. »

Il poussa les doubles battants de la porte pour se rendre sur le balcon, les referma derrière lui et grimpa sur la balustrade. Prit son élan pour sauter sur le toit en s'agrippant au rebord. Il n'avait plus du tout mal à l'épaule. Un vent froid soufflait, mais il ne le sentait pas. La lune blanche déclinait déjà à l'ouest, même si la nuit avait encore du chemin à parcourir avant que le dieu eût mis fin à son combat à l'envers du monde et que l'aube pût se lever. Les étoiles brillaient dans le ciel, il n'y avait plus de nuages. Depuis le toit de Shirin, dans ce quartier situé sur une colline, Scortius pouvait contempler la vaste étendue de Sarance à ses pieds, dômes, belles demeures, tours, des torches accrochées ici et là à des murs de pierre, chaos de maisons de bois serrées les unes contre les autres, devantures closes d'échoppes, places ornées de statues, la lueur orangée d'une flamme du côté des verreries, ou peut-être était-ce une boulangerie, des ruelles serpentant follement vers le bas des collines et derrière, loin derrière, le port et enfin la mer, immense, ténébreuse et profonde, agitée par le vent et suggérant l'éternité.

Transporté, sans pouvoir décrire autrement l'émotion qui l'avait envahi et qu'il pouvait se rappeler d'autrefois mais n'avait pas éprouvée depuis un bon moment, Scortius retraça ses pas le long du bord du toit, se laissa tomber sur le balcon de l'étage puis, avec légèreté, re-descendit sous le portique. Il mit le pied dans la rue, en souriant derrière son manteau rabattu sur son visage.

« L'enculé ! » entendit-il. « Le bâtard ! Regardez ! Il est descendu de son balcon ! »

Ce pouvait être dangereux d'être transporté. Cela vous rendait imprudent. Scortius fit vivement volte-face, aperçut une douzaine d'ombres et tourna les talons pour s'enfuir. Il n'aimait vraiment pas la course à pied, mais ce genre de situation ne présentait pas d'autre possibilité de dénouement. Il se sentait rempli d'énergie, se savait rapide, était certain de pouvoir semer ses poursuivants, quels qu'ils fussent.

Il y aurait très certainement réussi s'il n'était pas arrivé autant d'intrus de l'autre côté. En se détournant, il vit briller des dagues, aperçut un bâton de bois puis une épée dégainée, absolument illégale.

Ils avaient eu l'intention d'offrir une sérénade à Shirin. Leur idée était de se rassembler dans la rue sous ce qu'ils avaient supposé être sa chambre, au-dessus du portique d'entrée, et de célébrer en musique son nom glorieux. Ils avaient même des instruments.

C'était cependant un plan élaboré par Cléandre – leur meneur – et quand il s'avéra que son père l'avait con-signé dans ses quartiers pour la mort accidentelle de ce serviteur bassanide, les jeunes partisans des Verts s'étaient retrouvés irrités et sans but dans leur taverne habituelle, à boire en parlant de chevaux et de prostituées.

Mais on ne pouvait attendre d'aucun jeune homme fier et bien né qu'il se soumît docilement aux arrêts par une nuit de printemps, la semaine même où allaient re-commencer les courses. Quand Cléandre arriva, il parut un tantinet mal à l'aise à ceux qui le connaissaient bien, mais afficha un grand sourire lorsqu'ils l'accueillirent avec des cris de bienvenue. Il avait bel et bien tué un homme aujourd'hui, indéniablement de quoi impressionner. Il but d'un trait deux verres de vin pur et offrit une opinion bien arrêtée sur une femme dont les appartements n'étaient pas très éloignés de la maison paternelle ; elle était trop coûteuse pour la plupart d'entre eux, aussi nul n'était-il en position de réfuter ces observations.

Puis il leur rappela qu'ils avaient prévu de chanter la gloire immortelle de Shirin et qu'il ne voyait aucune raison de se laisser contrarier par l'heure tardive. Shirin en serait réellement honorée, déclara-t-il. Ce n'était pas comme s'ils venaient la déranger, ils lui offriraient simplement un tribut depuis la rue. Il leur décrivit ce qu'elle avait porté à la réception de l'après-midi quand elle l'avait accueilli, en personne.

Quelqu'un mentionna les voisins de la danseuse et le guet de la Préfecture urbaine, mais la plupart en savaient assez là-dessus pour éclater de rire et leurs cris firent taire le poltron.

Ils sortirent. Un groupe de dix ou douze jeunes gens titubants – ils en avaient perdu quelques-uns en route –, aux habits hétéroclites, l'un pourvu d'un instrument à cordes, deux avec des flûtes, qui gravissaient la colline dans le froid coupant du vent. Si un officier du guet se trouvait dans les environs, il choisit – prudemment – de rester invisible. Les partisans des deux factions étaient notoirement incontrôlables pendant la semaine où les courses recommençaient. La fin de l'hiver, le début de la saison à l'Hippodrome… Le printemps avait partout un certain effet sur les jeunes gens.

L'air n'avait peut-être rien de printanier, cette nuit, mais c'était le printemps.

Ils arrivèrent à la rue de la danseuse et se divisèrent en deux groupes, chacun d'un côté du large portique d'où ils pouvaient tous voir le balcon du solarium, si Shirin choisissait d'y apparaître, telle une vision, pendant qu'ils chantaient. Celui qui portait l'instrument à cordes jurait parce qu'il avait les doigts gourds ; les autres étaient très occupés à cracher par terre, à se racler la gorge et à marmonner nerveusement les vers du chant choisi par Cléandre, lorsque l'un d'eux vit un homme descendre de ce fameux balcon pour se retrouver sous le portique.

C'était un monstrueux scandale, une obscénité. Un viol de la pureté de Shirin, une atteinte à son honneur. De quel droit n'importe qui d'*autre* qu'eux descendait-il de sa chambre au milieu de la nuit ?

Le méprisable lâche prit ses jambes à son cou dès qu'ils eurent poussé un cri. Il n'avait pas d'arme et il n'alla pas loin. Le bâton de Marcellus lui asséna un solide coup sur l'épaule alors qu'il essayait d'échapper au groupe qui se trouvait au sud. Puis Darius, preste et nerveux, lui déchira le flanc de sa dague, à la verticale, et l'un des jumeaux lui envoya un bon coup dans les côtes du même côté alors que le bâtard aplatissait Darius d'un coup de poing. Darius se mit à geindre. Cléandre arriva à la course, épée en main – le seul assez téméraire pour en avoir une. Il avait déjà tué aujourd'hui et, d'entre eux tous, c'était celui qui avait personnellement rencontré Shirin.

Les autres s'écartèrent de l'homme qui gisait maintenant à terre, le bras pressé contre son flanc blessé. Darius se redressa sur les genoux, puis s'écarta. Ils se turent avec un sentiment de révérence, saisis par la solennité du moment. Ils avaient tous les yeux fixés sur l'épée. Aucune torche ne brûlait dans les murs ; le vent les avait toutes éteintes. Le guet était invisible, et muet. Des étoiles, du vent, la lune blanche qui descendait à l'occident.

« J'ai quelque réticence à tuer un homme sans connaître son identité », déclara Cléandre avec une gravité réellement impressionnante.

« Je suis Héladikos, fils de Jad », dit le bâtard étendu sur la route. Il semblait surtout, de façon stupéfiante, lutter contre son hilarité. Son sang coulait à flot, ils pouvaient le voir assombrir le pavé. «Tous doivent mourir. Frappe, mon enfant. Deux dans la même journée? Un serviteur bassanide et le fils d'un dieu? Voilà qui fait presque de toi un guerrier.» Il avait trouvé moyen de continuer à dissimuler son visage de son manteau, même en tombant.

Quelqu'un laissa échapper un son étranglé. Cléandre eut un mouvement de surprise. «Comment foutre savez-vous?...»

Il s'agenouilla et, pointant son épée sur la poitrine du blessé, il écarta le manteau d'un revers. L'homme étendu ne fit pas un geste. Cléandre l'observa un très bref instant puis laissa retomber le manteau comme s'il s'était brûlé. Il n'y avait pas de lumière. Les autres ne pouvaient voir ce qu'il avait vu.

Ils entendirent sa voix, cependant, tandis que le manteau retombait sur le visage de l'homme abattu.

«Oh, merde!», dit le fils unique de Plautus Bonosus, Maître du Sénat sarantin. Il se redressa. «Oh, non. Oh, merde. Oh, saint Jad!

— Mon divin père» remarqua le blessé, allègre.

Ce qui fut suivi, de façon prévisible, par un silence. Quelqu'un toussota avec nervosité.

«Ça veut dire qu'on ne chante plus?» demanda Déclanus d'une voix plaintive.

«Foutez le camp. Tous!» jeta Cléandre par-dessus son épaule, la voix rauque. «Allez! Disparaissez! Mon père va me tuer, cette fois-ci!

— Qui est-ce? lâcha Marcellus.

— Tu ne le sais pas. Vous ne voulez pas le savoir, croyez-moi. Il ne s'est rien passé. Retournez chez vous, allez n'importe où, ou nous sommes tous morts! Saint Jad!

— Merde, mais qu'est-ce que…

— Allez-vous-en, à la fin!»

Une lumière apparut à une fenêtre au-dessus de leur tête. Quelqu'un, une voix de femme, commença à appeler le guet à grands cris. Ils s'enfuirent.

Jad merci, le gamin avait une cervelle et n'était pas ivre au-delà de tout recours. Il avait vivement recouvert le visage de Scortius après que leurs regards se furent croisés dans l'ombre. Aucun des autres, il en était certain, ne savait qui ils avaient attaqué.

Il y avait encore une chance de s'en sortir.

S'il vivait. Le poignard lui avait pénétré le flanc droit, en déchirant les chairs, et le coup de pied, ensuite, lui avait cassé des côtes. Il avait déjà eu des côtes cassées ; il reconnaissait la sensation.

Et c'était une sensation très pénible. Sans exagération, il avait du mal à respirer ; la main serrée contre le flanc, il sentait le sang jaillir entre ses doigts. Le gamin au couteau avait tailladé de bas en haut après le coup initial.

Mais ils étaient partis. Jad soit loué, ils étaient partis. En en laissant un seul derrière. À une fenêtre, quelqu'un appelait le guet.

« Saint Jad, murmura le fils de Bonosus, Scortius, je jure… nous n'avions pas idée…

— Je sais bien. Vous pensiez… tuer n'importe qui. » C'était irresponsable de ressentir une telle hilarité, mais la situation était par trop absurde. Mourir, de cette manière ?

« Non ! Je veux dire… »

Pas vraiment le moment de faire de l'ironie, en réalité.

« Aide-moi à me relever avant qu'il n'arrive quelqu'un.

— Pouvez-vous… pouvez-vous marcher ?

— Bien sûr que je peux marcher. » Une contrevérité, probablement.

« Je vais vous emmener chez mon père », dit le gamin – avec une certaine bravoure. L'aurige pouvait deviner les conséquences pour Cléandre s'il apparaissait à la porte avec un blessé.

"Enfermé avec son épouse et son fils…"

Une soudaine clarté l'envahit. Voilà pourquoi ils avaient été réunis cette nuit ! Et une autre certitude, qui fit totalement disparaître son amusement.

« Pas chez toi. Saint Jad, non ! »

Non, il n'allait pas apparaître à la porte de Thénaïs à cette heure de la nuit après avoir été blessé par des partisans de faction alors qu'il descendait de la chambre à coucher de Shirin des Verts. Il tressaillit intérieurement en imaginant l'expression de Thénaïs à cette nouvelle. Non pas la réaction outragée à laquelle on aurait pu s'attendre, mais l'absence de réaction, au contraire. Le retour de cette ironique froideur…

« Mais vous avez besoin d'un médecin. Il y a du sang. Et mon père peut étouffer…

— Pas chez toi.

— Mais où, alors ? Oh ! L'enclave des Bleus. On peut… »

Une bonne idée, mais…

« Ça n'aidera pas. Notre docteur était aux noces aujourd'hui, et il sera ivre mort. Trop de monde, aussi. Nous devons absolument garder le secret. Pour… pour la dame. Maintenant, tais-toi et laisse-moi…

— Je sais ! Le Bassanide ! » s'exclama Cléandre.

Et là, c'était effectivement une bonne idée.

Ainsi arrivèrent-ils donc, après une randonnée véritablement éprouvante à travers la cité, à la petite résidence que Bonosus réservait à son usage privé, non loin des triples murailles. En route, ils dépassèrent de nouveau cette énorme litière sombre. Scortius la vit s'arrêter, eut conscience qu'on les observait depuis l'intérieur, sans faire un geste pour les aider. Quelque chose le fit frissonner ; il n'aurait pu en dire la raison.

Il avait perdu pas mal de sang quand ils arrivèrent à destination. Chaque fois qu'il marchait sur son pied gauche, il avait l'impression que les côtes cassées lui remontaient dans la poitrine, un choc douloureux et répété. Il avait refusé de laisser le gamin chercher de l'aide dans une taverne. Personne ne devait rien savoir. Cléandre le porta presque pendant le reste du trajet ; le gamin était terrifié, épuisé, mais il les mena à bon port.

« Merci, petit », réussit à dire Scortius, tandis que l'intendant, en chemise de nuit, ses cheveux gris hérissés de façon déconcertante sur son crâne dans la lueur de sa bougie, ouvrait la porte qu'ils martelaient. « Tu as bien fait. Dis-le à ton père. Et absolument à personne d'autre. »

Il espérait avoir été assez clair. Il vit le Bassanide arriver derrière l'intendant, fit de la main un bref salut penaud. Il songea que si Plautus Bonosus s'était trouvé dans cette demeure cette nuit au lieu du médecin oriental, rien de tout cela ne serait arrivé. Et ensuite, il perdit bel et bien conscience.

◆

Elle est éveillée, dans la chambre où se trouve la rose d'or créée pour elle il y a longtemps. Elle sait qu'il viendra la rejoindre cette nuit. Elle contemple justement la rose en pensant à la fragilité, quand elle entend la porte s'ouvrir, le pas familier, la voix qui l'accompagne toujours.

«Tu es irritée contre moi, je le sais.»

Elle secoue la tête : «Effrayée de ce qui va se passer, un peu. Irritée, non, Monseigneur.»

Elle lui verse du vin, l'allonge d'eau. Il s'est assis près du feu, elle traverse la pièce pour le rejoindre. Il prend le vin, et sa main, dont il baise la paume. Il est calme et détendu, mais elle le connaît mieux que nul au monde, et peut déceler les signes de son excitation.

«C'était utile, en fin de compte, de faire constamment surveiller la reine.»

Il hoche la tête : «Elle est intelligente, n'est-ce pas ? Elle savait que nous n'étions pas surpris.

— J'ai bien vu. Fera-t-elle des difficultés, à ton avis ?»

Il lève les yeux en souriant : «Probablement.»

L'implication en étant, bien entendu, que cela importe peu. Il sait ce qu'il désire accomplir, et voir les autres faire. Aucun n'en apprendra tous les détails, pas même son Impératrice. Certainement pas Léontès, qui commandera l'armée des conquérants. Elle se demande soudain combien d'hommes son époux va expédier, et une idée lui traverse l'esprit. Elle l'écarte, mais l'idée revient : Valérius est en réalité assez subtil pour être prudent, même avec ses amis les plus sûrs.

Elle ne lui dit pas qu'elle aussi a été avertie de l'arrivée du Stratège en compagnie de Gisèle. Alixana, en son for intérieur, croit que son époux sait bel et bien qu'elle fait surveiller Léontès et sa femme, et ce, depuis quelque temps, mais c'est un des sujets dont ils ne discutent pas. L'une des facettes de leur partenariat.

La plupart du temps.

Les indices sont là depuis longtemps – nul ne pourra prétendre avoir été pris tout à fait par surprise –, mais sans préavis ni consultation, l'Empereur vient de déclarer son intention de partir en guerre au printemps. On a été en guerre pendant la majeure partie de son règne, à l'orient, au septentrion, et loin dans les déserts du Majriti au sud-est. Mais cela, c'est différent. C'est la Batiare. Rhodias. Le cœur de l'Empire. D'abord divisé puis perdu de l'autre côté d'une vaste mer.

«Tu en es vraiment certain ?» lui demande-t-elle

Il secoua la tête : «Des conséquences ? Bien sûr que non. Nul mortel ne peut prétendre connaître l'avenir», murmure-t-il sans lui lâcher la main. « Nous vivons avec cette incertitude. » Il l'observe. «Tu es bel et bien irritée contre moi. Parce que je ne te l'ai pas dit.»

C'est à elle de secouer la tête : «Comment le pourrais-je ?» répond-elle, et avec conviction. «Tu l'as toujours désiré, j'ai toujours dit que je le pensais impossible. Tu le vois autrement, et tu es plus sage que n'importe lequel d'entre nous.»

Il lève les yeux vers elle, et son regard gris a une expression douce : «Je fais des erreurs, mon amour. Ce peut en être une. Mais je dois essayer, et c'est le moment de le faire, avec la paix achetée à la Bassanie, avec le chaos en Occident, et cette jeune reine ici avec nous. C'est trop… évident.»

Son esprit fonctionne ainsi. En partie.

En partie. Elle retient son souffle et murmure : « En aurais-tu encore besoin si nous avions un fils ?»

Son cœur bat à tout rompre, ce qui ne lui arrive presque plus jamais. Elle l'observe. Voit sa réaction de surprise, et ce qui la remplace : son esprit qui accepte la question, qui la soupèse, qui ne tente pas de s'y dérober.

Après un long moment, il dit : « Voilà une question surprenante.

— Je sais. Elle m'est venue pendant que je t'attendais ici. » Une vérité partielle. Il y a longtemps qu'elle lui est venue.

« Tu penses que si nous avions un fils, à cause du risque… »

Elle hoche la tête : « Si tu avais un héritier. Quelqu'un à qui laisser tout ceci. » Elle ne désigne rien. L'héritage est trop vaste pour être mesuré d'un geste. "Ceci". Un empire. Le legs des siècles.

Il soupire. N'a toujours pas lâché sa main. Dit tout bas, en contemplant maintenant le foyer : « Peut-être, mon amour. Je ne sais pas. »

Un aveu. C'en est un pour lui d'en dire autant. Pas de fils, personne après lui pour reprendre le trône, allumer les cierges à l'anniversaire de leur disparition à tous deux. Elle se sent envahie d'une peine profonde, ancienne.

Toujours calme, il ajoute : « J'ai toujours voulu certaines choses. J'aurais aimé laisser après moi Rhodias reconquise, le nouveau Sanctuaire avec son dôme et… et peut-être un souvenir de ce que nous avons été, toi et moi.

— Trois choses », dit-elle, incapable en cet instant d'imaginer une réplique plus ingénieuse. Elle se dit qu'elle va pleurer si elle n'y prend pas garde. Une Impératrice ne doit pas pleurer.

*Dépose ta couronne*, est censée dire une voix lorsqu'arrive la fin pour l'oint sacré de Jad. *Le Seigneur des Empereurs t'attend.*

Nul ne peut dire si c'est la vérité, si ces paroles sont réellement prononcées, et entendues. L'univers du dieu a été créé de telle façon qu'hommes et femmes y vivent dans la brume, le brouillard, une lumière vacillante, sans jamais savoir avec certitude ce qui arrivera.

« Encore du vin ? » demande-t-elle.

Il lui jette un coup d'œil, hoche la tête, lui lâche la main. Elle prend sa coupe, la lui rapporte une fois remplie. Une coupe d'argent filigranée d'or et sertie de rubis sur son pourtour.

«Je suis navré, dit-il. Je suis navré, mon amour.»

Il ne sait même pas vraiment pourquoi il le dit, mais il a comme une intuition maintenant – quelque chose dans l'expression d'Alixana, quelque chose qui plane dans l'atmosphère de cette chambre exquise, tel un oiseau : dénué de chant, ensorcelé pour devenir invisible, et pourtant bien présent dans l'univers.

◆

Non loin de la salle du palais où ne chante aucun oiseau, un homme se trouve suspendu bien haut dans les airs, tels les oiseaux, au travail sur un échafaudage, sous une coupole. L'extérieur du dôme est recouvert de cuivre et brille sous la lune et les étoiles. Mais l'intérieur lui appartient.

Il y a de la lumière dans le Sanctuaire ; il y en a toujours, par ordre de l'Empereur. Le mosaïste s'est fait son propre apprenti cette nuit, mélangeant la chaux pour la couche de pose, la transportant lui-même par l'échelle. Pas en grande quantité, il ne couvre pas une large surface cette nuit. Pas grand-chose. Seulement le visage de sa femme, disparue depuis maintenant deux ans ou presque.

Personne ne le regarde faire. Il y a des soldats à l'entrée, comme toujours, même avec le froid, et un petit architecte aux habits fripés endormi quelque part dans cette immensité de lampes à huile et d'ombre, mais Crispin travaille en silence, aussi seul qu'on peut l'être à Sarance.

Si quelqu'un le regardait, d'ailleurs, et savait ce qu'il fait, il aurait besoin de bien comprendre son art (ou plutôt ces arts multiples), pour ne pas en conclure que ce mosaïste est un être dur et froid, indifférent de son vivant à la femme qu'il est en train de représenter avec tant de sérénité. Ses yeux sont clairs, ses mains assurées tandis qu'il choisit méticuleusement les tessères dans les plateaux placés près de lui. Il a une expression sévère et détachée : il s'applique à résoudre les dilemmes du verre et de la pierre, rien de plus.

Rien de plus ? Le cœur est parfois impuissant à l'exprimer, mais la main et l'œil – s'ils sont assez sûrs, assez clairs – peuvent créer une fenêtre pour la postérité. Quelqu'un pourrait lever les yeux, un jour, quand tous ceux qui dorment ou veillent à Sarance cette nuit seront morts depuis longtemps, et savoir que cette femme était belle, et grandement aimée par l'inconnu qui l'a placée sur la coupole à la façon dont les anciens dieux trakésiens, dit-on, plaçaient dans le ciel, sous forme d'étoiles, les mortels qu'ils aimaient.

Finalement, le matin arriva. Le matin arrive toujours. Il y a toujours quelque chose de perdu dans la nuit, un prix à payer pour la lumière.

# DEUXIÈME PARTIE

## *LE NEUVIÈME AURIGE*

# CHAPITRE 7

Hommes et femmes ont toujours rêvé dans les ténèbres. La plupart des images nocturnes s'effaçaient au
lever du soleil ou avant de tourmenter assez le dormeur
pour l'éveiller. Les rêves étaient des désirs, des avertis-
sements, des prophéties. Des dons ou des malédictions,
issus de puissances bienveillantes ou malignes, car
tous savaient – quelle que fût la religion de leurs pères
– que les mortels partageaient l'univers avec des forces
qu'ils ne comprenaient pas.

À la ville ou à la campagne, nombreux étaient ceux
qui expliquaient aux rêveurs troublés le sens possible
de leurs visions. On considérait parfois certains types de
rêves comme de véritables souvenirs d'un autre monde
que celui où le rêveur était né pour vivre et mourir, mais
la plupart des religions considéraient ce concept comme
une noire hérésie.

Tandis que l'hiver faisait place au printemps, beaucoup firent des rêves qu'ils devaient se rappeler.

◆

Une nuit sans lunes, à la fin de l'hiver. Dans une oasis
du sud profond où les voies des caravanes se croisent en
Ammuz, non loin de l'endroit où l'on avait décrété que
se trouvait la frontière de la Soriyie – comme si les dunes
fuyantes et fumantes connaissaient ce genre de limites

– un homme, un marchand, chef de sa tribu, s'éveilla dans sa tente, se vêtit et sortit dans l'obscurité.

Il longea les tentes où dormaient ses femmes et ses enfants, et ses frères avec leurs propres femmes et enfants ; toujours à demi endormi, et saisi d'un trouble étrange, il arriva à la lisière de l'oasis, où le dernier brin d'herbe le cédait aux sables infinis.

Il se tint là sous la voûte des cieux. Sous des étoiles si nombreuses qu'il lui sembla soudain impossible d'en appréhender les myriades dans le ciel au-dessus des humains et de leur monde. Son cœur, sans raison apparente, battait à tout rompre. Quelques instants plus tôt, il avait été plongé dans le sommeil. Il ne savait pas encore très bien comment il était arrivé à cet endroit ou pourquoi il s'y trouvait. Un rêve. Il avait fait un rêve.

Il leva de nouveau les yeux. C'était une nuit douce, généreuse, au début du printemps. L'été le suivrait : le soleil brûlant, meurtrier, où l'eau devenait désir et prière. Dans l'obscurité moelleuse, un soupçon de brise palpitait, fraîche et revigorante sur son visage. Il entendait derrière lui les chèvres et les chameaux, les chevaux. Il possédait de grands troupeaux ; c'était un homme favorisé par la fortune.

Il se retourna et aperçut un jeune garçon, l'un des gardiens de chameaux, qui se tenait non loin de là : un guetteur, car les nuits sans lunes étaient dangereuses. Le garçon se nommait Tarif. Ce nom entrerait dans la mémoire collective et serait bien connu des chroniqueurs, dans les générations encore à naître, à cause du dialogue qui s'ensuivit.

Le marchand prit une profonde inspiration en ajustant les pans de ses robes blanches. Puis il fit signe au garçon d'approcher ; il l'instruisit, en expliquant avec soin, d'aller trouver son frère Musafa dans sa tente. De l'éveiller, en s'en excusant, et de lui dire qu'au lever du soleil il devrait prendre le commandement et la responsabilité de leurs gens. Qu'il était plus particuliè-rement chargé, au nom de leur père et en sa mémoire, de veiller au bien-être des épouses et des enfants de son frère absent.

« Où allez-vous, Seigneur ? » demanda Tarif, que ces quelques mots immortalisèrent ; cent mille enfants porteraient son nom dans les années à venir.

« Dans les sables », répondit l'homme, dont le nom était Ashar ibn Ashar. « J'y passerai quelque temps. »

Après avoir effleuré le front du garçon, il lui tourna le dos, comme aux palmiers, aux fleurs sauvages, à l'eau, aux tentes, aux bêtes et aux biens mobiles de ses gens, et il s'en alla seul sous les étoiles.

Si nombreuses, songea-t-il de nouveau. Comment pouvaient-elles être aussi nombreuses ? Quelle pouvait bien en être la signification ? Leur présence lui emplissait le cœur comme l'eau une gourde. Il avait envie de prier, de fait, mais quelque chose l'en empêchait. Il prit plutôt la décision de rester silencieux : ouvert à ce qui se trouvait tout autour de lui et au-dessus de lui, une présence légère dans le monde. Prenant un pan de son habit, il le plaça délibérément sur sa bouche tout en marchant.

Il fut longtemps absent ; on le donnait pour mort quand il revint à sa tribu. Il avait alors grandement changé.

Il en fut de même, peu de temps après, pour le monde entier.

◆

La troisième fois que Shaski s'enfuit de chez lui cet hiver-là, on le retrouva sur la route à l'ouest de Kérakek ; il se déplaçait lentement mais sûrement, avec un sac bien trop gros pour lui.

Le patrouilleur de la forteresse qui le ramena se proposa, amusé, pour administrer une bonne correction à l'enfant à la place de ses mères, en l'absence évidente d'une main paternelle.

Les deux femmes, inquiètes et agitées, s'empressèrent de décliner cette offre, mais admirent qu'un véritable châtiment était en partie mérité. Agir ainsi une fois, c'était une aventure de gamin, trois fois, c'était autre chose. Elles y verraient elles-mêmes, promirent-elles au soldat, en s'excusant encore pour le dérangement causé par le garçon.

Pas de problème, déclara l'autre, et il était sincère.
C'était l'hiver, une paix chèrement payée avait rendu
silencieuse la longue frontière de l'Ammuz et de la
Soriyie jusqu'à la Moskave, dans les glaces du septentrion. La garnison de Kérakek s'ennuyait. Boire et jouer
ne pouvait vous divertir que jusqu'à un certain point
dans un endroit aussi désespérément éloigné de tout.
On n'avait même pas le droit d'aller à cheval chasser
les nomades, ou trouver une femme ou deux dans leurs
campements. Les gens du désert étaient importants pour
la Bassanie, on le leur avait expliqué clairement, et
interminablement. Plus importants, semblait-il, que les
soldats eux-mêmes. Et la solde était encore en retard.

La plus jeune des deux femmes avait des yeux noirs
et elle était fort jolie, malgré son présent désarroi. Le
mari, comme on l'avait remarqué, était absent. Il semblait
raisonnable d'envisager une seconde visite, juste pour
s'assurer que tout allait bien. Il apporterait un jouet
pour le petit. On apprenait à utiliser ce genre d'artifices
avec les jeunes mères.

Encadré par ses deux mères de l'autre côté de la
barrière qui entourait leur petite cour à l'avant de la
maison, Shaski levait un regard de pierre vers le cavalier.
Plus tôt dans la matinée, le soldat hilare l'avait tenu par
les chevilles la tête en bas sur la route, jusqu'à ce que,
saisi de vertige, le sang à la tête, Shaski lui eût indiqué
où il vivait. On lui ordonna de remercier, il le fit d'une
voix sans inflexion. Le soldat s'en alla, non sans avoir
souri à Mère Jarita d'une façon qui déplut à Shaski.

Quand ses mères l'interrogèrent ensuite, dans la
maison – un rituel incluant de vigoureuses saccades et
des torrents de larmes (les leurs, non les siennes), il se
contenta de répéter ce qu'il avait dit les autres fois : il
voulait son père. Il faisait des rêves. Son père avait besoin
d'eux. Ils devaient se rendre là où se trouvait son père.

«Mais sais-tu comme c'est loin?» hurla Mère Katyun
en se jetant sur lui; c'était le pire, en réalité : elle si
calme d'habitude ! Il n'aimait vraiment pas quand elle
était fâchée. Et puis, c'était une question difficile. Il ne

savait pas réellement à quelle distance se trouvait son père.

« J'ai pris des habits », souligna-t-il en désignant son sac sur le plancher. « Et mon autre veste bien chaude, celle que tu m'as faite. Et des pommes. Et mon couteau, au cas où je rencontrerais un vilain.

— Pérun nous protège ! » s'exclama Mère Jarita en se tamponnant les yeux. « Qu'allons-nous faire ? Le petit n'a que huit ans ! »

Shaski se demanda quel rapport il pouvait bien y avoir.

Mère Katyun s'agenouilla devant lui sur le tapis, lui prit les mains. « Shaski, mon amour, mon petit amour, écoute-moi bien. C'est beaucoup trop loin. Nous n'avons pas de créatures volantes pour nous y transporter, pas de sortilèges ni de magie ni rien d'autre pour nous y emmener !

— On peut marcher.

— Mais non, on ne peut pas, Shaski, pas dans ce monde-ci ! » Elle lui tenait toujours les mains. « Il n'a pas besoin de nous en ce moment. Il aide le Roi des rois quelque part en Occident. Il nous retrouvera à Kabadh cet été. Tu le reverras alors. »

Elles ne comprenaient toujours pas. Étrange comme les adultes étaient incapables de comprendre certaines choses, même s'ils étaient censés en savoir plus que les enfants et ne cessaient de le répéter.

« L'été est trop loin, dit-il, et il ne faut pas aller à Kabadh. C'est ça qu'on doit dire à mon père. Et s'il est trop loin pour qu'on marche, il faut prendre des chevaux. Ou des mules. Mon père avait une mule. Je peux monter sur une mule. On peut tous. Vous pouvez porter le bébé chacune votre tour pendant qu'on voyage sur les mules.

— Porter le bébé ? s'exclama Mère Jarita. Par le saint nom de la Dame, tu veux réellement que nous nous livrions tous à cette folie ? »

Shaski la regarda : « Je l'ai déjà dit. Avant. »

Vraiment ! Les mères. Vous écoutaient-elles jamais ? Pensaient-elles donc qu'il voulait le faire tout seul ? Il

n'avait même pas idée de sa destination, savait seulement
que son père était parti d'un certain côté sur la route qui
quittait la ville, et il avait donc pris le même chemin ;
et l'endroit où se trouvait son père s'appelait Sarance,
ou quelque chose comme ça, et c'était loin. On ne cessait
de le lui répéter. Il avait bien compris qu'il n'y serait
pas à la tombée de la nuit dans sa randonnée solitaire !
Et il n'aimait pas la nuit, maintenant, avec les rêves.

Il y eut un silence. Mère Jarita finit de s'essuyer les
yeux. Mère Katyun observait Shaski avec une expression curieuse. Elle lui avait lâché les mains. « Shaski,
dit-elle enfin, dis-moi pourquoi nous ne devons pas
aller à Kabadh. »

Elle ne le lui avait jamais demandé auparavant.

Ce qu'il comprit, en expliquant ses rêves à ses mères
et comment il *sentait* certaines choses, ce fut que les
autres n'étaient pas du tout comme lui. Cette impulsion de s'en aller, et son autre impression – celle d'un
nuage noir, chaque fois qu'elles prononçaient le nom
"Kabadh" –, ses mères ne les partageaient pas, ne les
comprenaient pas ; cela le plongea dans une grande
confusion.

Elles avaient peur, il s'en aperçut, et il en fut effrayé
en retour. En constatant leur expression figée après ses
explications, il finit par se mettre à pleurer, le visage
chiffonné, en se frottant les yeux de ses poings. « Je
suis… je suis désolé de m'être… enfui, dit-il. Je suis
désolé. »

Voir son fils en larmes – son fils qui ne pleurait jamais
– obligea finalement Katyun à comprendre qu'il y avait
là à l'œuvre quelque chose de plus vaste, même si cela
lui échappait. Il était possible que Dame Anahita fût
venue à Kérakek, cet insignifiant village fortifié à la
lisière du désert, pour poser un doigt sur Shaghir, leur
enfant chéri, Shaski. Et le contact de la Dame pouvait
marquer un être humain, on le savait bien.

« Pérun nous protège tous, murmura Jarita, livide.
Puisse Azal ne jamais connaître cette demeure. »

Mais il la connaissait, si Shaski leur avait dit la
vérité. L'Ennemi connaissait déjà Kérakek. Et même

Kabadh. Un nuage, une ombre, avait dit Shaski. Que pouvait savoir un enfant de telles ombres ? Et Rustem, son époux, avait besoin d'eux dans l'ouest – plus au nord qu'à l'ouest, en réalité. Parmi les infidèles de Sarance, qui adoraient un dieu flamboyant dans le soleil – ce que n'aurait jamais pu faire quiconque connaissait le désert.

Katyun se força à contrôler sa respiration. Elle savait qu'il y avait là un piège d'une périlleuse séduction. Elle ne voulait pas aller à Kabadh ; elle n'avait vraiment jamais voulu aller à Kabadh. Comment pourrait-elle survivre dans une cour royale ? Au milieu du genre de femmes qui se trouvaient là ? Cette simple pensée la tenait éveillée la nuit, saisie de nausée et de frissons, ou bien lui apportait des rêves, ses ombres à elle.

Elle lança un coup d'œil à Jarita, qui avait été si brave en dissimulant la noirceur de son chagrin devant le changement de caste de Rustem et sa convocation à la cour. Laquelle signifiait qu'on lui trouverait à elle un autre époux, une autre demeure, un autre père pour Inissa, la petite Issa.

Ce que Jarita avait fait, Katyun ne pensait pas en être jamais capable : elle avait laissé Rustem, l'époux qu'elle adorait, partir en voyage avec l'idée qu'elle l'acceptait, qu'elle en était même contente, afin que le cœur de Rustem n'en fût pas troublé après les importantes nouvelles qu'il avait reçues.

Par Pérun, ce dont les femmes étaient capables !

Jarita n'était nullement contente. Elle en était déchirée, Katyun le savait bien. Elle pouvait entendre Jarita au cœur noir de la nuit, pendant leurs insomnies partagées. Rustem aurait dû percer la supercherie à jour, mais les hommes – même les hommes intelligents – avaient tendance à ne pas voir ce genre de choses, et il avait été trop obnubilé par le fait d'avoir sauvé le roi, par ce changement de caste, par sa mission en Occident. Il avait voulu croire Jarita, en réalité, et l'avait donc crue. De toute façon, ce n'était pas comme si l'on pouvait décliner une offre du Roi des rois.

Le regard de Katyun passa de Shaski à Jarita. Rustem, la nuit précédant son départ, lui avait dit qu'elle devrait penser pour toute la famille, qu'il comptait sur elle. Même ses élèves étaient partis trouver d'autres maîtres. Elle devait se débrouiller seule en cette affaire, comme pour tout le reste désormais.

Le bébé pleurait dans l'autre pièce, s'éveillant de sa sieste de l'après-midi, emmailloté dans son berceau de bois près du feu.

Kérakek. Kabadh. L'Ombre d'Azal le Noir. Le doigt de la Dame sur eux. Les… impressions de Shaski à ce sujet. Elle comprenait tardivement combien il avait toujours été… différent des autres enfants de leur connaissance. Elle s'en était aperçue, en réalité, mais avait refusé ce savoir. Tout comme Rustem avait peut-être refusé de savoir qu'il connaissait les sentiments de Jarita, avait préféré la croire heureuse, même si sa fierté en était blessée. Pauvre Jarita, si délicate, si belle. Il y avait parfois des fleurs dans le désert, mais c'était rare, et elles ne duraient pas très longtemps.

Sarance. Plus vaste encore que Kabadh, disait-on. Katyun se mordit les lèvres.

Elle embrassa Shaski et l'envoya à la cuisine demander de quoi manger au cuisinier. Il n'avait pas pris son petit-déjeuner, car il avait quitté la maison pendant qu'elles dormaient. Jarita, encore aussi pâle qu'une prêtresse ayant passé la nuit à veiller sur la Sainte Flamme, alla s'occuper du bébé.

Katyun resta assise, solitaire, plongée dans de profondes réflexions. Puis elle appela un serviteur et l'envoya à la forteresse avec une requête pour le commandant de la garnison : serait-il assez bon pour les honorer d'une visite quand il en aurait le loisir ?

L'ennui. Un sentiment d'injustice. Une paix achetée à prix d'or. Tout cela se condensait pour Vinaszh, fils de Vinaszh, en cet hiver d'amertume.

Il n'avait jamais trouvé ennuyeux auparavant de se trouver à Kérakek. Il aimait le désert, le sud : c'était son

univers familier, le monde de son enfance. Il aimait les
visites des nomades sur leurs chameaux, il aimait aller
boire du vin de palme avec eux dans leurs tentes, les
gestes lents, les silences, les paroles dispensées avec
autant de soin que de l'eau. Les nomades des sables
étaient importants ici, tampon entre Bassanides et Sarantins, partenaires commerciaux qui apportaient l'or et
les épices des profondeurs légendaires du sud, par les
anciennes routes des caravanes.

Bien sûr, quelques nomades s'étaient alliés aux
Sarantins et commerçaient avec eux… et c'était pourquoi
il fallait soigner les tribus qui préféraient la Bassanie. Les
soldats ne le comprenaient pas toujours, mais Vinaszh
avait grandi à Qandir, plus loin encore au sud : les
nuances de la diplomatie propre à l'Ammuz, à la Soriyie
et aux nomades n'avaient pas de secrets pour lui. Ou
moins de secrets que pour la plupart : nul ne pouvait
prétendre réellement comprendre les gens du désert.

Il n'avait jamais entretenu le désir d'un poste ou
d'un rôle plus prépondérants pour lui. Il commandait
une garnison dans un univers qu'il comprenait assez
bien. Jusqu'à tout récemment, cette vie lui avait plu.

Mais cet hiver, la cour était venue à Kérakek, et une
bonne partie – incluant le roi – s'y était attardée tandis
que guérissait une blessure de flèche et que s'atténuaient
les conséquences des exécutions (certaines méritées,
d'autres non) d'épouses et de princes de sang royal.

Vinaszh, qui n'avait pas joué un rôle mineur dans
les événements d'une certaine terrible journée, s'était
retrouvé transformé après le départ de Shirvan et de sa
cour. La forteresse lui semblait vide. Lugubre et remplie
d'échos. La ville restait semblable à elle-même : un re-
groupement poussiéreux et tranquille de petites maisons.
Et le vent continuait à souffler du désert. Au cours de
nuits agitées, Vinaszh rêvait.

L'âme du commandant était inquiète. L'hiver s'étirait
comme un abysse impossible à traverser, chaque jour
passait avec une pénible lenteur, et puis la nuit tombait.
Le sable, qui ne l'avait jamais tracassé de sa vie, Vinaszh

le remarquait désormais constamment, partout, dans les fentes des fenêtres, sous les portes, dans les vêtements, la nourriture, les replis de la peau, les cheveux, la barbe, les… pensées.

Il avait commencé à boire sans mesure, et trop tôt dans la journée. Il était assez intelligent pour en savoir les risques.

Et ce fut en conséquence de tout cela que, lorsque le serviteur du médecin gravit depuis la ville le chemin tortueux puis les marches menant à la forteresse, afin de délivrer la requête de la maisonnée de celui-ci – une visite quand il en aurait le loisir –, Vinaszh en eut le loisir, sur-le-champ. Il n'avait pas la moindre idée de ce qu'on lui voulait, mais cela constituait un changement, une nouveauté dans la routine fade et immuable de ses journées. C'était assez. Le médecin était parti depuis un moment. Il avait prévu de s'attarder quelques jours à Sarnica, si Vinaszh se souvenait bien. Selon le temps qu'il y aurait passé, il pouvait bien se trouver maintenant à Sarance. Ses épouses étaient jolies, toutes les deux.

Vinaszh renvoya le serviteur avec une pièce de monnaie après l'avoir informé qu'il descendrait l'après-midi même de sa colline. Il trouvait par ailleurs normal de souscrire à une requête en provenance de la maisonnée d'un homme sur le point de changer de caste, et convoqué à la cour royale par le Roi des rois en personne. Un incroyable honneur, en vérité.

Non que Vinaszh, fils de Vinaszh, eût été convoqué, promu ou honoré ou… quoi que ce fût d'autre, au reste. Non que quiconque à la cour eût prêté la moindre attention, pendant ce séjour, à l'identité réelle de la seule personne qui, en cette noble compagnie, avait eu l'idée d'intervenir et qui, encourant un risque personnel considérable, avait conseillé d'appeler un médecin local auprès du roi, en ce terrible jour, plus tôt dans l'hiver. La personne qui avait assisté le docteur, et dont le poignard avait également abattu un prince assassin.

Il s'était demandé parfois s'il était puni – malgré l'injustice d'une telle mesure de rétorsion – pour avoir justement lancé le poignard qui avait arrêté un fils meurtrier.

C'était possible. Personne n'en avait rien dit, personne ne lui avait même adressé la parole, d'ailleurs, mais on aurait pu remarquer – le gras et rusé vizir, par exemple – que le fait pour lui d'être toujours en vie constituait une récompense suffisante. Il avait tué un prince de sang royal. Le sang du sang du Roi des rois. Avec un poignard dégainé et lancé en présence du roi, le saint Frère du Soleil et des Lunes. Et oui, certes, il l'avait fait, mais on lui avait bel et bien donné l'ordre d'être alerte au moindre danger quand Murash était revenu dans la pièce. Il s'agissait là de son devoir absolu.

Devait-il être abandonné et oublié ici dans le désert pour avoir sauvé la vie de son roi?

Cela arrivait. Le monde de Pérun et de la Dame ne pouvait être considéré comme un endroit où l'on recevait toujours sa juste récompense. Azal l'Ennemi assurait par sa présence qu'il en serait toujours ainsi, jusqu'à la fin du Temps lui-même.

Vinaszh était un soldat. Il tenait pour vrai que l'armée était riche en injustice et en corruption. Et les civils – les conseillers de la cour, sensuels et parfumés, mielleux et rusés – pouvaient avoir leurs propres raisons de faire obstacle à de rudes et honnêtes soldats. C'était ainsi. Non que le comprendre rendît plus facile de le supporter, si c'était bien ce qui se passait.

Son père n'avait jamais voulu le voir dans l'armée. S'il était resté marchand à Qandir, rien de tout cela ne lui serait jamais arrivé.

Il aurait du sable dans ses coupes de vin et dans son lit, et ça lui serait égal.

On changeait, conclut-il, c'était aussi simple – et aussi complexe – que cela. Il avait lui-même changé, à ce qu'il semblait. Quelque chose arrivait, événements grands ou petits, ou le temps passait, peut-être, rien de plus, on s'éveillait un matin, et tout était différent. Il y avait probablement eu un temps où Murash avait été content d'être un prince bassanide, le fils de son fameux père.

D'épineuses questions pour un soldat. Il aurait préféré se trouver sur un champ de bataille, face à un ennemi. Mais il n'avait personne à combattre, rien à faire, et le vent continuait de souffler. Il y avait du sable dans sa coupe en ce moment même, des grains de sable dans son vin.

On aurait dû reconnaître sa contribution. Oui, en vérité, on aurait dû la reconnaître.

Un peu après midi, il descendit la colline à cheval pour se rendre à la demeure du médecin. Il y fut reçu par les deux femmes, dans l'antichambre pourvue d'un foyer. La plus jeune était vraiment très jolie, avec des yeux très sombres. La plus âgée était plus posée et ce fut elle qui parla, modestement, à voix basse. Ce qu'elle lui dit, pourtant, détourna brusquement l'esprit de Vinaszh de ses propres problèmes.

Destin, hasard, accident ? Une intercession de Pérun ? Qui aurait la présomption de le dire ? Mais la simple vérité, c'est que le soldat issu d'un marchand de Qandir qui se trouvait alors commander la garnison de Kérakek était plus que disposé à accepter des confidences comme celles que lui firent les deux femmes, en cet après-midi d'hiver. La nature du monde dépassait de loin la compréhension humaine, on le savait bien. Et ici, dans le sud, au voisinage des tribus du désert aux impénétrables rites tribaux, de telles histoires n'étaient pas inconnues.

À un moment donné, on envoya chercher le garçon à la requête de Vinaszh, et celui-ci lui posa quelques questions avant de le renvoyer. Le garçonnet répondit bien volontiers, un enfant plein de sérieux. Là où il était le plus heureux, maintenant, avait remarqué l'une des femmes sur un ton d'excuse, c'était dans la salle de traitement déserte de son père. On lui permettait d'y jouer. Il avait presque huit ans, précisèrent-elles quand Vinaszh posa la question.

Il déclina le vin offert, accepta plutôt une tasse de thé, et considéra ce qu'il venait d'apprendre. Les nomades avaient des légendes et des noms, dans leurs propres dialectes, pour les gens comme cet enfant. Il avait entendu ces histoires, même dans sa jeunesse. Sa nourrice avait pris plaisir à les lui raconter. Il avait vu un Rêveur lui-même, une fois, lors d'un voyage dans le désert avec son père, une brève vision, un pan de tente trop lentement rabattu : un gros homme au corps mou parmi tous ces gens maigres ; pas un cheveu sur le crâne ; des marques profondes dans les joues, en parallèles, il se rappelait.

L'histoire des femmes n'en était donc pas une qu'il était enclin à écarter d'emblée mais, à part le fait qu'il la trouvait intéressante, il ne savait pas exactement ce qu'on attendait de lui ni pourquoi on la lui racontait ; il le leur demanda donc. Et elles le lui dirent.

Il éclata d'un rire stupéfait et consterné, puis redevint silencieux, son regard passant d'un visage maternel immobile et grave à l'autre. Elles étaient convaincues, elles l'étaient vraiment. Il entendit un bruit : le garçon se trouvait sur le seuil. Il n'était pas allé dans la salle de traitement, en fin de compte. Le genre d'enfant qui écoutait. Vinaszh en avait été un aussi. Shaski s'avança un peu quand elles l'appelèrent et resta près du rideau de perles, attentif. Vinaszh le contempla.

Puis il revint à la plus âgée des mères, celle qui avait parlé et, le plus gentiment possible, lui dit que ce qu'elle demandait était tout simplement hors de question.

« Pourquoi ? » remarqua de façon inattendue la plus jeune, celle qui était jolie. « Vous escortez parfois des caravanes marchandes vers l'ouest. »

C'était vrai, en effet. Vinaszh, homme honnête face à deux femmes au regard sérieux et ferme, fut obligé de le reconnaître.

Il observa de nouveau l'enfant. Le garçonnet attendait toujours sur le seuil. Le silence était troublant. Vinaszh en profita pour s'adresser une question imprévue : pourquoi, en vérité ? Si des épouses désiraient suivre leur époux en voyage, cela n'enfreindrait aucune loi. Si l'individu se fâchait quand elles arriveraient, ce serait certainement leur problème ou le sien. Pas celui de leur escorte. Vinaszh devait supposer que le médecin avait laissé à ses femmes assez de moyens pour payer leur voyage. Et une fois à la cour de Kabadh, le problème financier de cette famille deviendrait insignifiant. Il serait peut-être utile d'avoir ces gens comme débiteurs. Personne d'autre, en vérité, ne semblait après tout estimer avoir une dette envers lui. Le commandant s'empêcha de grimacer. Il but une gorgée de thé, commit l'erreur de regarder de nouveau l'enfant. Cette expression grave et attentive… qui attendait sa décision. Les enfants ! Ce gamin aurait dû être en train de jouer dehors ou quelque part, assurément.

En des circonstances normales, il n'y aurait rien eu là pour lui donner envie d'intervenir. Mais cet hiver n'était pas… normal.

Et le regard de l'enfant, la confiance trop évidente qui s'y lisait, mit un point d'arrêt à ses réflexions. Il le compara avec son propre état d'esprit, ces derniers temps. Il était en danger de perdre en buvant la réputation qu'il s'était bâtie pendant des années. L'amertume pouvait détruire un homme. Ou un enfant ? Il but son thé. Les femmes l'observaient. L'enfant l'observait.

En tant que commandant de la garnison, il était en son pouvoir d'assigner une escorte de soldats à des groupes privés. Des marchands, d'ordinaire, en temps de paix, qui traversaient la frontière avec leurs marchandises. La paix ne signifiait pas que les routes étaient sans danger, bien entendu. Normalement, les convois marchands payaient pour leur escorte militaire, mais pas toujours. Quelquefois, pour des raisons personnelles, un commandant envoyait des soldats de l'autre côté de la frontière. Histoire de donner quelque chose à faire à des hommes impatients, de mettre des recrues à l'épreuve, de séparer ceux qui donnaient des signes de tension à force d'être trop longtemps ensemble au même endroit. N'avait-il pas envoyé Nishik avec le docteur ?

Le commandant de la garnison de Kérakek ignorait – aucune raison pour lui de le savoir – les arrangements proposés pour la jeune épouse et sa fille. S'il l'avait su, il n'aurait pas agi comme il le fit.

Il prit plutôt une décision. Renversa une décision, en réalité. Avec rapidité et précision à présent, ainsi qu'il convenait à son rang. Un choix qu'un observateur impartial aurait pu considérer comme une folie de première grandeur. Les deux femmes se mirent à pleurer à ses paroles. Pas le garçon. Le garçon s'en alla. Ils l'entendirent quelques instants après dans la salle de traitement de son père.

« Pérun nous protège. Il fait ses bagages », dit la plus jeune mère, à travers ses larmes.

La folie de Vinaszh, fils de Vinaszh, fit que, à la fin de la même semaine, deux femmes, deux enfants, un commandant de garnison (c'était l'avantage de son rang, après tout, et l'expérience serait bienvenue pour son second s'il devenait pour un temps responsable de la forteresse), et trois soldats désignés volontaires partirent sur la route poussiéreuse et battue par le vent en direction de la frontière amorienne, et de Sarance.

En l'occurrence, le médecin Rustem, indifférent comme doit l'être tout voyageur à ce qui se passait loin de lui, se trouvait encore à Sarnica le jour où sa famille partit sur ses traces. Il achetait des manuscrits, donnait des conférences, ne quitterait pas la cité avant une semaine. Ils ne se trouvaient pas très loin derrière lui, en réalité.

Le plan, c'était que les quatre soldats escorteraient femmes et enfants en se livrant à des observations discrètes au nord-ouest de l'Amorie. Le médecin devrait s'occuper de sa famille quand ils le rejoindraient. Il lui appartiendrait de les emmener à Kabadh quand il en serait temps. Et ce serait le problème des femmes de lui expliquer leur soudaine présence. Peut-être serait-il divertissant d'assister à cette première rencontre, songeait Vinaszh en chevauchant sur la route de l'ouest. Curieux comme il s'était senti mieux du moment où il avait décidé de quitter Kérakek. Les épouses du docteur, l'enfant, cette requête, tout cela était une sorte de don du ciel.

Avec ses trois hommes, il accompagnerait simplement le petit groupe vers le nord pour revenir ensuite sur ses pas ; mais un voyage, même hivernal, lui ferait infiniment plus de bien que de se traîner dans le sable, le vent et le vide de ses journées. Un homme avait besoin d'action quand les jours s'assombrissaient tôt et que ses pensées en faisaient autant.

Au retour, il enverrait un rapport écrit à Kabadh, avec les observations qu'ils auraient faites. On pouvait décrire le voyage, le relater, le présenter comme une expédition de routine. Presque. Vinaszh déciderait plus tard s'il mentionnerait le garçonnet. Rien ne pressait à ce propos. D'abord, qu'il existât de telles personnes ne signifiait pas que Shaghir, fils de Rustem, en fût une. Vinaszh n'en était pas encore convaincu. Bien entendu, si l'enfant n'était pas ce que pensaient ses mères, ils allaient tous faire un voyage absurde, en plein hiver, simplement parce qu'un gamin s'ennuyait de son père et faisait de mauvais rêves. Il valait mieux ne pas y penser pour le moment.

Ce qui s'avéra assez facile. L'énergie nécessaire au déplacement et l'excitation de la route éveillèrent chez le commandant des émotions latentes. Certains craignaient les vastes espaces, les rigueurs du voyage. Pas lui. Le jour de leur départ, une journée si douce que Pérun et la Dame semblaient bénir leur voyage, Vinaszh était heureux.

Shaski, quant à lui, était extrêmement heureux.

C'est seulement lorsqu'ils approcheraient de Sarance, quelque temps plus tard, que son humeur changerait. Il n'avait jamais été un enfant bavard, mais il avait pris l'habitude de chantonner parfois pour lui-même ou pour calmer sa petite sœur la nuit. Il cessa de chanter une semaine après avoir quitté Sarnica en direction du nord. Et peu après, il devint complètement silencieux, l'air pâle et mal en point, même s'il ne se plaignait pas. Quelques jours plus tard, ils atteindraient Déapolis, sur la rive sud du fameux détroit, et verraient la fumée noire sur les eaux, et les incendies.

◆

À Kabadh, cet hiver-là, dans son glorieux palais aux jardins suspendus comme par miracle dans les pentes jusqu'au lit de la rivière, avec des cascades artificielles parmi les fleurs, et des arbres qui poussaient la tête en bas, Shirvan le Grand, Roi des rois, Frère du Soleil et des Lunes, couchait avec l'une ou l'autre de ses épouses, ou avec ses concubines favorites, et son sommeil était inquiet et agité malgré les potions et les poudres administrées par ses médecins, et les incantations des prêtres à la tête et au pied de son lit avant qu'il ne s'y retirât pour la nuit.

Cela durait depuis un certain temps.

Chaque nuit, de fait, depuis son retour du sud où il avait failli périr. On disait à mi-voix – mais jamais en la présence du Grand Roi – que des cauchemars précédant l'aube étaient une séquelle assez fréquente lorsqu'on avait survécu à un grand péril, conscience persistante d'une visitation manquée d'Azal l'Ennemi, du vent de ses ailes noires.

Un matin, cependant, Shirvan s'éveilla et s'assit tout droit dans son lit, poitrine nue, la cicatrice de la blessure encore rougeâtre sur sa clavicule. Le regard levé vers une présence invisible, il proféra deux phrases à voix haute. La jeune épouse, à son côté, bondit du lit pour s'agenouiller en tremblant sur le tapis à la riche texture, nue comme le jour où elle était entrée dans le monde où Pérun et Azal se livraient à leur éternel conflit.

Les deux courtisans honorés d'une place dans la chambre royale cette nuit-là, alors même qu'il y avait une femme dans le lit du roi, s'agenouillèrent aussi, en détournant les yeux de la plaisante nudité de la jeune fille sur le tapis. Ils avaient appris à ignorer de tels spectacles et à garder le silence sur ce qu'ils entendaient ou voyaient. Ou sur presque tout ce qu'ils entendaient et voyaient.

Les yeux du Roi des rois avaient été d'un froid métallique ce matin-là, dit plus tard l'un d'eux avec admiration : dur et létal comme l'épée du jugement. Sa voix était celle du juge qui pèse les âmes des mortels après leur trépas. On considérait ce genre de confidence comme acceptable.

Ce qu'avait dit Shirvan, et qu'il devait répéter lorsque ses conseillers hâtivement convoqués le retrouvèrent dans la pièce adjacente, c'était : « C'est inacceptable. Ce sera la guerre. »

Une décision qu'on a longtemps évitée, avec laquelle on s'est longuement débattu, source d'intense anxiété et de nuits agitées, semble souvent aller de soi, une fois prise. On considère avec une stupéfaction consternée cette longue hésitation, en se demandant comment on peut bien avoir retardé une décision si claire, si évidente.

Il en fut ainsi du Roi des rois ce matin-là, même si ses conseillers, n'ayant point partagé ses rêves hivernaux, durent se faire expliquer la situation en un langage qu'ils pouvaient comprendre. Il était possible, bien sûr, de simplement leur donner des ordres sans rien expliquer, mais Shirvan régnait depuis longtemps et savait que la plupart des gens sont plus efficaces quand ils saisissent eux-mêmes de quoi il s'agit.

Il y avait deux éléments qui rendaient une guerre inévitable, en réalité, et un troisième impliquait qu'ils devraient la déclarer eux-mêmes.

Un : les Sarantins fabriquaient des bateaux. En très grand nombre. Les marchands qui commerçaient avec l'Occident et les espions (souvent une seule et même personne) le rapportaient depuis le début de l'automne. Les chantiers navals de Sarance et de Déapolis résonnaient de marteaux et de scies. Shirvan avait entendu ce martèlement dans la noirceur de ses nuits.

Deux : la reine des Antæ se trouvait à Sarance. Un instrument vivant dans la main de Valérius. Une autre sorte de marteau. Comment l'Empereur s'y était pris, en vérité (et Pérun savait que Shirvan respectait l'autre monarque tout autant qu'il le haïssait), nul n'avait pu le dire, mais cette femme se trouvait là.

Ces deux éléments mis en relation signifiaient une invasion de l'Occident pour quiconque savait déchiffrer ce genre d'indices. Qui pouvait maintenant ne pas voir que les vastes sommes d'or déposées par Valérius dans les coffres bassanides – deux livraisons déjà – étaient destinées à maintenir le calme sur la frontière orientale pendant qu'il envoyait son armée à l'ouest ?

Shirvan avait pris l'argent, bien entendu. Avait signé et scellé le traité de l'Éternelle Paix, comme on l'avait appelé. Il avait ses propres problèmes frontaliers, au nord et à l'est, et ses propres difficultés à payer la solde d'une armée rétive. Quel monarque n'en avait pas ?

Mais le Roi des rois n'avait nul besoin d'un oniromancien pour dévoiler le sens de ses nuits. Les charlatans auraient peut-être essayé de lui dire que les images de flammes et l'agitation étaient liées à la blessure, à la flèche, au poison. Mais il savait de quoi il s'agissait.

Le poison réel n'avait pas été celui de la flèche de son fils, mais il attendait encore en embuscade : ce venin, c'était la puissance dont jouirait Sarance si la Batiare retombait entre ses mains. Et cela se pourrait. C'était fort possible. Pendant très longtemps, il avait presque désiré, de fait, une incursion des Sarantins en Occident, en pensant qu'ils n'y réussiraient jamais. Il avait changé d'avis.

La patrie perdue de l'Empire était fertile et riche – pourquoi donc les tribus antæ y étaient-elles descendues, à l'origine ? Si le Stratège doré, le détestable Léontès, pouvait ajouter cette richesse au trésor de Valérius, lui assurer prospérité et sécurité en Occident, sans plus de troupes immobilisées en Sauradie, alors…

Alors, quel sentiment d'encerclement pis encore n'éprouverait pas quiconque occuperait le trône de Kabadh ?

On ne pouvait permettre de tels événements. Il y avait bel et bien là un poison, mortel, rédhibitoire.

Certains dans cette salle auraient pu espérer, avec regret, qu'une partie de l'argent sarantin expédié en Moskave achèterait un été de troubles au septentrion, forçant Valérius à y garder une partie de son armée et affaiblissant ainsi d'autant son invasion.

Une idée en passant, rien de plus. Les barbares moskaves vêtus de fourrure pouvaient tout aussi bien prendre l'argent et déferler sur les palissades de Mihrbor, à l'intérieur même des frontières bassanides. Ils attaquaient quand ils s'ennuyaient, là où ils le choisissaient, quand ils percevaient une faiblesse. Aucun sens de l'honneur ni de ce qui constituait une conduite appropriée chez ces sauvages nordiques si sûrs d'être en sécurité dans leur vaste contrée sauvage. Un pot-de-vin, un accord ne signifieraient rien pour eux.

Non, si les Bassanides devaient contrecarrer Valérius, il leur faudrait le faire eux-mêmes. Shirvan n'en éprouvait aucun scrupule. On ne pouvait s'attendre à ce qu'un monarque aimant son pays et réellement désireux de le protéger pût être arrêté dans sa résolution par quelque chose d'aussi futile qu'un traité d'Éternelle Paix.

Une fois sa décision prise, Shirvan de Bassanie n'était pas homme à perdre son temps à soupeser de telles nuances.

On fabriquerait un prétexte, une incursion arrangée le long de la frontière du nord. Un raid sarantin contre Asèn. On massacrerait quelques prêtres, on brûlerait un petit temple, on dirait que les Occidentaux en étaient responsables, qu'ils avaient enfreint leur serment de paix. La routine.

Asèn, qui avait été incendiée, pillée, et troquée de part et d'autre une demi-douzaine de fois, serait encore la cible de choix. Mais l'idée de Shirvan allait plus loin, il y avait du nouveau.

« Allez plus loin vers l'ouest », dit le Roi des rois à ses généraux, de sa voix grave et froide, en fixant d'abord Robazès puis les autres. « Asèn n'est rien. Une pièce de monnaie à échanger. Vous devez absolument obliger Valérius à expédier une armée. Et vous irez donc jusqu'à Eubulus cette fois. Assiégez-les, affamez-les, écrasez-les. Et rapportez-moi les richesses qui se trouvent entre ses murailles. »

Il y eut un silence. On faisait toujours silence quand le Roi des rois parlait, mais c'était un silence d'une autre nature. Dans toutes les campagnes bassanides contre Valérius et son oncle avant lui, et contre Apius avant le premier Valérius, Eubulus n'avait jamais été capturée, ni même assiégée. Pas plus que la cité de Mihrbor, la grande cité bassanide du nord. Les batailles entre Sarance et la Bassanie avaient exclusivement porté sur l'or. Des raids de pillage à la frontière au nord et au sud, des rançons, de l'argent pour leurs trésors respectifs, de quoi payer les armées. La conquête, le sac de villes importantes, il ne s'était jamais agi de cela.

Shirvan regarda encore tour à tour ses généraux. Il savait qu'il les forçait à changer leur façon de penser – toujours risqué avec des militaires. Comme il l'avait prévu, il vit Robazès en saisir les implications avant les autres.

« Rappelez-vous, reprit-il, s'ils se rendent bien en Batiare, Léontès sera en Occident. Il ne nous affrontera pas à Eubulus. Et si nous soustrayons assez de soldats à son armée d'invasion parce qu'ils doivent plutôt se rendre dans le nord à cause de vous, il sera mis en échec en Occident. Il pourrait… y périr. » Il énonça cette dernière phrase avec lenteur, pour lui donner le temps d'être bien comprise. Ils devaient comprendre.

Léontès serait en Occident. Leur fléau. L'image trop éclatante, la terreur de leurs propres rêves, aussi doré que le soleil révéré par les Sarantins. Les commandants bassanides échangèrent des regards. Crainte et excitation tournaient à présent dans la salle, une compréhension croissante, une lente prise de conscience, pour la première fois, des possibilités.

Et de toutes les conséquences. Cette infraction à la paix placerait les Bassanides d'Occident – marchands pour la plupart, et une poignée d'autres – dans une situation désespérément périlleuse. C'était de toute façon toujours le cas quand une guerre éclatait, et ils n'étaient pas si nombreux. On ne pouvait se permettre de prendre en compte ce genre de considérations. Les marchands savaient toujours quels risques ils prenaient en se rendant en Occident (ou en Orient, au demeurant, en Ispahane).

C'était pourquoi ils faisaient payer si cher ce qu'ils rapportaient ; c'était ainsi qu'ils établissaient leurs fortunes.

D'un geste, Shirvan mit fin à la réunion et les hommes présents commençaient à se disperser après s'être prosternés, quand l'un d'eux osa prendre la parole : le vizir Mazendar, qui en avait toujours la permission en présence de son roi. Petit homme rondelet à la voix aussi claire et sèche que celle du roi était grave et profonde, il avait deux petites suggestions à faire.

La première concernait le calendrier des opérations : « Grand Roi, proposez-vous que nous attaquions *avant* qu'ils ne fassent voile vers l'Occident ? »

Les yeux de Shirvan s'étrécirent. « C'est une possibilité », dit-il sans se compromettre. Puis il attendit.

« En vérité, mon grand Seigneur, murmura Mazendar, j'entr'aperçois une étincelle de vos puissantes pensées. Nous pouvons agir ainsi, ou attendre qu'ils soient partis pour l'Occident et *alors* traverser la frontière pour attaquer Eubulus. On lancera à la poursuite de Léontès des navires rapides portant des messages frappés de panique. On pourrait lui ordonner de renvoyer une partie de sa flotte. Le reste se sentira exposé, découragé. Ou bien il continuera, en craignant toujours pour ses arrières. Et Sarance se sentira totalement à découvert. Quelle approche préfère le Roi des rois ? Ses conseillers attendent les lumières de sa sagesse. »

Mazendar était le seul qui valût la peine d'être écouté. Robazès était capable de combattre, et de mener une armée, mais Mazendar était intelligent. « Il faudra un moment pour assembler notre armée au nord, déclara Shirvan avec gravité. Nous surveillerons les événements en Occident et prendrons notre décision en conséquence.

— Une armée de quelle taille, Monseigneur ? » fit Robazès, posant une question de soldat. Il cligna des yeux abasourdis lorsque Shirvan énonça le chiffre ; jamais auparavant ils n'avaient envoyé autant d'hommes.

Shirvan conserva une expression dure et sombre. On devait voir l'attitude du Roi des rois, s'en souvenir et la rapporter. Valérius de Sarance n'était pas le seul monarque capable d'expédier d'immenses armées de par le monde. Le roi revint à Mazendar; celui-ci avait parlé de deux suggestions.

La seconde concernait la reine des Antæ à Sarance.

En l'écoutant, le roi hocha la tête avec lenteur, eut la grâce d'admettre avec satisfaction que cette proposition possédait quelque vertu, y donna son consentement.

On quitta la salle. Les événements commencèrent à se précipiter. Les premiers signaux de flammes furent allumés à la tombée de la nuit, ce même jour, envoyant des messages flamboyants de colline en tour et de forteresse en colline, dans toutes les directions nécessaires.

Le Roi des rois passa la majeure partie de sa journée avec Mazendar et Robazès, ainsi que des généraux de second rang et les officiers du trésor royal; et l'après-midi en prière, devant la braise de la Sainte Flamme qui se trouvait au palais. À l'heure du dîner, il se sentit indisposé et fiévreux. Il n'en parla à personne, bien entendu, mais alors qu'il était étendu sur une couche pour dîner, il songea soudain – avec retard – au médecin d'une compétence inattendue qui devait venir à Kabadh l'été suivant. Il avait ordonné à cet homme de se rendre à Sarance dans l'intervalle, jusqu'à sa nécessaire élévation à la caste supérieure. C'était un homme au tempérament observateur, le roi avait cherché une façon d'exploiter ce trait à bon escient. Les rois se devaient d'agir ainsi: qui était utile devait être utilisé.

Shirvan but une gorgée de thé vert puis secoua la tête, un mouvement qui lui donna le vertige et qu'il interrompit donc. Le médecin devait déjà être parti pour l'Occident. Pour Sarance. Infortuné qu'il fût à présent là-bas.

On n'y pouvait rien. La santé et le confort d'un monarque devaient assurément le céder aux besoins de son peuple. La royauté s'accompagnait de fardeaux, et le Roi des rois les connaissait tous. Il fallait parfois laisser passer en second les soucis personnels. Par ailleurs, il devait tout simplement y avoir plus d'un médecin compétent en Bassanie! Shirvan résolut d'ordonner à Mazendar d'effectuer une recherche appropriée… puisqu'il ne l'avait jamais fait, au demeurant.

Mais on prenait de l'âge, la santé devenait moins bonne. Azal planait sur ses ailes noires. Pérun et la Dame attendaient tous les humains pour leur jugement. Point n'était besoin, cependant, de se précipiter vers eux avant son temps.

Il lui vint une idée quand il eut fini son dîner et se fut retiré dans ses appartements. Il avait encore mal à la tête. Il envoya néanmoins chercher Mazendar. Le vizir apparut presque aussitôt. Il semblait parfois à Shirvan que l'autre vivait constamment prêt de l'autre côté d'une porte, tant il était prompt à surgir en tout temps.

Le roi rappela à son vizir l'idée qu'il avait exprimée le matin même à propos de la reine des Antæ. Puis il lui rappela le médecin du sud qui se trouvait à Sarance ou s'y trouverait bien assez tôt. Il en avait oublié le nom ; peu importait ; Mazendar s'en souviendrait. Le vizir, l'esprit le plus rapide, et de loin, de tous ceux qui entouraient le roi, eut un lent sourire en lissant sa courte barbe.

« Le roi est véritablement le frère des seigneurs de la création, dit-il. L'œil du roi est tel celui de l'aigle, et ses pensées sont aussi profondes que la mer. Je vais y veiller à l'instant. »

Shirvan hocha la tête en se frottant le front et, finalement, il fit appeler ses médecins. Il n'avait guère confiance en eux, puisqu'il avait fait exécuter les trois meilleurs à Kérakek à cause de leur échec à le soigner, mais ceux de la cour devaient sûrement être bien assez bons pour lui préparer une quelconque décoction capable d'apaiser son mal de tête et de l'aider à dormir.

Ils l'étaient, en l'occurrence. Le Roi des rois ne rêva pas cette nuit-là, pour la première fois depuis très longtemps.

# CHAPITRE 8

En hiver, à Sarance, lorsqu'était silencieuse l'énorme masse de l'Hippodrome, les rivalités des factions se déplaçaient vers les théâtres. Danseurs et danseuses, actrices, acteurs et clowns rivalisaient dans leurs performances et les partisans des factions, dans leurs sections attitrées, lançaient des acclamations (ou de vociférantes dénonciations) d'une nature de plus en plus sophistiquée. Les répétitions nécessaires à la production de ces manifestations spontanées pouvaient être fort exigeantes. Si on savait comment obéir à des signaux, si on voulait bien passer le plus clair de son temps libre à la pratique, et si on avait une voix acceptable, on pouvait se gagner de bonnes places aux représentations, et le privilège d'être admis aux banquets et autres événements de la faction. Les candidats ne manquaient pas.

Bleus et Verts occupaient des sections séparées dans les théâtres comme à l'Hippodrome, à l'extrémité des gradins circulaires réservés à l'assistance, et donc très éloignés les uns des autres. La Préfecture urbaine n'était pas dépourvue d'élémentaire bon sens, et l'Enceinte impériale avait très clairement fait comprendre que tout excès de violence pourrait fermer les théâtres pendant tout l'hiver. Une sombre perspective, suffisant à assurer un certain niveau de décorum – la plupart du temps.

La cour et les dignitaires en visite, ainsi que les administrateurs civils et militaires de haut rang, avaient leurs propres sièges au centre du parterre, juste en face de la scène. Derrière eux se trouvait l'espace destiné aux spectateurs non alignés, par ordre d'ancienneté dans leur guilde ou dans l'armée ; c'était là aussi qu'on pouvait trouver les messagers de la Poste impériale. Plus haut, toujours au centre, il y avait le tout-venant des soldats, des marins, des citoyens et même, sous ce règne éclairé (plutôt trop éclairé pour les plus fanatiques des prêtres), des Kindaths, dans leurs robes bleues et leurs calottes argentées. De temps à autre, des marchands bassanides ou des païens du Karche ou de la Moskave, saisis de curiosité pour ce qui se passait là, pouvaient trouver quelques places tout au fond.

Les prêtres quant à eux ne venaient jamais au théâtre, bien entendu. Les femmes y étaient parfois presque nues. Il fallait être prudent avec les gens du nord, d'ailleurs : les filles pouvaient un peu trop les exciter, déclenchant une autre sorte de désordre.

Tandis que les Premiers Danseurs – Shirin et Tychus pour les Verts, Clarus et Élaïna pour les Bleus – donnaient des représentations au nom de leur couleur une ou deux fois par semaine, que les musiciens accrédités coordonnaient les acclamations et que les plus jeunes partisans se lançaient des défis et se bagarraient dans divers tripots et tavernes enfumés, les dirigeants des deux factions passaient l'hiver à se préparer activement pour le printemps et ce qui importait vraiment à Sarance.

Les chars étaient le cœur de la vie sarantine, et tout le monde le savait.

Il y avait à vrai dire beaucoup de travail en hiver. On recrutait des conducteurs dans les provinces, on en renvoyait ou en déplaçait d'autres pour diverses raisons, ou on leur faisait subir de l'entraînement additionnel. Les plus jeunes, par exemple, se faisaient sans fin apprendre à tomber d'un char et à arranger une chute quand il le fallait. On évaluait les chevaux, on en retirait du service, on les soignait, on leur faisait prendre de l'exercice, les agents en achetaient de nouveaux. Les chiromanciens de la faction continuaient à jeter leurs sorts d'agression ou de protection (en gardant un œil ouvert sur les trépassés utiles et les tombes fraîches hors les murs.)

De temps à autre, les deux gérants des factions se rencontraient dans une taverne ou un établissement de bains neutre et négociaient avec circonspection, en buvant du vin fortement coupé d'eau, des transactions quelconques. Elles impliquaient ordinairement les couleurs mineures – Rouges et Blancs – car aucun des factionnaires ne voulait courir le risque de se retrouver trop évidemment perdant dans un tel échange.

C'est donc ainsi qu'un peu après la fin de sa première saison dans la Cité, un matin, après le service à la chapelle, le jeune Taras des Rouges se trouva brusquement informé par le factionnaire des Verts qu'il avait été cédé aux Bleus et aux Blancs contre un cheval de flanc droit et deux tonneaux de sarnican ; on lui conseillait de prendre ses affaires et de se rendre sans tarder à l'enclave des Bleus.

On ne le lui dit pas d'une façon désagréable. Une phrase brève, tout à fait terre à terre, et le factionnaire s'était déjà détourné pour discuter avec quelqu'un d'autre la dernière livraison de cuir arimondain quand Taras prit toute la mesure de ce qu'il venait d'entendre. Le jeune homme sortit d'un pas vacillant du bureau bondé du factionnaire. Tout le monde détournait les yeux.

Il n'était pas des leurs depuis longtemps, certes, il courait seulement pour les Rouges et il était de nature timide, aussi ne le connaissait-on certainement guère dans l'enclave. Mais il lui semblait pourtant – jeune comme il était, encore inaccoutumé aux dures réalités de la Cité – que, dans la salle de banquets et les baraquements principaux, ses anciens camarades auraient pu montrer un peu moins d'enthousiasme en apprenant la transaction. Ce n'était pas très plaisant d'entendre lancer des vivats à cette nouvelle.

Le cheval était une bête excellente, à ce qu'on disait, bon, mais Taras était un homme, un aurige, il avait partagé un dortoir avec eux, avait mangé à leur table, avait fait de son mieux toute l'année loin de chez lui, dans un endroit bien difficile et bien périlleux. Cette allégresse le blessa, il dut l'admettre.

Les seuls qui prirent la peine de venir lui souhaiter bonne chance tandis qu'il empaquetait ses affaires, ce furent deux palefreniers, un sous-cuisinier avec lequel il avait bu à l'occasion; et l'un des autres conducteurs rouges. En toute honnêteté, il devait reconnaître que Crescens, leur solide Premier Conducteur, avait cessé de boire assez longtemps pour le remarquer alors qu'il traversait la salle des banquets avec ses affaires, et lui lancer un au revoir jovial à travers la salle bondée.

Il s'était trompé sur le nom de Taras, mais il le faisait toujours.

Dehors, la pluie tombait. Taras abaissa le rebord de son couvre-chef et remonta son collet en se rendant de l'autre côté de la cour. Il se rappela trop tard qu'il avait oublié de prendre le remède concocté par sa mère contre toutes les maladies possibles. Il allait sans doute être malade, maintenant, en plus.

Un cheval. On l'avait échangé pour un cheval! Il avait une sensation très désagréable au creux de l'estomac. Il pouvait encore se rappeler la fierté de sa famille quand le recruteur des Verts à Mégarium l'avait invité à la Cité un an plus tôt. "Travaille fort, et qui sait ce qui peut arriver", lui avait-il dit.

À l'entrée de l'enclave, l'un des gardes sortit de sa hutte pour déverrouiller la barrière, lui fit un geste distrait de la main et s'empressa de retourner à l'abri de la pluie. Ils ne savaient peut-être pas ce qui était arrivé. Taras ne le leur dit pas. Dehors, deux adolescents en tunique bleue se tenaient dans l'allée, en train de se faire détremper.

«C'est toi, Taras?», dit l'un d'eux, tout en grignotant une brochette d'agneau.

Taras acquiesça.

«Allons-y, alors. On va t'emmener.» Le garçon jeta le reste de sa brochette dans le caniveau, qui débordait.

Une escorte. Deux gamins des rues. Comme c'était flatteur.

« Je sais très bien où se trouve l'enclave des Bleus », marmonna-t-il à mi-voix. Il se sentait fiévreux, la tête trop légère. Il voulait être seul. Ne voulait vraiment regarder personne ! Comment allait-il le dire à sa mère ? La seule idée de dicter cette lettre à un scribe lui faisait douloureusement battre le cœur.

L'un des adolescents marchait à sa hauteur dans les mares d'eau ; l'autre disparut après un moment dans le brouillard de pluie, visiblement dégoûté ou seulement gelé. Un unique gamin des rues, alors. Triomphante procession pour un grand conducteur qu'on venait d'acquérir contre un cheval et du vin.

À l'entrée de l'enclave des Bleus – sa nouvelle demeure désormais, même s'il était difficile d'y penser ainsi –, Taras dut répéter son nom puis expliquer, c'était pénible, qu'il était conducteur et avait été… recruté pour être des leurs. Les gardes avaient l'air sceptique.

Auprès de Taras, le gamin cracha dans la rue. « Ouvrez la foutue porte. Il pleut, et il est qui il dit. »

Dans cet ordre, songea Taras lugubre, le cou inondé par l'eau qui dégoulinait des rebords de son chapeau. On ouvrit à contrecœur les grilles. Aucun mot de bienvenue, évidemment. Les gardes ne croyaient même pas qu'il fût un conducteur. La cour de l'enclave – presque identique à celle des Verts – était boueuse et déserte en cette froide et pluvieuse matinée.

« Tu seras dans ce baraquement-là », dit le gamin en pointant un doigt. « Sais pas quel lit. Astorgus a dit de laisser tes affaires et d'aller le voir. Il doit être en train de manger. La salle des banquets est par là. » Il s'éloigna dans la boue, sans un regard en arrière.

Taras porta ses affaires dans le bâtiment indiqué. Un long dortoir au plafond bas, fort semblable à celui où il avait vécu durant l'année écoulée. Quelques serviteurs s'y trouvaient en train de nettoyer, de faire les lits et de ranger les habits en désordre. L'un d'eux lança à Taras un regard indifférent quand il apparut sur le seuil. Il allait demander quel lit était le sien, mais la perspective en était soudain trop humiliante. Ça pouvait attendre. Il laissa tomber ses sacs détrempés près de la porte.

« Surveillez ça pour moi », lança-t-il avec ce qu'il espérait être de l'autorité. «Je vais dormir là. »

Il secoua son chapeau, le remit sur sa tête et ressortit. En évitant les mares les plus larges, il retraversa la cour de biais en direction de l'édifice désigné par le garçon. Astorgus, le factionnaire, était censé s'y trouver.

Taras pénétra dans une antichambre de modestes proportions mais joliment décorée. La porte à doubles battants conduisant à la salle des banquets était fermée ; la salle elle-même était silencieuse en cette heure matinale grise et humide. Taras jeta un coup d'œil autour de lui. Il y avait des mosaïques sur les quatre murs, des auriges célèbres du temps jadis – tous des Bleus, bien entendu. Taras les connaissait. Tous les jeunes conducteurs les connaissaient ; c'étaient les éblouissants habitants de leurs rêves.

"Travaille fort, et qui sait ce qui peut arriver."

Taras se sentait mal. Il aperçut un homme, réchauffé par deux cheminées, assis sur un haut tabouret à un bureau proche de la porte intérieure menant à la salle des banquets. Une lampe était posée près de lui. Il leva les yeux de ses écritures et haussa un sourcil.

«Trempé, hein ? remarqua-t-il.

— La pluie a tendance à faire ça, répliqua Taras d'une voix brève. Je suis Taras des… Je suis Taras de Mégarium. Le nouveau conducteur. Pour les Blancs.

— Ah oui ? dit l'autre. Entendu parler de toi. » Eh bien, ça en faisait au moins un ! L'autre le dévisageait des pieds à la tête, mais il ne ricanait pas et ne semblait pas amusé. «Astorgus est à l'intérieur. Enlève ce chapeau et vas-y. »

Taras chercha un endroit où poser son couvre-chef.

«Donne-le-moi » Le secrétaire, si c'en était un, le prit entre deux doigts comme un poisson rance et le laissa tomber sur un banc derrière son bureau ; il s'essuya les doigts sur sa robe et se pencha de nouveau sur son travail.

Avec un soupir, et après avoir repoussé ses cheveux sur son front, Taras ouvrit les lourds battants de chêne donnant sur la salle de banquet. Et se figea sur place.

Il avait devant lui une énorme salle brillamment éclairée, avec du monde à toutes les tables. Le calme du matin vola en éclats quand jaillit un soudain, vaste et tonitruant rugissement, comme d'un volcan, assez puissant pour ébranler les poutres. Paralysé, le cœur dans la gorge, Taras se rendit compte que tous se levaient d'un bond, hommes et femmes, en brandissant coupes et flacons dans sa direction et en criant son nom si fort qu'il pouvait presque imaginer que sa mère l'entendrait, à Mégarium, de l'autre côté du monde.

Abasourdi, toujours figé sur le seuil, Taras essaya désespérément de comprendre ce qui se passait.

Après avoir jeté sa coupe, qui rebondit sur le plancher en éparpillant la lie de son vin, un petit homme massif, couvert de cicatrices, traversa la salle à grandes enjambées pour venir à lui. « Par la barbe de l'imberbe Jad ! s'écria le célèbre Astorgus, factionnaire des Bleus, je ne peux foutrement pas croire que ces imbéciles t'ont laissé partir ! Ha ! HA ! Bienvenue, Taras de Mégarium, nous sommes fiers que tu sois des nôtres ! » Il enveloppa Taras d'une étreinte musclée, à vous briser les côtes, et recula d'un pas avec un sourire épanoui.

Dans la salle, le vacarme ne faisait pas mine de cesser. Taras vit Scortius en personne – le grand Scortius – qui lui adressait un large sourire, coupe levée. Les deux gamins venus le chercher se trouvaient là aussi, écroulés de rire dans un coin, les doigts fourrés dans la bouche, émettant des sifflements perçants. Et voilà que le secrétaire et l'un des gardes de la barrière arrivaient derrière lui et lui envoyaient une grande claque dans le dos.

Taras se rendit compte qu'il avait la bouche béante. Il la referma. Une jeune fille, une danseuse, s'avança pour lui donner une coupe de vin et un baiser sur chaque joue. Il déglutit avec peine. Après avoir considéré sa coupe, il la leva d'une main hésitante à la santé de toute la salle, puis la vida d'un trait, provoquant un cri d'approbation encore plus bruyant et des sifflements partout. On criait encore son nom.

Il eut soudain peur de se mettre à pleurer.

Il se concentra sur Astorgus. S'efforça de paraître calme. S'éclaircit la voix. « C'est… c'est un accueil bien généreux pour le nouveau conducteur des Blancs, dit-il.

— Des Blancs ? Des foutus *Blancs ?* J'aime mon équipe de Blancs comme un père aime son fils cadet, mais tu n'es pas avec eux, petit. Tu es un conducteur des Bleus à présent. Tu es le *Second* des Bleus, après Scortius ! C'est ça que nous célébrons ! »

Taras, en clignant des paupières, décida brusquement qu'il devrait se rendre très bientôt à une chapelle. Des remerciements s'imposaient, et c'était sûrement une bonne idée de commencer par Jad.

Tout en s'approchant de la barrière avec son quadrige et en contrôlant ses chevaux énervés en ce deuxième jour de la saison des courses, tandis que le soleil printanier coulait à flots sur la foule vociférante de l'Hippodrome, Taras n'avait pas la moindre envie de revenir sur les remerciements et les cierges offerts des mois plus tôt, mais il était encore terrifié ce matin, conscient de faire quelque chose qui dépassait de loin ses capacités, et dont il éprouvait à chaque instant le fardeau.

Il comprenait maintenant parfaitement ce qu'Astorgus et Scortius avaient imaginé en manœuvrant pour l'amener chez les Bleus. Depuis deux ans, le second conducteur était un certain Rulanius, originaire comme beaucoup d'autres de Sarnica, mais il était devenu un problème. Il se croyait meilleur qu'il n'était et, en conséquence, il buvait trop.

Dans une faction où Scortius portait le casque d'argent, le rôle de Second consistait essentiellement à répondre à des défis tactiques. On ne gagnait pas de courses soi-même (sinon des courses secondaires, dans lesquelles ne couraient pas les deux champions), on essayait de veiller à ce que le Premier ne fût pas empêché d'en gagner.

Cela impliquait de bloquer (en finesse), de tenir des couloirs contre les Verts, de les forcer à virer large, de ralentir pour contraindre les autres à en faire autant ou de s'arrêter dans son élan au moment jugé exactement opportun pour laisser passer le Premier de sa faction. Quelquefois, on effectuait même des carambolages – avec des risques considérables à la clé. Il fallait être observateur, alerte, prêt à prendre bleus et bosses, attentif à ce que pouvait vous crier Scortius sur la piste et avoir fondamentalement pris son parti du fait qu'on était un adjoint du meneur. Les acclamations ne seraient jamais pour vous.

Rulanius en prenait de moins en moins son parti.

C'était devenu évident après la dernière saison. Il avait trop d'expérience pour être simplement renvoyé, et un factionnaire devait voir plus large que Sarance. On avait pris la décision de l'envoyer dans le nord, à Eubulus, la deuxième cité de l'Empire, où il pourrait être Premier dans un plus petit hippodrome. Une rétrogradation et une promotion à la fois. De quelque façon qu'on la définît, il ne constituait plus un obstacle. On l'avait cependant averti de façon très claire quant à son problème de boisson. L'arène n'était pas un endroit pour qui n'était pas au mieux de ses capacités, toute la matinée, tout l'après-midi. Le Neuvième Aurige courait toujours sur leurs talons, bien trop près.

Mais, une fois réglé, ce problème en avait créé un autre. Le présent Troisième des Bleus était un homme plus âgé, plus que satisfait de son sort, qui courait dans les courses secondaires comme renfort de Rulanius, à l'occasion. Astorgus l'avait évalué sans détour comme n'étant pas à la hauteur des exigences tactiques et des chutes fréquentes qu'impliquaient régulièrement les affrontements avec Crescens des Verts et son propre second fort agressif.

On pouvait promouvoir ou recruter quelqu'un d'autre dans les petites villes, ou choisir une approche différente. On avait choisi l'approche différente.

Taras avait fait impression, apparemment, et de façon déterminante, pendant une course mémorable à la toute fin de la saison précédente. Ce qu'il avait considéré quant à lui comme un misérable échec, alors que son départ explosif avait finalement été réduit à néant par la course brillante et ravageuse de Scortius derrière lui, les Bleus l'avaient vu comme un splendide effort, uniquement contrecarré par la manœuvre d'un génie. Et Taras était arrivé second dans cette course, toute une réussite avec des chevaux qu'il connaissait mal et après avoir brûlé l'énergie de son équipage en le faisant démarrer si fort.

On s'était livré à quelques enquêtes discrètes sur ses antécédents, on avait discuté, et on avait pris la décision : il était capable de jouer le rôle de Second. Cette tâche le ravirait, il n'y regimberait nullement. Sa jeunesse plairait à la foule. Cette affaire pouvait devenir un coup fameux pour les Bleus, avait conclu Astorgus.

Il avait donc négocié une transaction. Le cheval, avait appris Taras, était une excellente bête. Crescens se l'était aussitôt approprié comme cheval de flanc droit. Il serait encore plus formidable à présent, et ils le savaient.

En avoir conscience avait placé sur les épaules de Taras un fardeau supplémentaire, malgré la générosité de l'accueil qu'on lui avait réservé et l'entraînement tactique méticuleux qu'il avait suivi avec Astorgus – lequel avait été, après tout, le conducteur de chars le plus glorieux de son temps.

Mais cette anxiété, ce sens croissant de responsabilité qu'il avait éprouvé depuis le début, n'avait rien à voir avec ce qu'il subissait ce jour-là, alors que les chariots paradaient sur les sables de l'Hippodrome pour les courses de l'après-midi, en cette deuxième rencontre de la nouvelle saison.

L'entraînement d'hiver avait quasiment perdu tout son sens, toutes les discussions tactiques étaient devenues de pures abstractions. Il ne conduisait pas comme Second. Il avait le magnifique, le fameux Servator à sa gauche dans son attelage, devant lui, avec les trois autres chevaux du premier équipage. Il portait le casque d'argent. Il était le Premier Aurige des Bleus.

Scortius avait disparu. On ne l'avait pas revu depuis la semaine précédant le début de la saison.

Le jour de l'ouverture avait été brutal, accablant. De Quatrième des humbles Rouges, Taras était devenu porteur du casque d'argent pour les puissants Bleus, il avait mené la grande parade puis avait affronté Crescens devant quatre-vingt mille spectateurs qui n'avaient jamais entendu parler de lui. Entre les courses, il avait été pris de violents vomissements. Il s'était lavé la figure, avait écouté les farouches encouragements d'Astorgus, était revenu sur cette piste qui avait de quoi vous démoraliser totalement.

Il avait réussi à arriver second quatre fois sur six le premier jour, et de nouveau trois fois dans les quatre courses de la présente matinée. Crescens des Verts, plein d'assurance et d'une agressivité féroce, exhibant son splendide cheval de droite, avait gagné sept courses le jour de l'ouverture et quatre de plus ce matin. Onze victoires en une réunion et demie ! Les Verts déliraient de joie. On ne pouvait même pas parler d'avantage injuste quand on commençait une saison avec autant d'éclat...

Nul ne savait, même en cet instant, où se trouvait Scortius. Ou si quelqu'un le savait, il ne le disait pas.

Taras avait perdu pied, et il essayait de ne pas se noyer.

◆

Un certain nombre de gens étaient au courant, de fait, mais bien moins qu'on n'aurait pu le supposer. Le secret avait été le premier sujet discuté avec le Maître du Sénat, lorsque celui-ci avait répondu à une requête pressante de se rendre dans sa petite résidence privée. On pouvait appliquer plusieurs stratégies à cette partie, avait pensé Bonosus, mais l'insistance sans appel du blessé avait mis fin à la conversation. En conséquence,

Astorgus et Bonosus lui-même étaient les deux seules personnes d'importance à savoir où se trouvait présentement Scortius. Le médecin bassanide fraîchement arrivé (et d'une compétence bénie) le savait aussi, évidemment, tout comme les serviteurs de la maisonnée. Ces derniers étaient d'une discrétion assurée, et le médecin ne trahirait certainement pas la confiance d'un patient.

Le sénateur ignorait totalement que son propre fils était dans la confidence, à la source même, en réalité, de cette situation tout à fait extraordinaire. Il ne savait pas non plus qu'une autre personne devait recevoir un bref message :

"De toute évidence, vous êtes une personne dangereuse et votre rue est plus périlleuse qu'on n'aurait pu le supposer. Je ne vais pas, semble-t-il, aller rejoindre le dieu à l'instant pour m'en plaindre, et je crois que l'échec de notre négociation restera un secret. Il pourrait être nécessaire de la reprendre à un moment donné."

Un autre message, écrit de la même main, fut transmis par Astorgus puis par un jeune messager des Bleus à la demeure de Plautus Bonosus, mais non au sénateur. Il disait :

"J'espère vous dire un jour quels considérables inconvénients m'a causés votre réunion familiale de l'autre nuit."

La femme qui lut ce message ne sourit pas en le lisant. Elle le fit brûler dans la cheminée.

La Préfecture urbaine fut discrètement avisée que l'aurige était vivant et avait été blessé au cours d'un rendez-vous amoureux qu'il préférait garder privé. C'était assez fréquent. On ne vit aucune raison d'intervenir davantage. On fut peu après fort occupé à maintenir l'ordre dans les rues : les partisans des Bleus, bouleversés par la disparition de leur héros et l'ouverture spectaculaire de la saison pour les Verts, étaient d'une humeur massacrante. Le premier jour des courses fut suivi de blessures et de décès plus nombreux que d'habitude,

mais dans l'ensemble – avec tous les soldats qui se trouvaient à présent dans la Cité –, l'humeur de Sarance
était plus tendue et attentive qu'activement violente.

Les graines de la violence étaient bien présentes,
pourtant. L'aurige le plus célèbre de l'Empire ne pouvait
pas simplement disparaître sans provoquer des remous
sérieux. Les Excubiteurs furent avertis qu'on aurait peut-
être encore recours à leurs services.

Mais tout cela, c'étaient les retombées. La nuit où un
homme gravement blessé était apparu à sa porte, tenant
à peine debout mais s'excusant poliment de son intrusion, on s'était occupé de problèmes tout différents
dans la demeure de Plautus Bonosus en ville. Ou du
moins Rustem de Kérakek.

Il avait cru perdre son patient et avait éprouvé une
gratitude secrète de se trouver à Sarance, et non chez
lui en Bassanie : là, ayant entrepris de traiter le blessé,
il aurait été considéré comme responsable, de manière
coûteuse et peut-être même fatale, si le conducteur de
chars avait succombé à ses blessures. Cet homme était
fort important. Aucun équivalent bassanide ne se présentait à l'esprit, mais il était impossible d'ignorer l'expression ahurie de l'intendant ou du rejeton meurtrier du
sénateur, cette nuit-là, alors qu'ils aidaient à disposer
sur une table un homme du nom de Scortius.

Le coup de poignard était grave – la lame était entrée
profondément pour ensuite remonter en déchiquetant
les chairs. Et il était très problématique de refermer la
plaie en ralentissant l'hémorragie, à cause des côtes fracturées – trois ou quatre –, qui se trouvaient du même
côté que la blessure. Difficulté à respirer, il fallait s'y
attendre. Un collapsus du poumon contre les côtes était
toujours possible. Ce qui pouvait être mortel. Rustem
fut stupéfait d'apprendre qu'avec ces blessures l'aurige
avait *marché* jusqu'à destination. Il écouta avec soin la
respiration du blessé sur la table – terriblement haletante, comme s'il n'admettait sa douleur qu'à présent,
enfin.

Rustem se mit à l'œuvre. Un sédatif tiré de son sac
de voyage, des serviettes, de l'eau bouillante, des linges

propres, une éponge imbibée de vinaigre pour nettoyer la plaie (douloureux pour le patient), des ingrédients culinaires qu'il ordonna aux serviteurs de mélanger et de faire bouillir en guise de cataplasme temporaire. Une fois qu'il eut commencé, à la lueur des lanternes qu'on lui alluma, il cessa de penser aux implications possibles. L'aurige cria à deux reprises, une fois à cause du vinaigre (Rustem aurait bien utilisé du vin, moins piquant bien que moins efficace, mais il avait jugé l'homme capable de supporter la douleur); puis, le visage emperlé de sueur, alors que Rustem essayait de déterminer l'étendue et la profondeur de la pénétration des côtes cassées au voisinage de la blessure. Scortius resta silencieux ensuite, le souffle court. Le sédatif fut peut-être de quelque secours, mais le patient ne perdit jamais conscience.

Ils réussirent finalement à contrôler l'hémorragie en bourrant la blessure de tissu ouaté. Rustem retira ensuite avec soin tout ce matériau (en accord avec Gallinus sur ce point au moins) et inséra un tube pour drainer la plaie, autre procédure sûrement douloureuse. Il y eut un écoulement régulier de liquide rosâtre. Plus que ne l'aurait aimé Rustem. Le patient ne remua même pas. Le flot finit par se tarir. Rustem examina les brochettes et épingles de la maison qu'on lui avait fournies – c'était tout ce dont il disposait comme petites broches pour refermer la plaie. Il choisit de la laisser temporairement ouverte; s'il y avait autant de liquide, il lui faudrait peut-être la drainer de nouveau. Il voulait surveiller les poumons, la respiration.

Il appliqua le cataplasme maison hâtivement concocté (mais bien fait, bonne texture, nota-t-il), et banda la plaie avec du lin, pas trop étroitement pour commencer. Il voulait pour plus tard un meilleur cataplasme, avec du cinabre, qu'il utilisait habituellement – en quantités limitées – pour ce genre de blessure, tout en sachant que c'était un poison si l'on forçait la dose. Il essaierait de trouver les ingrédients adéquats dans la matinée, quand il le pourrait.

Il lui fallait aussi davantage de drains. Les côtes nécessitaient un soutien ferme, mais la plaie devait rester accessible et observable pendant les premiers jours. Le fameux quartette de symptômes dangereux, selon Mérovius : rougeur et enflure, accompagnées de chaleur et de douleur. Parmi les premières choses qu'apprenait un médecin, en Orient ou en Occident.

On se servit du plateau de la table pour transporter l'aurige à l'étage. Il recommença alors à saigner un peu, mais c'était à prévoir aussi. Rustem prépara une dose plus forte de son sédatif habituel et resta assis près du lit de son patient jusqu'à ce qu'il le vît s'endormir.

Juste avant, yeux déjà clos, le conducteur murmura tout bas, d'une voix distante et sans inflexion suggérant cependant qu'il essayait d'expliquer quelque chose : « Elle était enfermée avec sa famille, vous comprenez. »

Il n'était pas anormal que le sédatif fît prononcer aux patients des paroles dépourvues de sens. Rustem ordonna à l'un des serviteurs de monter la garde et de le faire appeler s'il y avait quoi que ce fût d'inquiétant, puis il alla se coucher. Élita était déjà là – il lui avait dit qu'elle devait dormir dans sa chambre. Le lit était confortable, tiède de sa présence. Rustem s'endormit presque tout de suite. Les médecins devaient posséder ce talent, entre autres.

◆

La fille ne se trouvait plus avec lui quand il s'éveilla au matin, mais le feu venait d'être rallumé et un bassin rempli d'eau tiédissait dans la cheminée avec un linge à côté et ses vêtements sur un support également proche des flammes. Rustem resta immobile un moment, le temps de s'orienter, puis se servit de son bras droit pour faire son premier geste de la journée, en direction du levant, tout en murmurant le nom de la Dame.

On frappa à la porte. Par trois fois. Un premier bruit significatif. Le son comme le nombre constituaient des augures favorables pour la journée. L'intendant entra à son appel, l'air anxieux et déconcerté, ce qui n'était pas surprenant compte tenu des événements de la nuit précédente.

Mais la raison s'en avéra autre.

Rustem avait apparemment déjà acquis des patients. Plusieurs, quelques-uns fort distingués. Il n'avait pas fallu longtemps à la nouvelle pour se répandre après les noces de la veille : un maître médecin bassanide était arrivé à la Cité et logeait temporairement dans la petite résidence privée du Maître du Sénat. Et si les jeunes partisans de l'Hippodrome pouvaient être violents et brutaux à l'égard de tous les étrangers, ceux qui souffraient dans leur corps et dans leur âme avaient une vision différente des sagesses mystérieuses de l'Orient.

Rustem n'avait pas envisagé cette possibilité, mais elle était plutôt bienvenue. Et pourrait s'avérer utile. Assis dans le lit, il se lissa la barbe en réfléchissant rapidement, puis dit à l'intendant – dont les manières avaient visiblement gagné en déférence depuis la nuit précédente – de faire revenir les patients dans l'après-midi. Il devait aussi les prévenir avec franchise du coût élevé des services de Rustem. Qu'ils décident tous de ne voir en lui qu'un Bassanide avaricieux venu à Sarance avec des intentions toutes simples !

Ce qu'il voulait, c'était des patients bien-nés, ou riches. Ceux qui pourraient payer ce qu'il demandait. Ceux qui pourraient détenir des informations importantes et les confier à un médecin. Cela se faisait partout et on l'avait envoyé là pour une raison précise, après tout. Il s'informa de l'état de son patient ; l'intendant rapporta que le blessé dormait toujours. Rustem donna comme instructions d'aller de temps à autre lui jeter un coup d'œil et de le prévenir lui-même – discrètement – quand il s'éveillerait. Nul n'était censé savoir que cet homme se trouvait là. Rustem éprouvait encore un certain amusement en se rappelant à quel point le très austère et très digne intendant avait été bouleversé la nuit précédente par l'arrivée d'un simple athlète, un homme de l'arène.

"Jad du saint Soleil !" s'était écrié l'autre quand on avait aidé l'aurige à franchir le seuil. Ses mains avaient esquissé un signe religieux, son intonation suggérait qu'il n'invoquait pas simplement la divinité, mais la voyait bel et bien devant lui.

"Les saints hommes et les conducteurs de chars, voilà ce qu'on honore à Sarance". Un vieux dicton. Qui semblait être vrai. Amusant !

Après ses ablutions, et une fois habillé pour prendre un repas léger au rez-de-chaussée, Rustem fit réorganiser par les serviteurs deux des salles de l'étage principal pour les transformer en salles de consultation, et leur ordonna d'y apporter les choses nécessaires. L'intendant s'avéra efficace et calme. Les gens de Bonosus surveillaient peut-être Rustem, mais ils étaient bien entraînés et, lorsque le soleil fut définitivement levé sur un jour de début de printemps doux et bienfaisant, Rustem était en possession des salles et des instruments dont il avait besoin. Il visita officiellement les salles, en franchissant chaque seuil du pied gauche et en invoquant Pérun et la Dame. Après s'être incliné en direction des quatre points cardinaux et avoir jeté un coup d'œil autour de lui, il se déclara satisfait.

Un peu avant midi, le garçon avait reparu, le fils du sénateur qui leur avait amené l'athlète la nuit précédente, visage grisâtre, très nerveux. Il n'avait certainement pas dormi. Rustem l'avait promptement envoyé acheter des linges et certains ingrédients nécessaires pour le cataplasme appliqué sur la blessure. Être occupé, c'était ce dont le garçon avait besoin ; Rustem avait quant à lui besoin de se rappeler que c'était celui-là même qui avait abattu Nishik la veille au matin. Tout semblait changer bien vite, dans cette ville.

Le gamin avait l'air à la fois reconnaissant et apeuré. «Je... je vous en prie ? Mon père ne saura pas que c'est moi qui... l'ai amené ici ? S'il vous plaît. »

Il l'avait déjà dit la veille. Il était sorti sans permission, apparemment. Eh bien, ça allait de soi : il avait *tué* un homme le matin même. La veille, Rustem avait acquiescé, il le fit de nouveau. Le réseau sans cesse élargi du secret pourrait aussi avoir son utilité, avait-il décidé. Des débiteurs. La journée commençait bien.

Il voudrait éventuellement un élève ou deux, pour donner à son séjour le ton et la gravité appropriés, mais ce pourrait être plus tard. En attendant, il fit revêtir à Élita une longue tunique vert foncé et lui indiqua comment lui présenter les patients dans la salle de consultation tandis que les autres attendaient dans l'autre salle. Il lui expliqua qu'elle devait rester avec lui si le patient était une femme. Les médecins étaient vulnérables aux allégations fantaisistes et diffamatoires, et la présence d'une autre femme était une précaution nécessaire s'il n'y avait pas d'élèves disponibles.

Juste après midi, l'intendant l'informa que plus de vingt personnes attendaient déjà dans la rue, devant leur porte – ou avaient envoyé leurs serviteurs attendre à leur place. Des voisins s'étaient déjà plaints, rapporta l'intendant ; c'était un quartier très digne.

Rustem lui dit de présenter immédiatement des excuses dans la rue, de prendre les noms de ceux qui attendaient et de fixer la limite à six patients par jour. C'était nécessaire, s'il devait mener à bien les autres tâches qu'il s'était fixées. Une fois qu'il aurait des élèves, ceux-ci pourraient commencer à trier les patients qui avaient le plus besoin de lui. Il perdrait son temps, en vérité, à traiter des cataractes ordinaires ; il utilisait les méthodes de Mérovius de Trakésie et l'on devait bien connaître ces techniques ici en Occident !

Élita, plutôt séduisante dans sa tunique verte et l'air un peu moins timide, entra dans la salle d'un pas pressé : à l'étage, le blessé était réveillé. Rustem s'empressa de gravir l'escalier et d'entrer dans la chambre, du pied gauche.

L'autre était assis, appuyé sur des coussins. Il était très pâle mais avait le regard clair, et sa respiration semblait moins haletante.

« Docteur. Je vous dois toute ma gratitude. Il me faut être en état de conduire un char dans cinq jours, déclara-t-il sans préambule. Douze tout au plus. Le pouvez-vous ?

— Conduire un char, moi ? Certainement pas », fit Rustem d'un ton plaisant. Il s'approcha afin de mieux examiner son patient. Pour un homme au bord du trépas la nuit précédente, celui-ci semblait alerte. La respiration, quand on l'écoutait de plus près, n'était pas aussi aisée qu'il l'aurait fallu. Ce n'était pas surprenant.

Après un moment de silence, l'autre eut un sourire ironique. « Vous me dites de façon détournée de ralentir, je crois bien. »

Il avait reçu une profonde blessure qui lui avait déchiré les chairs en manquant de justesse un point de *maramata*, ce qui l'aurait tué. On lui avait donné des coups de pieds justement dans les côtes entre lesquelles le poignard avait pénétré, la douleur avait dû être épouvantable. Il était fort possible que le poumon, en collapsus, se fût tassé contre les côtes.

Rustem était encore stupéfait que le gaillard se fût bel et bien rendu à pied jusqu'à la résidence de Bonosus. Comment il avait pu réussir à respirer adéquatement ou à rester conscient, ce n'était pas clair. Les athlètes devaient posséder un seuil élevé de tolérance à la douleur, mais tout de même…

Rustem prit le poignet gauche du conducteur et se mit à compter tout en relevant les divers indices. « Avez-vous uriné ce matin ?

— Je n'ai pas quitté le lit.

— Et vous ne le quitterez pas. Il y a une fiole sur la table. »

L'autre fit une grimace : « Je peux sûrement…

— Non, sûrement pas, ou je cesserai de vous traiter. Je crois comprendre que votre faction emploie des médecins. Je serai heureux d'envoyer quelqu'un les prévenir et de vous faire transférer là-bas en litière. » Certains avaient besoin d'être traités ainsi ; le pouls était correct, mais plus fébrile qu'il ne convenait.

Le dénommé Scortius battit des paupières : « Vous avez l'habitude d'obtenir ce que vous désirez, n'est-ce pas ? » Il essaya de se redresser un peu et laissa échapper une exclamation étouffée en abandonnant sa tentative.

Rustem secoua la tête. De sa voix la plus calme et la plus mesurée, il déclara : « Ici en Occident, Galinus enseigne qu'il y a trois éléments dans toute maladie. La maladie, le patient, le médecin. Vous êtes plus robuste que la plupart, je le crois volontiers. Mais vous n'êtes qu'un des trois éléments, et la blessure est grave. Votre côté gauche est totalement… instable. Je ne peux pas bander correctement les côtes avant d'être certain de l'état de la blessure et de votre capacité à respirer. Ai-je l'habitude d'obtenir ce que je désire ? Pas la plupart du temps, non. Qui l'a ? Mais en ce qui concerne un traitement, un docteur le doit. » Il laissa son intonation s'adoucir encore un peu. « Vous savez, on peut être forcé de payer une amende, ou même être exécuté, en Bassanie, pour la mort d'un patient qu'on a accepté de traiter. » Une confidence personnelle faisait parfois l'affaire.

Après un moment, l'aurige hocha la tête. C'était un homme plutôt petit, exceptionnellement beau. Rustem avait vu le réseau de cicatrices qui lui couvrait le corps, la nuit précédente. D'après la couleur de sa peau, il était originaire du sud. De ces étendues désertes si familières à Rustem. Un lieu rude, qui faisait des hommes endurants.

« J'avais oublié. Vous êtes bien loin de chez vous, non ?

— Blessures et maladies ne changent guère », répliqua Rustem avec un haussement d'épaules.

« Mais les circonstances, oui. Je ne veux nullement vous rendre la vie difficile, mais je ne peux me permettre de retourner à l'enclave de la faction pour faire face à des questions en ce moment, et je dois absolument courir. L'Hippodrome ouvre dans cinq jours, c'est une période… difficile, à Sarance.

— C'est bien possible, mais je peux vous jurer par mes dieux et les vôtres qu'aucun médecin vivant n'y acquiescerait ou ne pourrait vous le garantir. » Après une pause, il reprit : « À moins que vous ne désiriez tout simplement monter dans un char pour y mourir sur la piste, par hémorragie, ou quand vos côtes fracturées vous feront suffoquer en vous écrasant les poumons ? Une fin héroïque, c'est ça ? »

L'autre secoua la tête avec un peu trop de vigueur, ce qui le fit grimacer un peu en portant la main à son flanc. Puis il jura avec une grande conviction, blasphémant à la fois le dieu jaddite et son fils controversé.

« La deuxième semaine, alors ? Le deuxième jour de courses ?

— Vous allez rester au lit pendant vingt ou trente jours, aurige, puis vous commencerez à bouger et à marcher avec la plus grande prudence. Ce lit ou un autre, peu m'importe. Ce ne sont pas seulement les côtes, vous avez reçu un coup de poignard, vous savez.

— Eh bien, oui, je le sais. Ça fait mal.

— Et ça doit guérir proprement, ou vous pourriez succomber à l'infection due à l'inflammation des tissus. On doit examiner et changer la compresse tous les deux jours pendant deux semaines, on doit appliquer des cataplasmes frais, la blessure ne doit pas présenter de nouveaux saignements. Il me faut drainer la plaie à nouveau, de toute façon, je ne l'ai même pas encore recousue et ne le ferai pas avant plusieurs jours. Vous allez subir un inconfort considérable pendant un bon moment. »

L'autre le fixait d'un regard intense. Avec certains, il valait mieux être honnête. Rustem reprit : « Je ne suis pas inconscient du fait que les jeux de votre Hippodrome sont importants, mais vous n'y participerez pas avant l'été, et il vaudrait mieux en prendre votre parti. N'en serait-il pas de même si vous étiez tombé ? Si vous vous étiez cassé une jambe ? »

L'aurige referma les paupières. « Pas tout à fait, mais oui, je comprends votre argument. » Il regarda de nouveau Rustem ; ses yeux étaient d'une clarté encourageante. « Je ne vous ai pas manifesté assez de gratitude. C'était en pleine nuit, et sans préavis pour vous. Je suis en vie, semble-t-il… » Il eut un sourire ironique. « … et en état de faire le difficile. Vous avez tous mes remerciements. Voudriez-vous avoir la bonté de me faire apporter du papier et laisser l'intendant envoyer un messager discret au sénateur Bonosus, pour lui laisser savoir que je suis ici ? »

Il s'exprimait bien. Il ne ressemblait en rien aux lutteurs, acrobates ou experts en cavalcade que Rustem avait pu voir chez lui.

Le patient produisit avec obéissance un échantillon d'urine et Rustem détermina que la couleur en était prévisiblement rougeâtre, mais pas de façon alarmante. Il prépara une autre dose de son sédatif que l'aurige accepta fort docilement. Il draina ensuite à nouveau la plaie en vérifiant débit et teinte des sérosités ; elles n'avaient toujours rien d'inhabituel ni d'inquiétant.

De tels individus, habitués à l'expérience de la douleur, connaissaient leurs propres besoins physiques, songea Rustem. Il changea la compresse, scruta la croûte de sang qui entourait la blessure. Encore de l'épanchement sanguin, mais plutôt léger. Rustem se permit une étincelle de satisfaction. Mais il y avait encore un long chemin à faire.

Il redescendit au rez-de-chaussée. Des patients l'y attendaient, les six qu'il avait autorisés. Tout simplement les six premiers de la file, aujourd'hui ; dès que possible, on organiserait un système plus adéquat. Les premiers présages de la journée s'étaient avérés exacts, même ici parmi les incroyants jaddites. Les événements prenaient une tournure extrêmement positive, en vérité.

Au cours de ce premier après-midi, il examina un marchand affligé d'une tumeur mortelle qui lui dévorait l'estomac ; il fut incapable de rien offrir, pas même sa potion habituelle pour un niveau aussi intense de douleur, puisqu'il n'en avait pas emporté avec lui et n'avait aucun contact ici avec ceux qui préparaient les remèdes propres à chaque médecin. Une autre tâche à prévoir pour les jours à venir. Il ferait bon usage du fils du sénateur en l'employant comme le serviteur qu'il avait abattu. Voilà qui plaisait à son sens de l'ironie.

Après avoir examiné la maigre silhouette décharnée du marchand, Rustem énonça avec regret la formule inévitable : « Je n'essaierai pas de traiter ce mal. » Il expliqua la pratique bassanide. L'homme était calme, sans surprise ; on pouvait lire dans ses yeux sa mort prochaine. On s'y habituait – sans pourtant s'y habituer jamais. Azal le Noir était constamment à l'œuvre dans l'univers créé par Pérun. Un médecin était un soldat de rang subalterne dans leur éternel conflit.

Le patient suivant se trouva être une dame de la cour parfumée, au maquillage subtil, qui paraissait seulement désireuse de voir à quoi ressemblait le nouveau docteur. Son serviteur lui avait gardé sa place dans la file avant l'aube.

Cela arrivait assez souvent, surtout quand un nouveau médecin arrivait quelque part. Des aristocrates qui s'ennuyaient, à la recherche d'une distraction. Elle gloussa et bavarda pendant tout l'examen, même en présence d'Élita. Se mordit la lèvre inférieure et lui glissa des œillades sous ses paupières mi-closes quand il prit son poignet odorant pour vérifier son pouls. Son bavardage portait sur un mariage qui avait eu lieu la veille – celui-là même auquel Rustem avait assisté, en l'occurrence. Elle ne s'y était pas trouvée, en semblait piquée. Parut l'être plus encore lorsque Rustem la déclara apparemment exempte de tout malaise qui aurait pu requérir son intervention, ou une autre visite.

Deux femmes la suivirent – l'une évidemment riche, l'autre plutôt du commun –, se plaignant de leur infertilité. C'était également normal pour un médecin fraîchement arrivé : quête perpétuelle d'un palliatif, n'importe lequel. Il s'assura que la seconde femme avait bien été à même de payer l'intendant et, chaque fois en présence d'Élita, il examina les femmes comme le faisaient les médecins d'Ispahane (mais non ceux de Bassanie, où voir une femme dévêtue était interdit aux médecins). Les deux patientes n'en furent nullement dérangées, même si Élita rougit en observant. S'installant dans la routine, Rustem posa les questions habituelles et en arriva – rapidement, dans les deux cas – à une conclusion. Aucune des deux femmes ne parut étonnée, ce qui était souvent le cas dans ce genre de situation, et même si une seule d'entre elles était susceptible de trouver un réconfort dans ses paroles.

Il vit et traita ensuite deux cataractes – comme prévu – et les opéra avec ses propres instruments en se faisant payer pour l'examen et la procédure ; il exigea aussi une somme considérable, délibérément exagérée, pour les visites de suivi qu'il rendrait chez eux aux patients.

Vers le milieu de l'après-midi, il avait entendu bonne quantité de potins et en savait bien plus qu'il ne l'aurait voulu sur la prochaine saison de l'Hippodrome, les Bleus, les Verts, les Verts, les Bleus, Scortius, Crescens. Le mourant lui-même avait mentionné les deux conducteurs. C'était une obsession collective des Sarantins, décida Rustem.

À un moment donné, après s'être éclipsée, Élita revint pour rapporter discrètement que le gaillard dont on parlait tant s'était de nouveau endormi à l'étage. Rustem s'amusa brièvement à imaginer la réaction des gens, s'ils avaient su.

Tout ce monde bavardait, mais on n'offrait que des informations triviales. Cela changerait. On se confiait à son médecin. Cet exercice promettait beaucoup. Rustem alla jusqu'à sourire à Élita et la complimenter sur sa façon de faire. Elle s'empourpra de nouveau en regardant le plancher. Quand le dernier patient fut parti, Rustem quitta ses salles de consultation, très content de lui.

Deux personnes l'attendaient, une délégation de la guilde des médecins.

Son humeur changea, et très vite.

Les deux hommes étaient visiblement scandalisés, et le lui firent savoir avec éloquence, de voir qu'un étranger s'était installé dans une maison privée de Sarance pour pratiquer la médecine sans même rendre visite à la guilde ou demander un permis. Compte tenu du fait

qu'il était ici – ostensiblement – pour donner des conférences, apprendre, acheter des manuscrits et partager
ses connaissances avec des collègues occidentaux, cette
colère officielle ne serait sûrement pas sans conséquence.

Rustem, furieux contre lui-même pour cet oubli
grossier, se réfugia dans l'ignorance et des excuses
convaincues. Il venait d'une petite ville, n'avait pas la
moindre idée des complexités inhérentes à une grande
cité, n'avait eu aucune intention de commettre une
offense ou une transgression. Les patients s'étaient
rassemblés à sa porte sans publicité aucune de sa part.
L'intendant le confirmerait. Son serment – semblable
au leur, selon la tradition occidentale du grand Gallinus
– exigeait bel et bien qu'il vînt en aide à autrui. Il serait
extrêmement honoré d'aller rendre visite à la guilde. À
l'instant, si on le lui permettait. Il cesserait de recevoir
des patients, bien entendu, si on le lui demandait. Se
remettait entièrement entre les mains de ses visiteurs.
Et, en passant, ces distingués visiteurs aimeraient-ils se
joindre à lui pour dîner avec le Maître du Sénat, ce
soir ?

On prit note de cette dernière remarque plus que de
toutes les autres. En déclinant l'invitation, bien sûr,
mais en la remarquant, avec le reste : de quelle maison
il s'agissait ici, l'accès de ce médecin aux corridors du
pouvoir, la possibilité qu'il ne fût pas un homme à
offenser.

Plutôt divertissant, en réalité. Les êtres humains se
ressemblaient partout.

Rustem escorta les deux médecins sarantins à la
porte et promit de se trouver à la guilde le lendemain
vers le milieu de la matinée. Il implora en toute affaire
leur assistance experte. S'inclina. Exprima de nouveau
sa contrition, son incommensurable gratitude pour leur
visite, sa hâte à l'idée de partager leurs connaissances.
S'inclina encore.

L'intendant, le visage dépourvu d'expression, referma
la porte. Rustem, soudain saisi d'une humeur fantasque,
alla jusqu'à lui faire un clin d'œil.

Puis il retourna à l'étage pour voir à la teinture de sa barbe (les retouches de gris nécessitaient un entretien constant) et se changer avant le dîner chez le sénateur. Son patient avait requis la présence de Bonosus ; celui-ci viendrait sûrement. Rustem se faisait à présent une assez bonne idée de l'importance du blessé endormi dans la pièce voisine. "Auriges et saints hommes"… Il se demanda s'il pourrait orienter la conversation du dîner sur les possibilités de conflit. Trop tôt. Il venait d'arriver, le printemps commençait à peine. Il ne pouvait rien se passer, il ne se passerait rien de sitôt, assurément. À l'exception des courses.

Tout le monde à Sarance – même les mourants – semblait obsédé par les chars. Un peuple frivole ? Rustem secoua la tête : une évaluation trop hâtive et probablement erronée. Mais dans ce rôle nouveau d'observateur à Sarance pour le Roi des rois, il devrait se rendre à l'Hippodrome, décida-t-il, comme un médecin visite un patient.

Il se demanda soudain si Shaski aimait les chevaux. Il se rendit compte alors qu'il n'en savait rien, et que, si loin de chez lui, il n'était pas à même de poser la question.

Pour un temps, l'ambiance de son après-midi en fut modifiée.


Quand le sénateur s'en vint, tard dans la journée, il était grave et abrupt. Il remarqua sans les commenter les modifications des pièces du rez-de-chaussée, écouta le compte rendu par Rustem de la nuit précédente (sans mention du garçon, comme promis), puis entra dans la chambre de Scortius en refermant avec soin la porte derrière lui.

Rustem lui avait fortement conseillé de limiter la durée de sa visite et il obtempéra en ressortant presque tout de suite. Il ne dit rien, évidemment, de la conversation qui avait eu lieu. Sa litière les emmena tous deux à sa résidence principale. Il demeura singulièrement distrait pendant le dîner.

Ce fut néanmoins une soirée éminemment civilisée. Les charmantes filles du sénateur servirent du vin aux invités à leur arrivée, de toute évidence les enfants de sa précédente épouse car l'épouse présente était bien trop jeune pour être leur mère. Les deux jeunes filles se retirèrent avant qu'on n'escortât les invités à leurs couches de banquet.

L'expérience de Rustem en la matière devait plus à son séjour en Ispahane qu'à des repas bassanides, bien entendu. À Kérakek, une musique invisible ne flottait pas sur toute la soirée et des serviteurs impeccables ne se tenaient pas constamment derrière chaque couche, attentifs au moindre désir. L'épouse du sénateur accueillit avec une aisance polie Rustem et les autres invités, un marchand de soie bassanide (attention courtoise), deux patriciens sarantins et leurs épouses. La femme du sénateur et les deux autres femmes, toutes élégantes, assurées et à l'aise, participaient bien davantage à la conversation que les femmes d'Ispahane ne tendaient à le faire dans ce genre de réunion. Elles lui posèrent quantité de questions sur sa formation, sa famille, lui firent raconter ses aventures en terre ispahanienne. Mystères de l'Orient lointain, histoires de magie et de créatures légendaires, tout cela exerçait sur elles une évidente fascination. On évita avec tact l'arrivée dramatique de Rustem à Sarance, la veille au matin ; le drame, après tout, avait été causé par le fils du sénateur – qui n'était visible nulle part.

Il devint clair que nul n'était au courant des événements également dramatiques de la nuit précédente impliquant l'aurige. Bonosus n'en dit mot. Rustem n'allait sûrement pas en parler.

Un médecin avait un devoir de réserve à l'égard de son patient.

Le lendemain matin, dans sa plus belle robe, et avec son bâton de marche, Rustem rendit visite à la guilde où le conduisit l'un des serviteurs de la maisonnée, avec une note d'introduction que lui avait remise le sénateur alors qu'ils buvaient leur dernière coupe de la soirée.

Il se livra à tous les gestes et commentaires nécessaires, se trouva accueilli avec courtoisie. On était en
temps de paix et ces gens appartenaient de fait à sa
propre profession. Il ne resterait pas assez longtemps
pour devenir une menace et pourrait leur être utile. On
arrangea une conférence pour deux semaines plus tard,
dans la grande salle de la guilde. On donna son aval au
traitement d'une poignée de patients par jour dans les
salles qu'il avait installées, on lui donna le nom de deux
échoppes, un apothicaire et un herboriste chez qui l'on
pouvait obtenir des médicaments correctement préparés.
On remit à plus tard le sujet des élèves (cela impliquait
un séjour un peu trop permanent ?), mais Rustem avait
déjà décidé que cela devrait attendre de toute façon,
aussi longtemps que l'aurige se trouverait là.

Ainsi mit-il en place sa nouvelle vie, la routine de
ses journées, – plus aisément qu'il ne l'aurait cru – tandis
que le printemps fleurissait à Sarance. Il se rendit dans
un établissement de bains public avec le marchand
bassanide de la nuit précédente et apprit que l'homme
avait accès à des messagers qui se rendaient à Kabadh.
Rien ne fut explicitement dit, mais l'implicite était assez
significatif en soi.

Quelques jours plus tard, un message arriva de
Kabadh, déclenchant de considérables changements.

Il arriva par l'entremise d'un autre Bassanide.
D'abord, quand l'intendant informa Rustem de la présence d'un de ses compatriotes dans la file matinale des
patients, Rustem supposa seulement qu'un marchand
oriental avait choisi de se faire traiter à la manière orientale par un médecin familier. C'était son troisième patient
de la matinée.

Quand l'homme entra, sobrement vêtu et la barbe
bien nette, Rustem lui adressa un regard inquisiteur en
lui demandant des nouvelles de sa santé, dans leur langue.
L'autre tira sans répondre un parchemin de son habit et
le lui tendit.

Aucun sceau officiel qui aurait pu avertir de quoi il
s'agissait.

Après avoir déroulé le parchemin, Rustem le lut. S'assit en se sentant pâlir et en ayant conscience que son soi-disant patient l'observait avec attention. Quand il eut fini, il leva les yeux vers l'autre.

Il lui était difficile de parler; il se racla la gorge. «Vous… vous savez ce que c'est?»

L'autre hocha la tête: «Brûlez-le», dit-il; sa voix avait des accents cultivés.

La pièce comportait un brasero; les matinées étaient encore froides. Rustem alla y poser le parchemin et le regarda se consumer.

Il revint à l'homme de Kabadh: «J'étais… je pensais être un observateur.»

L'autre haussa les épaules. «Les besoins changent.» Il se leva. «Merci, Docteur. Je suis sûr que votre aide réglera mon… problème.» Il quitta la pièce.

Rustem demeura longtemps sans bouger, puis se rappela que les serviteurs de Plautus Bonosus le surveillaient très certainement et se força à se lever, à retrouver les gestes de la normalité, même si tout était à présent différent.

Un médecin, de par son serment, devait s'efforcer de guérir les malades, de livrer bataille à Azal quand l'Ennemi assiégeait les corps des mortels et des mortelles.

Son roi, Frère du Soleil et des Lunes, venait plutôt de lui demander de devenir un assassin.

Il importait de masquer les signes de son malaise. Il se concentra sur son travail. À mesure que la matinée passait, il se persuada que l'occasion pour lui de faire ce qu'on lui demandait était si peu probable qu'on ne pourrait sûrement pas lui reprocher un échec. Il serait au moins en mesure d'utiliser cet argument quand il retournerait chez lui.

Ou, plus exactement, il s'en persuada presque.

Il avait rencontré le Roi des rois à Kérakek. On ne pouvait dire que Shirvan le Grand avait manifesté la moindre indulgence envers ceux qui auraient pu arguer de certaines… difficultés dans l'exécution de ses ordres.

Après en avoir fini avec ses patients de la matinée dans la petite résidence de Plautus Bonosus, Rustem remonta à l'étage. Il était temps de recoudre la blessure de l'aurige. Il avait maintenant les petites broches requises, avec des fermoirs à l'extrémité. Il accomplit la procédure. De manière routinière, sans effort. Sans avoir à penser, ce qui était fort bien.

Il continua à guetter le suintement verdâtre du pus, fut soulagé de ne pas le voir. Après plusieurs jours pendant lesquels la blessure avait cicatrisé, il avait presque décidé qu'il était temps de bander les côtes plus étroitement. Le patient avait été très coopératif, même s'il éprouvait une légitime impatience. D'après l'expérience qu'en avait Rustem, les hommes physiquement actifs supportaient mal d'être enfermés, et celui-ci ne pouvait même pas recevoir de visite normale, compte tenu du secret qui entourait sa présence.

Bonosus était venu par deux fois, sous prétexte de voir son invité bassanide et une fois, de nuit, apparut une silhouette emmitouflée qui se révéla être un nommé Astorgus, évidemment important pour la faction des Bleus. Il semblait que le premier jour des courses eût été couronné de résultats malheureux pour eux. Rustem ne demanda pas de détails, mais il prépara un sédatif un peu plus puissant pour son patient cette nuit-là en remarquant des signes d'agitation chez lui. Il était préparé à ce genre de choses.

Mais il n'était nullement préparé, après avoir longé le couloir, un matin, la deuxième semaine après l'arrivée nocturne du conducteur, à trouver vide la chambre de celui-ci, avec la fenêtre ouverte.

Une note pliée en deux se trouvait sous la fiole d'urine. "Venez à l'Hippodrome", disait-elle. "Je vous dois un peu de divertissement."

La fiole avait été remplie avec obéissance. Les sourcils froncés, Rustem nota d'un rapide coup d'œil que la couleur en était satisfaisante. Il alla à la fenêtre, vit un arbre assez proche, des branches épaisses que ne dissimulaient pas encore les feuilles à peine écloses. Un homme en bonne santé n'aurait pas trouvé difficile de descendre par là. Un homme aux côtes fracturées, avec un pansement encore lâche, et une blessure profonde encore en voie de guérison...

Sur le rebord de la fenêtre, Rustem vit du sang.

En observant avec plus de soin la petite cour, il aperçut une mince traînée sanglante qui traversait les dalles jusqu'au mur donnant sur la rue. Soudain furieux, il leva les yeux au ciel. Un médecin n'était pas tout-puissant, Pérun et la Dame le savaient. Il secoua la tête. Une matinée splendide...

Après avoir rencontré ses patients, décida-t-il, il se rendrait à l'Hippodrome cet après-midi-là, deuxième jour de courses. "Je vous dois un peu de divertissement"... Il envoya un courrier au Maître du Sénat, demandant si Bonosus pouvait l'aider à obtenir une place.

Une grande naïveté de sa part, évidemment, bien qu'excusable chez un étranger à Sarance.

Plautus Bonosus se trouvait déjà à l'Hippodrome, dans la kathisma, la Loge impériale, rapporta le serviteur à son retour. L'Empereur en personne assistait aux courses de la matinée et se retirerait à midi pour voir à des affaires plus importantes au palais. Le Maître du Sénat resterait toute la journée, en tant que représentant de l'État.

"Des affaires plus importantes". Cris et coups de marteaux résonnaient jusqu'ici en provenance du port, même loin à l'intérieur des terres près des triples murailles.

On était en train de construire des navires. Selon la rumeur publique, on avait assemblé dix mille fantassins et cavaliers à Sarance et à Déapolis, de l'autre côté du détroit. Des rapports en plaçaient autant à Mégarium, plus à l'ouest, avait confié l'un de ses patients à Rustem, quelques jours plus tôt. L'Empire se trouvait visiblement au bord de la guerre, d'une invasion, d'un événement indescriptiblement dramatique et excitant, même si on n'avait encore rien annoncé.

Quelque part dans cette Cité, une femme qu'on avait ordonné à Rustem d'assassiner menait sa vie de tous les jours.

Quatre-vingt mille Sarantins se trouvaient à l'Hippodrome et y regardaient courir les chars. Rustem se demanda si la femme s'y trouvait aussi.

# CHAPITRE 9

C'était la même matinée, et Crispin, dans un état d'esprit qu'il aurait été réticent à définir, avait commencé à travailler sur les images de ses filles dans la coupole lorsque l'impératrice de Sarance vint le chercher pour l'emmener voir les dauphins entre les îles du détroit.

Pardos, qui travaillait près de lui, lui toucha le bras en pointant un doigt et, du haut de l'échafaudage, Crispin comprit l'exigence explicite dans la présence d'Alixana. Il regarda un instant Ilandra là où il l'avait placée sur la coupole – elle appartiendrait désormais à ce saint lieu et à ses images – puis à la surface toute proche où ses filles attendaient leur propre incarnation, recréée par une mémoire aimante. Il leur donnerait une apparence différente, toute de lumière et de verre, comme Zoticus avait donné forme à des âmes par l'intermédiaire des oiseaux créés par son alchimie.

Était-ce seulement une autre sorte d'alchimie, ou une tentative pour en inventer une de toutes pièces ?

À la rambarde, Pardos regardait anxieusement vers le bas puis revenait à Crispin, pour regarder de nouveau en bas. Après moins de deux semaines dans la Cité, l'apprenti – maintenant son associé – était évidemment conscient de ce que signifiait la présence d'une impératrice venue vous attendre sur le sol de marbre.

Avec l'architecte Artibasos, Crispin avait été invité à deux grands banquets au palais Atténin, pendant l'hiver, mais n'avait pas eu de conversation privée avec Alixana depuis l'automne. Elle était venue déjà une fois lui rendre visite au Sanctuaire, pour se tenir à peu près là où elle se tenait aujourd'hui et voir ce qui avait été accompli sur la coupole. Il se rappelait être descendu pour aller la retrouver, et toutes les femmes en elle.

Il était incapable de nier le battement accéléré de son cœur. Il nettoya de son mieux ses mains couvertes de plâtre et de chaux, essuya un doigt entaillé – qui saignait un peu – avec le chiffon passé dans sa ceinture. Après s'être débarrassé du chiffon, il laissa même Pardos ajuster et brosser sa tunique, même s'il écarta ses mains d'une tape quand le jeune homme esquissa un geste en direction de ses cheveux.

En descendant, cependant, il s'arrêta assez longtemps dans l'échelle pour y passer sa propre main. Difficile de savoir si c'était une amélioration.

De toute évidence, non : l'impératrice de Sarance eut un sourire amusé en le voyant ; elle était richement quoique sobrement vêtue d'une longue tunique bleue ceinturée d'or et d'une cape de pourpre qui lui arrivait aux genoux, portait seulement comme bijoux des bagues et des pendentifs. Elle tendit une main quand il s'agenouilla devant lui et arrangea plus à sa convenance sa malheureuse chevelure rousse.

« Bien sûr, le vent du détroit anéantira mes efforts », murmura-t-elle de cette voix qui se fixait instantanément dans la mémoire.

« Quel détroit ? » demanda Crispin en se relevant.

Il apprit ainsi que les dauphins dont elle lui avait parlé lors de sa première nuit au palais, six mois plus tôt, étaient toujours présents à son esprit. Elle tourna les talons pour passer avec sérénité devant une dizaine d'artisans et d'ouvriers encore agenouillés. Crispin la suivit, saisi d'excitation, d'une sensation de danger – comme toujours depuis le tout début, avec cette femme.

Des soldats les attendaient dehors, portant l'uniforme de la Garde impériale. Il y avait même un manteau pour lui dans la litière où il monta avec l'impératrice de Sarance. Tout cela était bien soudain. Alixana exposa son point de vue terre à terre, tout à fait pragmatique, quand on les souleva et que la litière commença à se déplacer : s'il devait représenter pour elle des dauphins bondissant hors de l'eau, il devait d'abord en voir. Elle lui adressait un charmant sourire, en face de lui dans la litière. Il essaya, en vain, de lui retourner son sourire ; son parfum saturait la chaude litière bien capitonnée.

Peu de temps après, Crispin se retrouva sur un navire impérial élancé et bien briqué qui fendait les eaux grouillantes du port en longeant la cacophonie des chantiers navals et les quais où l'on embarquait et débarquait tonneaux et caisses de marchandises, pour arriver enfin là où le bruit s'effaçait et où les voiles pourpres et blanches pouvaient capturer un vent salubre.

Sur le pont, à la rambarde, Alixana contemplait le port derrière eux. Sarance s'élevait au loin, éclatante au soleil, dômes, tours, empilades de maisons de bois et de pierre. Un autre son était à présent audible : les chars roulaient aujourd'hui dans l'Hippodrome. Crispin leva les yeux vers le soleil. C'était probablement la sixième ou la septième course ; la pause de midi était encore à venir, puis les courses de l'après-midi. Scortius des Bleus avait disparu. La Cité en parlait autant qu'elle parlait de guerre.

Il se tenait un peu en retrait de l'Impératrice, incertain. Il n'aimait pas les bateaux, mais celui-ci fendait la mer avec aisance, dirigé d'une main experte, et le vent n'était pas encore très fort. Ils étaient les seuls passagers, constata-t-il. Il fit un effort délibéré pour écarter de son esprit, de ses pensées, l'échafaudage, ses filles, ce qu'il avait cru devoir être les exigences de cette journée.

Sans tourner la tête, Alixana demanda : « Avez-vous envoyé un message à Varèna pour les aviser de ce qui va se passer ? À vos amis, votre famille ? »

Les exigences de la journée allaient de toute évidence être bien différentes.

Il s'en souvenait : cette femme se servait de la franchise comme d'une arme, quand elle en décidait. Il avala sa salive. À quoi bon prétendre ? « J'ai écrit deux lettres, une à ma mère et une à mon ami le plus cher… mais ça ne sert pas à grand-chose. Ils savent tous que la menace existe.

— Bien sûr. C'est pourquoi cette ravissante jeune reine vous a envoyé ici avec un message, et vous y a ensuite suivi. Qu'a-t-elle à dire, elle, de tout… ceci ? » L'Impératrice désigna d'un geste les navires massés derrière eux dans le port. Des mouettes tournoyaient dans le ciel au-dessus de leur sillage.

« Je n'en ai pas idée, répondit Crispin, sincère. Je supposerais que vous le savez bien mieux que moi, Trois Fois Honorée. »

Elle lui jeta un coup d'œil par-dessus son épaule, avec un petit sourire : « Vous verriez mieux depuis la rambarde, à moins que cela ne vous rende malade de regarder les vagues. J'aurais dû m'en enquérir. »

Il secoua la tête et s'avança d'un pas résolu pour se tenir auprès d'elle. L'écume blanche rejaillissait sur les flancs du vaisseau ; le soleil haut y faisait étinceler des arcs-en-ciel. Crispin entendit un claquement, leva les yeux pour voir une voile se gonfler. Leur vitesse augmenta. Il s'appuya des deux mains à la rambarde.

« Vous les avez avertis, je suppose, murmura Alixana. Dans ces deux lettres. »

Sans réprimer son amertume, il répliqua : « Quelle importance si je les ai avertis ou non ? Impératrice, que peuvent bien faire des gens ordinaires devant une invasion ? Ils n'ont aucun pouvoir, aucune capacité à influencer le monde. Ce sont ma mère et mon ami le plus cher. »

Elle l'observa de nouveau un moment sans parler. Elle avait relevé sa capuche, un filet d'or retenait ses cheveux noirs. Ce dépouillement accentuait ses traits, les pommettes hautes, la peau parfaite, les immenses yeux sombres. Crispin songea soudain à la délicate rose artificielle qu'il avait aperçue dans sa chambre. L'Impératrice lui avait demandé une création plus permanente : la rose d'or parlait de la fragilité de la beauté, une mosaïque évoquait ce qui pouvait durer. C'était un art qui aspirait à la durée.

Il songea au Jad en voie de lente dissolution sur la coupole d'une chapelle sauradienne au bord de l'Ancienne Forêt, la pluie des tessères dans la lumière assourdie.

« Le monde peut être… influencé de façon surprenante, Caius Crispus, dit-elle. L'Empereur espère justement que des lettres ont été expédiées. C'est pour cela que je vous ai posé la question, Il est d'avis que les Rhodiens de souche pourraient nous accueillir avec joie, compte tenu du chaos qui règne à Varèna. Et puisque nous voguerons au nom de votre reine, on espère aussi un peu que les Antæ seront nombreux à ne point prendre les armes. Il veut qu'ils aient tous le temps d'envisager les… différentes interventions possibles. »

Elle parlait comme s'il savait réellement qu'une invasion avait été annoncée. On ne l'avait pas annoncée. Il dévisagea l'Impératrice, de nouveau en proie à des émotions violentes. « Je vois. Même des lettres à des êtres chers font partie du plan, alors ? »

Leurs regards se croisèrent. « Et pourquoi pas ? C'est ainsi qu'il pense. Si ce n'est pas notre cas, cela veut-il dire qu'il se trompe ? L'Empereur essaie de changer le monde tel que nous le connaissons. Est-ce une transgression de voir à tous les éléments possibles d'une entreprise aussi vaste ? »

Avec un signe de dénégation, Crispin détourna les yeux pour regarder à nouveau la mer. « Je vous l'ai dit il y a six mois, Majesté, je suis un artisan. Je ne peux même imaginer ce genre de choses.

— Je ne vous demandais pas de le faire », fit-elle avec une certaine bonté. Il se sentit rougir. Elle hésita. Regarda les vagues à son tour, et ajouta, un peu raide : « On va le proclamer officiellement cet après-midi : à l'Hippodrome, le Mandator, après la dernière course de la journée. Une invasion de la Batiare au nom de la reine Gisèle, afin de reconquérir Rhodias et de rétablir l'unité d'un empire divisé. Cela ne vous a-t-il pas une résonance glorieuse ? »

Crispin frissonna dans la douce lumière du soleil, et il éprouva ensuite une sensation de brûlure, comme si un fer rouge venait de le toucher. Il ferma les yeux sur une image soudaine et trop claire : Varèna ravagée par les flammes, les maisons en bois dévorées comme des brindilles dans un brasier estival.

Ils l'avaient tous su, bien sûr, mais…

Mais il y avait eu cette intonation dans la voix de la femme qui se tenait près de lui, quelque chose à déchiffrer sur son profil, même dans la pénombre de sa capuche. Crispin déglutit de nouveau : « Glorieuse ? Pourquoi ai-je l'impression que votre sentiment est différent ? »

Aucune réaction décelable, et pourtant il la guettait. « Parce que je vous laisse le voir, Caius Crispus. Quoique, pour être tout à fait honnête, je ne sache pas bien pourquoi je vous le confesse ainsi… Regardez ! »

Elle ne conclut jamais sa pensée.

Elle s'interrompit plutôt en tendant le bras. Crispin eut le temps de se rappeler qu'elle était avant tout une actrice, puis il regarda. Il vit des dauphins qui jaillissaient de la mer, d'un mouvement net, corps à l'arc aussi parfait que celui d'un dôme, filant parallèles au navire dans l'eau froissée. Une demi-douzaine, qui se poursuivaient à la surface comme dans une chorégraphie théâtrale, un, puis deux, puis une pause, puis de nouveau le bond exultant, le corps lisse, les éclaboussures.

Aussi joueurs que… des enfants ? Exquis comme des danseurs, comme la danseuse qui se tenait près de Crispin. Chargés de l'esprit des morts, porteurs d'Héladikos noyé lors de sa chute flamboyante dans la mer avec le chariot du soleil. Paradoxe, mystère. Rire et ténèbres. La grâce et la mort. Et elle voulait des dauphins pour ses appartements.

Ils les observèrent longtemps, puis vint un moment où les dauphins cessèrent de les accompagner de leurs bonds ; la mer roula seule sous la proue du navire, le long de ses flancs, étale, dissimulant comme toujours ses secrets.

« Ils n'aiment pas trop s'approcher de l'île », remarqua l'impératrice Alixana, en tournant la tête pour regarder la proue.

Crispin se retourna aussi : « L'île ? »

Il aperçut la terre, étonnamment proche, et sa dense couverture de résineux. Une plage rocailleuse, un quai de bois pour amarrer le bateau, deux hommes qui attendaient, portant la livrée impériale. Aucun signe de vie humaine. Des mouettes criaillaient en tourbillonnant autour d'eux dans la lumière matinale.

« J'avais une autre raison de sortir ce matin », déclara la femme qui se tenait près de lui et ne souriait plus. Elle avait abaissé sa capuche. « L'Empereur n'aime pas que j'agisse ainsi. Il pense que c'est… une erreur. Mais il y a une visite que je veux faire avant le départ de l'armée. Pour… me rassurer. Vous avez été mon excuse aujourd'hui, avec les dauphins. Je crois qu'on peut se fier à vous, Caius Crispus. Y voyez-vous un inconvénient ? »

Elle n'attendit évidemment pas sa réponse, ne lui en confiait pas plus qu'il n'avait à son avis besoin d'en savoir. Des grains tirés avec parcimonie de l'entrepôt bien protégé de leur savoir. Valérius et Alixana. Il aurait voulu être irrité, mais il y avait autre chose dans l'attitude de l'Impératrice, comme dans l'état d'esprit auquel elle l'avait arraché. Elle le pensait sûr, mais n'avait pas dit pourquoi elle désirait se fier à lui.

Il n'allait pas le lui demander. Elle s'était d'ailleurs détournée pour se rendre de l'autre côté du pont, là où l'on se préparait à lancer les amarres.

Il la suivit, le cœur battant encore trop vite, partagé entre l'image intérieure du vaste incendie de Varèna et les souvenirs qu'il avait eu l'intention de recréer en se réveillant plus tôt. Deux adolescentes, une partie de la création divine. Leur jeunesse, et leur agonie. Il y avait assisté. Et à présent s'étendait plutôt devant lui cette trompeuse et placide douceur de la mer et du ciel bleus, le vert sombre des arbres dans la lumière matinale.

"Vous avez été mon excuse aujourd'hui, avec les dauphins"…

Une excuse pour quoi ?

L'amarrage du bateau fut impeccable, presque silencieux. Clapotement des vagues, appels des oiseaux dans le ciel. On abaissa une rampe, on déroula un tapis cramoisi pour les pieds de l'Impératrice. Les formalités : elle était ce qu'elle était, on ne devait jamais l'oublier. On ne devait jamais songer à elle d'aucune autre façon.

Ils descendirent la rampe. Quatre soldats les suivaient un peu en retrait. Ils étaient armés, constata Crispin en jetant un coup d'œil par-dessus son épaule.

L'Impératrice, sans un regard en arrière, quitta la rive pour le précéder dans une petite côte qui montait depuis les galets ronds et blancs vers des pins dissimulant bientôt le soleil. Crispin resserra les pans de son manteau quand disparut la lumière du jour.

Aucun dieu ici, ni emblème ni symbole, ni incarnation. Une simple mortelle, seule, bien droite, pas très grande, qu'il suivait en foulant les aiguilles de pin, dans le parfum de la résine ; après un moment – ce n'était pas une très grande île –, le chemin et le boisé prirent fin et Crispin aperçut un petit groupe d'édifices. Une maison, deux ou trois huttes plus petites, une minuscule chapelle avec un disque solaire gravé dans le linteau de la porte. L'Impératrice s'immobilisa après quelques pas dans cet espace dégagé par des mains humaines entre arbres et maisons, et elle se tourna vers lui quand il arriva à sa hauteur.

« Je n'aime pas ce genre de déclaration, dit-elle, mais je dois vous dire que si vous parlez à quiconque de ce que vous allez voir, vous serez exécuté. »

Crispin serra les poings. De la colère, encore, malgré tout. Lui aussi, il était ce qu'il était, ce que le dieu et son triple deuil avaient fait de lui.

« Vous vous contredisez, Trois Fois Honorée.

— Comment cela ? » Une voix fragile. Il se rendait compte de la tension qui vibrait en elle maintenant qu'ils étaient arrivés. Il ne comprenait rien à tout cela, et peu lui importait. Il avait pensé passer la journée seul sur son échafaudage avec son art et le souvenir de ses filles.

« Vous venez de dire que vous me pensiez digne de confiance. De toute évidence, ce n'est pas le cas. Pourquoi ne pas me laisser sur le bateau ? Impératrice, pourquoi suis-je ici, face à cette menace ? Pourquoi suis-je même une menace ? Quel est mon rôle ici ? »

Elle continuait de le dévisager en silence, très pâle. Les Excubiteurs s'étaient immobilisés discrètement en retrait, à la lisière des arbres. D'autres soldats sortaient des huttes. Quatre, portant l'uniforme de la Préfecture urbaine. Personne près de l'édifice principal. De la fumée s'élevait de la cheminée et dérivait avec le vent.

« Je l'ignore », dit enfin l'impératrice Alixana ; elle le regardait fixement. « Une question légitime, mais je n'en connais point la réponse. Je sais que je… n'aime plus venir ici. Il m'effraie, j'en rêve. C'est une des raisons pour lesquelles Pétrus… l'Empereur ne veut pas que je vienne. »

L'immobilité silencieuse de la clairière, et de cet unique édifice plus grand que les autres, avait quelque chose de mystérieux. Tous les volets étaient clos. Il ne devait pas y avoir de soleil là-dedans.

« Au nom de Jad, qui donc se trouve là ? » demandat-il d'une voix un peu trop forte, avec trop d'aspérité pour l'air en suspens.

Les yeux d'Alixana s'étaient agrandis, plus immenses encore. « Jad n'a pas grand-chose à voir avec lui, ditelle. C'est Daleinus. Le frère de Styliane. L'aîné. »

◆

Rustem aurait préféré le nier, mais ses deux épouses et tous ses maîtres l'auraient décrit (parfois avec amusement) comme un homme volontaire et obstiné. Une fois qu'il avait une idée dans la tête, elle n'en était pas aisément délogée.

En conséquence, lorsque le serviteur de Plautus Bonosus revint à la résidence proche des murailles pour lui dire que le sénateur se trouvait déjà dans la foule assemblée à l'Hippodrome et ne pouvait l'aider, Rustem haussa les épaules, se détourna pour voir à la révision de la conférence qu'il allait bientôt donner et – presque aussitôt après – la repoussa et mit avec impatience bottes et manteau pour s'aventurer entre deux gardes jusqu'à la demeure de Bonosus lui-même.

Les rues étaient désertes, ce qui avait un air fort étrange. Nombre d'échoppes étaient closes, les marchés presque silencieux, les tavernes et les restaurants vides. Dans le lointain, tandis qu'ils poursuivaient leur route, Rustem pouvait entendre un son continu, assourdi mais lancinant, un rugissement qui s'enflait par intervalle. Ç'aurait été effrayant pour qui n'aurait pas su de quoi il s'agissait. Au reste, ce l'était même pour qui était au courant.

Rustem avait maintenant envie d'assister à ces courses. De savoir ce que faisait son patient. Il estimait même avoir le devoir d'être présent. Et si ce conducteur de char jaddite allait se suicider – au-delà d'un certain point, nul médecin n'y pouvait rien –, Rustem se sentait relativement curieux quant à la façon et aux moyens qu'il prendrait pour ce faire. Il se trouvait en Occident, après tout, il essayait de comprendre ces gens. Ou enfin, c'était la raison de sa venue ici, ce qu'il avait cru devoir être son rôle. Il essayait de ne pas penser à sa nouvelle tâche, avec un vague espoir que les circonstances la feraient… disparaître.

Il était de toute évidence impossible à un visiteur bassanide de tout simplement se rendre à l'Hippo-drome et d'y être admis. La guilde des médecins aurait pu être d'un certain secours, mais Rustem n'avait pas eu de préavis que son patient allait s'enfuir de sa chambre par une fenêtre, un arbre, une cour et un mur, en laissant derrière lui une traînée sanglante.

Dans un tel cas, on devait invoquer des relations plus importantes, de nature personnelle. Rustem cherchait Cléandre.

Il savait par le garçon lui-même que Bonosus lui avait interdit d'assister aux cinq premières rencontres de la saison, en punition du meurtre de Nishik. On pouvait trouver à redire à l'équivalence ainsi établie entre la mort d'un homme (même un étranger, et un serviteur) et la perte de cinq jours de divertissement, mais ce n'était point ce jour-là le souci de Rustem.

Aujourd'hui, il voulait persuader la mère de Cléandre de renverser l'arrêt de son époux. D'après l'interprétation des textes des médecins occidentaux, il en avait bien conscience, les décisions d'un homme étaient absolues pour ses épouses et ses enfants, sous peine de mort, même. Un père avait pu faire exécuter son fils par l'État pour simple désobéissance.

Autrefois, il y avait eu une brève période, en Occident, pendant laquelle on avait considéré un tel comportement comme une preuve de vertu : la discipline et la rectitude exemplaires qui pouvaient forger un empire. Rustem était d'avis que dans la Sarance moderne, sous Valérius et Alixana, les femmes détenaient peut-être davantage d'autorité à l'intérieur de la maison. Il avait de bonnes raisons de savoir que le garçon était un adepte fanatique des courses de chars. Si quelqu'un connaissait un moyen de pénétrer dans l'Hippodrome – au moins pour l'après-midi, puisque la matinée était maintenant bien avancée –, ce serait Cléandre. Mais il lui faudrait le consentement de sa belle-mère.

L'intendant du sénateur ne tarda point à avertir sa maîtresse quand Rustem se présenta à la porte. Thénaïs Sistina, tout à fait imperturbable, d'une élégance détendue, l'accueillit dans son bureau avec un sourire gracieux, en repoussant style et papier. Elle était donc instruite, apparemment.

Il s'excusa, épilogua sur le temps doux, expliqua enfin qu'il désirait assister aux courses.

Elle manifesta une légère surprise, infime tressaillement des paupières, fugitive étincelle dans le regard. « Vraiment, murmura-t-elle. Je n'aurais pas cru que les jeux vous intéresseraient. Ils n'ont guère d'attraits pour moi, je le confesse. Du bruit et de la poussière, et il y a souvent de la violence dans les gradins.

— Rien de tout cela ne m'attirerait, acquiesça Rustem.

— Mais je suppose qu'il y a là un élément spectaculaire… Eh bien, je m'assurerai d'informer mon époux
que vous aimeriez l'accompagner lors des prochaines
courses… Ce devrait être dans une semaine ou deux, si
je comprends bien le processus. »

Rustem secoua la tête : « J'aimerais vraiment y assister
cet après-midi. »

Thénaïs Sistina arbora une expression désolée. « Je ne
vois aucun moyen d'envoyer un message à mon époux
en ce moment. Il se trouve avec les invités impériaux,
dans la kathisma.

— Je le comprends bien. Je me demandais si Cléandre
ne pourrait pas… ? Une courtoisie à mon égard, et une
insigne faveur ? »

L'épouse du sénateur le dévisagea longuement. « Pourquoi aujourd'hui, et avec tant d'urgence, si je puis m'en
enquérir ? »

Ce qui força Rustem à commettre une indiscrétion. À
cause de la fenêtre ouverte, et parce que c'était l'épouse
de Bonosus, lequel se trouvait déjà au courant, il s'en
sentit le droit. Le médecin de l'aurige devait absolument
être présent, en vérité ; nul autre ne pouvait connaître
avec exactitude la nature des blessures de son patient.
On pouvait dire qu'il avait des devoirs, et y manquerait
s'il ne faisait pas de son mieux pour être là.

Aussi confia-t-il à l'épouse de Plautus Bonosus, dans
la plus stricte confidence, que son patient, Scortius de
Soriyie, avait enfreint l'avis de son médecin et quitté
sa chambre de la résidence privée du sénateur, où il se
remettait de ses blessures. Puisqu'on courait aujourd'hui,
il n'était pas difficile de déduire pourquoi il l'avait fait
et où il devait se trouver.

La jeune femme ne réagit pas à ces paroles. Tout
Sarance pouvait bien parler du disparu, mais ou bien
elle savait déjà par son époux où il se trouvait ou bien
elle était réellement indifférente au sort de ces athlètes.
Elle fit cependant appeler son beau-fils.

Cléandre apparut sur le seuil peu de temps après,
l'air maussade. Rustem avait pensé que le garçon aurait

peut-être déjà désobéi à l'ordre paternel pour sortir de la maison, mais, apparemment, le fils de Bonosus avait été assez assagi par deux violents incidents en une journée et une nuit pour obéir à son père, du moins pour le moment.

Sa belle-mère, avec quelques questions d'une remarquable précision, réussit à apprendre du garçon empourpré le fait que c'était lui qui avait amené l'aurige à Rustem au milieu de la nuit, où il l'avait trouvé et dans quelles circonstances. Rustem en fut surpris ; c'était une intuition impressionnante de la part de la jeune femme.

Il ne put ignorer la déconfiture du garçon, mais il savait aussi qu'il n'avait lui-même trahi aucun secret en la matière ; il n'avait même pas su que l'incident s'était déroulé devant la demeure de la danseuse. Il n'avait pas posé la question, et il ne s'en souciait pas.

La jeune femme était d'une intelligence déconcertante, voilà tout. Cela allait de pair avec son détachement et son sang-froid. Les gens capables de moduler et de contrôler leurs passions, de voir le monde d'un œil froid, ceux-là étaient les mieux équipés pour mener ainsi un raisonnement à terme. Bien entendu, cette même froideur pouvait aussi être la raison pour laquelle son époux possédait un coffre rempli de certains jouets et ustensiles dans une autre maison de l'autre côté de la ville. Mais dans l'ensemble, Rustem décida qu'il appréciait la femme du sénateur. D'ailleurs, il essayait lui-même d'adopter le même comportement dans sa profession.

C'était inattendu de trouver cela chez une femme, remarquez.

Inattendu aussi le fait qu'elle semblât vouloir l'accompagner à l'Hippodrome.

À la façon excessive des jeunes, le malaise aigu de Cléandre se transforma en un soulagement abasourdi quand il comprit que sa belle-mère avait décidé d'annuler une partie de sa punition en faveur des devoirs qu'elle se sentait envers un invité et des obligations professionnelles de Rustem en tant que médecin. Elle les accompagnerait, dit-elle, pour garantir la bonne conduite de Cléandre et son retour sans délai chez eux, et pour assister le docteur s'il en avait besoin. L'Hippodrome pouvait s'avérer un endroit dangereux pour un étranger.

Cléandre les précéderait sans attendre, avec l'intendant et en se prévalant du nom de sa mère pour tous débours nécessaires, il mettrait à contribution les contacts douteux qu'il entretenait certainement à l'Hippodrome et dans ses environs pour leur trouver des places convenables pendant la pause de midi – pas des places debout, et certainement pas dans une section destinée à des partisans de faction ou autres individus au comportement éventuellement déplaisant. Et en aucune circonstance il ne porterait du vert. Était-ce bien compris ?

Il comprenait.

Rustem de Kérakek prendrait-il plaisir à un modeste déjeuner avec elle tandis que Cléandre s'occupait de ces problèmes de sièges et d'admission ?

Rustem y prendrait plaisir.

Ils auraient amplement le temps de déjeuner, dit-elle en repoussant ce qu'elle avait été en train d'écrire et en quittant son tabouret ; elle devrait ensuite se vêtir de manière plus convenable pour une sortie en public. Elle était d'un calme impeccable et précis, d'une superbe efficacité, d'un maintien parfait. Elle lui rappelait ces légendaires matrones de Rhodias, aux temps anciens d'avant la chute, quand la Cité n'avait pas succombé à la décadence impériale.

Il se demanda soudain – se surprenant lui-même, d'ailleurs – si Katyun ou Jarita auraient pu posséder ce genre de sang-froid et d'autorité, eussent-elles été élevées dans un monde différent. Il n'y avait pas de telles femmes en Ispahane, et certainement pas en Bassanie. Les intrigues de palais parmi les épouses cloîtrées du Roi des rois, c'était tout autre chose. Il pensa alors à sa petite fille, s'en empêcha à grand-peine. On lui avait pris Inissa ; séquelle de sa bonne fortune, elle était perdue pour lui.

Pérun et Anahita menaient le monde, Azal devait être constamment tenu en échec. Nul ne pouvait dire où ses pas le conduiraient. On devait embrasser la générosité, même s'il fallait en payer le prix ; certains présents ne vous étaient pas offerts deux fois. Il ne pouvait se permettre de s'appesantir sur Issa, ou sur sa mère.

Il pouvait penser à Shaski et à Katyun, car il les verrait bien assez tôt à Kabadh. Si la Dame le veut, s'empressat-il d'ajouter et il se tourna prestement vers le levant à cette pensée. On lui avait donné l'ordre d'assassiner ici quelqu'un. Il était possible que la générosité fût à présent conditionnelle.

L'épouse de Plautus Bonosus l'observait, les sourcils légèrement arqués. Elle était cependant trop bien élevée pour faire une remarque.

Rustem murmura, incertain : « Dans ma religion… l'est… J'essayais d'éviter la mauvaise fortune. J'ai eu une pensée téméraire.

— Oh », dit Thénaïs Sistina, en hochant la tête comme si elle comprenait parfaitement bien. « Nous en avons tous, de temps à autre. » Elle quitta la pièce, et il la suivit.

◆

Dans la kathisma, un groupe de courtisans fort élégants s'affairait à ses tâches. Gésius avait été explicite en s'assurant que nombre des membres les plus décoratifs de l'Enceinte impériale fussent présents ce matin-là, vêtus de façon flamboyante, parés de couleurs et de bijoux éclatants.

Avec un raffinement plein d'aisance, ils trouvaient moyen de se divertir tout en atténuant, par leurs réactions hautement visibles et audibles à ce qui se déroulait à leurs pieds, l'absence de l'Impératrice, du Stratège suprême, du Chancelier et du Maître des offices. Ils masquaient également la voix régulière et basse de l'Empereur qui dictait à ses secrétaires accroupis contre la balustrade, invisibles depuis les gradins.

Valérius avait laissé tomber le carré de soie blanche indiquant le début du programme, avait adressé à son peuple l'antique geste impérial qui le remerciait de ses acclamations, avait pris son siège rembourré et s'était immédiatement mis au travail en ignorant les chars et le vacarme qui l'entourait. Chaque fois que le Mandator, habitué de longue date, lui murmurait discrètement à l'oreille, Valérius se levait et saluait quiconque se trouvait faire son tour d'honneur. Pour la plus grande partie de la matinée, ç'avait été Crescens des Verts. L'Empereur ne semblait pas l'avoir remarqué, ni s'en soucier.

La mosaïque qui décorait le plafond de la kathisma représentait Saranios, fondateur de la cité qui portait son nom : il conduisait un quadrige et portait une couronne non point d'or mais de laurier, celle de l'aurige victorieux. Les maillons de la chaîne symbolique étaient imbus d'un immense pouvoir : Jad dans son char, l'Empereur, son serviteur parmi les mortels, symbole sacré de la divinité, les auriges sur la piste sablonneuse de l'Hippodrome, chéris du peuple. Mais, songeait Bonosus, ce successeur particulier dans la longue chaîne des empereurs s'était… détaché de la puissance de cette association.

Ou du moins s'y essayait-il. Le peuple l'y ramenait. Il se trouvait là, après tout, il regardait rouler les chars, même en ce jour. Bonosus avait bel et bien une théorie quant à l'attrait des courses. Il était prêt à en rebattre les oreilles de tout un chacun, qu'on le lui demandât ou non. Dans son essence, argumentait-il, l'Hippodrome constituait un parfait contrepoint aux rituels de l'Enceinte impériale. La vie de cour tournait entièrement autour de ces rituels, elle était absolument prévisible. Un ordre bien établi pour tout, depuis le premier salut à l'Empereur quand il se réveillait (et qui l'éveillait, et de quelle manière), jusqu'à l'ordre dans lequel on allumait les lampes dans la salle d'Audience, et la procession pour lui offrir des présents au premier jour de la nouvelle année. Paroles et gestes, déterminés par écrit, connus et répétés, immuables.

L'Hippodrome, par contraste, disait Bonosus – et il haussait les épaules, comme si la conclusion de cette phrase devait être évidente pour tout un chacun –, l'Hippodrome était la matérialisation de l'incertitude. L'inconnu en était l'essence même, disait Bonosus.

Il se félicitait de ce genre de perspective détachée, tout en bavardant et en acclamant comme les autres dans la loge impériale. Mais si blasé fût-il, il n'était pas tout à fait à même de contrôler son excitation aujourd'hui, et cela n'avait rien à voir avec les aléas des chevaux, ni même avec leurs jeunes conducteurs.

Il n'avait jamais vu Valérius ainsi.

L'Empereur mettait toujours beaucoup d'intensité à s'occuper des affaires de l'État, manifestant une irritation distraite lorsqu'il était obligé d'être présent à l'Hippodrome ; mais ce matin, la férocité de sa concentration et le flot incessant de notes et d'instructions lancé à voix basse à l'adresse de ses secrétaires – il y en avait deux, qui alternaient pour réussir à suivre son allure – avaient un rythme précipité, fascinant, qui semblait, dans l'esprit du Maître du Sénat, aussi urgent que la galopade des chevaux et la course des quadriges en contrebas.

Sur les sables, les Verts triomphaient au-delà de toute espérance, comme la semaine précédente. Scortius des Bleus brillait toujours par son absence, et Bonosus était l'une des rares personnes dans la Cité à savoir où il se trouvait, et qu'il faudrait des semaines avant sa réapparition à l'Hippodrome. L'aurige avait insisté sur le nécessaire secret et il jouissait d'un statut plus que suffisant à Sarance pour voir son souhait exaucé.

Il s'agissait probablement d'une femme, avait décidé le sénateur – avec Scortius, ce n'était pas une hypothèse bien difficile. Bonosus ne voyait aucun inconvénient à prêter à l'aurige sa petite résidence privée, jusqu'à ce qu'il fût remis. Il éprouvait plutôt de la satisfaction à être informé des amours clandestines. Ce n'était pas comme si le poste de Maître du Sénat lui conférait une importance réelle, après tout. Il ne pouvait pas se divertir dans sa résidence secondaire, de toute façon, avec pour invité ce médecin bassanide sec comme un os. C'était à Cléandre qu'il devait cet aspect de la présente situation, lequel Cléandre constituait un problème qui requerrait bientôt son attention. Porter une coiffure barbare et des habits extravagants pour s'identifier à une faction, c'était une chose, assassiner des gens dans la rue… c'en était une autre.

Les factions pourraient devenir dangereuses aujourd'hui, comprenait-il ; il se demanda si Valérius en avait conscience. Les Verts étaient transportés de joie, les Bleus bouillaient d'humiliation et d'anxiété. Il devrait en parler avec Scortius, en fin de compte, peut-être dans la soirée. Garder le secret sur sa vie privée devrait céder le pas à l'ordre public, surtout dans la mesure où d'autres développements se préparaient. Si les deux factions apprenaient que l'aurige était en sécurité et reviendrait à une date déterminée, une partie de leur tension se dissiperait.

Bonosus éprouvait une certaine compassion, en l'occurrence, pour le jeune homme qui conduisait en position de Premier pour les Bleus. Le garçon était de toute évidence un aurige, il en possédait les réflexes et le courage, mais il faisait également face à un triple problème, d'après Bonosus – et il était bien à même de voir ce qui se passait sur la piste, le dieu savait, il venait depuis assez longtemps à l'Hippodrome.

Le premier problème, c'était Crescens des Verts. Le musculeux gaillard de Sarnica faisait preuve d'une superbe assurance, il avait eu un an pour s'habituer à Sarance et il conduisait à la perfection son nouvel équipage. Et il n'était pas homme à manifester la moindre merci envers les Bleus désorganisés.

Cette désorganisation constituait le second problème. Non seulement le jeune homme – du nom de Taras, apparemment un Sauradien – n'était-il pas habitué à courir en première position, mais il ne connaissait même pas les chevaux de son nouvel équipage. Si magnifique fût un étalon comme Servator, n'importe quelle bête avait besoin d'être guidée par une main qui en connaissait les capacités. Et par ailleurs le jeune Taras, porteur du casque d'argent pour les Bleus, ne bénéficiait d'aucun appui qualifié parce que c'était lui qui occupait habituellement la position de Second et qui connaissait bien les chevaux de cet équipage-là.

Tout bien considéré, le meneur temporaire des Bleus avait obtenu de bons résultats en arrivant en seconde place et en repoussant par trois fois les attaques agressives et bien coordonnées des deux conducteurs verts. Jad seul savait ce que deviendrait l'humeur de la foule si les Verts réussissaient à gagner une ou deux fois toutes les courses. Ce genre de balayage provoquait les plus exultantes célébrations chez la faction victorieuse – et un désespoir lugubre chez la faction adverse. Le conducteur des Bleus avait beau posséder l'endurance de la jeunesse, on pouvait en venir à bout. Ce serait sans doute le cas cet après-midi. N'importe quel autre jour, Bonosus aurait envisagé de faire des paris.

Un grand massacre se préparait sur les sables, aurait-on pu dire, en adoptant le mode littéraire. Par nature, Bonosus était enclin à le percevoir ainsi, comme un avant-goût ironique de la déclaration impériale de guerre encore à venir à la fin de la journée.

La dernière course de la matinée se termina – comme d'habitude une affaire secondaire et chaotique entre Rouges et Blancs, avec des équipages à deux chevaux. Le chef des Blancs en sortit vainqueur après une course typiquement brouillonne, mais Bleus et Blancs traitèrent cette victoire avec un enthousiasme (plus que forcé, aux oreilles de Bonosus) certainement unique dans l'expérience du conducteur blanc. Surpris ou non, il sembla grandement apprécier son tour d'honneur.

L'Empereur cessa de dicter et se leva au murmure du Mandator. Il salua d'un geste bref le gaillard qui passait juste sous la loge et se détourna pour partir. Un Excubiteur avait déjà déverrouillé la porte au fond de la kathisma. Valérius retournerait par le corridor dans l'Enceinte impériale pour d'ultimes consultations avec le Chancelier, le Maître des offices et le Questeur des impôts, au palais Atténin, avant la proclamation de l'après-midi ; il traverserait ensuite l'ancien tunnel qui courait sous les jardins pour se rendre au palais Travertin où il rencontrerait Léontès et les généraux. Ses habitudes étaient bien connues. Certains – dont Bonosus – croyaient avoir maintenant percé à jour la raison de cette répartition des conseillers. Il était cependant périlleux de s'imaginer comprendre la mentalité de cet Empereur. Tandis que tous se levaient et s'écartaient avec grâce, Valérius s'arrêta devant Bonosus.

«Remplacez-nous pour les honneurs cet après-midi, Sénateur. Sauf imprévu, nous reviendrons avec les autres avant la dernière course.» Il se pencha un peu et baissa la voix. «Et que le Préfet urbain nous retrouve Scortius. Le moment est mal choisi pour ce genre de choses, non? Nous avons peut-être fait preuve de légèreté en l'ignorant.»

Il n'ignorait pas grand-chose, se dit Bonosus.

«Je sais où il est», dit-il tout bas, manquant sans scrupule à sa promesse. C'était quand même l'Empereur.

Valérius ne haussa même pas un sourcil. «Bien. Informez-en le Préfet urbain, et nous ensuite.»

Et, tandis que quatre-vingt mille de ses citoyens réagissaient toujours de façons diverses au dernier tour du conducteur des Blancs, qu'ils commençaient à se lever, à s'étirer et à penser au repas et au vin de midi, l'Empereur quitta la kathisma et cet édifice trop plein de monde, où l'on avait assisté tant de fois aux déclarations et aux événements qui définissaient la nature même de l'Empire.

Avant même de franchir la porte ouverte, Valérius avait commencé à se débarrasser des parures de cérémonie trop lourdement décorées qu'il devait porter en public.

Les serviteurs se mirent à disposer une collation sur de larges tables le long des murs et sur d'autres, plus petites et rondes, près des sièges. Certains préféraient retourner aux palais pour le déjeuner, tandis que les plus jeunes pouvaient s'aventurer dans la Cité même pour y goûter l'excitation des tavernes; mais il était plaisant de s'attarder dans la loge si la température était clémente, et c'était le cas ce jour-là.

Bonosus découvrit, à sa grande surprise, qu'il avait faim et soif. Il allongea les jambes – il en avait maintenant la place – et tendit sa coupe pour se faire servir du vin.

Il lui vint à l'idée que, à son prochain repas, il serait sénateur dans un empire en guerre. Et pas les simples escarmouches de printemps. Une reconquête. Rhodias. Le vieux rêve de Valérius.

Indéniablement, c'était une pensée excitante, qui suscitait toutes sortes… d'émotions. Bonosus aurait soudain voulu ne point loger cette nuit un médecin bassanide et un aurige convalescent dans sa petite résidence auprès des murailles. Avoir des invités vous compliquait certainement la vie.

◆

« On lui a d'abord permis de se retirer dans le domaine des Daleinoï. On l'a amené dans cette île – elle a servi très longtemps de prison – seulement lorsqu'il a essayé de faire assassiner le premier Valérius dans son bain. »

Crispin lança un coup d'œil à l'Impératrice. Ils étaient seuls dans la clairière, côte à côte. Les Excubiteurs de l'Impératrice se tenaient derrière eux et quatre gardes les attendaient devant les portes des huttes. La plus grande cabane était sombre, la porte barrée de l'extérieur, tous les volets clos, bannissant la lumière douce du soleil. Crispin éprouvait une curieuse difficulté ne fût-ce qu'à regarder dans cette direction. Il y avait là quelque chose d'oppressant, un poids, comme une hantise. Le vent était presque imperceptible, au milieu du cercle des pins.

« Je croyais qu'on était exécuté dans ce genre de cas, dit-il.

— Il aurait dû l'être », répliqua Alixana. Il l'observa de nouveau. Elle n'avait pas quitté des yeux l'édifice qui leur faisait face.

« Pétrus, qui était alors le conseiller de son oncle, ne l'a pas voulu. Il a dit que les Daleinoï et leurs partisans devaient être maniés avec prudence. L'Empereur l'a écouté. Il l'écoutait presque toujours. On a amené Lecanus ici. Un châtiment, mais pas d'exécution. Le plus jeune, Tertius, était encore un enfant. On l'a laissé rester au domaine et gérer les affaires familiales, finalement. On a permis à Styliane de demeurer dans la Cité et de venir à la cour quand elle a été plus âgée, on lui a même permis de venir ici, même si les visites étaient surveillées. Lecanus a continué à comploter, même depuis cette île, à essayer de la persuader. Finalement, on a mis un terme à ces rencontres. » Elle se tut, son regard passa sur lui, revint à la cabane. « J'en ai donné l'ordre, de fait. C'est moi qui les faisais observer en secret. Puis j'ai obligé l'Empereur à empêcher Styliane de revenir, un peu avant son mariage.

— Personne ne vient ici maintenant, alors ? » Crispin pouvait voir la fumée qui s'élevait des huttes et de la cabane ; aussi verticale que les arbres, elle se dissipait quand elle atteignait le niveau où soufflait le vent.

« Moi, dit Alixana. D'une certaine manière. Vous verrez.

— Et je serai exécuté si je le dis à quiconque. Je sais. »

Elle leva alors les yeux vers lui. Il pouvait toujours percevoir sa tension. « Je vous ai entendu là-dessus. N'y revenez pas, Crispin. On vous fait confiance. Vous êtes ici avec moi. »

C'était la première fois qu'elle l'appelait ainsi par son nom.

Elle se mit en route sans lui donner une chance de répliquer ; il ne pouvait imaginer une réplique, de toute façon.

L'un des quatre gardes s'inclina très bas, les précéda à la porte pour la déverrouiller. Le battant s'ouvrit en silence. Il faisait presque complètement noir à l'intérieur. Le garde entra, un moment plus tard il y eut la lumière d'une lampe, puis d'une autre. Un second homme arriva. Il toussa avec bruit sur le seuil.

« Es-tu habillé, Daleinus ? Elle est venue te voir. »

Une sorte de gargouillement étouffé, presque inintelligible, plus un bruit animal qu'une parole, s'éleva à l'intérieur. Le second garde, sans rien dire, entra derrière le premier. Il ouvrit les volets de bois des deux fenêtres grillagées de fer, laissant entrer de l'air et davantage de lumière. Puis les deux gardes ressortirent.

L'Impératrice leur adressa un petit signe de tête. Ils se retirèrent vers les huttes après s'être inclinés de nouveau. Il n'y avait personne à portée de voix désormais, ou personne que Crispin pût voir. Après avoir brièvement croisé son regard, Alixana se redressa comme une actrice sur le point d'entrer en scène et pénétra dans la maison.

Crispin la suivit en silence, abandonnant l'éclat du soleil. Un étau lui serrait la poitrine, son cœur battait à tout rompre. Il n'aurait pu en dire la raison. Tout cela avait si peu de rapport avec lui… Mais il pensait à Styliane, la dernière nuit où il l'avait vue, et surtout à ce qu'il avait perçu en elle. Et il essayait de se rappeler ce qu'il savait de la mort de Flavius Daleinus le jour où le premier Valérius avait été acclamé empereur de Sarance.

Il s'arrêta sur le seuil. Une antichambre de bonne taille. Deux portes, une au fond donnant sur une chambre à coucher, l'autre à droite – il ne pouvait voir sur quoi elle ouvrait. Une cheminée dans le mur de gauche, deux chaises, une couche à l'arrière, un banc, une table, un coffre fermé et verrouillé, absolument rien sur les murs, pas même un disque solaire. Le son chuintant, se rendit-il compte, provenait d'un homme qui respirait de façon bizarre.

Puis ses yeux s'ajustèrent peu à peu à la faible lumière, et il vit une silhouette remuer sur la couche ; on avait été étendu, on s'asseyait, on se tournait dans leur direction. Et il vit ainsi celui qui vivait – qui était emprisonné – dans cette cabane, dans cette île, dans son propre corps, et le souvenir lui revint alors, tandis qu'une nausée d'horreur convulsive l'envahissait. Il se laissa aller contre le mur près de la porte, portant par réflexe une main protectrice à son visage.

Le feu sarantin avait de terribles effets sur les humains, même quand ils lui survivaient.

Le père avait été tué. Un cousin aussi, Crispin se le rappelait vaguement. Lecanus Daleinus avait survécu. Si l'on pouvait dire. En observant l'aveugle qui se tenait devant lui, la ruine calcinée de ce qui avait été son visage, les mains mutilées, en imaginant les brûlures que devait dissimuler l'ordinaire tunique brune, Crispin se demanda comment en vérité cet homme pouvait encore être vivant, et surtout pourquoi, quel dessein, quel désir, quelle nécessité pouvaient bien l'avoir empêché de mettre fin à ses jours longtemps auparavant. Ce n'aurait pas été un geste de piété. Pas la moindre trace de la divinité, ici. De quelque divinité que ce fût.

Puis il se souvint de ce qu'avait dit Alixana et il pensa comprendre. La haine pouvait être un dessein, la vengeance un désir. Presque une divinité en soi.

Il se donnait beaucoup de mal pour ne pas vomir. Il ferma les yeux.

Et en cet instant, il entendit Styliane Daleina, froide comme la glace, patricienne, totalement dénuée d'émotions devant l'aspect de son frère, et qui murmurait près de lui. «Tu pues, mon frère. Cette pièce pue. Je sais qu'on te donne de l'eau et un bassin. Respecte-toi un peu et sers-t'en.»

Crispin, bouche bée, rouvrit les yeux en se tournant brusquement vers Alixana.

L'impératrice de Sarance se tenait aussi droite que possible pour se rapprocher de la taille de l'autre femme. Et il l'entendit parler de nouveau, voix, ton et comportement d'une déconcertante, d'une terrifiante exactitude, identiques à ceux de Styliane. «Je te l'ai déjà dit. Tu es un Daleinus. Même si nul ne te voit ou ne le sait, toi, tu dois le savoir, ou tu fais honte à notre lignée.»

Un mouvement déforma davantage la hideur épouvantable de ce visage dévasté. Impossible de déchiffrer l'expression qu'essayaient de traduire ces chairs fondues. Les yeux étaient un trou noir, vide. Le nez une sorte de tache, et c'était de là que venait le chuintement, quand l'homme respirait. Crispin resta silencieux, en déglutissant avec peine.

« Vraiment… navré… ma sœur », dit l'aveugle. Des mots prononcés avec lenteur, très déformés, mais intelligibles. « Je te déçois… chère sœur. J'en pleurerais. »

— Tu ne peux pas pleurer. Mais tu peux faire nettoyer et aérer cet endroit, et j'espère que tu le feras. » Si Crispin avait fermé les yeux, il aurait juré par le saint Jad et toutes les Bienheureuses Victimes que Styliane se trouvait là, arrogante, méprisante, avec son intelligence et son orgueil féroces. "L'actrice", ainsi avait-elle appelé Alixana, entre autres.

Et il savait maintenant pourquoi l'Impératrice venait ici et pourquoi elle avait manifesté une telle tension.

"Il y a une visite que je veux faire avant le départ de l'armée"…

Elle craignait cet homme. Elle venait là uniquement pour Valérius, malgré sa crainte, pour voir ce que Daleinus pouvait comploter grâce à la vie qu'on lui avait accordée. Mais cette forme sans yeux et sans nez était seule, isolée, même sa sœur ne venait plus lui rendre visite – uniquement cette imitation impeccable et glaçante de Styliane, essayant de lui soutirer des révélations. Cet homme devait-il être redouté dans le présent, ou n'était-il que l'incarnation d'une culpabilité, l'indice d'une âme hantée depuis longtemps ?

Un son s'éleva de la couche, de cette créature presque intolérable. Au bout d'un moment, Crispin comprit qu'il entendait un rire. Le son lui fit penser à quelque chose qui rampait sur du verre brisé.

« Viens, ma sœur », dit Lecanus Daleinus, autrefois l'héritier d'une lignée à la noblesse extravagante et à l'inimaginable fortune. « Pas… de temps ! Nue ! Laisse-moi… toucher ! Vite ! »

Crispin referma les yeux.

Il éprouva un choc. *Bien, bien,* disait une troisième voix. Dans sa tête. *Elle déteste ça. Ne sait que penser. Il y a quelqu'un d'autre avec elle. Rouquin. Sais pas qui. Tu le dégoûtes. Tu es tellement hideux ! La pute le regarde, maintenant.*

Crispin sentit le monde rouler et tanguer tel un navire frappé par une puissante vague. Il s'appuya de tout son poids contre le mur. Jeta autour de lui un regard frénétique.

Et vit presque aussitôt l'oiseau, sur le rebord d'une des fenêtres.

*Mais je ne sais pas, moi, pourquoi elle est là aujourd'hui ! Comment pourrais-je te répondre ? Reste calme. Elle est peut-être seulement inquiète. Peut-être qu'elle…*

Alixana éclata de rire. L'illusion était toujours terrifiante. C'était le rire d'une autre, non le sien. Crispin se rappelait Styliane dans sa propre chambre, la tonalité basse et sardonique de son amusement, identique. « Tu as choisi d'être répugnant, dit l'Impératrice. Une version comique de toi-même, comme une figure de pantomime à bon marché. N'as-tu rien de mieux à offrir ou à demander que du pelotage, dans tes ténèbres ?

— Que pourrais-je… possiblement… t'offrir, chère sœur ? Épouse du Stratège suprême. T'a-t-il… fait jouir… la nuit dernière ? Dans tes ténèbres ? Ou un autre ? Oh, dis-moi ! Dis-moi… » À travers le chuintement, la voix s'élevait avec peine, brisée, comme si les sons devaient ramper pour sortir d'un labyrinthe souterrain à demi obstrué, menant à ce qui vivait dans les profondeurs.

*Bien !* entendit de nouveau Crispin dans le silence de l'entre-deux-mondes. *Je crois que j'ai raison. Elle vient seulement vérifier. La guerre est pour bientôt. Sa présence est un accident. Elle est seulement inquiète. Tu serais content – elle a l'air misérable, comme si des esclaves avaient abusé d'elle. Vieille !*

Tout en luttant contre sa nausée, Crispin resta sur place, respirant à petits coups, même si sa présence n'était plus réellement un secret. Son esprit était pris dans un tourbillon désespéré. Une question jaillit du chaos, il s'en saisit : comment cet homme et sa créature étaient-ils au courant de la guerre, dans cette île ?

Il y avait ici à l'œuvre quelque chose de monstrueux. Cet oiseau ne ressemblait en rien à ceux qu'il avait rencontrés ou entendus. La voix intérieure n'était pas celle des créations de Zoticus. L'âme de l'oiseau parlait ici avec une voix de femme, amère et dure, qui venait de plus loin que la Bassanie : d'Ispahane ou d'Ajbar, ou de contrées dont il ne connaissait même pas les noms. L'oiseau était de petite taille, de couleur sombre, un peu comme Linon, mais il ne ressemblait en rien à Linon.

Crispin se rappela que les Daleinoï avaient fait fortune grâce au monopole du commerce des épices avec l'Orient. Il observa l'homme terriblement brûlé, transformé en horreur, qui était assis sur la couche, et il pensa de nouveau : comment peut-il être encore vivant ?

*Je sais*, dit soudain l'oiseau, répliquant à quelque chose. *Je sais, je sais, je sais !* Et ce que Crispin entendait maintenant dans cette voix basse et rauque, c'était une exultation aussi féroce qu'un brasier.

« Je ne prends aucun plaisir à ceci », dit l'Impératrice, glace et fil de métal tranchant, comme Styliane, « et je ne vois aucune raison de pourvoir à tes plaisirs. Je préfère les miens, mon frère. Je suis ici pour te demander si tu as besoin de quoi que ce soit… en ce moment. » Elle avait appuyé sur le dernier mot. « Tu te le rappelles peut-être, cher frère, on ne nous laisse seuls que très brièvement.

— Bien sûr, je… me rappelle. C'est pourquoi tu es si… cruelle… d'être encore… vêtue. Petite sœur, viens plus près… et dis-moi. Oui, dis-moi… comment il t'a… prise… la nuit dernière ? »

L'estomac retourné, Crispin vit la main ravagée de l'homme, aussi noueuse qu'une serre, aller toucher son entrejambe sous sa tunique. Et il entendit le rire intérieur de l'oiseau oriental.

« Pense à ton père, dit Alixana. Et à nos ancêtres. Si c'est tout ce que tu es à présent, mon frère, je ne reviendrai pas. Penses-y, Lecanus. Je t'ai averti la dernière fois. Je vais ressortir à présent, aller me promener et manger au soleil dans l'île. Je reviendrai avant le départ du bateau. À mon retour, si tu n'es toujours que cela, je n'aurai plus de temps à perdre avec ce voyage, et je ne reviendrai plus.

— Oh, oh ! chuinta l'homme sur la couche. Je suis… désolé ! J'ai… fait honte… à ma chère sœur. Notre innocente… et belle enfant ! »

Crispin vit Alixana se mordre la lèvre, les yeux rivés à la silhouette qui se trouvait devant elle comme si elle avait pu en sonder les abîmes. Elle ne pouvait pas savoir. Elle ne pouvait pas savoir pourquoi sa brillante et impeccable supercherie était ainsi contrecarrée sans effort. Mais elle sentait bien qu'elle l'était, que Lecanus se jouait d'elle, et c'était peut-être pourquoi elle craignait tant cette cabane. Et pourquoi elle y venait malgré tout.

Elle ne reprit pas la parole, quitta la pièce et la cabane, tête haute, bien droite, comme auparavant. Une actrice, une impératrice, aussi fière qu'une déesse de l'ancien panthéon, ne trahissant rien, sinon pour un œil très attentif.

Crispin la suivit, tandis que le rire de l'oiseau lui vrillait le crâne. Au moment où il arrivait au soleil, fermant des yeux temporairement aveugles, il entendit : *Je veux y être ! Lecanus, je veux y être !*

Il n'entendit évidemment pas la réponse.

« Styliane n'a jamais cédé à ses désirs, si vous vous interrogez là-dessus. Elle est pervertie à sa propre manière, mais pas ainsi. »

Crispin se demandait ce qu'on savait d'une certaine nuit passée, mais décida ensuite de ne plus y penser. Ils se trouvaient sur la rive sud de l'île, en face de Déapolis. Les Excubiteurs de l'Impératrice les avaient accompagnés sous les arbres, en traversant une seconde clairière où se trouvaient d'autres huttes et cabanes. Vides. D'autres prisonniers avaient séjourné ici, de toute évidence. Mais plus maintenant. Lecanus Daleinus disposait de l'île entière, avec sa poignée de gardes.

Il était midi passé, au soleil. On allait bientôt se remettre à courir dans l'Hippodrome, si on n'avait pas déjà commencé ; la journée progressait lentement vers une déclaration de guerre. Crispin comprenait bien que l'Impératrice laissait seulement passer un peu de temps avant de revenir dans la cabane de la clairière pour voir s'il y avait eu un changement.

Il n'y en aurait pas, il le savait. Ce qu'il ignorait, c'était s'il devait en parler. Tant de trahisons s'emboîtaient ici : il trahirait Zoticus, Shirin et son oiseau, son propre secret à lui, le don qui lui avait été fait, Linon. En même temps, les dernières paroles silencieuses de la créature orientale résonnaient encore en lui, présage indéniable de danger.

Il se sentait peu d'appétit quand ils s'assirent pour déjeuner, grignota sans conviction les galettes de poisson et les olives, but du vin – qu'il avait demandé bien allongé. L'Impératrice était presque silencieuse, depuis le moment où ils avaient quitté la clairière. Elle s'était éloignée seule, d'ailleurs, quand ils étaient arrivés sur la grève, petite tache en cape pourpre au loin sur la plage rocailleuse, deux soldats sur les talons. Crispin s'était assis dans l'herbe entre arbres et rochers, contemplant la lumière changeante sur la mer. Vert, bleu, bleu-vert, gris.

Elle était finalement revenue, lui avait fait signe de ne pas se lever et avait pris place, avec grâce, sur un carré de soie déplié pour elle. On avait disposé la nourriture sur une nappe, en cet endroit tranquille dont la beauté aurait dû être apaisante, incarnation bienveillante du printemps naissant.

Après un temps, Crispin déclara : « Vous les avez observés ensemble, je suppose. Styliane et… son frère. »

L'Impératrice ne mangeait pas non plus. Elle hocha la tête : « Bien sûr. Je le devais. Comment aurais-je appris quoi dire et comment le dire, sinon, à jouer son rôle ? » Elle lui rendait son regard.

C'était si évident, vu ainsi. Une actrice, apprenant son rôle. Il porta de nouveau son regard sur la mer. Déapolis était bien visible de l'autre côté du détroit. Il pouvait y voir des navires en plus grand nombre encore dans le port. Une flotte pour une armée faisant voile vers l'ouest, vers son pays natal. Il avait averti sa mère, Martinien et Carissa. Absurde. Que pouvaient-ils faire ?

Une crainte sourde régnait en lui ; le souvenir de l'oiseau dans cette cabane sombre en faisait désormais partie.

« Et vous le faites… vous venez ici, parce que…

— Parce que Valérius ne veut pas le laisser exécuter. J'ai pensé le faire malgré lui. Faire tuer cet homme. Mais c'est très important pour l'Empereur. Un signe visible de merci, puisque la famille a… tellement souffert lorsque… ces inconnus ont brûlé Flavius. Alors je viens ici, je donne cette… performance, et je n'apprends rien. Si je dois l'en croire, Lecanus est un homme vil et brisé, sans aucun dessein. » Elle se tut, reprit. « Je ne peux pas cesser de venir.

— Pourquoi ne veut-il pas le faire exécuter ? Il doit y avoir tant de haine… Ils croient que c'était… un ordre de l'Empereur, je le sais bien. Ce feu sarantin. » Une question qu'il ne se serait jamais imaginé poser à quiconque, et surtout pas à l'impératrice de Sarance. Et pas avec ce terrible sentiment que peut-être, on aurait bel et bien dû mettre depuis longtemps fin aux jours de cet homme. Et peut-être même par merci. Il évoqua avec nostalgie un échafaudage aérien, des fragments brillants de verre et de pierre, des souvenirs, ses filles.

Le chagrin était plus facile. Cette idée le traversa de manière soudaine. Une vérité plutôt dure.

Alixana resta longtemps muette. Il attendit. Suspendu sur les vagues de son parfum. Ce qui le fit réfléchir un moment, mais Lecanus ne pouvait avoir été au courant de la nature très singulière de ce parfum. Il était ici depuis trop longtemps. L'Impératrice en aurait eu conscience. Crispin frissonna. Elle le vit. Détourna les yeux.

« Vous n'avez pas idée de la situation à Sarance, dit-elle, au temps où Apius se mourait.

— Certainement, fit Crispin.

— Il a fait aveugler et emprisonner ici ses neveux. » Sa voix était sans inflexion, dépourvue de vie ; il ne l'avait jamais entendue parler ainsi. « Il n'y avait pas d'héritier. Pendant des mois avant la mort d'Apius, des mois, Flavius Daleinus s'est comporté comme le futur empereur. Il recevait des courtisans dans son domaine et même dans sa résidence en ville, assis sur un siège, dans une salle de réception tapissée d'écarlate. Certains s'agenouillaient même devant lui. »

Crispin demeura silencieux.

« Pétrus… estimait que Daleinus serait un mauvais empereur. Absolument. Pour bien des raisons. » Les yeux noirs cherchèrent les siens, insistants. Il comprit alors ce qui le troublait tant : il ne savait absolument pas comment réagir lorsqu'elle parlait, ou semblait parler, comme une femme, comme une personne normale, et non comme la détentrice d'une puissance impériale dépassant l'entendement.

« Il a donc plutôt aidé son oncle à s'emparer du trône. Je sais. Tout le monde le sait. »

Elle refusait de détourner les yeux. « Tout le monde le sait. Et le feu sarantin a abattu Flavius Daleinus dans la rue devant chez lui. Il portait… la pourpre. Il se rendait au Sénat, Crispin. »

Les vêtements avaient intégralement brûlé, lui avait dit Carullus, mais des rumeurs avaient couru à propos de cette bordure de pourpre. Des années plus tard, assis sur le rivage d'une île, Crispin n'avait aucun doute quant à la véracité des paroles de l'Impératrice.

Il prit une inspiration et dit : « Je suis perdu, Madame. Je ne comprends pas ce que je fais là, pourquoi j'entends ces confidences. Je suis censé vous appeler Trois Fois Honorée et m'agenouiller pour me prosterner. »

Elle eut un léger sourire, pour la première fois. « Certes, Artisan. J'avais presque oublié. Vous n'avez fait ni l'un ni l'autre depuis un moment, n'est-ce pas ?

— Je n'ai pas idée de la façon dont je dois… agir ici. »

Elle haussa les épaules, toujours amusée, mais il y avait une autre nuance dans son intonation : « Pourquoi devriez-vous le savoir ? Je suis capricieuse et injuste, je vous confie des secrets, je vous impose une illusion d'intimité. Mais je peux vous faire exécuter et ensevelir ici sur un mot à ces soldats. Pourquoi devriez-vous vous croire capable de savoir comment vous comporter ? »

Elle tendit une main pour prendre une olive dénoyautée. « Vous ne pouvez non plus le savoir, bien sûr, mais cette ruine que nous venons de voir était le meilleur d'entre eux. Intelligent, brave, un homme d'une beauté superbe. Il est allé très tôt en Orient, et souvent, avec les caravanes d'épices, plus loin que la Bassanie, pour apprendre tout ce qu'il pouvait. Je regrette ce que le feu a fait de lui plus que ce qui est arrivé à son père. Il aurait dû mourir, et non vivre pour devenir cette… chose. »

Crispin déglutit de nouveau : « Pourquoi le feu ? Pourquoi ainsi ? »

Le regard d'Alixana ne se déroba pas. Il eut conscience de son courage – et en même temps du fait qu'elle lui montrait peut-être les apparences du courage, le lui laissait voir pour servir ses propres desseins. Il était perdu, effrayé, perpétuellement conscient du fait qu'il y avait en cette femme de trop multiples profondeurs de significations. Il frissonna. Avant même la réponse, il regrettait sa question.

« Les empires veulent des symboles, dit-elle, et les nouveaux empereurs des symboles puissants, au moment où tout change, où le dieu parle d'une voix claire. Le jour où Valérius I$^{er}$ a été acclamé à l'Hippodrome, Flavius Daleinus a porté de la pourpre en pleine rue, il est sorti de chez lui pour s'approprier le Trône d'or comme si c'était son droit. Il a été frappé d'une mort épouvantable, comme par un éclair divin, comme s'il avait été abattu pour son arrogance, et on s'en souviendra à jamais. » Ses yeux étaient toujours rivés aux siens. « Ce n'aurait pas été pareil si un quelconque soldat l'avait poignardé dans une ruelle. »

Crispin se rendit compte qu'il ne pouvait détourner son regard. Une telle intelligence précise du monde, derrière cette beauté… Il ouvrit la bouche, ne put émettre un son. Elle sourit en s'en apercevant : « Vous allez répéter encore, dit l'impératrice Alixana, que vous êtes seulement un artisan, que vous ne désirez en rien être mêlé à ces affaires. Dis-je vrai, Caius Crispus ? »

Il se tut. Prit une profonde et tremblante inspiration. Elle pouvait se tromper, elle se trompait cette fois. Le cœur battant, un rugissement étrange dans les oreilles,

Crispin s'entendit répliquer : « Vous ne pouvez duper l'homme qui se trouve dans cette cabane, Madame, même s'il est aveugle. Il a pour compagnie une créature surnaturelle qui peut voir, et lui parler en silence. Issue de l'entre-deux-mondes. Il sait que c'est vous et non sa sœur, Impératrice. »

Elle devint livide. Il s'en souviendrait toujours. Aussi blanche qu'un suaire. Le long suaire dans lequel on enroule les morts pour leurs funérailles. Elle se leva, trop vite, faillit tomber, le seul mouvement dépourvu de grâce qu'il lui eût jamais vu faire.

Il se leva en hâte à son tour ; dans sa tête le rugissement était celui des vagues écumantes ou d'un ouragan. « Il a demandé à l'oiseau – c'est un oiseau – pourquoi vous étiez là aujourd'hui… entre tous les jours possibles. Ils ont décidé que c'était un hasard. Que vous étiez seulement inquiète. Puis l'oiseau a dit… qu'il voulait être là, que… quelque chose arriverait.

— Oh, Jad bien-aimé », dit l'impératrice de Sarance, et sa voix sans défaut se brisa telle de la porcelaine sur de la pierre. Elle ajouta : « Oh, mon amour ! »

Elle fit volte-face et se mit presque à courir sur le chemin, entre les arbres. Crispin la suivit. Les Excubiteurs, alertes et attentifs dès qu'elle s'était levée, les suivirent tous deux. L'un d'eux les devança à la course, pour surveiller le sentier.

Nul ne dit mot. Ils arrivèrent à la clairière. Silencieuse, comme auparavant. La fumée montait toujours, comme auparavant. Rien ne bougeait.

Mais la porte de la prison de Lecanus Daleinus était déverrouillée, ouverte, et les cadavres de deux gardes gisaient sur le sol.

Alixana se figea sur place, comme un pin dans l'air immobile. Son visage était déchiré d'angoisse, un arbre frappé par un éclair. Il y avait de très anciennes légendes de femmes métamorphosées en arbres, des esprits des forêts. Crispin y pensa en la regardant. Il éprouvait une abominable sensation d'étouffement et, dans ses oreilles, le rugissement grondait toujours.

L'un des Excubiteurs lança un juron furieux qui fit voler le silence en éclats. Les quatre gardes se précipitèrent dans l'espace dégagé en dégainant leur épée, pour s'agenouiller auprès des hommes abattus. Ce fut Crispin qui s'avança – notant au passage que chacun des gardes avait été abattu par-derrière d'un coup d'épée – et entra de nouveau dans la prison silencieuse et béante.

Les lampes avaient disparu. L'antichambre était déserte. Il se rendit d'un pas rapide à l'arrière, dans la cuisine, sur le côté. Personne. Il revint dans la pièce principale, jeta un coup d'œil au rebord de la fenêtre. L'oiseau aussi avait disparu.

Crispin ressortit pour retourner dans la douce et trompeuse lumière du soleil. L'Impératrice se tenait seule, toujours comme enracinée près du cercle des arbres. Dangereux, eut-il le temps de penser, avant de voir un des Excubiteurs à côté du plus proche des cadavres se redresser pour passer derrière son compagnon. Son épée était toujours dégainée. L'autre, agenouillé, examinait le corps du garde. L'épée se leva, un éclair de métal dans la lumière.

« Non ! » hurla Crispin.

C'étaient les Excubiteurs, la Garde impériale, les meilleurs soldats de l'Empire. Le soldat agenouillé ne leva pas les yeux, ne regarda pas derrière lui. Il aurait péri, sinon. Il se jeta plutôt de côté, toujours agenouillé, roula sur lui-même en passant sur le plat de sa propre épée. La lame qui s'abattait pour le frapper par-derrière s'enfonça dans le corps du garde déjà mort. L'agresseur poussa un juron sauvage, libéra son épée d'un geste brutal, se retourna pour affronter l'autre – le chef de ces quatre hommes – qui était maintenant debout, prêt lui-même à frapper.

Il n'y avait personne auprès de l'Impératrice.

Les deux Excubiteurs se faisaient face au soleil, bien carrés sur leurs pieds écartés, tournant lentement l'un autour de l'autre. Les deux autres gardes étaient maintenant debout, à mi-chemin dans la clairière, mais comme paralysés par le choc.

La mort planait en cet instant. Et bien davantage.

Caius Crispus de Varèna, qui vivait dans le monde et appartenait au monde, adressa une brève prière muette au dieu de ses pères et s'élança en trois bonds pour aller donner de l'épaule, de toutes ses forces, dans les reins du traître qui se trouvait devant lui. Sans être un combattant entraîné, il était massif. L'autre eut le souffle coupé par l'impact, tête violemment rejetée en arrière, bras écartés, et son épée s'échappa en tournoyant de ses doigts impuissants.

Crispin tomba au sol en même temps que le soldat, sur lui, boula vivement pour s'écarter, se redressa à genoux. À temps pour voir l'homme dont il venait de sauver la vie plonger sans cérémonie sa lame dans le dos de l'autre étalé par terre, le tuant net.

L'Excubiteur lança à Crispin un regard vif et inquisiteur, puis fit demi-tour et courut vers l'Impératrice, épée sanglante à la main. Tout en s'efforçant de se relever, le cœur dans la gorge, Crispin le contempla. Alixana était immobile, victime sacrificielle dans une clairière, acceptant son destin.

Le soldat s'immobilisa devant elle et fit volte-face pour défendre son Impératrice.

Crispin s'entendit émettre un son curieux. Il y avait deux cadavres près de lui dans la clairière. Il se précipita en titubant vers Alixana. Le visage de l'Impératrice était aussi blanc que de la craie.

Les deux autres Excubiteurs arrivèrent en courant, ayant enfin dégainé leur épée ; on pouvait lire leur horreur sur leur visage. Le chef les attendait devant l'Impératrice, tête vivement tournée de-ci et de-là, yeux aux aguets, afin de surveiller la clairière et les ombres des pins.

«Rengainez !» aboya-t-il. «Formation. À l'instant !»

Ils obéirent, côte à côte. Il se tenait en face d'eux. Son regard féroce passait de l'un à l'autre.

Il plongea son épée ensanglantée dans le ventre du second.

Crispin, poings serrés, laissa échapper une exclamation étranglée.

Le chef des Excubiteurs regarda s'écrouler sa victime puis il se retourna pour regarder l'Impératrice.

Alixana n'avait pas bougé. D'une voix totalement dénuée d'inflexion, presque inhumaine, elle dit : « Il a été acheté aussi, Mariscus.

— Madame, je ne pouvais être sûr de lui, dit l'autre. Nérius, j'en suis sûr. » Il désignait du menton le soldat survivant. Puis il adressa un regard insistant à Crispin. « Vous avez confiance en ce Rhodien ?

— Oui », dit Alixana de Sarance. Rien de vivant dans son expression, dans sa voix. « Il t'a sauvé la vie, je pense. »

L'autre ne réagit pas. Il reprit : « Je ne comprends pas ce qui s'est passé ici. Mais vous n'êtes pas en sécurité, Madame. »

Alixana éclata de rire. Crispin se rappellerait aussi la tonalité de ce rire.

« Oh, je sais, dit-elle. Je sais. Je ne suis pas en sécurité. Mais il est trop tard, maintenant. » Elle ferma les yeux, les bras ballants. Crispin se rendit compte que ses propres mains se tordaient, témoins de son bouleversement intérieur. « Bien trop tard, c'est tellement évident, à présent. C'est aujourd'hui qu'on aura effectué la rotation des gardes de la Préfecture urbaine dans l'île, je parie. Ils étaient déjà là et nous surveillaient, j'imagine, quand nous avons fait voile à la fin de la matinée, ils ont attendu que nous quittions la clairière. »

Crispin et les deux soldats l'observaient.

« Deux morts, reprit-elle. Au moins deux des hommes du Préfet ont été soudoyés, alors. Et les quatre nouveaux arrivant dans leur barque l'auront été aussi, évidemment, ou ça n'aurait pas valu la peine. Et deux des Excubiteurs aussi, d'après toi. » Ses traits se convulsèrent brièvement, puis le masque retomba en place. « Il doit être parti dès que nous nous sommes éloignés. Ils sont sûrement dans la Cité à l'heure qu'il est. Y sont arrivés il y a déjà un moment, j'imagine. »

Aucun des trois hommes ne prit la parole. Crispin avait le cœur douloureux. Ces gens n'étaient absolument pas des compatriotes, son foyer dans la création de Jad ne se trouvait pas à Sarance, mais il comprenait ce que disait Alixana. Le monde était en train de changer. Avait peut-être déjà changé.

Alixana ouvrit enfin les yeux. Le regarda bien en face. « Il a quelque chose qui lui permet de… voir. » Aucun reproche dans sa voix. Absolument rien dans sa voix. S'il le lui avait dit tout de suite…

Il hocha la tête. Les deux soldats le regardaient sans comprendre. Ils n'importaient pas. Elle, oui. Beaucoup, comprit-il en la contemplant. Elle se tourna pour fixer, derrière lui, les deux cadavres à proximité de la prison.

Puis se détourna complètement, de ceux qui se tenaient devant elle, des cadavres dans la clairière. Face au nord, bien droite comme toujours, menton un peu levé comme pour voir au-delà des grands pins, du détroit avec ses dauphins, ses navires, ses vagues ourlées d'écume blanche, au-delà du port, des murailles de la cité, des portes de bronze, du présent et du passé, du monde des mortels et de l'entre-deux-mondes.

« Je crois, dit Alixana de Sarance, que c'en est peut-être fait à présent. »

Elle se retourna pour les regarder. Les yeux secs.

« Je vous ai fait courir un danger mortel, Rhodien. J'en suis navrée. Vous devrez revenir seul sur le navire impérial. Attendez-vous à subir un interrogatoire serré, peut-être dès que vous aurez débarqué. Plus tard dans la nuit, plus vraisemblablement. On saura que vous étiez avec moi aujourd'hui, avant ma disparition.

— Madame ? Vous ne savez pas du tout ce qui s'est passé. » Il déglutit avec peine. « Il est plus intelligent que quiconque. » Puis il prit conscience du dernier mot qu'elle avait prononcé. « Votre disparition ? »

Elle le dévisageait. « Je n'ai pas de certitude, vous avez raison. Mais si les choses ont pris un certain tour, l'Empire tel que nous le connaissons a pris fin, et on va venir me chercher. Ça me serait égal, mais… » Elle ferma de nouveau les paupières. « Mais j'ai vraiment… une ou deux choses à faire. Je ne peux me laisser capturer avant. Mariscus me ramènera, il doit y avoir des barques dans cette île. Et je vais disparaître. »

Elle se tut, reprit son souffle. «Je savais qu'on aurait dû l'exécuter», dit-elle. Puis : «Crispin, Caius Crispus, si j'ai vu juste, Gésius ne vous sera maintenant d'aucun secours.» Ses lèvres frémirent. Un imbécile aurait imaginé un sourire. «Vous aurez besoin de Styliane. Elle, elle pourrait vous protéger. Elle éprouve une certaine affection pour vous, je crois.»

Il ignorait comment elle pouvait le savoir. Il avait cessé depuis longtemps de s'en soucier. «Et vous, Madame ?»

Une ombre lointaine d'amusement. «Ce que j'éprouve pour vous, Rhodien ?»

Il se mordit violemment la lèvre. « Non, non. Madame, qu'allez-vous faire ? Puis-je… pouvons-nous vous aider ?»

Elle secoua la tête. «Ce n'est pas votre rôle. Ce n'est le rôle de personne. Si j'ai bien compris ce qui est arrivé, j'ai quelque chose à faire avant de mourir, et alors, on pourra en finir.» Elle jeta un coup d'œil à Crispin qui se tenait tout proche d'elle et pourtant très loin, presque dans un autre univers. «Dites-moi, lorsque votre femme est morte… comment avez-vous continué de vivre ?»

Il ouvrit la bouche, la referma sans avoir rien dit. Alixana se détourna. Ils retournèrent à la mer à travers la forêt. Une fois sur la rive rocailleuse, Crispin n'avait toujours pas retrouvé sa voix. Il regarda Alixana retirer la broche de sa cape pourpre pour laisser celle-ci tomber sur le sol, puis lâcher la broche, tourner les talons et s'éloigner le long des rochers blancs. Le nommé Mariscus l'accompagnait. Ils disparurent à sa vue.

"Comment avez-vous continué à vivre ?"

Aucune réponse ne lui était encore venue à l'esprit quand il arriva sur le bateau avec l'Excubiteur survivant, que les marins remontèrent l'ancre sur l'ordre brusque du soldat et qu'ils firent de nouveau voile vers Sarance.

La cape impériale et la broche d'or demeurèrent dans l'île, s'y trouvaient encore quand les étoiles apparurent, cette nuit-là, et les lunes.

# CHAPITRE 10

Cléandre s'était très bien débrouillé.

Leurs places ne se trouvaient pas dans l'énorme bloc de gradins réservés aux partisans des Verts – sa mère l'avait expressément interdit –, mais le garçon semblait disposer de contacts suffisants dans la foule de l'Hippodrome pour avoir obtenu d'excellents sièges, tout en bas, près de la ligne de départ. Certains spectateurs de la matinée parmi les plus aisés étaient apparemment enclins à manquer les courses de l'après-midi. Cléandre leur avait ainsi trouvé trois places. Ils voyaient bien, et de près, le lourd dispositif de départ et l'entassement désordonné des monuments le long de la spina ; ils pouvaient même voir jusque dans l'intérieur de l'espace couvert où artistes et conducteurs attendaient en cet instant même le signal de sortir pour la parade de l'après-midi. Plus loin, Cléandre leur désigna une autre entrée, qui était aussi une sortie, sous les gradins ; il l'appelait la Porte de la Mort, avec un plaisir évident.

Vêtu avec une sobriété parfaite de brun et d'or, avec une large ceinture de cuir, sa chevelure à la barbare coiffée vers l'arrière, le garçon montrait avec enthousiasme tout ce qui se passait à sa belle-mère et au médecin dont il avait assassiné le serviteur deux semaines plus tôt. Il avait l'air incroyablement heureux et très jeune, pensait Rustem, conscient des multiples ironies de la situation.

Une demi-douzaine d'hommes et de femmes assis à proximité avaient déjà salué Thénaïs, et elle leur avait présenté Rustem avec une impeccable politesse. Nul ne demanda pourquoi elle ne se trouvait pas dans la kathisma avec son époux. C'était une section de l'Hippodrome où siégeaient des gens élégants et bien-nés. On pouvait bien crier et se bousculer au-dessus, là où il n'y avait que des places debout, mais pas ici.

Ou peut-être, songea Rustem, pas avant le commencement des courses. Il décela en lui-même, avec un intérêt tout professionnel, une excitation qui minait son détachement. L'humeur de la foule – de sa vie il ne s'était jamais trouvé parmi tant de monde – était indéniablement communicative.

Une trompette résonna. « Les voilà ! » s'exclama Cléandre, qui avec Rustem encadrait sa mère. « Les Verts ont vraiment le plus merveilleux des jongleurs, vous allez le voir juste après le cheval du Préfet de l'Hippodrome.

— Pas de discours partisans », dit Thénaïs avec calme, les yeux fixés sur la porte menant à l'arène, où un cavalier venait en effet d'apparaître.

« Mais ce n'est pas ça ! protesta le garçon. Mère, je ne fais que… vous expliquer ce qui se passe. »

Il était difficile de dire ou d'entendre grand-chose en cet instant, car la foule explosa en un salut poussé à pleine gorge, comme le cri d'un seul et même animal.

Derrière l'unique cavalier s'avançait un assortiment éblouissant et chamarré. Le jongleur mentionné par Cléandre lançait des bâtons enflammés. Autour de lui cabriolaient des danseuses vêtues de bleu et de vert, puis de rouge et de blanc. L'une d'elles marchait sur les mains, épaules tordues dans une position qui arracha à Rustem une petite grimace. Elle serait incapable de tenir une tasse sans douleur quand elle aurait quarante ans. Un autre artiste, après avoir baissé la tête pour passer sous le toit du tunnel, arriva à grands pas juché sur des échasses qui lui donnaient une taille de géant, et il parvenait même à danser sur ses bouts de bois, à cette hauteur. C'était évidemment un favori, son apparence suscita un rugissement encore plus puissant d'approbation. Puis arrivèrent les musiciens avec tambours, flûtes et cymbales. Et encore des danseuses qui s'entrecroisaient, lancées à la course, de longs rubans de tissu coloré dans les mains, les faisant flotter dans la brise par la vitesse de leurs mouvements. Leurs vêtements aussi se soulevaient, et il n'y en avait déjà pas lourd. Ces femmes auraient été lapidées en Bassanie, pour être apparues ainsi presque nues en public.

Et enfin, après les danseuses, les chariots.

« C'est Crescens ! Gloire à Crescens ! » s'écria Cléandre, oublieux de l'ordre de sa mère, en désignant un homme coiffé d'un casque d'argent. Il reprit : « Près de lui, c'est le nouveau. Taras. Pour les Bleus. Il court encore Premier. » Il jeta un rapide coup d'œil à Rustem. « Scortius n'y est pas.

— Quoi donc ? » dit un rouquin rougeaud derrière Thénaïs, en se penchant vers elle jusqu'à l'effleurer. La mère de Cléandre s'écarta pour éviter le contact, impassible, tout en regardant les chars émerger du large tunnel à leur gauche. « Vous l'attendiez ? Mais nul n'a idée de l'endroit où il se trouve, mon garçon. »

Cléandre ne répondit rien, une bénédiction. Le garçon n'était pas complètement stupide. Les autres chars roulèrent bientôt derrière les deux chars de tête tandis que les artistes dansaient et cabriolaient sur la longue ligne droite en direction de la kathisma, à l'autre extrémité. Impossible de distinguer qui y siégeait, mais Rustem savait que Bonosus se trouvait parmi l'élite dans cette loge munie d'un toit. Le garçon lui avait dit plus tôt, avec une intonation inattendue de plaisir, que c'était parfois son père qui laissait tomber le tissu blanc donnant le signal du départ, lorsque l'Empereur était absent.

Les derniers chariots, aux conducteurs vêtus de blanc et de rouge par-dessus leurs habits de cuir, roulèrent hors du tunnel. Le cavalier et les premières danseuses se trouvaient maintenant de l'autre côté des monuments, loin d'eux, et sortiraient par une autre porte là-bas après avoir paradé le long des sièges et des gradins.

« Je crois, dit Thénaïs Sistina, que j'ai besoin de passer un moment à l'ombre. Peut-on obtenir des rafraîchissements quelconques à cette porte ? » Elle désignait l'espace d'où étaient sortis les chevaux.

« Eh bien, oui, dit Cléandre. Il y a toutes sortes de vendeurs de nourriture à l'intérieur. Mais il faut remonter et redescendre par les escaliers pour y aller. On ne peut pas passer par la Porte de la Parade, il y a un garde.

— Certes, je le vois. J'imagine cependant qu'il nous laissera passer, pour éviter à une femme un long détour.

— On ne peut pas ! Et vous ne pouvez certainement pas y aller seule, Mère. C'est l'Hippodrome.

— Merci, Cléandre. J'apprécie ton souci à propos des individus… turbulents qui peuvent se trouver ici. » Son expression était impénétrable, mais le garçon s'empourpra. « Je n'ai pas l'intention de mettre le pied là où sont passés tous ces chevaux, et je n'envisagerai certainement pas d'y aller seule. Docteur, auriez-vous la bonté… »

Avec plus de réticence qu'il n'aurait été prêt à l'admettre, Rustem se leva en prenant sa canne. Voilà qu'il allait peut-être manquer le début. « Mais bien sûr, Madame, murmura-t-il. Vous sentez-vous indisposée ?

— Un moment à l'ombre et une boisson fraîche suffiront, dit la jeune femme. Cléandre, reste là et comporte-toi avec dignité. Nous allons revenir, bien sûr. » Elle passa près de Rustem pour se rendre dans l'allée, descendre les deux marches puis traverser l'espace étroit qui séparait la première rangée de sièges de la porte menant à la piste. Ce faisant, elle releva sa capuche, dissimulant son visage.

Rustem la suivit, canne en main. Nul ne leur prêtait attention. Des gens se déplaçaient dans tout l'Hippodrome pour prendre leur place, aller chercher des rafraîchissements ou se rendre aux latrines. Tous les yeux étaient rivés sur la bruyante parade en contrebas. Rustem s'immobilisa à une distance discrète de l'épouse du sénateur et la vit s'adresser au garde de la barrière basse qui fermait le passage pour les piétons, tout près des battants de la grande Porte de la Parade, quelques marches plus bas.

L'expression première du garde, une indifférence bougonne, s'évapora très vite quand Thénaïs lui eut dit ce qu'elle avait à lui dire. Il jeta un rapide coup d'œil circulaire pour s'assurer qu'il n'y avait personne dans les environs puis, après avoir déverrouillé le portail bas au bout du passage, la laissa s'engager dans l'espace couvert sous les gradins. Rustem s'arrêta pour donner une pièce au gardien, puis emboîta le pas à la jeune femme.

Ce fut seulement en pénétrant sous la voûte du tunnel, tout en prenant soin d'éviter le crottin des chevaux qui venaient de passer, que Rustem aperçut un homme isolé dans la lumière assourdie de l'atrium, vêtu du cuir des auriges, et d'une tunique bleue.

La jeune femme s'était arrêtée à l'entrée pour attendre Rustem. Elle dit à mi-voix, sous la protection de sa capuche. « Vous avez raison, Docteur. Votre patient, notre invité imprévu, semble bien être là, somme toute. Laissez-moi un moment avec lui, voulez-vous ? »

Et, sans attendre de réponse, elle s'avança vers celui qui se tenait seul dans le tunnel. Deux gaillards de l'équipe de piste, vêtus de jaune, se trouvaient près des hauts et larges battants non loin de la petite barrière près de laquelle se tenait Rustem. Ils avaient visiblement été sur le point de les refermer. De façon tout aussi évidente, à la manière dont ils contemplaient Scortius, ils n'allaient pas le faire pour l'instant.

Personne d'autre ne l'avait encore remarqué. Il avait dû rester dissimulé dans l'ombre tandis que les chariots roulaient près de lui. Trois tunnels principaux et une demi-douzaine d'autres, plus petits, partaient de ce grand atrium. L'espace intérieur de l'Hippodrome était vaste et caverneux, à même de contenir plus de monde qu'il n'en résidait à Kérakek, comprit Rustem. Des gens y vivaient, dans des appartements répartis le long de ces couloirs. Il devait y avoir des écuries, des magasins, des endroits où manger, où boire, des docteurs, des prostituées, des chiromanciens, des chapelles. Une cité dans

la Cité. Et ce grand atrium ouvert de tous côtés, au plafond haut, devait normalement être un lieu de passage
plein de monde affairé, résonnant d'échos. Il le rede-
viendrait dans quelques instants, quand les artistes de
la parade reviendraient de l'autre côté de l'Hippodrome
par les tunnels.

En cet instant, l'atrium était presque désert, obscur
et poussiéreux après l'éclatante lumière du dehors.
Rustem vit l'épouse du sénateur se diriger vers l'aurige.
Elle repoussa sa capuche. Scortius tourna la tête, avec
un certain retard, la remarqua, et Rustem put noter le
brusque changement de son maintien ; une certaine
compréhension se fit alors jour en lui.

C'était après tout un homme doté d'esprit d'observation. Un bon docteur le devait. La raison même, en
vérité, pour laquelle le Roi des rois l'avait envoyé à
Sarance.

Scortius avait anticipé bien des possibilités, incluant
celle, très nette, de s'effondrer avant d'arriver à l'Hippodrome, mais voir apparaître Thénaïs dans le vide résonnant de l'atrium de la parade n'en faisait pas partie.

Les deux responsables de la porte l'avaient vu dès
qu'il avait quitté l'un des tunnels résidentiels, après le
dernier chariot. D'un doigt sur les lèvres, il s'était assuré
de leur immédiate complicité, rendant muette leur bouche
béante. Cette histoire leur garantirait de se faire payer à
boire jusqu'à la fin de la nuit, il le savait. Et ce, pendant
bien des nuits à venir.

Il attendait le bon moment pour s'avancer. Il se
savait capable de concourir dans une seule course aujour-
d'hui – au mieux ; le message devait être délivré avec
un maximum d'effet afin de redonner espoir aux Bleus,
d'apaiser l'inquiétude qui s'exaspérait, de notifier
Crescens et les autres.

Et de satisfaire sa propre fierté. Il lui fallait absolument courir de nouveau, leur rappeler à tous que, malgré
les succès des Verts en cette ouverture de la saison,
Scortius était toujours là, égal à lui-même.

Si c'était bien la vérité.

Peut-être avait-il fait erreur. Il lui avait fallu le reconnaître. Le lent et long périple depuis la résidence de Bonosus et les murailles avait été étonnamment difficile et, à un moment donné, la blessure s'était rouverte. Il ne l'avait même pas remarqué avant de voir du sang sur sa tunique. Il avait le souffle très court, éprouvait de la douleur chaque fois qu'il essayait de respirer plus à fond. Il aurait dû louer une litière ou s'arranger pour en faire envoyer une par Astorgus, mais il n'avait confié son intention à personne, pas même au factionnaire. L'entêtement avait toujours un prix – pourquoi en aurait-il été autrement aujourd'hui ? Cette arrivée pour la première course de l'après-midi, cette entrée à pied sur les sables à la ligne de départ, c'était sa façon à lui de faire une déclaration. Personne à Sarance ne savait qu'il s'en venait.

Ou du moins l'avait-il cru. Puis il avait vu Thénaïs s'approcher dans la lumière diffuse et son cœur s'était mis à battre avec force sous ses côtes brisées. Jamais, jamais elle ne venait à l'Hippodrome. Si elle se trouvait là, c'était parce qu'elle venait le voir, et il ignorait totalement comment elle avait pu...

Il aperçut alors le mince Bassanide, avec sa barbe grisonnante et la canne qu'il affectait de porter pour se donner de la dignité. Intérieurement alors, avec une intense conviction, Scortius de Soriyie poussa un juron.

Il comprenait maintenant. Le maudit médecin avait dû se croire imbu d'un quelconque devoir professionnel. Avait constaté sa disparition, déduit que c'était un jour de courses, trouvé une façon d'y assister et...

Cette fois, il jura tout haut, comme un soldat dans un tripot, quoique à mi-voix.

L'autre devait être allé chez Bonosus, évidemment.

Voir Cléandre. Que son père avait interdit de courses ce printemps – il le lui avait dit. Et donc, ils avaient dû s'adresser à Thénaïs. Ce qui signifiait...

Elle s'immobilisa en face de lui. Le parfum dont il se souvenait si bien l'environna de nouveau. Il soutint son regard clair, se sentit la gorge serrée. Elle semblait calme et posée ; il pouvait sentir la force de sa rage, comme l'émanation brutale d'un four.

« Tout Sarance va se réjouir de vous voir rétabli, Aurige », murmura-t-elle.

Ils étaient seuls dans cette immensité. Pour bien peu de temps. La parade devait se terminer, le retour bruyant des autres allait bientôt résonner dans les tunnels.

« Je suis honoré que vous soyez la première à me le dire. Madame, j'espère que vous avez reçu mon message.

— C'était si délicat de votre part de me l'écrire », dit-elle. Cette politesse cassante constituait un message en soi. « Je vous prie de m'excuser, bien sûr, de m'être trouvée brièvement en compagne de ma famille la nuit où vous avez éprouvé un… désir urgent de ma compagnie. » Elle reprit après une pause : « Ou celle de n'importe quelle femme susceptible d'offrir son corps à un aurige célèbre.

— Thénaïs », dit-il.

Et s'interrompit. En s'apercevant avec retard que la main droite de la jeune femme étreignait un poignard. Il comprit alors enfin ce qu'était en réalité cette rencontre et ferma les yeux. Une possibilité toujours présente, avec le genre d'existence qu'il menait.

« Oui ? fit-elle d'un ton aussi détaché, aussi calme que jamais. Je crois avoir entendu quelqu'un prononcer mon nom. »

Il la dévisagea. Il n'aurait pu nommer ni même compter les femmes qui avaient partagé ses nuits au cours des années écoulées. Tant d'années. Aucune ne l'avait jamais troublé comme celle-ci, en cet instant. Il se sentit soudain vieux et las. Sa blessure lui faisait mal. Il se rappelait une sensation identique, la nuit où il était parti à sa recherche, la douleur de son épaule dans le vent nocturne.

« C'était moi, dit-il tout bas. J'ai dit votre nom. Je le dis presque toutes les nuits, Thénaïs.

— Vraiment ? Comme ce doit être divertissant pour la femme étendue alors près de vous. »

Les deux responsables des portes les observaient ; l'un d'eux était toujours bouche bée. Ç'aurait pu être divertissant. Le fieffé docteur demeurait à une distance polie, exactement mesurée. Aucun d'eux n'avait sans doute vu la dague, dans la lumière atténuée.

« Je suis allée à la demeure de Shirin des Verts pour lui transmettre une offre d'Astorgus, dit Scortius.

« Ah ? Il voulait coucher avec elle, vraiment ?

— Vous êtes cruelle. »

Il tressaillit en voyant l'éclair qui traversa le regard de la jeune femme, prit de nouveau conscience de l'intensité de sa fureur.

Ce masque de toute une vie, contrôle, sang-froid absolu et sans défaut : voilà ce qui arrivait lorsqu'il se défaisait. Scortius prit une inspiration trop profonde, en sentit le contrecoup douloureux dans sa poitrine, reprit : « Il voulait l'inviter, discrètement, à se joindre aux Bleus. Je lui avais promis de joindre ma voix à cette proposition.

— Votre voix », dit-elle. Ses yeux étincelaient. Il ne les avait jamais vus ainsi auparavant. « Seulement votre voix ? En pleine nuit. Grimper dans sa chambre. Quelle… persuasion.

— C'est la vérité.

— Vraiment. Et avez-vous couché avec elle ? »

Elle n'avait pas le droit de poser cette question. Y répondre serait pour lui trahir la confiance d'une autre femme, qui lui avait offert son intelligence spirituelle, sa bonté et un plaisir partagé.

Il ne lui vint même pas à l'idée de ne pas répondre, ou de mentir. « Oui, dit-il. C'était imprévu.

— Ah. Imprévu. » Elle tenait toujours le poignard.

« Où vous ont-ils blessé ? » reprit-elle.

Des bruits résonnaient maintenant dans l'un des tunnels. Les premières danseuses avaient quitté l'arène. Derrière Thénaïs, par la Porte de la Parade, il pouvait voir les huit chariots de la première course revenir de leur tour de piste pour s'échelonner sur la ligne de départ.

Et soudain, il lui sembla que, rendu à ce point de son existence, il en avait peut-être fait assez. Que l'ex-

pression de ce regard de femme en disait long sur le
degré de souffrance qu'il avait infligé – un fardeau non
mérité, peut-être, mais en quoi la vie était-elle équitable ?
Il pouvait mourir ici, somme toute, l'accepter d'elle, en
cet endroit. Il n'avait jamais prévu de devenir vieux.

« Flanc gauche, dit-il. Un coup de poignard, et des
côtes cassées au même endroit. »

Tout ce qu'il avait jamais voulu, il y avait longtemps,
c'était faire courir des chevaux.

Elle hocha la tête en se mordant pensivement la
lèvre inférieure, le front plissé d'une ride unique.
« Comme c'est infortuné. J'ai un poignard.

— Je l'ai vu.

— Si je voulais vous faire très, très mal, avant que
vous ne mouriez… ?

— Vous me frapperiez ici », dit-il en lui montrant. Il
y avait déjà du sang de toute façon ; on pouvait le voir
sourdre à travers le tissu bleu de la tunique.

Son regard revint à lui : « Vous voulez mourir ? »

Il y consacra quelque réflexion. « Non. Pas vraiment.
Mais je ne voudrais pas continuer à vivre si je vous ai
causé tant de chagrin. »

Elle retint son souffle. Courage, souffrance et une
sorte de… folie. Cet éclat farouche qu'il n'avait jamais
vu dans ses yeux. « Vous ne pouvez croire que je tarderais à vous suivre. »

Il ferma brièvement les yeux. « Thénaïs, ce serait
tellement… tellement mal. Mais je suis prêt à obéir à
tous vos désirs. »

Le poignard ne bougeait toujours pas. « Vous auriez dû
me mentir, à l'instant. Quand j'ai posé la question. »

Il était si petit, la première fois où son père l'avait
assis sur le dos d'un étalon. On avait dû le hisser ; une
fois sur l'énorme cheval, il avait les jambes tellement
écartées qu'elles étaient presque à l'horizontale. Les
autres avaient ri. Et puis tous ces hommes avaient
soudain fait silence quand l'animal s'était calmé au
contact de l'enfant monté sur son dos. En Soriyie. Si
loin dans l'espace. Si loin dans le temps.

Toute une vie. Il secoua la tête : « Vous n'auriez pas dû la poser. » C'était la vérité, il ne mentirait pas.

Elle leva alors le poignard. Il la regardait droit dans les yeux, pouvait voir ce qui s'y révélait ainsi, terrible, alors que s'effritait le masque rigide de toute une existence.

Et parce qu'il la regardait, presque noyé dans ses yeux, pris dans les rets de ses souvenirs, oublieux même du brusque mouvement ascendant de la petite main qui étreignait ce poignard, il ne vit pas celui qui arrivait d'un pas vif derrière la jeune femme et lui saisissait le poignet, tout en leur faisant un rempart de son corps.

Il lui tordit le poignet. Le poignard tomba à terre.

Elle n'émit aucun son, après le premier petit gémissement de surprise.

« Madame, dit Crescens des Verts, pardonnez-moi. »

Elle le dévisagea. Scortius aussi. Ils étaient trois maintenant à se tenir dans cet immense espace obscur. « Aucun homme vivant n'en vaut les conséquences pour vous. Relevez votre capuche, Madame. Il y aura bientôt du monde ici. S'il vous a offensée, nous serons fort nombreux à en faire notre affaire. »

Ce fut étrange – et ce souvenir demeurerait avec Scortius –, comme Thénaïs changea aussitôt d'expression, comme ce qui trahissait aux yeux du monde la fièvre de son âme disparut brusquement tandis qu'elle contemplait l'aurige des Verts. Une porte refermée. Elle ne donna aucun signe de la douleur de son poignet, même si elle devait en éprouver – le geste de l'autre avait été rapide et brutal.

« Vous faites erreur », murmura-t-elle. Et en souriant, même. Un parfait sourire de cour, détaché et dépourvu de sens. Les barres de fer du contrôle qui retombaient en place. Scortius frissonna en entendant la voix métamorphosée de la jeune femme. Il avait conscience du battement rapide de son pouls. Un moment plus tôt, il avait bel et bien été prêt à…

Elle releva sa capuche et déclara : « L'indiscipline de mon beau-fils a joué un certain rôle, semblerait-il, dans la blessure de notre ami commun. Il a donné à mon époux sa version de l'histoire. On ne le croit pas. Avant de le punir – le sénateur est furieux, bien entendu –, je désire savoir avec certitude de Scortius ce qui s'est passé. Cela impliquait un poignard, voyez-vous, et une allégation d'assaut. »

C'était une absurdité. Parler pour parler. Une histoire qui ne pouvait tenir debout, à moins qu'on ne désirât bel et bien le lui permettre. Crescens des Verts était peut-être un bagarreur coriace sur la piste, dans les tavernes et dans l'enclave des Verts, et il ne se trouvait à Sarance que depuis un an, mais il était aussi le Premier coureur de sa faction, on l'avait déjà invité à la cour, il avait passé l'hiver dans les cercles aristocratiques que les conducteurs à succès étaient amenés à fréquenter. Lui aussi devait avoir connu sa part de chambres à coucher, songea Scortius.

L'autre savait de quoi il s'agissait et comment se comporter.

Il fit des excuses immédiates et convaincues – brèves, aussi, car le bruit augmentait maintenant dans les tunnels du sud. « Vous devez me permettre de vous rendre visite, je vous en prie, dit Crescens, afin de me laisser exprimer plus complètement ma contrition. J'ai erré comme un provincial ignorant, semble-t-il. Madame, j'en ai bien honte. » Il regarda autour d'eux. « Et je dois retourner sur la piste, tandis que – si je puis me permettre de vous en presser –, vous devriez laisser votre escorte vous emmener d'ici : dans un moment, ce ne sera pas un endroit convenable pour une dame. »

Ils pouvaient entendre les roues, les rires tapageurs dans la courbe obscure du plus grand tunnel. Scortius n'avait rien dit, n'avait même pas bougé. Le poignard reposait sur le sol. Il se pencha alors, avec précaution, le ramassa de sa main droite. Le rendit à Thénaïs. Leurs doigts s'effleurèrent.

Elle sourit, un sourire aussi mince que la glace nordique lorsque le gel de l'hiver ne l'a pas encore rendue sûre. « Merci, dit-elle. Merci à tous deux. » Elle jeta un regard derrière elle. Le médecin bassanide était resté immobile pendant tout cet incident. Il s'approcha alors, avec une impeccable gravité.

Son regard alla d'abord à Scortius, son patient. « Vous comprendrez que pour vous, venir ici… change tout ?

— Oui, fit Scortius. J'en suis tout à fait navré. »

Le médecin bassanide hocha la tête. « Je n'essaierai pas de traiter ce mal, fit-il d'un ton abrupt et définitif.

— Je comprends, dit Scortius. Je vous suis reconnaissant pour tout ce que vous avez fait jusqu'à présent. »

Le docteur se détourna. « Puis-je vous escorter, Madame ? Vous aviez mentionné une boisson fraîche ?

— Oui, dit-elle. Merci, oui. » Elle le regarda un moment, pensive, comme si elle évaluait de nouvelles données, puis se retourna vers Scortius. « J'espère que vous gagnerez cette course, murmura-t-elle. D'après ce que me dit mon fils, notre cher Crescens a été bien assez victorieux en votre absence. »

Et sur ces paroles elle se détourna pour s'éloigner avec le médecin en direction des marches et les étals des concessionnaires au niveau supérieur.

Les deux auriges restèrent seuls, échangèrent un regard.

« De quoi parlait-il ? demanda Crescens avec un geste du menton pour désigner la figure du médecin qui disparaissait.

« Il déclinait toute responsabilité pour ma mort si je me tue.

— Ah.

— On fait ça en Bassanie. Tu avais besoin de pisser ?

— Toujours, après le repas, acquiesça le conducteur des Verts.

— Je sais.

— Je t'ai vu. Je suis venu dire bonjour. J'ai vu le poignard. Tu saignes.

— Je sais.

— Tu reviens… pour de bon ? »

Scortius hésita. « Probablement pas encore. Je me remets vite, remarque. Ou enfin, je me remettais vite. »

Crescens eut un sourire acide. « Comme nous tous. » À son tour d'hésiter. Des gens allaient apparaître incessamment. Ils le savaient tous deux. « Elle ne pouvait vraiment pas te blesser à moins que tu ne la laisses faire.

— Oui, eh bien, c'est… Dis-moi, comment est ton nouveau cheval de flanc droit ? »

Crescens l'observa un moment puis hocha la tête : « Je l'aime bien. Votre jeune conducteur…

— Taras.

— Taras. Le bâtard a l'étoffe d'un coureur. Je ne m'en suis pas rendu compte l'an dernier. » Il eut un sourire de loup. « J'ai l'intention de lui briser le cœur ce printemps.

— Évidemment. »

Le sourire du Vert s'accentua. « Tu voulais une belle entrée pour toi tout seul, hein ? Le retour du héros, à pied dans l'arène ? Par Héladikos, tout un spectacle ! »

Scortius eut une expression ironique : « J'y ai songé. »

Mais il songeait en réalité à la jeune femme, des images mêlées de façon surprenante à celles de son enfance et au sentiment qu'il avait éprouvé en plongeant ses yeux dans les siens juste avant le mouvement du poignard. "Vous auriez dû me mentir"… Il avait été sur le point de la laisser le poignarder. Crescens avait dit vrai. Une ambiance d'outre-monde, l'état d'esprit étrange où elle l'avait fait basculer, avec ce regard étincelant, dans la demi-lumière poussiéreuse. À peine quelques instants après, il avait déjà l'impression d'avoir rêvé. Un rêve qui n'allait certainement pas s'évanouir.

« Je ne peux pas te permettre cette entrée, je crois, dit Crescens. Désolé. Sauver ta foutue vie, c'est une chose. Banal. Mais t'accorder ce genre de retour, c'en est une autre. Très mauvais pour le moral des Verts. »

On était obligé d'en sourire. C'était bien de nouveau l'Hippodrome, ce petit monde dans le monde. « Je m'en doute. Allons-y ensemble, alors. »

Ils s'éloignèrent de concert, juste au moment où les premières danseuses émergeaient des ténèbres du tunnel à leur gauche.

« Et merci, au fait », ajouta Scortius tandis qu'ils approchaient des battants de la porte et de leurs gardiens vêtus de jaune.

"J'espère que vous gagnerez cette course", avait-elle dit. Après la formule rituelle du docteur déclinant toute responsabilité s'il se tuait. Elle était venue dans les gradins avec un poignard. À l'Hippodrome, avec un poignard. Elle savait ce qu'elle disait. "Vous ne pouvez croire que je tarderais à vous suivre"… Il avait longtemps pensé, avant même de vraiment la connaître, que sa fameuse réserve dissimulait quelque chose d'extraordinaire. Il se trompait. Il y avait encore bien davantage. Aurait-il dû le savoir ?

« Merci ? Pas du tout, dit Crescens. Trop ennuyeux ici sans toi, gagner contre des gamins. Je veux continuer à gagner quand même, remarque. »

Et au moment où ils passaient près des deux gardes, juste avant de pénétrer ensemble dans l'arène éblouissante sous les yeux de quatre-vingt mille spectateurs, il lui décocha à l'improviste un violent coup de coude dans la poitrine, du côté où il était blessé.

Scortius poussa une exclamation étranglée, vacilla. L'univers tourbillonna autour de lui, il eut l'impression que sa vision s'ensanglantait.

« Oh, désolé, s'exclama l'autre. Ça va ? »

Scortius s'était plié en deux en se tenant le flanc. Ils se trouvaient maintenant dans l'entrée. Une ou deux enjambées de plus et on les verrait. Avec un effort douloureux qui le fit trembler, il se força à se redresser, à se remettre en marche, par pure volonté. En luttant désespérément pour reprendre son souffle, il entendit, comme à travers un brouillard de fièvre, le premier rugissement de la foule dans les gradins les plus proches.

Et c'était parti : le bruit qui allait croissant, roulant sur la première ligne droite comme une vague, les syllabes de son nom. Crescens se trouvait près de lui, mais c'était une erreur de sa part, en réalité, car on n'entendait qu'un seul nom, interminablement répété. Un hurlement unanime. Il luttait pour respirer sans perdre conscience, pour continuer à bouger, pour ne pas se plier de nouveau en deux, ne pas porter la main à sa blessure.

« Je suis épouvantable », fit Crescens près de lui, jovial, tout en agitant la main à l'adresse de la foule comme s'il avait ramené en personne l'autre conducteur du royaume des morts, tel le héros d'une fable antique. «Par Héladikos, je suis vraiment épouvantable.»

Scortius avait envie de tuer, et de rire en même temps. Rire le tuerait, probablement. Il était de retour dans l'Hippodrome. Son univers. Sur la piste. Les chevaux, devant. Comment marcher aussi loin?

Mais il allait le faire, d'une façon ou d'une autre.

Et au même instant, en voyant les conducteurs se retourner dans leurs chariots pour les regarder fixement, en voyant les équipages et leurs positions respectives, l'un d'eux en particulier, il lui vint une idée, aussi véloce qu'un cheval – un don du ciel. Il découvrit ses dents en un sourire, même s'il lui était difficile de respirer. Il y avait ici plus d'un loup, songea-t-il. Oui, par Héladikos!

«Regardez-moi aller», dit-il alors, aux autres auriges, à lui-même, à l'enfant qu'il avait été autrefois sur cet étalon en Soriyie, à eux tous, et au dieu, à son fils, au monde entier. Il vit Crescens lui jeter un bref regard. Et fut triomphalement conscient, à travers la douleur écarlate et acérée, de l'inquiétude soudaine de l'autre.

Il était Scortius. Il était toujours Scortius. L'Hippodrome lui appartenait bel et bien. On lui élevait des monuments ici, par Jad! Quoi qu'il pût arriver ailleurs dans les ténèbres, quand le soleil roulait à l'envers du monde.

«Regardez-moi aller», répéta-t-il.

◆

À l'ouest de l'Hippodrome, non loin de là, tandis que les deux auriges quittent leur tunnel, l'empereur de Sarance se dirige vers le sien afin de passer sous les jardins de l'Enceinte impériale. Il va se rendre d'un palais à un autre où il prendra ses ultimes dispositions pour une guerre toujours présente à son esprit depuis le moment où il a fait monter son oncle sur le Trône d'or.

L'Empire était autrefois un tout, puis il a été divisé et on en a perdu une moitié, comme on perd un enfant.

Ou, plutôt, un père. Lui, il n'a pas d'enfant. Son père est mort quand il était très jeune. Cela importe-t-il? Cela a-t-il jamais importé? Et maintenant? Maintenant qu'il est un adulte vieillissant en train de façonner des nations sous le règne du saint Jad?

Aliana le pense, ou s'interroge à ce propos. Elle le lui a demandé directement une nuit, il n'y a pas très longtemps. Risque-t-il tant, en s'efforçant de laisser sur le monde une marque aussi éclatante, aussi fière, parce qu'il n'a pas d'héritier pour qui conserver ce qu'ils possèdent déjà?

Il ne sait pas. Il n'est pas de cet avis, en tout cas. Il rêve de Rhodias depuis si longtemps – le rêve d'un empire redevenu entier. Grâce à lui. Il connaît trop bien le passé, peut-être. Pendant une brève et sauvage période, il y a eu trois empereurs, et deux ensuite, un à Sarance et un à Rhodias, de longues années de querelles intestines, et enfin un seul empereur, ici, dans la Cité fondée par Saranios, et l'on a perdu l'Occident déchu.

Il a estimé que c'était un mal. Quiconque connaît la gloire antique devrait sûrement penser de même.

Mais c'est un artifice rhétorique, pense-t-il en traversant le rez-de-chaussée du palais Atténin avec son entourage de courtisans qui se hâte pour rester à sa hauteur. Bien sûr, certains connaissent le passé aussi bien que lui et sont d'un avis différent. Et il y en a – comme son épouse – qui voient une plus grande gloire ici, en Orient, à leur monde tel qu'il existe sous le regard de Jad.

Mais aucun d'eux, pas même Aliana, ne règne à Sarance. C'est lui l'Empereur. Il les a tous guidés jusqu'ici, il tient tous les fils dans sa main et il a une perception très claire des éléments en jeu. Il s'attend à voir ses plans couronnés de succès. C'est le cas, en général.

Il arrive au tunnel. Les deux Excubiteurs casqués observent un garde-à-vous rigide. Sur un signe de tête, l'un d'eux s'empresse de déverrouiller la porte. Derrière Valérius, le Chancelier et le Maître des offices s'inclinent, ainsi que ce misérable incompétent de Questeur des impôts. Il a eu affaire à eux au palais Atténin, pendant le bref repas de midi. Il a donné des ordres, entendu des rapports.

Il attend une dépêche spéciale du nord-est, mais elle n'est pas encore arrivée. Le Roi des rois le déçoit. Il s'attendait à une attaque de Shirvan de Bassanie sur Calysium, avant de déclencher l'*autre* partie de sa vaste entreprise. Celle dont nul ne sait rien, à moins qu'Aliana ne l'eût deviné, ou Gésius, peut-être, dont la subtilité est extrême.

Mais point de nouvelles encore d'une incursion à la frontière. Ce n'est pas comme s'il n'avait pas suffisamment indiqué ses intentions, ou même le calendrier des opérations. Shirvan devrait bel et bien avoir maintenant envoyé une armée de l'autre côté de la frontière, faisant ainsi voler en éclats la paix qu'on lui a achetée, pour essayer d'affaiblir la campagne occidentale.

Valérius devra en conséquence traiter autrement avec Léontès et les généraux. Ce n'est pas un problème insurmontable, mais il aurait préféré la solution élégante, le déclenchement d'une agression bassanide lui forçant apparemment la main et l'obligeant à divertir des troupes avant le départ de la flotte.

Il poursuit ici plus d'un seul dessein, après tout.

Un défaut de son caractère, pourrait-on dire. Il a toujours poursuivi plus d'un but, ses projets ont toujours entremêlé bien des trames. Même cette guerre de reconquête en Occident, si longtemps attendue, n'en est pas un en soi.

Aliana comprendrait, elle en serait même amusée. Mais elle ne désire pas cette campagne, et il leur a facilité les choses à tous deux – ou du moins il l'estime ¬ en n'en discutant pas avec elle. Il soupçonne qu'elle a conscience de ce qu'il fait. Il connaît aussi son malaise, et quelles en sont les sources. Un regret pour lui.

Il peut dire, avec une sincérité toute simple, qu'il l'aime plus que son dieu et a besoin d'elle au moins autant que de celui-ci.

Il s'immobilise un moment devant la porte ouverte sur le tunnel. Aperçoit la lueur des torches qui vacille plus loin dans le tunnel, alors que l'air y pénètre. Shirvan n'a pas encore attaqué. Bien dommage. Il va maintenant falloir s'occuper des militaires à l'autre extrémité du tunnel. Il sait ce qu'il va leur dire. Sa fierté de soldat est la plus grande qualité de Léontès, et sa principale faiblesse ; il y a une leçon que le jeune homme doit apprendre, a jugé l'Empereur, avant qu'on ne puisse franchir correctement diverses autres étapes. Mettre un frein d'abord à sa téméraire fierté, puis modérer son zèle religieux.

Il y a bien réfléchi aussi. Évidemment. Il n'a pas d'enfant, et sa succession constitue un problème.

Il se retourne brièvement, accepte la génuflexion de ses conseillers puis pénètre seul dans le tunnel, comme toujours. Ils se détournent déjà pour s'éloigner alors que la porte se referme ; il leur a donné beaucoup de travail à faire avant qu'ils ne se retrouvent tous dans la kathisma à la fin des courses, pour annoncer à l'Hippodrome et au monde que Sarance fait voile vers Rhodias. Il entend la porte se refermer et être verrouillée derrière lui.

Il foule le sol de mosaïque, suivant les traces d'empereurs morts depuis bien longtemps, communiant avec eux, imaginant de silencieux dialogues, ravi du luxe que constitue ce silence, bref instant d'intimité si terriblement rare dans ce long corridor qui ondule entre deux palais et deux groupes de courtisans. L'éclairage est régulier, la ventilation bien conçue. La solitude est pour Valérius une joie. Il est le serviteur mortel et le symbole de Jad, il passe son existence en pleine lumière sous le regard du monde, il n'est jamais seul, sauf ici. Même la nuit, il y a des gardes dans ses appartements, ou des femmes dans ceux de l'Impératrice quand il s'y trouve avec elle. Il aimerait s'attarder dans ce tunnel, mais il y a tant à faire de l'autre côté aussi, et le temps court. Il attend ce jour depuis… depuis qu'il est venu de Trakésie dans le sud sur l'ordre de son oncle soldat ?

Une exagération, mais non dépourvue de vérité.

Il marche d'un pas rapide, comme toujours. Il se trouve assez loin dans le tunnel à présent, sous les torches fichées à intervalles réguliers dans les torchères métalliques des parois de pierre, quand il entend, dans le luxe de ce silence, le bruit d'une lourde clé qui tourne, d'une porte qui s'ouvre, d'autres pas qui ne se pressent point.

Ainsi change le monde.

Il change à chaque instant, bien sûr, mais il y a… des degrés dans ses métamorphoses.

Entre deux enjambées, des centaines d'idées se précipitent dans son esprit, du moins en a-t-il l'impression. La première et la dernière, c'est Aliana. Entre-temps, il a déjà compris ce qui se passe. Il a toujours été connu, et redouté, pour cette rapidité d'esprit, en a toujours éprouvé une fierté indigne de lui. Mais subtilité et promptitude viennent peut-être de perdre toute pertinence. Il continue de marcher, seulement un peu plus vite qu'auparavant.

Le tunnel se tord un peu en forme de S, pour Saranios – une coquetterie de ses architectes ; il se trouve loin en dessous des jardins et de la lumière. Absurde de crier, il n'est assez près d'aucune des deux portes pour se faire entendre dans les couloirs souterrains de chaque palais. Il a compris qu'il ne lui sert à rien de courir, puisque derrière lui on ne court pas : il y en a donc d'autres devant lui dans le tunnel.

Ils ont dû y entrer avant que n'arrivent à sa rencontre les soldats de l'autre palais, à l'autre porte ; ils ont dû attendre dans le souterrain, peut-être depuis un moment. Ou peut-être… sont-ils entrés par la même porte que lui et sont-ils allés jusqu'à l'autre extrémité du tunnel. Plus simple ainsi ? Seulement deux gardes à soudoyer. Il y pense de nouveau et, oui, il se rappelle bien le visage des deux Excubiteurs à la porte derrière lui. Pas des étrangers. Ses propres hommes. Ce qui a une signification… infortunée. L'Empereur en éprouve de la colère, de la curiosité, et un chagrin d'une surprenante intensité.

◆

Quand Taras entendit exploser puis déferler le rugissement de la foule et qu'il regarda derrière lui, il éprouva un sentiment de soulagement sans égal dans toute son existence.

Il était sauvé, il avait un sursis, on le déchargeait du massif fardeau qui l'avait écrasé, trop lourd pour ses épaules et trop essentiel pour être refusé.

Dans le vacarme, qui était stupéfiant même pour l'Hippodrome, Scortius s'avançait dans sa direction, et il souriait.

Du coin de l'œil, Taras vit Astorgus se précipiter vers eux, le visage creusé d'inquiétude. Scortius arriva le premier. Comme Taras se libérait en hâte des rênes du premier chariot et en descendait en ôtant le casque d'argent, il se rendit compte, après coup, que l'autre ne marchait ni ne respirait avec aisance, malgré son sourire. Puis il vit le sang.

« Bonjour. Une matinée difficile ? » fit Scortius, désinvolte. Il ne tendit pas la main pour prendre le casque.

Taras s'éclaircit la voix. « Je… je n'ai pas très bien fait. On dirait que je ne peux pas…

— Il s'est très bien débrouillé, lança Astorgus en les rejoignant. Foutre, que fais-tu là, Scortius ? »

Scortius lui adressa un large sourire. « Question légitime. Pas de bonne réponse. Écoutez, tous les deux. Je devrais pouvoir courir au moins une course, si ça se trouve. Il faut la faire compter. Taras, tu restes dans ce chariot. Je vais être ton Second. On va gagner cette course, écrabouiller Crescens contre un mur ou dans la spina, ou le fourrer dans son propre large rectum. Compris ? »

Pas de salut pour Taras, après tout. Ou si, peut-être, mais d'une autre nature.

« Je reste… Premier ? balbutia-t-il.

— Il le faut. Je ne serai peut-être pas capable de faire sept tours.

— On s'en fout. Ton docteur sait que tu es là ? demanda Astorgus.

— En l'occurrence, oui.

— Quoi ? Et il a… permis ceci ?

— Vraiment pas. Il m'a rejeté comme patient. En me disant qu'il n'endosserait aucune responsabilité si jamais je meurs ici.

— Oh, parfait ! dit Astorgus. C'est moi qui dois la prendre ?»

Scortius éclata de rire, ou essaya. Il porta involontairement la main à son flanc.

Taras vit s'approcher l'intendant de piste. Normalement, ce genre de délai pour des discussions était interdit sur la piste, mais l'intendant, un vétéran, savait qu'il avait affaire à une situation inhabituelle. Les gens hurlaient toujours. Il leur faudrait se calmer un peu, de toute façon, avant que la course pût commencer.

« Bienvenue, Aurige, fit-il d'un ton bref. Cours-tu dans cette course ?

— Oui, dit Scortius. Comment va ta femme, Darvos ?»

L'intendant sourit : «Mieux, merci. Le petit s'en va ?

— Le petit court comme Premier, déclara Scortius. Je courrai comme Second. C'est Isanthus qui s'en va. Astorgus, tu veux le lui dire ? Et leur faire placer les rênes des chevaux de timon comme je les aime ?»

L'intendant hocha la tête et revint sur ses pas pour parler au responsable du départ. Astorgus fixait toujours Scortius. Il n'avait pas bougé.

« Tu es sûr ? dit-il. Ça en vaut la peine ? Une seule course ?

— Une course importante, répliqua le blessé. Pour plus d'une raison. Quelques-unes dont tu ne sauras rien.» Il eut un mince sourire, qui cette fois n'atteignit pas ses yeux. Astorgus hésita le temps d'un battement de cœur puis hocha lentement la tête et retourna au deuxième chariot des Bleus. Scortius revint à Taras.

«Bon. Alors. Deux choses, déclara posément la Gloire des Bleus. Un : Servator est le meilleur cheval de flanc de l'Empire, mais seulement si on lui demande de l'être.

Sinon, il est prétentieux et paresseux. Il aime ralentir pour admirer nos statues. Engueule-le. » Il sourit. « Ça m'a pris longtemps pour comprendre ce que je peux lui faire faire. On peut aller à une vitesse incroyable avec lui à la corde dans les tournants – incroyable, tant qu'on ne l'a pas fait plusieurs fois. Sois bien attentif au départ. Tu te rappelles comment il peut forcer les trois autres chevaux à se rabattre avec lui ? »

Taras s'en souvenait très bien. Scortius lui avait fait le coup l'automne précédent. Il hocha la tête en se concentrant sur ce qu'il entendait. C'était le travail, leur profession. « Quand est-ce que je le fouette ?

— Quand tu arrives à un tournant. Sur le flanc droit. Et crie son nom, tout le temps. Il écoute. Concentre-toi sur Servator, il s'occupera des trois autres à ta place. »

Taras acquiesça encore.

« Écoute-moi pendant la course. » Scortius porta de nouveau la main à son flanc avec un juron, en respirant avec précaution. « Tu es de Mégarium ? Tu parles un peu inici ?

— Un peu. Comme tout le monde.

— Bon. Si j'en ai besoin, je crierai dans cette langue-là.

— Comment as-tu appris… »

L'autre eut une expression soudain sarcastique. « D'une femme. Comment sinon apprendre les leçons importantes de la vie ? »

Taras essaya de rire. Sa bouche était sèche. Le bruit de la foule était vraiment abasourdissant. Les gens étaient debout dans tout l'Hippodrome. « Tu as dit… qu'il y avait deux points ?

— Oui. Écoute bien. Nous te voulions avec nous parce que je sais que tu vas être aussi bon que n'importe lequel d'entre nous, ou meilleur encore. Tu te retrouves dans une situation bien déplaisante, et injuste, tu n'as jamais conduit cet attelage, tu fais face à Crescens et à son Second. Si tu penses que tu t'en es mal tiré, tu es un idiot d'enculé. Je te taperais bien sur la tête, mais ça me ferait trop mal. Tu as été stupéfiant, et n'importe quel imbécile doté d'une moitié de cervelle pourrait le savoir, espèce de butor sauradien. »

Boire du vin chaud épicé peut vous donner un certain type de sensation, dans une taverne, par un humide jour d'hiver. Ces paroles eurent le même effet. Avec tout le sang-froid qu'il put rassembler, Taras répliqua : « Je sais bien que j'ai été stupéfiant. Il était temps que tu viennes donner un coup de main. »

Scortius laissa échapper un bref et rauque éclat de rire, fit une grimace de douleur. « Brave petit gars. Tu es dans le cinquième couloir, et moi dans le deuxième ? » Taras hocha la tête. « Regarde-moi bien, fie-toi à Servator et laisse-moi m'occuper de Crescens. » Il sourit de nouveau, mais sans la moindre trace d'amusement.

Taras jeta un coup d'œil au musculeux Premier des Verts qui s'enroulait les rênes autour de la taille, dans le sixième couloir.

« Bien sûr. C'est ton travail, dit Taras. Veille à le faire. »

Scortius sourit de nouveau, puis il saisit le casque de parade en argent que Taras tenait toujours et le tendit au palefrenier, prenant en échange le casque de course malmené. Il le plaça lui-même sur le crâne de Taras, comme un simple garçon d'écurie. Le pandémonium redoubla. On les observait, évidemment, on scrutait chacun de leurs gestes comme les chiromanciens étudiaient les entrailles ou les étoiles.

Taras se sentit sur le point de pleurer. « Est-ce que ça va, vraiment ? » demanda-t-il. Le sang était bien visible sur la tunique de l'autre.

« On ira tous très bien, dit Scortius. À moins qu'on ne m'arrête pour ce que je vais faire à Crescens. »

Il fit le tour de l'attelage, frotta un moment la tête de Servator en lui murmurant à l'oreille, puis se détourna pour suivre la diagonale de départ jusqu'au deuxième chariot des Bleus, d'où Isanthus était déjà descendu – avec la même expression de soulagement que Taras un instant plus tôt –, et où les valets ajustaient furieusement les rênes selon les préférences bien connues de Scortius.

Celui-ci ne monta pas tout de suite dans le chariot. Il s'arrêta auprès de chacun des chevaux tour à tour, leur murmurant des paroles inaudibles, tête contre tête. Ils changeaient de conducteur, ils devaient le savoir. Taras, en l'observant, vit qu'il présentait seulement son flanc droit aux étalons, sa main droite, pour dissimuler la présence du sang.

Taras grimpa dans son propre chariot, se remit à enrouler les rênes autour de sa taille. Le palefrenier tendit le casque d'argent à un autre gamin et s'empressa de l'aider, le visage tout illuminé d'excitation. Les chevaux étaient nerveux. Ils avaient vu leur conducteur habituel, mais il n'était plus là. Taras prit son fouet, le plaça pour le moment dans sa gaine et prit une profonde inspiration.

« Écoutez-moi bien, espèces de gros tas, stupides chevaux de charrue », déclara-t-il à l'attelage le plus célèbre du monde, du ton doux et apaisant qu'il utilisait toujours avec les chevaux. « Si vous ne me gagnez pas cette foutue course cette fois-ci, je vous emmène moi-même chez les tanneurs, vous m'entendez ? »

Ça faisait du bien de le dire. De se sentir le droit de le dire.

◆

On se rappela très longtemps la course qui s'ensuivit. En dépit des événements ultérieurs de la journée et du lendemain, la première course de l'après-midi, lors de la deuxième réunion à l'Hippodrome cette année-là, deviendrait légendaire. Un émissaire de Moskave se trouvait là ; il avait fait partie de l'entourage du Grand Prince pour rester ensuite à Sarance pendant l'hiver afin de mener à bien de longues et lentes négociations sur les tarifs douaniers ; il rapporterait cette course dans son journal – un récit qui serait préservé, par miracle, malgré trois incendies dans trois cités différentes, à cent cinquante ans d'intervalle.

Il y en avait à l'Hippodrome ce jour-là pour qui les courses avaient plus d'importance que de grands événements comme la guerre, les successions impériales ou la sainte foi de Jad. Il en allait toujours ainsi. Un apprenti, des décennies plus tard, se rappellerait peut-être qu'on avait déclaré la guerre le jour où la femme de chambre était finalement montée au grenier avec lui. La naissance longtemps attendue d'un enfant bien portant aura plus de résonance pour les parents que la nouvelle d'une armée d'invasion à la frontière ou la consécration d'un sanctuaire. La nécessité de finir la moisson avant le gel l'emporte sur la mort des rois. Un mouvement d'entrailles oblitère les Proclamations les plus décisives des saints patriarches. Les événements marquants d'une époque, pour ceux qui les vivent, ne sont que la toile de fond du drame infiniment plus intéressant de leur propre existence, et comment pourrait-il en être autrement ?

De même, nombre des hommes et des femmes présents à l'Hippodrome ce jour-là (et quelques-uns qui ne s'y trouvaient pas mais prétendraient plus tard y avoir été) s'attacheraient à une quelconque image personnelle de ce qui s'était passé. Ce pourrait être des images tout à fait différentes, des moments différents, car l'âme de chacun possède ses propres cordes, qu'on fait jouer de façons différentes, comme des instruments – et comment pourrait-il en être autrement ?

Le soldat Carullus, autrefois de la Quatrième Légion de Cavalerie Sauradienne, très brièvement chiliarque de la Deuxième de Cavalerie Calysienne, venait tout juste de recevoir un nouveau poste sans avoir jamais rejoint sa garnison dans le nord, et pour des raisons qu'il ne comprenait pas encore : il faisait maintenant partie de la garde personnelle du Stratège suprême, Léontès, avec une solde fort rondelette tirée des fonds personnels de celui-ci.

Il se trouvait donc toujours dans la Cité et siégeait avec son épouse dans la section des gradins réservés aux officiers de l'armée ; il avait admis que son statut et son rang présents ne lui permettaient plus de se tenir debout ou assis parmi les partisans des Verts. Une tension tangible courait parmi les officiers présents, et elle n'avait pas grand-chose à voir avec les courses. On leur avait bien fait comprendre qu'une nouvelle importante serait annoncée ce jour-là à l'Hippodrome. Il n'était pas difficile d'en deviner la teneur. Léontès ne se trouvait pas encore dans la kathisma, ni l'Empereur, mais l'après-midi était loin d'être terminé.

Carullus jeta un coup d'œil à son épouse. C'était la première course à laquelle assistait Kasia, et les foules la rendaient encore visiblement nerveuse. La section des officiers non partisans serait certainement moins turbulente que la zone où les partisans des Verts se tenaient au coude à coude, mais il s'inquiétait encore pour Kasia. Il voulait la voir se divertir et assister à ce qui serait sûrement un moment mémorable à la fin de la journée. Il était déjà venu à l'Hippodrome le matin, puis était allé la chercher chez eux pendant la pause de midi : ç'aurait encore été trop lui demander que de passer une journée entière aux courses. Malgré ses espoirs, Carullus comprenait bien qu'elle n'était là que pour lui faire plaisir, par indulgence envers sa passion des chariots.

C'était merveilleux, du reste, qu'une femme en fît autant pour lui.

On traitait bien les officiers dans la Cité, surtout ceux qui dépendaient directement du Stratège. Ils avaient d'excellentes places, pas tout à fait au milieu de la ligne droite et assez bas. La majeure partie de la foule se trouvait au-dessus d'eux, dans leur dos, aussi Kasia pouvait-elle se concentrer sur les chevaux et les conducteurs en contrebas. Ce serait bien ainsi, avait-il pensé.

De si près, et avec la ligne échelonnée des départs qui plaçait les quadriges partant à l'extérieur plus loin sur la piste, ils se trouvaient assez proches des trois derniers équipages. Crescens des Verts partait sixième. Carullus le désigna à sa femme en lui rappelant que le conducteur avait assisté à leur mariage, puis il fit une brève plaisanterie quand le Premier des Verts se retira sous les gradins juste avant le début de la course, laissant son attelage entre les mains des valets. Kasia eut un léger sourire ; l'un des autres officiers éclata de rire.

Carullus faisait un véritable effort pour se contrôler – malgré son excitation joyeuse –, et il essayait de ne pas *tout* expliquer à sa femme de ce qui se passait. Elle savait que Scortius était absent. Tous les Sarantins le savaient. Carullus s'était pourtant rendu compte que sa voix apaisait Kasia autant que la protection de sa présence, aussi lui expliqua-t-il en peu de mots (pour autant qu'il en fût capable), la transaction qui avait abouti à échanger le présent cheval de flanc droit de Crescens contre le jeune conducteur portant à présent le casque d'argent pour les Bleus, dans le cinquième couloir. Il lui avait aussi parlé des chevaux de flanc droit. Ce qui amenait évidemment à expliquer ce qu'étaient les chevaux de flanc gauche, ce qui à son tour…

Elle avait manifesté un certain intérêt, mais d'une nature qu'il n'avait pas prévue : elle lui avait demandé comment le garçon pouvait être vendu d'une faction à l'autre, avec ou sans son accord. Carullus avait souligné que personne n'obligeait réellement le conducteur à courir, ni même à rester à Sarance, mais il n'avait pas l'impression d'avoir répondu à la question sous-jacente. Il avait changé de sujet en désignant les divers monuments élevés dans la spina, de l'autre côté de la piste.

Puis le rugissement s'était élevé et il s'était retourné vivement vers le tunnel, bouche bée, pour voir Scortius et Crescens s'avancer de concert dans l'arène.

On voyait des choses différentes, on se rappelait différemment, même si tout le monde regardait dans la même direction. Carullus était un soldat, l'avait été toute sa vie d'adulte. Il vit comment marchait Scortius et en tira des conclusions immédiates, avant même de le voir de plus près ; et il nota du sang sur son flanc gauche. Tout ce qu'il vit et ressentit quand la course commença en fut coloré, et tout ce dont il se souviendrait par la suite : une teinte écarlate éclaboussant tout l'après-midi, dès le début, avant même de savoir quoi que ce fût d'autre.

Kasia ne remarqua rien. Elle observait l'autre homme, – tout proche d'eux, au reste –, celui en vert, qui grimpait maintenant dans le chariot quitté un moment auparavant. Elle se le rappelait de ses noces : musclé, plein d'assurance au centre d'un cercle de gens, en train de les faire rire comme on rit lorsque les plaisanteries sont le fait d'une personne importante, qu'elles soient amusantes ou non.

Crescens des Verts se trouvait au sommet de cette profession, lui avait dit Carullus (entre autres innombrables détails), il avait gagné toutes les courses importantes la semaine précédente et dans la matinée, en l'absence de Scortius. Les Verts exultaient dans leur gloire, le triomphe de cet homme était spectaculaire.

Ce qui rendait pour Kasia particulièrement intéressante l'aisance avec laquelle elle pouvait déchiffrer son appréhension.

Il se tenait juste à leurs pieds dans son chariot et s'enroulait méthodiquement les rênes autour de la taille. Carullus le lui avait expliqué aussi. Mais le conducteur des Verts ne cessait de regarder derrière lui à sa gauche, là où l'autre, Scortius, montait présentement dans son propre char, plus près de l'endroit où se trouvaient toutes les statues. Kasia se demanda si d'autres pouvaient percevoir cette inquiétude ou si, après une année chez Morax, elle était simplement plus sensible à ce genre de choses à présent. Elle se demanda si elle le serait toujours.

« Saint Jad du soleil, il court comme Second ! » souffla Carullus, comme on prononce une prière, d'un ton fervent ; lorsque Kasia lui jeta un regard, elle vit son visage figé, presque une expression de douleur.

Elle fut assez intriguée pour poser la question. Il lui expliqua encore. Mais rapidement, car dès que toutes les rênes eurent été enroulées là où elles devaient apparemment l'être, que les valets se furent retirés à l'extérieur de la piste et que les officiels vêtus de jaune en eurent fait autant, le Maître du Sénat laissa tomber un mouchoir blanc dans la kathisma, une unique trompette sonna une note unique, un hippocampe d'argent bascula, et la course commença.

Cléandre Bonosus cessa d'être un Vert ce jour-là. Il ne changea pas d'allégeance mais – comme il le répéterait souvent par la suite, en particulier dans une mémorable péroraison au cours d'un procès pour meurtre – il eut plutôt le sentiment d'avoir en réalité transcendé l'appartenance aux factions pendant la première course de l'après-midi, ce printemps-là, en ce deuxième jour de courses à l'Hippodrome.

Ou peut-être juste avant cette course, lorsqu'il avait vu un homme poignardé et bourré de coups de pieds par ses amis dans une rue sombre, un homme à qui il avait entendu ordonner le repos total jusqu'à l'été, s'avancer à pied sur la piste pour prendre le *second* équipage des Bleus. Et non le casque d'argent qui était sien de plein droit.

Ou même encore avant, pouvait-on dire. Car Cléandre, cherchant des yeux sa mère et le médecin bassanide, avait été en train de scruter le tunnel, et non d'admirer les auriges qui prenaient leurs marques dans l'arène. Assez bas et assez proche dans les gradins, et seul peut-être des quatre-vingt mille spectateurs, il avait bel et bien vu Crescens des Verts donner un violent coup de coude dans le flanc de quelqu'un d'autre juste au moment où les deux hommes arrivaient dans la lumière, et il avait vu alors qui était le quelqu'un en question.

Il se le rappellerait toujours. Son cœur se mit à lui marteler les côtes, et ce, jusqu'au début de la course, qui eut lieu au moment où sa mère et le docteur reprenaient leur place. Ils manifestaient tous deux, à première vue, une tension surprenante, mais Cléandre n'avait pas le loisir d'y penser. La course avait commencé, et Scortius était de retour.

L'hippocampe plongea. Huit quadriges jaillirent de leur position de départ, lancés vers la ligne blanche indiquant sur la piste l'endroit à partir duquel ils pouvaient quitter leur couloir et commencer leurs folles manœuvres.

Par instinct, par habitude, par force, le regard de Cléandre se porta sur Crescens alors que le Premier des Verts fouettait son attelage pour démarrer dans son sixième couloir. Pas une bonne position de départ, mais le jeune meneur des Bleus se trouvait seulement en cinquième, peu importait donc. Scortius était bien plus loin sur la piste, au second couloir, mais avec un moins bon attelage. Cléandre ne comprenait ni comment ni pourquoi. Le second conducteur des Verts occupait la position à la corde, et il essaierait de la conserver jusqu'à ce que Crescens fût remonté de sa position.

Du moins était-ce habituellement le cas dans ce genre d'alignement de départ.

Mais Crescens allait avoir du travail, cette fois. Taras des Bleus avait fait démarrer son propre attelage presque aussi vite que lui. Crescens ne pouvait lui couper la route avant la ligne de craie sans commettre une faute ou faire capoter son propre chariot. Les deux premiers équipages se rabattraient ensemble, puis les Verts s'occuperaient en tandem du conducteur bleu, comme ils l'avaient fait toute la matinée. C'était une longue course, sept tours. Ils auraient bien assez de temps.

Sauf que le départ comptait pour beaucoup, tout le monde le savait. Une course pouvait être terminée avant la complétion du premier tour. Et Scortius courait dans cette course-ci.

Cléandre se retourna pour voir ce qu'il en était du second équipage des Bleus, et il ne le quitta plus ensuite du regard. Scortius avait brillamment anticipé le mouchoir et la trompette, pour un départ splendide, fouettait déjà furieusement ses chevaux. Il avait littéralement explosé au sortir de la ligne, ménageant un espace entre lui et les Verts à la corde. Il pourrait peut-être même se rabattre, prendre le couloir intérieur dès la ligne blanche. Ce serait juste.

« C'est lequel ? demanda sa belle-mère près de lui.

— Deuxième couloir », dit-il d'une voix rauque, sans se détourner de la piste. Il prit conscience plus tard qu'il n'avait même pas dû nommer le conducteur. « Il

conduit le second chariot, pas le premier! Surveillez-le
à la corde!»

Les chevaux arrivèrent à la ligne tracée à la craie.
Scortius n'essaya pas de passer à la corde.

Il alla plutôt à l'opposé, coupant brusquement à
droite, très en avant des quadriges rouges et blancs plus
lents dans le troisième et le quatrième couloir. Ils se
prévalurent tous deux de cette ouverture inespérée pour
passer à gauche derrière lui, sacrifiant un peu de vitesse pour s'approprier les couloirs essentiels, à la corde.

Plus tard, Cléandre comprendrait comment cela
avait dû être inclus dans le plan de Scortius. Ils étaient
passés à gauche, avaient dû ralentir pour ce faire, ménageant ainsi un espace. L'important, c'était l'espace.
Cléandre, rétrospectivement, aurait l'impression que
tous ces chariots démarrant en masse dans un bruit de
tonnerre, ces roues tournoyantes, ces trente-deux chevaux
lancés à toute allure, ces hommes tendus par l'effort,
tout cela était autant de petits jouets de bois, les jouets
d'un enfant qui imaginait un hippodrome sur le sol de
sa chambre, et Scortius, tel un dieu, les déplaçait comme
un enfant déplaçait ses jouets.

«Regardez!» s'écria une voix derrière eux. Et pour
cause. Les deux quadriges des Bleus allaient entrer en
collision, dans le premier chariot le garçon se rabattait
comme prévu, avec Crescens à sa hauteur, Scortius
fonçait en oblique vers eux, tout à fait du mauvais côté,
en *s'éloignant* de la corde. L'aurige avait la bouche
grande ouverte et hurlait quelque chose dans ce chaos
incohérent de poussière et de vitesse.

Et puis plus rien d'incohérent, car il se passa quelque
chose de merveilleux, plus clair que rien ne pouvait
l'être dans la fureur et la fange de la vie humaine, si on
en savait assez pour en prendre conscience.

En retraçant avec prudence l'évolution de ses sentiments, Cléandre déciderait en fin de compte que c'était
là le véritable moment où son allégeance et son fanatisme
le cédèrent à autre chose: à un désir qui ne le quitta
plus jamais, de toute son existence, de voir à nouveau

ce degré d'habileté, de grâce et de courage, quelles qu'en fussent les couleurs arborées pour un moment de gloire éclatante au soleil, sur les sables de la piste.

D'une certaine manière, son enfance prit fin quand Scortius passa à gauche sur la piste au lieu de se rabattre.

Thénaïs vit seulement la même confusion initiale que Kasia, poussière et fureur, depuis son siège à la perspective identique, un peu plus loin. Un frénétique tumulte intérieur lui rendait impossible de séparer le chaos extérieur de son propre bouleversement intime. Elle se sentait mal, pensa vomir, une humiliation en ce lieu public. Elle avait conscience de la présence à son côté du médecin bassanide, avait presque envie de le maudire pour avoir causé sa présence ici, et pour… ce qu'il avait peut-être vu dans la lumière assourdie, sous les gradins.

S'il disait un seul mot, décida Thénaïs, s'il lui demandait seulement comment elle se sentait, elle… elle ne savait vraiment pas ce qu'elle ferait.

Et c'était tellement épouvantable pour elle de ne pas en être sûre ! Elle se trouvait en territoire inconnu. Le docteur ne disait rien. Une bénédiction. Avec sa canne – quelle ridicule affectation, aussi ridicule que sa barbe teinte –, il semblait aussi concentré sur les chars que tous les autres. N'était-ce pas la raison de leur présence ? Eh bien, oui, pour tout le monde sauf elle, peut-être.

"J'espère que vous allez gagner cette course", avait-elle dit à Scortius. Dans cette étrange lumière diffuse. Après avoir essayé de le tuer. Elle n'avait pas la moindre idée de la raison qui l'avait poussée à énoncer ces paroles, elles avaient simplement jailli de son tumulte intime. Elle ne parlait jamais, jamais ainsi.

Dans les saintes chapelles de Jad, on enseignait et on prêchait que des esprits de l'entre-deux-mondes flottaient parfois à proximité des mortels et des mortelles, qu'ils pouvaient pénétrer en vous, vous rendre autre que vous n'étiez, vous transformer complètement. Le poignard était retourné sous son manteau. Il le lui avait rendu. Elle frissonna dans la lumière du soleil.

Le docteur lui jeta alors un coup d'œil avant de se retourner vers la piste. Sans rien dire. Béni soit-il.

« Lequel est-ce ? » demanda-t-elle à Cléandre. Il lui répondit en pointant un doigt, sans jamais quitter des yeux l'impossible désordre de la piste en contrebas. « Il conduit le second chariot, pas le premier ! » cria-t-il.

Ce qui avait de toute évidence une signification pour lui, mais quoi, elle n'en avait pas la plus vague idée. Ou peut-être était-ce en rapport avec ce qu'elle avait dit à Scortius à propos de sa victoire dans la course.

Rustem repéra son patient et l'observa à partir du début de la course, dès qu'il se fut rassis après la sonnerie de trompette. Il le regarda contrôler quatre chevaux de course de la main gauche, le côté où il était blessé, tout en faisant aller son fouet de la droite et en se penchant vers l'avant d'une façon absurde sur la précaire et caho- tante plate-forme où se tenaient les conducteurs. Puis Scortius se déporta brusquement vers la droite, et Rustem eut l'impression que l'aurige y tirait lui-même ses che- vaux de toute la force de son corps blessé, au-dessus de l'éclair tournoyant des roues.

Il se sentit soudain saisi d'une inexplicable émotion. Le poignard dont il avait vu le brusque éclat sous les gradins avait été bien futile, en réalité.

Cet homme avait l'intention de se suicider publi- quement.

Astorgus, en son temps, avait été aussi célébré que n'importe quel grand conducteur de quadrige à l'Hippo- drome.

On lui avait dédié trois monuments dans la spina, et l'un d'eux était une statue d'argent. Le premier empereur Valérius – l'oncle du présent empereur – avait été forcé de le rappeler deux fois de sa retraite, tant les supplica- tions de la foule avaient été ardentes. La troisième fois qu'il avait quitté la piste – la dernière –, on lui avait fait un triomphe rien que pour lui depuis l'Hippodrome jusqu'aux murailles donnant sur la terre, et les gens s'étaient pressés sur plusieurs rangées de profondeur tout du long. Deux cent mille âmes, du moins selon le rapport de la Préfecture urbaine.

Astorgus des Bleus (autrefois des Verts) n'éprouvait aucune fausse modestie, aucune réserve à l'égard de ses propres accomplissements sur la piste où il avait affronté ses adversaires pour gagner et gagner encore, contre toute une série d'aspirants et le Neuvième Aurige, toujours, pendant deux décennies.

C'était le tout dernier de ces jeunes aspirants – celui pour lequel il s'était retiré – qui courait maintenant sous ses yeux dans le second chariot des Bleus, avec des côtes brisées, une blessure non refermée et sa jeunesse derrière lui. De tous ceux qui observaient les premiers instants de cette course, ce fut le factionnaire Astorgus – un homme abrupt, couvert de cicatrices, avec sa vaste connaissance des courses et sa célèbre impassibilité – qui saisit le premier ce qui se passait, déchiffrant d'un seul coup d'œil la situation : huit quadriges, leurs vitesses et angles respectifs, leurs conducteurs et leurs capacités. Et il offrit alors, à voix haute, une sauvage et brève prière à Héladikos le proscrit, le blasphématoire, l'indispensable fils du dieu.

Il se trouvait debout au mur extérieur pour surveiller le départ, comme à son habitude, environ aux deux tiers de la ligne droite, après la ligne tracée à la craie, dans une aire de sécurité aménagée pour les officiels de piste entre la rambarde à la corde et la première rangée de sièges, qui se trouvait ici un peu en retrait. En conséquence, il eut l'impression que Scortius fonçait droit sur lui quand l'aurige se lança dans ce dérapage absurde et sans précédent vers l'extérieur, au lieu de la corde.

Lui qui avait été la Gloire ici, il entendit Scortius, la Gloire des Bleus, hurler pour couvrir l'écrasant vacarme, et il se trouvait assez proche pour comprendre que c'était de l'inici, une langue connue de quelques-uns d'entre eux seulement. Astorgus en était un. Le garçon, Taras de Mégarium, le comprendrait aussi. Il vit le petit tourner brusquement la tête vers la gauche et réagir aussitôt, de façon magnifique, sans même un instant de réflexion. Astorgus cessa de respirer, interrompit net sa prière et regarda de tous ses yeux.

Le garçon hurla quelque chose en retour – le nom de Servator – et fouetta avec force le flanc droit du cheval. Il était en plein élan, une vitesse à se rompre le cou, complètement folle, et se trouvait dangereusement proche encore de la ligne de départ encombrée de trente-deux étalons lancés de concert dans une furieuse cavalcade.

En l'espace d'un battement de cœur, en un mouvement précis et simultané, sans aucune marge d'erreur, aucune, si proches qu'on ne pouvait voir d'espace entre les roues des chariots qui se croisaient, Scortius et le garçon, Taras, se déportèrent tous deux vers la gauche sur leur plate-forme, entraînant leur équipage et leur chariot. Le bruit était assourdissant, la poussière un nuage étouffant.

Et à travers cette poussière, exactement devant lui, comme pour son divertissement personnel – telles des danseuses louées pour une nuit par un aristocrate –, Astorgus vit le mouvement suivant. Il en fut remué jusqu'au fond de l'âme, bouleversé, frappé de révérence. Il savait que, malgré tout ce qu'il pouvait avoir accompli ici au cours d'une carrière acclamée par deux cent mille âmes, il n'aurait pu concevoir, même à son meilleur, au faîte de sa gloire, ce que Scortius venait d'accomplir.

Taras se rabattait en oblique d'un côté, Scortius de l'autre. Droit l'un sur l'autre. Puis le garçon se déporta violemment vers la gauche, le magnifique Servator entraîna les trois autres chevaux et le chariot en travers de la piste dans une manœuvre exactement identique à celle que devait se rappeler la foule de l'Hippodrome, celle du dernier jour de l'automne, où Scortius avait fait subir cette manœuvre à Taras. Et c'était, oh, oui, c'était bien un élément essentiel de cette élégance qui vous remplissait d'humilité, de cette perfection. Comme l'écho d'un texte dont on se souvient, mais présenté de manière nouvelle.

Scortius lança en même temps son équipage vers la gauche, avec autant de force et au moment nécessaire

– les deux chars se seraient sinon écrasés l'un contre l'autre en éclats de bois pulvérisé, hennissements de chevaux entrechoqués, conducteurs éjectés, os rompus, mort certaine. L'équipage vira, les roues dérapèrent, puis le chariot gagna du terrain pour s'aligner avec une terrifiante précision sur l'équipage de Crescens des Verts. Lancé en plein galop.

Entre-temps, les équipages des troisième et quatrième couloirs les avaient rattrapés.

Bien sûr. Scortius leur avait fait de la place avec son démarrage foudroyant et son rabattement à la corde. Ils avaient ralenti en acceptant cette surprenante invite, dégageant ainsi, comme la porte à double battant d'un palais, l'espace nécessaire à Taras pour se rabattre lui-même à gauche et foncer droit devant, dans l'échappée nette et glorieuse du couloir qui s'ouvrait devant lui à la corde.

Il se trouvait sur les talons du Second des Verts puis, – en jouant de nouveau du fouet – au coude à coude, alors qu'ils entraient dans le premier tournant sous la kathisma. Il prenait la courbe à l'extérieur, toujours dé-porté sur la gauche, mais il avait le meilleur attelage et il hurlait le nom de son magnifique cheval de flanc, laissant Servator le garder à proximité de l'attelage vert. Au sortir du tournant, il l'avait dépassé. Il n'y avait plus rien devant lui désormais, personne dans le couloir de l'ultime épreuve alors qu'ils s'engageaient dans la ligne droite opposée… et tout cela s'était accompli dans la première ligne droite.

Astorgus pleurait. Transporté comme par une mani-festation du sacré dans un sanctuaire, certain d'avoir assisté à la création d'une perfection aussi légitime que celle de n'importe quel artisan, vase, pierre précieuse, poème, mosaïque, tenture murale, bracelet d'or, oiseau mécanique serti de gemmes.

Tout en sachant aussi que cet art-là ne pouvait survivre au moment qui l'avait vu naître, qu'on pourrait seulement en parler ensuite, ceux qui se rappelleraient, ou se rappel-leraient de travers, ceux qui avaient vu, ou partiellement vu, ou rien vu du tout, un souvenir déformé par la mémoire, le désir et l'ignorance, un accomplissement écrit sur de l'eau, ou du sable.

C'était à la fois terriblement important et, en même temps futile. Ou la fragilité, l'impermanence même pouvait-elle en réalité rendre la gloire plus intense encore ? Tout en étreignant de ses larges mains la rambarde de bois, Astorgus songea qu'en cet instant, pour ce diamant unique et sans défaut offert au temps, les seigneurs du monde sur la terre du dieu étaient les deux auriges, le jeune et le génie sur ses talons, seigneurs des empereurs, seigneurs de tous les hommes et de toutes les femmes, faillibles, imparfaits, bientôt destinés à l'échec et à la mort, qui ne laisseraient absolument rien après eux, disparus aussitôt que nés à l'existence.

Plautus Bonosus se dressa dans la Loge impériale quand les deux chariots de tête roulèrent vers eux et franchirent ensemble le premier tournant dans un martèlement frénétique. Il se sentait bouleversé de ce qui se passait, sans comprendre pourquoi, et en éprouva un bref embarras avant de se rendre compte qu'une demi-douzaine d'autres parmi ces courtisans blasés et trop bien élevés avaient aussi bondi sur leurs pieds. Il échangea un bref regard muet avec le Maître des équipages et revint aux sables de la piste.

Un quadrige était représenté sur la voûte élégante du toit de la kathisma : une mosaïque de Saranios couronné des lauriers de la victoire, menant son équipage. En contrebas, le jeune conducteur des Bleus qui, malgré son courage, avait été complètement dépassé la semaine précédente et toute la matinée, vociférait à présent comme un barbare à l'adresse de ses chevaux en les fouettant pour dépasser le second chariot des Verts, alors qu'ils se trouvaient encore dans le virage de la kathisma.

Cela arrivait parfois, c'était faisable, si ce n'était ni facile ni fréquent ; et jamais sans une conscience aiguë, dans l'esprit de ceux qui connaissaient la piste, des risques encourus et du talent nécessaire. Sous les yeux de Bonosus, le gamin, Taras, n'était plus dépassé ni craintif.

Il ne se trouvait plus derrière l'équipage vert ni même à côté.

Il était passé dans le cinquième couloir. Il sortit du premier virage à une demi-longueur d'attelage de son concurrent, puis une pleine longueur, puis, dans un mouvement aussi lisse que le glissement sur la peau d'une soie orientale, il laissa Servator flotter jusqu'à la corde dans la ligne droite opposée.

Instinctivement, Bonosus se retourna pour observer Scortius et Crescens. Ils sortirent côte à côte du virage, mais très à l'extérieur, car Scortius refusait de laisser l'autre se rabattre et ne montrait pas le moindre désir de le faire lui-même. Il courait comme Second. Sa tâche était d'assurer la victoire de son équipier. Garder Crescens à l'extérieur le plus longtemps possible était un moyen d'y parvenir.

« L'autre Vert les attend », fit la voix grinçante du Maître des équipages. Bonosus vérifia d'un coup d'œil que c'était exact. Le Second des Verts, face à un choix désastreux – pourchasser le jeune meneur des Bleus ou se porter à l'aide de son propre Premier –, avait choisi la seconde option. Crescens était entre autres réputé pour son caractère emporté et son coup de fouet facile lorsque des conducteurs mineurs oubliaient qui était le Premier des Verts.

« Ils vont essayer le deuxième et le troisième couloir, remarqua Bonosus à la cantonade.

— Il peut encore rattraper le petit s'il se libère rapidement. Il n'y a même pas un tour de passé. » Le Maître des équipages était excité, ça se voyait. Bonosus aussi. Malgré tout ce qui devait arriver d'autre ce jour-là, une guerre qui changeait leur univers, le drame qui se déroulait en contrebas l'emportait sur tout.

Le Second des Verts ralentissait pour se laisser rattraper, en regardant par-dessus son épaule pour juger de son angle. Tandis que les deux célèbres conducteurs sortaient du virage, toujours côte à côte, l'équipage du second Vert dériva vers Scortius. Il le devançait. Pouvait, sans risque, se placer exactement devant lui. Une manœuvre délicate : il devait arrêter la progression du quadrige bleu tout en trouvant un moyen de libérer son propre Premier afin de le laisser passer à la corde et filer aux trousses du jeune conducteur de tête. Mais c'était le rôle des équipages des Seconds ici, ce qu'on les entraînait à faire.

Les trois quadriges commencèrent à se rapprocher les uns des autres, se fusionnant en une figure à six roues et douze chevaux dans les tourbillons de poussière et de bruit.

« Je crois, dit soudain Bonosus, que Scortius l'avait prévu aussi.

— Quoi ? Impossible ! » dit le Maître des équipages, juste à temps pour comprendre qu'il se trompait.

Il fallait être prudent, d'une extrême prudence. S'il commettait une faute maintenant, toute victoire des Bleus serait annulée. C'était la contrainte perpétuelle des Seconds ou des conducteurs des couleurs mineures. Les officiels en habits jaunes les observaient sans relâche, disséminés le long de la piste.

De surcroît il avait une conscience aiguë du fait que, même s'il arriverait peut-être à exécuter les sept tours en restant debout, il n'avait guère de marge de manœuvre. Chacun de ses souffles brefs était arraché à la douleur. La simple idée d'avoir à se déporter une fois de plus avec son équipage suffisait à lui faire souhaiter d'être déjà mort.

Une mare de sang s'arrondissait autour de ses pieds, dangereusement glissante, il le savait. Mais il ne regardait pas à ses pieds.

Il observait plutôt l'attelage du Second des Verts tandis qu'ils s'en rapprochaient, comme il l'avait prévu. Crescens terrifiait ses équipiers. En cas de doute, ils viendraient à son aide. Pas une mauvaise pratique, dans l'ensemble, mais à certains moments, ce pouvait l'être. Ce serait le cas, il en avait bien l'intention.

Il avait visualisé ses mouvements dès l'instant où, en entrant dans l'arène, il avait vu que le nouveau cheval de flanc droit de Crescens n'avait pas d'œillères.

Il connaissait bien le cheval qu'ils avaient échangé contre Taras. Très bien. Il avait emmagasiné ce petit détail dans sa mémoire pendant l'hiver. De toute évidence, ce n'était pas intervenu pendant les courses de la semaine précédente ou de la matinée : l'équipage de tête des Verts devait rarement courir dans le couloir le plus extérieur.

Mais dans un moment, il allait s'y trouver.

L'équipage du Second était là qui les devançait, mais de peu, ce qui lui donnait licence de dériver plus au large, forçant Scortius à en faire autant. Crescens avait une légère avance sur lui à l'extérieur, ce qui suscitait un risque de faute s'il se laissait trop dériver et venait au contact de l'équipage vert. Ils essayaient de le forcer à tirer sur les rênes. Dès qu'il le ferait, l'équipage du Second qui le précédait ferait de même, Crescens donnerait du fouet et bondirait, tel un prisonnier d'une cellule soudain déverrouillée, pour ensuite se rabattre à la corde. Ils savaient comment exécuter ces manœuvres. Un travail délicat et précis, exécuté à pleine vitesse, mais c'étaient des vétérans, qui travaillaient ensemble depuis un an.

Aucune importance.

Scortius laissa son attelage se déporter légèrement. Crescens lui jeta un coup d'œil bref, en grognant un juron. Si l'on pouvait juger que l'autre équipage vert avait poussé Scortius, on ne déclarerait pas de faute. Surtout contre le champion enfin de retour : tous trois savaient que cela faisait aussi partie du jeu.

Crescens remonta un peu plus près de la corde.

Scortius et les autres Verts en firent autant. Ils avaient presque parcouru toute la longueur de la deuxième ligne droite. Scortius se laissa de nouveau dériver vers la droite, de façon presque imperceptible. Une extrême prudence était de rigueur. Ces chevaux n'étaient pas son attelage habituel. Les trois chariots se trouvaient dans une terrifiante proximité, à présent. Si les roues avaient porté des lames, comme dans l'ancien temps, à

Rhodias, quelqu'un aurait déjà été éjecté de son chariot pulvérisé.

Crescens rugit un autre juron à l'adresse de son équipier et remonta encore un peu, aussi loin qu'il le pouvait dans le couloir extérieur, de fait, au ras de la rambarde et de la foule hurlante des spectateurs debout, qui secouaient les poings dans un bruit de tonnerre.

Le nouveau cheval de flanc droit du Premier des Verts n'aimait pas courir dans un bruit de tonnerre tout près de gens qui secouaient les poings. Vraiment pas. En réalité, c'était un cheval qui avait besoin d'une œillère du côté droit. Le problème ne s'était jamais présenté. Crescens n'avait jamais fait courir ce cheval si près de la foule, et c'était seulement la deuxième rencontre de l'année. Ils ne s'en étaient pas encore rendu compte, les Verts.

Une erreur.

Scortius continua à rouler à la même allure, guettant le moment propice. Crescens avait un sourire fixe et sombre tandis que les quadriges fonçaient. Maintenant qu'il se trouvait à l'extérieur, toute nouvelle manœuvre de Scortius dans sa direction serait nécessairement considérée comme une faute. L'autre chariot vert, toujours devant eux, pouvait désormais en toute sécurité se déporter encore un peu plus vers Scortius et ralentir, et Scortius devrait ralentir brusquement.

Une stratégie née de l'expérience, un raisonnement solide. Qui aurait pu être efficace si le cheval de flanc droit de Crescens, terrifié par la foule hurlante, n'avait relevé la tête en changeant d'allure, brisant ainsi celle des trois autres chevaux, de façon irrécupérable, juste au moment où le Second des Verts exécutait la manœuvre absolument correcte qui consistait à passer un peu plus à droite et à ralentir un brin.

Scortius freina, aussi sec que ses adversaires auraient pu le désirer et même un peu plus tôt que prévu, comme effrayé, ou timoré.

Ce faisant, il eut une vue exceptionnellement claire de l'accident. Le quadrige de Crescens sous-vira en s'écartant de la rambarde, poussé par le cheval de flanc droit paniqué, une bête indéniablement puissante, tandis que l'autre équipage manœuvrait toujours pour se rabattre. Malheureusement, ils entrèrent en collision.

Deux roues s'envolèrent aussitôt. L'une resta en l'air comme un disque, tournoyant jusqu'au milieu de la spina. Un cheval hennit et trébucha, entraînant les autres avec lui à terre. Un chariot dérapa de côté, heurta la rambarde puis rebondit de l'autre côté et Scortius, en se déportant vivement sur la gauche (et en laissant cette fois échapper un cri de douleur), vit l'éclair du poignard lorsque Crescens se libéra de ses rênes avant de faire un bond désespéré.

Il les avait déjà dépassés, ne vit pas ce qui arriva aux autres conducteurs des Verts ou à leurs chevaux, mais il savait qu'ils étaient arrêtés.

Il négocia le virage, puis regarda par-dessus son épaule, et vit Rouges et Blancs qui roulaient à présent derrière lui, tous les quatre, bien serrés, en plein effort. Ce qui lui donna une autre idée. Cette curieuse teinte écarlate flottait de nouveau devant ses yeux, mais il décida soudain qu'il avait peut-être encore assez de réserves pour mettre la dernière touche à cette journée qui aspirait à l'immortalité.

Devant lui le gamin, Taras, ralentissait, la tête tournée vers lui. Levant la main qui tenait le fouet, il indiqua à Scortius de passer, lui offrant la tête et la victoire.

Ce n'était pas ce qu'il désirait, pour plus d'une raison. Il fit un signe de dénégation et, en arrivant à la hauteur de l'autre conducteur, il lui cria, en inici : «Je te coupe les couilles avec un couteau émoussé si tu ne gagnes pas cette course. Continue !»

Le gamin eut un large sourire. Il savait ce qu'ils venaient d'accomplir, cette glorieuse manœuvre. N'était-il pas un conducteur de char ? Il continua. Franchit la ligne d'arrivée six tours plus tard pour gagner la première grande course de sa vie.

Le premier de ce qui serait mille six cent quarante-cinq triomphes pour les Bleus. Quand le garçon au casque d'argent se retirerait, dix-huit ans plus tard, deux coureurs seulement dans la longue histoire de l'hippodrome sarantin auraient gagné davantage de courses que lui, et personne ne le ferait après lui. Il y aurait trois statues dédiées à Taras de Mégarium dans la spina, à jeter à bas avec toutes les autres, sept cents ans après, au temps des grands changements.

Le Premier des Blancs arriva en deuxième position dans cette course, le Second en troisième. Les résultats des courses de la journée, méticuleusement tenus par les intendants, comme toujours, indiqueraient que Scortius des Bleus était arrivé très loin derrière, misérablement, lors de sa seule course de cet après-midi-là.

Les registres peuvent se tromper du tout au tout, bien entendu. Tant de choses dépendent de ce qu'on a préservé d'autre, par écrit, dans les arts, dans la mémoire, fausse, vraie ou confuse.

La faction des Bleus, avec leurs partenaires les Blancs, terminait en première, deuxième et troisième places. Et en quatrième place. Le quatrième, dans ce qui était sans doute, tout considéré, la course la plus spectaculairement triomphante de toute sa carrière sur la piste, c'était Scortius de Soriyie, qui avait guidé les équipages blancs tandis qu'ils le dépassaient, tout en bloquant avec précision les deux malheureux conducteurs rouges, lesquels étaient les seuls qui restaient en piste pour les Verts.

Normalement, il aurait dû mourir à la fin de la course. D'une certaine manière, penserait-il plus tard, au cours de certaines longues nuits, il aurait réellement dû mourir, apposant ainsi à sa carrière le sceau de la perfection.

Ceux qui arrivèrent en courant vers lui, une fois la course terminée, virent la mare de sang visqueuse sur la plate-forme autour de ses sandales détrempées. Le Neuvième Aurige avait couru avec lui pendant les derniers tours, tout proche à partir du moment où le cinquième hippocampe avait basculé, et plus encore dans la ligne finale, alors qu'il ne cessait de vaciller d'avant en arrière, presque incapable de respirer, bloquant les Rouges avant de repartir à la fin – seul en piste, d'ailleurs, ses équipiers ayant terminé avec un tour d'avance et les quadriges des Rouges ayant ralenti.

Seul, à l'exception de ce Neuvième Aurige invisible à ses côtés, roue contre roue, aussi ténébreux que le disait la superstition, et écarlate aussi, à l'instar de toute cette journée. Et puis, sans raison, il s'était éloigné, laissant le téméraire mortel continuer son chemin sous le soleil qui coulait à flots, étreint et porté par le bruit de l'énorme creuset sonore qu'était l'Hippodrome.

Nul ne le savait alors, nul ne pouvait le savoir parmi les quatre-vingt mille spectateurs, et plus, qui se trouvaient là, mais on réclamerait un sang plus riche ce jour-là à Sarance.

Il serait toujours temps pour la mort d'emporter un conducteur de chars.

Scortius ralentit après avoir dépassé la ligne d'arrivée, en titubant sur place tandis que le quadrige s'arrêtait un peu au hasard. Il n'était même pas capable de dérouler ses rênes, également imbibées de son sang. Il était seul, immobile, à bout.

On traversa la piste en courant pour le secourir en laissant le tour d'honneur au garçon et aux deux équipiers blancs. Astorgus et deux autres tranchèrent les rênes pour le libérer, avec tendresse, comme un bébé. Il vit avec une certaine surprise qu'ils pleuraient tous trois, comme ceux qui vinrent ensuite, même les intendants. Il aurait voulu en plaisanter, mais il était apparemment incapable de parler pour le moment. Il lui était difficile de respirer. Il les laissa l'aider à retourner sous les gradins, environné d'une atmosphère rougeâtre.

Ils passèrent près de Crescens, dans l'espace réservé aux Verts, le long de la spina. Il semblait en bonne condition ; l'autre coureur vert était là aussi. Ils avaient des expressions un peu bizarres, comme s'ils luttaient contre leurs émotions. Il semblait y avoir vraiment beaucoup de bruit. Plus que d'habitude, même. Ils l'emmenèrent – le portèrent, essentiellement – par la Porte de la Parade jusqu'à l'atrium mal éclairé, où l'ambiance était un peu plus calme, mais de peu.

Le Bassanide était là. Une autre surprise. Avec une civière.

« Couchez-le là-dessus ! aboya le médecin. Sur le dos.

— Je croyais… que vous m'aviez répudié », réussit à dire Scortius, les premières paroles qu'il énonçait. Il souffrait énormément. On était en train de le déposer sur la civière.

« Moi aussi », fit le médecin oriental aux cheveux grisonnants ; il jeta sa canne avec irritation. « Ça fait deux imbéciles ici, n'est-ce pas ?

— Oh, au moins deux », dit Scortius, et il perdit enfin conscience, par la très grande grâce d'Héladikos.

# CHAPITRE 11

Il est indéniablement vrai que, pour la plupart des gens, les moments déterminants de leur époque se déroulent dans les marges de leur propre existence. Une pièce de théâtre célèbre des débuts de l'empire oriental à Sarance commence avec une querelle de bergers, à propos de leurs troupeaux qui se sont mélangés, puis l'un d'eux remarque un éclat de lumière dans le ciel alors qu'il en tombe quelque chose. Il y a une brève pause dans la dispute pendant qu'ils considèrent le sujet, sur leur colline ; puis ils reviennent à ce qui les préoccupe.

La mort d'Héladikos, tombant avec son char alors qu'il est porteur du feu paternel, ne peut égaler en importance un vol de mouton. Le drame de Sophénidos (plus tard interdit comme hérétique par les prêtres) porte ensuite sur la foi, le pouvoir et la majesté, et contient le célèbre discours du Messager sur Héladikos et les dauphins. Mais il commence sur cette colline et s'y termine, par le sacrifice du mouton objet de la dispute, grâce à ce don récent, le feu.

Néanmoins, malgré toute la vérité humaine de l'observation de Sophénidos sur les événements majeurs du monde qui peuvent ne pas sembler tels à ceux qui les vivent, il reste également vrai qu'il y a bel et bien des moments et des endroits qu'on peut légitimement considérer comme le cœur même d'une époque.

En cette journée de début de printemps, il y en avait deux, de ces endroits, très éloignés l'un de l'autre. Le premier se trouvait dans le désert de Soriyie, où un homme encapuchonné, la cape rabattue sur la bouche, observait son vœu de silence en contemplant les étoiles, au milieu des dunes mouvantes, après avoir veillé et jeûné la nuit précédente.

L'autre était un tunnel à Sarance, entre deux palais.

Il se tient dans une courbe du tunnel ; il a d'abord levé les yeux vers les torches et la voûte peinte d'un ciel nocturne, puis les a abaissés sur la mosaïque du sol, lièvres, faisans et autres créatures dans une clairière sylvestre. Illusion de nature créée par un artisan au fond d'un souterrain, entre les murailles d'une cité. La foi païenne parle de ténébreuses puissances au cœur de la terre, il le sait, et les morts y reposent, quand on ne les incinère pas.

On l'attend à l'autre extrémité du tunnel, des gens qui ne devraient pas y être. Il l'a compris en écoutant les pas nonchalants et mesurés qui résonnent derrière lui. On n'a aucune crainte de le voir s'échapper.

On peut considérer la curiosité qu'il éprouve en cet instant comme un trait caractéristique de l'empereur de Sarance, dont les défis et les énigmes de la création divine provoquent sans cesse l'intelligence. La colère qu'il éprouve est moins caractéristique mais tout aussi intense ; la pulsation récurrente du chagrin, comme un martèlement lourd dans sa poitrine, est très rare chez lui.

Il voulait, il veut, tant accomplir.

Ce qu'il fait, après un moment, plutôt que de continuer à attendre comme un lièvre, figé sur la clairière de mosaïque, c'est tourner les talons pour revenir vers ceux qui se trouvent derrière lui. On peut parfois contrôler l'instant et le lieu de sa propre mort, songe celui que sa mère avait nommé Pétrus, en Trakésie, près d'un demi-siècle plus tôt, et que son oncle – un soldat – avait convoqué à Sarance au sortir de l'adolescence.

Il n'est pourtant pas réconcilié avec l'idée de la mort. Jad attend tous les vivants, hommes et femmes, mais il peut sûrement attendre encore un peu pour un empereur. Sûrement.

Il s'estime même capable de contrôler cette situation, quelle qu'en soit la nature. Il n'a pas de quoi se défendre, à moins de prendre en compte la simple lame émoussée qu'il porte à la ceinture pour briser les sceaux de son courrier. Ce n'est pas une arme. Il n'est pas un guerrier.

Il est assez certain de savoir qui se trouve là, et il déploie en rangs serrés ses pensées (lesquelles sont bel et bien des armes) alors même qu'il revient sur ses pas dans le tunnel, dépasse la courbe et note, avec une brève et vaine satisfaction, la surprise de ses poursuivants. Qui s'arrêtent.

Quatre. Deux soldats, casqués de façon à n'être pas identifiables, mais il les connaît, et ce sont les deux qui étaient de garde. Un autre homme enveloppé d'un manteau – tous ces assassins qui se dissimulent, alors même qu'il n'y a personne pour les voir! Et il y a cette autre personne qui a pris les devants, à visage découvert, avide, presque illuminée par ce que Valérius perçoit comme du désir. Il ne voit pas celui qu'il avait – intensément – craint de trouver là.

Un certain soulagement, alors, même si l'autre peut encore se trouver parmi ceux qui attendent à l'autre extrémité du tunnel. De la colère, et du chagrin.

«Vous avez hâte d'en finir?» demande la femme de haute taille en s'immobilisant devant lui; sa surprise a été de courte durée, aussitôt réprimée. Elle est vêtue d'écarlate, avec une ceinture d'or, les cheveux retenus par un filet noir; la lueur des torches en révèle la teinte dorée.

Valérius sourit: «Pas autant que vous, oserai-je dire. Pourquoi agir ainsi, Styliane?»

Elle bat des paupières, réellement surprise. Elle était une enfant lorsque tout est arrivé. Il en a toujours eu conscience, en a toujours tenu compte dans ses propres actes, beaucoup plus qu'Aliana.

Il pense à son épouse. Dans son cœur, dans le pur silence de son cœur, il lui parle en ce moment même, où qu'elle puisse se trouver sous le soleil. Elle lui a toujours dit que c'était une erreur d'amener cette femme à la cour – cette enfant, lorsque la danse a commencé –, et même de la laisser vivre. La fille de son père. Flavius. En silence, l'empereur de Sarance dit à la danseuse qu'il a épousée qu'elle avait raison, qu'il avait tort, et il sait qu'elle l'apprendra bien assez tôt, même si ses pensées à lui ne traversent pas les murs et l'espace pour aller la rejoindre, ne peuvent les traverser.

« Pourquoi agir ainsi ? Vraiment ? Pour quelle autre raison suis-je en vie ? réplique la fille de Flavius Daleinus.

— Pour vivre votre existence », dit-il avec netteté. Un philosophe des académies païennes, reprenant un disciple. (Il a fait fermer les académies lui-même ; à regret, mais le Patriarche en avait besoin. Trop de païens.) « Votre existence à vous, avec les dons que vous possédez et qui vous ont été accordés. C'est assez simple, Styliane. » Il regarde derrière elle alors que la fureur s'allume dans les yeux de la jeune femme. Il l'ignore délibérément, déclare aux deux soldats : « Vous savez qu'on va vous abattre ici ?

— Je les ai prévenus que vous le diriez, fait Styliane.

— Leur avez-vous dit aussi que c'est la vérité ? »

Elle est intelligente, connaît trop bien la haine. Furieuse culpabilité de la survivante ? Il avait pensé – parié – que son intelligence finirait par l'emporter, voyait sa présence à la cour comme réellement nécessaire, elle y avait sa place. Aliana disait que non, l'accusait de vouloir trop tout contrôler. Une de ses faiblesses familières.

Mais elle est encore si jeune, songe l'Empereur en observant de nouveau la grande jeune femme venue l'assassiner sous la terre encore froide du printemps. Il n'a pas envie de mourir.

« Je leur ai dit ce qui était la vérité, encore plus évidente : toute nouvelle cour a besoin d'Excubiteurs du plus haut rang qui ont fait preuve de leur loyauté.

— En trahissant leur serment et leur empereur ? Vous imaginez que des soldats d'expérience peuvent le croire ?

— Ils sont ici avec nous.

— Et vous les abattrez. Que nous dit le meurtre de…

— Oui », dit enfin l'homme masqué, le visage toujours dissimulé, la voix lourde d'excitation. « En vérité. Que nous dit le meurtre, oui. Même après des années. »

Il ne rabat pas son capuchon. Peu importe. Valérius secoue la tête.

« Tertius Daleinus, la Cité vous est interdite et vous le savez. Gardes, arrêtez cet homme. Il est banni de Sarance pour trahison. » Sa voix claque avec énergie ; ils connaissent tous cette intonation de commandement.

C'est Styliane, bien sûr, qui brise l'enchantement en éclatant de rire. Je suis navré, mon amour, pense l'Empereur, tu ne sauras jamais à quel point je suis navré.

Des pas s'approchent, en provenance de l'autre extrémité du tunnel. Il se retourne, de nouveau saisi d'appréhension. Le cœur chagrin, étreint d'une prémonition.

Puis il voit qui est là – et qui ne l'est pas – et son chagrin s'évanouit. Il est réellement important pour lui qu'une certaine personne ne se trouve pas parmi les arrivants. Étrange, peut-être, mais c'est important. Et remplaçant aussitôt cette crainte, un autre sentiment l'envahit.

Cette fois, c'est l'empereur de Sarance qui éclate de rire, au milieu de ses ennemis, lui dont l'enfance est aussi lointaine que la surface du monde et la douce lumière du dieu.

« Par le sang de Jad, tu es encore plus gras qu'avant, Lysippe ! dit-il. J'avais parié que c'était impossible. Tu n'es pas censé te trouver déjà à Sarance. J'avais l'intention de te rappeler après le départ de la flotte.

— Quoi ? Même en cet instant, tu continues à jouer ? Oh, cesse donc de faire le malin, Pétrus ! » dit le gros homme répugnant aux yeux verts qui a été son Questeur des impôts, exilé au lendemain sanglant et brasillant de l'émeute, plus de deux ans auparavant.

Des histoires, songe l'Empereur. Nous avons tous nos propres histoires, et elles ne nous quittent jamais. Seuls une poignée d'hommes et de femmes au monde l'appellent par son nom de naissance. Cette silhouette massive, l'odeur familière, trop sucrée, qui l'environne, ce visage charnu, rond comme une lune, appartiennent à l'un d'eux. Une autre silhouette se trouve presque dissimulée par la forme débordante de Lysippus. Ce n'est pas non plus celui que Valérius craignait de voir, car il est également masqué par son capuchon.

Léontès ne le serait pas.

«Tu ne me crois pas», réplique l'Empereur à la vaste masse suante du Calysien. Réellement indigné, il n'a pas besoin de prétendre. Il a complètement tourné le dos à la jeune femme, à son poltron de frère masqué, aux gardes renégats. Ils ne le poignarderont pas. Styliane veut que ce soit théâtral, une cérémonie et non un simple meurtre. Pour venger toute une vie... d'expiation? Pour l'Histoire. Il y a encore d'autres figures à venir dans cette danse. Et sa danseuse à lui est ailleurs, quelque part, là-haut, dans la lumière.

Ils ne la laisseront pas vivre.

C'est surtout pour cette raison qu'il va essayer de continuer à sonder ici, dans ce souterrain, subtil et preste comme un saumon, animal autrefois sacré du nord chez les païens qui étaient son peuple avant la venue de Jad. Et avant Héladikos, son fils qui est tombé.

«Croire que tu allais me rappeler?» Lysippe secoue la tête, ce qui fait remuer ses bajoues. Il a toujours une voix caractéristique, mémorable. Ce n'est pas un homme qu'on peut oublier après l'avoir rencontré. Des appétits corrompus, méprisables, mais nul n'a jamais géré les finances impériales avec autant d'honnêteté ou de talent. Un paradoxe que Valérius n'a jamais entièrement résolu. «Dois-tu supposer, même maintenant, que tous les autres sont des imbéciles?»

Valérius le contemple. En vérité, autrefois, quand il l'a rencontré pour la première fois, Lysippe était un homme de belle allure, séduisant, instruit, l'ami patricien du jeune neveu lettré du comte des Excubiteurs. Il a été actif, à l'Hippodrome et ailleurs, le jour où Apius est mort et où l'univers a changé. Il en a été récompensé

par la richesse, un réel pouvoir, et une cécité délibérée
de l'Empereur sur ce qu'il faisait dans son palais en
ville, ou dans la litière qui le transportait la nuit dans
les rues. Puis exilé à la campagne, par nécessité, après
l'émeute. Mort d'ennui, assurément. Un homme irrésis-
tiblement attiré par la Cité, par des choses ténébreuses,
par le sang. C'est la raison de sa présence ici.

L'Empereur sait comment le manipuler, ou il l'a su.
« S'ils se conduisent comme des imbéciles, oui, dit-il.
Réfléchis. La campagne t'a-t-elle rendu complètement
stupide ? Pourquoi aurais-je lancé des rumeurs de ton
retour dans la Cité ?

— Toi, tu les as lancées ? Je suis bel et bien de retour
dans la Cité, Pétrus.

— Et l'étais-tu il y a deux mois ? Non, je le pensais
bien. Va poser la question dans les enclaves des factions,
mon ami. » Un terme choisi, celui-là. « Et je pourrais te
faire donner des noms par Gésius. Une demi-douzaine.
Demande quand la nouvelle a commencé à se répandre
que tu pourrais être là. Je tâtais le terrain, Lysippe.
Auprès du peuple et des prêtres. Évidemment que je te
veux de nouveau ! Nous avons une guerre à gagner, et
probablement sur deux fronts. »

Une nouvelle parcelle d'information pour eux. Une
suggestion, pour les aiguillonner. Pour faire durer la
danse, à tout le moins. Pour s'accrocher à la vie. Ils
abattront Aliana après l'avoir lui-même assassiné.

Il connaît très bien Lysippe. La lumière des torches
est vive là où ils se tiennent ; il voit que l'autre enregistre
l'information, puis conjecture à partir de la suggestion,
et le doute qu'il espérait s'allume dans ces remarquables
yeux verts.

« Quelle importance ? Inutile de demander à quiconque », dit Styliane Daleina dans son dos, faisant
voler l'instant en éclats comme se pulvérise un verre
lâché sur de la pierre.

Elle poursuit, et sa voix est à présent un poignard,
aussi précise que le tranchant de la hache du bourreau.
« Il dit vrai en cela au moins. Un bon menteur mélange

la vérité à son poison. C'est quand j'ai pour la première fois entendu ces histoires et compris ce qui se
passait que j'ai vu une occasion de vous inviter à vous
joindre à nous. Une solution élégante. Si le Trakésien et
sa putain entendaient parler de vous, ils supposeraient
que ce seraient leurs propres rumeurs mensongères. »

C'est bien ce qui s'est passé. Il entend ce mot,
"putain", bien sûr, comprend quelle réaction la jeune
femme désire si intensément obtenir de lui. Il ne la lui
accordera pas, mais il songe à quel point son intelligence
est plus qu'aiguisée. Il se retourne. Les soldats sont
toujours casqués, le frère masqué, Styliane étincelle
presque de sa propre passion. Il l'observe, ici sous la
terre où résident les anciennes puissances. Ce qu'elle
voudrait, se dit-t-il, c'est lui arracher de la poitrine son
cœur battant, de ses propres ongles, après avoir dénoué
ses cheveux comme les femmes sauvages des collines
d'automne, il y a longtemps, ivres de leur dieu.

Il déclare, très calme : « Vous parlez fort vulgairement
pour une personne bien-née. Mais c'est effectivement
une solution élégante. Mes félicitations pour votre
habileté. Est-ce Tertius qui y a pensé ? » Il prend une
intonation légèrement caustique, ne lui accordant rien
de ce qu'elle désire. « On manipule l'impie et détesté
Calysien pour en faire le parfait bouc émissaire du
meurtre du saint Empereur. Est-ce qu'il périt ici avec
moi et les soldats, ou bien le pourchassez-vous et en
obtenez-vous une confession après votre couronnement
et celui du pauvre Léontès ? »

L'un des hommes casqués remue, mal à l'aise. Il
écoute.

« Le pauvre Léontès ! » Elle feint de rire, cette fois –
elle n'est pas vraiment amusée.

Aussi risque-t-il un pari. « Bien sûr. Léontès ne sait
rien de tout cela. Il m'attend toujours de l'autre côté
des portes, au bout du tunnel. C'est l'affaire des seuls
Daleinoï, et vous vous imaginez pouvoir le contrôler par
la suite, n'est-ce pas ? C'est ça le plan ? Tertius comme
Chancelier ! » Un bref éclair passe dans les yeux de la

jeune femme. Il éclate de rire. «Fort divertissant! Ou bien non, je dois sûrement me tromper. Sûrement. Il s'agit en tout de l'intérêt supérieur de l'Empire, à l'évidence.»

Le frère couard, nommé par deux fois, ouvre la bouche sous son capuchon, mais ne dit rien. Valérius sourit. «Ou non, non, attendez. Bien sûr! Vous avez promis ce poste à Lysippe pour le faire venir ici, non? Il ne l'aura jamais, n'est-ce pas? Il faut bien dénoncer et exécuter quelqu'un pour ceci.»

Styliane le regarde fixement. «Vous vous imaginez que tout le monde traite les gens comme s'ils étaient bons à jeter, ainsi que vous le faites?»

C'est à lui de battre des paupières, déconcerté pour la première fois. «Et ceci de la part de l'enfant que j'ai laissée vivre malgré tous les conseils, et fait entrer à ma cour avec les honneurs.»

C'est alors que Styliane énonce enfin, avec une glaciale clarté, des paroles aussi lentes que le temps, aussi inexorables que le mouvement des étoiles dans le ciel nocturne, une accusation alourdie par les années (de trop nombreuses nuits d'insomnie?): «Mon père a été brûlé vif sur votre ordre. Et je devais être achetée avec un époux et une position sur la plate-forme du trône, derrière une putain?»

Le silence tombe alors. L'Empereur ressent tout le poids de la terre et de la pierre qui les séparent du soleil.

«Qui vous a raconté cette histoire absurde?» dit-il d'un ton léger, mais qui lui coûte, cette fois.

Il s'écarte prestement, cependant, quand elle lève une paume pour le frapper au visage. Il lui saisit la main, la retient, même si la jeune femme se tord farouchement, et il reprend, les dents serrées. «Votre père a porté la pourpre dans la rue le jour où un empereur est mort. Il se rendait au Sénat. Pour une telle impiété, il aurait pu être abattu par n'importe quel Sarantin respectueux de la tradition, et jeté au bûcher.

— Il ne portait pas la pourpre!» proteste Styliane Daleina, tandis qu'il la laisse se dégager de son emprise. Elle a une peau presque translucide; il peut voir la marque rougeâtre de ses doigts sur son poignet. « C'est un misérable mensonge ! »

L'Empereur sourit. « Par le nom le plus sacré du dieu, vous me stupéfiez. Je n'avais pas idée. Vraiment pas. Depuis toutes ces années ? Vous le croyez, honnêtement ? »

La jeune femme demeure silencieuse, le souffle rauque.

« Elle le croit. » Une autre voix, dans son dos. Une voix nouvelle. « Elle a tort, mais cela… ne change… rien. »

Mais le chuintement de cette voix mutilée change tout. Glacé jusqu'aux os, l'Empereur se retourne pour voir celui qui vient de parler en se détachant de la masse du Calysian qui le dissimulait ; en vérité, c'est comme un vent jailli de l'entre-deux-mondes pour le transpercer, porteur de mort en ce tunnel dont les parois et l'enduit cachent la profondeur élémentaire de la terre.

L'autre tient quelque chose. Attaché en réalité à ses poignets, car ses mains sont estropiées. Il y a comme un tube relié à un objet qui roule sur un petit chariot derrière lui, et l'Empereur le reconnaît, s'en souvient. C'est avec un véritable effort cette fois que Valérius demeure immobile, sans rien trahir.

Mais il a peur, pour la première fois depuis qu'il a entendu la porte du tunnel s'ouvrir derrière lui et compris qu'il n'était plus seul. Résurgence du passé. Le signe du disque solaire, signal pour un guetteur au pied d'un solarium, bien des années auparavant. Les hurlements, ensuite, dans la rue. Il a motif de savoir que c'est une horrible façon de mourir. Il jette un bref coup d'œil à Lysippe et comprend autre chose à son expression : le Calysien, de par sa nature, serait venu ici ne serait-ce que pour voir utiliser cette machine. L'Empereur avale sa salive. Un autre souvenir, plus lointain encore, de l'enfance, légendes des anciens dieux obscurs qui résident dans la terre et n'oublient jamais.

Le halètement chuintant de la nouvelle voix est épouvantable, surtout si on se rappelle, et c'est le cas de

Valérius, sa résonance d'autrefois. Le capuchon a été rejeté. L'homme dépourvu d'yeux et dont le visage est une ruine de chairs fondues, déclare : « S'il… portait la pourpre avant de… se faire voir du peuple… c'était comme successeur légitime… d'un empereur qui… n'en avait pas désigné.

— Non, il ne portait pas la pourpre ! » répète Styliane, avec une sorte de désespoir.

« Silence, ma sœur », dit la voix sifflante avec une autorité surprenante. « Amène Tertius ici… si ses jambes… peuvent le porter. Viens derrière moi. » L'aveugle défiguré porte autour du cou une amulette d'une banalité incongrue, un petit oiseau, dirait-on. D'un haussement d'épaules, il se débarrasse de son manteau qui retombe sur les mosaïques. Dans le tunnel, les autres auraient voulu qu'il ne le fasse point, qu'il ait gardé son capuchon – à l'exception de Lysippe. L'Empereur le voit contempler la figure hideuse de Lecanus Daleinus avec les grands yeux humides et tendres qu'on peut fixer sur un objet d'amour ou de désir.

Les trois Daleinoï ensemble, alors. La situation se présente maintenant de façon terriblement claire. Gésius, avec une oblique discrétion, avait suggéré qu'il faudrait y voir, au temps où le premier Valérius était monté sur le trône. On devait considérer les rejetons de Daleinus comme une affaire administrative indigne de l'Empereur ou de son neveu. Certaines choses, avait murmuré le Chancelier, ne méritaient pas l'attention des monarques qui portaient le fardeau de problèmes bien plus importants pour leur peuple et leur dieu.

Son oncle l'avait laissé en décider. Il lui abandonnait la plupart de ces affaires-là. Pétrus n'avait pas ordonné ces exécutions. Il avait eu ses raisons, différentes dans chaque cas.

Tertius était un bébé, et s'était plus tard révélé un lâche sans envergure, même lors de l'Émeute de la Victoire. Styliane, il lui avait tout de suite conféré de l'importance, une importance croissante à mesure que l'enfant grandissait, pendant plus d'une décennie. Il avait des plans pour elle, dont le cœur même était son mariage avec Léontès. Il avait pensé – arrogance ? – être à même de compter sur sa féroce intelligence pour la gagner à une vision plus vaste. Il avait cru qu'il était en voie d'y parvenir, bien que lentement, qu'elle saisissait les étapes successives de la partie qui la verrait en fin de compte Impératrice. Un jour. Il n'avait pas d'héritier avec Aliana. Il avait pensé que Styliane comprenait tout cela.

Lecanus, l'aîné, c'était autre chose. L'une des figures qui hantent les rêves de l'Empereur endormi, ombre noire et difforme entre lui et la promesse de la lumière divine. La foi et la piété naissent-elles toujours de la peur ? Est-ce là le secret des prêtres, prédisant glaces et ténèbres éternelles dans les profondeurs de la terre pour ceux qui s'écartent de la lumière divine ?

Valérius avait donné l'ordre de ne pas exécuter Lecanus, quoi qu'il fît. Même s'il savait qu'en pratique – selon toute évaluation légitime – l'aîné de Flavius Daleinus, un meilleur homme que ne l'avait jamais été son père, était mort dans la rue devant leur demeure, ce jour-là, quand son père avait lui-même péri. Il avait seulement continué à exister. La mort dans la vie, la vie dans la mort.

Et ce qu'il tient à présent, attaché à ses poignets afin de le rendre plus maniable, c'est un tube qui crache la même flamme liquide, issue du même contenant sur roues, que les tubes utilisés en cette lointaine matinée en guise de démonstration, une déclaration quant à la disparition d'un empereur et à l'avènement de son successeur, une affirmation radicale que chaque homme et femme de l'Empire seraient à même de comprendre.

Valérius a l'impression qu'ils sont tous passés directement, sans intermédiaires, de cette ancienne matinée ensoleillée à ce tunnel illuminé par les torches. L'Empereur a une perception étrange du temps, les années se brouillent. Il pense alors à son dieu et au Sanctuaire inachevé. Tant de projets qui ne seront pas menés à bien. Et il pense de nouveau à Aliana là-haut, quelque part dans le jour.

Il n'est pas prêt à mourir, ni à la laisser mourir.

Il force à s'immobiliser la ronde des souvenirs confus, s'oblige à penser rapidement. Lecanus a ordonné à son frère et à sa sœur de le rejoindre. Une erreur.

« Eux seuls, Daleinus? Pas ces loyaux soldats qui vous ont laissé entrer? Leur avez-vous expliqué ce qui arrive à ceux qui se trouvent dans la ligne de tir? Montrez-leur donc le reste de vos brûlures, pourquoi pas? Savent-ils seulement ce qu'est le feu sarantin? »

Il entend un son derrière lui, en provenance d'un des soldats.

« Remue-toi, Styliane, maintenant! Tertius, viens. »

Valérius fixe d'un regard narquois l'embouchure du tube noir qu'il sait promettre la mort la plus horrible qu'il connaisse, et il éclate de rire à nouveau en se tournant vers les deux autres Daleinoï. Tertius a fait un pas hésitant en avant, et Styliane se met en mouvement. Valérius recule jusqu'à se trouver tout près d'elle. Les soldats sont armés d'une épée. Il sait que Lysippe doit avoir un poignard. Le gros homme est plus agile qu'on ne pourrait l'imaginer.

« Arrêtez-les tous les deux, dit sèchement l'Empereur aux deux Excubiteurs. Au nom du dieu, êtes-vous des imbéciles pour vouloir votre propre mort? C'est du *feu*. Ils vont vous brûler vifs. »

L'un des deux hommes recule d'un pas incertain. Un imbécile. L'autre porte une main hésitante à la garde de son épée.

« As-tu la clé? » demande l'Empereur.

L'homme secoue la tête. « Elle l'a prise. Monseigneur. »

"Monseigneur". Par toute la sainteté de Jad! Il peut encore s'en tirer vivant.

Tertius Daleinus se déporte brusquement pour se glisser le long de la paroi du tunnel et rejoindre son frère. Valérius le laisse faire. Il n'est pas un guerrier mais il s'agit de sa vie à présent, de celle d'Aliana, d'une vision du monde, de l'héritage qu'il est à construire. Il saisit Styliane par l'avant-bras avant qu'elle ne puisse passer devant lui, prend de l'autre main son petit ouvre-lettre et le lui pousse dans les reins. Le tranchant peut à peine en égratigner la peau, mais ils ne le sauront pas.

Styliane, qui ne se débat nullement, qui n'a même pas essayé de lui échapper, le dévisage pourtant, alors même qu'il la maintient, et l'Empereur voit dans ses yeux une expression de triomphe, assez proche de la folie ; il pense de nouveau à ces femmes sur les pentes du mythe.

Il l'entend dire avec un calme effroyable. « Vous vous trompez encore si vous pensez que mon frère s'abstiendra de vous incinérer pour m'épargner. Et tout autant si vous vous imaginez que je m'en soucie, pourvu que vous brûliez comme l'a fait mon père. Va, mon frère, finis-en. »

Valérius en est totalement bouleversé, frappé de stupeur muette. Il reconnaît la vérité quand il l'entend. La jeune femme ne ment pas. "Finis-en". Dans le soudain silence de son âme, il entend alors un son faible et lointain, comme la première note d'un glas.

Il a toujours pensé, toujours voulu croire, qu'avec le temps et une éducation patiente, l'intelligence pouvait l'emporter sur la haine. Mais non. Il le voit à présent, trop tard. Gésius avait raison. Styliane, aussi éclatante que le diamant, peut accepter le pouvoir et le détenir avec Léontès, mais ce n'est pas son désir le plus profond, ce n'est pas la clé de cette femme. Sa clé, sous cette carapace de glace, c'est le feu.

L'aveugle, qui dirige son tube avec une mystérieuse précision, étire la fente qui lui sert de bouche en ce que Valérius comprend être un sourire. « Quel… gaspillage, hélas ! Une telle peau. Dois-je vraiment… chère sœur ? Eh bien, soit. »

Et l'Empereur comprend qu'il va réellement le faire, lit l'avidité sacrilège sur la face répugnante du Calysien au côté de Daleinus mutilé et, en une soudaine explosion de mouvement – avec maladresse, car il n'est vraiment pas un homme d'action –, il arrache la bourse qui pend à la ceinture de Styliane et projette la jeune femme en avant ; elle trébuche et entre en collision avec son frère aveugle ; ils tombent ensemble. Pas de flamme. Pas encore.

Il recule et entend les deux gardes en faire autant derrière lui. Il les a retournés, ils sont avec lui. Il prierait bien mais n'en a pas le temps. Absolument pas le temps. «Allez, lance-t-il, prenez le tube ! »

Ils s'élancent de concert. Lysippe, qui n'a jamais été un poltron et qui a jeté son lot avec les Daleinoï, tire son épée. L'Empereur recule en hâte tout en observant les événements, fouille dans la bourse de tissu, trouve une lourde clé, la reconnaît. Formule alors intérieurement une prière de gratitude. Styliane s'est déjà relevée et aide son frère.

Le premier Excubiteur est sur eux, l'épée en position. Lysippe s'avance, frappe, est contré. Lecanus, toujours à genoux, balbutie des paroles sauvages et incohérentes. Il cherche la gâchette de la flamme.

Et c'est alors, en cet instant précis, en voyant tout cela, que l'empereur de Sarance, Valérius II, bien-aimé de Jad et son plus saint régent sur terre, berger trois fois honoré de son peuple, sent plonger dans son dos quelque chose de blanc, de brûlant et de définitif, au moment même où il recule vers la porte, vers la sécurité, vers la lumière. Il tombe, il n'en finit pas de tomber, bouche béante, sans un bruit, étreignant toujours la clé.

Personne ne note – on ne le note jamais, c'est impossible à savoir – s'il entend, en mourant, une vaste voix implacable et infinie qui lui dit, à lui seul, dans ce couloir à l'envers des palaces, des jardins, de la Cité et du monde : "Ôte ta couronne, car le Seigneur des Empereurs t'attend."

On ne sait pas non plus si des dauphins viennent chercher son âme alors qu'elle le quitte comme elle le fait en cet instant pour son long voyage, chassée de sa demeure. Mais on sait, une seule personne dans la création divine le sait, que sa dernière pensée de vivant est pour sa femme, son nom, et elle le sait parce qu'elle l'entend. Et en l'entendant – quelle que soit la façon dont elle l'entend –, elle comprend qu'il s'en va, qu'il s'éloigne d'elle, qu'il est parti. Finie, terminée pour de bon, après tout, la brillante danse commencée il y a si longtemps quand il était Pétrus et elle Aliana des Bleus, si jeune, et le soleil de l'après-midi brille au-dessus de sa tête sur Sarance, partout, dans un ciel de printemps sans nuages.

◆

Elle avait coupé ses cheveux dans la petite barque, pendant qu'on la ramenait de l'île à la rame.

Si elle s'était trompée quant au sens à donner à la fuite de Daleinus et à la mort des gardes, des cheveux courts pouvaient être couverts, et ils repousseraient. Mais elle ne pensait pas s'être trompée, pas même alors, encore sur l'eau. Une noirceur était entrée dans le monde, sous l'éclatant soleil, flottant sur le bleu des vagues.

Elle n'avait que le poignard de Mariscus pour ses cheveux. C'était difficile, dans une barque. De quelques coups maladroits, elle trancha ses tresses pour les laisser tomber dans la mer. Offrandes. Elle avait les yeux secs. Après s'être tailladé les cheveux, elle se pencha et prit de l'eau salée pour ôter de son visage crème, maquillage et huiles odorantes, et pour effacer la trace de son propre parfum. Ses pendentifs et ses bagues, elle les mit dans une des poches de sa robe (elle aurait besoin d'argent). Puis elle reprit l'une de ses bagues et la tendit à Mariscus, qui ramait.

« Tu auras peut-être à faire un choix en arrivant au port, lui dit-elle. Tu es absous, quoi que tu choisisses. Je te donne ceci en remerciement de ce que tu es en train de faire, et pour tout ce que tu as fait auparavant. »

Il déglutit avec peine. Sa main tremblait quand il prit la bague ; elle valait plus qu'il ne pouvait gagner de toute sa vie comme garde impérial.

Elle lui conseilla de se débarrasser de son armure de cuir et de sa surtunique d'Excubiteur, comme de son épée. Il le fit, les jeta par-dessus bord. Il n'avait pas dit

mot de presque tout le voyage, souquait ferme en trans-
pirant dans le soleil, la peur au fond des yeux. Il plaça
la bague dans sa botte. Des bottes dispendieuses pour un
pêcheur, mais ils ne resteraient pas longtemps ensemble ;
il fallait espérer que personne ne les remarquerait.

Elle utilisa encore son poignard pour découper iné-
galement la partie inférieure de sa robe, en la déchirant
par endroits. On verrait les taches et les déchirures, pas
la finesse du tissu. Elle ôta ses sandales de cuir pour les
jeter aussi par-dessus bord. Contempla ses pieds nus :
ongles peints. Décida que ça irait. Les femmes ordinaires
se peignaient les ongles, pas seulement les dames de la
cour. Elle plongea de nouveau ses mains dans l'eau, les
frotta pour les rougir. Sa dernière bague, celle dont elle
ne se séparait jamais, elle la retira enfin, la laissa choir
dans la mer. Il y avait des légendes, un peuple marin
dont les monarques avaient ainsi épousé la mer.

Son geste à elle avait une autre signification.

Elle passa le reste du trajet vers le port à se ronger
les ongles et à en écailler le vernis, tacha et détrempa
la robe déchirée de boue et d'eau salée prises au fond
de la barque, se salit aussi les joues. Ses mains et son
teint, si elle les laissait tels quels, la trahiraient avant
tout le reste.

D'autres bateaux les entouraient désormais, et elle
devait se faire discrète. Bateaux de pêche, traversiers,
de petites barges transportant des marchandises entre
Sarance et Déapolis, au milieu des hautes silhouettes
des navires de la flotte voguant bientôt vers l'Occident
et la guerre. On avait prévu la déclaration pour la journée
même, mais nul ici ne le savait. L'Empereur, dans la
kathisma de l'Hippodrome, après la dernière course, avec
tous les grands de l'Empire. Elle avait bien entendu organisé sa sortie de la matinée pour être de retour à temps.

Plus maintenant. Maintenant, ce qu'elle pressentait,
c'était une aura de mort, une fin ultime. Elle avait dit
au palais, deux ans plus tôt, alors que Sarance flambait
dans l'Émeute de la Victoire, qu'elle préférait mourir
dans des parures impériales que de fuir pour mener une
humble existence.

406 ──────────────────────── GUY GAVRIEL KAY

C'était alors la vérité. La vérité était différente à présent. Plus froide encore, plus dure. S'ils assassinaient Pétrus aujourd'hui, les Daleinoï, elle vivrait assez long-temps elle-même pour les voir morts, d'une façon ou d'une autre. Ensuite? La suite s'arrangerait bien sans elle. Il y avait plusieurs sortes de fins.

Elle ne pouvait savoir, malgré la conscience qu'elle avait toujours eue de son apparence physique, quel était son aspect dans cette barque, avec ce soldat qui ramait pour la ramener à Sarance.

Ils approchèrent d'un mouillage, loin des quais, en manœuvrant entre les autres petits bateaux qui s'y dis-putaient la place. Obscénités et plaisanteries s'entre-croisaient sur l'eau. Mariscus était à peine capable de les diriger vers l'intérieur du port. On les insulta avec énergie, elle lança des jurons vulgaires en retour, d'un ton qu'elle n'avait pas utilisé depuis quinze ans, avec une plaisanterie de tripot. Mariscus, en sueur, lui jeta un bref coup d'œil puis revint à sa tâche. Sur un autre bateau, quelqu'un éclata de rire, recula en godillant pour les laisser passer, puis demanda ce qu'elle ferait en échange.

Sa réplique les fit hurler de rire.

Ils abordèrent. Mariscus sauta à terre, attacha la barque. Aliana se hâta de bondir sur le quai avant qu'il ne pût lui offrir son aide. D'une voix basse et pressante, elle lui dit : « Si tout va bien, tu viens de gagner plus que tu ne saurais rêver, et ma gratitude pour le restant de ton existence. Si tout ne va pas bien, je ne te demande rien de plus que ce que tu as fait jusqu'à présent. Jad te protège, soldat. »

Il clignait vivement des yeux. Elle se rendit compte, avec surprise, qu'il luttait contre les larmes. « Ils n'ap-prendront rien de moi, Madame. Mais n'y a-t-il rien d'autre que…

— Rien d'autre », lui dit-elle d'un ton bref, et elle s'éloigna.

Il était sincère, et brave, mais on apprendrait évidem-ment ce qu'il savait, si l'on était assez astucieux pour le trouver et le soumettre à la question. Les hommes avaient parfois une foi touchante en leur capacité à soutenir des interrogatoires menés par des professionnels.

Elle longea seule le long quai, pieds nus, parures disparues ou invisibles, sa longue robe métamorphosée en une courte tunique tachée (encore trop belle pour son présent statut, il lui en faudrait bien vite une autre). Un homme s'arrêta pour la regarder fixement, et son cœur manqua un battement. Puis il lui fit une offre d'une voix trop forte, et elle se détendit.

« L'argent ne suffit pas et l'homme non plus », dit l'impératrice de Sarance en toisant le marin de haut en bas. Elle secoua d'un mouvement de tête ses courts cheveux mal coupés et se détourna avec dédain. « Trouvetoi un âne à foutre, pour ce prix-là. » La protestation offensée de l'autre fut noyée par les rires des auditeurs.

Elle continua son chemin à travers le vacarme et les foules du port, habitée par un silence si profond qu'il s'y levait des échos. Elle remonta une rue étroite qu'elle ne connaissait pas. Tant avait changé en quinze ans. Ses pieds lui faisaient déjà mal. Elle n'avait pas marché pieds nus depuis très longtemps.

Elle aperçut une petite chapelle, s'arrêta. Elle était sur le point d'y pénétrer pour essayer de mettre de l'ordre dans ses pensées, pour prier, quand – à cet instant précis – elle entendit en son for intérieur une voix familière qui prononçait son nom.

Elle resta sur place, le regard fixe. La voix venait de partout et de nulle part, celle d'un homme qui lui appartenait tout entier. Qui lui avait appartenu.

Elle se sentit envahie par le vide comme par une armée. Immobile au milieu de cette petite rue en pente de la cité, parmi la foule affairée, au su et au vu de tous, elle adressa son dernier adieu, en l'appelant par son nom de naissance et non par son nom d'empereur, à l'âme aimée qui s'en allait, qui l'avait déjà quittée en abandonnant le monde.

Elle avait voulu pour ses appartements des dauphins interdits. Ce matin même, elle avait emmené le mosaïste,

Crispin, pour les voir. Seulement ce matin. Pétrus les
avait… trouvés avant elle. Ou ils l'avaient trouvé, et
non sur la mosaïque d'un mur. Ils l'avaient peut-être
emportée, son âme, là où ils emportaient les âmes en
chemin vers Jad. Elle espérait qu'ils étaient bienveillants,
que la route était aisée, qu'il n'avait pas trop souffert.

Personne ne la vit pleurer. Il n'y avait pas de larmes
à voir. C'était une prostituée de la Cité, elle avait des
gens à abattre avant d'être retrouvée et abattue elle-
même.

Elle ne savait où aller.

◆

Dans le tunnel, les deux gardes commirent l'erreur
remarquablement stupide de regarder derrière eux quand
l'Empereur s'effondra. L'ensemble des circonstances,
l'horreur de la situation, étaient venus à bout de leur
entraînement, les avaient désamarrés comme bateaux
dans la tempête. Ils brûlèrent pour leur erreur, moururent
en hurlant quand l'aveugle trouva enfin la gâchette du
tube qui projetait le feu liquide, et la pressa. Lecanus
Daleinus jurait, pleurait, d'une voix suraiguë, incompréhensible, en hurlant comme un dément, comme s'il
agonisait lui-même, mais il visait les soldats avec une
incompréhensible exactitude, en évitant sa sœur et son
frère.

Ils se trouvaient dans un souterrain, loin de la vie et
du monde. Personne n'entendit les hurlements, ni le crépitement de la chair en fusion, sinon les trois Daleinoï
et celui qui se tenait auprès d'eux, avec sa repoussante
avidité. Et l'autre, qui se trouvait derrière l'Empereur
mort, assez proche pour sentir une vague de chaleur
humide arriver dans le tunnel, et la peur lui serra les
entrailles, mais il se trouvait assez éloigné pour n'être
même pas roussi par cette flamme qui venait d'un temps
si lointain.

Tandis que la chaleur diminuait et que les cris cessaient, comme les gémissements gargouillants, il se

rendit compte que tous le regardaient. Les Daleinoï, et le gros homme qu'il se rappelait très bien et dont il n'avait pas su la présence dans la Cité. Il fut… chagrin de n'en pas avoir été au courant.

Mais il y avait maintenant des sources plus immédiates de détresse.

Il s'éclaircit la voix en jetant un coup d'œil à la dague visqueuse de sang dans sa main. Il n'y avait jamais eu de sang sur cette dague ; il en portait une pour la parade, sans plus. Il contempla le cadavre à ses pieds.

« C'est terrible, déclara alors avec conviction Pertennius d'Eubulus. Tout à fait terrible. Chacun sait qu'un historien ne doit pas intervenir dans les événements qu'il relate. Il perd trop de son autorité, vous comprenez. »

Ils le regardaient fixement. Nul ne disait mot. Peut-être étaient-ils bouleversés par la vérité qu'il venait d'énoncer.

L'aveugle, Lecanus, toujours à genoux, pleurait en émettant d'horribles bruits de gorge étranglés. Le tunnel sentait la viande brûlée. Les soldats. Pertennius eut peur de se mettre à vomir.

« Comment êtes-vous entré ? » demanda Lysippe.

Styliane regardait l'Empereur. Le cadavre aux pieds de Pertennius. Elle avait posé une main sur l'épaule de son frère qui sanglotait, mais elle le lâcha et passa auprès des deux hommes calcinés pour s'immobiliser, les yeux rivés sur le secrétaire de son époux.

Pertennius n'était pas certain de devoir répondre à un monstre exilé comme le Calysien, mais la présente situation n'était peut-être pas le contexte approprié pour examiner cette idée. En s'adressant à la jeune femme, l'épouse de son patron, il déclara : « Le Stratège m'a envoyé voir ce qui… retenait l'Empereur. Il est arrivé… il vient d'arriver… des nouvelles. »

Il ne bégayait jamais ainsi. Il reprit son souffle. « Des nouvelles viennent d'arriver, dont l'Empereur devait être informé, selon lui. »

L'Empereur était mort.

« Comment êtes-vous entré ? » Styliane, cette fois, la même question. Elle avait une expression étrange.

Distraite. Elle le regardait, mais comme sans le voir vraiment. Elle ne l'aimait pas, Pertennius le savait. Elle n'aimait personne, de toute façon, cela importait donc peu.

Il se racla de nouveau la gorge, lissa le devant de sa tunique. « J'ai… je me trouve posséder certaines clés. Qui… ouvrent des serrures.

— Bien sûr », murmura Styliane. Il connaissait bien son ironie mordante, mais il y avait cette fois quelque chose d'exsangue dans son intonation, comme si elle parlait seulement pour la forme. Elle regardait de nouveau le mort. Étalé par terre dans une posture inélégante. Du sang sur les mosaïques.

« Il n'y avait pas de gardes », expliqua Pertennius, même si l'on n'avait pas posé d'autre question. « Personne dans le couloir, dehors. Il… aurait dû y en avoir. J'ai pensé…

— Vous avez pensé qu'il pouvait se passer quelque chose et que vous vouliez y assister. » Lysippe. Son accent particulier, cassant. Il souriait, une mimique qui soulevait les replis de son visage. « Eh bien, vous avez vu, n'est-ce pas ? Et maintenant, Historien ? »

Historien. Du sang sur sa dague. De la moquerie dans la voix du Calysien. Une odeur de viande. La jeune femme le regardait de nouveau. Elle attendait.

Et en lui rendant son regard, à elle et non à Lysippe, Pertennius d'Eubulus fit ce qui était le plus simple. Il s'agenouilla, tout près du cadavre de l'Empereur oint qu'il haïssait et avait assassiné, et, en posant sa dague, il demanda à mi-voix : « Madame, que voulez-vous m'entendre dire au Stratège ? »

Elle laissa échapper son souffle. Pour le secrétaire, qui l'observait avec attention, elle semblait être devenue creuse, une figure dépourvue de force ou de passion. C'était… intéressant.

Elle ne répondit même pas. Son frère le fit, en relevant sa face hideuse. « Je l'ai tué, dit Lecanus Daleinus. Moi seul. Mon plus jeune frère et ma sœur… sont arrivés… et m'ont abattu ensuite. Quelle vertu ! Rapporte-le ainsi…

Secrétaire. Écris-le. » Le chuintement était devenu encore plus prononcé dans sa voix. «Écris-le… pendant le règne… de l'Empereur Léontès et de sa glorieuse Impératrice… et de leurs descendants… les Daleinoï.»

Un instant passa, puis un autre. Pertennius sourit. Il comprenait, tout était bien. Enfin. Le paysan trakésien était mort. La putain l'était aussi ou le serait bientôt. L'Empire redevenait – enfin – ce qu'il devait être.

«Je le ferai. Croyez-moi, je le ferai.

— Lecanus?» De nouveau Lysippe. «Vous m'avez promis! Vous m'avez vraiment promis.» Il y avait du désir dans sa voix, bien reconnaissable, un désir mis à nu.

«Le Trakésien d'abord, moi ensuite, dit Lecanus Daleinus.

— Bien sûr, dit Lysippe avec avidité, bien sûr, Lecanus!» Son corps répugnant était courbé de spasmes, comme mu par une urgence, la faim, les tressaillements de la foi ou du désir.

«Saint Jad! Je m'en vais», fit soudain Tertius. Sa sœur s'écarta tandis que le cadet des Daleinoï retournait vers l'autre extrémité du tunnel, presque en courant. Elle ne le suivit pas, se retournant plutôt pour regarder son frère mutilé et le Calysien qui respirait vite, la bouche ouverte. Elle se pencha, murmura quelque chose à Lecanus. Pertennius n'entendit rien. Il détestait ne pas entendre ce qui se disait en sa présence. Le frère ne répondit pas.

Pertennius s'attarda assez longtemps pour voir l'aveugle tendre tube et gâchette, et comment le Calysien tremblait en les détachant des poignets mutilés. Puis il sentit venir une nausée, ramassa et rengaina sa dague puis se hâta lui aussi vers la porte qu'il avait déverrouillée. Il ne jeta pas un regard en arrière.

Il n'allait pas écrire ces détails, de toute façon. Ce n'était jamais arrivé, jamais, cela ne faisait pas partie de l'Histoire, il n'avait aucun besoin de le voir. Seul importait ce qui était écrit.

Ailleurs dans le monde, on faisait courir des chevaux, on labourait des champs ; des enfants jouaient, pleuraient, accomplissaient de lourdes tâches. Des vaisseaux voguaient. Il pleuvait, il neigeait, du sable soufflait dans un désert, on mangeait et on buvait, on échangeait des plaisanteries, on prêtait serment, par compassion ou dans la fureur. De l'argent changeait de main. Une femme criait un nom, derrière des volets fermés. On priait dans des chapelles, dans des forêts, devant des flammes sacrées bien gardées. Un dauphin jaillissait de la mer bleue. Un homme plaçait des tessères sur un mur. Un pichet se brisait sur le rebord d'un puits, une servante savait qu'elle serait battue. On perdait et on gagnait aux dés, en amour, au combat. Des chiromanciens préparaient des tablettes pour obtenir l'amour, la fertilité ou une extravagante richesse. Ou la mort d'un être haï depuis plus longtemps qu'on ne pouvait dire.

Pertennius d'Eubulus, en quittant le tunnel, sentit une autre soudaine et distante vague de chaleur humide, mais n'entendit aucun hurlement, cette fois.

Il ressortit dans les sous-sols du palais Atténin. Un large escalier montait au rez-de-chaussée, dont le couloir se divisait vers d'autres couloirs, d'autres escaliers. Aucun garde. Personne. Tertius Daleinus s'était déjà précipité à l'étage. Quelque part. Un homme ordinaire, sans importance. Ce qu'il n'écrirait pas maintenant, bien sûr, ni dans aucun… document public.

Il reprit son souffle, tira sur sa tunique et se prépara à gravir les marches, à sortir, à revenir par les jardins puis à redescendre dans le sous-sol de l'autre palais pour apprendre à Léontès ce qui s'était passé.

Cette randonnée s'avéra inutile.

Il entendit des claquements à l'étage et leva les yeux juste au moment où, derrière lui dans le tunnel, s'élevait un cri distant et étouffé, et qu'une dernière explosion de chaleur arrivait jusqu'au couloir où il se tenait seul.

Il ne regarda pas derrière lui. Il leva les yeux. Léontès descendait les marches d'un pas rapide, comme toujours, des soldats sur les talons, comme toujours.

« Pertennius ! Qu'est-ce qui t'a retenu, au saint nom du dieu ? Où est l'Empereur ? Pourquoi cette porte… *Où sont les gardes ? !* »

Pertennius déglutit avec peine. Lissa les plis de sa tunique. « Monseigneur, dit-il, il est arrivé une chose terrible.

— Quoi ? Là-dedans ? » Le Stratège s'était immobilisé.

« Monseigneur, n'entrez pas. C'est… horrible ! » Ce qui était la stricte vérité.

Et qui suscita la réaction prévisible. Léontès jeta un coup d'œil à ses gardes. « Attendez là. » Le chef aux cheveux d'or des armées sarantines pénétra dans le tunnel.

Et Pertennius dut donc y retourner avec lui. Ce ne serait peut-être jamais écrit non plus, mais il était impossible à un chroniqueur de ne point être présent pour ce qui allait maintenant arriver. Il referma avec soin la porte derrière lui.

Léontès marchait vite. Le temps pour Pertennius de retracer ses pas dans le tunnel et de revenir à la courbe, le Stratège se trouvait à genoux près du corps calciné de son Empereur.

Il y eut un temps pendant lequel nul ne bougea. Puis Léontès alla chercher la broche à sa gorge, la défit, ôta sa cape bleu sombre et en couvrit avec douceur le cadavre. Il leva les yeux.

Pertennius se trouvait derrière lui et ne put voir son expression. L'odeur de la chair brûlée était épouvantable. Devant eux, immobile, se tenaient les deux seuls survivants. Pertennius resta où il se trouvait, dans la courbe du tunnel, à demi dissimulé contre la paroi.

Il vit le Stratège se relever. Styliane devant lui, la tête haute. Près d'elle, Lysippe le Calysien semblait prendre conscience du fait qu'il tenait toujours le tube de l'engin cracheur de feu. Il le laissa retomber. Son visage aussi avait une expression étrange. Trois cadavres étaient étendus devant lui, noirs et calcinés. Les deux gardes. Et Lecanus Daleinus, qui avait été brûlé si longtemps auparavant, avec son père.

Léontès ne dit mot. Il s'avança avec lenteur pour se tenir devant son épouse et le Calysien.

« Que faites-vous ici ? » demanda-t-il. À Lysippe.

Styliane était une statue de glace, de marbre. Le Calysien dévisagea le Stratège, comme incertain de sa provenance. « Qu'est-ce que j'ai l'air de faire ? » dit-il. Une voix mémorable. « J'admire les mosaïques du plancher. »

Léontès, commandeur des armées de Sarance, était d'une autre trempe que l'Empereur défunt. Il tira son épée. Un geste répété plus de fois qu'il ne pouvait s'en souvenir. Sans ajouter un mot, il plongea sa lame dans la chair et le cœur de l'homme qui se tenait auprès de son épouse.

Lysippe ne fit pas même un geste, n'eut pas l'occasion de se défendre. Pertennius s'avança d'un pas, incapable de s'en empêcher, vit la stupeur dans les yeux du Calysien avant le retrait brutal de la lame, puis le vit tomber avec bruit, tout d'un bloc.

Les échos en prirent un moment à s'éteindre. Dans la puanteur de viande calcinée, et au milieu désormais de cinq cadavres, un époux et son épouse se faisaient face dans le souterrain, et Pertennius frissonna en les observant.

« Pourquoi avez-vous fait cela ? » remarqua Styliane Daleina.

La gifle lui arriva en pleine face, un geste de soldat. Sa tête accusa le choc.

« Soyez brève, et précise, dit son époux. Qui est l'auteur de ce meurtre ? »

Styliane ne porta pas même la main à sa joue. Elle regardait fixement son époux. Quelques instants plus tôt, elle avait été prête à se laisser brûler vive. Il n'y avait en elle pas la moindre trace de crainte.

« Mon frère, fit-elle. Lecanus. Il a vengé notre père. Il m'a fait envoyer un message ce matin, annonçant sa venue. Il avait évidemment soudoyé les gardes dans l'île, et par leur intermédiaire les Excubiteurs aux portes ici.

— Et vous êtes venue ?

— Bien sûr que oui. Trop tard pour l'arrêter. L'Empereur était mort, comme les deux soldats. Et le Calysien avait déjà tué Lecanus. »

Les mensonges, si faciles, si nécessaires. Les paroles qui pourraient peut-être les sauver tous.

« Mon frère est mort, dit-elle.

— Que se putréfie son âme maudite, répliqua son époux, sans ménagements. Que faisait ici le Calysien ?

— Une bonne question à lui poser », dit Styliane ; le côté gauche de sa face était rougi là où il l'avait frappée. « Nous pourrions y avoir une réponse si quelqu'un n'avait pas fait l'imbécile avec une épée.

— Attention, femme. J'ai toujours l'épée. Vous êtes une Daleina, et vous venez de déclarer que les membres de votre famille ont assassiné notre saint empereur.

— Oui, mon époux, dit-elle. Ils l'ont fait. Allez-vous m'exécuter, à présent, mon cher ? »

Léontès garda le silence. Jeta pour la première fois un regard par-dessus son épaule. Vit Pertennius qui l'observait. Son expression ne changea pas. Il se retourna vers son épouse. « Nous sommes au seuil de la guerre. Aujourd'hui. Ce devait être annoncé aujourd'hui. Et il y a maintenant des nouvelles comme quoi les Bassanides ont franchi la frontière pour pénétrer dans le nord, abrogeant le traité de paix. Et l'Empereur est mort. Nous n'avons pas d'empereur, Styliane. »

Elle sourit alors. Pertennius le vit. Cette femme était d'une beauté à vous couper le souffle. « Nous en aurons un, dit-elle. Très bientôt. Monseigneur. »

Et elle mit un genou en terre, exquise et dorée parmi les cadavres calcinés, devant son époux.

Pertennius s'écarta de la paroi, s'avança de quelques pas et en fit autant, à deux genoux, effleurant le sol de son front. Il y eut un long silence dans le tunnel.

« Pertennius, dit enfin Léontès. Il y a beaucoup à faire. Le Sénat doit être convoqué. Retourne à la kathisma dans l'Hippodrome. Immédiatement. Dis à Bonosus de revenir avec toi ici. Ne lui dis en aucun cas pourquoi, mais fais-lui bien comprendre qu'il doit venir.

— Oui, Monseigneur. »

Styliane le regarda à son tour. Elle était toujours agenouillée. « Comprenez-vous bien ? Ne dites à personne
ce qui s'est passé ici, et rien de l'agression bassanide.
Nous devons à tout prix maintenir l'ordre dans la Cité
cette nuit, si nous voulons contrôler la situation.

— Oui, Madame. »

Léontès jeta un coup d'œil à son épouse. « L'armée
est là. Ce ne sera pas comme… la dernière fois où il
n'y avait pas d'héritier. »

Sa femme lui rendit son regard, puis revint au cadavre de son frère à ses pieds.

« Non, dit-elle, c'est différent. » Puis elle répéta :
« Différent. »

Pertennius vit le Stratège tendre une main pour l'aider
à se relever. Il effleura la joue meurtrie, avec douceur
cette fois. Styliane ne bougea pas, mais ses yeux étaient
rivés aux siens. Ils étaient si dorés, tous les deux, si
grands. Pertennius sentit son cœur se gonfler.

Il se releva, tourna les talons et s'éloigna. Il avait
ses ordres.

Il oublia complètement le sang sur sa dague, négligea
toute la journée de la nettoyer, mais nul ne lui prêtait
attention, et cela n'eut donc pas de conséquences.

On le remarquait si rarement ; un historien, un chroniqueur, une présence constante et grise, partout, mais
certainement pas quelqu'un qui jouât un rôle quelconque
dans les événements.

En gravissant vivement les marches, puis en traversant
de même le palais en direction d'un escalier à l'étage
et du passage couvert menant au fond de la kathisma,
il cherchait déjà des tournures de phrases, une introduction. Le ton approprié de détachement et de réflexion,
au début d'une chronique, c'était tellement important.
"Même l'étude superficielle des événements passés nous
apprend que le juste châtiment de Jad pour la malfaisance impie tarde peut-être à venir, mais…"

Il s'immobilisa soudain, forçant l'un des eunuques du
couloir à l'éviter en hâte. Il se demandait où se trouvait

la putain. Elle n'était sûrement pas dans la kathisma, peu vraisemblable, même si ç'aurait été là un spectacle digne d'être observé. Se trouvait-elle encore à son bain, dans l'autre palais, nue, mouillée, la peau glissante, à s'ébattre avec un soldat ? Il tira sur sa tunique. Styliane s'en occuperait.

"Nous devons maintenir l'ordre dans la Cité cette nuit", avait-elle dit.

Il savait ce qu'elle voulait dire. Comment aurait-il pu ne pas le comprendre ? Apius était le dernier empereur mort sans avoir nommé un héritier, et dans la violence subséquente – à l'Hippodrome, dans les rues et même dans la Chambre du Sénat impérial –, un ignorant paysan trakésien avait été porté sur un bouclier, acclamé par la plèbe, vêtu de pourpre. L'ordre était d'une énorme importance à présent, et le calme, pour les quatre-vingt mille spectateurs de l'Hippodrome.

Il lui vint à l'esprit que, si tout allait bien, son propre statut connaîtrait peut-être une amélioration considérable d'ici la fin de la journée. Il songea alors à une autre femme et passa de nouveau la main sur sa tunique.

Il était très heureux, une condition rare chez lui, presque sans précédent, en apportant des nouvelles phénoménales à la kathisma, des nouvelles qui ébranleraient le monde – une lame ensanglantée à la ceinture.

Au-dessus de la Cité, le soleil de l'après-midi brillait haut dans le ciel, ayant atteint la deuxième moitié de son périple, mais la journée, comme la nuit, avait encore bien du chemin à parcourir à Sarance.

Dans le tunnel, au milieu des morts, deux silhouettes dorées se faisaient face en silence, puis elles s'en allèrent d'un pas lent gravir les larges marches de l'escalier, sans se toucher, mais côte à côte.

Sur les dalles derrière elles, couvert d'une cape bleue jetée sur des mosaïques, gisait Valérius de Sarance, second de ce nom. Son enveloppe charnelle. Ce qu'il en restait. Son âme s'était envolée, à la rencontre des dauphins ou du dieu, là en tout cas où s'en allaient les âmes.

◆

Quelque part dans le monde, en cet instant, un enfant longtemps attendu était né, ailleurs mourait un journalier – encore des bras perdus pour une ferme qui en manquait déjà alors qu'il fallait labourer et semer les champs du printemps : une inexprimable catastrophe.

# CHAPITRE 12

Le navire impérial tira des bordées pour traverser le détroit – pas un dauphin en vue cette fois – et fut mené à quai avec une habileté impeccable par l'équipage inquiet. Crispin n'était pas le seul à surveiller le port avec anxiété pendant leur approche.

Des hommes avaient été abattus dans l'île. Deux au moins des Excubiteurs étaient des traîtres. Daleinus s'était enfui. L'Impératrice les avait abandonnés pour rentrer à la rame avec un seul homme. Le danger flottait dans l'air éclatant.

Pas de présences inhabituelles pour les attendre, cependant. Ni ennemis, ni amis, personne. Ils arrivèrent au quai, les marins les amarrèrent puis s'écartèrent en attendant le débarquement de l'Impératrice.

Quelle que fût la nature du complot qui se révélait aujourd'hui, songea Crispin, que ce fût dans l'île ou dans l'Enceinte impériale, on n'y avait pas été assez prévoyant pour y inclure la possibilité d'une petite croisière distrayante de l'Impératrice avec un artisan en visite, afin d'observer des dauphins – et visiter un prisonnier dans une île.

Alixana aurait pu rester avec eux pour rentrer au port à la voile. Mais ensuite ? Se faire transporter en litière au palais Atténin ou au Travertin pour demander si Lecanus Daleinus et les Excubiteurs soudoyés avaient déjà attaqué et assassiné son époux, et si l'on avait des projets immédiats la concernant ?

C'était la présence des Excubiteurs dans le complot, il le comprenait, qui l'avait rendue certaine d'avoir affaire à une conspiration plus vaste. Si l'on avait pu retourner des membres de la Garde impériale, n'importe lesquels, des événements meurtriers se déroulaient en ce moment même. Ce n'était pas simplement la fuite d'un prisonnier vers la liberté.

Non, il savait pourquoi elle avait laissé sa cape sur la grève pour retourner en secret au port. Il se demandait s'il la reverrait jamais. Ou l'Empereur. Puis, par force, il se demanda ce qui lui arriverait à lui lorsqu'on apprendrait, sûrement, qu'il avait participé dans la matinée à la randonnée maritime de l'Impératrice. On lui demanderait ce qu'il savait. Il ignorait ce qu'il répondrait. Il ne savait pas encore non plus qui poserait les questions.

Il songea alors à Styliane, se rappela ce qu'elle lui avait dit avant de le laisser partir dans la nuit, par une fenêtre et une cour. "Certains événements vont maintenant se mettre en branle. Je ne dirai pas en éprouver du regret… Mais rappelle-toi cette chambre, Rhodien… Malgré tout ce que je pourrai faire d'autre."

Il n'était pas assez innocent, tout de même, pour croire que le frère au corps ravagé, dans l'île, même avec son oiseau animé, avait seul organisé sa fuite. Il se demanda où était passée la colère qui l'avait caractérisé pendant deux ans. Mais la colère était une sorte de luxe. Elle simplifiait les choses. Il n'y avait rien de simple ici. "Un acte a été autrefois commis", avait-elle dit, "et tout le reste en découle."

Tout le reste. Un empire, un monde, tous ceux qui y vivaient. La forme du passé définissant celle du présent. "Je ne dirai pas en éprouver du regret"…

Il se rappela comment il avait gravi les marches obscures, le flot du désir en lui telle une rivière. L'amère complexité de cette femme. Un souvenir, comme il se rappellerait toujours Alixana, maintenant. Des images qui s'engendraient les unes les autres. L'Impératrice sur la plage de galets. "La putain", avait écrit Pertennius dans ses notes secrètes. C'était infâme, tant de haine. La colère était plus facile.

Crispin regarda en contrebas. Les marins du quai, toujours alignés, attendaient toujours l'Impératrice. À bord, Excubiteurs et marins échangèrent des regards hésitants puis – la chose aurait pu être amusante s'il y avait eu en ce monde la moindre possibilité de rire –, ils regardèrent Crispin, en quête de conseils. Leur chef avait accompagné l'Impératrice.

« Je ne sais vraiment pas, dit Crispin en secouant la tête. Retournez à vos postes. Présentez votre rapport, je suppose. Ce que vous faites quand… ce genre de choses arrive. » "Ce genre de choses". Il se sentait stupide. Imbécile. C'était ce qu'aurait dit Linon.

Carullus aurait su quoi leur dire. Mais Crispin n'était pas un soldat. Son père non plus. Même si cela n'avait pas empêché Horius Crispus de mourir au combat, n'est-ce pas ? Le père de Styliane avait été brûlé vif. L'abomination dans l'île avait autrefois été un homme fier et séduisant. Crispin songea à l'image du dieu dans le dôme sauradien, son visage gris, ses doigts brisés dans la lutte qu'il menait contre le mal.

Et il tombait, le dieu, tessère après tessère.

On abaissa la large passerelle sur le quai. On ne déroula pas le tapis, l'Impératrice n'était pas là. Crispin débarqua et s'éloigna à travers un port grouillant d'activité, qui se préparait pour la guerre ; personne ne l'arrêta, personne ne remarqua même son passage.

Dans le lointain, tandis qu'il s'éloignait de la mer, il pouvait entendre un rugissement. L'Hippodrome. Des hommes et des femmes regardaient des chevaux courir pour leur plaisir. Il se sentait très mal et percevait dans l'éclat du jour un sombre présage. "Certains événements doivent à présent se dérouler"…

Il ne savait où aller, que faire. Les tavernes seraient tranquilles, avec tant de monde à l'Hippodrome, mais il ne voulait pas s'asseoir pour se saouler. Pas encore. Avec les courses, Carullus ne serait pas chez lui, et Shirin non plus. Artibasos se trouverait au Sanctuaire, avec Pardos et Vargos, presque certainement. Il pouvait aller travailler. Il pouvait toujours aller travailler. Il avait été au travail quand elle était venue le chercher. En train d'essayer de trouver la distance et la clarté nécessaires pour représenter ses filles sur la coupole, pour leur y conférer l'éternité, ou le semblant d'éternité qu'un artisan pouvait rêver de créer.

Tout cela avait à présent disparu. Les petites, la distance, la clarté. Même la simplicité de la colère lui était refusée. Pour la première fois, autant qu'il s'en souvînt, l'idée de grimper dans l'échafaudage et de s'absorber dans son art lui répugnait. Il avait vu des hommes mourir ce matin, avait frappé lui-même. Escalader l'échelle maintenant, ce serait… la retraite d'un lâche. Et son art en souffrirait grandement.

Un autre vaste rugissement en provenance de l'Hippodrome. Il se mit en marche dans cette direction. En arrivant sur le forum de l'Hippodrome, il put voir l'immense masse de l'édifice, en face le Sanctuaire, la statue du premier Valérius et la Porte de Bronze plus loin, menant à l'Enceinte impériale.

Il s'y passait quelque chose, ou c'était déjà fait. Il contempla les doubles battants, absolument immobile dans cet immense espace, s'imagina gravissant les marches et demandant à entrer. Un besoin pressant de parler à l'Empereur. Un aspect du dôme, des choix de couleurs, l'angle des tessères. Pouvait-on l'annoncer et l'introduire ?

Il se rendit compte que sa bouche était très sèche et que son cœur battait douloureusement. Il était rhodien, il venait d'une contrée déchue et conquise, une contrée à laquelle Valérius se proposait d'infliger de nouveau une guerre dévastatrice. Il avait envoyé des messages chez lui, à sa mère, à ses amis, en sachant bien que cela ne signifierait rien et ne pourrait être d'aucune utilité.

Il aurait dû haïr l'homme qui affrétait cette flotte et préparait ces soldats. Mais il se rappelait plutôt Valérius une nuit au Sanctuaire, alors que, comme une mère, il passait une main dans les cheveux d'un architecte dépenaillé en lui disant, en lui ordonnant, de rentrer dormir chez lui.

Les Antæ valaient-ils réellement mieux que ce que Sarance apporterait à la péninsule ? Surtout les Antæ tels qu'ils étaient en ce moment, en plein cœur d'une féroce guerre civile. Il y aurait encore des morts, que l'armée de Valérius prît ou non la mer.

Et les tentatives d'assassinat n'étaient pas réservées aux barbares comme les Antæ, songea Crispin tout en contemplant la glorieuse fierté de ces battants de bronze. Il se demanda si Valérius était mort ; songea une fois de plus à Alixana. Sur la plage, les galets poussés par la vague. "Après la mort de votre épouse… comment avez-vous continué à vivre ?"

Lui poser cette question… Comment avait-elle su ?

Il n'aurait pas dû tant s'en soucier. Il aurait dû être encore un étranger ici, détaché de ces figures éclatantes et meurtrières et de ce qui arrivait aujourd'hui. Ces êtres, femmes et hommes, le dépassaient de si loin qu'ils se mouvaient dans un registre entièrement différent de la création divine. Il était un artisan. Un manieur de verre et de pierre. Quiconque régnait, avait-il un jour déclaré à Martinien, irrité, il y aurait du travail pour les mosaïstes, pourquoi devraient-ils se soucier des intrigues de palais ?

Il avait quant à lui une importance marginale, anecdotique… et son fardeau à lui, c'étaient les images. Il regarda encore la Porte de Bronze, hésita encore, imagina encore de s'en approcher, puis il se détourna.

Il entra dans une chapelle. Choisie au hasard, la première rencontrée dans une petite rue en pente, à l'est. Une rue inconnue de lui. C'était une petite chapelle tranquille, presque vide ; une poignée de femmes, la plupart âgées, des silhouettes dans l'ombre, des murmures, pas de prêtre à cette heure. Les chars tenaient les fidèles à l'écart des lieux saints. Un très ancien conflit. Ici, la lumière du soleil se transformait en une lueur pâle à travers les fenêtres trop étroites qui encerclaient le dôme bas. Pas de décorations. Les mosaïques coûtaient cher, comme les fresques. Des gens riches se trouvaient parmi les fidèles de cette chapelle, de toute évidence, assurant le salut de leur âme grâce aux dons qu'ils faisaient aux prêtres : des lampes pendaient du plafond, une rangée depuis l'autel jusqu'aux portes, une poignée d'autres pour les autels secondaires, mais seules quelques-unes étaient allumées : on devait économiser l'huile, à la fin de l'hiver.

Crispin resta un instant face à l'autel et au disque puis il s'agenouilla sur le sol dur – pas de coussins, ici – et ferma les yeux. Parmi ces femmes en prière, il imagina sa mère : menue, brave, délicate, toujours environnée d'un parfum de lavande, seule depuis si longtemps, depuis la mort de son époux. Il se sentait très loin.

Quelqu'un se releva, fit le signe du disque et sortit. Une vieille femme, courbée par les années. Crispin entendit la porte s'ouvrir et se refermer dans son dos. Un grand calme régnait. Puis, dans cette immobilité silencieuse, quelqu'un se mit à chanter.

Il leva les yeux. Personne d'autre ne semblait bouger. La voix, délicate et plaintive, se trouvait loin du côté gauche. Il lui sembla voir une silhouette dans l'ombre, auprès d'un des petits autels où ne brûlait aucune lampe. Une poignée de cierges étaient allumés près de l'autel, mais impossible de dire si la chanteuse était une jeune fille ou une vieille femme, tant la lumière était faible.

Il se rendit bien compte, après un moment, en rassemblant ses pensées éparses, que cette voix chantait en trakésien, ce qui était tout à fait étrange. La liturgie, ici, se chantait toujours en sarantin.

Sa maîtrise du trakésien – l'ancien langage de ceux qui avait gouverné la majeure partie du monde avant Rhodias – était précaire, mais en écoutant, il finit par comprendre qu'il entendait un chant funèbre.

Nul ne bougeait. Nul n'entra. Toujours à genoux parmi les femmes en prières dans ce lieu obscur et saint, il écouta une voix chanter la tristesse en une langue ancienne, et se dit soudain que la musique était une des choses absentes de son existence depuis la mort d'Ilandra. Ses berceuses pour les petites avaient aussi été pour lui, qui les écoutait dans la maison.

> "Qui sait ce qu'est l'amour ?
> Qui peut dire le connaître ?"

Mais la chanteuse, à peine une silhouette, une voix désincarnée, ne chantait pas une berceuse kindath. Elle offrait, Crispin le comprit, une tristesse entièrement païenne : la vierge du maïs et le dieu empanaché de cornes, le Sacrifice et la Proie. Dans une chapelle de Jad. Des images déjà antiques au temps de la grandeur trakésienne.

Il frissonna, agenouillé sur les dalles de pierre, regarda de nouveau à sa gauche en essayant de percer la pénombre. Seulement une silhouette indistincte. Des cierges. Une simple voix. Nul ne bougeait.

Et il se rappela, tout en sentant des esprits invisibles flotter dans les ténèbres, que l'empereur Valérius avait été Pétrus de Trakésie avant de quitter les terres nordiques pour rejoindre son oncle dans le sud, et qu'il aurait reconnu ce chant.

Une autre pensée lui vint alors, et il ferma les yeux en se traitant d'imbécile. Car si c'était vrai – et ce l'était, bien sûr –, alors Valérius devait aussi avoir su exactement ce qu'était l'aurochs dans les esquisses de Crispin pour le Sanctuaire. Il venait du nord de la Trakésie, forêts et terres à grains, des lieux où les racines païennes s'enfonçaient loin dans le sol, depuis des siècles.

Valérius avait dû reconnaître le *zubir* au premier regard.

Et il n'avait rien dit. Il avait donné les esquisses au Patriarche d'Orient, les avait approuvées pour son dôme, son legs à la postérité, son Sanctuaire de la Sainte Sagesse de Jad. Ce fut en Crispin comme un grand courant de soudaine clarté. Bouleversé, il se passa les mains dans les cheveux.

Quelle sorte d'homme osait tenter de concilier tant de choses en l'espace d'une seule existence ? L'Orient et l'Occident, le nord descendu dans le sud, une danseuse de faction devenue impératrice. La fille de son ennemi, de… sa victime, mariée à son ami et Stratège. Le *zubir* de l'Ancienne Forêt, énorme et sauvage – l'es-

sence même de la barbarie indomptée – dans un dôme
consacré à Jad, au cœur de la Cité aux triples murailles.

Valérius. Valérius l'avait tenté. Il y avait là… un dessin,
une structure. Crispin avait l'impression de presque les
voir, les comprendre. Des tessères et de la lumière struc-
turaient ses propres compositions. L'Empereur avait
travaillé avec des âmes humaines, et sur le canevas du
monde.

Il y avait ici une voix qui chantait le deuil.

"La vierge ne passera-t-elle plus jamais
dans les champs éclatants,
Chevelure aussi blonde que les blés ?
Le dieu cornu ne peut retenir la lune bleue,
Quand la Chasseresse bande son arc, il doit mourir.

Comment pouvons-nous, enfants du temps, jamais vivre
Si ces deux-là doivent disparaître ?
Comment pouvons-nous jamais,
enfants du deuil, apprendre
Ce qui peut demeurer après nous ?

Quand le mugissement s'élève dans la forêt,
Pleurent les enfants de la terre.
Quand la bête mugissante s'en vient dans les champs,
Meurent les enfants du sang."

Crispin essayait de comprendre les paroles traké-
siennes, et pourtant il comprenait tellement bien, sans
avoir recours à la pensée : comme lorsqu'il avait levé les
yeux dans cette chapelle sauradienne, le Jour des morts,
dans ce dôme, pour saisir une vérité qui embrassait Jad
et l'univers. Son cœur douloureux débordait. Il se sentait
infime, mortel et seul. Ce chant le transperçait comme
une épée.

Au bout d'un moment, il prit conscience que la voix
solitaire s'était tue. Il jeta un autre coup d'œil. Aucun
signe de la chanteuse. Personne. Absolument personne.
Il se retourna vivement vers la porte. Personne ne sortait.
Pas un mouvement dans la chapelle, aucun bruit de
pas. Parmi les autres fidèles, nul n'avait bougé dans la
lueur assourdie, pendant qu'on chantait ou à présent.
Comme si l'on n'avait rien entendu.

Crispin frissonna de nouveau malgré lui, avec le sentiment d'être effleuré par l'invisible. Ses mains tremblaient. Il les contempla comme si elles ne lui appartenaient pas. Qui donc avait chanté ce chant funèbre ? Quel deuil chantait-on en langue païenne dans une chapelle de Jad ? Il songea à Linon, à la brume grise sur l'herbe froide. "Souviens-toi de moi"… L'entre-deux-mondes s'attardait-il à jamais, une fois qu'on y avait pénétré ? Il l'ignorait. Il l'ignorait.

Il joignit les mains, les regarda encore – égratignures, coupures, vieilles cicatrices – jusqu'à ce que le tremblement en eût cessé. Il prononça la prière à Jad dans l'ombre et le silence, en faisant le signe du disque solaire ; puis il implora la merci et la lumière du dieu, pour les morts et les vivants qu'il connaissait, ici et au loin. Il se leva ensuite pour retourner au soleil, et chez lui, par rues et ruelles, en traversant des places, en passant sous des colonnades couvertes, avec la rumeur de l'Hippodrome derrière lui – très forte à présent, il devait s'y passer quelque chose. Des hommes arrivaient en courant de tous les coins de la ville avec des bâtons et des couteaux. Il vit une épée. Son cœur lui martelait toujours douloureusement la poitrine, tel un tambour.

C'était le commencement. Ou, vu sous un autre angle, la fin. Il n'aurait pas dû s'en soucier autant. Et pourtant, cela le touchait plus qu'il n'aurait pu le dire. C'était l'indéniable vérité. Mais il n'avait pas de rôle à jouer ici.

Il se trompait, en la circonstance.

Shirin l'attendait chez lui quand il y arriva. Elle portait Danis à son cou.

◆

L'émeute s'enfla avec une incroyable rapidité. À un moment, les Bleus faisaient leur tour d'honneur, l'instant d'après les hurlements avaient changé de nature, l'humeur s'était faite noire et l'Hippodrome était en proie à une sauvage violence.

Dans le tunnel où gisait Scortius, Cléandre jeta un regard derrière lui par la Porte de la Parade et vit qu'on était en train de se bagarrer à coups de poing, puis à coups de couteau, tandis que les factions se frayaient un chemin à travers les gradins neutres pour arriver au contact. Les spectateurs se faisaient fouler aux pieds dans leurs efforts pour s'écarter. Il en vit pris à bras-le-corps et projetés dans les airs pour atterrir sur des têtes, plusieurs gradins plus bas. Une femme qui se débattait pour éviter un groupe d'antagonistes tomba à genoux et, même à cette distance, et avec le rugissement ambiant, Cléandre s'imagina pouvoir l'entendre hurler tandis qu'on la piétinait. Les gens tournaient désespérément en rond pour trouver les sorties au milieu des corps brutalement écrasés.

Il regarda sa belle-mère, puis la kathisma à l'autre extrémité de la ligne droite. Son père se trouvait là-haut, bien trop loin pour les aider. Il ne savait même pas qu'ils étaient là. Cléandre prit une profonde inspi-ration. Après avoir jeté un ultime coup d'œil aux mé-decins qui s'affairaient sur le corps étendu de Scortius, il s'éloigna. Il prit doucement sa belle-mère par un coude et la conduisit plus avant dans le tunnel. Elle le suivit avec soumission, sans dire un mot. Il connaissait très bien les lieux. Ils arrivèrent à une petite porte ver-rouillée. Cléandre força le cadenas (ce n'était pas diffi-cile, il l'avait déjà fait), puis il souleva le loquet et ils émergèrent tout au bout de l'extrémité est de l'Hippo-drome.

Thénaïs était docile, étrangement détachée, comme oublieuse de la panique qui les entourait. Cléandre alla voir au tournant pour leur litière, près des portes prin-cipales par où ils étaient entrés, mais il comprit aussitôt qu'essayer de s'y rendre était absurde : la bagarre avait déjà débordé de l'Hippodrome. Les factions s'affron-taient à présent dans le forum. Des hommes arrivaient au pas de course. À l'intérieur de l'édifice, le bruit était énorme, épouvantable. Cléandre reprit le coude de sa belle-mère et ils partirent en sens inverse, aussi vite qu'il pouvait la faire aller.

Il avait une image en tête, incapable de l'écarter : l'expression d'Astorgus quand le gardien en jaune de la porte s'était avancé pour rapporter ce que Cléandre lui-même avait vu mais avait choisi de taire. Astorgus s'était figé, le visage devenu un masque. Puis, après un moment, le factionnaire des Bleus avait tourné les talons sans un mot pour retourner dans l'arène.

Sur la piste, les Bleus célébraient toujours, le jeune conducteur qui avait gagné accomplissait son tour d'honneur en compagnie des deux Blancs. Scortius était inconscient dans le tunnel. Le médecin bassanide, assisté par le docteur des Bleus, tentait désespérément d'arrêter son hémorragie et de l'aider à respirer afin de le garder au nombre des vivants. À ce stade, ils étaient eux-mêmes couverts de sang.

Quelques moments plus tard, dans le tunnel, ils avaient entendu les acclamations des gradins se transformer en un son bas et terrifiant, et les empoignades commencer. Ils ne savaient pas pourquoi, ni ce qu'avait fait Astorgus.

Cléandre poussa sa belle-mère sous une colonnade, laissant passer une meute de jeunes gens vociférants lancés à la course dans la rue et brandissant gourdins et poignards. Il en vit un qui tenait une épée. Deux semaines plus tôt, ç'aurait été lui, en train de se précipiter avec allégresse vers une effusion de sang, arme en main. Maintenant, il voyait tout un chacun comme une menace, des insensés aux yeux fous, déchaînés. Il lui était arrivé quelque chose. Il tenait toujours le bras de sa belle-mère.

Il s'entendit appeler par son nom, se retourna vivement du côté de cette voix sonore, traversé par un élan de soulagement. C'était le soldat, Carullus, celui qu'il avait rencontré à *La Spina* l'automne précédent, celui dont Shirin venait tout juste de fêter les noces. Carullus avait passé son bras gauche autour des épaules de sa femme, sa main droite tenait un poignard. Ils gravirent rapidement les marches menant à la colonnade.

« Règle ton pas sur le mien, mon garçon, dit le soldat d'un ton bref, mais tout à fait calme. Nous allons ramener les femmes à la maison pour boire une tasse de quelque chose de chaud, par ce joli jour de printemps. N'est-ce pas un beau jour ? J'adore cette période de l'année ! »

Cléandre éprouvait une indicible gratitude. Carullus était impressionnant, un solide gaillard à l'allure militaire. Personne ne les prit à parti, même s'ils virent un homme asséner un coup de bâton sur la tête d'un autre, juste à côté d'eux ; le bâton se brisa ; l'homme frappé s'affala par terre.

Carullus fit une petite grimace. « Nuque brisée, constata-t-il en regardant par-dessus son épaule, tout en continuant à marcher avec eux. « Il ne se relèvera pas. »

Ils arrivèrent de nouveau à la rue qui bordait la colonnade. Quelqu'un jeta une marmite par une fenêtre, les manquant de peu. Carullus s'arrêta pour la ramasser. « Un cadeau de noces ! Comme c'est inattendu ! Est-elle mieux que la nôtre, mon amour ? » demanda-t-il à son épouse avec un grand sourire.

La jeune femme secoua la tête en réussissant à sourire ; ses yeux étaient remplis de terreur. Carullus jeta la marmite par-dessus son épaule. Cléandre regarda sa belle-mère. Aucune terreur de ce côté. Rien du tout, d'ailleurs. Comme si elle n'avait ni entendu ni vu toutes ces péripéties : l'arrivée des partisans, l'homme abattu – tué – tout près d'eux. Elle semblait dans un tout autre univers.

Ils poursuivirent leur chemin sans autre incident, même si les rues étaient pleines de cris et de silhouettes lancées à toutes jambes. Cléandre vit des boutiquiers s'empresser de barricader étalages et portes. Ils arrivèrent à la résidence. Les serviteurs guettaient leur retour. Bien entraînés, ils étaient déjà en train de condamner la porte de la cour, et ceux qui veillaient à l'entrée tenaient de gros bâtons. Ils n'en étaient pas à leur première émeute.

La mère de Cléandre pénétra dans la résidence sans dire un mot. Elle n'avait rien dit depuis qu'ils avaient quitté l'Hippodrome. Depuis le début de la course, en réalité. Il échut à Cléandre de remercier le soldat. Il lui balbutia sa gratitude, l'invita à entrer avec son épouse. Carullus déclina en souriant : « Je ferais mieux de rejoindre mon poste auprès du Stratège, dès que j'aurai ramené ma femme à la maison. Un petit conseil : reste à l'intérieur cette nuit, mon garçon. Les Excubiteurs seront de sortie, sans aucun doute, et ne choisiront pas avec bien grand soin sur qui ils taperont dans le noir.

— Oui », dit Cléandre. Il pensa à son père mais décida que ce n'était pas un sujet de préoccupation. Depuis la kathisma, on pouvait retourner à l'Enceinte impériale. Son père pouvait attendre là ou prendre une escorte pour revenir à la résidence. Son devoir à lui était de veiller sur sa mère et ses sœurs. Sur leur sécurité.

En dictant ses célèbres *Réflexions*, quarante ans plus tard, Cléandre Bonosus décrirait le jour de l'assassinat de l'empereur Valérius II par les Daleinoï comme celui où il était devenu un homme – le jour où sa belle-mère se suiciderait dans son bain en s'entaillant les poignets avec un petit poignard que nul ne savait en sa possession. Les enfants d'école apprendraient et recopieraient les phrases bien connues, les apprendraient par cœur pour les réciter : "Tout comme l'adversité endurcit l'esprit d'un peuple, de même l'adversité renforce l'âme d'un homme. Ce que nous maîtrisons nous appartient et peut désormais nous servir d'outil."

◆

Démêler des événements complexes et parfois éloignés dans le temps pour déterminer les causes d'une émeute n'est pas tâche aisée, mais elle était du ressort du Préfet urbain, sous la direction du Maître des offices, et la procédure ne lui en était pas étrangère.

Il disposait aussi, bien sûr, de quelques professionnels réputés et de leurs instruments – quand venait le temps de poser des questions importantes.

En l'occurrence, on n'eut pas besoin des méthodes les plus rigoureuses (certains en furent déçus) dans le cas de l'émeute qui éclata le jour de l'assassinat de l'empereur Valérius II.

Les troubles avaient commencé à l'Hippodrome bien avant qu'on n'eût appris sa mort. Cela au moins, on en était sûr. L'assaut d'un conducteur de char avait déclenché la bagarre, et cette fois Bleus et Verts n'étaient pas unis comme deux ans plus tôt lors de l'Émeute de la Victoire. Plutôt le contraire, en réalité.

L'enquête établit les faits suivants : juste avant la première course de l'après-midi, avait révélé un membre de l'équipe de l'Hippodrome, le champion des Bleus, Scortius, avait été violemment frappé par Crescens des Verts, lequel, apparemment, avait été le premier à remarquer le retour de son rival.

Le surveillant de service à la Porte de la Parade prêta par la suite serment sur ce qu'il avait vu. Le jeune fils du sénateur Plautus Bonosus corrobora ce témoignage, avec une certaine réticence. Le garçon, c'était à son crédit, avait gardé le silence sur l'incident, mais il confirma ensuite avoir vu Crescens donner un coup de coude à l'autre conducteur là où il le savait déjà victime d'une fracture des côtes. Il expliqua son silence en disant qu'il avait immédiatement compris les conséquences possibles de son accusation.

On félicita formellement le garçon dans le rapport officiel. Il était regrettable que l'employé de l'Hippodrome n'ait pas eu autant de bon sens, mais on ne pouvait réellement le punir pour ce qu'il avait fait. L'équipe de piste était censée observer une stricte neutralité, mais c'était une fiction. Le surveillant de la porte, on l'apprit, était un partisan des Bleus. La neutralité n'était pas une caractéristique sarantine, à l'Hippodrome.

On établit en conséquence, à la satisfaction du Préfet urbain – et on l'écrivit dans son rapport au Maître des offices –, que Crescens des Verts avait attaqué un autre conducteur, déjà blessé, tout en voulant le dissimuler. Il avait clairement essayé d'affaiblir l'impact du spectaculaire retour de Scortius.

Ce qui permettait d'expliquer en partie, mais certainement pas d'excuser, les événements ultérieurs. Astorgus, le factionnaire des Bleus, un homme d'expérience et de probité, un homme qui aurait vraiment dû savoir à quoi s'en tenir, avait traversé la piste jusqu'à l'arête centrale où Crescens se tenait encore après une chute infortunée lors de sa dernière course, et il l'avait frappé, lui cassant le nez et lui disloquant une épaule, sous les yeux de quatre-vingt mille spectateurs extrêmement excités.

Il avait été provoqué, indéniablement – il dirait plus tard avoir cru Scortius mourant –, mais c'était tout de même un geste irresponsable. Si on voulait faire tabasser quelqu'un, et si on avait le moindre bon sens, on le faisait de nuit.

Crescens ne courrait pas pendant au moins deux mois, mais il ne mourrait pas. Scortius non plus.

Ce jour et cette nuit-là, près de trois mille personnes rejoignirent pourtant le dieu, à l'Hippodrome et dans les rues. Le Maître des offices exigeait toujours des chiffres exacts, lesquels étaient toujours difficiles à produire. Il y eut un décompte final significatif, mais non scandaleux pour une émeute incluant incendies et pillages après la tombée de la nuit. Comparée à la dernière grande émeute, au cours de laquelle trente mille personnes avaient perdu la vie, celle-ci était bien plus banale. On mit le feu à quelques demeures de Kindaths, dans leur quartier, comme d'habitude, et l'on tua quelques étrangers – la plupart des marchands bassanides –, mais on devait s'y attendre en l'occurrence, compte tenu de la dénonciation perfide de l'Éternelle Paix annoncée dans la Cité, au crépuscule, en même temps que la mort de l'Empereur. Les gens apeurés s'adonnent à des actes déplaisants.

La majeure partie des tueries eut lieu à la nuit, quand les Excubiteurs munis de torches et d'épées sortirent de l'Enceinte impériale pour remettre de l'ordre dans les rues. Les soldats savaient alors fort bien qu'ils avaient un nouvel Empereur et que le territoire sarantin avait été attaqué au nord-est. C'était sans doute un excès de zèle occasionné par tout cela qui causa des morts parmi les civils et les Bassanides.

Cela ne valait presque pas la peine de le noter, à vrai dire. On ne pouvait attendre de l'armée une quelconque patience à l'égard de trublions civils. Elle n'en reçut aucun blâme. De fait, on offrit des éloges au comte des Excubiteurs pour avoir rapidement réprimé les violences nocturnes.

Bien longtemps après, Astorgus et Crescens passeraient tous deux devant les tribunaux pour leur conduite : les premiers procès importants du nouveau régime impérial. Les deux hommes se conduisirent avec dignité, en affirmant leur extrême remords. Ils seraient tous deux réprimandés et devraient payer une amende, la même pour les deux, bien entendu. L'affaire serait alors close. C'étaient des hommes qui comptaient dans l'ordre général des choses. Sarance avait besoin qu'ils fussent tous deux vivants, en bonne santé et à l'Hippodrome, pour garantir le bonheur des citoyens.

◆

La dernière fois qu'un empereur était mort sans héritier, songeait Plautus Bonosus, une foule déchaînée était venue enfoncer les portes de la Chambre du Sénat. Cette fois-ci, c'était une véritable émeute, et les gens de la rue ne savaient même pas que l'Empereur était mort. Il y avait un aphorisme caché là-dedans, se disait Bonosus, ironique, un paradoxe qui valait la peine d'être noté.

Les paradoxes possèdent différentes couches de sens, l'ironie peut être à double tranchant. Il n'était pas encore au courant de la mort de sa femme.

Dans la Chambre du Sénat, on attendait l'arrivée des autres sénateurs en transit dans les rues turbulentes. Les Excubiteurs s'en occupaient, les rassemblant et les escortant aussi vite que possible. Une célérité peu surprenante. Presque toute la Cité ignorait encore la mort de l'Empereur. Cette ignorance ne durerait guère, pas à Sarance, même en pleine émeute. Spécialement pas en pleine émeute, peut-être, pensait Bonosus, affalé dans son siège.

Bien des souvenirs s'affrontaient dans son esprit, et il essayait aussi, en vain, d'assimiler le fait que Valérius était mort. Un empereur assassiné. Ce n'était pas arrivé depuis très longtemps. Bonosus en savait assez pour ne pas poser de questions.

Les militaires avaient leurs raisons de vouloir le Sénat assemblé sans retard. Quels que fussent les détails de la mort de Valérius – on disait que Lysippe l'exilé, de retour dans la Cité, y était impliqué, tout comme Lecanus Daleinus, banni et emprisonné –, on ne s'interrogeait pas vraiment sur le successeur de l'empereur défunt.

Ou, pour l'exprimer en termes un peu différents, Léontès avait de bonnes raisons de procéder de manière expéditive, *avant* qu'on ne commençât à poser des questions.

Le Stratège suprême avait après tout épousé une Daleina, et certains pouvaient entretenir des opinions bien arrêtées sur le recours à l'assassinat d'un prédécesseur pour accéder au Trône d'or. Surtout quand l'assassiné avait été votre mentor et votre ami. Et quand l'assassinat avait lieu à la veille d'une guerre. On pouvait dire – quelqu'un d'infiniment plus téméraire que Plautus Bonosus l'aurait pu – que c'était là un acte de trahison répréhensible et vil.

Les pensées de Bonosus ne cessaient de tourbillonner. Trop de chocs au cours d'une même journée. Le retour de Scortius, cette course stupéfiante et glorieuse qui avait tourné en émeute en l'espace d'un battement de cœur. Et puis, juste avant le début de l'émeute, la voix du secrétaire gris de Léontès à son oreille, "On requiert votre présence immédiate au palais."

Il n'avait pas dit qui le réclamait. Peu importait. Les sénateurs faisaient ce qu'on leur ordonnait. Bonosus s'était levé pour partir tout en se rendant compte qu'il venait d'arriver quelque chose dans la spina – il apprendrait les détails par la suite –, et qu'un rugissement profond jaillissait de milliers de poitrines tandis que l'Hippodrome explosait.

Rétrospectivement, il supposa que Léontès (ou son épouse ?) avait voulu sa seule présence, en tant que

Maître du Sénat, pour le mettre au courant avant tous les autres. Cela leur donnerait le temps de convoquer discrètement le Sénat et de contrôler la diffusion des terribles nouvelles.

Ça ne s'était pas passé ainsi.

Tandis qu'éclataient les gradins en furie et qu'on se ruait vers les sorties, les occupants de la loge impériale se dressèrent pour se ruer eux-mêmes, tous ensemble, vers la porte menant au palais Atténin. Bonosus se rappelait l'expression du blafard secrétaire: surpris, mécontent, et effrayé.

Quand Bonosus et Pertennius furent revenus par le long passage à la salle d'audience du palais, celle-ci était bondée de courtisans volubiles et terrifiés qui avaient pris les devants en fuyant la kathisma. D'autres arrivaient. Au centre de la salle – près des trônes et de l'arbre d'argent –, se tenaient Léontès et Styliane.

Le Stratège leva une main pour réclamer le silence. Pas le Maître des offices, ni le Chancelier. Gésius venait justement d'entrer par la petite porte qui se trouvait derrière les deux trônes. Il s'y arrêta, le front plissé de perplexité. Dans l'immobilité et le silence obtenus par son geste, ce fut Léontès, abrupt et grave, qui déclara: «Je suis navré, mais il me faut le dire. Nous avons perdu aujourd'hui notre père. Le très saint Empereur de Jad est mort.»

Il y eut un brouhaha d'incrédulité. Une femme poussa un cri. Près de Bonosus, quelqu'un fit le signe du disque, puis d'autres en firent autant. Quelqu'un s'agenouilla, tous l'imitèrent ensuite, un bruit qui évoquait le murmure de la mer. Tous sauf Styliane et Léontès. Et Gésius, constata Bonosus. Le Chancelier ne semblait plus perplexe. Son expression était tout autre. Il posa une main sur une table pour s'appuyer et demanda, derrière les deux hautes silhouettes dorées et les trônes: «Comment? Comment est-ce arrivé? Et comment le savez-vous?»

La mince voix précise résonna durement dans la salle. C'était Sarance. L'Enceinte impériale. Certains événements y étaient difficilement contrôlables. Surtout en présence de tant d'intérêts conflictuels et de tant d'hommes intelligents.

Et de femmes. Ce fut Styliane qui se retourna pour faire face au Chancelier. Ce fut elle qui dit, d'une voix curieusement dépourvue d'énergie – comme si elle venait d'être saignée par un médecin, songea Bonosus : « Il a été assassiné dans le tunnel qui sépare les palais. Brûlé vif par du feu sarantin. »

Bonosus se rappelait avoir fermé les paupières en entendant ces paroles. Passé et présent s'entrechoquaient avec tant de force qu'il en avait le vertige. Il rouvrit les yeux, Pertennius, agenouillé près de lui, était livide.

« Par qui ? » Gésius s'avança d'un pas, après avoir lâché la table. Il était seul, un peu à l'écart de tous. Un homme qui avait servi trois empereurs et survécu à deux successions.

Il n'allait sûrement pas réussir une troisième fois, à poser ainsi ce genre de question. Le sénateur se dit soudain que le vieux Chancelier n'en avait peut-être cure.

Léontès regarda son épouse, et ce fut elle encore qui répondit : « Mon frère Lecanus. Et le Calysien exilé, Lysippe. Ils avaient apparemment soudoyé les gardes à la porte du tunnel. Et de toute évidence les gardes de mon frère, dans l'île. »

Un autre murmure. Lecanus Daleinus, du feu. Le passé se trouvait avec eux dans cette salle, pensa Bonosus.

« Je vois », dit Gésius, sa voix comme un froissement de papier, si dépourvue de toute intonation que c'en était une intonation en soi. « Eux seuls ?

— Il semblerait, fit Léontès avec calme. Il nous faudra faire enquête, de toute évidence.

— De toute évidence », acquiesça Gésius, toujours sans une inflexion pour le trahir. « C'est bien à vous de le souligner, Stratège. Nous aurions pu négliger d'y penser. J'imagine que Dame Styliane a été alertée par son frère de sa malfaisante intention et qu'elle est arrivée tragiquement trop tard pour les arrêter. »

Il y eut un petit silence. Trop d'oreilles ici, songea Bonosus. Toute la Cité serait au courant avant le coucher du soleil. Et il y avait déjà de la violence dans les rues de Sarance. Il se sentit épouvanté.

L'Empereur était mort !

« Le Chancelier, comme toujours, est le plus avisé d'entre nous, remarqua Styliane d'une voix mesurée. C'est bien ce qui s'est passé. Imaginez, je vous prie, mon chagrin et ma honte. Mon frère était mort aussi quand nous sommes arrivés. Et le Stratège a abattu Lysippe quand nous l'avons trouvé auprès des cadavres.

— Abattu », murmura Gésius ; il eut un mince sourire, en homme infiniment versé dans les manières de la cour. « En vérité. Et les soldats que vous avez mentionnés… ?

— … avaient déjà été brûlés vifs », dit Léontès.

Gésius ne dit mot cette fois, se contenta de sourire encore, laissant le silence parler pour lui. Quelqu'un sanglotait dans la salle bondée.

« Nous devons agir. Une émeute est en cours à l'Hippodrome », fit Faustinus. Le Maître des offices s'affirmait enfin. Il était rigide et tendu. « Et l'annonce de la guerre ?

— On ne l'annoncera pas maintenant » déclara Léontès sans ambages. Calme, assuré. Un chef. « Et l'émeute n'est pas un motif de préoccupation.

— Non ? Et pourquoi ? » Faustinus le dévisageait.

« Parce que l'armée est sur place », murmura Léontès, en parcourant lentement du regard la cour assemblée.

Ce fut en cet instant, songea plus tard Bonosus, qu'il commença lui-même à voir la situation dans une lumière différente. Les Daleinoï pouvaient très bien avoir planifié l'assassinat pour leurs propres raisons ; il ne croyait pas un instant que Styliane fût arrivée trop tard dans ce tunnel, ni que son frère aveugle et mutilé eût pu organiser ce plan et le mettre à exécution depuis son île. Le feu sarantin parlait surtout de vengeance. Mais si les rejetons des Daleinoï avaient supposé que le soldat époux de Styliane serait une figure utile sur le trône, une porte pour leurs propres ambitions… Ils faisaient peut-être erreur, conclut alors Bonosus.

Il regarda Styliane se tourner vers l'homme de haute taille qu'elle avait épousé sur ordre de Valérius. Un bon observateur, Plautus Bonosus ; il avait passé des années à déchiffrer d'infimes signaux, surtout à la cour. Elle était en train d'en arriver à la même conclusion que lui.

"L'armée est là". Trois mots, tout un monde de signi-fications. Une armée pouvait réprimer une émeute civile. De toute évidence. Mais il y avait davantage. Quand Apius était mort sans héritier, les armées avaient été à deux semaines de marche, et leurs chefs divisés entre eux. Aujourd'hui, elles se trouvaient sur les lieux, massées dans la Cité et ses environs, prêtes à faire voile vers l'Occident.

Et l'homme qui parlait ainsi, qui se tenait dans tout son éclat doré devant le Trône d'or, c'était leur bien-aimé Stratège. L'armée était là, elle lui appartenait, et l'armée déciderait.

« Je vais voir à la dépouille de l'Empereur », dit Gésius, d'une voix très basse. Des têtes se tournèrent vers lui. « Quelqu'un doit le faire », ajouta-t-il, et il quitta les lieux.

Avant la tombée de la nuit, ce jour-là, le Sénat de Sarance avait été convoqué en session d'urgence sous le dôme de sa belle Chambre. On accepta les nouvelles officielles apportées par le Préfet urbain, vêtu de noir et très nerveux, sur la mort infortunée et malencontreuse du bien-aimé de Jad, Valérius II. Un vote à main levée aboutit à une résolution selon laquelle ledit Préfet urbain, en collaboration avec le Maître des offices, mènerait une enquête approfondie sur les circonstances de ce qui apparaissait comme un vil assassinat.

Le Préfet s'inclina pour manifester son accord et s'en alla.

Au milieu du vacarme qui montait de la rue, armes entrechoquées et hurlements, Plautus Bonosus proféra les paroles rituelles qui invitaient le Sénat à user de sa sagesse collective dans le choix d'un successeur pour le Trône d'or.

On leur fit trois propositions, dans l'étoile de mosaïque qui ornait le sol au centre de leurs gradins. Le Questeur du Sacré Palais prit la parole, puis le principal conseiller du Patriarche d'Orient, et enfin Auxilius, le Comte des Excubiteurs, un petit homme intense et basané : il avait dispersé l'Émeute de la Victoire deux ans plus tôt en compagnie de Léontès. Ils pressèrent tous trois le Sénat, avec des degrés divers d'éloquence, de choisir le même homme.

Quand ils eurent terminé, Bonosus demanda s'il y avait d'autres propositions parmi les assistants. Il n'y en avait point. Il pria ensuite ses collègues de faire leurs propres discours et commentaires. Personne ne prit la parole. Un sénateur proposa un vote immédiat. Ils entendirent de nouveau un bruit de bataille juste de l'autre côté de la porte.

Puisque personne ne s'y opposait d'aucune façon, Bonosus proposa donc le vote. Les galets furent distribués aux assistants, par paires : blanc pour signaler l'accord avec le seul nom proposé, noir pour indiquer qu'on désirait délibérer encore et voir considérer d'autres candidats.

La motion fut adoptée, avec quarante-neuf sénateurs pour, et une abstention. Auxilius, qui s'était attardé dans la galerie réservée aux visiteurs, s'empressa de quitter la salle.

En conséquence de ce vote officiel, Plautus Bonous ordonna aux secrétaires du Sénat de rédiger un document portant sceau officiel : l'auguste corps du Sénat sarantin était d'avis que le successeur du regretté Valérius II, Saint Empereur de Jad, régent du dieu sur terre, devait être Léontès, qui servait présentement avec honneur comme suprême Stratège de l'armée sarantine. On instruisit les secrétaires d'exprimer le fervent espoir collectif du Sénat pour un règne béni de gloire et de bonne fortune par le dieu.

Le Sénat fut ajourné.

La même nuit, dans la Chapelle impériale, à l'intérieur des murs de l'Enceinte impériale, Léontès, souvent surnommé "le Doré", fut oint Empereur par le Patriarche d'Orient. Saranios avait édifié cette chapelle. Elle abritait ses ossements.

On décida que si la Cité se calmait pendant la nuit, on organiserait une cérémonie publique le lendemain après-midi à l'Hippodrome pour couronner l'Empereur et son Impératrice. Il y avait toujours une cérémonie. Le peuple devait y assister.

Plautus Bonosus, escorté cette même nuit à sa résidence par un contingent d'Excubiteurs, tâtait dans sa poche le caillou blanc qu'il n'avait pas utilisé. Après réflexion, il le jeta dans l'obscurité.

Les rues étaient effectivement plus calmes à ce moment-là. On avait éteint les incendies. Au coucher du soleil, des contingents de l'armée avaient été envoyés du port ainsi que des baraquements temporaires hors les murs. La présence de soldats fortement armés et marchant au pas avait mis fin sans à-coups à la violence. De fait, tout s'était passé sans à-coups aujourd'hui, songeait Bonosus. Au contraire de la dernière fois où l'on s'était retrouvé sans héritier. Il essayait de comprendre pourquoi il éprouvait une si grande amertume. Ce n'était pas comme s'il avait été plus apte que Léontès à revêtir les robes pourpres de l'Empire. Mais ce n'était pas de cela qu'il s'agissait. Ou bien si?

Les soldats continuaient de patrouiller dans les rues en formations serrées et efficaces. Il ne pouvait se rappeler l'armée se faisant aussi visible à l'intérieur de la Cité. Tout en marchant avec son escorte (il avait décliné l'offre d'une litière), il voyait ces patrouilles frapper à des portes, entrer dans des demeures.

Il savait pourquoi. Il avait un poids dans l'estomac. Il avait essayé de réprimer certaines pensées, mais sans grand succès. Il comprenait trop bien ce qui se passait. Cela arrivait, devait arriver, chaque fois qu'un changement se faisait dans la violence, comme celui-ci. Valérius, au contraire d'Apius ou de son propre oncle, n'avait pas rejoint le dieu en paix, dans son vieil âge, pour être sereinement exposé dans la salle de Porphyre, vêtu de ses parures funèbres. Il avait été assassiné. On devait s'attendre à certaines conséquences – à certaines disparitions, si Bonosus était honnête avec lui-même.

Une en particulier.

Et ces soldats se dispersaient donc dans la Cité avec leurs torches pour passer au peigne fin les petites rues et les allées proches du port, les portiques des riches, les terriers de l'Hippodrome, les chapelles, les tavernes, les tripots (même si on avait ordonné leur fermeture pour la nuit), auberges, maisons de guildes et ateliers, boulangeries et bordels, et sans doute même des citernes… Et ils entraient chez les citoyens, en pleine nuit. Des coups violents frappés à la porte dans les ténèbres.

Quelqu'un avait disparu, et devait être retrouvé.

Arrivé à sa propre porte, Bonosus vit que sa demeure était barricadée comme il se devait contre l'émeute. Le chef de l'escorte frappa, poliment en l'occurrence, et déclina leur identité.

On ouvrit des verrous. La porte s'ouvrit. Bonosus vit son fils. Cléandre pleurait, les yeux gonflés et rougis. Bonosus, que n'effleurait aucune prémonition, lui en demanda la raison. Cléandre la lui expliqua.

Bonosus entra chez lui. Cléandre remercia les gardes, qui s'en allèrent. Il referma la porte. Bonosus s'assit lourdement sur un banc de l'entrée. Le tourbillon de ses pensées était retombé. Il ne pensait plus rien. Une absence totale.

Les empereurs mouraient, avant leur temps. Et d'autres aussi. D'autres aussi. Ainsi était le monde.

◆

« Il y a une émeute à l'Hippodrome. Et un autre oiseau dans la Cité aujourd'hui », dit Shirin d'un ton pressant dès que Crispin fut rentré chez lui et la vit qui l'attendait dans l'antichambre, marchant de long en large devant la cheminée. Elle était agitée : elle avait parlé alors qu'un serviteur se trouvait encore dans l'entrée.

*Un autre oiseau !* renchérit Danis en silence, presque aussi bouleversée. *Sang et souris*, aurait dit Linon. En le traitant d'imbécile pour avoir arpenté les rues seul en un tel moment.

Crispin prit une profonde inspiration. L'entre-deux-mondes. Le quittait-on jamais après y avoir pénétré? Vous quittait-il jamais?

« Je sais qu'on se bat, dit-il. C'est rendu dans les rues. » Il se détourna pour renvoyer le serviteur. Puis remarqua quelque chose. « Tu as dit qu'il y *avait* un oiseau. Plus maintenant? »

*Je ne le sens plus*, dit Danis dans sa tête. *Il était là et puis il a... disparu.*

« Disparu? De la Cité? »

Il pouvait voir l'angoisse de la jeune femme, la sentir émaner de l'oiseau.

*C'est pire, je pense. Je crois qu'il est... mort. Il ne s'est pas éloigné. Il était là, et puis il n'y était plus.*

Crispin avait envie de vin. Il s'aperçut que Shirin l'examinait avec attention. Ce regard intelligent, perspicace. Elle ne jouait plus, à présent, elle ne paradait plus.

« Vous le saviez », dit-elle, et ce n'était pas une question. La digne fille de Zoticus. « Vous ne paraissez pas... surpris. »

Il acquiesça. « J'en sais un peu. Pas grand-chose. »

Elle avait l'air pâle et semblait glacée, même près du foyer. En croisant les bras, elle reprit : « J'ai deux différents messages, deux de mes... informateurs. Ils disent tous deux qu'on a convoqué le Sénat. Ils disent aussi... que l'Empereur est peut-être mort. » Il n'en était pas sûr, mais elle avait peut-être pleuré. Ce fut Danis qu'il entendit ensuite, en silence.

*Ils disent qu'il a été assassiné.*

Crispin laissa échapper son souffle. Son cœur continuait à battre trop vite. Il contempla Shirin, déliée, gracieuse, effrayée. « Je soupçonne... que ce pourrait être vrai », dit-il.

"Quand la Chasseresse bande son arc, il meurt"...

Il avait bien plus de peine qu'il ne l'aurait cru.

Shirin se mordit la lèvre. « L'oiseau? Que Danis a senti? Elle a dit que c'était... une présence maléfique. »

Aucune raison, vraiment, de ne pas le lui dire. Pas à elle. Elle se trouvait avec lui dans l'entre-deux-mondes. Son père les y avait attirés tous deux. « Il appartenait à Lecanus Daleinus. Qui s'est enfui de sa prison aujour-d'hui pour venir ici. »

Shirin se laissa brusquement tomber sur le banc le plus proche. Toujours les bras serrés sur la poitrine. Elle était absolument livide. « L'aveugle ? Celui qui a brûlé… ? Il a quitté l'île ?

— On l'y a aidé, de toute évidence.

— Qui ? »

Crispin poussa un autre soupir. « Shirin, ma chère. Si tes nouvelles sont véridiques et que Valérius est mort, on me posera des questions. À cause de l'endroit où je me trouvais ce matin. Il vaut mieux pour toi… ne rien savoir. Tu pourras dire en toute vérité que tu ne sais rien. Que j'ai refusé de te le dire. »

Elle changea d'expression. « Vous étiez dans l'île, vous ? Oh, Jad ! Crispin, ils vont… vous n'allez pas faire l'idiot, n'est-ce pas ? »

Il réussit à esquisser un mince sourire : « Pour changer, tu veux dire ? »

Elle secoua farouchement la tête : « Je ne plaisante pas. Pas du tout ! Si les Daleinoï ont assassiné Valérius, ils vont… » Il vit qu'une autre pensée la traversait sou-dain. « Où est Alixana ? S'ils ont abattu Valérius… »

Elle laissa la pensée se dissiper entre eux. Des hommes et des femmes vivaient et mouraient. Disparaissaient. Il ne savait que dire, ce qu'il pouvait se permettre de dire. Une cape abandonnée sur une grève rocailleuse. On l'y découvrirait. Peut-être était-ce déjà fait. "La vierge ne passera-t-elle plus jamais dans les champs éclatants ?"…

« Tu ferais mieux de rester ici ce soir, dit-il enfin. Les rues doivent être dangereuses. Tu n'aurais pas dû sortir, tu sais. »

Elle hocha la tête : « Je sais. » Puis, après un moment : « Avez-vous du vin ? »

Une femme intelligente, bénie soit-elle. Il donna un ordre au serviteur : du vin avec de l'eau, de la nourriture.

Les eunuques avaient organisé la maisonnée pour lui, ses serviteurs étaient très bien. Dans les rues de l'après-midi finissant, on se battait. Des soldats rassemblaient les sénateurs, les escortaient à la Chambre du Sénat puis retournaient dans les rues pour y rétablir l'ordre en cette période dangereuse.

Peu après la tombée de la nuit, ils en étaient venus à bout et s'étaient consacrés à leur autre tâche.

Quand il entendit frapper violemment à sa porte, Crispin y était prêt. Il avait quitté Shirin assez longtemps pour se laver et changer de vêtements, abandonnant sa tunique ordinaire de travail, celle qu'il avait portée dans l'île. Il avait passé sa meilleure tunique et son meilleur pantalon, avec une ceinture de cuir, sans du tout savoir pourquoi il agissait ainsi. Il alla répondre lui-même à la porte, avec un signe de tête pour tenir les serviteurs à l'écart. Il ouvrit le battant, fut brièvement aveuglé par les torches.

« Dois-je te donner un coup de casque ? » demanda Carullus sur le seuil.

Souvenirs. Soulagement. Puis, vive, la tristesse : un enchevêtrement si terrible de loyautés, ici… Il ne pouvait même pas déterminer les siennes. Carullus devait avoir spécifiquement demandé à commander cette patrouille pour venir le chercher. Crispin se demanda qui avait avalisé sa demande. Et où se trouvait Styliane en cet instant.

« Cela dérangerait sans doute ton épouse, dit-il avec calme. Tu te rappelles l'autre fois ?

— Crois-moi, je m'en souviens. » Carullus entra ; un ordre, et ses hommes attendirent sur le seuil. « Nous fouillons toute la Cité. Toutes les maisons, pas seulement la tienne.

— Oh. Pourquoi la mienne serait-elle particulière ?

— Parce que tu te trouvais avec l'Imp… avec Alixana ce matin. »

Crispin dévisagea son ami, vit le regard inquiet du grand gaillard, mais autre chose aussi : son indéniable excitation. Un moment dramatique, le plus dramatique qu'on pût imaginer, et il faisait maintenant partie de la garde personnelle de Léontès.

«Je me trouvais avec l'Impératrice.» Crispin accentua le mot, conscient d'y mettre une certaine perversité. «Elle m'a emmené voir des dauphins, et ensuite une île qui sert de prison. Nous avons vu Lecanus Daleinus dans la matinée et ensuite, quand nous sommes revenus, il avait disparu. Deux des gardes étaient morts. L'Impératrice est repartie seule avec un soldat. Elle n'est pas revenue avec le bateau. On doit savoir tout cela au palais, désormais. Qu'est-ce qui s'est passé, Carullus?

— Des dauphins, fit le soldat, comme s'il n'avait rien entendu d'autre.

— Des dauphins. Pour une mosaïque.

— C'est une hérésie. Interdite.

— La jettera-t-on pour autant au bûcher?» demanda Crispin avec froideur. Sans pouvoir s'en empêcher.

Il vit une étincelle dans les yeux de son ami.

«Ne fais pas l'idiot. Qu'est-ce qui s'est passé? dit Crispin. Dis-le-moi.»

Carullus passa près de lui pour entrer dans l'antichambre, aperçut Shirin devant le foyer. Cligna des yeux.

«Bonsoir, soldat, murmura-t-elle. Je ne vous ai pas vu depuis vos noces. Allez-vous bien? Et Kasia?

— Je… oui, eh bien… oui, nous allons bien. Merci», balbutia Carullus, cherchant pour une fois ses mots.

«On m'a dit que l'Empereur a été assassiné aujourd'hui, reprit-elle sans lui laisser de répit. «Est-ce vrai? Dites-moi que non.»

Carullus hésita, puis secoua la tête. «Je voudrais le pouvoir. Il a été brûlé vif dans un tunnel entre deux des palais. Par Lecanus Daleinus, qui s'est en effet échappé de son île aujourd'hui. Et par Lysippe le Calysien, qui avait été exilé, comme vous le savez, mais qui s'est glissé secrètement dans la Cité.

— Personne d'autre?

— Deux… Excubiteurs se trouvaient là aussi.» Carullus semblait très mal à l'aise.

« Un vaste complot, alors. Ces quatre-là ? » Shirin avait une expression innocente. « Sommes-nous en sécurité à présent ? J'ai entendu que le Sénat était en session.

— Vous êtes bien informée, Madame. Il l'était.

— Et ? demanda Crispin.

— Ils se sont retirés pour la nuit. Ils ont nommé Léontès et l'ont désigné pour l'onction impériale. On l'annoncera demain matin, avec son couronnement et celui de la nouvelle Impératrice dans la kathisma. »

Cette note d'excitation, encore, que l'autre ne pouvait réprimer. Carullus adorait Léontès, et Crispin le savait. Le Stratège était même venu à son mariage, l'avait promu en personne, l'avait ensuite nommé à un poste dans sa garde personnelle.

« En attendant, dit Crispin sans masquer son amertume, tous les soldats de Sarance pourchassent l'ancienne Impératrice. »

Carullus le regarda. « Dis-moi, je t'en prie, mon ami, que tu ne sais pas où elle se trouve. »

Il y avait un poids douloureux dans la poitrine de Crispin, comme une pierre.

« J'ignore où elle se trouve, mon ami. »

Ils se dévisagèrent en silence.

*Elle vous fait dire d'être prudent. Et honnête.*

Crispin aurait voulu laisser échapper un juron. Il s'abstint. Danis avait raison, ou Shirin. Il fit un geste de la main. « Fouille la maison, fais-la fouiller par tes hommes. »

Carullus se racla la gorge en hochant la tête. Crispin ajouta, après l'avoir observé : « Et merci de le faire toi-même. Veux-tu que je t'accompagne pour qu'on m'interroge ? »

*Pas honnête à ce point !* s'écria vivement Danis.

Carullus hésita encore, puis secoua la tête. Il revint dans l'entrée, ouvrit la porte extérieure. Ils purent l'entendre donner des ordres. Six soldats entrèrent. Deux montèrent à l'étage, les autres s'éloignèrent vers l'arrière du rez-de-chaussée.

Carullus revint dans l'antichambre. « On t'interrogera peut-être par la suite. Je n'ai pas d'ordres à ce propos pour l'instant. Tu es allé dans l'île avec elle, tu as vu Lecanus, et ensuite il avait disparu, et elle est repartie. Comment ?

— Je te l'ai dit. Avec un Excubiteur. J'ignore son nom. Je ne sais même pas si elle est repartie. Elle peut encore être dans l'île, Carullus. Ils vont l'assassiner s'ils la trouvent, n'est-ce pas ? »

Son ami avala sa salive, avec une expression absolument misérable.

« Je n'en sais rien, dit-il.

— Bien sûr que oui, vous le savez, intervint sèchement Shirin. Ce n'est pas votre faute, voilà tout ce que vous voulez dire. Ou celle de Léontès, évidemment. Rien n'est de sa faute.

— Je ne… Je ne crois vraiment pas qu'il ait eu quoi que ce soit à voir dans toute cette affaire », dit le grand soldat.

Crispin observa l'autre. Son ami le plus intime à Sarance. L'époux de Kasia. Un homme honnête et décent s'il en était. « Non, je ne crois pas qu'il était au courant.

— Le pauvre impuissant. Ce doit avoir été Styliane, alors, dit Shirin, toujours en furie. C'est elle qui représente tous les Daleinoï aujourd'hui. Un frère aveugle et captif, l'autre un imbécile fini ! »

Crispin lui jeta un coup d'œil. Carullus aussi. Ils échangèrent un regard. « Ma chère, laisse cette idée ici, je t'en prie. Tu m'as dit de ne pas être stupide, tout à l'heure. Permets-moi d'en faire autant.

— Il a raison », déclara Carullus avec sobriété.

*Que Jad vous putréfie tous les deux !* dit Danis en silence, et Crispin entendit chez l'oiseau le chagrin que ne pouvait exprimer la jeune femme.

« Nous sommes tous malheureux cette nuit, ajouta Carullus. Ce ne sont pas des temps faciles. »

*Malheureux ? Je pourrais en rire. Cet homme baigne en pleine gloire !* fit Danis avec une férocité inhabituelle chez elle.

Ce n'était pas vrai, ou pas entièrement, mais Crispin ne pouvait le dire à haute voix. En regardant Shirin, il s'aperçut tardivement qu'elle pleurait.

« Vous allez la pourchasser comme un animal, dit-elle avec amertume. Tous. Une armée de soldats aux trousses d'une unique femme dont l'époux vient d'être assassiné, dont la vie a pris fin avec lui. Et ensuite, quoi ? La renvoyer dans un taudis de l'Hippodrome ? La faire danser nue pour leur divertissement ? Ou bien devez-vous la tuer discrètement quand vous la trouverez ? Pour épargner les détails au malheureux, au vertueux Léontès ? »

C'était une femme qui parlait, et une actrice, Crispin le comprit enfin. Sa peur, et cette rage d'une profondeur inattendue à la pensée de cette autre danseuse qui avait symbolisé, pour eux tous, la Cité et le monde.

Mais il y avait plusieurs niveaux de sens ici aussi, car si Léontès oubliait ce qui s'était passé, Styliane ne l'oublierait pas. Ce n'étaient pas seulement des hommes à la poursuite d'une femme sans défense. C'étaient deux femmes en guerre, et il ne pouvait en survivre qu'une.

« Je ne sais vraiment pas ce qu'ils feront », dit Carullus et même Shirin, en relevant la tête, sans dissimuler ses larmes, devait avoir entendu sa détresse.

Des pas résonnèrent, un soldat à l'entrée voûtée de la pièce. Il rapporta que personne ne se cachait dans la maison ou dans la cour intérieure. Les autres défilèrent près de lui pour ressortir.

Carullus regarda Crispin. Sembla sur le point d'ajouter quelque chose, se reprit. Il se tourna vers Shirin : « Puis-je vous escorter chez vous, Madame ? »

— Non », dit-elle.

Il avala sa salive. « « Il y a des ordres, on doit rester chez soi. Il y a beaucoup de soldats dans les rues… certains… n'ont pas l'habitude de la Cité. Ce sera plus sûr si…

— Non », répéta-t-elle.

Carullus se tut. Après un moment, il s'inclina devant elle et quitta la pièce.

Crispin l'accompagna à la porte. Carullus s'y immobilisa. « Ils sont… anxieux de la trouver cette nuit, comme tu le dis. Il y aura… des incidents déplaisants, je crois, pendant les fouilles. »

Crispin hocha la tête. "Des incidents déplaisants".
Une litote de courtisan. De grands bouleversements
avaient lieu tandis que la nuit passait, que les lunes se
levaient. Mais Carullus n'en était pas responsable. «Je…
comprends. Je suis reconnaissant que ç'ait été toi à ma
porte. Jad te protège.

— Et toi aussi, mon ami. Reste à l'intérieur.

— Oui. »

Il en avait réellement eu l'intention. Mais peut-on
prévoir comment on va se faire dépasser par les événements ?

L'automne précédent, chez lui, ç'avait été un messager
impérial porteur d'une convocation à Sarance. Cette
nuit-là, ce fut autre chose, mais tout aussi impérieux,
car on frappa de nouveau à la porte, plus discrètement,
peu de temps après le départ des soldats.

Crispin y répondit encore lui-même. Pas de torches
enflammées cette fois, pas d'hommes armés. Une silhouette solitaire, couverte d'une cape, dissimulée par
un capuchon. Une femme, hors d'haleine d'avoir couru,
et tenaillée par la peur. Elle lui demanda son nom. Il le
lui donna sans réfléchir, s'écarta ; elle s'empressa d'entrer,
en scrutant la nuit par-dessus son épaule. Il referma la
porte. Dans l'entrée, elle lui tendit sans un mot une note
manuscrite, puis fouilla dans sa cape pour produire un
anneau.

Il les prit tous deux. Les mains de la femme tremblaient. Il reconnut l'anneau, sentit son cœur battre
brièvement plus fort.

Il avait oublié l'un des joueurs.

La note scellée, une fois ouverte, contenait un ordre,
non une requête, en provenance d'une personne à qui
Crispin avait le devoir d'obéir, comprit-il, tandis qu'il
sentait son cœur se remettre à battre correctement.
Quelles que fussent la confusion et les loyautés déchi-
rantes qui donnaient leur forme à ce jour terrible, à cette
terrible nuit.

Cela impliquait aussi de retourner dans les rues.

Shirin apparut sous le porche.

«Qu'est-ce que c'est?»

Il le lui dit. Sans bien savoir pourquoi, mais il le lui dit.

«Je vous y emmène», dit-elle.

Il essaya de refuser. En pure perte.

Elle avait une litière et des gardes, souligna-t-elle. Elle était connue, autre forme de protection. Il était plausible pour elle d'être en train de retourner chez elle, même par les rues interdites. Il n'eut pas la force de la contrarier. Qu'allait-elle faire? Rester chez lui alors qu'il sortirait?

C'était une litière à deux places. Crispin ordonna de voir au confort de la messagère, de la sustenter et de lui fournir un lit pour la nuit si elle le désirait. Le regard de la femme trahissait son soulagement: elle avait évidemment été terrifiée à l'idée de ressortir. Crispin s'enveloppa de sa propre cape et, Shirin à ses côtés, ouvrit la porte pour attendre le moment où la rue serait tranquille. Une aura menaçante alourdissait les ténèbres, aussi évidente que les étoiles, aussi lourde que le poids de la terre sur les morts. Selon Carullus, Valérius avait péri dans un passage souterrain.

Les porteurs de la litière sortirent des ombres de l'autre côté du portique. Shirin leur ordonna de les ramener chez elle. Ils descendirent la rue. Aux aguets derrière les rideaux tirés, Crispin et Shirin virent tous deux les étranges flammèches qui voletaient dans les coins, sans source visible, flottant de-ci de-là avant de s'évanouir. Des esprits, des fantômes, des reflets du feu d'Héladikos, inexplicables.

Mais, la nuit, à Sarance, on voyait toujours ces flammes.

Ce qui était nouveau, c'étaient les bruits, les torches omniprésentes, leur fumée, leur erratique lueur orangée. De partout provenaient des bruits de bottes. Elles ne marchaient pas, elles couraient. Dans la nuit tourbillonnait un sentiment de hâte et d'urgence. On frappait à des portes, on criait d'ouvrir. Une fouille était en cours.

Pour une seule femme. Ils entendirent deux chevaux passer au galop, des ordres qu'on aboyait, des malédictions. Crispin se dit soudain que la plupart de ces soldats n'auraient pas la moindre idée de l'aspect d'Alixana. Il songea de nouveau à la cape impériale abandonnée dans l'île. Alixana ne serait certainement pas vêtue et parée comme une impératrice. La trouver ne serait pas chose aisée – à moins qu'elle ne fût trahie. Une possibilité, évidemment.

Ils n'essayèrent nullement de se dissimuler en route, furent arrêtés par deux fois. Les hommes du Préfet urbain, ce qui était fortuné car ces troupes-là reconnurent aussitôt la Première Danseuse des Verts, et on leur permit de poursuivre leur chemin jusqu'à sa résidence.

Mais ils n'allaient pas chez elle. Alors qu'ils approchaient de sa rue, Shirin se pencha pour donner un autre ordre aux porteurs, celui de continuer en direction de l'est, vers les murailles. À partir de là, le danger devenait réel, et plus évident, car elle ne pouvait plus prétendre retourner chez elle. Mais on ne les arrêta pas de nouveau. La fouille ne s'était pas encore rendue aussi loin, apparemment. Elle partait de l'Enceinte impériale et s'élargissait en direction du port, maison par maison, rue par rue dans l'obscurité.

Ils finirent par arriver à une demeure située non loin des triples murailles. Shirin ordonna aux porteurs de s'arrêter. Il y eut un silence dans la litière.

« Merci », dit enfin Crispin. La jeune femme le regardait fixement. Danis resta silencieuse à la chaîne autour de son cou.

Il sortit. Après un coup d'œil à la porte close devant lui, il leva les yeux vers les étoiles nocturnes. Puis il se retourna vers Shirin. Elle n'avait encore rien dit. Il se pencha dans la litière et lui effleura les lèvres d'un baiser. Il se rappelait le jour de leur première rencontre, cette étreinte passionnée dans l'entrée, Danis qui protestait avec énergie, Pertennius d'Eubulus apparaissant derrière Shirin.

Voilà un homme qui devait être heureux cette nuit, songea soudain Crispin avec amertume.

Puis il se retourna vers la porte de la personne qui l'avait fait appeler et y frappa – un coup de plus cette nuit sur une porte sarantine. Un serviteur ouvrit aussitôt, qui l'avait évidemment attendu. Il entra.

Le serviteur fit un geste empreint de nervosité. Crispin s'avança.

La reine des Antæ l'attendait dans la première pièce à sa droite dans le couloir.

Elle se tenait debout devant le foyer, oreilles et cou parés de bijoux éclatants, gemmes aux doigts et dans sa chevelure, vêtue d'une soyeuse robe de pourpre et d'or. La pourpre, cette nuit, pour la royauté. Sa haute taille, sa beauté… elle était absolument royale, éblouissante. Il y avait en elle un farouche éclat, une sorte de lumière qui faisait écho à celle de ses bijoux. À la regarder, on en avait le souffle coupé. Crispin s'inclina puis, un peu dépassé, il s'agenouilla.

« Pas de sac de farine cette fois, Artisan. J'use de méthodes plus douces, comme vous voyez.

— J'en suis reconnaissant, Madame. » Il ne pouvait imaginer d'autre réplique. L'autre fois aussi, cette femme avait paru capable de lire dans ses pensées.

« On dit que l'Empereur est mort. » Directe, comme toujours. Une Antæ, pas une Sarantine. Un autre monde : l'Occident opposé à l'Orient, une femme née des forêts et des champs et non de ces triples murailles, de ces battants de bronze, de ces palais aux arbres d'or et d'argent. « Est-ce vrai ? Valérius est mort ? »

C'était sa propre souveraine qui lui posait cette question. « Je crois que oui », dit-il après s'être éclairci la voix. « Je n'ai pas de certi…

— Assassiné ? »

Crispin avala sa salive en hochant la tête.

« Les Daleinoï ? »

Un autre hochement de tête. Ainsi agenouillé, les yeux levés vers la haute silhouette qui se tenait près de la cheminée, il se dit qu'il ne l'avait jamais vue ainsi. Il n'avait vraiment jamais vu personne qui lui ressemblât en cet instant. Un être de flammes, presque, comme celles du feu derrière elle, une créature qui n'était pas entièrement humaine.

Elle le contemplait, de ces fameux yeux bleus bien écartés. Il avait la bouche sèche. « Dans ce cas, Caius Crispus, dit-elle, vous devez nous introduire dans l'Enceinte impériale. Cette nuit.

— Moi ? » fit Crispin – avec éloquence.

Gisèle eut un mince sourire. « Je ne peux imaginer personne d'autre. Ni me fier à personne d'autre. Je suis une femme sans défense, loin de sa patrie. »

Il avala de nouveau sa salive, à grand-peine, sans rien trouver à dire. Il était en train de penser qu'il pourrait bien mourir dans la nuit, et qu'il s'était trompé, un peu plus tôt, en voyant dans cette terrible journée et cette terrible nuit un conflit entre deux femmes. Il le voyait à présent. Il y en avait trois, et non deux.

En fait, ils avaient tous oublié Gisèle. Le genre d'oubli qui peut être extrêmement important et changer bien des choses en ce bas monde – même si ce n'est pas nécessairement immédiat et évident pour certains, comme cette famille dans sa ferme des terres à grains du nord, celle dont le meilleur journalier venait de mourir subitement, bien trop jeune, alors qu'il fallait encore faire toutes les semailles.

# CHAPITRE 13

Dans l'enclave régnait une qualité de terreur comme Kyros n'en avait jamais perçu auparavant. On aurait dit qu'ils étaient tous des chevaux encore indomptés, suant et tremblant d'appréhension.

Scortius n'était pas le seul blessé. Des membres de la faction n'avaient cessé d'arriver à l'enclave toute la journée avec des blessures parfois mineures, parfois épouvantables. Le chaos était incroyable. Ampliarus, le nouveau médecin de la faction, un homme aux traits falots, soignait les blessés avec Columella, qui était en réalité le vétérinaire des chevaux mais qui leur inspirait plus de confiance qu'Ampliarus. Il y avait aussi le docteur bassanide à la barbe grisonnante que nul ne connaissait, mais qui avait apparemment soigné Scortius quelque part pendant son absence. Un mystère, mais pas le loisir de l'examiner.

De l'autre côté des portes, au crépuscule, résonnaient toujours des bruits de courses, des appels, la marche cadencée des soldats, des chocs métalliques, des chevaux au pas ou au galop, parfois des hurlements. Ceux qui se trouvaient dans l'enclave étaient sous le coup d'une interdiction absolue de sortir.

L'anxiété était d'autant plus grande que, si tard dans la journée – le ciel était maintenant écarlate au couchant au-dessus d'une rangée de nuages –, Astorgus n'était pas encore revenu.

Les hommes du Préfet urbain l'avaient arrêté au tout début de l'émeute et l'avaient emmené pour interrogatoire. Et l'on savait bien ce qu'il pouvait arriver à ceux qu'on interrogeait dans cet édifice sans fenêtres en face de l'Hippodrome.

En l'absence du factionnaire, le contrôle de l'enclave revenait habituellement à Columella, mais il était entièrement absorbé par les soins à prodiguer aux blessés. Ce fut plutôt le petit cuisinier grassouillet, Strumosus, qui prit les rênes : il donna des instructions utiles et calmes, s'arrangea pour fournir du linge propre et des lits pour les blessés, ordonna à tous les gens indemnes – palefreniers, serviteurs, jongleurs, danseuses, garçons d'étable – d'assister les trois médecins, et posta des gardes supplémentaires aux portes de l'enclave. On l'écouta. On avait vraiment besoin d'une main ferme.

Strumosus avait aussi tenu ses propres gens – apprentis cuisiniers, marmitons, serveurs – furieusement affairés à préparer des soupes, des grillades, des légumes, et à porter du vin fortement allongé d'eau aux blessés et aux gens trop énervés. Dans ce genre de circonstances, tout le monde a besoin de manger, leur dit le chef cuisinier dans la cuisine, avec un sang-froid étonnant chez un homme aussi notoirement explosif. La nourriture et l'illusion de la normalité jouaient chacune leur rôle, remarqua-t-il, comme s'il avait fait une conférence par un tranquille après-midi.

Cette dernière remarque était particulièrement vraie, songeait Kyros. Cuisiner avait un effet calmant. Il sentait sa propre peur se dissiper dans l'humble et automatique routine consistant à choisir les légumes destinés à sa soupe, à les hacher ou à les couper en cubes, à y ajouter du sel et des épices, à goûter et ajuster, conscient des autres qui voyaient à leurs propres tâches en sa compagnie dans la cuisine.

On aurait presque pu s'imaginer que c'était jour de banquet et qu'ils étaient tous emportés par l'habituel remue-ménage des préparations.

Presque, mais pas tout à fait. On pouvait entendre des cris de colère ou de douleur tandis qu'on aidait des hommes à échapper à la frénésie des rues en se réfugiant dans la cour. Kyros avait déjà entendu nommer une douzaine de gens de sa connaissance qui étaient morts à l'Hippodrome ou dans les bagarres à l'extérieur de l'édifice.

Rasic, à son poste près de Kyros, laissait échapper une litanie de jurons en hachant oignons et pommes de terre avec une fureur à peine maîtrisée, comme s'il s'agissait de partisans des Verts ou de soldats. Il était allé aux courses dans la matinée mais n'avait pas été là quand la violence avait éclaté pendant l'après-midi ; on permettait aux employés des cuisines qui tiraient à la courte paille d'assister aux premières courses, mais ils devaient absolument revenir avant la dernière de la matinée, pour aider à la préparation du repas de midi.

Kyros essayait d'ignorer son ami. Il avait quant à lui le cœur lourd, étreint par la crainte, mais non par la colère. La violence était déchaînée à l'extérieur de l'enclave ; on recevait d'horribles blessures, on se faisait tuer. Il s'inquiétait de sa mère et de son père, de Scortius, d'Astorgus.

Et l'Empereur était mort.

L'Empereur était mort. Kyros avait été un enfant à la disparition d'Apius, guère plus vieux lorsque le premier Valérius était allé rejoindre le dieu. Et tous deux avaient quitté le monde dans leur lit, en paix. On parlait aujourd'hui de sombre assassinat, du meurtre de l'oint de Jad, régent divin sur terre.

C'était l'ombre qui recouvrait tout, tel un fantôme entrevu du coin de l'œil, planant au-dessus d'une colonnade ou d'un dôme de chapelle, métamorphosant les rayons du soleil, présage du jour et de la nuit à venir.

À la tombée de la nuit, on alluma torches et lampes. L'enclave prit l'aspect étrange d'un campement nocturne sur un champ de bataille. Comme les baraquements débordaient de blessés, Strumosus avait ordonné de recouvrir de drap les tables de la salle de banquet et d'utiliser celles-ci en guise de lits pour ceux qui en avaient besoin. Il était partout, se déplaçant d'un pas rapide, concentré, imperturbable.

En traversant la cuisine, il s'arrêta pour y jeter un regard circulaire. D'un signe, il appela à lui Kyros, Rasic et deux autres. « Reposez-vous un peu, dit-il. Mangez aussi quelque chose, couchez-vous ou dégourdissez-vous les jambes, à votre goût. » Kyros essuya son front en sueur. Ils travaillaient presque sans interruption depuis le repas de midi, et la nuit était à présent complètement tombée.

Il n'avait pas envie de manger ou de s'étendre. Rasic non plus. Ils quittèrent la cuisine surchauffée pour traverser les ombres de la cour illuminée par les torches. Kyros sentit le froid, ce qui était inhabituel pour lui, et regretta de ne pas avoir jeté un manteau sur sa tunique trempée de sueur. Rasic voulait se rendre aux portes, aussi y allèrent-ils. Kyros traînait son pied-bot en essayant de rester à la hauteur de son compagnon. On pouvait voir des étoiles dans le ciel. Aucune des lunes n'était encore levée. Un moment d'accalmie, comme si tout le monde retenait son souffle. Personne ne criait, on ne transportait pas de civière, nul ne passait en courant avec des choses à porter aux médecins dans les baraquements ou la salle de banquet.

Ils arrivèrent aux barrières, où se tenaient les gardes. Kyros vit qu'ils étaient armés d'épées, de lances et de plastrons. Et ils portaient des casques, comme les soldats. Armes et armures étaient interdites aux citoyens dans les rues, mais les enclaves des factions avaient, par décret, leurs propres lois, et on leur permettait de se défendre.

Il faisait calme ici aussi. Ils scrutèrent la ruelle obscure à travers les battants métalliques. Il y avait parfois du mouvement dans la rue, des bruits lointains, l'appel d'une voix solitaire, une torche passant à l'orée de leur ruelle. Rasic s'informa. L'un des gardes lui dit que le Sénat avait été convoqué.

« Pourquoi ? lança Rasic. Ces gros pets inutiles ! Pour se voter une autre ration de vin et de petits Karches ?

— Pour nommer un Empereur, dit le garde. Si ta cervelle est toute petite, marmiton, cache-le donc en gardant la bouche fermée.

— Va te faire foutre, grogna Rasnic.

— La ferme, Rasic, dit vivement Kyros. Il est inquiet, expliqua-t-il aux gardes.

— On l'est tous », rétorqua l'homme avec brusquerie ; Kyros ne le connaissait pas.

Ils entendirent des pas s'approcher derrière eux, se retournèrent. À la lueur des torches montées dans les murs, Kyros reconnut un aurige.

« Taras », fit un autre garde, avec une intonation respectueuse.

Ils en avaient entendu parler à la cuisine : Taras, leur tout nouveau conducteur, avait gagné la première course de l'après-midi en effectuant de concert avec Scortius miraculeusement revenu des manœuvres éblouissantes, stupéfiantes. Les Bleus avaient terminé en première, deuxième, troisième et quatrième places, oblitérant totalement les triomphes des Verts lors de la première journée des courses et dans la matinée.

Et puis la violence avait explosé pendant les tours d'honneur.

Le jeune conducteur hocha la tête et alla rejoindre Kyros devant les barrières. « Que savons-nous de notre factionnaire ? demanda-t-il.

— Encore rien », dit le troisième garde. Il cracha quelque part dans l'obscurité hors de la lumière des lampes. « Les enculés de la Préfecture urbaine ne veulent rien dire, même quand ils passent dans le coin.

— Ils ne savent probablement rien », remarqua Kyros. Une torche crépita, projetant des étincelles, et il regarda ailleurs. Il avait toujours l'impression d'être le seul à tenter d'être raisonnable au milieu d'hommes qui s'en souciaient comme d'une guigne. Il se demanda comment ce serait de courir dans les rues en brandissant une lame et en hurlant sa fureur. Il secoua la tête. Il serait un autre, dans une autre vie. Et avec un autre pied, en plus.

«Comment va Scortius?» demanda-t-il en examinant l'autre aurige. Taras avait une entaille au front et une vilaine meurtrissure sur une joue.

L'autre secoua la tête: «Il dort, m'a-t-on dit. On lui a donné quelque chose pour le faire dormir. Il avait très mal, là où il avait déjà les côtes cassées.

— Il va mourir?» demanda Rasic. Kyros s'empressa de faire le signe du disque dans le noir, vit deux gardes en faire autant.

Taras haussa les épaules: «Ils ne savent pas, ou ne veulent pas le dire. Le docteur bassanide est vraiment furieux.

— Enculé de Bassanide», dit Rasic, ce qui était à prévoir. «C'est qui, lui, de toute façon?»

Il y eut une soudaine série de claquements de l'autre côté des barrières et un ordre émis d'une voix rauque et coupante. Ils se retournèrent vivement pour scruter la ruelle.

«Encore des nôtres qui arrivent, dit le premier garde. Ouvrez les portes.»

Kyros vit un groupe d'hommes, une douzaine peut-être, que des soldats poussaient brutalement dans la ruelle. L'un d'eux ne pouvait marcher; deux autres le soutenaient. Les soldats, épée en main, harcelaient les Bleus pour les faire aller plus vite. Avec un juron à l'accent nordique, l'un d'eux frappa du plat de sa lame un homme qui vacillait.

Les battants des portes s'ouvrirent, aspirant la flamme des torches et des lampes. L'homme qui avait été frappé trébucha et tomba sur les pavés ronds de la ruelle. Le soldat, avec un nouveau juron, le piqua de son épée: «Debout, tas de bouse de cheval!»

L'autre se redressa avec maladresse sur un genou tandis que les autres se pressaient pour franchir la barrière. Kyros, sans réfléchir, sortit en boitant et s'agenouilla près de l'homme tombé. Il passa le bras droit de celui-ci autour de son épaule. L'homme sentait la sueur, le sang et l'urine. Kyros se releva en titubant, vacilla en soutenant l'autre. Il n'avait pas idée de son identité dans le noir, mais cet homme était un Bleu, ils étaient tous des Bleus, et il était blessé.

« Remue-toi, pied-bot ! À moins de vouloir une épée dans le cul », fit le soldat. Quelqu'un se mit à rire. Ils ont des ordres, pensa Kyros. Il y a eu une émeute. L'Empereur est mort. Ils ont peur aussi.

Dix pas pour revenir à l'intérieur des portes, le chemin semblait bien long. Kyros vit Rasic qui arrivait en courant pour l'aider. Son ami souleva l'autre bras de l'homme pour le passer autour de ses propres épaules, mais entre eux l'autre poussa un cri de souffrance, et ils se rendirent compte que ce bras-là avait été entaillé d'un coup d'épée.

« Bandes d'enculés », gronda Rasic en se retournant contre les soldats dans sa rage. « Il n'est pas armé ! Enculeurs de chèvres ! Vous n'aviez pas besoin de… »

Le soldat le plus proche, celui qui avait ri, se tourna vers Rasic et – le visage dénué d'expression, cette fois – leva son épée. Un geste précis et mécanique, qui n'avait rien d'humain.

« Non ! » s'écria Kyros et, en se tordant brusquement, toujours en soutenant l'autre homme, il agrippa Rasic de sa main libre. Le poids du blessé et le mouvement trop rapide le firent verser de côté alors qu'il essayait de garder l'équilibre.

Et ce fut en cet instant, un peu après la tombée de la nuit, le jour où périt l'empereur Valérius II, que Kyros des Bleus, né dans l'Hippodrome, qui ne s'était certainement jamais imaginé faire partie des bien-aimés de Jad et n'avait jamais vu de près le très saint régent du dieu sur terre, berger trois fois honoré de son peuple, sentit lui aussi quelque chose de blanc et de brûlant s'enfoncer dans son dos. Il tomba, comme Valérius était tombé, et lui aussi, le temps d'un éclair, eut une pensée pour tout ce qu'il désirait faire et n'avait pas encore fait.

Cela, les êtres humains peuvent l'avoir en commun, à défaut d'autre chose.

Taras, en maudissant son hébétude et sa désespérante lenteur, franchit vivement la barrière entre les gardes, qui se seraient fait hacher menu s'ils s'étaient rendus dans la ruelle avec des armes.

Le nommé Rasic était figé comme une statue, bouche béante, et contemplait son ami à terre. Taras l'agrippa par les épaules et le propulsa vers les portes et les gardes, avant qu'il ne se fît lui aussi abattre. Puis, après s'être agenouillé en adressant aux soldats un geste pressant d'apaisement, il souleva l'homme que Kyros avait essayé d'aider. Le blessé poussa un nouveau cri mais Taras, dents serrées, le tira et le porta jusqu'aux portes. Il le confia aux gardes et se retourna. Il allait revenir en arrière, mais quelque chose l'arrêta.

Kyros, inerte, gisait de tout son long sur les pavés ronds. Du sang – noir dans l'ombre – jaillissait à flots de son dos blessé.

Dans l'allée, le soldat qui l'avait frappé jeta un coup d'œil indifférent au corps puis aux barrières où les Bleus se pressaient dans la lumière vacillante des torches. « Me suis trompé de bouse de cheval, fit-il avec désinvolture. Peu importe. Prenez-en pour votre grade. On ne parle absolument pas comme ça à des soldats. Ou bien on crève.

— Viens… nous le dire ici… enculeur… de chèvres ! Les Bleus ! Les Bleus ! » Rasic pleurait d'impuissance tout en bégayant ses insultes, les traits convulsés.

Le soldat fit un pas lourd en avant.

« Non ! » aboya un autre, le même accent épais, un seul mot plein d'autorité. « Les ordres. On n'entre pas. Allons. »

Rasic pleurait toujours, appelait à l'aide, une tirade obscène de fureur impuissante. Taras avait envie d'en faire autant. Tandis que les soldats se retournaient pour partir, en enjambant le corps du cuisinier abattu, il entendit des pas. Des torches plus nombreuses apparurent dans l'enclave.

« Quoi ? Qu'est-il arrivé ici ? » C'était Strumosus, avec le médecin bassanide et tout un groupe d'hommes munis de lumières.

« Une autre douzaine des nôtres qu'on nous a ramenés, dit un garde. Au moins deux salement amochés, probablement par les soldats. Et ils viennent…

— C'est Kyros ! » s'écria Rasic en agrippant la manche du cuisinier. « Strumosus, regarde ! Ils ont tué Kyros, maintenant ! »

« Quoi ? ! » Taras vit changer l'expression du petit homme. « Vous ! Arrêtez ! » hurla-t-il et, dans la ruelle – stupéfiant –, les soldats se retournèrent. « Amenez de la lumière ! » aboya Strumosus par-dessus son épaule, et il franchit la porte d'un pas décidé. Taras hésita un instant, puis le suivit, s'immobilisant un peu en retrait.

« Infect avorton de merde ! Je veux ton nom et le rang de ton chef ! » dit le petit chef cuisinier en contrôlant à peine sa rage. « À l'instant ! Dis-le-moi !

— Qui es-tu pour donner des ordres à…

— Je parle au nom de la faction accréditée des Bleus et vous êtes dans la ruelle qui mène aux portes de notre enclave, indécente vermine. Il y a des règlements làdessus, depuis cent ans et plus. Je veux ton nom – si tu es le chef pustuleux de ces butors d'ivrognes qui sont la disgrâce de notre armée.

— Mon petit gros, dit le soldat, tu parles trop. » Il éclata de rire et se détourna pour s'éloigner sans un regard en arrière.

— Rasic, Taras, vous les reconnaîtrez ? » Strumosus était rigide, poings serrés.

« Je crois que oui », dit Taras. Il se souvenait de s'être agenouillé pour récupérer le blessé et d'avoir regardé bien en face celui qui avait frappé Kyros.

— Alors, ils en répondront. Ils ont tué un prodige cette nuit, les infectes brutes ignorantes ! »

Taras vit le docteur s'avancer. « C'est pire que de tuer un homme ordinaire ? Ou une centaine ? » La voix du Bassanide, sous son accent, était presque un murmure et trahissait la profondeur de son épuisement. « Pourquoi un prodige ?

— Il était en train de devenir un cuisinier. Un vrai, dit Strumosus. Un maître.

— Ah, fit le docteur. Un maître ? Un peu jeune pour
ça. » Il contemplait Kyros étendu à ses pieds.

« N'avez-vous jamais vu un don éclatant apparaître
chez quelqu'un de très jeune ? N'êtes-vous pas jeune
vous-même, malgré le mensonge de vos cheveux teints
et cette canne ridicule ? »

Le docteur leva alors les yeux et, dans la lueur des
torches et des lanternes, Taras vit passer quelque chose
– un souvenir ? – sur les traits du Bassanide.

Mais l'autre ne dit rien. Ses habits étaient couverts
de sang, une tache écarlate lui marquait la joue. En cet
instant précis, il ne semblait pas très jeune.

« Ce garçon était mon legs, reprit Strumosus. Je n'ai
pas de fils, pas d'héritiers. Il m'aurait… dépassé, en son
temps. On se serait souvenu de lui. »

Le médecin hésita de nouveau, contempla le corps
du garçon. Au bout d'un moment, il soupira. « Il le
peut encore, si ça se trouve, murmura-t-il. Qui a décidé
qu'il était mort ? Il ne survivra pas si on le laisse sur les
pavés, mais Columella devrait être capable de nettoyer
la plaie et de la panser – il m'a vu le faire. Et il sait suturer.
Après ça… »

— Il est vivant ! » s'écria Rasic en se précipitant à
genoux près de Kyros.

« Attention », fit sèchement le docteur. « Trouvez une
planche et soulevez-le. Et quoi que vous fassiez, ne
laissez absolument pas cet idiot d'Ampliarus le saigner.
S'il en fait la suggestion, jetez-le dehors. Confiez le
garçon à Columella. Maintenant – il se tourna vers Strumosus –, où est mon escorte ? Je suis prêt à m'en aller.
Je suis… extrêmement las. » Il s'appuyait sur sa canne.

Le chef cuisinier le contemplait. « Un patient de plus.
Celui-ci. Je vous en prie ? Je vous l'ai dit, je n'ai pas de
fils. Je crois qu'il… Je crois… N'avez-vous pas d'enfants ? Ne comprenez-vous donc pas ce que je dis ?

— Il y a ici des médecins. Aucun des gens présents
aujourd'hui n'était de mes patients. Je n'aurais même
pas dû venir pour l'aurige. Si on veut à tout prix se conduire de façon stupide…

— Ils sont seulement ce que le dieu les a faits, ou Pérun et la Dame. Docteur, si ce garçon meurt, ce sera un triomphe pour Azal. Restez. Faites honneur à votre profession.

— Columella…

— … est un vétérinaire pour les chevaux. Je vous en prie. »

Le Bassanide le regarda fixement un long moment puis secoua la tête. « On m'a promis une escorte. Ce n'est pas le genre de médecine que je pratique, ni la façon dont je mène mon existence.

— Nul d'entre nous ne la mène ainsi par choix », lança Strumosus d'une voix que nul ne lui avait jamais entendue. « Qui donc choisit la violence dans les ténèbres ? »

Il y eut un silence. Le visage du Bassanide était dénué d'expression. Strumosus le contempla longuement. Quand il reprit la parole, ce fut presque dans un murmure.

« Si votre décision est prise, nous ne vous retiendrons pas, bien sûr. Je regrette mes paroles peu amènes. Les Bleus de Sarance vous remercient de votre aide, aujourd'hui et cette nuit. Vous ne partirez pas sans être payé de retour. » Il tourna la tête, dit par-dessus son épaule : « Deux d'entre vous, allez vers la rue avec des torches. Ne quittez pas la ruelle. Appelez les hommes du Préfet urbain, ils ne doivent pas être loin. Ils escorteront le docteur chez lui. Rasic, cours chercher quatre hommes et un plateau de table. Dis à Columella d'être prêt pour nous. »

Les assistants figés se remirent en mouvement en s'empressant de lui obéir. Le médecin leur tourna le dos pour contempler la rue. Taras pouvait voir à son attitude à quel point il était épuisé. La canne ne semblait plus une affectation, mais un soutien nécessaire. Taras connaissait bien cette sensation : la fin d'un jour de courses, quand le simple fait de quitter la piste pour descendre dans le tunnel et les salles d'habillage semble demander plus de force qu'il ne vous en reste.

Il regarda aussi dans la rue par-dessus l'épaule du Bassanide. Et à cet instant il aperçut une somptueuse litière à l'orée de leur ruelle ; une apparition, une stupéfiante évocation de grâce dorée et de beauté au cœur de cette horrible nuit. Les deux porteurs de torches étaient arrivés à l'extrémité de la rue ; la litière fut illuminée d'un bref éclat d'or puis elle s'éloigna, elle disparut, en direction de l'Hippodrome, de l'Enceinte impériale, du Grand Sanctuaire, image irréelle aussi preste qu'un rêve, issue d'un autre monde. Taras battit des paupières en déglutissant avec peine.

Les deux messagers se mirent à héler des hommes de la Préfecture urbaine ; cette nuit, il y en avait partout. Taras jeta un autre coup d'œil au médecin oriental et soudain, de manière incongrue, il revit sa mère, un souvenir de son enfance. Sa mère, dans la même pose, devant le foyer de la cuisine, après qu'elle lui eut refusé la permission de retourner aux écuries de l'hippodrome, dans sa ville natale – pour voir la naissance d'un poulain, le dressage d'un étalon au harnais et au chariot, n'importe quoi ayant rapport aux chevaux. Et puis, elle avait pris une profonde inspiration et, par amour, par indulgence, parce qu'elle avait peut-être saisi une vérité qu'il commençait seulement lui-même à comprendre, elle avait dit : « Bon. Mais bois un peu d'élixir d'abord, il fait froid dehors, mets ton gros manteau. »

Après une profonde inspiration, le Bassanide retourna. Dans l'obscurité, Taras pensait à sa mère, si loin dans le temps et l'espace. Le médecin échangea un regard avec Strumosus.

« Bon, dit-il à mi-voix. Un patient de plus. Parce que moi aussi je suis stupide. Assurez-vous de le mettre sur le ventre sur la planche, et le côté gauche en premier. »

Le cœur de Taras battait très fort. Strumosus contemplait le docteur, yeux écarquillés. La lueur des torches vacillait de manière erratique. Des bruits dans la nuit, devant eux et derrière, Rasic qui amenait de l'aide. Un vent froid rabattit de la fumée entre les deux hommes.

« Vous avez un fils, n'est-ce pas ? » dit Strumosus d'Amorie, si bas que Taras l'entendit à peine.

Après un moment, le Bassanide répondit : « Oui. »

Les porteurs arrivèrent alors à la course derrière Rasic, avec un plateau de table en provenance de la salle de banquet. Ils y placèrent Kyros avec précaution, comme on les en avait instruits, puis retournèrent à l'intérieur. Le Bassanide fit une petite pause à la porte, pour traverser le seuil du pied gauche.

Taras les suivit, fermant la marche, en pensant toujours à sa mère qui elle aussi avait un fils.

◆

Kasia avait le sentiment que presque toute son existence, dans cette cité qu'on appelait le centre du monde, se déroulait à des fenêtres, dans une pièce ou une autre en surplomb sur les rues, à regarder, à observer, sans jamais vraiment faire quoi que ce fût de concret. Ce qui n'était pas nécessairement mauvais ; ses tâches au relais de poste, celles qu'elle avait dû exécuter chez elle, surtout après la disparition des hommes, n'avaient rien eu de *désirable* ; mais il lui semblait parfois étrangement qu'ici, au cœur du monde, au cœur des événements importants, elle n'était qu'une spectatrice, comme si Sarance tout entière constituait une sorte de théâtre ou d'hippodrome et qu'elle était assise sur un siège, laissant tomber son regard sur toute cette activité.

D'un autre côté, quel rôle actif pouvait bien jouer ici une femme ? Elle n'avait certainement pas le moindre désir de se trouver en cet instant dans les rues. Il y avait tant de mouvement dans cette cité, si peu de calme, tant de parfaits inconnus. Pas étonnant que tout le monde fût si agité : qu'y avait-il pour vous donner une impression de sécurité ou de certitude ? Si un empereur était, d'une façon curieuse, le père de tous ces gens, pourquoi sa mort n'aurait-elle pas dû les plonger dans une dangereuse turbulence ? À sa fenêtre, Kasia décida qu'il serait bon d'avoir un enfant, une maison pleine d'enfants, et vite. Une famille, voilà qui pouvait vous défendre du monde – alors même que vous l'en défendiez.

Il faisait noir à présent, les étoiles brillaient entre les toits ; en bas, des torches, des soldats qui marchaient au pas, des appels. La lune blanche devait se trouver derrière la maison; même dans cette cité, Kasia connaissait les phases des lunes. La violence de la journée s'était plus ou moins apaisée. On avait fermé les tavernes, on avait vidé les rues de leurs prostituées. Elle se demanda où iraient mendiants et sans-abri. Et quand Carullus rentrerait. Elle observait, sans avoir allumé de lampes dans la pièce; on ne pouvait la voir depuis la rue.

Elle avait moins peur qu'elle ne l'aurait cru. Avec le passage du temps, assez de temps, on pouvait apparemment s'adapter à bien des choses: les foules, les soldats, les senteurs et le bruit, le chaos de la cité, l'absence totale de verdure et de paix, à moins de prendre en compte le silence des chapelles, parfois, pendant la journée, et Kasia n'aimait pas les chapelles de Jad.

Elle était toujours stupéfaite qu'on pût ici voir les fugitives langues de feu qui gambadaient la nuit dans les rues – signes de puissances qui échappaient totalement au dieu jaddite – et les ignorer complètement. Comme si l'inexplicable ne devait pas être admis. N'existait pas. On parlait librement de fantômes, d'esprits, et elle savait que beaucoup de gens usaient de pratiques magiques pour jeter des sorts, malgré ce que pouvaient bien dire les prêtres, mais personne ne parlait jamais des flammes aperçues la nuit dans les rues.

Depuis sa fenêtre, Kasia les observait, les comptait. Elles semblaient plus nombreuses qu'à l'accoutumée. Elle écoutait les soldats. Elle les avait vus entrer dans des maisons de la rue, plus tôt, avait entendu les coups frappés sur les portes. Du changement dans l'air, le monde se transformait. Carullus avait été très excité. Ce serait bon pour eux, avait-il dit, quand il s'était brièvement arrêté à la maison vers le coucher du soleil. Elle lui avait souri. Après un baiser, il était reparti. Ils cherchaient quelqu'un. Elle savait qui.

Il y avait de cela un moment. À présent, à sa fenêtre, dans l'obscurité, elle attendait, elle observait – et elle eut une vision tout à fait inattendue. Dans leur tranquille petite rue où ne passait pas grand monde, elle vit, comme

Taras des Bleus un peu plus tôt, une litière dorée sortir des ténèbres. Une sorte de vision, oui, comme les petites flèches de feu, en rupture absolue avec le reste de la nuit.

Qui étaient les occupants de la litière, elle n'en avait pas idée, bien sûr, mais elle savait qu'ils n'étaient pas censés se trouver dehors – et qu'ils le savaient aussi. Pas de coureurs munis de torches pour les accompagner, comme il l'aurait sûrement fallu ; quelle que fût leur identité, ils essayaient de passer inaperçus. Elle observa jusqu'à ce que les porteurs eussent atteint l'extrémité de la rue pour prendre le tournant et disparaître.

Au matin, elle se dit qu'elle avait dû s'endormir à la fenêtre et rêver que quelque chose de doré passait à ses pieds dans des ténèbres remplies de soldats bottés, de jurons et de martèlements sur les portes : comment aurait-elle pu savoir que c'était de l'or, en l'absence de lumière ?

◆

L'auguste et inspiré Zakarios, révéré et bienheureux Patriarche d'Orient et du très saint Jad du Soleil, également éveillé, éprouvait un certain inconfort physique et spirituel dans sa chambre du palais patriarcal, à cette même heure tardive de la nuit.

La résidence du Patriarche se trouvait à l'extérieur de l'Enceinte impériale, juste derrière le Grand Sanctuaire – l'ancien qui avait été incendié et le nouveau, beaucoup plus vaste, qui s'était élevé à sa place. Saranios le Grand, le fondateur de la Cité, avait estimé bon pour les prêtres et les officiers du palais d'être apparemment séparés les uns des autres.

Dans les années suivantes, certains avaient exprimé leur désaccord à ce propos : ils auraient bien voulu avoir les Patriarches à leur main, sur place. Mais Valérius II n'était pas de ceux-là et Zakarios, qui venait d'examiner le cadavre de l'Empereur là où il se trouvait exposé dans la salle de Porphyre du palais Atténin, y songeait en pensant à cet homme. De fait, il était en deuil.

Il n'avait pas réellement examiné le cadavre, à vrai dire. Apparemment, seuls quelques Excubiteurs l'avaient fait, ainsi que le Chancelier; et Gésius avait décidé que le corps de Valérius serait entièrement recouvert – enveloppé dans une cape de pourpre – et ne devrait pas être vu.

Il avait été brûlé vif par du feu sarantin.

Zakarios trouvait cette idée pénible à contempler. Ni la foi ni la sagacité politique, ou les deux, ne pouvaient en rien l'aider à envisager Valérius sous forme de chair calcinée et fondue. C'était horrible. Cette simple idée lui donnait des maux d'estomac.

Comme le voulaient la nécessité et les convenances, dans ce même palais, il était allé de la salle de Porphyre, où il avait récité les saintes paroles du Passage, jusqu'aux grands battants d'argent de la salle d'Audience. Et il avait alors exécuté la non moins sainte cérémonie de l'Onction pour Léontès, désormais empereur de Sarance par la volonté expresse du Sénat, déclarée plus tôt dans la journée.

Léontès, un homme aussi pieux sur le Trône d'or que pouvait le désirer n'importe quel patriarche, s'était agenouillé sans avoir besoin de se le faire dire pour psalmodier ses répons, d'une voix profondément émue. Son épouse, Styliane, s'était tenue un peu à l'écart, impassible. Tous les principaux officiers de la cour étaient présents, même si Zakarios avait remarqué que Gésius, le vieux chancelier (encore plus vieux que moi, avait-il alors pensé), se tenait aussi à l'écart près des doubles portes. Le Patriarche occupait son propre poste depuis assez longtemps pour savoir que la distribution du pouvoir à l'Enceinte impériale connaîtrait de rapides modifications dans les jours à venir, alors même qu'on observerait les rites funèbres.

Les deux époux devaient être couronnés publiquement le lendemain à l'Hippodrome, apprit au Patriarche le nouvel empereur, après l'onction. Il encouragea vivement Zakarios à se trouver dans la kathisma pour y participer. En de tels moments, murmura Léontès, il

était particulièrement important de montrer au peuple
que les saints sanctuaires et la cour étaient unis. Il ne
s'agissait pas d'une requête, même si on l'avait énoncé
comme tel. Léontès se trouvait sur le Trône, y siégeant
pour la première fois de toute sa haute taille, avec ses
cheveux dorés et sa gravité. D'une inclinaison de tête,
le Patriarche avait accepté et indiqué son assentiment.
Styliane Daleina, très bientôt impératrice de Sarance,
lui avait accordé un bref sourire, son premier de la nuit.
Elle ressemblait à son défunt père. Il l'avait toujours
pensé.

D'après ce que lui avait appris son conseiller privé,
le prêtre Maximius, Zakarios comprenait que c'était
son frère, l'exilé Lecanus, qui avait manigancé cet acte
impie et funeste avec Lysippe, également un banni, un
homme que les prêtres de la cité avaient quelque raison
de détester et de craindre.

Ces deux hommes étaient morts, lui avait rapporté
Maximius. Léontès, tel le puissant guerrier qu'il était,
avait de sa main abattu le répugnant Calysien. Maximius
était très heureux cette nuit, songeait Zakarios, il n'avait
pas même pris là peine de le cacher. Son conseiller se
trouvait encore avec lui, malgré l'heure tardive ; il se
tenait sur le balcon qui dominait la Cité. En face s'élevait
le dôme du Grand Sanctuaire. Le Sanctuaire de Valérius.
Son grand rêve plein d'ambition. L'un de ses rêves.

Léontès avait dit que l'Empereur y serait enseveli –
il était approprié qu'il fût le premier à y trouver son
éternel repos. Il semblait en éprouver un réel regret.
Zakarios savait sa piété bien réelle. Le nouvel empereur
avait des opinions sur certains sujets religieux contro-
versés. C'était la raison du plaisir de Maximius, et Zakarios se dit qu'il aurait dû également en être satisfait.
Il ne l'était pas. Un homme pour qui il avait éprouvé un
grand respect avait péri, et Zakarios se sentait trop vieux
pour la sorte d'affrontements qui allaient peut-être
débuter maintenant dans les sanctuaires et les chapelles, même si l'Enceinte impériale les soutenait.

Une crampe intestinale étreignit le Patriarche, qui fit
une petite grimace. Il se leva pour quitter le balcon,

tout en ajustant les oreillettes de sa coiffe. Maximius lui jeta un coup d'œil en souriant : « Les rues sont tranquilles à présent, Votre Sainteté, Jad en soit loué. Seulement des soldats et les gardes de la Préfecture urbaine, à ce que j'ai vu. Nous devons au dieu une gratitude éternelle en ces temps périlleux, car il a jugé bon de veiller sur nous.

— J'aimerais qu'il voie à mon estomac », fit Zakarios, ingrat.

Maximius affecta une expression compatissante : « Est-ce qu'un bol d'infusion… ?

— Oui, dit Zakarios, peut-être. »

Il éprouvait une irritation déraisonnable ce soir à l'égard de son conseiller. Maximius était trop allègre. Un empereur avait bel et bien été assassiné ! Valérius avait remis Maximius à sa place plus souvent qu'à son tour, depuis des années, ce que Zakarios aurait dû faire lui-même plus souvent.

Maximius ne trahit rien de ses émotions en réponse au ton abrupt du Patriarche – il y était habile. Il était habile à bien des choses. Zakarios aurait souvent souhaité ne pas dépendre autant de lui. Le prêtre s'inclina et retourna dans la pièce pour appeler un serviteur et faire préparer la boisson.

Zakarios resta seul à la balustrade de pierre sur le haut balcon. Il frissonna un peu ; la nuit était fraîche et il avait maintenant tendance à ressentir le froid ; mais en même temps l'air était revigorant. Un rappel, songeat-il soudain, que, si d'autres étaient morts, il ne l'était pas lui-même, par la grâce miséricordieuse de Jad. Il se trouvait encore là pour servir, pour sentir le vent sur son visage, voir la gloire du dôme devant lui avec les étoiles et – elle montait à l'instant – la lune blanche, à l'orient.

Il baissa les yeux. Et vit autre chose.

Dans la rue étroite et ténébreuse, où ne passaient plus désormais de soldats, une litière apparut. Elle se déplaçait rapidement, sans coureurs pour l'éclairer, et fut amenée à l'une des petites portes situées à l'arrière du Sanctuaire. Celles-ci étaient toujours verrouillées, bien entendu. Les maçons n'avaient pas terminé, les décorations étaient encore inachevées ; il y avait des échafaudages à l'intérieur, de l'équipement, des matériaux, certains dangereux, d'autres coûteux. On n'y admettait personne sans une bonne raison, et certainement pas de nuit.

Avec une sensation étrange et inattendue, Zakarios regarda s'écarter les rideaux de la litière. Deux personnes sortirent. Sans lumière, le Patriarche ne pouvait les reconnaître ; elles étaient toutes deux emmitouflées contre le froid de la nuit, des silhouettes sombres dans l'obscurité.

L'une d'elles se rendit à la porte verrouillée.

Un instant plus tard, la porte s'ouvrit. On avait une clé ? Zakarios ne voyait rien. Les deux visiteurs entrèrent. La porte se referma. Les porteurs ne s'attardèrent point, retournèrent d'où ils étaient venus avec la ravissante litière, et un instant plus tard la rue était déserte à nouveau. Comme s'il n'y avait jamais rien eu là et que tout ce bref épisode avait été une fantaisie au pied du dôme illuminé par les étoiles et la lune.

« On prépare votre infusion, Votre Sainteté, déclara l'efficace Maximius en revenant sur le balcon. Je prie pour qu'elle vous apporte quelque soulagement. »

Sous sa coiffe à oreillettes, Zakarios regardait pensivement en contrebas et ne répliqua point.

« Qu'est-ce que c'est ? demanda Maximius en s'avançant.

— Rien, dit le Patriarche d'Orient. Il n'y a rien du tout. » Il ne savait pas bien pourquoi il parlait ainsi, mais c'était la vérité, n'est-ce pas ?

Il vit alors apparaître une de ces petites flammèches fugitives, au tournant où avait disparu la litière. La flamme s'évanouit aussi un moment plus tard. Comme toujours.

◆

Elle le précéda dans le sanctuaire après qu'il eut tourné les deux clés dans les deux verrous et poussé la petite porte de chêne, en s'écartant pour la laisser passer. Il la suivit, se hâta de fermer et de reverrouiller la porte. L'habitude, la routine, ce qu'on faisait chaque jour. Tourner une clé, ouvrir ou verrouiller une porte, s'avancer dans un endroit où l'on a l'habitude de travailler, en regardant autour de soi, en levant les yeux.

Les mains de Crispin tremblaient. Ils s'étaient au moins rendus jusque-là.

Il n'avait pas cru qu'ils y parviendraient. Pas dans l'état où se trouvait cette nuit la Cité.

Devant lui, dans une petite galerie située sous l'un des demi-dômes à l'arrière de l'énorme coupole qu'Artibasos offrait à l'univers, Gisèle des Antæ rejeta le capuchon de son manteau.

« Non, dit-il vivement, gardez-le ! »

Chevelure dorée, parée de bijoux. Yeux bleus, aussi étincelants que des bijoux, illuminés par la lumière qui régnait toujours dans le Sanctuaire. Il y avait des lampes partout, dans les murs, suspendues à des chaînes au plafond et dans toutes les petites coupoles, des cierges qui brûlaient sur les autels secondaires, même si le Sanctuaire rebâti par Valérius n'avait encore été ni ouvert au public, ni consacré.

Elle le dévisagea un moment puis lui fit la surprise d'obéir. Il avait conscience d'avoir parlé d'un ton péremptoire. Mais c'était de la peur, pas de l'impertinence. Il se demanda encore où était passée sa colère ; il semblait l'avoir perdue dans la journée, dans la nuit, l'abandonnant comme Alixana avait laissé tomber sa cape dans l'île.

Les rebords du capuchon revinrent encadrer les traits de Gisèle, dissimulant son éclat presque effrayant cette nuit, comme si elle était une lumière de plus dans le Sanctuaire.

Dans la litière, il avait pris conscience de son désir pour elle, aussi interdit et impossible qu'il l'était aux humains de voler, ou comme l'était le feu avant le don d'Héladikos : un élan aussi absolument irrationnel qu'impossible à ignorer. En route avec elle, conscient de son corps, de sa présence, il se rappelait comment Gisèle était venue à lui peu après son arrivée à Sarance, escaladant l'échafaudage sur lequel il se tenait seul, et comment elle lui avait fait baiser la paume de sa main sous les yeux de tous ceux qui les observaient d'en bas, bouche bée. Fabriquant ainsi pour lui une raison de lui rendre ensuite visite, aussi fausse que des pièces de monnaie contrefaites ; une femme isolée, sans conseiller et sans alliés, sans personne à qui se fier, et coincée dans une partie dont les pièces étaient des contrées entières, et les enjeux de la plus haute importance.

Gisèle des Antæ n'essayait pas de protéger sa réputation, il avait fini par le comprendre. Il pouvait l'en respecter tout en sachant qu'elle se servait de lui, qu'elle jouait avec lui. Il se rappelait une main qui s'attardait dans ses cheveux, la nuit de leur première rencontre, au palais royal. C'était une reine, elle déployait ses ressources. Il était un outil, un sujet à qui donner des ordres précis quand on avait besoin de lui.

On avait apparemment besoin de lui, maintenant.

"Vous devez nous introduire dans l'Enceinte impériale. Cette nuit."

Une nuit où les rues résonnaient du pas lourd des soldats à la recherche de l'Impératrice disparue. Une nuit consécutive à une journée où ce qui avait défini Sarance, c'était l'émeute, l'incendie et le meurtre. Une nuit où l'Enceinte impériale devait être en proie à une fiévreuse et frénétique tension : un empereur mort, un autre bientôt proclamé. Une invasion au septentrion, le jour même où l'on déclarait la guerre à la Batiare.

Il avait entendu Gisèle presque sans comprendre, tant était improbable sa déclaration. Mais il n'avait pas répliqué, comme il se l'était dit tant de fois, comme à d'autres : "Je suis un artisan, rien de plus"...

Ç'aurait été un mensonge, après ce qui s'était passé dans la matinée. Il était irrévocablement descendu de son échafaudage, on l'y avait contraint depuis un moment déjà. Et en cette nuit de morts et de métamorphoses, alors que tous l'avaient oubliée comme aurait été oubliée n'importe quelle invitée ordinaire d'un banquet, la reine des Antæ avait demandé à être emmenée au palais.

Une randonnée qui leur avait fait traverser presque toute la Cité enténébrée dans une litière dorée, parfumée, bourrée de somptueux coussins, où deux personnes pouvaient s'étendre face à face, dans une troublante proximité physique, l'une tout illuminée par son dessein, l'autre conscient de l'intensité de sa peur, mais se remémorant – avec une ironie bien propre à sa nature – que moins d'un an plus tôt, il n'avait éprouvé aucun désir pour la vie, avait été plus qu'à demi enclin à tenter de mourir.

Assez facile cette nuit, avait-il pensé une fois dans la litière. Il avait indiqué aux porteurs le chemin à suivre et interdit les torches. Ils l'avaient écouté, comme le faisaient ses apprentis. Mais c'était différent : il enseignait à ses apprentis comment appliquer son art à des murs, à des coupoles, à des plafonds, un art qui touchait au monde tout en en étant distinct. Ici, il en allait tout autrement.

On les avait promptement emportés presque en silence par les rues, en restant dans les ombres, en s'arrêtant quand on entendait des bruits de bottes ou qu'on voyait les lueurs de torches, en contournant les places dans l'obscurité des colonnades couvertes. On s'était arrêté une fois sous le porche d'une chapelle tandis que quatre cavaliers traversaient au galop le Forum de Mézaros. Crispin avait écarté le rideau pour observer, l'avait encore fait de temps à autre, pour regarder les étoiles, les portes closes et les devantures des échoppes, tandis qu'ils traversaient la cité nocturne. Il avait vu les étranges flammes sarantines s'allumer et disparaître sur leur passage : un périple dans l'entre-deux-mondes illuminé par les étoiles tout autant que dans le monde des humains, le sentiment de voyager sans fin, l'impression que Sarance elle-même avait été arrachée au temps. Il se demandait si on pouvait les voir dans les ténèbres, s'ils étaient vraiment là.

Gisèle avait gardé le silence, presque immobile pendant tout le parcours, sans jamais jeter un regard par les rideaux quand il les écartait, ce qui ajoutait au sentiment d'étrangeté. Intense, lovée sur elle-même, en attente. Le parfum de la litière était celui du santal, et une autre senteur aussi qu'il ne reconnaissait pas, qui lui évoquait le blanc de l'ivoire, à la façon dont les objets lui évoquaient des couleurs. Une des chevilles de la jeune femme reposait sur sa cuisse. Distraitement. Il était presque certain qu'elle n'en avait pas conscience.

Ils étaient enfin arrivés à la porte à l'arrière du Grand Sanctuaire et – se mouvant de nouveau dans le temps comme ils quittaient le monde clos de la litière –, Crispin avait mis en route la partie suivante de ce qu'on devait sans doute considérer comme un plan, même si à vrai dire c'en était à peine un.

Certains casse-tête, une fois commencés, sont insolubles ; certains autres peuvent vous détruire quand vous essayez de les résoudre, comme ces boîtes compliquées que les Ispahaniens étaient réputés fabriquer et qui, si on les ouvrait de la mauvaise manière, faisaient jaillir des lames capables de tuer ou de mutiler les imprudents.

Gisèle des Antæ lui avait tendu un de ces casse-tête. Ou, vu sous un autre angle, en tenant la boîte un peu différemment, elle en était elle-même un cette nuit.

Crispin prit une profonde inspiration et se rendit compte qu'ils n'étaient plus ensemble. Gisèle s'était immobilisée derrière lui, les yeux levés. Il se retourna et suivit son regard vers la coupole créée par Artibasos, la coupole que Valérius lui avait offerte – à lui, Caius Crispus, veuf, fils unique du maçon Horius Crispus de Varèna.

Les lampes brûlaient, suspendues à leurs chaînes d'argent et de bronze, ou posées dans des supports qui couraient sur tout le pourtour de la coupole en même temps que les fenêtres. La lueur de la lune blanche montante tombait de l'orient comme une bénédiction lumineuse sur le travail qu'il avait accompli, après avoir ainsi vogué vers Sarance.

Il se le rappellerait, il se rappellerait toujours qu'en cette nuit où la reine des Antæ brûlait elle-même d'un dessein aussi intense qu'un rayon de soleil concentré par une loupe, elle avait pris le temps de s'arrêter sous les mosaïques de sa coupole pour les contempler à la lueur des lampes et de la lune.

Elle dit enfin : « Vous vous êtes plaint à moi, je m'en souviens, de l'inadéquation des matériaux destinés à la chapelle de mon père. Je comprends, maintenant. »

Il inclina la tête sans répliquer. Elle leva de nouveau les yeux pour regarder sa représentation de Jad au-dessus de la Cité, ses forêts et ses champs (d'un vert printanier à un endroit, ailleurs rouges, bruns et dorés comme l'automne), son *zubir* à la lisière de la forêt ténébreuse, ses mers, ses voiliers, ses êtres chers (Ilandra était là-haut à présent, et il avait été sur le point de commencer les petites dans la matinée, amour et mémoire distillés par le filtre habile de son art), ses créatures de l'air et de l'eau, celles qui couraient dans les prés et celles qui guettaient, avec l'endroit (pas encore terminé, non, pas encore) où le soleil se couchait à l'occident, flamboyant au-dessus des ruines de Rhodias, torche interdite d'Héladikos en train de tomber. Sa vie, toutes les vies du monde sous le regard du dieu, tout ce qu'il était capable de représenter, mortel lui-même, captif de ses limites.

Il en avait exécuté la majeure partie, il en restait encore à faire, avec l'aide des autres – Pardos, Silano et Sosio, les apprentis, et maintenant aussi Vargos ; cela prenait forme sous sa direction, sur les murs et les demi-coupoles. Mais la véritable forme finale, le concept général, était maintenant visible, et Gisèle s'était arrêtée, pour voir.

Comme son regard revenait à lui, elle fut sur le point de parler, mais elle se ravisa. Son visage arborait une expression tout à fait inattendue et, longtemps après, il pensa comprendre ce qu'elle avait failli lui dire.

« Crispin ! Saint Jad, vous êtes sauf ! Nous avions peur que… »

Il leva une main, aussi impérieux qu'un empereur, poussé par l'appréhension. Pardos, qui s'était précipité vers lui, se figea sur place et se tut. Vargos se tenait derrière lui. Crispin éprouva lui-même un certain soulagement : ils avaient de toute évidence choisi de rester là toute la journée et toute la nuit, ils étaient en sécurité. Artibasos devait sûrement se trouver là aussi, quelque part.

« Vous ne m'avez pas vu, murmura-t-il. Vous dormez. Allez. Dormez. Dites la même chose à Artibasos s'il vient dans les environs. Personne ne m'a vu. » Ils lorgnaient tous deux la silhouette encapuchonnée à ses côtés. « Ou vu qui que ce soit d'autre », ajouta-t-il. Elle était impossible à reconnaître, il l'espérait ardemment.

Pardos ouvrit la bouche, la referma.

« Allez, dit Crispin. Si j'ai une chance de vous expliquer par la suite, je le ferai. »

Vargos s'était avancé discrètement à la hauteur de Pardos : solide, capable, rassurant, l'homme en compagnie duquel il avait vu le *zubir*. Qui les avait guidés hors de l'Ancienne Forêt le Jour des morts. Et qui demanda, calmement : « Ne pouvons-nous vous être d'aucun secours ? Dans votre entreprise ? »

Crispin se rendit compte qu'il l'aurait bien voulu. Mais il secoua la tête. « Pas ce soir. Je suis heureux de vous voir saufs. » Il hésita. « Priez pour moi. » Il n'avait jamais dit ce genre de choses. Il esquissa un petit sourire. « Même si vous ne m'avez pas vu. »

Aucun d'eux ne sourit en retour. Vargos s'en alla le premier, en prenant Pardos par un coude pour l'entraîner vers les ombres du Sanctuaire.

Gisèle et Crispin échangèrent un regard. La reine demeura muette. Il la mena sous l'orbe immense de la coupole, en foulant les dalles de marbre, jusqu'à une galerie, en face, puis une porte basse découpée dans le mur le plus éloigné. Après avoir poussé un long soupir, il y frappa – quatre coups rapides, deux plus lents – et au bout d'un moment répéta son geste, en proie à maints souvenirs.

Il y eut un moment de calme immobilité, une attente aussi longue qu'une nuit. Il jeta un coup d'œil à un buisson ardent de cierges, près de l'autel à leur droite, songea à prier. Gisèle se tenait immobile à ses côtés. Si ce plan échouait, il n'en avait pas d'autre en réserve.

Puis il entendit que, de l'autre côté, on déverrouillait la porte. Et cette porte basse, voie dè l'unique plan qu'il avait été capable d'élaborer, s'ouvrit devant eux sur le prêtre vêtu de blanc qui la lui avait ouverte précédemment, un Veilleur ; le religieux se tenait dans le court tunnel de pierre qui s'ouvrait derrière l'autel tout au fond de la petite chapelle creusée dans la muraille de l'Enceinte impériale. En le reconnaissant, Crispin remercia le dieu du fond du cœur, tout en se rappelant la première fois où il avait franchi cette porte avec Valérius, qui n'était plus.

Le prêtre le reconnaissait aussi. Le signal avait été enseigné à Artibasos, puis à Crispin. Au travail, à la lueur des lampes, ils avaient ouvert plus d'une fois à Valérius dans la nuit, pendant l'hiver, quand il arrivait lui-même à la fin de sa propre journée de labeur pour voir où ils en étaient de la leur. Bien plus tard que maintenant, souvent. On l'avait appelé l'Empereur de la Nuit ; on disait qu'il ne dormait jamais.

Le prêtre, en manifestant une impassibilité bénie, se contenta d'arquer les sourcils sans rien dire. « Je suis en compagnie d'une personne désireuse de payer son dernier tribut à l'Empereur, dit Crispin. Nous voudrions prier devant son corps et revenir ici pour prier encore, avec vous.

— Il se trouve dans la salle de Porphyre, dit le prêtre. C'est un moment terrible.

— Oui », fit Crispin avec conviction.

Le prêtre ne s'était pas encore écarté. « Pourquoi votre compagne est-elle masquée ? demanda-t-il.

— Pour que les gens du commun ne la voient pas, murmura Crispin. Ce serait inconvenant.

— Pourquoi donc ? »

Il n'y avait pas moyen de l'éviter. Alors même que Crispin se tournait vers elle, Gisèle repoussa son capu-

chon. Le prêtre tenait une lanterne ; la lumière en tomba
sur le visage de la reine et sa chevelure dorée.

« Je suis la reine des Antæ », murmura-t-elle. Elle
était tendue comme un arc. Crispin avait l'impression
qu'elle vibrerait si on la touchait. « Bon prêtre, voudriez-
vous voir une femme dans les rues cette nuit ? »

L'homme, visiblement impressionné – et, en regardant
la reine, Crispin pouvait en comprendre la raison –,
secoua la tête en balbutiant : « Non, bien sûr... non,
non ! Dangereux. Un moment terrible ! »

— L'empereur Valérius m'a fait venir ici. Il m'a
sauvé la vie. Il avait l'intention de me rendre mon trône,
comme vous le savez peut-être. N'est-il pas convenable
aux yeux de Jad que je lui dise adieu ? Je ne reposerais
pas en paix si je ne le faisais point. »

Le petit prêtre en robe blanche recula alors devant
eux, puis il s'inclina et s'écarta. Avec une grande dignité, il déclara : « Il convient, Madame. Que Jad vous
envoie sa Lumière, comme à l'Empereur.

— Et à nous tous », dit Gisèle, et elle s'avança, précédant à présent Crispin. Elle se baissa pour éviter la
voûte du tunnel bas, et pénétra ensuite dans la petite
chapelle et l'Enceinte impériale.

Ils étaient arrivés.


Lorsque Crispin était plus jeune et qu'il apprenait
son métier, Martinien l'avait souvent sermonné sur les
vertus d'une approche directe, sans excès de subtilité.
Au cours des années, Crispin avait répété la même
chose à divers apprentis. « Si un héroïque soldat vient
trouver un sculpteur pour lui demander une statue à sa
gloire, ne pas aller à l'évidence serait d'une indicible
stupidité. Mettez un homme sur un cheval, donnez-lui
un casque et une épée. » (Martinien avait coutume de
faire une pause à ce moment-là ; Crispin aussi, avant
de reprendre) : « Cela vous semble peut-être usé jusqu'à
la corde, mais quelle est la raison de cette commande,
c'est ce que vous devez vous demander. A-t-on accompli
quoi que ce soit si le patron ne se sent pas honoré par
une œuvre dont le but était justement de l'honorer ? »

Concepts recherchés et innovation géniale n'allaient pas sans risques… et risquaient parfois de vouer l'entreprise à un échec total. C'était ce que l'argument visait à prouver.

Crispin guida la reine hors de la chapelle pour retourner dans la nuit, et il ne lui demanda pas de relever sa capuche. Ils ne firent aucun effort pour se dissimuler. Par des sentiers bien entretenus, au gravier qui crissait sous leurs pas, ils longèrent des statues d'empereurs et de généraux (adéquatement rendus), dans des jardins illuminés par les étoiles et une lune ; ils ne virent personne et personne ne les interpella en chemin.

Les dangers que pouvaient craindre cette nuit les habitants de l'Enceinte se trouvaient, pensait-on, à l'extérieur de la Porte de Bronze, dans les labyrinthes de la Cité.

Ils passèrent près d'une fontaine encore vide si tôt dans la saison, puis du long portique de la guilde de la Soie, et enfin, avec le bruit de la mer dans les oreilles, Crispin fit gravir à sa souveraine les marches menant à l'entrée du palais Atténin, illuminée cette nuit par des lampes. Il y avait des gardes, mais les doubles battants étaient grands ouverts. Il gravit les marches pour aller droit sur eux et aperçut alors un homme qui se tenait juste à l'intérieur, derrière les gardes, vêtu de la livrée brune et verte des eunuques de la Chancellerie.

Crispin s'immobilisa devant les gardes, la reine à ses côtés. Les soldats le dévisagèrent avec méfiance. Il les ignora, pointa un doigt vers l'eunuque. « Vous ! lança-t-il. Nous avons besoin d'une escorte pour la reine des Antæ. »

L'eunuque, impeccablement entraîné, se tourna vers lui sans trahir la moindre surprise et sortit sur le porche. Le regard des gardes passait de Crispin à la reine. L'homme du Chancelier s'inclina devant Gisèle ; l'instant d'après, les gardes en firent autant. Crispin recommença à respirer.

« Rhodien ! » fit l'eunuque en se redressant ; il souriait. « Vous avez besoin d'une autre séance. » Et, avec le sentiment d'être béni, d'être protégé par le dieu, de se voir expressément accorder son secours, Crispin reconnut l'homme qui lui avait rasé la barbe la première fois qu'il était venu au palais.

« Probablement, admit-il, mais pour le moment, la reine désire rencontrer le Chancelier et offrir ses derniers respects à Valérius.

— Elle peut faire l'un et l'autre à la fois, alors. Je suis à votre service, Votre Majesté. Le Chancelier se trouve dans la salle de Porphyre avec le corps. Venez. Je vais vous y conduire. » Les gardes ne bougèrent même pas quand ils entrèrent, si royale était Gisèle, si évidemment sûre de son compagnon.

Ce fut un long chemin, en l'occurrence. La salle de Porphyre, où accouchaient les impératrices de Sarance, où étaient exposés les empereurs après avoir été rappelés à leur dieu, se trouvait à cet étage, au milieu d'un unique couloir en ligne droite. Des lampes étaient disposées par intervalles, séparées par des espaces d'ombre ; personne en vue. C'était comme si l'Enceinte impériale, le palais, le corridor se trouvaient sous l'emprise d'un sortilège d'alchimiste, tant ils étaient calmes et silencieux. Les pas y soulevaient des échos. Crispin et Gisèle étaient seuls avec leur escorte, et ils allaient rendre visite à un mort.

Leur guide s'arrêta devant une porte d'argent à doubles battants ornés d'un motif de couronnes et d'épées en or. Encore deux gardes. Ils semblaient connaître l'homme de Gésius, hochèrent la tête. L'eunuque frappa une seule fois, doucement, et après avoir lui-même ouvert la porte, il leur fit signe d'entrer.

Gisèle passa de nouveau la première. Crispin s'immobilisa sur le seuil, incertain. La salle était plus petite qu'il ne l'aurait cru. Il y avait des tentures violettes sur les murs, un arbre d'or martelé, un lit à baldaquin contre le mur faisant face à l'entrée, avec au centre une bière où reposait un corps enveloppé d'un suaire et entouré de cierges allumés. Un homme était agenouillé – sur un coussin, vit Crispin – et deux prêtres psalmodiaient à mi-voix les rites du Deuil.

L'homme agenouillé leva les yeux. C'était Gésius, d'une pâleur de parchemin, d'une minceur de plume, l'air infiniment vieux. Crispin vit qu'il reconnaissait la reine.

« Je suis fort aise de vous trouver, Monseigneur, dit Gisèle. Je désire prier pour l'âme de Valérius qui nous a quittés, et avoir avec vous une audience privée. » Elle traversa la pièce pour prendre une aiguière sur un guéridon, se versa de l'eau sur les mains pour l'ablution rituelle, les essuya d'un tissu.

Une expression fugitive passa sur les traits du vieil homme tandis qu'il la regardait.

« Bien sûr, Votre Majesté. Je suis à votre service en tout. »

Gisèle adressa un bref coup d'œil aux prêtres. Sur un signe de Gésius, ils interrompirent leurs litanies et sortirent par une porte située de l'autre côté de la pièce, près du lit. La porte se referma, la lueur des cierges vacilla avec le courant d'air.

« Vous pouvez disposer, Caius Crispus. » La reine ne se retourna même pas. Crispin échangea un regard avec l'eunuque qui les avait escortés. L'homme tourna les talons, impassible, et franchit la porte. Crispin allait le suivre mais, après une hésitation, il revint sur ses pas.

Il passa près de Gisèle, se lava les mains à son tour en murmurant ce qu'on disait en présence des morts, puis les essuya. Il s'agenouilla à côté de la bière, auprès du cadavre de l'Empereur. Il pouvait sentir – à travers le parfum d'encens qui régnait dans la pièce – une odeur de chair calcinée, et il ferma les paupières.

Il existait des prières appropriées. Il ne les prononça pas. Son esprit d'abord vacant lui représenta ensuite Valérius. Un homme ambitieux, plus ambitieux qu'il ne le comprendrait jamais, il en avait le soupçon. Visage rond, traits doux, voix et manière aimables.

Crispin savait aussi qu'il aurait dû haïr et craindre cet homme. Mais s'il y avait une vérité à saisir en ce monde, parmi les vivants, au bas de l'échafaudage, c'était que la haine, la crainte, l'amour, tout cela n'était jamais aussi simple qu'on l'aurait voulu. Sans prier de façon formelle, Crispin dit adieu en silence à l'image façonnée par sa mémoire ; c'était tout ce qu'il se sentait en droit de faire.

Il se releva pour se diriger vers la porte. En sortant – et il se demanderait toujours si elle l'avait fait pour lui permettre d'entendre, une sorte de présent –, il entendit Gisèle dire à mi-voix au Chancelier : « Les morts nous ont quittés. Nous ne pouvons parler que de ce qui va arriver. J'ai quelque chose à dire. »

Les battants se refermèrent. Dans le couloir, Crispin se sentit soudain envahi d'une indicible lassitude. Il ferma les yeux, se sentit vaciller. : « Venez, Rhodien », dit l'eunuque à ses côtés, d'une voix douce comme la pluie. « Un bain, un rasage, du vin. »

Crispin rouvrit les yeux et secoua la tête. Mais s'entendit répondre en même temps : « Bon. » Il était épuisé, il le savait.

Ils retournèrent sur leurs pas dans le couloir, prirent un tournant, un autre. Il n'avait pas idée de l'endroit où il se trouvait. Ils arrivèrent à un escalier.

« Rhodien ! »

Crispin leva les yeux. Un homme mince et gris, qui marchait à grandes enjambées anguleuses et efficaces, vint à eux. Il n'y avait personne dans le corridor ni dans les marches.

« Que faites-vous ici ? » demanda Pertennius d'Eubulus.

Crispin était vraiment las. « Je suis toujours là, hein ?

— Oui, en effet.

— Je présente mes respects au défunt. »

Pertennius émit un reniflement audible : « Plus sage de les adresser aux vivants », remarqua-t-il. Et il sourit alors, de sa grande bouche aux lèvres minces. Crispin essaya en vain de se rappeler s'il l'avait déjà vu sourire ainsi. « Des nouvelles de l'extérieur ? demanda Pertennius. L'ont-ils capturée ? Elle ne peut pas leur échapper bien longtemps, évidemment. »

Ce n'était pas avisé. Absolument pas. Crispin le savait, au moment même où il se mettait en mouvement.

En fait, c'était la pire des folies autodestructrices. Mais
à cet instant, en fin de compte, il eut l'impression d'avoir
retrouvé sa colère. Et en la retrouvant ainsi, en identifiant
la source, Crispin prit son élan et écrasa de toutes ses
forces son poing sur la face du secrétaire du nouvel Empereur consacré, le propulsant sur le sol de marbre où il
s'étala et resta immobile.

Il y eut un silence pétrifié, presque intolérable.

« Votre pauvre, pauvre main, dit gentiment l'eunuque.
Venez, laissez-nous y voir. » Et il le précéda dans les
marches sans un regard en arrière à l'homme assommé.
Crispin se laissa guider.

On le traita avec bonté dans les pièces à l'étage où
résidaient le Chancelier et sa suite. Plusieurs eunuques
se rappelaient avec amusement sa première soirée parmi
eux, six mois plus tôt. On le baigna, comme promis, on
lui donna du vin, on le rasa même, quoique sans plaisanter cette fois. Quelqu'un jouait d'un quelconque
instrument à cordes. Crispin comprit que ces hommes
– tous sous les ordres de Gésius – se trouvaient eux-
mêmes face à de grands changements. Si le Chancelier
tombait, ce qui était presque certain, leur propre avenir
devenait précaire. Il ne dit rien. Qu'aurait-il pu dire ?

Finalement, ils lui offrirent un bon lit dans une pièce
tranquille, où il s'endormit. Il passa ainsi une nuit de
sa vie au palais Atténin de Sarance, non loin d'un Empereur vivant et d'un Empereur mort. Il rêva de sa
femme, qui était morte également, mais aussi d'une
autre femme qui était en fuite et qu'on poursuivait le
long d'une plage interminable, sur des pierres lisses et
dures, sous un clair de lune trop lumineux, tandis que
des dauphins bondissaient au large dans une étincelante mer noire.

Derrière Crispin et l'eunuque, comme les battants
de la porte se refermaient sur la salle aux murs tendus
d'étoffe, l'arbre d'or et le cadavre noirci dans son suaire,
un homme âgé écoutait une jeune femme – une femme
qu'il avait oubliée cette nuit, comme tout le monde. Il

avait pensé trouver sa propre mort cette nuit-là et il était
déterminé à l'accueillir avec dignité dans la salle même
où il avait prié pour trois empereurs défunts. Mais il se
sentait revivre à chaque mot, tandis que son esprit éla-
borait des plans d'urgence.

Quand elle se tut, éclatante et farouche, les yeux
fixés sur lui, Gésius en était à envisager la possibilité
de survivre après tout au lever du soleil.

Pour lui, sinon pour d'autres.

À cet instant précis, sans lui laisser énoncer sa réponse, la petite porte intérieure de la salle de Porphyre
s'ouvrit sans qu'on y eût frappé et – comme appelé sur
les lieux par un pressentiment surnaturel, prédestiné,
en cette nuit lourde de puissance et de mystère – un
homme de haute taille, aux cheveux dorés et aux larges
épaules, entra, seul.

Le trois fois honoré Léontès, désormais régent sur
terre au nom de Jad du Soleil, récemment proclamé
empereur, et dont la piété égalait celle d'un prêtre, venait
prier à la lueur des cierges, les mains serrées sur un disque
solaire, pour le voyage de l'âme de son prédécesseur.
Il s'immobilisa sur le seuil, jeta un bref regard à l'eunuque dont il avait prévu la présence, puis, avec plus
d'attention, à la jeune femme qui se tenait près de la
bière, et qu'il ne s'attendait point à voir là.

Gésius se prosterna.

Gisèle ne le fit pas, du moins pas immédiatement.

D'abord, elle sourit. Puis, toujours debout, digne et
vaillante fille de son père, aussi directe qu'une lame,
elle déclara : « Grand Seigneur, Jad soit remercié de
votre arrivée. Le dieu est plus miséricordieux que nous
ne le méritons. Je suis ici pour vous dire que l'Occident
vous appartient désormais, Seigneur, tout comme vous
serez libéré à jamais de la malfaisance impie et ténébreuse qui entache cette nuit – si vous le choisissez. »

Et Léontès, qui n'était absolument pas prêt à ce
développement, répondit après un moment : « Expliquez-
vous, Madame. »

Elle lui rendit son regard sans bouger, grande, belle,
aussi éclatante qu'un diamant. Une explication en soi,

en vérité, songeait le Chancelier en respirant à peine, observant un silence total.

Alors seulement s'agenouilla-t-elle avec grâce, pour se prosterner en effleurant le marbre de son front. Puis, en se redressant, mais toujours agenouillée devant l'Empereur, chevelure parée de bijoux, comme tout le reste de sa personne, elle expliqua.

Après qu'elle eut terminé, Léontès garda longuement le silence.

Enfin, avec une expression de gravité sur ses traits splendides, il jeta un coup d'œil à Gésius et lui posa une unique question : « Vous en êtes d'accord, Lecanus Daleinus ne pouvait avoir organisé tout cela isolé dans l'île ? »

Et Gésius, tout en déclarant intérieurement à son dieu qu'il était indigne de tant de générosité, se contenta de dire, avec une apparence de calme, telles des eaux noires un matin sans vent : « Non, mon grand Seigneur. Assurément, il ne le pouvait pas.

— Et nous savons que Tertius est un lâche et un imbécile. »

Ce n'était pas une question, cette fois. Ni le Chancelier ni la jeune femme ne dirent mot. Gésius avait du mal à respirer, essayait de le dissimuler. Il avait l'impression de voir une balance flotter dans la salle au-dessus des cierges enflammés.

Léontès se tourna vers le corps recouvert de soie sur sa bière. « Ils l'ont brûlé vif. Avec du feu sarantin. Nous savons tous ce que cela signifie. »

Eux, ils l'avaient su. La question était de savoir si Léontès l'admettrait jamais lui-même. La réponse, dans l'esprit de Gésius, avait été négative, jusqu'à ce que cette femme – cette *autre* femme de haute taille, à la chevelure d'or, aux yeux bleus – fût arrivée pour tout changer. Elle avait invité le Chancelier à parler au nouvel Empereur, lui avait dit ce qu'il devrait dire. Il avait été sur le point de le faire, n'ayant vraiment rien à perdre – et le nouvel Empereur était arrivé de lui-même. Le dieu était mystérieux, insondable, d'une écrasante puissance.

Comment des mortels pouvaient-ils ne pas se prosterner devant lui ?

Léontès, dans un frisson de muscles sous sa tunique et sa robe, traversa la salle pour se rendre auprès de la plate-forme où Valérius II reposait, couvert des pieds à la tête de soie pourpre. Il y avait un disque solaire sous l'étoffe, dans ses mains jointes, le Chancelier le savait : c'était lui qui l'y avait placé, comme les pièces de monnaie sur les paupières du défunt.

Léontès resta un moment immobile entre les hauts cierges, les yeux baissés, puis d'un mouvement rapide et brusque, il arracha le tissu du cadavre.

La jeune femme détourna vivement les yeux de l'horrible spectacle ainsi révélé. Le Chancelier en fit autant, même s'il l'avait déjà vu. Seul l'empereur de Sarance récemment consacré, soldat qui avait connu cinquante champs de bataille, qui avait vu la mort sous bien des formes et des masques, en soutint la vision. C'était comme s'il en avait éprouvé le besoin, se dit Gésius, les yeux sombrement rivés au sol de marbre.

Ils entendirent enfin Léontès replacer le suaire pour recouvrir décemment le cadavre.

Il s'écarta. Soupira. Un ultime poids se posa, définitif, dans un des plateaux de la balance invisible.

D'une voix qui n'admettait pas la possibilité du doute et de l'erreur en ce monde, Léontès déclara : « C'est une sinistre et révoltante abomination aux yeux de Jad. Il était l'oint de la divinité, notre saint et grand seigneur. Chancelier, ordonnez qu'on trouve Tertius Daleinus, où qu'il puisse être, qu'on l'enchaîne et qu'on l'exécute. Et amenez-moi à l'instant dans cette salle la femme qui était mon épouse, afin qu'elle puisse contempler une dernière fois son œuvre. »

"Qui était mon épouse"...

Gésius se releva si vite qu'il en eut un instant le vertige. Il s'empressa de sortir par la porte intérieure qu'avait empruntée l'Empereur. Le monde avait changé, changeait de nouveau. Nul mortel, si sage fût-il, ne pourrait jamais oser prétendre connaître l'avenir.

Il referma la porte derrière lui.

Deux personnes restèrent seules avec le défunt, les cierges et l'arbre d'or, dans une salle destinée à la naissance et à la mort des empereurs.

Gisèle, toujours agenouillée, leva les yeux vers l'homme qui se tenait devant elle. Ils ne parlèrent ni l'un ni l'autre. Elle éprouvait une émotion si puissante, si intense, que c'en était presque de la douleur.

Il bougea le premier, s'approcha d'elle. Elle se releva seulement quand il tendit une main pour l'y aider, et elle ferma les yeux quand il lui baisa la paume.

«Je ne la ferai pas exécuter, murmura-t-il.

— Bien sûr», dit-elle.

En gardant les paupières bien closes, afin de dissimuler ce qui flamboyait dans ses yeux en cet instant précis.

◆

On devait s'occuper de complexes affaires impériales de mariage et de succession, ainsi que d'une myriade d'autres détails juridiques et religieux. Il fallait veiller à certaines exécutions, en observant toutes les règles officielles. Les mesures qu'on prenait, ou manquait à prendre, au début d'un règne pouvaient en définir la nature pour très longtemps.

L'auguste chancelier Gésius, confirmé cette même nuit dans son poste, s'occupa de toutes ces affaires, y compris des exécutions.

On avait besoin d'un peu de temps pour observer les protocoles indispensables. Le couronnement impérial à l'Hippodrome n'eut donc pas lieu avant trois jours. Ce jour-là dans la kathisma, par un matin éclatant et de bon augure, devant les citoyens assemblés de Sarance et sous leurs acclamations enthousiastes – quatre-vingt mille personnes et plus, qui s'époumonaient de toutes leurs forces –, Léontès le Doré prit le nom de Valérius III, en signe d'humble et respectueux hommage, et il couronna son Impératrice aux cheveux d'or, Gisèle, laquelle ne changea pas le nom que son illustre père lui avait donné à sa naissance à Varèna ; l'Histoire l'enregistra donc ainsi, quand on en vint à rédiger les chroniques des actes de leur règne commun.

Dans la salle de Porphyre, la nuit où s'enclenchèrent tous ces événements, on ouvrit une porte, et un homme et une femme agenouillés en prières devant un corps recouvert se retournèrent pour voir entrer une autre femme.

Elle s'immobilisa sur le seuil pour les observer. Léontès se leva, Gisèle ne le fit point, étreignant son disque solaire, la tête baissée dans ce qu'on aurait pu prendre pour de l'humilité.

« Vous m'avez fait demander ? Qu'y a-t-il ? » demanda Styliana Daleina d'un ton vif à l'homme qu'elle avait en ce jour mis sur le Trône d'or. « J'ai beaucoup à faire cette nuit.

— Non », fit avec brutalité Léontès, avec l'inflexion catégorique et définitive d'un juge. Et il l'observa tandis qu'elle comprenait – l'esprit rapide, comme toujours – l'implication de cette intonation.

S'il avait espéré – ou craint – de voir dans ses yeux de la terreur ou de la rage, il fut déçu – ou soulagé. Il n'y vit absolument rien. Un autre aurait pu y déceler de l'ironie, un amusement vaste et sombre, mais l'homme qui aurait pu déchiffrer ainsi la jeune femme reposait, mort, sur la bière.

Gisèle se leva. Et des trois êtres vivants qui se trouvaient dans la salle, elle était la seule à porter la couleur de la royauté. Styliane la dévisagea un moment, et ce qui aurait peut-être pu être inattendu, c'était l'ampleur de son calme, qui approchait l'indifférence.

Elle détourna les yeux de l'autre femme, comme d'une quantité négligeable, et dit à son époux : « Vous avez discerné un moyen de vous approprier la Batiare. Très astucieux. Y avez-vous pensé par vous-même ? » Elle jeta un autre coup d'œil à Gisèle, et la reine des Antæ fixa de nouveau les dalles de marbre, non par appréhension ou parce qu'elle était intimidée, mais pour garder encore un moment son exultation secrète.

«J'ai vu le meurtre et l'impiété, dit Léontès, et je ne vivrai pas en leur compagnie sous le regard de Jad.»

Styliane éclata de rire.

Même à cet instant, en cet endroit, elle pouvait encore rire. Il l'observait. Comment un soldat, qui jugeait tant de choses en ce monde à l'aune du courage, aurait-il pu ne pas l'admirer, quels que fussent par ailleurs ses sentiments ?

«Ah, vous ne vivrez pas en leur compagnie ? dit-elle. Vous renoncez au trône ? À la cour ? Vous allez entrer dans un ordre religieux ? Vous percher sur un roc dans les montagnes, avec de la barbe jusqu'aux genoux ? Je ne l'aurais vraiment jamais imaginé ! Les voies de Jad sont toutes-puissantes.

— En effet », remarqua Gisèle en prenant la parole pour la première fois, et l'ambiance en fut aussitôt transformée. «Elles le sont, c'est la vérité.»

Styliane la regarda de nouveau et cette fois Gisèle releva la tête pour lui rendre son regard. Il était trop difficile, somme toute, de garder le secret. Elle avait vogué jusqu'à Sarance dans la solitude la plus totale, sans aucun allié, alors que ceux qu'elle aimait périssaient à sa place. Et à présent…

L'homme ne dit mot. Il contemplait l'aristocratique épouse que Valérius lui avait fait le très grand honneur de lui offrir, pour ses éblouissantes victoires sur le champ de bataille. Il l'avait fait appeler avec l'intention d'ôter à nouveau le drap mortuaire pour la contraindre à contempler la ruine hideuse du cadavre, mais à cet instant il comprenait que de tels gestes n'avaient aucun sens, ou pas le sens qu'on aurait pu espérer.

Il ne l'avait jamais comprise, de toute façon, cette enfant de Flavius Daleinus.

Il fit un signe à Gésius qui se tenait derrière elle sur le seuil. En voyant son geste, son épouse le regarda bien en face, et sourit. Elle sourit. Ensuite, on l'emmena. On lui creva les yeux à l'aube, des hommes dont c'était la vocation, dans une salle souterraine d'où aucun son ne pouvait s'échapper pour venir troubler la lumière du jour.

◆

Dans les rues de la cité, au clair de lune, en croisant des troupes de fantassins et de cavaliers au galop, des tavernes et des tripots barricadés, les façades sans lumière des maisons, des chapelles obscures et les fours éteints des boulangeries, sous les nuages qui se pressaient en voilant et dévoilant tour à tour les étoiles, le médecin Rustem de Kérakek fut escorté tard dans la nuit par des gardes de la Préfecture urbaine depuis l'enclave des Bleus jusqu'à la résidence proche des murailles qu'on lui avait prêtée.

On lui avait offert de coucher dans l'enclave, mais il avait appris longtemps auparavant qu'un médecin a intérêt à dormir loin de ses patients pour préserver sa dignité, son détachement et sa vie privée. Même las jusqu'à la moelle des os comme il l'était (après avoir nettoyé et refermé la plaie du garçon poignardé par-derrière, il avait encore opéré trois autres patients), Rustem suivit les habitudes acquises et, après s'être tourné vers le levant pour prier en silence Pérun et la Dame afin que ses efforts fussent jugés acceptables, il avait réclamé l'escorte promise plus tôt dans la nuit. On l'accompagna de nouveau jusqu'aux portes et on appela des gardes. Il avait promis de revenir dans la matinée.

Dans les rues, les soldats ne leur causèrent pas d'ennui, même s'ils étaient visiblement énervés et faisaient retentir la nuit de leurs cris bruyants et des coups qu'ils frappaient aux portes, tandis que les chevaux passaient sur les pavés avec un martèlement de tambour. Dans son épuisement, Rustem ne leur prêta pas attention, mettant un pied devant l'autre au milieu de son escorte et faisant usage de sa canne, qui ne lui servait plus seulement pour l'effet ; il voyait à peine où il allait.

Ils arrivèrent enfin à sa porte. Celle de la petite résidence de Bonosus, près des murailles. Un garde y frappa pour lui, et elle s'ouvrit aussitôt. On attendait probablement les soldats, pensa Rustem. Ceux qui effectuaient la fouille. L'intendant était là, avec une expression soucieuse, et Rustem vit la fille, Élita, qui se tenait derrière lui, encore éveillée malgré l'heure. Il franchit le seuil, du pied gauche, marmonna un remerciement à l'adresse de ceux qui l'avaient raccompagné, adressa un bref signe de tête à l'intendant et à la fille et gravit les marches menant à sa chambre. Elles semblaient bien nombreuses, cette nuit. Il ouvrit la porte et entra, du pied gauche.

Alixana de Sarance était assise à la fenêtre ouverte, et contemplait la cour en contrebas.

# CHAPITRE 14

Il ne savait pas que c'était elle, évidemment. Pas avant de l'entendre parler. Dans son état de confusion et de fatigue, il n'imaginait absolument pas la raison de la présence de cette inconnue dans sa chambre. Sa première pensée incohérente fut que ce devait être une relation de Bonosus. Mais alors, n'aurait-ce pas dû être un garçon?

Puis il pensa la reconnaître: une patiente, une de celles qui étaient venues le voir le tout premier jour. Mais cela n'avait aucun sens. Que faisait-elle ici maintenant? Les Sarantins ne savaient-ils rien des bonnes manières?

Puis elle se leva, toujours à la fenêtre, et dit: «Bonsoir, Docteur. Mon nom est Aliana. Ce matin, c'était Alixana.»

Rustem s'adossa brusquement à la porte pour la fermer. Il avait les jambes qui flageolaient et se sentait envahi d'horreur. Il ne pouvait pas même émettre un son. Elle était en haillons, sale, visiblement épuisée, ne ressemblait à rien tant qu'à une mendiante, et pas un instant il ne vint à l'idée de Rustem de mettre ses paroles en doute. La voix, songea-t-il par la suite. C'était la voix.

«Ils me cherchent, déclara-t-elle. Je n'ai aucun droit de vous faire courir ce risque, mais je le fais. Je dois m'en remettre à votre compassion envers une personne que vous avez eue comme patiente, si brièvement ce fût-il, et je dois vous dire… que je n'ai nulle part où aller. J'ai évité des soldats toute la nuit. Je suis même descendue dans les égouts, mais ils sont en train de les fouiller.»

Rustem traversa la pièce, ce qui lui sembla durer longtemps. Il s'assit sur le rebord du lit. Puis il lui vint à l'esprit qu'il n'aurait pas dû s'asseoir en présence d'une impératrice et il se releva. Il chercha un soutien en s'appuyant à l'un des montants du lit.

«Comment avez-vous… pourquoi êtes-vous… comment ici?»

Elle lui sourit, mais son visage n'exprimait aucun amusement. Rustem avait été entraîné à observer les gens avec attention, et il le fit donc. Cette femme avait épuisé toutes ses ressources d'énergie. Il baissa les yeux. Elle n'avait pas de souliers; un de ses pieds était en sang, comme d'une morsure. Elle avait mentionné les égouts. Ses cheveux avaient été coupés n'importe comment. Un déguisement, songea-t-il tandis que son cerveau se remettait à fonctionner. Sa tunique aussi avait été tailladée au-dessus des genoux. Ses yeux semblaient d'une vacante noirceur, comme si l'on avait pu voir par les orbites le crâne qui se trouvait derrière.

C'était son incohérence maladroite qui l'avait fait sourire. «Vous étiez bien plus éloquent la dernière fois, docteur, en m'expliquant pourquoi je pourrais un jour espérer porter un enfant. Pourquoi suis-je ici? Par désespoir, je le confesse. Élita est une de mes femmes, une de celles en qui j'ai confiance. Je l'employais pour espionner Bonosus. Il était utile, pour maintes raisons, de savoir ce que faisait le Maître du Sénat et qu'il aurait peut-être préféré voir… rester secret.

— Élita? Une de vos…»

Il se sentait extrêmement embarrassé. Elle hocha la tête. Une tache de boue lui barrait le front, une autre la joue. C'était une femme pourchassée. Son époux était mort. Tous ces soldats dans les rues, cette nuit, à cheval, à pied, martelant des portes, c'était pour elle. «Elle m'a fait un rapport favorable sur votre nature, Docteur, dit-elle. Et bien sûr, je sais moi-même que vous avez refusé de suivre les ordres reçus de Kabadh et d'assassiner la reine des Antæ.

— Quoi? Je… Vous savez que je…» Il se laissa de nouveau tomber sur le rebord du lit.

« Docteur, n'aurions-nous pas été en défaut si nous avions ignoré des informations de ce genre ? Dans notre propre Cité ? Le marchand qui vous a apporté ce message… l'avez-vous revu depuis ? »

Rustem déglutit avec peine, avec un signe de dénégation.

« Il ne lui a pas fallu longtemps pour nous révéler les détails. Évidemment, on vous a surveillé de près à partir de ce moment. Élita disait que vous étiez troublé après le départ de ce marchand. L'idée de tuer vous déplaît, n'est-ce pas ? »

On l'avait surveillé tout du long. Et qu'est-ce qui était arrivé, en vérité, à l'homme venu lui apporter ce message ? Il ne voulut point s'en enquérir.

« Tuer ? Évidemment, cela me déplaît, dit-il. Je suis un guérisseur.

— Me protégerez-vous, alors ? demanda la femme. Ils vont venir ici bien assez tôt.

— Comment puis-je…

— Ils ne me reconnaîtront pas. Leur faiblesse, cette nuit, c'est que la plupart de ceux qui me recherchent ignorent à quoi ressemble l'Impératrice. Si je ne suis pas trahie, ils ne verront que des femmes n'ayant pas l'air d'être à leur place là où ils les trouveront, et ils les emmèneront pour les interroger. Ils ne me reconnaîtront pas. Pas comme je suis à présent. »

Elle sourit de nouveau. Ce sourire lugubre. Ce regard creux.

« Vous comprenez, dit-elle devant la fenêtre, avec calme, Styliane me fera arracher les yeux et la langue, me fera trancher le nez et me livrera à n'importe quel homme qui voudra encore de moi, dans certaines salles souterraines, ensuite de quoi elle me fera brûler vive. Il n'y a… rien qui lui tienne tant à cœur. »

Rustem songea à la blonde et aristocratique jeune femme qui s'était tenue près du Stratège lors du mariage auquel il avait assisté au tout début de son séjour. « C'est elle l'Impératrice, à présent ?

— Cette nuit ou demain, oui. Jusqu'à ce que je l'abatte, elle et son frère. Alors je pourrai mourir et laisser le dieu juger selon son bon plaisir mon existence et mes actes.»

Rustem la dévisagea en silence. Il se rappelait maintenant bien plus clairement, tandis que l'usage de la logique lui revenait en même temps qu'un certain sang-froid. Elle était bel et bien venue le voir ce premier matin, lorsqu'avec la maisonnée il avait hâtivement arrangé le rez-de-chaussée en salles de traitements. Une femme du commun, avait-il pensé, en s'assurant prudemment, avant de l'admettre et de l'examiner, qu'elle pouvait se permettre de payer ses honoraires. Sa voix… avait été différente alors. Bien sûr.

Les Occidentaux, comme son propre peuple, avaient une compréhension limitée de la conception et de la naissance. En Ispahane seulement Rustem avait-il appris certaines choses, assez pour comprendre que l'incapacité à concevoir avait parfois sa source chez le mari, et non chez la femme. Les hommes d'Occident, comme ceux de son propre pays, n'étaient évidemment pas très enclins à entendre ce genre de choses.

Mais Rustem n'éprouvait aucune gêne à l'expliquer aux femmes qui venaient le trouver. Ce qu'elles faisaient ensuite de cette information n'était pas de son ressort.

Cette citoyenne ordinaire – qui se trouvait être alors l'impératrice de Sarance – avait été l'une de ces femmes. Et elle n'avait pas semblé du tout surprise, après les questions qu'il lui avait posées et son examen, quand il lui avait dit ce qu'il lui avait dit.

En l'examinant de plus près, le médecin en Rustem fut de nouveau ébranlé par ce qu'il décelait : la manière rigide et crispée dont cette femme se tenait, contrastant avec le ton neutre et terre à terre dont elle évoquait des assassinats, et sa propre mort. Elle n'était pas très loin de s'écrouler.

«Qui connaît votre présence ici ? demanda-t-il.

— Élita. J'ai escaladé le mur de la cour et je suis montée ici. Elle m'y a trouvée quand elle est venue préparer votre feu. Je savais qu'elle dormait là, bien sûr, pardonnez-m'en. J'espérais qu'elle ferait du feu dans la chambre. Je serais captive à présent si qui que ce soit d'autre était venu. On m'arrêtera à l'instant si vous criez, vous comprenez ?

— Vous avez escaladé le mur ? »

Ce sourire qui n'en était pas un. « Docteur, vous ne voulez pas savoir ce que j'ai fait ni où je suis allée aujourd'hui et cette nuit. »

Et après un moment, elle ajouta pour la première fois : « Je vous en prie. »

Les impératrices n'avaient jamais à prononcer ces paroles, songea Rustem, mais dans le moment de silence qui les avait précédées, ils avaient tous deux entendu, même depuis l'étage, le martèlement à la porte d'entrée ; par la fenêtre, Rustem vit les flammes des torches dans le jardin et entendit des voix qui montaient de la rue.

◆

Soldat de carrière, Écodès de Soriyie, vétéran décurion de la Deuxième Légion Amorienne, malgré tout le brouhaha de la nuit et les deux rapides coupes de vin qu'il avait (stupidement) acceptées après avoir fouillé la demeure d'un compatriote du sud, savait qu'on se conduisait avec sang-froid dans la demeure d'un sénateur, et qu'on obligeait ses hommes à en faire autant, même s'ils étaient frustrés et pressés, et même s'il y avait une énorme récompense à la clé.

Les dix soldats exécutèrent leur fouille avec une efficacité brusque, mais sans importuner les servantes et en prenant soin de ne rien casser en ouvrant coffres et garde-robes et en examinant chaque pièce, à l'étage et au sous-sol. On avait en vérité causé quelques dégâts plus tôt dans les fouilles, après avoir aidé à débarrasser les rues des trublions des factions, et Écodès prévoyait des plaintes dans la matinée. Ce qui ne le dérangeait pas outre mesure. Les tribuns de la Deuxième Légion Amorienne étaient dans leur majorité de bons officiers ; ils savaient que les hommes avaient parfois besoin de se détendre et que les civils, ces mollassons, grognaient

tout le temps contre les honnêtes soldats qui protégeaient leurs demeures et leur existence. Qu'étaient un
vase ou un plateau brisé, dans l'ordre général des choses ?
Jusqu'à quel point irait-on protester qu'une servante
s'était fait peloter un sein au passage ou soulever la tunique par un soldat ?

D'un autre côté, certaines demeures étaient plus importantes que d'autres, et ce pouvait être au détriment de
ses chances de promotion qu'on offensait un sénateur.
Écodès s'était vu donner des raisons de croire qu'il
pourrait être bientôt nommé centurion, surtout s'il se
trouvait une bonne guerre.

S'il y avait réellement une guerre. On échangeait
bien des rumeurs cette nuit entre soldats, en se croisant
et se recroisant dans les rues de Sarance. Les armées
vivaient de rumeurs et la dernière, c'était qu'on ne se
presserait pas d'aller en Occident, en fin de compte. La
guerre en Batiare avait été le grand projet du dernier
empereur, celui qu'on avait assassiné aujourd'hui. Le
nouvel empereur se trouvait être le chef bien-aimé de
l'armée et, bien que nul ne pût douter du courage et de
la résolution de Léontès, il était raisonnable pour un
homme nouvellement monté sur le trône d'avoir d'autres
affaires à régler avant d'envoyer ses armées voguer
vers la bataille.

Cela convenait assez bien à Écodès, en réalité, même
s'il ne l'aurait jamais confié à personne. De fait, il détestait les bateaux et la mer et les craignait de tout son
cœur, autant que les sorcelleries païennes. L'idée de
confier son corps et son âme à l'un de ces gros rafiots
massifs et lents qui se pressaient dans le port, avec leurs
ivrognes de capitaines et de marins, l'effrayait infiniment plus que n'importe quel assaut de Bassanides ou
de tribus du désert, ou même des Karches, écumant de
furie belliqueuse, tels qu'il les avait rencontrés lors de
son tour de service dans le nord.

Dans une bataille, on pouvait se défendre, ou faire
retraite si nécessaire. Un homme pourvu d'un minimum
d'expérience avait des moyens de survivre. Sur un navire

en pleine tempête (à Jad ne plaise !), ou dérivant simplement au large, loin de la côte, un soldat ne pouvait
rien faire d'autre que vomir tripes et boyaux en priant.
Et la Batiare était loin. Très loin.

Pour autant qu'Écodès de Soriyie fût concerné, si le
Stratège – le glorieux nouvel Empereur – choisissait de
s'accorder un temps de réflexion quant à l'Occident et
envoyait ses armées dans le nord-est, par exemple (on
disait cette nuit que les foutus Bassanides avaient
enfreint le traité de paix et envoyé une expédition de
l'autre côté de la frontière), ce serait une décision tout
à fait sage et appropriée.

On ne pouvait être promu centurion dans une bonne
guerre si on se noyait en route, n'est-ce pas ?

Il accepta le rapport laconique de Priscus comme
quoi cour et jardin étaient vides. Ils en étaient au point
où la fouille des maisons était devenue une routine ; ils
en avaient effectué assez pendant la nuit. Les pièces du
rez-de-chaussée donnant sur la rue avaient été arrangées
en espèce de salles médicales, mais elles étaient désertes.
L'intendant – face maigre, et du genre zélé – avait avec
obéissance assemblé les serviteurs au rez-de-chaussée
et nommé les trois femmes présentes. Priscus et quatre
autres soldats s'étaient rendus à l'extrémité du couloir
pour vérifier les chambres de la maisonnée et la cuisine.
Écodès, avec toute la politesse dont il était capable,
demanda qui pouvait occuper les pièces à l'étage. Il y
avait eu deux hommes jusqu'à ce matin, expliqua l'intendant. Un patient en convalescence et le docteur bassanide qui résidait ici à l'invitation du sénateur.

Écodès s'abstint (poliment) de cracher à la mention
d'un Bassanide.

« Quel patient ? demanda-t-il.

— Un homme, pas une femme. Et on nous a ordonné
de ne pas en parler », murmura l'intendant d'un air impassible. Ce bâtard au ton supérieur et doucereux arborait
exactement le genre de manières citadines qu'Écodès
méprisait le plus. C'était un serviteur, rien d'autre, et
pourtant il se comportait comme s'il était né avec des
oliveraies et des vignobles.

« J'encule tes instructions, dit Écodès, assez aimable. Je n'ai pas le temps ce soir. Quel homme ? »

L'intendant pâlit. L'une des femmes porta une main à ses lèvres. Écodès pensa (il ne pouvait en être sûr) qu'elle dissimulait un gloussement. Elle devait sûrement se faire foutre par ce bâtard au sang pâlot afin de garder son emploi. Ne serait pas mécontente de le voir un peu mal pris, il l'aurait parié.

« Nous sommes bien d'accord que vous m'avez ordonné de vous le révéler ? demanda l'intendant.

— Foutre oui, on est d'accord. Accouche.

— Le patient était Scortius de Soriyie, dit l'intendant. Rustem de Kérakek le traitait ici en secret. Jusqu'à ce matin.

— Saint Jad, laissa échapper Écodès. Tu ne me racontes pas des histoires ? »

La mimique de l'intendant lui fit bien comprendre, s'il y avait eu auparavant le moindre doute, qu'il n'était pas homme à raconter des histoires.

Écodès s'humecta nerveusement les lèvres en essayant de digérer l'information. Laquelle n'avait rien à voir avec ce qui les occupait, mais quelle nouvelle ! Scortius était, et de très loin, le rejeton le plus fameux de la Soriyie de son temps. Le héros de tous les adolescents et de tous les hommes de cette contrée aux frontières du désert, y compris Écodès. Il y avait assez de soldats en permission qui avaient assisté aux courses de la journée : tous ceux qui fouillaient cette nuit la ville étaient au courant de la réapparition inattendue du champion des Bleus à l'Hippodrome et de ce qui s'était ensuivi. Certaines rumeurs disaient qu'il allait peut-être mourir de ses blessures : l'Empereur et le plus grand des auriges, le même jour.

Et quel en serait donc l'effet sur la superstition de l'armée, à la veille de ce qui était censé être la grande guerre de reconquête ?

Et Écodès était là, dans la maison même où Scortius avait été en convalescence, traité en secret par un Bassanide ! Quelle histoire ! Il avait peine à attendre de revenir aux baraquements.

Pour l'instant, il se contenta de hocher la tête à l'adresse de l'intendant, avec une expression de sobre gravité. « Je peux voir pourquoi c'était un secret. Ne t'en fais pas, ce n'est pas nous qui allons le révéler. Quelqu'un d'autre dans la maison ?

— Seulement le médecin.

— Le Bassanide ? Et en ce moment, il est… ?

— À l'étage. Dans sa chambre. »

Écodès jeta un coup d'œil à Priscus, qui était revenu du couloir. « Je vais examiner moi-même cette chambre-là. On ne veut pas de plaintes ici. » Il adressa à l'intendant une mimique interrogative.

« Première pièce à gauche en haut de l'escalier. » Un homme utile, une fois qu'on lui avait fait comprendre les règles du jeu.

Écodès gravit les marches. Scortius ! Ici ! Et l'homme qui lui avait sauvé la vie.

Il frappa quelques coups brefs à la première porte mais n'attendit pas d'être invité à entrer. C'était une fouille. L'homme avait peut-être rendu service, mais c'était quand même un foutu Bassanide, non ?

Il l'était, en l'occurrence.

La femme nue qui chevauchait l'homme couché dans le lit se retourna quand Écodès ouvrit la porte, et elle laissa échapper un hurlement étouffé, puis un torrent de ce qui était de toute évidence de grossières insultes. Écodès ne pouvait qu'en comprendre la portée générale : elle jurait en bassanide.

Elle se dégagea de l'homme, bondit pour faire face à la porte en voilant hâtivement sa nudité d'un drap, tandis que l'homme s'asseyait. Il avait – ce qui n'était pas déraisonnable en l'occurrence – une expression offensée.

« Comment *osez*-vous ? » siffla-t-il sans hausser la voix. « C'est ça, la politesse sarantine ? »

Écodès se sentit quand même un peu gêné de son intrusion. La putain orientale – il y en avait toujours quelques-unes en ville, venues de tous les coins du monde – crachait et jurait comme si elle n'avait jamais montré son cul à un soldat. Elle était passée au sarantin, avec un accent prononcé mais intelligible, pour débiter des déclarations acerbes et explicites quant à la mère d'Écodès, des allées à l'arrière des tripots et l'origine d'Écodès lui-même.

« Silence ! » Le médecin lui lança une solide gifle sur la joue. Elle se tut en geignant. Les femmes en avaient parfois besoin, pensa Écodès, approbateur. De toute évidence une vérité en Bassanie comme partout ailleurs, et pourquoi pas ?

« Que faites-vous ici ? » Le docteur à la barbe grisonnante s'efforçait de regagner un peu de sa dignité. En son for intérieur, Écodès en fut amusé : difficile d'être digne quand on vous surprenait sous les allées et venues d'un corps de putain. Les Bassanides ! Même pas capables de mettre leurs femmes sur le dos, comme elles devaient l'être.

« Écodès, Deuxième Légion d'Infanterie Amorienne. On a l'ordre de fouiller toutes les maisons de la Cité. On cherche une fugitive.

— Parce que pas un de vous ne peut avoir une femme ! Elles se défilent toutes ! » La pute gloussait, très contente de son trait d'esprit.

— J'ai entendu parler de la fouille », dit le Bassanide, en gardant son calme. « À l'enclave des Bleus, où je traitais un patient.

— Scortius ? » ne put s'empêcher de demander Écodès.

Le docteur hésita. Puis il haussa les épaules. Pas mon problème, semblait dire son geste. « Entre autres. Les soldats n'ont pas été très doux, aujourd'hui, vous savez.

— Les ordres, dit Écodès. Il fallait arrêter les troubles. Comment… va l'aurige ? » C'était vraiment un potin de choix.

Le docteur hésita encore, haussa encore les épaules. « Des côtes de nouveau fracturées, une plaie rouverte, une hémorragie, peut-être un collapsus pulmonaire. Je le saurai dans la matinée. »

La putain foudroyait toujours Écodès du regard, mais au moins avait-elle fermé sa sale boîte pour le moment. Elle avait un corps plaisant, voluptueux, à ce qu'il en

avait vu, mais ses cheveux ressemblaient à un nid
d'oiseau, tout emmêlés, sa voix était à la fois perçante
et grinçante, et elle n'avait pas l'air spécialement propre.
Pour Écodès de Soriyie, on avait assez de boue et de
jurons avec ses soldats ; quand on allait voir une fille,
on voulait… autre chose.

« Cette femme est… »

Le docteur se racla la gorge. « Eh bien, ah… vous
comprenez bien que ma famille est très loin. Et un
homme, même à mon âge… »

Écodès eut un petit sourire ironique. « Je n'irai pas
en Bassanie pour le dire à votre femme, si c'est ce que
vous voulez dire. À mon avis, vous auriez pu trouver
mieux que ça à Sàrance, ou bien vous aimez vraiment
qu'elles vous disent des saletés dans votre propre langue ?

— Fous-toi toi-même, soldat », grogna la femme avec
un fort accent, « puisqu'il n'y aura sûrement personne
d'autre pour le faire.

— Un peu de manières, dit Écodès. C'est une maison
de sénateur.

— Oui, dit le docteur, et les bonnes manières se font
rares présentement. Soyez assez bon pour conclure ce
que vous avez à faire et repartir. Je ne trouve rien de
convenable ni de divertissant dans cette rencontre, je le
confesse. »

J'en suis bien sûr, porc de Bassanide, songea Écodès.

Ce qu'il dit, ce fut : « Je comprends, Docteur. J'obéis
à mes ordres, comme je suis sûr que vous le comprenez. » Il avait sa promotion à protéger. Le porc vivait ici
et soignait Scortius : c'était un personnage important.

Écodès jeta un regard circulaire sur la pièce : la
chambre à l'étage, habituelle dans ce voisinage. La meilleure chambre, avec vue sur le jardin. Il alla à la fenêtre
pour regarder dans la cour. Elle était plongée dans les
ténèbres. On l'avait déjà fouillée. Il revint à la porte,
regarda le lit. Les deux autres le contemplaient, côte à
côte, maintenant silencieux. La femme avait relevé le
drap pour se couvrir, en partie, mais pas entièrement.
Elle lui en laissait voir un peu, pour l'agacer, alors même
qu'elle l'insultait. Les putains…

506 ──────────── GUY GAVRIEL KAY

On était censé regarder sous les lits, bien sûr – cachettes évidentes. Mais on était également censé user de son jugement, quand on était décurion (et futur centurion ?), sans perdre son temps. Ils avaient encore beaucoup de maisons à fouiller avant l'aube. Les ordres étaient sans ambiguïté aucune : on voulait la femme capturée avant la cérémonie du lendemain à l'Hippodrome. Écodès était prêt à le déclarer avec assurance, la femme qui avait été ce matin impératrice de Sarance ne se trouvait pas sous le lit qui avait servi aux ébats de ces deux Bassanides.

« Repos, Docteur, dit-il en se permettant un sourire. Continuez. » Il ressortit en refermant la porte derrière lui. Priscus revenait du couloir avec deux des hommes. Écodès lui jeta un regard inquisiteur, l'autre secoua la tête.

« Une pièce qui a été occupée, mais ne l'est plus. Un patient ou un autre.

— Allons-y, dit Écodès. Je t'en parlerai une fois dehors. Tu ne vas foutre pas me croire ! »

Elle avait un langage ordurier, cette pute bassanide, mais un cul joliment tourné, pensa-t-il en précédant Priscus dans l'escalier et en se remémorant la première excitante vision qu'il en avait eue en ouvrant la porte. Il se demanda distraitement s'il aurait l'occasion de se trouver une fille plus tard dans la nuit. Peu vraisemblable. Pas pour d'honnêtes soldats qui faisaient leur travail.

Dans l'antichambre, près de la porte d'entrée, il attendit que ses hommes quittent la maison à la file, puis il adressa un signe de tête à l'intendant. Poliment. En le remerciant, même. Une maison de sénateur. Écodès leur avait donné son nom en entrant.

« Oh, dit-il, frappé par une ultime idée. Quand donc est arrivée la putain bassanide à l'étage ? »

L'intendant sembla réellement scandalisé. « Grossier personnage ! Quelle idée dégoûtante ! Le Bassanide est un docteur réputé et un… honorable invité du sénateur ! s'exclama-t-il. Gardez vos répugnantes pensées pour vous-même ! »

Écodès cligna des yeux et éclata de rire. Eh bien, eh bien. Beaucoup trop sensible sur le sujet ! Il venait de le lui apprendre, hein ? Des garçons, alors ? Il prit mentalement note de poser plus tard quelques questions sur ce sénateur Bonosus. Il allait expliquer quand il vit la jeune femme qui se tenait derrière l'intendant lui faire un clin d'œil, avec un sourire, en portant un doigt à ses lèvres.

Écodès eut un large sourire. Elle était jolie, celle-ci. Et de toute évidence, l'intendant si bien élevé ne savait pas tout ce qui se passait dans ces murs.

« Bon », dit-il en adressant à la jeune femme un regard entendu. Il aurait peut-être l'occasion de revenir plus tard. Peu probable, mais on ne savait jamais. L'intendant regarda la fille par-dessus son épaule, et l'expression de celle-ci redevint entièrement convenable et soumise, tandis qu'elle croisait les mains sur son ventre. Écodès sourit de nouveau. Les femmes. Faites pour le mensonge, toutes. Mais celle-ci était propre, comme il les aimait, avec même une certaine classe, au contraire de la mégère bassanide à l'étage.

« Peu importe, dit-il à l'intendant. Continuez. »

La nuit passait, aussi rapide que les chariots ; ils devaient trouver cette femme avant le lever du soleil. On avait annoncé une récompense extravagante. Même répartie entre dix hommes (avec une double part pour le décurion, évidemment), ils pourraient se retirer pour mener une existence de loisir quand leur service serait terminé. Avec leurs propres servantes, ou leurs épouses – ou les deux, au reste. Mais rien du tout s'ils traînaient ou prenaient du retard. Ses hommes attendaient impatiemment dans la rue. Écodès se retourna et descendit l'escalier.

« Bon, les gars. La maison suivante », dit-il d'un ton brusque. L'intendant referma la porte derrière lui, en la faisant claquer.

◆

Il avait été embarrassé de sa propre excitation sous les draps, alors qu'elle avait feint de lui faire l'amour en le chevauchant quand la porte s'était ouverte. Elle ne lui avait pas laissé fermer le verrou, et il avait compris un peu tard : la chambre devait bel et bien être fouillée, le but même de l'opération était pour les soldats de les surprendre en pleine action, et pour eux d'être furieux de l'intrusion. Sa voix, un grognement bas qui s'était vite transformé en un ton geignard et nasal, dans la propre langue de Rustem, avec une éloquente et obscène férocité, avait stupéfait Rustem presque autant qu'elle avait semblé déconcerter le petit soldat dans l'entrée. Conscient que sa vie était en jeu, Rustem n'avait pas eu de mal à assumer une attitude hostile et irritée.

Alixana avait abandonné sa position en serrant les draps contre elle. Elle avait lancé une autre volée d'invectives à l'adresse du soldat et Rustem, inspiré par la crainte au moins autant que par tout le reste, l'avait giflée, choqué de son propre geste.

Après la fermeture de la porte, il attendit pendant un pénible laps de temps, perçut des paroles échangées à l'extérieur, puis des pas qui faisaient craquer les marches. Il murmura enfin : « Je suis navré… cette gifle… Je… »

Étendue près de lui, elle ne leva même pas les yeux. « Non. C'était très bien. »

Il se racla la gorge. « Je verrouillerais la porte, maintenant, probablement, si c'était… réel.

— Ça l'est bien assez », murmura-t-elle.

Toutes ses forces semblaient l'avoir abandonnée. Il avait conscience de son corps nu près du sien, mais n'en éprouvait plus aucun désir. Il en ressentait une profonde honte, et une autre émotion encore, curieusement proche du chagrin. Il se leva et passa prestement une tunique, sans mettre de dessous, alla à la porte et la verrouilla. Quand il se retourna, Alixana était assise dans le lit, complètement enveloppée dans les draps.

Il hésita, perdu sans amarres, puis traversa la pièce pour venir s'asseoir sur le petit banc près du foyer. Il contempla les flammes, y poussa une bûche, s'abandonnant à des activités banales. Sans la regarder, il demanda : « Quand avez-vous appris le bassanide ?

— Je l'avais bien ? »

Il acquiesça. « Je ne pourrais pas jurer ainsi.

— Je suis sûre que si. » Sa voix avait perdu toute inflexion. « J'en ai appris une partie dans ma jeunesse, surtout les jurons. Et davantage plus tard, quand nous avions affaire à des ambassadeurs. Les hommes trouvent flatteurs d'entendre une femme leur parler dans leur propre langue.

— Et la… voix ? » Cette mégère rance sortie d'un tripot des quais…

« J'étais actrice, Docteur, vous vous en souvenez ? Un peu l'équivalent d'une putain. Étais-je convaincante ? »

Cette fois, il la regarda. Elle avait les yeux vides, fixés sur la porte par où était sorti le soldat.

Rustem resta silencieux. Il avait l'impression que la nuit était devenue aussi profonde qu'un puits, aussi noire, après une journée si longue qu'on avait peine à le croire. Amorcée dans la matinée avec l'escapade de son patient et son propre désir de voir les courses à l'Hippodrome.

Pour cette femme, la journée avait commencé autrement.

Il examina avec attention la silhouette trop immobile sur le lit. Secoua la tête devant ce qu'il voyait. Il était médecin, il avait déjà vu cette expression. « Madame, pardonnez-moi, mais vous devez pleurer. Vous devez vous le permettre. C'est un avis… professionnel. »

Elle ne bougea même pas. « Pas encore, dit-elle. Je ne peux pas.

— Si, vous le pouvez, dit Rustem d'un ton très délibéré. L'homme que vous aimez est mort. Assassiné. Il n'est plus. Vous pouvez pleurer, Madame. »

Elle se tourna enfin vers lui. La lueur des flammes dessinait ses pommettes sans défaut, laissant dans l'ombre les cheveux massacrés et les traînées de saleté, mais sans pouvoir illuminer la noirceur de ces yeux… Rustem eut envie – une impulsion aussi rare chez lui que la pluie dans le désert – d'aller jusqu'au lit et de la prendre dans ses bras. Il s'en abstint.

Il murmura. «Nous disons que lorsqu'Anahita pleure ses enfants, la pitié s'immisce dans le monde, dans les royaumes d'ombre et de lumière.

— Je n'ai pas d'enfant.»

Si intelligente. Se protégeant si férocement. «Vous *êtes* son enfant, dit-il.

— Je ne veux pas de pitié.

— Alors, permettez-vous le chagrin, ou bien je serai forcé d'avoir pitié d'une femme qui en est incapable»

Elle secoua de nouveau la tête. «Une mauvaise patiente, Docteur, Je suis navrée. Je vous dois obéissance si ce n'est que pour ce que vous venez de faire. Mais pas encore. Pas… encore. Peut-être quand… tout le reste aura été accompli.

— Quand partirez-vous ? » demanda-t-il après un moment.

Un bref sourire, réflexe dépourvu de sens, issu de la simple habitude des mots d'esprit dans un monde désormais perdu. «Je suis vraiment blessée à présent, dit-elle. Vous êtes déjà las de m'avoir dans votre lit.»

Il secoua la tête, la fixa sans rien dire. Puis il se retourna délibérément vers le feu et s'affaira à des gestes aussi anciens que tous les foyers, auxquels hommes et femmes de toute époque avaient pu s'adonner, comme maintenant peut-être, ailleurs dans le monde. Il prit tout son temps.

Et quelques instants plus tard, il entendit un son rauque et étranglé, puis un autre. Avec un effort considérable, il continua de contempler les flammes, sans regarder le lit où l'impératrice de Sarance pleurait dans la nuit, des sanglots brisés comme il n'en avait jamais entendu.

Cela dura longtemps. Rustem ne détourna jamais les yeux du foyer, laissant à Alixana au moins une illusion d'intimité, comme plus tôt ils avaient feint de faire l'amour. Alors qu'il ajoutait un autre morceau de bois, il l'entendit enfin murmurer. «Pourquoi cela soulage-t-il, Docteur ? Dites-moi pourquoi.»

Il se retourna. À la lueur des flammes, il vit les larmes qui brillaient sur ses joues. «Madame, dit-il, nous sommes mortels. Enfants des dieux ou des déesses que nous adorons, quels qu'ils soient, mais de simples mortels. L'âme doit plier pour survivre.»

Elle détourna les yeux, un moment silencieuse, sans rien regarder de particulier dans la pièce, puis: «Et même Anahita pleure? Ou bien les royaumes ne connaîtraient pas la compassion?»

Il acquiesça, avec une profonde, une indicible émotion. Il n'avait jamais rencontré une telle femme.

Elle s'essuya les yeux du revers de ses deux mains, comme une enfant. Le regarda de nouveau: «Si vous dites vrai, vous m'avez sauvée par deux fois cette nuit, n'est-ce pas?»

Il ne sut que répliquer.

«Connaissez-vous le montant de la récompense offerte?»

Il hocha la tête. Des hérauts l'avaient proclamé dans les rues à partir de la fin de la journée. On l'avait su à l'enclave des Bleus avant le coucher du soleil. Il en avait entendu parler en soignant les blessés.

«Il suffit d'ouvrir la porte et d'appeler», poursuivit-elle.

Il la dévisagea, en cherchant ses mots. Se lissa la barbe. «Je suis peut-être las de vous, mais quand même pas à ce point», fit-il, et il vit son sourire alléger cette fois, très brièvement, la noirceur de ses yeux.

Elle se contenta de dire, après un moment: «Merci. Vous êtes plus que je n'avais droit d'en supplier le dieu, Docteur.»

Il secoua la tête, de nouveau embarrassé.

D'une voix un peu plus assurée à présent, elle reprit: «Mais vous devez savoir que vous devrez parler, à Kabadh. Il vous faudra quand même leur donner quelque chose.»

Il la regarda fixement: «Quelque chose pour…?

— Des résultats de votre séjour ici, Docteur.

— Je ne vois pas… Je suis venu à la recherche de…

— … de connaissances médicales occidentales, avant
d'aller à la cour de Kabadh. Je sais. La guilde des médecins a fait un rapport. Je l'ai lu. Mais Shirvan n'a jamais
une seule corde à son arc, et vous ne serez pas une
exception. Il doit vous avoir donné l'ordre de garder
l'œil ouvert. On vous jugera sur ce que vous aurez vu.
Si vous retournez à sa cour les mains vides, vous four-
nirez des armes à vos ennemis, et vous en avez déjà,
Docteur. Qui vous attendent. Difficile d'arriver dans une
cour où l'on vous déteste a priori. »

Rustem croisa les mains : « Je connais mal ces choses,
Madame. »

Elle hocha la tête : « Je vous crois. » Elle l'observa
puis, comme si elle avait pris une décision, murmura :
« Vous a-t-on dit que la Bassanie a franchi la frontière,
abrogeant ainsi le traité de paix ? »

Personne ne le lui avait dit. Qui le lui aurait dit à
lui, étranger qu'il était parmi les Occidentaux ? Un ennemi. Il avala sa salive, soudain glacé. Si une guerre
éclatait, et qu'il se trouvait encore à Sarance…

Elle le regardait. « Des rumeurs ont couru tout l'après-
midi dans la Cité. Il se trouve que je suis tout à fait
certaine de leur véracité.

— Pourquoi ? souffla-t-il.

— Pourquoi j'en suis certaine ? »

Il acquiesça.

« Parce que Pétrus voulait que Shirvan attaque et l'y
a encouragé.

— Pour… pourquoi ? »

L'expression d'Alixana se modifia encore. Il y avait
encore des larmes sur ses joues. « Parce qu'il n'avait
jamais moins de trois ou quatre cordes à son arc lui-
même. Il voulait la Batiare, mais il voulait aussi donner
une leçon à Léontès, sur les limitations humaines, peut-
être même sur la défaite. Diviser l'armée pour contrer
la Bassanie était une façon d'y parvenir. Et, bien entendu, les paiements en Orient cesseraient.

— Il voulait *perdre* l'Occident ?

— Bien sûr que non. » Le même sourire léger, presque
imperceptible, né d'un souvenir. « Mais il y a des façons

d'obtenir plus d'une victoire à la fois, et la manière dont on triomphe est bien importante, parfois. »

Rustem secoua la tête avec lenteur. « Et combien de gens mourraient pour accomplir tout ceci ? N'est-ce pas de la vanité ? Croire que nous pouvons agir comme des dieux ? Nous ne sommes pas des dieux. Le temps nous capture tous.

— Le Seigneur des empereurs ? » Elle l'observait. « Oui, mais n'y a-t-il pas des moyens d'entrer dans les mémoires, Docteur, pour laisser une marque, sur la pierre et non sur l'eau ? Une marque… de notre existence ?

— Pas pour la plupart d'entre nous, Madame. » Au même instant, il se rappela le chef cuisinier, à l'enclave des Bleus, "Ce garçon était mon legs"…

Elle avait dissimulé ses mains et son corps sous les draps. Elle était aussi immobile elle-même qu'une statue. « Je vous concède une part de vérité, dit-elle. Mais seulement une part… N'avez-vous pas d'enfants, Docteur ? »

C'était si étrange, le chef lui avait posé la même question. Deux fois dans une même nuit, parler de ce qu'on laisse après soi. Rustem fit en direction du feu le signe qui écartait les mauvais esprits. Il avait bien conscience de la bizarrerie de leur conversation, mais sentait pourtant que ces questions touchaient au cœur de ce qu'étaient devenues cette journée et cette nuit. Il dit avec lenteur : « Mais exister dans la mémoire d'autrui, même celle de nos propres héritiers, n'est-ce pas aussi être faussement remémoré ? Quel enfant connaît son père ? Qui décide *comment* on se souvient de nous, si même on s'en souvient ? »

Elle eut un petit sourire, comme si son ingéniosité lui avait plu. « Exact. Peut-être les chroniqueurs, les peintres, les sculpteurs, les historiens sont-ils, eux, les véritables seigneurs des empereurs, de nous tous, Docteur. C'est une idée intéressante. »

Et tandis qu'une vague indéniable de plaisir chaleureux envahissait Rustem pour avoir ainsi obtenu son approbation, il eut en même temps un aperçu de ce que cette femme avait dû être, parée de tous ses atours sur son trône, tandis que les courtisans rivalisaient pour obtenir d'elle cette intonation.

Il baissa les yeux, de nouveau frappé d'humilité.

Quand il les releva, elle avait changé d'expression, comme si un interlude avait pris fin. «Vous vous rendez compte que vous devez être à présent très prudent? dit-elle. Les Bassanides vont être impopulaires quand la nouvelle se répandra. Restez proche de Bonosus. Il protégera un invité. Mais comprenez autre chose : vous pourriez aussi être exécuté quand vous retournerez à Kabadh.»

Il la regarda, bouche bée: «Pourquoi?

— Parce que vous n'avez pas obéi aux ordres.»

Il cligna des yeux: «Quoi, la… la reine des Antæ? On ne peut sûrement pas s'attendre à me voir organiser un assassinat aussi vite, ni aussi facilement.»

Elle secoua la tête, implacable. «Non, mais on peut s'attendre à ce que vous ayez péri dans votre tentative, Docteur. On vous a donné des ordres.»

Il ne répliqua pas. Une nuit aussi profonde qu'un puits. Comment en sortir? Et la voix d'Alixana était maintenant celle d'une femme infiniment versée dans les affaires des cours et du pouvoir.

«Cette lettre comportait un avertissement. C'était une indication explicite que votre présence comme médecin à Kabadh était moins importante pour le Roi des rois que vos services comme assassin à Sarance, couronnés ou non de succès.» Elle s'interrompit. «Ne l'aviez-vous pas envisagé, Docteur?»

Non. Absolument pas. Il était médecin, venu d'un village du sud balayé par les sables à la lisière du désert. Il savait guérir, mettre au monde, soigner blessures, cataractes, maux d'entrailles. Muet, il secoua la tête.

Alixana de Sarantium, nue dans son lit, enveloppée d'un drap comme d'un suaire, murmura: «C'est le petit service que je vous rends, alors. Une idée à examiner quand je serai partie.»

Partie de cette chambre? Elle voulait en dire davantage. Si profond que parût à Rustem le puits de la nuit, le sien était bien plus profond, et de loin. À cette idée, Rustem de Kérakek trouva en lui un courage et même une grâce qu'il n'avait pas su posséder (on les avait fait naître en lui, songerait-il plus tard), et il murmura avec ironie : « J'ai si bien réussi à être prudent cette nuit, n'est-ce pas ? »

Elle sourit de nouveau. Il s'en souviendrait toujours.

On frappa alors à la porte, avec discrétion. Quatre petits coups rapides, deux coups espacés. Rustem se dressa brusquement, les yeux fouillant la pièce. Il n'y avait vraiment nulle part où la cacher.

Mais Alixana déclara : « Ce doit être Élita. Tout va bien. On s'attend à la voir venir ici. Elle couche avec vous, n'est-ce pas ? Je me demande si elle va m'en vouloir ? »

Il traversa la pièce pour aller ouvrir la porte. Élita se hâta d'entrer, refermant la porte derrière elle. Jeta un bref coup d'œil apeuré au lit, y vit Alixana. Tomba à genoux devant Rustem, prit l'une de ses mains entre les siennes pour l'embrasser. Puis elle se tourna vers le lit, toujours agenouillée, et contempla la femme qui y était assise, sale, en haillons et les cheveux tailladés.

« Oh, Madame, souffla-t-elle, qu'allons-nous faire ? »

Elle prit une dague à sa ceinture, la déposa sur le plancher. Et se mit à pleurer.

Elle était depuis longtemps l'une des femmes en qui l'impératrice Alixana avait le plus confiance. Y prendre plaisir était certainement répréhensible aux yeux de Jad et des prêtres. Les mortels, surtout les femmes, ne devaient pas s'enfler du péché de vanité.

Mais elle y prenait plaisir.

Dernière éveillée dans la maison, elle avait offert de s'occuper des foyers du rez-de-chaussée et d'éteindre les lampes avant de retourner dans le lit du médecin. Assise dans l'antichambre, seule dans l'obscurité, elle avait un moment contemplé l'éclat blanc de la lune à travers la haute fenêtre. Avait écouté des pas dans les autres pièces, les avait entendus cesser quand les autres serviteurs s'étaient couchés. Elle était restée là un moment, anxieuse. Elle devait attendre mais craignait d'attendre trop longtemps. Elle avait enfin parcouru le couloir du rez-de-chaussée et ouvert une porte en silence.

Elle avait préparé une excuse – pas très bonne –, au cas où il aurait encore été éveillé.

L'intendant qui gérait la maisonnée de Plautus Bonosus était un homme efficace mais pas spécialement intelligent. Pourtant, un certain échange de paroles avait eu lieu au départ des soldats, un malentendu qui aurait pu être amusant si l'enjeu n'avait pas été aussi important. Un échange qui pourrait être fatal, si l'intendant en rassemblait les pièces.

On avait offert une énorme récompense, d'une énormité incompréhensible, de fait, des hérauts l'avaient proclamé à travers la Cité. Et si l'intendant se réveillait dans la nuit avec une soudaine illumination ? Si un esprit ou un fantôme venait à lui, porteurs d'un rêve ? S'il comprenait sous la lune tardive que le soldat, à la porte, n'avait pas traité le docteur à barbe grise de putain, mais fait référence à une femme dans sa chambre ? Une femme. L'intendant pourrait se réveiller, se sentir alléché par la curiosité et l'appât du gain, se lever dans la demeure obscure, longer le couloir avec une lampe allumée à son feu. Ouvrir la porte d'entrée. Appeler un garde de la Préfecture urbaine ou un soldat.

C'était un risque. C'en était un.

Elle était entrée dans la chambre, aussi silencieuse elle-même qu'un fantôme, avait contemplé l'homme qui dormait sur le dos. Avait essayé de trouver un moyen de s'endurcir le cœur.

La loyauté, une réelle loyauté, exige parfois la mort. L'Impératrice (elle l'appellerait toujours ainsi) se trouvait encore dans la maison. Ce n'était pas une nuit où prendre des risques. On pourrait retracer jusqu'à elle l'assassinat de l'intendant, mais parfois, la mort requise, c'est la vôtre.

« Madame, je n'ai pas pu le tuer. J'ai essayé, j'y suis allée, mais... »

La fille pleurait. Devant elle sur le plancher, la lame était vierge de sang. Rustem jeta un coup d'œil à Alixana.

« J'aurais dû avoir la sagesse de ne pas faire de toi un Excubiteur », murmura Alixana avec un léger sourire, toujours emmitouflée dans les draps.

Élita leva les yeux en se mordant la lèvre inférieure.

« Je ne crois pas que sa mort nous soit nécessaire, ma chère. Si cet homme se réveille dans la nuit avec une vision et va à la porte appeler un garde… tu pourras les transpercer d'une épée.

— Madame, je n'ai pas…

— Je sais, mon enfant. Je suis en train de te dire que nous n'avons pas besoin d'un meurtre pour nous protéger de cette éventualité. S'il devait repenser à cette conversation, il l'aurait déjà fait. »

Rustem, qui en savait un peu sur le sommeil et les rêves, en était moins sûr, mais il garda le silence.

Alixana lui adressa un regard : « Docteur, laisserez-vous deux femmes partager votre lit ? Ce sera moins excitant que la question ne le suggère, je le crains. »

Rustem s'éclaircit la voix. « Vous devez dormir, Madame. Étendez-vous. Je prendrai une chaise et Élita peut prendre un coussin près du feu.

— Vous avez besoin de vous reposer aussi, Docteur. Des vies humaines dépendront de vous, demain matin.

— Et je ferai ce que je peux. Ce ne serait pas la première fois que je passerais une nuit sur une chaise. »

C'était vrai. Des chaises, et bien pis. De la rocaille, alors qu'il accompagnait une armée en Ispahane. Il était épuisé jusqu'à la moelle. Et il voyait bien qu'elle l'était aussi.

« Je vous vole votre lit, murmura-t-elle en s'étendant. Je ne devrais pas. »

Elle avait à peine prononcé le dernier mot qu'elle était endormie.

Rustem dévisagea la servante qui avait été prête à tuer pour elle. Ils restèrent silencieux. Il désigna l'un des coussins, elle le prit pour aller le déposer près du foyer. Après un coup d'œil au lit, il alla recouvrir la femme endormie d'une couverture, en prit une autre pour la fille. Elle leva les yeux vers lui. Il drapa sur elle la couverture.

Il retourna ensuite à la fenêtre. Aperçut en regardant dehors les arbres du jardin en contrebas, argentés par la lune blanche. Après avoir refermé la fenêtre, il tira les rideaux. La brise avait forci, la nuit était plus froide. Il se laissa tomber sur la chaise.

L'idée lui vint alors, un sentiment définitif, qu'il lui allait encore lui falloir changer d'existence, ou de ce qu'il avait pensé devoir être son existence.

Il s'endormit. Quand il s'éveilla, les deux femmes étaient parties.

Une pâle grisaille filtrait au travers des rideaux. Il les écarta pour regarder dehors. Le jour était presque levé, pas tout à fait, l'heure incertaine avant l'aube. On frappa à la porte. Il comprit que c'était ce qui l'avait éveillé. En jetant un coup d'œil de ce côté, il vit que la porte était déverrouillée, comme à l'accoutumée.

Il allait dire d'entrer quand il se rappela où il se trouvait.

Élita avait replacé son coussin et sa couverture sur le lit. Il traversa la pièce pour aller se glisser sous les draps. Un parfum s'y attardait, aussi léger qu'un rêve en train de se dissiper, celui d'une femme qui avait disparu.

« Oui ? » dit-il. Il n'avait pas idée de l'endroit où elle pouvait se trouver, ni s'il le saurait jamais.

L'intendant de Bonosus ouvrit la porte, déjà impeccablement vêtu, toujours avec le même calme et toujours aussi sec qu'un os dans ses manières. Au cours de la nuit, Rustem avait vu sur son plancher un poignard destiné au cœur de cet homme endormi ; l'intendant avait vu la mort d'aussi près que cela. Il y avait cependant une expression étrange dans son regard. « Mes plus profondes excuses, mais il y a des gens à la porte, Docteur. » Sa voix était un murmure expert : « Ils prétendent être votre famille. »

Il prit juste le temps de passer une robe en hâte. Ébouriffé, mal rasé, les yeux encore rougis de sommeil, il frôla dans son élan l'intendant surpris pour se précipiter dans le couloir puis dans les marches, d'une manière absolument incompatible avec toute dignité.

Il les aperçut depuis le premier palier, là où l'escalier se divisait en deux, et il s'immobilisa pour les contempler.

Ils se tenaient tous dans le couloir d'entrée : Katyun et Jarita, l'une visiblement inquiète, l'autre dissimulant la même appréhension. Issa dans les bras de sa mère. Shaski un peu en avant. La tête levée vers lui, les yeux écarquillés, avec une effrayante concentration qui se transforma, et se dissipa, seulement lorsqu'il vit son père apparaître dans les marches. Rustem sut à cet instant, avec une absolue certitude, que Shaski était la raison, l'unique raison de leur présence à tous les quatre, et cette certitude le frappa au cœur comme rien ne l'avait jamais fait jusqu'alors.

Il descendit le reste de l'escalier jusqu'au rez-de-chaussée pour se tenir gravement devant le garçonnet, mains croisées sur le ventre, un peu comme l'intendant, au demeurant.

Shaski leva les yeux vers lui, le visage aussi blanc qu'un drapeau de reddition ; son petit corps mince était tendu comme une corde d'arc (mais on doit plier, mon petit, on doit apprendre à plier, ou sinon, on se brise…). Il balbutia, d'une voix tremblante : « Bonjour, Papa. Papa, on ne peut pas retourner à la maison.

— Je sais », dit Rustem avec douceur.

Shaski se mordit la lèvre. Le regarda fixement, avec de grands yeux. Il ne s'était pas attendu à cette réplique. Plutôt à une punition. (On doit apprendre à être plus coulant, mon petit). « Ou… ou à Kabadh. On ne peut pas y aller.

— Je sais », répéta Rustem.

Il le savait. Il comprenait aussi, après ce qu'il avait appris pendant la nuit, que l'intervention de Pérun et de la Dame dépassait de très loin ce qu'il pouvait bien mériter. Quelque chose lui étreignait la poitrine, une tension qui demandait à se relâcher. Il s'agenouilla et ouvrit les bras. «Viens, dit-il. Tout va bien, mon enfant. Tout ira bien.»

Shaski émit un son – un gémissement, un cri du cœur – et courut alors à son père, un petit paquet d'enfant à bout de force, à prendre dans ses bras et à tenir bien serré. Il éclata en sanglots désespérés, comme le petit garçon qu'il était toujours, malgré tout ce qu'il était, tout ce qu'il serait.

Rustem souleva l'enfant, le serra contre lui et, sans le lâcher, il se releva et s'avança pour attirer dans son étreinte ses deux épouses et sa toute petite fille, tandis que le soleil se levait.

Ils s'étaient apparemment renseignés auprès des agents commerciaux bassanides d'une banque quelconque, et l'un d'eux avait su où demeurait le médecin Rustem. Leur escorte, les deux soldats qui avaient traversé avec eux sur un bateau de pêche depuis Déapolis (les deux autres étaient restés en arrière), attendait devant la maison.

Rustem les fit entrer. Compte tenu de ce qu'il savait maintenant, ce n'était pas le moment pour des Bassanides de se trouver dans les rues de Sarance. L'un d'eux, il s'en aperçut avec stupéfaction (il pensait pourtant avoir dépassé ce stade), était Vinaszh, le commandant de la garnison de Kérakek.

«Commandant? Comment est-ce possible?» C'était étrange de parler de nouveau dans sa propre langue.

Vinaszh était vêtu d'un pantalon sarantin et d'une tunique ceinturée, et non d'un uniforme, la Dame en soit louée; il eut un léger sourire avant de répondre: l'expression lasse mais satisfaite de l'homme qui a accompli une tâche difficile.

«Votre fils, dit-il, est un enfant très persuasif.»

Rustem tenait toujours Shaski. Le garçon lui avait passé les bras autour du cou, avait posé sa tête sur son épaule; il ne pleurait plus. Rustem jeta un coup d'œil à l'intendant et dit, en sarantin: «Est-il possible d'offrir à

ma famille un petit-déjeuner, ainsi qu'aux hommes qui
l'ont escortée ?

— Bien sûr », dit Élita, avant même l'intendant. Elle
souriait à Issa. « Je vais m'en occuper. »

L'intendant manifesta une brève irritation devant la
présomption de la jeune femme. Rustem eut une vision
soudaine et claire d'Élita penchée sur cet homme dans
la nuit, un poignard à la main.

« Je voudrais aussi faire envoyer un message au sénateur Bonosus, le plus tôt possible. Lui présentant mes
respects et demandant à le rencontrer si possible plus
tard dans la matinée. »

L'expression de l'intendant se fit grave : « Il y a un
problème, murmura-t-il.

— Comment cela ?

— Le sénateur et sa famille ne recevront pas de visites aujourd'hui ni dans les prochains jours. Ils sont en
deuil. Dame Thénaïs est décédée.

— Quoi !? J'étais avec elle hier !

— Je le sais, Docteur. Il semble qu'elle soit allée
rejoindre le dieu dans l'après-midi, chez elle.

— Comment ? » Rustem était réellement en état de
choc. Il sentit Shaski se raidir contre lui.

L'intendant hésita. « J'ai cru comprendre que… c'est
une blessure qu'elle s'est elle-même infligée. »

Nouvelles images, des souvenirs encore. De ce
qu'avait été la veille. Un espace clos sous un haut plafond,
à l'intérieur de l'Hippodrome, des grains de poussière
flottant dans les rais de lumière, face à un conducteur
de char une femme encore plus rigide qu'il ne l'était
lui-même. Une autre lame nue.

"On doit apprendre à plier, ou bien l'on se brise"…

Rustem poussa un long soupir. Il réfléchissait furieusement. Bonosus ne pouvait être dérangé, mais ils avaient
un besoin bien réel de protection. Ou bien l'intendant
devrait s'arranger pour avoir des gardes ici, ou bien…

Il y avait une solution. Une solution évidente.

Il regarda l'autre à nouveau : « Je suis profondément
attristé de cette nouvelle. C'était une femme pleine de

dignité et de grâce. J'ai un autre message à expédier, alors. Envoyez quelqu'un notifier le factionnaire intérimaire des Bleus, je vous prie, que ma famille, moi-même et nos deux compagnons demandons à être admis dans leur enclave. Il nous faudra une escorte, évidemment.

— Vous nous quittez, Docteur ? »

Toujours cette attitude impeccable de l'intendant. Qui avait presque failli se faire assassiner dans son sommeil. Il ne se serait jamais réveillé. On aurait frappé à sa porte, on serait en train de découvrir son cadavre, on pousserait un terrible cri...

Le monde dépassait l'entendement d'un être humain. Il avait été créé ainsi.

« Je crois que nous devons vous quitter, dit-il. Il semblerait que nos pays soient de nouveau en guerre. Sarance va être dangereuse pour des Bassanides, si innocents puissions-nous être. Si les Bleus le veulent bien, nous serons plus à même de nous défendre dans leur enclave. » Il dévisagea l'autre. « Nous représentons un danger pour vous tous ici, à présent, de toute évidence. »

À voir l'expression de l'intendant – ce n'était pas un esprit subtil –, il n'y avait pas pensé.

« Je vais faire envoyer votre message.

— Dites-leur », ajouta Rustem en reposant Shaski près de lui, une main sur les épaules du garçonnet, « que je leur offrirai évidemment mon assistance professionnelle pendant toute la durée de mon séjour. »

Il jeta un coup d'œil à Vinaszh, celui qui avait mis tous ces événements en branle un après-midi d'hiver, alors que le vent soufflait du désert. Le commandant parlait sarantin, apparemment : il avait suivi leur échange. « J'ai laissé deux hommes sur l'autre rive, murmura-t-il.

— Il pourrait être dangereux pour vous de retourner les chercher. Attendez la suite. J'ai demandé qu'on vous accueille avec nous. C'est une enclave fermée, avec des gardes, et on y a des raisons d'être bien disposé à mon égard.

— J'en ai entendu parler. Je comprends.

— Mais je n'ai aucun droit d'agir à votre place, je m'en rends compte. Vous m'avez amené ma famille, sans que je vous l'aie demandé. J'ai maintes raisons de désirer les avoir avec moi en ce moment. Je vous dois plus que je ne pourrai jamais vous rendre, mais j'ignore ce que vous désirez vous-même. Voulez-vous retourner en Bassanie ? Votre devoir l'exige-t-il ? Avez-vous… J'ignore si vous avez entendu parler d'une guerre possible dans le nord.

— Il y avait des rumeurs sur l'autre rive, la nuit dernière. Nous nous sommes procuré des vêtements de civils, comme vous voyez. » Vinaszh hésita. Il ôta son calot de tissu rêche pour se gratter le crâne. « Je… je vous ai dit que votre fils était très persuasif… »

L'intendant, en les entendant parler bassanide, s'était poliment détourné en appelant du doigt l'un des plus jeunes serviteurs : un messager.

Rustem regardait fixement le commandant : « C'est un enfant qui sort de l'ordinaire. »

Il tenait toujours le garçonnet, ne voulait pas le lâcher. Katyun les observait tour à tour. Jarita avait séché ses pleurs et apaisait le bébé.

Vinaszh se débattait toujours avec ce qu'il voulait dire. Il se racla la gorge, puis reprit : « Il a dit… Shaski a dit… qu'une fin s'en venait. À Kérakek. Et même… à Kabadh.

— On ne peut pas retourner à la maison, Papa. » La voix de Shaski était calme à présent, empreinte d'une certitude glaçante, si on s'arrêtait à y penser. Que Pérun te garde. Puisse Anahita nous protéger tous. Qu'Azal ne sache point ton nom.

Rustem regarda son fils : « Quelle sorte de fin ?

— Je ne sais pas. » L'admettre ennuyait le garçon, c'était évident. « Ça vient… du désert. »

Du désert. Rustem lança un regard à Katyun ; elle haussa les épaules, légèrement, un geste qu'il connaissait si bien.

« Les enfants rêvent », dit-il, mais presque en même temps il secouait la tête. C'était malhonnête. Une évasion.

Ils se trouvaient tous quatre ici à cause des rêves de Shaski ; la nuit précédente, on avait dit à Rustem – de façon très explicite, et quelqu'un qui devait bien être au courant – qu'il serait probablement un homme mort s'il retournait maintenant à Kabadh.

Il avait refusé d'être un assassin. Et les ordres avaient émané du roi.

Vinaszh, fils de Vinaszh, commandant de la garnison de Kérakek, dit à mi-voix : « Si votre intention est de rester ici, ou d'aller ailleurs, je demande humblement pour nous la permission de voyager un temps avec vous. Nos chemins peuvent se séparer par la suite, mais pour l'instant, nous vous offrirons notre aide. Je crois… J'accepte ce que voit l'enfant. Cela arrive, dans le désert, que certains détiennent… ce genre de savoir. »

Rustem avala sa salive : « Nous ? Vous parlez pour les trois autres ?

— Ils pensent comme moi à propos du garçon. Nous avons fait route avec lui. On peut avoir des visions. »

Aussi simple que cela.

Rustem avait toujours le bras passé autour des trop minces épaules de Shaski. « Vous désertez. » Des paroles dures. Mais qui devaient être énoncées franchement ici.

Vinaszh fit une petite grimace. Puis se raidit, le regard direct : « J'ai promis de libérer mes hommes de leur service, ce qui est en mon pouvoir en tant que leur commandant. Les lettres officielles seront expédiées.

— Et vous-même ? »

Nul ne pouvait écrire ce genre de lettre pour le commandant. L'autre soupira. « Je ne reviendrai pas. » Il regarda Shaski, avec un petit sourire, et n'ajouta rien.

Une autre existence transformée du tout au tout.

Rustem jeta un regard circulaire sur ses épouses, sa toute petite fille, l'homme qui venait de jeter son lot avec le leur et à cet instant – il le dirait plus tard, en racontant l'histoire –, il eut l'idée soudaine de leur destination.

Il s'était déjà rendu dans l'Orient lointain, dirait-il à ses invités, en buvant du vin dans un autre pays, pourquoi ne pas aller aussi loin en Occident ?

Plus loin que la Batiare, bien plus loin, se trouvait un pays encore en voie de création, en train de se définir, une frontière, des espaces ouverts longés sur trois côtes par la mer, à ce qu'on disait. Un endroit où ils pourraient recommencer à neuf, avoir une chance de découvrir, entre autres, ce qu'était Shaski.

On aurait besoin de médecins en Espérane, n'est-ce pas ?

On les escorta dans la Cité jusqu'à l'enclave des Bleus, juste avant midi ; les rues étaient tranquilles, c'en était presque surnaturel. Sur ordre d'Astorgus – relâché seulement au matin par la Préfecture urbaine –, on envoya une demi-douzaine d'hommes de l'autre côté du détroit avec un message de Vinaszh, afin de ramener ses deux autres soldats de leur auberge de Déapolis.

À l'arrivée de Rustem dans l'enclave, après qu'on les eut accueillis (avec respect) et qu'on leur eut offert des chambres, et juste avant de visiter ses patients, il apprit du petit chef cuisinier responsable la nuit précédente qu'on avait mis fin juste avant l'aube aux recherches pour retrouver l'impératrice disparue.

Il y avait apparemment eu pendant la nuit d'autres changements dans l'Enceinte impériale.

Shaski aimait les chevaux. La petite Issa aussi. Jovial, de la paille dans les cheveux, un palefrenier en monta un avec la petite dans les bras, au pas dans la cour, en rond, et les éclats de rire du bébé résonnèrent dans l'enclave, faisant sourire les gens tandis qu'ils s'affairaient à leurs tâches dans le jour qui s'éclaircissait.

# CHAPITRE 15

Au matin, les eunuques, presque toujours les premiers au courant des événements qui avaient lieu dans les palais, confièrent à Crispin ce qui s'était passé au cours de la nuit.

Leur humeur collective était tout à fait différente de leur appréhension discrète de la soirée précédente. On aurait pu la considérer comme de l'exubérance. Une surprenante couleur de soleil qui se lève, si on avait cette tournure particulière d'esprit. Crispin sentit ses rêves se dissiper dans l'éclat farouche et dur de ce qu'ils rapportaient, ce soudain tourbillon d'activité, comme un envol d'étoffes.

Il prit un des eunuques comme escorte pour retourner à la salle de Porphyre. Il n'espérait pas pouvoir y entrer de nouveau, mais l'eunuque fit un simple geste et les gardes poussèrent les battants. Il y avait eu des changements là aussi. Quatre Excubiteurs en uniforme et casque de cérémonie, rigides, au garde-à-vous, se tenaient aux coins de la salle. On avait disposé des fleurs partout, et l'assiette traditionnelle de nourriture pour le voyage de l'âme du défunt était en place sur une petite desserte, une assiette en or, sertie de joyaux sur son pourtour. Des torches brûlaient encore près de la bière surélevée où reposait le corps enveloppé de son suaire.

Un grand calme régnait. Personne d'autre ne se trouvait sur les lieux. L'eunuque attendit poliment près de la porte. Crispin s'avança pour s'agenouiller auprès de Valérius, une seconde fois, en faisant le signe du disque solaire. Cette fois, il énonça les paroles rituelles, offrant une prière pour l'âme errante de celui qui l'avait fait venir à Sarance. Il aurait voulu avoir davantage à dire, mais ses propres pensées étaient encore chaotiques. Il se releva et l'eunuque l'accompagna dans les jardins jusqu'à la Porte de Bronze, où on le laissa sortir sur le forum de l'Hippodrome.

Il y avait là des signes de vie. D'une vie normale. Le Fou de Dieu, à sa place habituelle, psalmodiait sa litanie totalement prévisible sur les folies de la richesse et du pouvoir terrestre. Deux étals ambulants étaient déjà installés, l'un offrant des brochettes d'agneau grillé et l'autre des châtaignes rôties, tous deux fort achalandés. Le marchand de yogourt arriva et un jongleur s'installa non loin du Fou de Dieu.

Les débuts d'un recommencement. Lentement, presque avec hésitation, comme si on avait oublié la danse et le rythme du quotidien dans la violence de la veille et qu'on dût les apprendre à nouveau. Pas de soldats marchant en cohortes au pas cadencé. Crispin savait que, hommes et femmes étant ce qu'ils étaient, la Cité serait très bientôt redevenue elle-même, les événements passés disparaissant comme le souvenir d'une nuit de beuverie où l'on a commis des actes qu'on préfère oublier.

Il poussa un profond soupir. La Porte de Bronze se trouvait derrière lui, la statue équestre de Valérius I à sa droite, la Cité déployée devant lui comme un étendard. Tout était possible, comme on en a si souvent l'impression le matin. La brise était vive, le ciel éclatant. Crispin pouvait sentir l'odeur des châtaignes grillées, entendre tous ceux qu'on exhortait sévèrement à oublier les poursuites du monde et à se tourner vers la sainteté de Jad. Cela n'arriverait point, il le savait bien, ne pouvait arriver ; le monde aussi était ce qu'il était. Il vit un apprenti s'approcher de deux servantes en route vers le puits avec des cruches, et leur adresser quelques paroles qui les firent éclater de rire.

On avait cessé de poursuivre Alixana. On le proclamait en ce moment même, avaient dit les eunuques. On voulait toujours la retrouver, mais pour une raison différente à présent. Léontès désirait lui rendre hommage et honorer la mémoire de Valérius. Fraîchement consacré, homme pieux, il désirait commencer son règne de façon appropriée. Mais elle n'avait pas reparu. Nul ne savait où elle se trouvait. Crispin eut un brusque souvenir de la nuit : cette plage rocailleuse sous la lune, dans son rêve, noir et argent.

Gisèle de Batiare allait épouser Léontès plus tard dans la journée, une cérémonie au palais Atténin, et elle deviendrait ainsi impératrice de Sarance. Le monde avait changé.

Il se rappelait dans son propre palais, pendant un automne aux feuilles qui s'éparpillaient, une jeune reine qui l'avait envoyé en Orient avec un message, pour s'offrir à un lointain empereur. On avait fait des paris dans tout Varèna, cet été et cet automne-là, pour savoir combien de temps il lui restait à vivre avant d'être trouvée empoisonnée ou poignardée.

On la présenterait au peuple à l'Hippodrome, le lendemain ou le surlendemain, et elle serait couronnée en même temps que Léontès. Il y avait tant à faire, avaient dit à Crispin les eunuques affairés, un nombre tout simplement impossible de détails à superviser.

D'une façon très réelle, il était à la source de tout cela. C'était lui qui avait amené Gisèle au palais à travers les rues de la Cité et leur agitation nocturne, pour se rendre à la salle de Porphyre. Cela signifiait peut-être – au moins une possibilité, tout de même – que Varèna, Rhodias, toute la Batiare étaient désormais à l'abri d'une attaque. Valérius avait été sur le point d'y porter la guerre. Léontès, avec Gisèle à ses côtés, s'y prendrait peut-être autrement. Elle lui offrait cette occasion. C'était fort bien.

On avait crevé les yeux de Styliane pendant la nuit, lui avait-on rapporté.

Léontès l'avait répudiée pour l'horreur de son crime, mettant officiellement un terme à leur union. Ce genre de choses pouvait se faire plus rapidement, avaient commenté les eunuques, quand on était empereur. Son frère,

Tertius, était mort, garrotté dans l'une des salles souterraines du palais que nul n'aimait à évoquer. Son cadavre
serait exposé plus tard dans la journée, suspendu aux
triples murailles. Gésius en avait également été chargé.
Non, dirent-ils quand il le leur demanda, à leur connaissance, Styliane elle-même n'avait pas été exécutée. Nul
ne savait où elle se trouvait.

Crispin leva les yeux vers la statue qui se dressait près
de lui. Un homme à cheval, une épée martiale, une
image de pouvoir et de majesté, une figure impérieuse.
Mais c'étaient les femmes qui avaient ici donné forme
à l'Histoire, non les hommes avec leurs armées et leurs
glaives. Il ne savait qu'en penser. Il aurait voulu pouvoir
écarter le poids, la fange et les complexités de la confusion humaine, le sang, la fureur, les souvenirs.

Le jongleur était excellent. Il maintenait en l'air cinq
boules de tailles différentes et une dague, qui tourbil-
lonnaient en étincelant dans la lumière. Trop pressés,
la plupart des passants l'ignoraient. Il était tôt dans la
journée, on avait des tâches et des courses à effectuer.
À Sarance, la matinée n'était pas un moment de loisir.

Crispin considéra à sa gauche le Sanctuaire de Valérius, l'élan serein du dôme qui le dominait, presque
dédaigneux au-dessus de tout le reste. Il le contempla
un moment, éprouvant un plaisir presque physique à la
grâce de l'œuvre d'Artibasos, puis il s'y rendit. Son propre
travail l'attendait. Un homme avait besoin de travailler.

D'autres, il ne fut pas surpris de le constater, étaient
du même avis. Silano et Sosio, les jumeaux, étaient à
l'œuvre dans l'enclos temporaire de la petite cour proche
du Sanctuaire ; ils s'occupaient des fours fabriquant la
chaux des lits de pose. L'un d'eux (on ne pouvait jamais
les distinguer) lui adressa un signe hésitant de la main,
et Crispin inclina la tête en réponse.

Une fois à l'intérieur, il leva les yeux pour constater
que Vargos se trouvait déjà sur l'échafaudage et posait
la couche la plus mince, faite du matériau le plus fin,
là où Crispin avait été la veille sur le point de se mettre
au travail. Son ami inici de la route impériale s'était

révélé, de façon imprévue, un ouvrier mosaïste tout à fait compétent. Un autre qui avait fait voile vers Sarance et changé d'existence. Vargos ne le disait jamais, mais Crispin avait dans l'idée qu'une grande partie de son plaisir au travail – et pour Pardos aussi bien – lui venait de sa piété, du fait de travailler dans un lieu consacré au dieu. Ni l'un ni l'autre ne tirerait beaucoup de plaisir de commandes privées pour des salles à manger ou des chambres à coucher.

Pardos aussi se trouvait dans les hauteurs, sur son propre échafaudage, affairé aux dessins muraux que Crispin lui avait assignés au-dessus de la double rangée d'arches, sur le flanc est du dôme. Deux autres artisans de la guilde, dans l'équipe qu'il avait assemblée, étaient également au travail.

Artibasos devait traîner quelque part dans les environs aussi, même si sa propre tâche était essentiellement terminée. L'édifice même du Sanctuaire de Valérius était achevé. Il était justement prêt pour Valérius : pour abriter son cadavre défiguré. Seuls restaient à terminer les mosaïques, les autels et ce dont on aurait besoin comme tombe ou comme monument. Les prêtres s'en viendraient alors, suspendraient les disques solaires aux emplacements appropriés et consacreraient le Sanctuaire pour en faire un lieu saint.

Crispin contempla la raison de sa venue à Sarance, ce qu'il était venu accomplir, et, d'une manière mystérieuse et en dernier ressort inexplicable, cette seule contemplation sembla suffire à le calmer. Il sentit que s'éloignaient les images de la veille – Lecanus Daleinus dans sa baraque, les hommes mourant dans la clairière, Alixana laissant tomber sa cape sur la plage, les hurlements dans les rues, les incendies, Gisèle des Antæ dans sa litière qui traversait les ténèbres, ses yeux de flamme, puis la salle tendue de pourpre où gisait le cadavre de Valérius... Ce tourbillon d'images se dissipa, lui laissant voir ce qu'il avait réalisé dans cette coupole. L'apogée de tout ce qu'il accomplirait jamais, mortel faillible sous le regard de Jad.

Pour se prononcer sur l'existence, on devait vivre, mais il fallait trouver moyen de prendre du recul pour concrétiser cette expérience. Un échafaudage était un endroit tout indiqué pour ce faire, et plus adéquat que bien d'autres.

Il s'avança, environné par les bruits familiers et apaisants du travail, en pensant maintenant à ses filles. Il retrouvait leur visage dans sa mémoire, ce qu'il allait essayer de représenter aujourd'hui auprès d'Ilandra, non loin de l'endroit où Linon reposait dans l'herbe.

Mais avant d'atteindre l'échelle, avant de commencer à grimper vers sa place au-dessus du monde, il entendit une voix s'élever dans son dos derrière l'un des énormes piliers.

Il se retourna vivement en la reconnaissant. Puis il s'agenouilla et toucha de son front le sol de marbre sans défaut.

À Sarance, on s'agenouillait devant les empereurs.

«Relevez-vous, Artisan», dit Léontès, avec ses intonations brusques de soldat. «Nous avons envers vous une grande dette, semble-t-il, pour services rendus la nuit dernière.»

Crispin se releva avec lenteur pour observer son vis-à-vis. Dans tout le Sanctuaire alentour, les bruits se taisaient. On les observait, on avait vu à présent qui se trouvait là. Léontès portait des bottes et une tunique vert sombre, avec une ceinture de cuir. Un bijou doré retenait sa cape sur son épaule, mais l'effet général n'était pas spécialement impressionnant. Juste un autre homme au travail. Derrière l'Empereur, Crispin aperçut un prêtre qu'il reconnut vaguement, et un secrétaire qu'il connaissait très bien. Pertennius avait la mâchoire meurtrie et enflée; il jetait sur Crispin un regard glacial. Pas surprenant.

Crispin s'en moquait éperdument.

«L'Empereur est plus généreux que je ne le mérite, dit-il. J'ai simplement essayé d'assister ma souveraine dans son désir de rendre hommage au défunt. Je ne suis pour rien dans les conséquences, Monseigneur. Ce serait présomption de ma part que de le prétendre.»

Léontès secoua la tête. « Les conséquences n'auraient pas eu lieu sans vous. La présomption serait de prétendre le contraire. Niez-vous toujours le rôle que vous jouez dans les événements ?

— Je nie avoir désiré aucun rôle dans des… événements. Si l'on se sert de moi, c'est un prix que je paie pour avoir la chance d'accomplir mon travail. » Il ignorait pourquoi il parlait ainsi.

Léontès le dévisagea. Crispin se rappelait une autre conversation avec cet homme, dans la vapeur d'un établissement de bain, six mois plus tôt, alors qu'ils étaient tous les deux nus sous des draps. "Ce que nous édifions – même le Sanctuaire de l'Empereur – nous le tenons de façon précaire et devons le défendre"… Ce jour-là, un homme avait tenté d'assassiner Crispin aux thermes.

« Et était-ce vrai aussi hier matin ? Dans l'île ? »

Ils étaient au courant. Évidemment. Bien peu probable que cela fût resté secret. Alixana l'en avait averti.

Crispin croisa le regard bleu de l'autre. « Exactement pareil, Monseigneur. L'impératrice Alixana m'avait demandé de l'accompagner.

— Pourquoi ? »

Ils ne lui feraient plus rien, à présent. Il n'en était pas certain (comment l'être ?), mais il le croyait. « Elle voulait me montrer des dauphins dans la mer.

— Pourquoi ? » Brusque, sûr de lui. Crispin se rappelait cette vaste assurance. Un homme jamais défait au combat, disait-on.

« Je l'ignore, Monseigneur. D'autres événements ont eu lieu, cela ne m'a jamais été expliqué. »

Un mensonge. À l'oint de Jad. Mais il mentirait bel et bien pour elle. Les dauphins étaient une hérésie. Il ne serait pas celui qui la trahirait. Elle avait disparu, n'avait point refait surface. Elle ne disposerait plus d'aucun pouvoir désormais, même si elle leur faisait confiance et sortait de son refuge. Valérius était mort, peut-être ne la reverrait-on jamais. Mais il ne la trahirait pas, non, il ne la trahirait jamais. C'était bien peu, en vérité, mais d'un autre côté c'était beaucoup. L'existence d'un homme s'évaluait à ses paroles et à ses actes.

« Quoi d'autre ? Qu'est-il arrivé dans cette île ? »

Il pouvait répondre à cette question-là, même s'il ignorait pourquoi elle avait bien pu vouloir lui montrer Lecanus Daleinus et l'entendre prétendre être sa sœur.

« J'ai vu le… prisonnier. Nous nous trouvions ailleurs dans l'île quand il s'est échappé.

— Et alors ?

— Comme vous devez le savoir, Monseigneur, on a tenté d'assassiner l'Impératrice. Les Excubiteurs… l'ont empêché. L'Impératrice nous a quittés pour retourner seule à Sarance.

— Pourquoi donc ? »

Certains posent des questions dont ils connaissent les réponses. Apparemment, c'était le cas de Léontès. « On avait tenté de l'assassiner, Monseigneur, répliqua Crispin. Daleinus s'était échappé. Elle pensait qu'un complot était en voie de réalisation, un assassinat. »

Léontès hocha la tête. « Et c'était le cas, bien sûr.

— Oui, Monseigneur, dit Crispin.

— Les coupables en ont été punis.

— Oui, Monseigneur. »

L'une des coupables, leur chef, avait été l'épouse de cet homme, aussi dorée que lui. Grâce à son complot, il était désormais empereur de Sarance. Une enfant quand tout avait commencé, avec ce jet de flamme qui en avait fait naître un autre plus tard. Crispin avait reposé avec elle, il n'y avait pas si longtemps, dans les ténèbres, la confusion, le désespoir. "Rappelez-vous cette chambre. Quoi que je fasse par ailleurs." Il se remémorait ces paroles. Il soupçonnait que, s'il s'y essayait, il se rappellerait tout ce qu'elle lui avait jamais dit. Elle se trouvait à présent dans une autre sorte de ténèbre, si elle vivait toujours. Il ne posa pas la question. Il n'osait pas.

Il y eut un silence. Derrière l'Empereur, le prêtre toussota et Crispin se rappela soudain qui il était : le conseiller du Patriarche d'Orient. Un homme tatillon et zélé. Ils s'étaient rencontrés lorsque Crispin avait soumis ses esquisses pour le dôme.

« Mon secrétaire… s'est plaint de vous », remarqua l'Empereur avec un bref coup d'œil derrière lui. Dans sa voix, un léger amusement, presque un sourire : désaccord mineur parmi les troupes.

« Il le peut, dit Crispin avec aménité. Je l'ai frappé la nuit dernière. Un acte indigne de moi. »

Cela au moins, c'était vrai. Il pouvait au moins se risquer jusque-là.

Léontès eut un geste désinvolte : « Je suis sûr que Pertennius acceptera ces excuses. Tout le monde était très tendu hier. Je… l'ai ressenti moi-même, je dois le dire. Une terrible journée, une terrible nuit. L'empereur Valérius était pour moi… comme un frère aîné. » Il regardait Crispin bien en face.

« Oui, Monseigneur », fit Crispin en baissant les yeux.

Il y eut un autre bref silence. « La reine Gisèle a requis votre présence au palais cet après-midi. Elle aimerait qu'un de ses compatriotes soit présent lors de notre union, et compte tenu de votre rôle dans les événements de la nuit – même si vous le niez –, vous êtes sans contredit le témoin batiarain le plus approprié.

— Je suis honoré », dit Crispin. Il aurait dû l'être, en vérité, mais il sentait toujours tapie en lui cette rage profonde et sourde. Il ne pouvait la définir ou la localiser, cette fois, mais elle était encore là. Tant de violences partout, si impossible à démêler. « D'autant que le trois fois honoré Empereur est venu m'y inviter en personne. »

Il frôlait l'insolence. Son irritabilité lui avait déjà causé des ennuis.

Léontès sourit, pourtant, de ce sourire éclatant qu'il se rappelait si bien. « J'ai trop de sujets de préoccupation, je le crains, pour n'être venu que pour cela, Artisan. Non. Non, je voulais voir ce Sanctuaire, et le dôme. Je ne suis jamais entré. »

Peu de gens l'avaient fait, et il aurait été curieux pour le Stratège suprême de demander à voir avant les autres des travaux d'architecture ou de mosaïque. Ce sanctuaire avait été le rêve de Valérius, et d'Artibasos, avant de devenir celui de Crispin.

Le prêtre, derrière Léontès, levait les yeux. L'Empereur en fit autant.

«Je serais honoré de vous accompagner, Monseigneur, dit Crispin, mais Artibasos, qui doit se trouver quelque part dans les environs, serait un bien meilleur guide.

— Inutile », dit Léontès. (Brusque, un homme au travail). « Je peux voir par moi-même ce qu'on est à y faire, et Pertennius comme Maximius ont vu les esquisses originales, si je comprends bien. »

Pour la première fois, Crispin éprouva un léger frisson de crainte. Il tenta de le contrôler. « Dans ce cas, si on n'a pas besoin de moi, et que ma présence est requise plus tard dans la journée, pourrais-je avoir la permission de l'Empereur de me retirer pour travailler ? On vient juste d'étaler le lit de pose pour la section que je dois exécuter aujourd'hui, là-haut. Il séchera si je tarde trop. »

Le regard de Léontès revint à lui. Et Crispin y vit une étincelle de ce qui aurait pu, ou presque, être considéré comme de la sympathie.

« Je ne le ferais pas, à votre place, dit l'Empereur. Je ne monterais pas là-haut, Artisan. »

Des paroles simples, qu'on aurait même pu considérer comme empreintes de gentillesse.

Il arrive parfois que le monde, son évidence sensorielle – sons, odeurs, textures, aspects –, s'éloigne très loin, se réduise à un point, comme si on en percevait, à travers un trou de serrure, un seul et unique élément.

Tout le reste disparut. Dans le trou de la serrure, il y avait le visage de Léontès.

« Pourquoi donc, Monseigneur ? » demanda Crispin.

Il entendit sa propre voix se briser légèrement. Mais il savait. Avant la réponse de l'Empereur, il comprit enfin pourquoi ils étaient venus tous les trois, ce qui se passait, et un cri silencieux s'éleva en lui, du fond de son cœur, comme devant un autre trépas.

"J'ai été pour vous une meilleure amie que vous ne le pensez. Je vous ai dit de ne pas trop vous attacher au travail que vous pourriez exécuter dans le dôme"...

Styliane. Styliane le lui avait dit. La toute première fois qu'elle l'avait attendu dans sa chambre à lui, et puis une autre fois encore, cette fameuse nuit, dans sa chambre à elle, deux semaines plus tôt. Un avertissement.

Par deux fois. Il ne l'avait pas entendu, il n'y avait pas prêté attention.

Mais qu'aurait-il donc bien pu faire ? Étant ce qu'il était ?

Et c'est ainsi que Crispin, dans le Grand Sanctuaire, sous le dôme d'Artibasos, entendit Léontès, empereur de Sarance, régent de Jad sur la terre, le bien-aimé du dieu, dire avec calme : « Le Sanctuaire doit être saint, en vérité, mais ces décorations ne le sont pas, Rhodien. Il n'est pas convenable pour les hommes pieux de représenter ou d'adorer des images du dieu ou de montrer des mortels dans un lieu saint. » La voix était calme, d'une assurance absolue. « Elles vont disparaître, ici et partout ailleurs dans les contrées sur lesquelles nous régnons. »

L'Empereur s'interrompit, grand, doré, beau comme une figure de légende. Sa voix se fit amène, presque bienveillante. « Il est pénible de voir son travail détruit, réduit à néant. Cela m'est arrivé bien des fois. Des traités de paix, ce genre de choses. Je suis navré si c'est désagréable pour vous. »

Désagréable.

Quelque chose de désagréable, c'était une charrette qui faisait du bruit dans la rue sous votre chambre à coucher trop tôt dans la matinée. C'était de l'eau dans vos bottes sur une route d'hiver, une bronchite par un jour froid, un vent aigre qui trouvait une fissure dans un de vos murs, c'était du vin acide, de la viande filandreuse, un sermon ennuyeux dans une chapelle, une cérémonie qui durait trop longtemps par la chaleur de l'été.

Mais pas une épidémie, pas des enfants qu'on devait ensevelir, pas le feu sarantin ni le Jour des morts, ou le *zubir* de l'Ancienne Forêt sortant de la brume, les cornes dégouttantes de sang, ce n'était pas... ça. Non, pas ça.

Crispin tourna le dos aux hommes qui se tenaient devant lui et leva les yeux. Pour contempler Jad, Ilandra, Sarance aux triples murailles, Rhodias déchue, la forêt, le monde tel qu'il le connaissait et pouvait le recréer. "Ils vont disparaître"...

Ce n'était pas quelque chose de désagréable. C'était la mort même.

Il revint à ceux qui se trouvaient là. Il devait avoir une expression épouvantable en cet instant, comprit-il plus tard, car même le prêtre en sembla alarmé, et l'expression précédemment satisfaite de Pertennius se modifia quelque peu. Léontès lui-même s'empressa d'ajouter : « Vous comprenez bien, Rhodien, qu'on ne vous accuse d'aucune impiété. Ce serait injuste, et nous ne serons pas injuste. Vous avez agi en accord avec la foi telle qu'on la comprenait… auparavant. La compréhension qu'on a de la religion peut changer, mais nous n'en infligerons pas les conséquences à ceux qui ont agi avec foi et… et de bonne foi. »

Il laissa sa voix s'éteindre.

Parler s'avérait extraordinairement difficile. Crispin essaya. Il ouvrit la bouche, mais avant même de pouvoir émettre un son, il entendit s'élever une autre voix.

« Êtes-vous des Barbares ? Êtes-vous complètement fous ? Savez-vous seulement ce que vous dites ? Peut-on vraiment être aussi ignorant ? Imbécile de militaire à l'esprit épais ! »

"Imbécile". Quelqu'un avait eu coutume d'utiliser ce terme. Mais cette fois, ce n'était pas l'oiseau animé de l'alchimiste qui s'adressait à Crispin. C'était un petit architecte aux habits froissés qui jaillissait des ombres, pieds nus, un désordre alarmant dans les cheveux, hérissé de rage et parlant d'un ton aigu et strident qui portait dans tout le Sanctuaire. Et il s'adressait à l'empereur de Sarance.

« Artibasos, non ! Arrêtez ! » gronda Crispin en retrouvant sa propre voix. On exécuterait le petit homme pour cette offense. Trop de monde l'avait entendu. C'était l'Empereur !

« Non, je n'arrêterai pas ! C'est une abomination, un acte démoniaque ! Les Barbares font ce genre de choses, pas les Sarantins ! Allez-vous détruire cette gloire ? Laisser le Sanctuaire dénudé ?

— Le Sanctuaire lui-même est sans défaut », déclara Léontès ; il exerçait beaucoup de retenue, mais les célèbres yeux bleus avaient un éclat de silex.

« Comme c'est aimable à vous de le dire, vraiment ! » Artibasos avait quant à lui perdu tout sang-froid et agitait

les bras comme des ailes de moulin. « Avez-vous la
moindre idée, pouvez-vous seulement avoir idée de ce
que cet homme a accompli ? Sans défaut ? Sans *défaut* ?
Vais-je vous dire quelle faute abominable ce sera si l'on
dépouille le dôme et les murs ? »

L'Empereur abaissa son regard sur lui, toujours en se
maîtrisant. « On ne le suggère point. La doctrine correcte
leur permet d'être décoré de… peu me chaut… des
fleurs, des fruits, et même des oiseaux, des animaux.

— Ah ! Quelle bonne solution ! Bien sûr ! Vaste sagesse que celle de l'Empereur ! » L'architecte était enragé,
déchaîné. « Vous allez transformer un lieu saint empreint
d'une vision grandiose qui honore le dieu et élève l'âme
des visiteurs en un endroit couvert de… de végétation
et de petits lapins ? Une volière ? Un entrepôt de fruits ?
Par le dieu ! Quelle piété, Monseigneur !

— Tenez votre langue, mon ami », fit sèchement le
prêtre.

Léontès garda le silence un long moment. Et sous
son regard muet, le petit homme se tut enfin. Ses bras
cessèrent de s'agiter furieusement et retombèrent à ses
côtés. Mais il ne recula pas. Les yeux fixés sur son Empereur, il se redressa de toute sa taille. Crispin retint son
souffle.

« Il vaudrait mieux », murmura Léontès, les lèvres
étirées par une légère grimace et le teint soudain plus
coloré, « que vos amis vous emmènent loin de nous,
Architecte. Vous avez notre permission de disposer.
Nous ne désirons pas commencer notre règne avec une
apparence de dureté à l'égard de ceux qui ont rendu
des services, mais votre comportement devant votre
seigneur et empereur exigerait que vous soyez marqué
au fer ou exécuté.

— Alors faites-moi exécuter ! Je ne veux pas vivre
pour voir…

— Taisez-vous ! » s'écria Crispin ; Léontès en donnerait bel et bien l'ordre, il le savait.

Il jeta un regard frénétique autour de lui et, avec un
soulagement désespéré, il vit que Vargos était descendu
de son échafaudage. Il adressa un signe de tête urgent au

grand gaillard, et Vargos s'avança vivement. Après une courbette, impassible, et sans avertissement, il saisit tout simplement le petit architecte à bras-le-corps, le jeta sur son épaule et emporta dans la pénombre du Sanctuaire Artibasos qui se débattait en protestant avec vigueur.

Le son portait extrêmement bien dans cet espace – l'édifice avait été brillamment conçu. Ils purent entendre très longtemps les malédictions et les cris de l'architecte. Puis une porte s'ouvrit et se referma, dans les ombres d'un renfoncement quelconque, et le silence se fit. Nul ne bougea. Le soleil matinal tombait des hautes fenêtres.

Crispin se rappelait de nouveau la rencontre aux thermes. Sa première conversation avec Léontès, dans les voiles de vapeur. Il aurait dû le savoir. Il aurait dû y être prêt. Styliane l'en avait averti, et Léontès lui-même, cet après-midi-là, six mois auparavant : "Je serais fort intéressé à connaître vos opinions sur la nature du dieu."

« Comme je vous l'ai dit, nous n'attachons aucune conséquence à ce qui a été fait avant notre temps, expliquait de nouveau l'Empereur. Mais il y a eu des divergences dans la vraie foi, on a manqué à l'observer de façon correcte. On ne doit absolument pas créer des représentations du dieu. Jad est ineffable, mystérieux, il dépasse totalement notre entendement. Pour un mortel, oser représenter le dieu qui se trouve derrière le soleil est une hérésie. Et honorer les mortels dans un lieu saint est d'une présomptueuse arrogance. Il en a toujours été ainsi, mais ceux… qui nous ont précédé ne le comprenaient tout simplement pas. »

"Ils seront détruits, ici et ailleurs, dans les contrées sur lesquelles nous régnons."

« Vous êtes en train de modifier notre religion, Monseigneur. »

Crispin trouvait de nouveau possible, ou presque, de parler.

« Erreur, Artisan. Nous ne modifions rien. Avec la sagesse du Patriarche d'Orient et de ses conseillers pour nous guider – et nous attendons du Patriarche de Rhodias qu'il soit d'accord – nous allons au contraire restaurer la bonne interprétation de notre religion. Nous devons adorer Jad, non une image du dieu. Ou nous ne serions pas supérieurs aux païens d'autrefois, avec leurs sacrifices aux statues dans leurs temples.

— Personne… n'adore cette image sur la coupole, Monseigneur. On se voit seulement rappeler par elle la puissance et la majesté divine.

— Vous prétendriez nous instruire, nous, en matière de foi, Rhodien?» C'était le prêtre à barbe noire cette fois. L'assistant du Patriarche.

Cet échange était absurde. Il était aussi facile d'argumenter là-contre que de combattre la peste. Aussi définitif. À vous briser le cœur. Mais il n'y avait absolument rien à y faire.

Ou presque rien.

On avait toujours un choix, avait coutume de dire Martinien. Et ici, en cet instant, on pouvait encore tenter d'obtenir quelque chose, une seule chose. Crispin prit une grande inspiration, car ce serait contraire à sa nature essentielle: sa fierté, sa susceptibilité, un sentiment profond d'être au-dessus de toute forme de supplication. Mais l'enjeu était trop important.

Il déglutit avec peine et, en ignorant le prêtre, s'adressa directement à Léontès: «Monseigneur Empereur, vous avez été assez bon pour dire que vous aviez une grande dette à mon égard, pour services rendus.»

Léontès lui rendit son regard. Il n'était plus aussi empourpré. «En effet.

— Alors j'ai une requête, Monseigneur.» À vous briser le cœur. Il garda les yeux rivés sur celui qui se tenait devant lui. S'il les levait vers la coupole, il craignait de s'humilier en se mettant à pleurer.

Léontès arborait une expression bienveillante. Un homme habitué aux requêtes. Il leva une main: «Artisan, ne demandez pas que ceci soit exempté… c'est impossible.»

Crispin hocha la tête. Il le savait. Il le savait bien. Il ne voulait pas lever les yeux vers le dôme.

Il fit un signe de dénégation: «Il s'agit… d'autre chose.

— Alors, demandez», dit l'Empereur avec un large geste du bras. «Nous avons conscience des services que vous avez rendus à notre bien-aimé prédécesseur, et du fait que vous avez agi honorablement, selon vos propres critères. »

Ses propres critères.

« Il y a une chapelle des Veilleurs, en Sauradie, sur la route impériale », déclara Crispin en mesurant avec soin ses paroles. « Non loin du campement de l'armée, à l'est. » Il entendait sa propre voix comme si elle venait de très loin. Ne pas regarder la coupole, attention, attention.

« Je la connais », dit celui qui avait commandé là des armées.

Crispin déglutit à nouveau. Du sang-froid. Indispensable de garder son sang-froid. « C'est une petite chapelle, occupée par de saints hommes extrêmement pieux. Il y a… » Il reprit son souffle. « Il y a une… décoration dans cette chapelle, sur la coupole, une représentation de Jad, exécutée il y a très longtemps par des artisans d'une piété presque inconcevable, selon leurs propres critères.

— Je crois l'avoir vue. » Léontès fronçait les sourcils.

« Cette mosaïque est en train de disparaître, Monseigneur. C'étaient des artisans talentueux et d'une indescriptible dévotion, mais autrefois, leur… compréhension de… la technique était imparfaite.

— Et alors ?

— Et alors je… la requête que je vous adresse, Seigneur trois fois honoré, c'est qu'on permette à cette image du dieu de disparaître en son temps. Qu'on ne force pas les saints hommes qui vivent là en paix et prient toutes les nuits pour nous tous, ainsi que les voyageurs empruntant cette route, à voir dépouiller la coupole de leur chapelle. »

Le prêtre allait parler, mais Léontès leva une main. Pertennius d'Eubulus n'avait dit mot de toute cette conversation, s'aperçut Crispin. Il le faisait rarement. Un observateur, un chroniqueur d'entreprises guerrières et architecturales. Il rédigeait aussi d'autres chroniques, Crispin le savait. Il aurait voulu l'avoir frappé plus fort la nuit précédente. En réalité, il aurait voulu l'avoir tué.

« Elle se défait, cette… image ? demanda l'Empereur d'un ton précis.

— Morceau par morceau, dit Crispin. Ils le savent, les saints hommes le savent. Cela leur fait peine, mais ils le voient comme la volonté du dieu. Peut-être… est-ce le cas, Monseigneur. » Il se détesta de le dire, mais il voulait obtenir gain de cause. Il en avait *besoin*. Il ne parla pas de Pardos ni d'un hiver passé en restauration. Ce n'était pas un mensonge, rien de ce qu'il avait dit n'était un mensonge.

« Ce l'est peut-être, acquiesça l'Empereur en inclinant la tête. La volonté de Jad. Un signe pour nous tous de la vertu de notre présente décision. » Il jeta un coup d'œil au prêtre, qui inclina la tête avec soumission.

Crispin baissa les yeux. Fixa le plancher. Attendit.

« C'est ce que vous nous demandez ?

— Oui, Monseigneur.

— Alors, il en sera ainsi. » La voix du soldat, le ton abrupt du commandement. « Pertennius, vous ferez préparer et enregistrer les documents appropriés. Une copie à délivrer aux prêtres de cette chapelle, avec notre propre sceau, pour qu'ils la conservent. On permettra à la décoration de cette chapelle de se défaire d'elle-même, en tant que saint augure de l'erreur de ces comportements. Et vous l'écrirez ainsi dans votre chronique de notre règne. »

Crispin leva les yeux.

Il contemplait l'empereur de Sarance, dans son éclat magnifique et doré – il ressemblait justement beaucoup au dieu du soleil tel qu'on le représentait en Occident –, mais ce qu'il voyait, en réalité, c'était l'image de Jad dans cette chapelle au bord de la route, dans ce lieu sauvage, le dieu pâle et sombre, souffrant et mutilé dans la terrible guerre qu'il menait pour défendre ses enfants.

« Merci, Monseigneur », dit-il.

Et finalement, il leva les yeux vers la coupole. Malgré tout. Incapable de s'en empêcher. Une forme de mort. Une autre façon de mourir. Elle l'avait averti, Styliane. Il regarda, mais sans verser de larmes. Il avait pleuré pour Ilandra. Pour les petites.

En y pensant, il comprit qu'il pouvait encore faire quelque chose après tout, un acte terriblement infime, tout au plus un geste.

Il s'éclaircit la voix. «Ai-je votre permission de me retirer, Monseigneur?»

Léontès acquiesça: «Oui. Vous comprenez que nous sommes fort bien disposé à votre égard, Caius Crispus?»

Il l'appelait même par son nom. Crispin hocha la tête. «Je suis honoré, Monseigneur.» Il fit une large révérence.

Puis il se détourna pour se diriger vers son échafaudage, qui ne se trouvait pas très loin.

«Que faites-vous?» C'était Pertennius, alors que Crispin atteignait l'échelle et y posait le pied.

Crispin ne se retourna pas.

«J'ai du travail à faire. Là-haut.» Ses filles. Son travail de la journée, ses souvenirs, son art, la lumière.

«Mais on va le détruire!» Le secrétaire avait une intonation complètement déconcertée.

Crispin tourna alors la tête pour leur jeter un coup d'œil par-dessus son épaule. Ils le regardaient fixement tous les trois, comme les autres dans le Sanctuaire.

«Je le comprends bien, dit-il. Mais il faudra le faire. Le détruire. Moi, je ferai mon travail dans ce lieu de sainteté et de civilisation. D'autres devront donner l'ordre de destruction. Comme les Barbares ont détruit Rhodias… puisqu'elle ne pouvait pas se défendre.»

Il regardait l'Empereur, qui lui avait tenu exactement ce même discours, dans les lambeaux humides de vapeur, six moins auparavant.

Léontès aussi s'en souvenait, il s'en rendit compte. Cet Empereur qui n'était pas Valérius, non, vraiment pas, mais qui avait sa propre forme d'intelligence, dit à mi-voix: «Vous allez gaspiller votre peine?»

Et Crispin répondit, aussi bas: «Ce n'est pas du gaspillage», avant de se détourner de nouveau pour commencer à grimper, ainsi qu'il l'avait fait tant de fois, sur l'échafaudage, vers la coupole.

En chemin, avant d'arriver à l'endroit où l'attendait le lit de pose des tessères, soigneusement appliqué, une autre pensée le frappa.

Ce n'était pas du gaspillage, cela avait un sens, autant que tout ce qu'il avait jamais fait de sa vie, mais c'était bel et bien une fin.

Un autre voyage l'attendait et, au bout du voyage, ses foyers.

Il était temps de partir.

◆

Le cordonnier Fotius, dans sa plus belle tunique bleue, racontait à qui voulait l'entendre les événements qui avaient eu lieu en cet endroit, jadis, quand Apius était mort et que le premier Valérius était monté sur le Trône d'or.

Il y avait également eu un meurtre ce jour-là, disait-il sagement et lui, Fotius, avait vu un fantôme en chemin alors qu'il se rendait à l'Hippodrome au matin, un présage. Tout comme lui, Fotius, en avait vu un autre cette fois-ci, trois jours plus tôt, en plein jour, accroupi sur une colonnade, le matin même où l'Empereur avait été si abominablement assassiné par les Daleinoï.

Et ce n'est pas tout, ajouta-t-il – il avait des auditeurs, ce qui était toujours plaisant. On attendait l'apparition du Mandator dans la kathisma, puis le Patriarche et les officiels de la cour, et enfin ceux qu'on devait couronner. Il serait évidemment impossible de se parler à ce moment-là, avec le vacarme de plus de quatre-vingt mille personnes.

En ce temps-là, expliquait Fotius à quelques jeunes apprentis dans la section des Bleus, une tentative de corruption malfaisante avait eu lieu ici même, à l'Hippodrome, dans le but de subvertir la volonté du peuple, – et c'était aussi le fait des Daleinoï ! Et qui plus est, l'un de ceux qui y avait travaillé était ce même Lysippe le Calysien qui venait justement de participer à l'assassinat au palais !

Et c'était lui-même, Fotius, déclara fièrement le cordonnier, qui avait démasqué l'imposture de cette limace de Calysien, quand il avait prétendu être un partisan des Bleus pour inviter la faction à acclamer Flavius Daleinus dans l'arène.

Fotius désignait l'endroit exact. Il se le rappelait très bien. Treize, quatorze ans, et c'était comme hier. Comme hier.

Tout se répétait par cycles, déclara-t-il pieusement, en faisant le signe du disque. Tout comme le soleil se levait et se couchait pour se lever à nouveau, ainsi faisaient les détails caractéristiques et les destinées des mortels. Le mal serait débusqué. (Il l'avait entendu dire par le prêtre de sa chapelle, juste la semaine précédente.) Ce jour-là d'autrefois, Flavius Daleinus avait payé pour ses péchés, par le feu, et à présent ses enfants et le Calysien payaient les leurs.

Mais, objecta quelqu'un, pourquoi Valérius II avait-il péri dans le même feu, si tout était une question de justice ?

Fotius adressa un regard dédaigneux au jeune homme, un tisserand. « Prétendrais-tu essayer de comprendre les voies du dieu ?

— Pas vraiment, dit le tisserand. Seulement celles des mortels, dans la Cité. Si le Calysien faisait partie de la conspiration des Daleinoï pour s'approprier le trône, dans le temps, pourquoi s'est-il retrouvé Questeur des impôts impériaux pour Valérius I$^{er}$ et ensuite pour son neveu, pour les deux ? Il n'a pas été exilé avant que nous ne le réclamions, ajouta-t-il, tandis que les autres se tournaient vers lui. Il y a moins de trois ans de ça. »

Une astuce rhétorique à bon marché, songea Fotius indigné. Ce n'était pas comme si on pouvait l'oublier. Trente mille personnes y avaient trouvé la mort.

« Certains, répliqua-t-il avec désinvolture, ont une compréhension très limitée des affaires de la cour. » Il n'avait vraiment pas le temps aujourd'hui de faire l'éducation des jeunes. Des événements de poids se déroulaient. Le tisserand ne savait-il pas que les Bassanides avaient traversé la frontière au nord ?

Eh bien, oui, dit l'autre, tout le monde le savait. Mais quel rapport avec Lysippe le…

Les trompettes résonnèrent.

Ce qui se déroula ensuite s'accomplit avec le cérémonial rituel et selon des précédents établis depuis le temps de Saranios, seulement modifiés de façon marginale depuis des centaines d'années, car qu'étaient les rituels si on en changeait ?

Un Patriarche couronna un Empereur, et l'Empereur couronna une Impératrice. Les deux couronnes, ainsi que le sceptre et l'anneau impérial, étaient ceux de Saranios et de sa propre Impératrice, amenée de Rhodias en Orient ; on ne les utilisait qu'en ces occasions, les conservant le reste du temps au palais Atténin.

Le Patriarche bénit les deux monarques après les avoir oints d'huile, d'encens et d'eau de mer, puis il bénit la multitude assemblée, témoin de cette union.

Les principaux dignitaires de la cour se présentèrent – splendidement parés – devant l'Empereur et l'Impératrice, et exécutèrent la triple révérence en usage, sous les yeux du peuple. Un membre âgé du Sénat offrit au nouvel empereur le Sceau de la Cité et les clés d'or des triples murailles. (On avait gracieusement excusé le Maître du Sénat : une mort subite dans sa famille, l'enterrement avait eu lieu seulement la journée précédente.)

Il y eut des chants, religieux puis séculiers, car les factions étaient des acteurs importants dans l'affaire, et leurs musiciens accrédités menèrent les acclamations rituelles des Bleus et des Verts, criant le nom de Valérius III et de l'impératrice Gisèle dans l'espace plein à craquer où les noms généralement acclamés étaient plus souvent ceux des chevaux et des conducteurs dans leurs chars. Il n'y eut ni danses ni courses, aucun divertissement : un empereur avait été assassiné, son corps reposerait bientôt dans le Grand Sanctuaire dont il avait ordonné l'édification après l'incendie du précédent.

On approuvait universellement le nom que s'était choisi Léontès comme titre impérial, hommage à son patron et prédécesseur. On éprouvait un réel sentiment de mystère et d'émerveillement de ce que sa nouvelle épouse fût déjà reine. Les femmes semblaient apprécier, dans les gradins : une histoire d'amour, avec des acteurs de sang royal.

On ne disait rien (ou sinon, de façon fort discrète) de l'épouse répudiée par l'Empereur ou de la promptitude de ces nouvelles noces. Les Daleinoï avaient de nouveau prouvé leur traîtrise, d'indescriptible façon. Aucun empereur n'aurait voulu accéder au Trône d'or de Saranios en portant devant Jad et devant son peuple la tache d'une épouse assassine.

On disait qu'il l'avait laissée vivre.

C'était plus de justice qu'elle n'en méritait, de l'avis général dans l'Hippodrome. Les deux frères étaient morts, cependant, comme le Calysien haï. Nul ne voudrait jamais commettre l'erreur de penser que Léontès – Valérius III – manifestait trop de mollesse.

Le nombre des soldats présents en était une preuve.

Et la première déclaration publique du Mandator, après la cérémonie d'investiture, en fut une autre. Ses paroles furent entendues et reprises par les hérauts officiels à travers les vastes gradins, et leur portée était évidente, exaltante.

Le nouvel Empereur ne s'attarderait apparemment pas parmi son peuple. L'armée bassanide était en Calysie, elle avait envahi Asèn (une fois de plus), elle marchait et chevauchait vers Eubulus en cet instant même, disait-on.

L'Empereur, qui quatre jours plus tôt avait été le Stratège suprême, n'était pas homme à le tolérer.

Il commanderait en personne les armées assemblées de Sarance, pour se rendre non au-delà des mers à Rhodias, mais au nord-est. Non point sur les eaux noires et périlleuses, mais dans le beau temps printanier, par la large route impériale bien pavée, afin d'affronter les couards soldats briseurs de trêve du roi Shirvan. Un empereur en personne sur le champ de bataille ! Cela faisait très longtemps qu'il n'y en avait point eu. Valérius III, glaive de Sarance, épée du saint Jad. Cette seule idée avait de quoi susciter l'exultation et la révérence.

Les Orientaux avaient cru prendre avantage de Léontès et de l'armée sur le point de voguer vers l'Occident, ils avaient de vile manière dénoncé le traité d'Éternelle Paix qu'ils avaient fait serment à leurs propres dieux de respecter. Ils allaient apprendre toute l'étendue de leur erreur, proclama le Mandator, et ses paroles furent reprises en écho dans tout l'Hippodrome.

On défendrait Eubulus, les Bassanides seraient repoussés de l'autre côté de la frontière. Et mieux encore. Que le Roi des rois défende Mihrbor, à présent, proclamait le Mandator. Qu'il essaie seulement de la défendre contre ce que Sarance allait aligner contre lui. Le temps était passé où l'on payait Kabadh pour acheter la paix. Que Shirvan implore leur merci. Qu'il prie ses dieux. Léontès le Doré, qui était désormais Empereur, allait galoper à ses trousses.

Le vacarme qui accueillit ces paroles était assez retentissant, pensèrent plusieurs, pour atteindre le ciel même, et le dieu derrière le soleil éclatant au-dessus de leurs têtes.

Quant à la Batiare, poursuivit le Mandator une fois les cris assez retombés pour qu'on pût de nouveau entendre et répéter son discours, voyez qui est désormais impératrice de Sarance. Voyez qui pourra s'occuper de Rhodias et de Varèna, qui lui appartiennent ! Cette impératrice possédait sa propre couronne et la leur avait apportée, elle était fille de roi et régnait elle-même sous son propre nom. Les citoyens de Sarance pouvaient croire après tout que Rhodias et l'Occident leur appartiendraient sans perdre de braves soldats sur de lointains champs de bataille, ou sur les mers aux chemins mouvants.

Les acclamations qui accompagnèrent cette partie du discours furent aussi fortes que les précédentes et – les observateurs le remarquèrent – elles étaient cette fois menées par les soldats en question.

C'était un jour étincelant, ainsi le décriraient la plupart des chroniques. Une température clémente, sous l'éclat du soleil du dieu. L'Empereur était magnifique, la nouvelle impératrice aussi dorée que lui, grande pour une femme, et d'une absolue royauté dans son maintien et son lignage.

En période de changements, il y avait toujours des craintes et des doutes. L'entre-deux-mondes affleurait parfois, fantômes et esprits pouvaient apparaître quand les grands de ce monde périssaient et que leur âme s'en allait, mais qui aurait vraiment eu peur dans l'Hippodrome, sous le soleil, en contemplant ces deux-là ?

On pleurait un empereur défunt, et l'on pouvait s'interroger sur l'absence de son Impératrice, celle qui avait été danseuse en son temps, après être née à l'Hippodrome même (vraiment tout autre chose que la nouvelle impératrice). On pouvait aussi considérer la chute colossale des Daleinoï, le soudain déplacement du théâtre des opérations militaires… mais dans les gradins, ce jour-là, il y avait un indéniable sentiment d'exultation, d'exubérance, comme d'un nouveau commencement, et l'approbation résonnante du peuple n'avait rien de forcé ni de factice.

Puis le Mandator déclara que la saison des courses recommencerait dès que la période de deuil serait terminée, et il prit le temps d'annoncer que Scortius des Bleus allait mieux et qu'Astorgus, le factionnaire des Bleus, tout comme Crescens des Verts, après avoir humblement accepté les admonestations de la justice, avaient fait la paix. Et sur un geste du Mandator, ces deux fameux personnages s'avancèrent chacun sur la plateforme surélevée de leur faction respective, afin de se montrer. Après s'être adressé le salut habituel des auriges, paume levée, ils se tournèrent pour s'incliner de concert en direction de la kathisma, et quatre-vingt mille spectateurs furent saisis de folie. Le saint Patriarche veilla à rester impassible derrière sa barbe blanche tandis que la foule honorait ainsi ses chars et ses chevaux, et la cérémonie toucha à sa fin.

On ne dit mot cet après-midi-là, ni le Mandator ni personne d'autre, des modifications de la doctrine de Jad en ce qui avait trait à la représentation du dieu dans les lieux saints et ailleurs.

Il serait toujours temps de présenter plus en détail ces sujets complexes au peuple, avec les précautions nécessaires, dans les sanctuaires et les chapelles. Ce jour-là, l'Hippodrome n'était pas le lieu qui convenait aux nuances et subtilités de la religion. Choisir le bon moment, comme le savait tout bon général, était l'essence même d'une campagne réussie.

Valérius III se leva avec aisance, comme si le poids de toutes les parures du pouvoir ne constituait nullement pour lui un fardeau, et il salua son peuple qui le saluait. Puis il se tourna pour tendre la main à son impératrice et ils traversèrent ensemble la kathisma pour franchir la

porte du fond, disparaissant à la vue de tous. Les acclamations ne cessèrent point.

Tout était bien. Tout irait bien, on pouvait réellement
le croire. Fotius accepta l'étreinte soudaine et tout à
fait inattendue du jeune tisserand, la lui rendit, puis ils
se détournèrent pour étreindre leurs compagnons dans
les gradins, et tout ce monde criait à pleine gorge le
nom de l'Empereur dans la clarté éblouissante du jour.

◆

Pendant la dizaine de jours éprouvants que dura son
séjour dans l'enclave des Bleus, Rustem de Kérakek éla-
bora une hypothèse sur les Sarantins et leurs médecins.
En essence, c'était que les patients acceptaient ou ignoraient selon leur caprice les instructions de leurs docteurs.

Il en était tout autrement en Bassanie. Chez lui, un
docteur courait un risque quand il acceptait de traiter un
patient. En proférant la formule rituelle, il plaçait ses
biens et même son existence en péril. Si le malade
manquait à suivre très exactement les instructions du
docteur, cet engagement et ce risque étaient annulés.

Mais ici, les médecins ne risquaient rien sinon, peut-
être, une piètre réputation. Et, en se fondant sur ce qu'il
avait vu (en un temps limité, assurément), Rustem estimait que ce n'était guère un sujet de préoccupation.
Aucun des médecins qu'il avait observés en exercice
ne semblait connaître beaucoup plus qu'un mélange mal
assimilé de Galinus et de Mérovius, mâtiné de bien
trop de saignées et de leurs propres potions de fortune,
la plupart desquelles étaient plus ou moins nocives.

Compte tenu de ce fait, les patients étaient excusables
de prendre leurs propres décisions quant à l'observation
ou non des conseils de leurs médecins.

Rustem n'y était pas accoutumé, et n'était pas enclin
à s'y faire.

Par exemple – l'exemple principal ! –, il avait dès le
début fermement instruit les personnes qui s'occupaient
de l'aurige Scortius de limiter les visites à une le matin
et une l'après-midi, seulement pour de brèves périodes,

et sans consommation de vin ; on ne devait même pas en apporter sur les lieux. Par précaution, il avait fait communiquer ces instructions à Strumosus (puisqu'une partie du vin au moins venait des tonneaux de sa cuisine) et à Astorgus, le factionnaire. Après lui avoir gravement prêté attention, ce dernier avait promis de veiller de son mieux à l'observation de ses ordres. Il avait, Rustem le savait, un intérêt extrêmement marqué au rétablissement de l'aurige invalide.

C'était leur cas à tous.

Le problème, c'était que le patient ne se considérait pas lui-même comme invalide, ne pensait pas avoir besoin de soins intensifs, et ce, même après avoir failli passer de vie à trépas deux fois en un laps de temps limité. Un homme capable de se glisser hors de sa chambre par une fenêtre, de descendre par un arbre et d'escalader un mur pour traverser toute la Cité afin de faire courir des chevaux à l'Hippodrome, avec des côtes cassées et une plaie encore ouverte, n'allait sûrement pas (Rustem devait le concéder) s'accommoder aisément d'un rationnement de son vin ou de ses visiteurs, surtout ceux de sexe féminin.

Il était resté au lit, au moins, avait souligné Astorgus avec ironie, et essentiellement seul. Il y avait pourtant bien eu quelques rapports d'activités nocturnes incompatibles avec le régime nécessaire à la convalescence.

Encore stupéfait et bouleversé par l'intensité des derniers jours et l'arrivée de sa famille, Rustem trouvait encore plus difficile qu'à l'accoutumée de projeter l'image appropriée d'autorité outragée. Il se rendait parfaitement compte, entre autres, que si ses femmes, ses enfants ou lui-même quittaient cette enclave protégée, ils couraient de grands risques de se faire attaquer dans les rues. Depuis les nouvelles de l'incursion à la frontière, puis le départ de l'armée sarantine vers le nord avec à sa tête l'Empereur en personne, les Bassanides de Sarance se trouvaient dans une situation précaire, et il y avait eu quelques décès. Sa propre décision de ne pas retourner chez lui se trouvait renforcée par la douloureuse prise de conscience du fait que le Roi des rois devait avoir ordonné cette agression au nord en sachant parfaitement bien qu'elle ne serait pas sans conséquences pour ses gens en Occident. Y compris pour celui qui lui avait sauvé la vie.

Rustem avait une dette considérable envers la faction des Bleus, et il le savait.

Non qu'il eût été négligent dans l'exercice de sa gratitude. Il avait traité les blessés de l'émeute sur une base régulière, tous les jours, en s'en occupant aussi la nuit, réveillé si nécessaire par des messagers. Il manquait sérieusement de sommeil, mais savait qu'il pouvait encore continuer ainsi un petit moment.

Il prenait un plaisir tout particulier au rétablissement du jeune garçon de cuisine. Une infection grave s'était déclarée au début, et Rustem avait passé toute une nuit très affairé au chevet du jeune homme, tandis que la plaie changeait de teinte et que la fièvre montait. Le chef cuisinier, Strumosus, était venu à plusieurs reprises observer en silence, et l'autre garçon de cuisine, Rasic, était allé jusqu'à s'installer un lit sur le plancher du couloir, à l'extérieur. Puis, au milieu de cette nuit critique pour le blessé, Shaski était apparu. Il avait quitté son lit à l'insu de ses mères pour venir, pieds nus, apporter à boire à son père en pleine nuit, en sachant exactement où se trouvait Rustem, d'une façon ou d'une autre. D'une façon ou d'une autre. Rustem, d'abord muet, avait accepté la boisson et effleuré avec douceur la tête de l'enfant, pour lui dire ensuite de retourner dans sa chambre, et que tout allait bien.

Shaski était retourné se coucher, ensommeillé, sans rien dire ni faire de plus, tandis qu'à proximité on observait son arrivée et son départ avec des expressions auxquelles, Rustem le soupçonnait, lui et sa famille devraient s'habituer. C'était une des raisons pour lesquelles il allait tous les emmener bien loin.

La fièvre du jeune homme, Kyros, tomba au matin, et la blessure évolua ensuite de façon normale. Le plus grand risque couru par le blessé, c'était cet idiot d'Ampliarus, l'autre docteur, au cas où il se glisserait dans sa chambre sans se faire remarquer pour satisfaire sa fixation insensée sur la saignée de patients déjà mal en point.

Rustem s'était trouvé présent, et indéniablement amusé (il avait essayé de le dissimuler, bien sûr), quand Kyros avait repris conscience, juste avant l'aube. Son ami Rasic était alors assis près du lit et, lorsque le blessé avait ouvert les yeux, Rasic avait laissé échapper un cri qui avait amené les autres à la course dans la chambre, forçant Rustem à leur ordonner à tous de repartir, de son ton le plus sévère.

Rasic, évidemment, avait estimé que cet ordre ne s'appliquait pas à lui, et il était resté pour raconter au patient ce que Strumosus avait dit devant les barrières alors que Kyros était inconscient et qu'on le croyait mort. Strumosus, entré en plein milieu du récit, s'était brièvement immobilisé sur le seuil.

« Il fabule, comme d'habitude », avait déclaré le petit chef cuisinier d'un ton péremptoire en finissant d'entrer, tandis que Rasic se taisait, momentanément inquiet, puis avec un large sourire. « Comme il le fait à propos des filles. Je voudrais vraiment que vous ayez tous une idée plus réaliste du monde tel que Jad l'a créé, et non tel que vous le voyez en rêve. Kyros aurait peut-être des excuses, avec les potions que notre Bassanide lui a déversées dans le gosier, mais Rasic n'en a vraiment aucune. Un génie ? Ce garçon-là ? Ce que je léguerai au monde ? Cette idée est une insulte ! Cela a-t-il le moindre sens pour toi, Kyros ? »

L'handicapé, pâle mais évidemment lucide, avait un peu secoué la tête sur son oreiller, mais il souriait, et Strumosus lui-même en faisait autant.

« Vraiment ! reprit le petit chef cuisinier. Quelle idée absurde. Si je laisse quelque chose, ce sera assurément ma sauce de poisson.

— Bien sûr », murmura Kyros. Il souriait toujours. Rasic aussi, découvrant des dents plantées de travers. Et Strumosus de même.

« Repose-toi, mon garçon, dit celui-ci. Nous serons tous là quand tu te réveilleras. Viens, Rasic, toi aussi.

Va te coucher. Tu feras des heures triples demain, ou autre chose de ce genre.»

Il y avait des moments, pensa Rustem, où sa profession offrait de grandes récompenses.

Et il y avait d'autres moments où il avait l'impression qu'il aurait été moins difficile d'avancer dans les mâchoires d'une tempête de sable.

C'était Scortius qui lui donnait cette impression. Comme en ce moment, par exemple. En entrant dans la chambre du blessé pour changer son pansement (tous les trois jours, désormais), Rustem ne trouvait pas moins de quatre autres conducteurs, assis ou debout, et de surcroît pas une, pas deux, mais trois danseuses en train d'exécuter une performance qui ne contribuerait nullement à maintenir au calme, sans excitation, un patient en convalescence.

Et il y avait du vin. Et de plus, remarqua Rustem avec retard en examinant la pièce bourrée de monde, Shaski aussi se trouvait là, assis sur les genoux d'une quatrième danseuse dans un coin, et il observait tout cela en riant.

«Bonjour, Papa!» lui lança son fils, pas du tout déconcerté tandis que Rustem, sur le seuil de la porte, adressait un regard foudroyant à l'ensemble des assistants.

«Oh ciel! Il est fâché. Tout le monde dehors», dit Scortius depuis sa couche. Il tendit sa coupe de vin à l'une des femmes. «Prends ça. Que quelqu'un ramène le garçon à sa mère. N'oublie pas tes habits, Taleira. Le docteur se donne beaucoup de mal pour nous tous et nous ne voulons pas lui infliger des fardeaux trop pesants. Nous désirons tous qu'il reste en bonne santé, n'est-ce pas?»

Il y eut des rires et une explosion de mouvements. Dans son lit, le blessé arborait un large sourire. Un patient absolument épouvantable, sur tous les plans. Mais Rustem avait vu ce que cet homme avait accompli sur la piste de l'Hippodrome au début de la semaine précédente, et il savait mieux que quiconque la volonté qu'il avait alors dû exercer; il lui était impossible de nier l'admiration qu'il éprouvait pour Scortius. De fait, il n'en avait pas même envie.

Et par ailleurs, les gens s'en allaient.

« Shirin, restez, si vous le voulez bien. J'ai une question ou deux. Docteur, cela vous convient-il si l'une de mes amies reste ? C'est une visite qui me fait honneur, et je n'ai pas encore eu l'occasion de lui parler en privé. Je crois que vous l'avez déjà rencontrée. C'est Shirin des Verts. Les mosaïstes ne vous ont-ils pas amené à un festin de noces chez elle ?

— Le premier jour de mon arrivée ici, oui », répondit Rustem. Il adressa une courbette à la jeune femme aux cheveux noirs, remarquablement séduisante à sa façon, avec son ossature délicate. Elle portait un parfum assez captivant. La chambre se vidait, avec Shaski à califourchon sur les épaules d'un des visiteurs. La danseuse se leva de son siège pour saluer Rustem.

Elle sourit : « Je me souviens très bien de vous, Docteur. Votre serviteur a été assassiné par quelques-uns de nos jeunes Verts. »

Rustem hocha la tête : « En effet. Il y a eu tant de morts depuis, je m'étonne que vous vous en souveniez. »

Elle haussa les épaules : « Le fils de Bonosus était impliqué. Ce n'était pas ordinaire. »

Rustem hocha encore la tête et traversa la pièce pour se rendre auprès de son patient. La jeune femme s'assit avec discrétion. Scortius avait déjà rejeté le drap, exposant son torse musclé et ses bandages. Shirin des Verts sourit.

« Comme c'est excitant », dit-elle, les yeux agrandis.

Rustem renifla un peu, amusé malgré lui. Puis il se concentra sur ce qu'il faisait, ôtant les couches de pansements pour exposer la plaie. Scortius s'était tourné sur le flanc, face à la jeune femme. Elle devrait se lever si elle voulait voir la peau noire et violacée autour de la fracture réitérée, et sur les lèvres de la plaie profonde occasionnée par le coup de dague.

Rustem s'employa à nettoyer de nouveau la blessure et à appliquer les onguents. Inutile de drainer davantage. Le défi était toujours le même, simplement multiplié : traiter au même endroit des fractures et une blessure par lame. Il était secrètement satisfait de ce qu'il voyait, même s'il n'aurait pas imaginé laisser Scortius s'en rendre compte. La moindre suggestion de satisfaction, et l'autre serait sans aucun doute de l'autre côté de la porte, sur la piste de course, ou dans les rues nocturnes à chercher une quelconque chambre à coucher.

On lui avait parlé des aventures nocturnes de l'aurige.

« Vous disiez avoir des questions, murmura Shirin. Ou bien le docteur…

— Mon docteur est aussi discret qu'un ermite sur un rocher. Je n'ai pas de secrets pour lui.

— Sauf quand vous avez l'intention de quitter votre chambre de malade sans son aval », murmura Rustem en lui essuyant la peau.

« Eh bien, oui, ça. Mais autrement, vous savez tout. Vous étiez même sous les gradins, je me rappelle, juste avant la course. »

Son intonation avait changé. Rustem s'en aperçut. Il se remémora ces événements. Thénaïs avec son poignard, le conducteur vert arrivant juste à temps.

« Oh ? Qu'est-il arrivé sous les gradins ? » demanda Shirin en battant des cils à leur adresse à tous deux. « Vous devez absolument me le dire !

— Crescens m'a déclaré son amour immortel puis m'a quasiment fait passer de vie à trépas en me tapant dessus quand je lui ai dit que je vous préférais à lui. Ne l'avez-vous point entendu dire ? »

Elle éclata de rire : « Non. Allons, qu'est-il arrivé ?

— Divers événements. » L'aurige hésita. Rustem pouvait sentir son cœur battre ; il garda le silence. « Dites-moi, murmura Scortius, Cléandre Bonosus a-t-il des démêlés avec son père ? Le savez-vous ? » Shirin cligna des paupières : pas la question attendue, de toute évidence. « Il m'a rendu un grand service quand j'ai été blessé, ajouta Scortius. Il m'a amené au docteur. »

Subtil de sa part. Ce n'était sans doute pas la question qu'il désirait poser. Et parce que Rustem s'était bel et bien trouvé sous les gradins de l'Hippodrome, il avait une idée de la nature de cette question. Une pensée lui traversa l'esprit, un peu trop tard.

Scortius était indéniablement habile. Il était tout aussi clairement ignorant d'un certain détail. Rustem n'avait

certes jamais quant à lui abordé le sujet, et personne
d'autre non plus, c'était patent. Peut-être toute la Cité
en parlait-elle ou l'avait-elle déjà oublié en cette période
d'universelle turbulence, mais la nouvelle n'avait pas
pénétré dans cette pièce.

« Le garçon ? dit la danseuse des Verts. Je ne sais vraiment pas. Je suppose que tout est différent, après ce
qui s'est passé chez eux. »

Un battement de cœur, plus fort. Rustem fit une petite
grimace en le sentant. Il avait vu juste, après tout.

« Qu'est-il arrivé chez eux ? » demanda Scortius.

Elle lui en fit part.

Plus tard, en y réfléchissant, Rustem fut de nouveau
impressionné par la force de volonté du blessé, qui continua à parler en exprimant une tristesse conventionnelle
et polie à la nouvelle de la mort prématurée et délibérée
d'une jeune femme. Mais Rustem le touchait, et il perçut
le choc causé par les paroles de la jeune femme. Le
souffle qu'on retient, puis qu'on laisse échapper avec
lenteur, avec précaution, un tremblement involontaire,
le cœur qui bat trop vite.

Avec compassion, Rustem finit de changer le pansement, plus vite que d'habitude (il pourrait toujours recommencer plus tard) et tendit une main vers le plateau de
médicaments proche du lit. « Je dois vous donner quelque
chose pour dormir, comme d'habitude, mentit-il. Vous allez
être incapable de divertir la dame de façon appropriée. »

Shirin des Verts, de toute évidence inconsciente qu'il
fût arrivé quelque chose hors de l'ordinaire, saisit la suggestion au vol, en bonne actrice, et se leva pour prendre
congé. Elle s'arrêta près du lit, se pencha pour déposer
un baiser sur le front du patient. « Il ne nous divertit
jamais de façon convenable, Docteur. » Elle se redressa,
sourit. « Je reviendrai, mon cher. Reposez-vous, afin
d'être prêt pour moi. » Elle se détourna et sortit.

Rustem observa son patient et, sans un mot, lui
versa deux doses de son sédatif préféré.

Scortius le regardait fixement, adossé à son oreiller.
Ses yeux étaient assombris à présent, son visage très
pâle. Il ingéra la double dose, sans protester.

« Merci », dit-il après un moment.

Rustem hocha la tête. « Je suis navré », répondit-il, à sa propre surprise.

Scortius se tourna vers le mur.

Rustem reprit sa canne et sortit, en refermant la porte derrière lui, pour laisser à l'autre son intimité.

Il avait ses propres hypothèses, mais il les retint. Quoi qu'eût dit le blessé auparavant sur son docteur au courant de tout, ce n'était pas la vérité. Ce n'aurait pas dû l'être.

Il lui vint à l'esprit, en longeant le couloir, que ses épouses et lui-même devraient mieux contrôler les allées et venues de Shaski dans l'enclave. Ce n'était pas convenable pour un enfant, le fils d'un docteur, de contrevenir à la tranquillité des patients.

Il devrait en parler avec Katyun, entre autres. C'était le moment du repas de midi, mais il fit une pause pour chercher Shaski dans ses salles de consultation de fortune, dans l'édifice voisin. Le garçonnet s'y trouvait le plus clair de son temps.

Mais pas cette fois. Quelqu'un d'autre s'y trouvait. Rustem reconnut l'artisan rhodien – non le jeune homme qui lui avait sauvé la vie dans les rues, mais l'autre, le plus âgé, qui les avait tous vêtus de blanc pour les emmener à un festin de noces.

L'homme – il s'appelait Crispinus, ou quelque chose d'approchant – ne semblait pas bien portant, mais pas d'une manière apte à susciter la sympathie de Rustem. Les gens qui se rendaient malades à force de boisson, surtout si tôt dans la journée, ne devaient en blâmer qu'eux-mêmes.

« Bonjour, Docteur », fit l'artisan, d'une voix quand même assez claire. Il se leva de la table sur laquelle il était assis. « Je vous dérange ? »

— Pas du tout, dit Rustem. Comment puis-je… ?

— Je suis venu rendre visite à Scortius, mais je préfère vérifier avec son médecin si c'est permis. »

Eh bien, abruti par le vin ou non, au moins cet homme-là connaissait-il le protocole en ce genre d'affaire. Rustem hocha la tête d'un mouvement brusque. « Je voudrais qu'il y en ait davantage comme vous. Il y avait une fête avec des danseuses dans sa chambre, il y a quelques instants, et du vin. »

Le Rhodien – non, c'était Crispin, en réalité, son nom – eut un léger sourire. Son front montrait une crispation nerveuse et un degré de pâleur maladive suggérant qu'il ne buvait pas seulement depuis ce matin-là. Ça ne cadrait pas avec ce que Rustem se rappelait de l'homme décidé rencontré pendant sa première journée à Sarance, mais ce n'était pas un de ses patients, et il ne se livra à aucun commentaire.

« Qui boirait du vin aussi tôt dans la journée ? » fit le Rhodien avec une sèche ironie ; il se frotta le front. « Des danseuses pour le divertir ? Voilà qui ressemble à Scortius. Vous les avez jetées dehors ? »

Rustem dut sourire. « Cela me ressemblerait-il ?

— À ce que j'ai entendu dire, oui. » Un autre homme plein d'esprit, ce Rhodien, décida Rustem. L'autre avait une main sur la table, pour se tenir.

« Je viens de lui donner un somnifère, il va dormir un moment. Vous feriez mieux de revenir plus tard dans l'après-midi.

— Très bien. » L'autre s'écarta de la table, vacilla un peu. Il eut une expression penaude. « Désolé. J'ai noyé… un chagrin.

— Pourrais-je vous être de quelque secours ? s'enquit poliment Rustem.

— Je le voudrais bien, Docteur. Mais non. En fait… je m'en vais. Après-demain. Je fais voile vers l'Occident.

— Oh. Vous retournez chez vous. Votre travail ici est terminé ?

— On pourrait le voir ainsi, déclara l'artisan après un moment.

— Eh bien… bon voyage. » Rustem ne le connaissait pas vraiment, cet homme. Le Rhodien hocha la tête et passa près de lui d'un pas ferme pour se rendre jusqu'à la porte ; Rustem se retourna pour le suivre. L'autre s'immobilisa dans le couloir.

« On m'a donné votre nom, vous savez. Avant que je ne parte de chez moi. Je suis… désolé que nous n'ayons jamais eu l'occasion de faire connaissance.

— Mon nom ? répéta Rustem, déconcerté. Comment cela ?

— Un… ami. Trop compliqué à expliquer. Oh… il y a quelque chose pour vous, au fait. Un messager l'a apporté pendant que j'attendais. Il l'avait laissé aux portes, apparemment » Il désignait la salle la plus éloignée. Un objet enveloppé d'un morceau de tissu se trouvait sur la table de consultation.

« Merci », dit Rustem.

Le Rhodien sortit par le petit couloir. Dans son état, songea Rustem, la lumière du soleil lui était sans doute pénible. "Noyé un chagrin". Ce n'était pas un de ses patients. Il ne pouvait quand même pas s'occuper de tout le monde.

Mais c'était un homme intéressant. Un autre étranger qui observait les Sarantins. Un homme qu'il aurait aimé mieux connaître, de fait. Et il s'en allait. Une rencontre qui n'aurait pas lieu. Curieux, qu'on lui eût donné son nom. Rustem entra dans la salle. Sur la table, près du paquet, il vit un message, avec son nom dessus.

Il déroula d'abord le tissu. Puis, absolument bouleversé, il se laissa tomber sur un tabouret et contempla le contenu du paquet.

Il n'y avait personne dans les environs. Il était entièrement seul, le regard fixe.

Il fit par se lever et prendre le message. Scellé. Il brisa le sceau. Après avoir déplié la note, il la lut, puis se rassit.

"Avec gratitude", disait la brève inscription, "cet exemple de tout ce qui doit plier ou se briser."

Il resta assis un très long moment ; ces instants de solitude s'étaient faits rares, ces derniers temps, ces plages de calme et de silence. Il contemplait la rose d'or sur la table, aussi longue et déliée qu'une véritable fleur, les pétales d'or en train d'éclore, avec à l'extrémité le dernier bouton, complètement ouvert, serti comme tous les autres de rubis.

Il sut alors, avec la certitude effrayante, surnaturelle que semblait posséder Shaski, qu'il ne reverrait jamais cette femme.

Il emporta la rose avec lui (bien enveloppée et bien dissimulée) quand il fit enfin voile vers l'ouest, très loin au couchant, avec toute sa famille, pour une contrée où des objets exécutés avec tant d'habileté et d'art étaient encore inconnus.

C'était un pays où l'on avait un besoin urgent de médecins compétents, et un tel médecin pouvait s'élever rapidement dans les rangs d'une société encore en train de se définir. On toléra la nature inhabituelle de sa famille, sur cette lointaine frontière, mais on lui conseilla très tôt de changer de religion. Il le fit, adoptant Jad du soleil tel qu'on l'adorait en Espérane. Il avait des responsabilités, après tout : deux épouses, deux enfants (puis un troisième, et un quatrième, tous des garçons, peu de temps après leur installation), et quatre anciens soldats orientaux qui avaient bouleversé leur existence de fond en comble pour les accompagner. Deux des femmes de leur nouvelle maisonnée étaient des Sarantines qui, de façon inattendue, avaient pris le même bateau que lui. Et il avait un fils aîné qu'il faudrait bien intégrer autant que possible à la vie normale, sous peine d'attirer dangereusement l'attention sur lui.

On pliait parfois, se disait Rustem, afin de n'être point brisé par les vents du monde, que ce fût dans le désert, sur la mer ou dans ces vastes collines d'herbes onduleuses, dans le lointain Occident.

Tous ses enfants et l'une de ses femmes se trouvèrent aimer énormément les chevaux. Son ami soldat de longue date, Vinaszh – qui s'était marié et avait luimême une famille, mais continuait à unir sa destinée à la leur – s'avéra habile à les choisir et à les élever. C'était un fort bon commerçant. Et Rustem aussi, à sa propre surprise. Il finit ses jours dans le confort, éleveur autant que médecin.

Il fit don de la rose à sa fille, quand elle se maria.

Mais il garda pour lui le message, toute sa vie.

# CHAPITRE 16

Crispin s'était douté que les derniers jours seraient pénibles, mais il n'avait pas imaginé à quel point. Et pour commencer, à partir du moment où, ce jour-là, tard dans la nuit, il était redescendu de la coupole – après être revenu des noces impériales et avoir travaillé à la lueur des lanternes pour terminer une image de ses filles qui serait détruite presque avant d'avoir pu se solidifier –, il n'avait souvent été tout à fait sobre.

Il n'appréciait guère cette idée de lui-même comme d'un homme qui buvait pour noyer son chagrin, mais il ne semblait pas non plus capable d'y changer grand-chose.

Ce qui était le plus dur, c'était l'atmosphère d'outrage qui l'environnait, le scandale manifesté par autrui. Pour un homme jaloux comme lui de son intimité, c'était difficile à supporter. Des amis bien intentionnés, et extrêmement passionnés sur le sujet (il en avait plus qu'il ne l'avait cru : dans la Cité, on ne s'arrêtait jamais à les compter), maudissaient le nouvel empereur et lui offraient à boire chez eux ou dans des tavernes. Ou bien tard dans la nuit, dans la cuisine de l'enclave des Bleus où Strumosus d'Amoria discourait avec une éloquente férocité sur la barbarie et ses manifestations au cœur de la civilisation.

Crispin y était allé rendre visite à Scortius, mais l'aurige était endormi, bourré de somnifère, et il s'était retrouvé dans la cuisine pour souper, bien après la tombée de la nuit. Il ne retourna pas à l'enclave avant d'être sur le point de partir. Scortius dormait cette fois encore. Crispin bavarda brièvement avec le médecin bassanide, celui dont Zoticus lui avait donné le nom et l'adresse avant même que l'autre ne fût rendu à Sarance. Il n'en était plus à essayer de le comprendre, d'ailleurs : il y avait tout simplement dans le monde des choses qu'il ne comprendrait jamais, et elles n'avaient pas toutes un rapport avec la doctrine de la sainte foi.

Il finit par voir Scortius plus tard dans la soirée, pour lui dire adieu. Il y avait foule dans la chambre de l'aurige – la routine, apparemment. Cela rendit la séparation plus facile, en la banalisant.

Crispin trouvait trop souvent lassants et humiliants l'emportement et la compassion d'autrui. Il y avait eu des morts ici, après tout. On mourait tout le temps. Crispin avait vu une commande annulée, son travail avait été jugé non satisfaisant. Cela arrivait.

Il essayait en tout cas de s'obliger à le voir ainsi, de conseiller à autrui de le voir ainsi. Sans succès.

Shirin, quand il alla lui rendre visite et lui en fit part, déclara qu'il n'avait pas d'âme (il retint un commentaire spirituel sur le choix de ces termes, ce n'était pas le moment), un fieffé menteur, puis elle sortit en trombe de son salon, les joues ruisselantes de larmes. L'oiseau Danis suspendu à son cou, depuis le couloir, déclara en silence à Crispin qu'il était un imbécile, indigne des dons qu'il avait reçus. De *n'importe quel* don.

Quel que fût le sens de cette remarque.

Shirin ne revint même pas l'accompagner à sa porte. Une des femmes de la maisonnée le fit, refermant les battants derrière lui.

L'après-midi suivant, tout en servant un bon candarien abondamment coupé d'eau avec des olives et du pain frais, Artibasos eut une réaction différente.

« Assez ! » s'écria-t-il tandis que Crispin s'essayait au même commentaire sur des commandes auxquelles on mettait fin ou qu'on annulait. « Vous me faites honte ! »

Crispin observa donc un silence soumis, en contemplant le vin sombre dans sa coupe.

« Vous n'en croyez pas un mot. Vous le dites seulement pour me consoler, moi. » Les cheveux du petit architecte, tout hérissés sur sa tête, lui donnaient l'aspect inquiétant d'un homme qu'un esprit vient de plonger dans la terreur.

« Pas tout à fait », répliqua Crispin. Il se rappelait Valérius remettant de l'ordre dans ces cheveux, la nuit où il avait emmené Crispin voir le dôme dont il lui faisait présent.

"Indigne de n'importe quel don"…

Il soupira. « Pas seulement pour vous. J'essaie de me forcer… à trouver une façon de… »

Inutile. Comment le dire de manière explicite tout en ménageant sa propre fierté ?

Car ils avaient tous absolument raison. Il mentait bel et bien, ou il s'y essayait. Parfois, une certaine malhonnêteté est nécessaire, même envers soi, pour… continuer. Bien sûr, des artisans perdaient des commandes. Tout le temps. Des patrons cessaient de payer pour la réalisation d'un projet, ils se remariaient et changeaient d'idée, ils partaient en voyage. Ou ils mouraient, même, et leurs fils ou leur veuve avaient une idée différente de ce qui devait être exécuté sur le plafond de la salle à manger familiale ou sur les murs de la chambre à coucher de la villa.

C'était vrai, tout ce qu'il avait dit était vrai, et c'était pourtant, fondamentalement, un mensonge.

Si on y pensait, ses beuveries, dès le matin, tous les matins, en étaient bien une preuve. Il ne voulait vraiment pas y penser. Il contempla la coupe qu'Artibasos lui avait remplie et, après l'avoir vidée, il la lui tendit pour en avoir davantage.

Une espèce de mort, ce qui était arrivé. À vous briser le cœur.

« Vous n'y retournerez jamais, n'est-ce pas ? » lui avait dit le petit architecte.

Crispin avait fait un signe de dénégation.

« Vous l'avez en tête, n'est-ce pas ? Dans son intégralité. »

Crispin avait acquiescé.

« Moi aussi », avait dit Artibasos.

L'Empereur partit vers le nord et Eubulus avec son
armée, mais la flotte leva l'ancre, finalement, sous le
commandement du Stratège de la Marine. Léontès, à
présent Valérius III, n'était vraiment pas homme à laisser
gaspiller une telle occasion. Aucun bon général ne
l'aurait fait. Les navires, bourrés de provisions, d'armes
et d'engins de siège destinés à une guerre en Occident
furent plutôt expédiés vers l'Orient, par la mer de
Calchas, puis vers le nord. Ils traversèrent tout le détroit pour jeter l'ancre devant Mihrbor, en plein territoire
bassanide. Il y avait assez de soldats à bord pour dé-
barquer et pour défendre leur tête-de-pont.

L'armée qui partirait par voie de terre, les troupes
qui avaient été sur le point de faire voile vers la Batiare,
serait bien plus importante que n'importe quelle force
envoyée par Shirvan pour harceler le nord. C'était une
armée d'invasion, celle-là, organisée de longue date, et
le nouvel empereur avait l'intention de s'en servir ainsi
– mais à un autre endroit.

Les Bassanides avaient déchiré le traité de paix. Une
erreur, née du désir de contrecarrer une invasion en
Occident et d'une compréhension – assez exacte – des
désirs et des desseins de Valérius II.

Valérius II était mort.

Les conséquences de cette erreur de calcul retom-
beraient sur la tête des Bassanides.

Le soldat Carullus, autrefois de la Quatrième de Cavalerie Sauradienne, puis de la Seconde Légion Calysienne,
plus récemment encore membre de la garde personnelle
du Stratège suprême, ne se trouvait dans aucune de ces
deux armées ; il n'était ni de ceux qui avaient pris la
route ni de ceux qui avaient pris la mer.

Il en était mécontent. Extrêmement mécontent.

Le nouvel empereur avait toujours des opinions
bien arrêtées, presque un article de foi de sa piété bien

connue, quant à l'expédition d'hommes fraîchement
mariés sur un théâtre d'opérations, s'il y avait d'autres
options. Avec une armée de cette taille, il y en avait.

Par ailleurs, des purges spectaculairement meurtrières
avaient eu lieu dans les rangs des Excubiteurs après le
rôle joué par certains d'entre eux dans l'assassinat.
Quelques innocents fort compétents s'étaient sans aucun
doute trouvés parmi les hommes exécutés, mais c'était
un risque à accepter pour qui appartenait à une petite
compagnie d'élite, quand la vérité absolue était difficile à discerner. À tout le moins pouvait-on dire qu'ils
avaient manqué à déceler la traîtrise de leurs compagnons et en avaient payé le prix.

Cette traîtrise, bien sûr, avait placé le nouvel empereur sur son trône, mais – remarque presque superflue
– ce n'était pas un argument pertinent.

Carullus, tout en se plaignant avec volubilité, avait
dû se contenter d'une autre promotion et d'un autre
transfert : on l'avait désigné comme l'un des trois commandants placés directement sous les ordres du comte
des Excubiteurs. C'était une promotion importante, cette
fois, un poste à la cour et pas seulement dans l'armée.

« As-tu la moindre idée, vraiment », s'exclama-t-il
avec irritation une nuit, après avoir passé une journée
dans l'Enceinte impériale à absorber de l'information,
« du nombre de vêtements différents dont a besoin un
homme dans ma position ? De combien de fois il faut
se changer dans la journée ? De combien de cérémonies
je suis censé apprendre ? Tu veux savoir ce qu'on porte
quand on escorte les foutus ambassadeurs des foutus
Karches ? Je peux te le dire. »

Il le fit, et en détail. Cela l'aidait d'en parler, apparemment, et c'était bon pour Crispin d'avoir à considérer
les problèmes d'autrui (quels qu'ils fussent).

Ils aboutissaient toutes les nuits à *La Spina*, avec
Pardos et Vargos, et des gens qui venaient continuellement les voir dans leur cubicule – on le considérait
désormais comme leur exclusivité. Carullus était un
homme bien connu et populaire, et Crispin avait obtenu,

semblait-il, une certaine notoriété. On avait aussi appris qu'il partait. Les gens ne cessaient de s'arrêter pour lui être présentés.

Pardos avait surpris Crispin : il avait décidé de rester à Sarance et de continuer à travailler là, malgré les changements en matière de doctrine. Quand il eut le temps d'y réfléchir, par la suite, Crispin devait comprendre qu'il avait mal évalué son ancien apprenti. Pardos, bien entendu nouvellement intronisé dans les guildes locales, avait lui-même des problèmes avec certaines représentations.

Il avait commencé à changer alors qu'il s'efforçait de préserver cette vision de Jad en Sauradie. Un conflit entre la piété et l'art, avait-il dit en cherchant ses mots, une prise de conscience de sa propre indignité.

« Mais nous sommes tous indignes ! » avait protesté Crispin, les poings sur la table. « C'est justement en partie pour cette raison ! »

Mais il avait renoncé en constatant l'évidente détresse de Pardos. Quel intérêt y avait-il à le rendre malheureux ? Quand changeait-on jamais les opinions religieuses d'autrui, même celles d'un ami ?

Tout bouleversé qu'il fût devant ce qui allait arriver à leur travail sur la coupole (le martèlement des hampes de lances et des marteaux, la pluie des tessères brisées), Pardos serait content de travailler à des projets séculiers, de gagner sa vie à exécuter des tableaux pour l'État dans des édifices administratifs, ou des commandes privées pour les courtisans, les marchands ou les guildes qui pouvaient s'offrir des mosaïques. Il pouvait même travailler pour les factions, avait-il dit : des images de l'Hippodrome destinées aux murs et aux plafonds des enclaves. Les nouveaux articles de foi ne proscrivaient la représentation humaine que dans les lieux saints. Et pour les riches, un mosaïste pouvait toujours proposer des paysages marins, des scènes de chasse, des motifs décoratifs entrelacés sur les planchers et les murs.

« Et pour les bordels, des femmes nues et leurs jouets ? » avait demandé Carullus en gloussant, ce qui avait fait rougir le jeune homme et froncer les sourcils à Vargos. Mais le soldat avait seulement voulu détendre l'atmosphère.

Vargos, quant à lui, avait immédiatement offert de faire voile vers l'ouest avec Crispin. Il fallait régler ce problème.

Le matin suivant, à peu près sobre, Crispin alla se promener avec Vargos dans la Cité. Ils trouvèrent une auberge proche des murailles, loin de tous les gens qu'ils pouvaient connaître, et ils discutèrent un bon moment en tête-à-tête.

Crispin finit par dissuader Vargos, non sans effort et non sans regret. L'Inici était bien parti pour se refaire une vie à Sarance. Il pouvait être plus qu'un simple ouvrier, il pouvait devenir l'apprenti de Pardos, qui serait ravi de l'accepter. Vargos aimait bel et bien la Cité, bien plus qu'il ne l'aurait cru, et Crispin le força à l'admettre. Il ne serait pas le premier Inici à obliger la Cité impériale à l'accueillir et à lui offrir une existence décente.

Crispin admit aussi qu'il ignorait totalement ce qu'il allait faire une fois de retour chez lui. Il avait à présent du mal à s'imaginer en train de créer des poissons, des algues et des épaves englouties sur un mur de résidence estivale à Baïana ou à Mylasia. Il ne savait même pas s'il resterait chez lui. Il ne pouvait accepter la responsabilité de l'existence de Vargos, le fardeau de voir l'autre le suivre là où le conduirait un chemin encore incertain. Ce n'était pas de l'amitié, en réalité. C'était autre chose, et Vargos était ici un homme libre. Il avait toujours été un homme libre.

Vargos ne fit pas beaucoup de commentaires, il n'était pas homme à argumenter, ni à s'imposer où et à qui que ce fût. Son expression ne révélait pas grand-chose tandis qu'il écoutait Crispin, mais ce fut une nuit pénible pour l'un comme pour l'autre. Il était arrivé quelque chose sur la route, qui avait créé un lien entre eux. On pouvait briser des liens, mais pas impunément.

Il était extrêmement tentant d'inviter Vargos à venir en Occident. Le plaisir de sa compagnie aurait contrebalancé l'incertitude de Crispin quant à son propre avenir. Le solide serviteur balafré qu'il avait engagé à la frontière occidentale de Sauradie pour l'accompagner sur la route impériale était devenu une présence qui conférait une certaine stabilité à son univers.

Ce genre de chose pouvait arriver, quand on entrait dans l'Ancienne Forêt en compagnie de quelqu'un et qu'on en ressortait. Ils ne parlèrent absolument pas de cette journée-là, mais elle était implicite dans toute leur conversation, et dans la tristesse de leur séparation.

À la fin seulement Vargos eut-il une remarque qui fit affleurer le sujet, brièvement : « Vous y allez en bateau ? » demanda-t-il tandis qu'ils payaient leur addition à la taverne. « Pas par la route ?

— J'en aurais peur, répondit Crispin.

— Carullus vous donnerait une escorte.

— Pas contre ce qui m'effraie. »

Et Vargos hocha la tête.

« On nous a… permis de repartir », murmura Crispin, en se rappelant le brouillard du Jour des morts, et Linon sur l'herbe sombre et humide. « On ne tente pas la chance deux fois. »

Vargos hocha de nouveau la tête, et ils retournèrent dans les rues.


Quelques jours plus tard, ils durent pratiquement porter Carullus pour quitter *La Spina*. Le soldat était pris dans un tel tourbillon d'émotions que c'en était presque comique : son mariage, sa foudroyante élévation qui allait du même coup lui faire manquer une guerre glorieuse, son ravissement face à la fortune de son bien-aimé Léontès par contraste avec les conséquences de celle-ci pour un ami cher, et la conscience qu'il avait, jour après jour, du départ de plus en plus imminent de Crispin.

Cette nuit-là, en buvant, il parlait encore plus qu'à son habitude, une volubilité presque susceptible d'inspirer de la révérence : un flot ininterrompu d'histoires, de plaisanteries, de commentaires, expériences de champs de bataille, réminiscences de courses de chars passées, tour de piste par tour de piste. À la fin de la nuit, il étreignit Crispin et l'embrassa sur les joues en pleurant. Ils l'escortèrent chez lui par les rues. En arrivant à sa porte, Carullus chantait un chant de victoire des Verts.

Kasia l'entendit, bien sûr. Elle ouvrit elle-même le battant, en robe de chambre, une chandelle à la main. Deux des autres soutinrent Carullus tandis qu'il saluait son épouse puis gravissait d'un pas titubant les marches de l'escalier – toujours en chantant.

Près de la porte, dans le couloir, Crispin demeura seul avec Kasia. Elle l'invita d'un geste et ils entrèrent dans l'antichambre, sans parler ni l'un ni l'autre. Crispin s'agenouilla pour tisonner le feu. Au bout d'un moment, les deux autres revinrent de l'étage.

« Il ira bien, dit Vargos.

— Je sais, fit Kasia, Merci. »

Il y eut un court silence. « Nous attendrons dans la rue », déclara Pardos.

Crispin entendit la porte se refermer quand ils sortirent. Il se leva.

« Quand partez-vous ? » demanda Kasia. Elle était resplendissante ; elle s'était un peu étoffée, ses yeux avaient perdu le regard meurtri dont se souvenait Crispin. "Ils vont me tuer demain"... Les toutes premières paroles qu'elle lui avait adressées.

« Dans trois jours, répondit-il. On a apparemment mentionné que je cherchais un bateau, la rumeur s'en est répandue et le sénateur Bonosus a été assez bon pour me faire dire par messager que je pourrais prendre place à bord d'un de ses navires marchands qui se rend à Mégarium. Aimable de sa part. Ce ne sera pas un bateau rapide mais il me rendra à bon port. Ensuite, il est facile de traverser la baie depuis Mégarium à cette époque de l'année, jusqu'à Mylasia. Les bateaux font tout le temps l'aller-retour. Ou je pourrais prendre la route et marcher, bien entendu. Le long de la côte vers le nord puis redescendre. Vers Varèna. »

Elle eut un léger sourire tandis qu'il discourait ainsi. « On dirait mon époux. Beaucoup de mots pour une simple réponse. »

Crispin se mit à rire. Un autre silence.

« Ils doivent vous attendre dehors », dit-elle.

Il hocha la tête, la gorge soudain serrée. Elle non plus, il ne la verrait plus jamais.

Elle l'accompagna jusqu'à la porte d'entrée. Il se retourna alors vers elle.

Elle lui prit le visage entre ses mains et, dressée sur la pointe des pieds, l'embrassa sur les lèvres. Elle était douce, tiède et parfumée.

« Merci pour mon existence », dit-elle.

Il s'éclaircit la voix. Se rendit compte que la tête lui tournait, qu'aucune parole ne lui venait. Trop de vin. Amusant : un torrent de mots, et puis plus rien. Kasia ouvrit la porte. Il trébucha sur le seuil, sous les étoiles.

« Vous faites bien de partir », dit Kasia à mi-voix. Elle posa une main sur sa poitrine et lui donna une petite poussée. « Retournez chez vous et ayez des enfants, cher Crispin. »

Elle referma la porte avant qu'il eût trouvé une réplique à cette déclaration tout à fait stupéfiante.

Vraiment stupéfiante. Il y avait dans le monde des personnes capables de lui tenir un tel discours, et qui l'osaient.

Au moins une.

« Marchons un peu », dit-il aux deux autres quand il les rejoignit là où ils l'attendaient sous une torchère accrochée à un mur.

C'étaient tous deux des hommes taciturnes et discrets. Ils le laissèrent à ses réflexions, gardèrent les leurs par-devers eux, lui offrant leur présence en gage de sécurité et d'amitié, tandis qu'ils arpentaient rues et places. Les gardes de la Préfecture urbaine étaient en service, tavernes et tripots avaient rouvert, même si la Cité était encore officiellement en deuil. Cela signifiait que les théâtres étaient fermés et qu'il n'y avait pas de courses de chars, mais Sarance revivait dans l'obscurité printanière et sous la lueur des lanternes, résonnant de bruits et de mouvements, pleine d'odeurs.

Un couple de femmes les interpella depuis un porche. Crispin aperçut une petite flamme dans une allée plus loin, une de ces lueurs auxquelles il s'était habitué, qui apparaissaient sans source visible et disparaissaient aussitôt vues. L'entre-deux-mondes.

Il mena les autres au port. La flotte était partie, ne laissant que l'assortiment habituel de navires, vaisseaux marchands et bateaux de pêche. Un district plus rude, comme toujours dans les ports. Les deux autres, qui marchaient du même pas un peu en retrait, se rapprochèrent. Trois hommes de forte carrure avaient peu de chance d'être pris à partie, même ici.

Crispin se sentait maintenant presque lucide. Il avait arrêté sa décision et il allait s'y tenir : se lever le lendemain matin, prendre un repas sans vin, aller aux thermes, s'y faire raser (une habitude qu'il avait prise ; il s'en débarrasserait en mer).

Tant d'adieux, songeait-il en déambulant dans le port en pleine nuit avec ses deux amis, les paroles de Kasia toujours en mémoire. Certains adieux n'avaient pas été faits comme il l'aurait fallu, et certains n'auraient jamais lieu.

Son travail inachevé, à jamais inachevé.

"Tout sera détruit"…

Tout en marchant, il se surprenait à scruter continuellement porches et allées. Quand les femmes les interpellèrent, s'offrant avec des promesses de délices et d'oubli, il se retourna pour les dévisager avant de continuer son chemin.

Ils arrivèrent au bord de la mer, s'arrêtèrent pour écouter les craquements des vaisseaux et le clapotement des vagues contre les planches des jetées. Les mâts oscillaient ; les lunes semblaient se balancer entre eux, se bercer. Il y avait des îles au loin, songeait Crispin, les yeux perdus sur la mer, avec des plages rocailleuses qui devaient s'argenter ou se teinter de bleu sous la lueur des lunes, à travers les ombres.

Il se détourna. Ils poursuivirent leur chemin, gravissant les ruelles qui s'éloignaient de l'eau ; ses compagnons lui offraient la grâce de leur silence. Il allait partir. Sarance le quittait.

Un autre couple de femmes les dépassa ; l'une s'arrêta pour les héler. Crispin s'arrêta aussi, la dévisagea, se détourna.

Elle pouvait modifier sa voix, il le savait, elle pouvait parler comme n'importe qui. Et probablement aussi avoir l'air de n'importe qui. Les artifices de la scène. Si elle était encore en vie. Une fantaisie qu'il entretenait, il l'admettait enfin en son for intérieur : il se promenait dans les ténèbres de la Cité en pensant que si elle se trouvait encore là, si elle l'apercevait, elle pourrait l'appeler, pour lui dire adieu.

Il était temps d'aller se coucher. Ils revinrent sur leurs pas. Un serviteur ensommeillé les fit entrer. Crispin donna le bonsoir aux autres. Ils allèrent à leur chambre. Il monta à la sienne.

Shirin l'y attendait.

Quelques adieux, qui n'avaient pas été faits comme ils l'auraient dû…

Il referma la porte. La jeune femme était assise sur le lit, les jambes élégamment croisées. Souvenirs, des images engendrant d'autres images. Pas de poignard, cette fois. Pas la même femme.

« Il est très tard, dit-elle. Êtes-vous sobre ?

— Raisonnablement. Nous avons fait une longue promenade.

— Carullus ? »

Il secoua la tête : « Nous l'avons pratiquement porté chez lui pour le remettre à Kasia. »

Shirin eut un léger sourire. « Il ne sait ce qu'il doit célébrer et ce qu'il doit regretter.

— Assez juste, dit-il. Comment es-tu entrée ? »

Elle haussa les sourcils. « Ma litière m'attend de l'autre côté de la rue. Ne l'avez-vous pas vue ? Comment je suis entrée ? J'ai frappé à la porte. L'un de vos serviteurs a ouvert. Je lui ai dit que nous ne nous étions pas encore fait nos adieux et que je pouvais attendre votre retour. On m'a laissée entrer. » Elle fit un geste, il aperçut le verre de vin près d'elle. «On a été prévenant. Comment entrent donc la plupart de vos visiteurs? Que pensiez-vous, que j'allais grimper par une fenêtre pour vous séduire dans votre sommeil?

— Je n'aurais pas une telle chance », murmura-t-il. Il prit la chaise proche de la fenêtre; il éprouvait le besoin de s'asseoir.

Elle fit une petite grimace: «Les hommes sont mieux quand ils sont réveillés, dit-elle. Quoique, en ce qui concerne certains de ceux qui m'envoient des présents, je pourrais soutenir l'opinion contraire. »

Crispin réussit à sourire. Danis se trouvait attachée à son cordon au cou de Shirin. Elles étaient venues toutes les deux. Pénible. Tout lui était pénible, ces derniers jours.

Il ne pouvait pourtant vraiment dire pourquoi cette rencontre l'était, et c'était en soi une partie du problème.

«Pertennius t'a encore importunée?

— Non. Il est parti avec l'armée. Vous devriez le savoir.

— Je ne prête pas attention aux déplacements de tout un chacun. Pardonne-moi, je te prie. » Sa voix était plus tranchante qu'il ne l'avait voulu.

La jeune femme le foudroya du regard.

Danis parla, pour la première fois: *Elle dit qu'elle aimerait bien vous massacrer.*

«Dis-le toi-même, dit sèchement Crispin. Ne te cache pas derrière l'oiseau.

— Je ne me cache nullement. Au contraire de certains. Il n'est pas… poli de faire ce genre de déclaration à voix haute. »

Il se mit à rire malgré lui. Les protocoles de l'entre-deux-mondes.

Elle sourit aussi, avec réticence.

Il y eut un bref silence. Il pouvait sentir son parfum dans la pièce. Deux femmes au monde portaient ce parfum. Une seule à présent, sans doute; l'autre était morte, ou se cachait encore.

« Je ne veux pas que vous partiez », dit Shirin.

Il la dévisagea sans répliquer. Elle releva son petit menton. Ses traits, il l'avait décidé depuis longtemps, étaient plaisants au repos, sans être vraiment frappants. C'était quand elle manifestait une émotion, rire, souffrance, colère, chagrin, effroi – n'importe quoi de tout cela –, que le visage de Shirin s'animait vraiment, que sa beauté forçait l'attention, qu'on en prenait conscience, que naissait le désir. Et quand elle se mouvait, aussi, sa grâce de danseuse, sa souplesse, la suggestion implicite que des désirs charnels à peine admis pouvaient être satisfaits. C'était une créature que ne pourrait jamais capturer un art dénué de mouvement.

« Shirin, dit-il, je ne peux rester. Pas maintenant. Tu sais ce qui s'est passé. Tu m'as traité de menteur et d'imbécile pour avoir essayé de… le minimiser, lors de notre dernière discussion.

— Danis vous a traité d'imbécile », rectifia-t-elle. Il y eut un autre silence. C'était à Shirin de le regarder fixement.

Et, après un long moment, formulant finalement sa pensée, Crispin déclara : « Je ne puis te demander de venir avec moi, ma chère. »

Le menton se releva un peu plus. Pas un mot. Elle attendait.

« Je… j'y ai pensé, murmura-t-il.

— Bien, dit Shirin.

— Je ne sais même pas si je vais rester à Varèna, ce que je vais faire.

— Ah. La dure vie du vagabond. Rien qu'une femme pourrait partager.

— Pas… cette femme-ci », dit-il. Il était tout à fait sobre à présent. « Tu es presque la seconde impératrice de Sarance, ma chère. Les nouveaux monarques ont désespérément besoin de toi. Ils ont besoin de continuité, ils veulent divertir le peuple. Tu peux t'attendre à recevoir encore davantage qu'auparavant.

— Et à être enjointe d'épouser le secrétaire de l'Empereur. »

Il cligna des yeux. « J'en doute, dit-il.

— Oh, vraiment ? Vous savez vraiment tout ce qui se passe à la cour, je vois. » Elle le foudroya encore du regard. « Pourquoi ne pas rester, alors ? On vous émasculera et on vous fera Chancelier à la mort de Gésius. »

Il la dévisagea et déclara après un moment : « Shirin, sois sincère. Penses-tu honnêtement qu'on te forcera à épouser quelqu'un, qui que ce soit, en ce moment ? »

Un silence.

*Ce n'est pas ça l'important*, dit Danis.

Alors Shirin n'aurait pas dû le mentionner, pensa Crispin, mais il ne le dit pas. Il ne le dit pas parce qu'il avait le cœur serré en la regardant. La fille de Zoticus, aussi brave que son père, à sa façon.

« As-tu… Martinien a-t-il vendu la villa de ton père pour toi ? »

Elle secoua la tête. « Je ne le lui ai pas demandé. J'ai oublié de vous en faire part. Je lui ai demandé de trouver un locataire, pour continuer à l'exploiter. Il l'a fait. Il m'a envoyé quelques lettres. Il m'a dit bien des choses à votre sujet, d'ailleurs. »

Crispin cligna de nouveau des paupières. « Je vois. D'autres détails que tu as oublié de me mentionner ?

— Nous n'avons tout simplement pas assez discuté, je suppose. » Elle sourit.

*Prenez ça !* dit Danis.

Crispin soupira. « Voilà qui sonne vrai, au moins.

— Je suis heureuse de voir que vous êtes d'accord. » Elle but une gorgée de vin.

Il l'observa : « « Tu es irritée, je le sais. Que dois-je faire ? Veux-tu que je te mette dans mon lit, ma chère ?

— Pour apaiser ma colère ? Non, merci.

— Pour apaiser ce chagrin », dit-il.

Elle resta silencieuse.

*Elle dit qu'elle voudrait que vous ne soyez jamais venu ici*, dit Danis.

« Je mens, bien sûr, ajouta Shirin à voix haute.

— Je sais, dit Crispin. Veux-tu que je te demande de venir en Occident ? »

Elle le dévisagea. «Voulez-vous vraiment que j'aille en Occident?

— Quelquefois, oui », admit-il, pour lui autant que pour elle. C'était un soulagement de le dire.

Il la vit soupirer. «Eh bien, c'est un début, murmura-t-elle. Ça aide aussi, pour la colère. Vous pourriez peut-être me mettre dans votre lit pour d'autres motifs, à présent.»

Il éclata de rire. «Oh, ma chère! Ne penses-tu pas que je…

— Je sais. Et non, ne le dites pas. Vous ne pouviez penser à… rien de tout ceci quand vous êtes arrivé, pour des raisons que je connais. Et vous ne pouvez pas maintenant pour… de nouvelles raisons, que je connais également. Que voulez-vous me demander, alors?»

Elle portait un petit bonnet vert foncé où était cousu un rubis. Elle avait posé sa mante près d'elle sur le lit. Sa robe était en soie, aussi verte que le bonnet, brodée d'or. À ses oreilles, des boucles d'or, et des bagues étincelaient à ses doigts. En l'observant, en s'appropriant son image, il se dit qu'il ne serait jamais assez savant dans son art pour capturer son apparence en cet instant, même assise ainsi, immobile.

Avec prudence, il déclara: «Ne… vends pas encore la villa. Peut-être auras-tu besoin de… visiter ta propriété dans la province occidentale. Si elle devient une province.

— Elle va le devenir. L'impératrice Gisèle, à mon avis, sait ce qu'elle veut et comment l'obtenir.»

C'était ce qu'il pensait lui-même, justement. Il ne le dit point. L'Impératrice n'était pas le sujet de leur discussion présente. Il se rendit compte que son cœur battait rapidement. «Tu pourrais même… investir en Batiare, reprit-il, selon la façon dont vont tourner les événements? Martinien est avisé sur ce plan, si tu veux des conseils.»

Elle lui sourit: «Selon la façon dont vont tourner les événements?

— Les… arrangements de Gisèle.

— De Gisèle », murmura-t-elle. Et attendit de nouveau.

Il reprit son souffle. Une erreur, peut-être : le parfum de la jeune femme était une présence impossible à éviter. « Shirin, tu ne devrais quitter Sarance sous aucun prétexte, et tu le sais.

— Oui ? fit-elle d'un ton encourageant.

— Mais laisse-moi retourner chez moi et trouver ce que je… eh bien, laisse-moi… Ah, eh bien, si tu épouses bel et bien quelqu'un ici, de ton plein gré, je serais… Par le sang de Jad, femme, que veux-tu donc que je te dise ? ! »

Elle se leva. Lui sourit. Il se sentit désarmé devant les multiples significations possibles de ce sourire.

« Vous venez de me le dire », murmura-t-elle. Et, en se penchant sans lui laisser le temps de se lever lui-même, elle lui déposa un chaste baiser sur une joue. « Adieu, Crispin. Que votre voyage soit sans incident. J'espère que vous m'écrirez bientôt. Sur des propriétés foncières, peut-être ? Ce genre de choses. »

Ce genre de choses.

Il se leva. S'éclaircit la voix. Une femme aussi désirable que la lumière des lunes dans les ténèbres de la nuit.

« Tu… m'as mieux embrassé lors de notre première rencontre.

— Je sais, dit-elle, suave. C'était peut-être bien une erreur. »

Et, avec un autre sourire, elle alla ouvrir la porte elle-même pour sortir. Il resta figé sur place.

*Allez vous coucher*, dit Danis. *Les serviteurs nous feront sortir. Bon voyage, me dit-elle de vous dire.*

*Merci*, émit-il, avant de se rappeler qu'elles ne pouvaient saisir ses pensées. Il aurait bien voulu, soudain, saisir les siennes propres.

Il n'alla pas se coucher. Ç'aurait été absurde. Il resta longtemps éveillé, assis sur une chaise auprès de la fenêtre. Vit le verre et la bouteille de Shirin sur un plateau, mais ne les prit pas, ne but pas une goutte. Il s'était fait une promesse à ce propos, plus tôt, dans la rue.

Il fut reconnaissant d'avoir la tête lucide au matin. Un message – plus qu'à demi espéré –, délivré au lever du soleil, l'attendait quand il descendit l'escalier. Il mangea, se rendit à la chapelle avec Vargos et Pardos, sur une impulsion, puis aux thermes, se fit raser, alla rendre quelques visites à l'enclave des Bleus et ailleurs. Il avait conscience, à mesure que la journée passait, du mouvement du soleil dans le ciel. Ce jour, cette nuit, et encore une autre journée, et ce serait fini.

Certains adieux n'avaient pas eu lieu. Il y en aurait un à la tombée de la nuit.

Au palais.

« J'ai pensé à un sac de farine, en guise de souvenir, déclara l'impératrice de Sarance.

— Je vous suis reconnaissant, Madame, de vous être contentée d'y penser. »

Gisèle sourit. Elle s'était levée d'un petit bureau où elle avait été en train d'ouvrir des lettres scellées et des rapports, à l'aide d'un stylet. Léontès se trouvait au nord-est avec l'armée, mais il fallait toujours guider l'Empire au travers de ses transformations. Gésius et elle devaient s'en occuper.

Elle traversa la pièce, prit un autre fauteuil. Elle tenait toujours le stylet. Le manche en était d'ivoire, sculpté en forme de visage. Gisèle remarqua le regard de Crispin. Sourit. « Mon père m'en a fait don lorsque j'étais toute jeune. C'est son visage, en fait. On peut l'enlever, en dévissant. » Elle joignit le geste à la parole. L'ivoire dans une main, dans l'autre la lame soudain dépourvue de manche. « Je le portais contre ma peau lorsque je suis montée à bord du navire qui m'a amenée ici, et je l'avais dissimulé quand nous avons mis pied à terre. »

Il l'observait.

« J'ignorais, voyez-vous, quelles intentions on avait ici à mon égard. En dernier ressort, parfois, nous ne pouvons contrôler que notre fin. »

Crispin toussota, jeta un regard circulaire dans la pièce. Ils étaient presque seuls, avec une servante du palais Travertin. Dans les appartements de Gisèle, qui avaient été ceux d'Alixana. Elle n'avait pas encore eu

le temps d'y effectuer des modifications. Autres priorités. La rose avait disparu.

Alixana avait voulu des dauphins pour cette pièce.
Elle l'avait emmené en voir dans le détroit.

Le chancelier Gésius, avec un sourire bénin, avait
été là pour escorter Crispin jusqu'à Gisèle quand il s'était
présenté à la Porte de Bronze. Il s'était retiré ensuite.
Aucune signification secrète à cette invitation nocturne,
avait compris Crispin : on travaillait tard dans l'Enceinte
impériale, surtout en temps de guerre et en plein cœur
d'une campagne diplomatique visant la Batiare. On
l'avait invité à rencontrer l'Impératrice au seul moment
qu'elle avait eu à lui consacrer au cours d'une journée
chargée. Un compatriote qui retournait dans leur patrie,
un adieu. Nul secret à présent, nul enlèvement dans la
nuit, nul message privé qui aurait pu signifier sa mort
s'il était révélé.

C'était le passé. Il était venu jusqu'ici, elle était allée
plus loin encore. Il retournait sur ses pas. Il se demandait
ce qu'il trouverait à Varèna, où pendant toute une
année des ivrognes avaient brutalement parié dans les
tavernes sur la vie de cette jeune reine.

Certains avaient gagné leur pari, d'autres l'avaient
perdu. Et ceux des seigneurs antæ qui avaient tenté de
l'assassiner et de régner à sa place... qu'allait-il leur
arriver, à présent ?

« Si vous aviez été un peu plus rapide dans vos
décisions, dit Gisèle, vous auriez pu prendre un vaisseau
impérial. Il est parti il y a deux jours, avec mes messages pour Eudric et pour Kerdas. »

Il l'observa de nouveau, avec la sensation étrange et
renouvelée qu'elle pouvait lire dans ses pensées. Il se
demanda si elle était ainsi avec tout le monde. Comment
pouvait-on être assez fou pour gager contre elle ? D'un
coup d'œil à sa dame de compagnie, elle indiquait d'apporter du vin. On le leur servit sur un plateau d'or au
pourtour serti de pierres précieuses. Les trésors de Sarance, son inimaginable richesse. Il se versa une coupe,
y ajouta de l'eau.

« Un homme prudent, à ce que je vois », remarqua l'impératrice Gisèle, en souriant d'un air entendu.

Il se rappelait aussi ces paroles. Elle lui avait dit la même chose, la première fois, à Varèna. Cette rencontre nocturne avait une atmosphère si étrange. La distance parcourue en six mois…

Il secoua la tête. « J'ai le sentiment de devoir garder tous mes esprits.

— Ne le faites-vous pas habituellement ? »

Il haussa les épaules : « Je pensais justement aux usurpateurs. Que va-t-il arriver ? Peut-on s'en enquérir, Majesté ? »

C'était important, pour sûr. Il retournait chez lui, sa mère s'y trouvait, son foyer, ses amis.

« Cela dépend d'eux. D'Eudric, essentiellement. Je l'ai officiellement invité à devenir gouverneur de la nouvelle province sarantine de Batiare, au nom de l'empereur Valérius III. »

Crispin la regarda fixement, puis se reprit et baissa les yeux. C'était une impératrice. On ne la contemplait pas la bouche béante, tel un poisson.

« Vous récompenseriez l'homme qui…

— … a essayé de me faire assassiner ? »

Il acquiesça.

Elle sourit : « Mais qui donc parmi la noblesse antæ ne voulait pas me voir morte l'an dernier, Caius Crispus ? Ils le désiraient tous. Même les Rhodiens le savaient. Lequel pourrais-je bien choisir si je les élimine tous ? Mieux vaut donner du pouvoir à celui qui l'a emporté, non ? Une indication de ses capacités. Et il vivra… dans une certaine inquiétude, je pense. »

Il se surprit à la contempler de nouveau, malgré lui. Elle avait vingt ans, sans doute, peut-être même moins. Aussi calculatrice et précise que… qu'un monarque. La fille d'Hildric. Ils vivaient, ces gens-là, dans un univers différent. Valérius avait été de même, songea-t-il soudain.

De fait, ses pensées se succédaient avec une grande rapidité. « Et le Patriarche de Rhodias ?

— Bien vu, dit l'Impératrice. Il va recevoir ses propres messages, portés par le même vaisseau. Les schismes jaddites seront réparés s'il donne son accord. Le Patriarche oriental acceptera de nouveau sa prédominance.

— En échange de… ?

— De déclarations soutenant la réunification de l'Empire et la position de Sarance comme siège de l'Empire, et l'endossement de points spécifiques de doctrine, tels que proposés par l'Empereur. »

C'était si clair, cela se réalisait si vite.

Et Crispin trouvait sa colère difficile à réprimer. « Ces points devront inclure la représentation de Jad dans les chapelles et sanctuaires, bien entendu.

— Bien entendu, murmura-t-elle, imperturbable. Ce point précis importe énormément à l'Empereur.

— Je sais.

— Je sais que vous le savez. »

Il y eut un silence.

« Je m'attends à ce que les questions de gouvernement soient réglées bien plus aisément que les questions de doctrine. Je l'ai dit à Léontès. »

Crispin resta muet.

Après un moment, elle ajouta : « Je me trouvais ce matin encore dans le Grand Sanctuaire, j'ai emprunté le passage que vous m'avez montré. Je voulais revoir le travail effectué sur la coupole.

— Avant qu'on ne commence à tout arracher, vous voulez dire ?

— Oui, fit-elle, impassible. Avant. Je vous l'ai dit lorsque nous y sommes passés cette nuit-là – je comprends bien mieux à présent ce dont nous avons discuté lors de notre première rencontre. »

Il attendit.

« Vous regrettiez de ne pas avoir de bons outils. Vous en souvenez-vous ? Je vous ai répondu que c'était ce que nous avions de mieux. Qu'il y avait eu une épidémie et une guerre.

— Je m'en souviens. »

Gisèle esquissa un sourire. « Ce que je vous ai dit était la vérité. Ce que vous m'avez dit était encore plus véridique : j'ai vu ce que peut accomplir un maître doté des bons outils. Pour votre travail dans la chapelle dédiée à mon père, vous étiez aussi handicapé par ma faute qu'un stratège sur un champ de bataille ayant seulement sous ses ordres des fermiers et des ouvriers.»

Son père avait été ainsi. Il était mort ainsi.

«Avec tout mon respect, Madame, la comparaison me plonge dans l'embarras.

— Je sais, dit-elle. Mais pensez-y plus tard. J'en étais fort satisfaite moi-même ce matin, quand j'en ai eu l'idée.»

Elle était tout à fait gracieuse envers lui, le complimentait, lui accordait une audience privée simplement pour lui dire adieu. Il n'avait vraiment aucune raison d'être revêche. L'ascension de Gisèle au trône sauverait peut-être leur patrie de la destruction.

Il acquiesça, frotta son menton lisse. «J'aurai tout le loisir de le faire à bord, j'imagine, Majesté.

— Demain?

— Après-demain.»

Il devait comprendre plus tard (à loisir, à bord du navire), qu'elle l'avait su, avait aiguillé la conversation sur le sujet.

«Ah. Vous êtes donc toujours en train de régler vos affaires.

— Oui, Majesté. Quoique je pense bien en avoir terminé.

— On vous a payé tout ce qu'on vous devait? Nous voudrions que ce soit convenablement réglé.

— Oui, Madame. Le Chancelier a été assez bon pour y voir lui-même.»

Elle le dévisageait. «Il vous doit la vie. Nous avons également… conscience de la dette que nous avons envers vous, bien entendu.»

Il secoua la tête. «Vous étiez, vous êtes, ma souveraine. Je n'ai rien fait qui…

— Vous avez fait ce dont nous avions besoin, au péril de votre vie, et par deux fois.» Elle hésita. «Je ne m'étendrai pas sur l'autre affaire.» Il se rendit compte qu'elle était passée à la première personne. «Mais je suis toujours native d'Occident, et je suis fière de ce que nous pouvons montrer à Sarance. Je regrette beaucoup que les… circonstances aient requis la destruction de votre travail. »

Il baissa les yeux. Qu'y avait-il à dire ? C'était une forme de mort.

« Il m'est également venu à l'esprit, avec tout ce que j'ai appris ces derniers jours, que vous pourriez désirer voir une autre personne avant de prendre la mer. »

Crispin releva les yeux.

Gisèle des Antæ, Gisèle de Sarance, lui rendit son regard, de ces yeux si bleus.

« Mais elle ne peut pas vous voir », conclut-elle.

Il y avait encore des dauphins. Il s'était demandé s'il les verrait, en ayant conscience de la vaine folie humaine de cette question : comme si les créatures de la mer pouvaient apparaître ou non selon les éventuelles actions des hommes et des femmes dans les cités, sur terre.

Vu sous un autre angle (même si c'était une hérésie), il y avait bien des âmes à transporter ces jours-ci à Sarance.

Il se trouvait à bord d'un élégant petit navire impérial ; pour y obtenir passage, il lui avait suffi de montrer la fine dague de Gisèle avec l'image de son père sur la poignée. Un présent, avait-elle déclaré en le lui tendant, une façon de se rappeler à son souvenir. Mais elle avait également dit qu'elle espérait retourner à Varèna avant que trop de temps eût passé. Si tout se déroulait comme prévu, il y aurait des cérémonies à Rhodias.

Un message avait devancé Crispin, prévenant l'équipage que le porteur de l'image du père de l'Impératrice pouvait se rendre dans un endroit par ailleurs interdit.

Il y était déjà allé.

Styliane ne se trouvait pas dans les cellules souterraines du palais. Une personne pourvue d'un sens plus aigu de l'ironie et du châtiment – sûrement Gésius, qui avait rencontré tant de violences en son temps et y avait survécu – avait choisi un autre endroit pour lui laisser vivre la vie que lui avait accordée le nouvel empereur, une manifestation de mansuétude à l'égard d'une femme qui avait été son épouse, et une marque de sa bonté aux yeux de son peuple.

Et il n'y avait guère plus à considérer que Léontès sur le Trône d'or et Styliane dans l'île, songeait Crispin en regardant les dauphins accompagner de nouveau le bateau, pour trouver à la situation une ironie plus que suffisante.

On aborda au quai, on attacha les amarres, on tira une passerelle pour lui. L'unique visiteur, la seule personne qui débarquait dans l'île.

Souvenirs, images. Il regarda presque malgré lui l'endroit où Alixana avait laissé tomber sa cape sur les galets avant de s'éloigner. Il avait rêvé de cet endroit sous la lumière d'une lune.

Deux Excubiteurs étaient venus à la rencontre du navire. Ceux qui se trouvaient à bord descendirent et échangèrent avec eux des paroles discrètes. Ils le conduisirent, sans un mot, dans le chemin sous les arbres. Des oiseaux chantaient. Le soleil dardait des rayons obliques à travers les feuillages.

Ils arrivèrent à la clairière où des hommes avaient péri le jour de l'assassinat de Valérius. Nul ne parlait. Crispin se rendit compte que, malgré tous ses efforts, il redoutait profondément ce qui allait se passer.

Il aurait voulu n'être pas venu, n'aurait pu dire avec certitude pourquoi il se trouvait là. Son escorte s'immobilisa ; l'un des soldats désigna la plus grande des cabanes. Il n'avait pas besoin de cette indication.

La même que celle du frère. Bien sûr.

Une différence, pourtant. Des fenêtres ouvertes de tous les côtés, munies de barres métalliques mais sans volets, pour laisser entrer la lumière du soleil. Il s'en étonna tout en s'avançant. Il y avait des gardes. Trois. Ils échangèrent un regard avec son escorte, en reçurent de toute évidence un signal. Crispin ne regarda pas derrière lui. Un garde lui ouvrit la porte.

Pas un seul mot. Il se demanda si on leur avait interdit de parler afin d'éviter toute possibilité de séduction, de corruption. Il entra. La porte se referma sur lui. Il entendit la clé tourner dans la serrure. On ne prenait vraiment aucun risque. On devait bien savoir ce qu'avait fait cette prisonnière.

Elle se tenait sur une chaise, de l'autre côté de la pièce, calme et immobile, lui offrant son profil. Pas de réaction visible à l'arrivée d'un visiteur. Crispin la contempla, et son anxiété reflua, laissant place à une myriade d'autres émotions qu'il ne pouvait pas même commencer à démêler.

« Je vous ai dit que je ne mange pas », dit-elle.

Elle n'avait pas tourné la tête, ne l'avait pas vu.

Elle ne le pouvait pas. Même de l'endroit où il se tenait, de l'autre côté de la pièce, Crispin voyait bien que ses yeux avaient disparu, qu'on les lui avait crevés. Des orbites noires à la place de l'éclat bleu dont il se souvenait. Malgré lui, il évoqua une salle souterraine, des ustensiles, un brasier ardent, des torches, de gros hommes aux pouces gras et habiles s'approchant d'elle.

Une autre personne que vous pourriez désirer voir, avait dit Gisèle.

« Je ne vous en blâme point, dit-il. J'imagine que la nourriture est exécrable. »

Elle sursauta. C'était pitié qu'une femme au sang-froid aussi impeccable, aussi impossible à déconcerter, fût amenée à réagir ainsi, simplement au son d'une voix inattendue.

Il essaya de s'imaginer aveugle. Couleurs et lumière disparues, les nuances, les teintes, la richesse de leurs jeux réciproques. Rien ne pouvait être pire en ce monde. Mieux valait la mort.

« Rhodien, dit-elle. Venu voir ce que ça fait de coucher avec une aveugle, à présent ? Appétits d'homme blasé ?

— Non, répliqua-t-il en gardant son calme. Aucun appétit, comme vous-même, à ce qu'on dirait. Je suis venu vous dire adieu. Je retourne demain chez moi.

— Déjà fini ? » Son intonation avait changé. Elle ne tourna pas la tête. On avait coupé très court sa chevelure dorée. Une autre femme en aurait été enlaidie. Pour

Styliane, cela révélait seulement la perfection de sa joue et de sa pommette sous l'orbite creuse encore meurtrie. On ne l'avait pas marquée au fer. On l'avait seulement aveuglée.

L'aveuglement seul. Et cette prison dans l'île où son frère avait vécu ses propres jours dans les ténèbres, brûlé, et brûlant de rage intérieure, sans permettre à aucune lumière d'entrer.

C'était là, plus que tout, un indice de la nature de cette femme, songea Crispin, de sa fierté : cette lumière qui inondait la pièce, dont elle ne pouvait jouir mais qu'elle offrait à qui entrait. Seuls les gardes silencieux, jour après jour – mais Styliane Daleina ne se cachait pas, ne se protégeait pas d'un bouclier de ténèbres. Si l'on avait affaire à elle, on devait accepter ce qu'il y avait à voir. Il en avait toujours été ainsi.

« Vous avez déjà terminé votre travail ? répéta-t-elle.

— Non », fit-il à mi-voix. Sans amertume à présent. Pas ici, pas devant ce spectacle. « Vous m'avez averti, il y a longtemps.

— Ah. Ça. Déjà ? Je n'aurais pas pensé que ce serait…

— Si rapide ?

— Si rapide. Il vous a dit que c'était une hérésie, votre coupole.

— Oui. Il l'a fait en personne, je dois le lui concéder. »

Elle se tourna vers lui.

Et il vit qu'on l'avait bel et bien marquée, en définitive. Le côté gauche de son visage portait le symbole de l'assassin : un cercle censé représenter le dieu du soleil intersecté par la représentation grossière d'un poignard. La plaie était encroûtée de sang, la chair enflammée tout autour. Elle avait besoin d'un médecin, songea-t-il, en doutant qu'on se fût arrangé pour en avoir un. Une joue rendue hideuse par le feu.

Quelqu'un, une fois de plus, possédait un sombre sens de l'ironie. Ou peut-être seulement un individu quelconque dans une salle verrouillée et à l'épreuve des cris, dans les profondeurs de la terre, absolument indifférent à ce genre de chose et se contentant d'observer les protocoles légaux dûment prescrits dans l'Enceinte impériale de Sarance.

Il devait avoir laissé échapper un son. Elle sourit, une expression qu'il se rappelait bien, ironique, entendue. Cela faisait peine à voir ici. « La persistance de ma beauté vous frappe au cœur ? »

Crispin déglutit avec peine, prit une profonde inspiration. « En vérité, dit-il, oui. J'aimerais qu'il n'en soit pas ainsi. »

Cela la réduisit pendant un moment au silence.

« Voilà qui est honnête, au moins, dit-elle. Je me rappelle que vous l'aimiez bien. Vous les aimiez tous les deux.

— Ç'aurait été bien présomptueux de la part d'un artisan. Je l'admirais beaucoup. » Il s'interrompit, reprit : « Tous les deux.

— Et Valérius était votre patron, évidemment, celui qui se portait garant de votre travail. Lequel travail sera maintenant perdu. Pauvre Rhodien. Me haïssez-vous ?

— J'aimerais que ce soit le cas », dit-il enfin. Tant de lumière dans cette pièce… La brise fraîche, portant les odeurs du sous-bois. Les chants d'oiseaux dans les arbres environnant la clairière. Les feuilles vert et or, en train de naître, qui verdiraient en été, mourraient à l'automne. "Me haïssez-vous ?"

« Marche-t-il vers le nord ? demanda-t-elle. Sur la Bassanie ? »

Une vie entière passée dans les corridors et les salles du pouvoir. L'activité d'un esprit qui ne pouvait s'arrêter.

« Oui.

— Et… Gisèle va négocier avec Varèna ?

— Elle s'y emploie. »

Gisèle était exactement comme Styliane. Ces gens vivaient vraiment dans un univers différent. Le même soleil, les lunes, les étoiles, mais un univers différent.

Les lèvres de Styliane frémirent de nouveau avec ironie. « J'en aurais fait autant, vous le comprenez ? Je

vous l'ai dit la nuit où nous avons discuté pour la première fois, qu'il y en avait parmi nous pour estimer une
invasion erronée.

— Alixana en était», dit-il.

Elle l'ignora sans effort.

«Il devait être assassiné avant le départ de la flotte.
Si vous prenez le temps d'y réfléchir, vous le comprren-
drez. Léontès devait se trouver encore dans la Cité. Il
n'aurait pas fait demi-tour, une fois parti.

— Comme c'est dommage. Et donc Valérius devait
mourir, afin que Léontès – et vous-même – puissiez
régner ?

— Je… pensais que oui, en effet.»

Il ouvrit la bouche, la referma. «Vous pensiez ?»

Les lèvres de Styliane frémirent de nouveau et elle
tressaillit un peu cette fois, en portant une main à son
visage blessé ; mais elle la reposa sans y avoir touché.
«Après le tunnel, cela semblait dénué d'importance.

— Je ne…

— J'aurais pu le tuer il y a des années. Une gamine
idiote, voilà ce que j'étais. Je pensais que l'important,
c'était de prendre le pouvoir, comme mon père aurait
dû en être investi. Léontès sur le trône, mais n'ayant
besoin que de l'amour de ses soldats et de sa piété pour
être content, et puis mes frères et moi.»

"J'aurais pu le tuer il y a des années"…

Crispin la dévisagea. «Vous pensez que Valérius a
fait assassiner votre père ?

— Oh, Rhodien, je sais qu'il l'a fait. Ce que j'ignorais, c'est que rien d'autre n'avait d'importance. Je…
j'aurais dû être plus sage.

— Et tuer plus tôt ?

— J'avais huit ans», dit-elle. Elle s'interrompit. Les
oiseaux étaient très bruyants dehors. «Je pense que
mon existence a cessé à ce moment-là. D'une certaine
façon. L'existence… qui aurait dû être la mienne.»

Le fils du maçon Horius Crispus la contemplait.
«Vous pensez que c'était de l'amour, alors ? Ce que
vous avez fait ? !

— Non, je pense que c'était une vengeance », dit-elle. Puis, sans avertissement : « Voudriez-vous me tuer, je vous prie ? »

Aucun avertissement, sinon ce qu'il pouvait voir de ce qu'on lui avait infligé, de ce qu'on lui infligeait, sous prétexte de merci. Il savait avec quel désespoir elle devait vouloir y mettre fin. Il n'y avait même pas de bûches pour un feu. On pouvait se suicider par le feu. On l'alimenterait de force, sans doute, si elle refusait de manger ; des moyens existaient pour le faire. Léontès avait l'intention de manifester sa généreuse nature en gardant cette meurtrière en vie pendant un certain temps, parce qu'elle avait été son épouse aux yeux de Jad.

Un homme pieux, tout le monde le savait. On pourrait peut-être même la faire sortir de temps à autre, pour la parader.

Crispin la contemplait, incapable de parler.

Tout bas, pour empêcher les gardes d'entendre, elle reprit : « Vous m'avez un peu connue, Rhodien. Nous avons… partagé certaines choses, si brièvement que ce fût. Allez-vous quitter cette pièce et m'abandonner… à cette existence ?

— Je ne suis…

— Qu'un artisan, je sais. Mais…

— Non ! » Il avait presque crié. Puis il baissa aussitôt la voix. « Ce n'est pas cela. Je ne suis pas un homme… qui tue. »

La tête de son père volant de ses épaules, le sang qui giclait du corps en train de s'effondrer. Des hommes qui racontaient l'histoire dans une taverne de Varèna. Un garçonnet qui les écoutait.

« Faites une exception », murmura-t-elle d'un ton léger, mais il pouvait entendre le désespoir de cette voix calme.

Il ferma les yeux. « Styliane…

— Ou voyez-le autrement. Je suis morte il y a des années, je vous l'ai dit. Vous allez simplement… parapher un testament déjà exécuté. »

Il la regarda de nouveau. Elle lui faisait maintenant face, sans yeux, mutilée, d'une exquise beauté. « Ou punissez-moi pour votre œuvre perdue. Ou pour Valérius. Ou pour n'importe quelle raison ! Mais je vous en prie. – Elle murmurait – Personne d'autre ne le fera, Crispin. »

Il jeta un coup d'œil autour de lui. Absolument rien qui ressemblât même de loin à une arme, des gardes à toutes les fenêtres barrées de fer, et de l'autre côté de la porte verrouillée.

"Personne d'autre ne le fera"…

Puis, avec retard, il se rappela comment il avait accédé à l'île, et un cri s'éleva en lui, du fond de son cœur, et il désira ardemment être déjà parti, avoir quitté Sarance. Car elle se trompait. Il y avait quelqu'un d'autre qui le ferait.

Il sortit la lame et la contempla. Détailla la sculpture en ivoire d'Hildric des Antæ sur la poignée. Joli travail, vraiment.

Il ne savait vraiment pas si on faisait encore de lui un instrument, ou si une Impératrice qui s'était déclarée sa débitrice lui offrait plutôt avec affection, pour services rendus, un présent d'une nature particulière – un noir présent. Il ne connaissait pas assez bien Gisèle pour en juger. Ce pouvait être l'un ou l'autre cas, ou les deux. Ou encore quelque chose de complètement différent.

Mais il savait ce que désirait la jeune femme qui se tenait devant lui. Ce qui lui était nécessaire. Tout en jetant un coup d'œil sur la pièce et en l'observant elle-même, il comprit qu'il savait aussi comment il convenait d'agir pour son âme et pour la sienne. Gisèle des Antæ, qui avait porté cette lame contre sa peau pendant son voyage jusqu'à Sarance, l'avait peut-être su aussi.

Parfois, la mort n'est pas ce qui peut arriver de pire. Parfois, ce peut être une libération, un don, une offrande.

Suspendu dans les tourbillons de toutes ces intrigues, de toutes ces contre-intrigues, Crispin les força à s'immobiliser, tout comme les images qui ne cessaient de naître d'autres images, et il en accepta le fardeau.

Il ôta le manche d'ivoire, comme l'avait fait Gisèle. Il posa sur le dessus de la table la lame sans poignée, si mince qu'elle en était presque invisible.

Dans l'éclat glorieux du printemps qui régnait dans cette pièce, il déclara : « Je dois partir. Je vous laisse quelque chose.

— Quelle bonté de votre part. Une petite mosaïque pour me réconforter dans les ténèbres ? Une autre pierre précieuse à faire briller pour moi, comme la première que vous m'avez donnée ? »

Il secoua de nouveau la tête. Il avait le cœur serré de chagrin, à présent.

« Non, dit-il. Rien de tel. » Et peut-être sa voix enrouée alerta-t-elle Styliane ; même les aveugles de fraîche date apprennent à écouter. Elle releva un peu la tête.

« Où ? demanda-t-elle, très bas.

— La table. » Il ferma brièvement les yeux. « De mon côté, le plus éloigné. Faites attention. »

Faites attention.

Il la regarda se lever et s'approcher, tendre les mains vers le rebord de la table, puis passer ses paumes sur le plateau, d'un geste saccadé – elle apprenait encore. Il la vit trouver la lame, aussi fine et acérée que pouvait parfois l'être la mort.

« Ah », dit-elle. En se figeant sur place.

Il ne dit mot.

« On vous en fera porter le blâme, bien entendu.

— Je prends la mer au matin.

— Il serait courtois de ma part d'attendre jusque-là, alors, n'est-ce pas ? »

Il ne réagit pas non plus.

« Je ne suis pas sûre, dit-elle à mi-voix. D'avoir la patience, vous savez. On pourrait… faire une fouille et la trouver.

— C'est possible », dit-il.

Elle garda le silence un long moment. Puis il la vit sourire. « Cela veut dire que vous m'aimiez un peu, je suppose. »

Il craignait de se mettre à pleurer.

« Oui, je suppose, dit-il tout bas.

— Voilà qui est bien inattendu », remarqua Styliane Daleina.

Il luttait pour se maîtriser, et resta muet.

« J'aurais voulu pouvoir la trouver, dit-elle. Voilà quelque chose d'inachevé. Je ne devrais pas vous le dire, je sais. Savez-vous si elle est morte ? »

C'était à vous briser le cœur. « Si ce n'est pas le cas, elle mourra très certainement, je pense, en apprenant que… vous l'êtes. »

Elle réfléchit. « Ah. Je peux le comprendre. Ainsi donc, ce présent que vous m'offrez nous tuera toutes deux. »

Une vérité. À la façon dont on semblait voir les choses ici, du moins.

« C'est possible, je suppose », dit Crispin. Il la regardait, il la voyait telle qu'elle était et telle qu'elle avait été, au palais, dans sa chambre à lui, dans sa chambre à elle, sa bouche trouvant la sienne… "Quoi que je fasse par ailleurs"…

Elle l'avait averti, plus d'une fois.

« Pauvre homme, fit-elle. Tout ce que vous désiriez, c'était laisser reposer vos morts et créer une mosaïque sur une coupole.

— J'étais… bien trop ambitieux. ». Il l'entendit rire de plaisir, une dernière fois.

« Merci », dit-elle. Pour un trait d'esprit. Il y eut un silence. Elle souleva l'écharde de métal, entre ses doigts aussi minces et presque aussi longs. « Et merci pour ceci, et pour… d'autres choses, jadis. » Elle se tenait très droite, inflexible, sans faire de concession à… quoi que ce fût. « Rentrez chez vous sain et sauf, Rhodien. »

On le renvoyait, et sans même l'appeler par son nom, en fin de compte. Il sut brusquement qu'elle ne pourrait pas attendre. Son désir était une faim dévorante.

Il la contempla dans la lumière éclatante qu'elle avait choisi d'offrir ici afin que tous pussent voir clairement là où elle ne le pouvait point, comme un hôte auquel son médecin a interdit de boire pourrait offrir son meilleur vin à ses amis.

« Et vous aussi, Madame, dit-il. Bon voyage vers la lumière. »

Il frappa à la porte. On la lui ouvrit et on le laissa sortir. Il quitta la pièce, la clairière, les bois, la plage et ses durs, si durs galets – il quitta l'île.

Au matin, il quitta Sarance avec la marée de l'aube, alors que couleurs et nuances revenaient dans le monde à la fin du long périple du dieu à travers les ténèbres.

Le soleil se levait derrière eux, tamisé par un banc de nuages bas. Debout à la poupe du vaisseau sur lequel Plautus Bonosus lui avait offert passage, un acte de bonté au cœur de son propre chagrin, Crispin, avec une poignée d'autres passagers, regarda s'éloigner la Cité. On l'appelait œil du monde. Gloire de la création de Jad.

Il vit l'éclat du port grouillant aux eaux profondes et bien abritées, les piliers de fer supportant les chaînes qu'on pouvait laisser retomber en travers de l'entrée de la rade en temps de guerre. Il regarda les petits bateaux qui sautaient dans leur sillage, les traversiers pour Déapolis, les pêcheurs de la matinée qui s'en allaient, les autres qui revenaient d'une nuit de pêche sur les vagues, des voiles multicolores.

Dans le lointain, il entr'aperçut les triples murailles elles-mêmes, là où elles s'incurvaient pour rejoindre la mer. Saranios en personne en avait tracé le plan lors de son arrivée. Crispin vit l'éclat du soleil matinal assourdi partout sur les toits, tout en regardant la Cité s'élever au-dessus de la mer, dômes de chapelles et de sanctuaires, demeures patriciennes, toits des guildes recouverts de bronze ostentatoire. Il vit l'énorme masse de l'Hippodrome où des hommes faisaient courir des chevaux.

Puis, tandis que, du sud-ouest, ils infléchissaient leur course à l'ouest, sur les longues ondulations de la pleine mer où leurs voiles blanches se gonflaient, il vit les jardins de l'Enceinte impériale, les terrains de jeux et les palais, et ce spectacle occupa tout son champ de vision, et toute son attention, alors qu'ils les longeaient, poussés par le vent, et s'en éloignaient.

Ils continuèrent vers l'occident, dans le vent et la marée de l'aube ; les marins s'interpellaient, on criait des ordres dans la lumière qui s'affirmait, on pouvait sentir l'énergie des commencements. Un long voyage. Crispin regardait toujours derrière eux, comme les autres passagers, tous rivés au parapet de proue comme par un sortilège. Mais à la fin, alors qu'ils s'éloignaient de plus en plus, Crispin ne regardait plus qu'un seul point – et le tout dernier détail visible pour lui à cette distance, presque confondu avec l'horizon, mais d'un éclat qui surpassait tout le reste, c'était le dôme d'Artibasos.

Puis le soleil levant jaillit enfin des nuages bas au levant, directement derrière la cité lointaine, d'un éclat aveuglant, et Crispin dut s'abriter les yeux, détourner son regard ; quand il regarda de nouveau, en battant des paupières, Sarance avait disparu, Sarance l'avait abandonné, il n'y avait plus que la mer.

# ÉPILOGUE

Un vieil homme est assis sous le porche d'une chapelle, non loin des murailles de Varèna. Jadis, il aurait été occupé à considérer la couleur des murailles en cet instant, quelque part entre le miel et l'ocre, il aurait évalué des façons d'utiliser verre, pierre et lumière afin de rendre cette nuance telle qu'elle est apparue dans le soleil de cette fin de printemps. Plus maintenant. Maintenant, il se contente simplement d'apprécier la journée, l'après-midi. Il est conscient qu'un autre printemps n'est nullement une certitude en ce qui le concerne, un sentiment qui s'empare parfois des personnes âgées.

Il est pratiquement seul ici, il n'y a autour de lui que quelques personnes, ailleurs dans la cour ou dans la vieille chapelle désaffectée adjacente au sanctuaire agrandi. Le sanctuaire n'est pas en usage non plus en ce moment, même si un roi y est enseveli. Depuis l'attentat de l'automne, les prêtres ont refusé d'y célébrer des services ou même de rester dans leur dortoir, malgré des pressions considérables des autorités en place au palais. Sous son porche, le vieil homme a son opinion là-dessus, mais pour l'instant il se contente de jouir du calme ambiant, en attendant l'arrivée d'un visiteur. Il vient ici depuis déjà plusieurs jours, avec plus d'impatience qu'un vieillard ne devrait en ressentir, vraiment, se dit-il, s'il avait convenablement assimilé les leçons d'une longue existence.

Il fait basculer vers l'arrière le tabouret sur lequel il est assis, s'appuie au panneau de la porte (une vieille habitude), et tire sur ses yeux son couvre-chef remarquablement informe. Il a une affection déraisonnable pour ce chapeau et endure avec une parfaite équanimité toutes les plaisanteries et taquineries qu'il provoque. D'abord, le chapeau – ridicule même à l'état neuf – lui a sauvé la vie dans une chapelle obscurcie par la nuit, presque quinze ans plus tôt, quand un apprenti craintif avait cru qu'il était un voleur s'approchant sous le couvert des ténèbres. Le coup de bâton que le jeune gaillard (déjà d'une forte carrure à l'époque) avait eu l'intention d'asséner sur la tête de l'intrus s'était détourné au dernier moment quand il avait vu et reconnu le chapeau.

Martinien de Varèna, à l'aise dans la lumière printanière, jette un dernier regard sur la route en contrebas avant de se permettre de s'assoupir.

Il vit arriver le jeune apprenti. Ou, plus précisément, de longues années plus tard, il vit son apprenti d'autrefois, maintenant son collègue et partenaire, et l'ami qu'il attendait, s'approcher sur le chemin menant à la large clôture basse en bois qui entourait la cour du sanctuaire et ses tombes.

«Ah, putréfaction, Crispin, dit-il d'un ton bénin, juste au moment où j'allais faire un petit somme ! » Puis il prit en considération le fait qu'il était tout à fait seul et que personne ne l'écoutait, et il se permit une réaction sincère, en se hâtant de remettre le tabouret sur ses pieds, conscient du battement soudain plus précipité de son cœur.

Il était émerveillé, il anticipait ces retrouvailles, et il était très heureux.

À l'ombre du porche, il vit Crispin – barbe et cheveux plus courts qu'à son départ, mais par ailleurs inchangé – qui soulevait le loquet de la clôture pour entrer dans la cour. Martinien éleva la voix pour appeler les autres. Ce n'étaient pas des apprentis ni des artisans : on n'effectuait présentement aucuns travaux sur les lieux. Deux des hommes tournèrent à grands pas le coin du bâtiment. Martinien désigna la clôture du doigt.

« Le voilà. Finalement. Je ne pourrais vous dire s'il est de mauvaise humeur, mais en général c'est plus sûr de le supposer. »

Les deux hommes poussèrent un juron, tout comme il l'avait fait lui-même, mais avec plus de conviction, et s'avancèrent. Ils étaient à Varèna depuis près de deux semaines et attendaient avec une irritation croissante. Martinien leur avait suggéré qu'il y avait de bonnes chances pour le voyageur, quand il arriverait, de s'arrêter à cette chapelle hors les murs. Il était content d'avoir eu raison, même s'il n'était pas très heureux de ce que l'autre allait trouver là.

Sous son porche, il regarda deux étrangers s'avancer, les premières âmes à souhaiter la bienvenue à un voyageur qui revenait de loin. Tous deux, ironiquement, venaient d'Orient. L'un était un messager impérial, l'autre un officier de l'armée sarantine. L'armée qui devait envahir ce printemps, et qui n'envahissait plus, à présent.

C'était bien là le changement le plus important.

Les deux Sarantins présentèrent officiellement les messages qu'ils avaient attendu de délivrer et repartirent, avec les soldats qui avaient été de garde avec eux. Quelque temps plus tard, Martinien décida que Crispin était resté assez longtemps assis tout seul près de la clôture, quelles qu'eussent été les nouvelles. Il se leva avec lenteur et se dirigea vers lui, en ménageant sa hanche toujours aussi douloureuse.

Crispin lui tournait le dos, apparemment plongé dans les documents qu'on lui avait remis. Il n'était pas bon de surprendre autrui, avait toujours estimé Martinien, aussi appela-t-il Crispin par son nom alors qu'il se trouvait encore à quelque distance.

« J'ai vu ton chapeau, dit Crispin sans lever les yeux. Je ne suis revenu que pour le jeter au feu, tu comprends bien. »

Martinien le rejoignit.

Assis sur le gros rocher couvert de mousse qu'il avait toujours affectionné, Crispin lui jeta un coup d'œil. Il avait les yeux aussi brillants que Martinien se les rappelait. «Bonjour, dit-il. Je ne pensais pas te trouver là.»

Martinien avait également eu l'intention de faire une plaisanterie quelconque, mais s'en trouva incapable à cet instant. Il se pencha plutôt, muet, et embrassa son cadet sur le front, une bénédiction. Crispin se leva, lui passa les bras autour des épaules, et ils s'étreignirent.

«Ma mère?» dit Crispin d'une voix bourrue, quand ils se séparèrent.

«Elle va très bien. Elle t'attend.

— Comment avez-vous tous…? Oh. Le messager. Vous saviez que j'étais en route, alors?»

Martinien acquiesça: «Ils sont arrivés il y a quelque temps.

— J'avais un bateau plus lent. J'ai marché depuis Mylasia.

— Tu détestes toujours les chevaux?»

Crispin hésita: «Les monter, oui.» Il dévisageait Martinien. Ses sourcils se touchaient quand il les fronçait, Martinien s'en souvenait aussi. Le vieil homme essayait de démêler ce qu'il voyait d'autre sur le visage du voyageur. Des différences, mais difficiles à cerner.

«Ils ont apporté des nouvelles de Sarance? dit Crispin. Les changements?»

Martinien hocha la tête: «Tu m'en diras davantage?

— Ce que j'en sais.

— Tu… vas bien?» Une question ridicule, mais d'une certaine façon la seule importante.

Crispin hésita encore. «Essentiellement, oui. Il est arrivé beaucoup de choses.

— Bien sûr. Ton travail… ça s'est bien passé?»

Une autre pause. Comme s'ils essayaient à tâtons de retrouver leur ancienne aisance l'un avec l'autre. «Très bien, mais…» Crispin se rassit sur le rocher. «On est en train de le détruire. Avec le reste, partout.

— Quoi?!

— Le nouvel empereur a… des convictions personnelles quant aux représentations de Jad.

— Impossible. Tu dois faire erreur. Ce… »

Martiñien s'interrompit.

« Je le voudrais bien, dit Crispin. Notre travail sera détruit ici aussi, je le soupçonne. Nous serons soumis aux édits sarantins, si tout se passe comme l'Impératrice en a l'intention. »

L'Impératrice. Ils étaient au courant. Un miracle du ciel, certains le considéraient déjà ainsi. Martinien pensait qu'il devait y avoir des interprétations plus profanes. « Gisèle ?

— Gisèle. Tu en as entendu parler ?

— D'autres messagers, sur le même bateau. » Martinien s'assit à son tour sur le rocher d'en face. Ils s'étaient installés ainsi tant de fois ensemble, ou sur les souches devant la clôture.

Crispin jeta un coup d'œil derrière lui vers le sanctuaire. « Nous allons perdre tout ça. Ce que nous avons créé ici. »

Martinien s'éclaircit la voix. Il fallait dire quelque chose. « On en a déjà perdu.

— Si tôt ? Je ne pensais pas…

— Pas pour cette raison. On a… gratté Héladikos ce printemps, pour le faire disparaître. »

Crispin ne dit mot. Mais Martinien se rappelait aussi cette expression.

« Avec l'invasion imminente, Eudric essayait d'obtenir le soutien du Patriarche de Rhodias. Il s'est distancé des hérésies favorites des Antæ. »

Héladikos et sa torche, le tout dernier travail effectué par Crispin avant son départ. Il se tenait parfaitement immobile. Martinien essayait de le déchiffrer, de voir ce qui avait changé en lui, et ce qui était demeuré. Il lui semblait étrange, après tant d'années, de ne pas avoir l'intuition de ce que ressentait Crispin. Les gens partaient, ils changeaient ; c'était dur pour ceux qui restaient.

Davantage de chagrin, mais aussi davantage de vie, songeait Martinien. Les deux. Les grandes mains de son compagnon tenaient toujours les documents apportés par le messager.

« Ça a marché ? dit Crispin. La... l'élimination des hérésies ? »

Martinien secoua la tête : « Non. Ils ont versé le sang dans une chapelle, en présence des délégués du Patriarche, qu'ils ont mis en danger. Eudric a bien du chemin à faire pour se gagner la moindre bienveillance. Et il a suscité un scandale considérable à Varèna quand nos tessères ont été démolies. Les Antæ y ont vu une manifestation d'irrespect envers Hildric. Comme si on avait mis sa chapelle à sac, d'une certaine façon. »

Crispin rit tout bas. Martinien essaya de se rappeler la dernière fois qu'il avait entendu rire son ami l'année précédant son départ. « Pauvre Eudric. Une inversion complète, alors : les Antæ protestant contre la destruction d'un lieu saint en Batiare. »

Martinien esquissa un sourire. « C'est aussi ce que j'ai dit. » À son tour d'hésiter. Il avait envisagé une réaction plus irritée. Il changea un peu de sujet. « On dirait bien qu'il n'y aura pas d'invasion, maintenant. En est-il ainsi ? »

Crispin acquiesça : « Pas cette année, du moins. L'armée est au nord-est, en Bassanie. Nous allons devenir une province sarantine, si les négociations aboutissent. »

Martinien secoua la tête avec lenteur. Il ôta son couvre-chef, l'examina, le replaça sur sa calvitie. Pas d'invasion.

Pendant tout l'hiver, on avait employé tous les hommes valides à consolider les murailles de Varèna. On avait fabriqué des armes, on s'était exercé à leur maniement, on avait constitué des réserves de nourriture et d'eau. Après une maigre moisson, il n'y avait pas grandes provisions à engranger.

Il craignait de se mettre à pleurer. « Je ne pensais pas vivre aussi longtemps. »

L'autre le dévisagea : « Comment vas-tu ? »

Un haussement d'épaules hésitant : « Assez bien. Mes mains. Ma hanche, quelquefois. Et mon vin est essentiellement de l'eau, ces temps-ci. »

Crispin fit une grimace : « Moi aussi. Carissa ?

— Elle va fort bien. Elle a bien hâte de te voir. Probablement en compagnie de ta mère, en ce moment.

— Nous devrions y aller, alors. Je m'étais seulement arrêté pour voir… le travail terminé, ici. Ça n'a pas grand sens, maintenant.

— Non », dit Martinien. Il regarda les papiers. « Qu'est-ce que… que t'ont-ils apporté ? »

Crispin hésita de nouveau. Il semble mesurer davantage ses paroles et ses pensées, songea Martinien. Lui avait-on appris cela en Orient ?

Sans un mot, l'autre se contenta de lui tendre l'épaisse liasse de documents. Martinien les prit pour les lire. Il n'aurait pas nié être dévoré de curiosité : on avait attendu longtemps ici pour délivrer ces papiers, quelle qu'en fût la nature.

Il vit de quoi il s'agissait. Son visage perdit toute couleur à mesure qu'il tournait chaque titre de propriété signé et marqué d'un sceau, chaque papier d'identité. Il recommença au début, en comptant. Cinq. Six, sept. Puis la liste d'autres items, et celle des endroits où l'on pouvait les trouver et les réclamer. Martinien avait du mal à respirer.

« Nous sommes riches, semble-t-il », remarqua Crispin d'un ton amène.

Martinien leva les yeux vers lui. Crispin contemplait la forêt lointaine, au levant. Il énonçait là une prodigieuse litote. Et le "nous" était extrêmement courtois de sa part.

Les documents délivrés par le messager impérial attestaient l'un après l'autre de terres éparpillées dans toute la Batiare, de sommes d'argent et de biens meubles maintenant propriétés d'un certain Caius Crispus, artisan, natif de Varèna.

La dernière page était un message personnel. Martinien jeta un coup d'œil à Crispin pour lui demander la permission de le lire. Crispin, en croisant son regard, hocha la tête. C'était un message bref. Écrit en sarantin.

"Nous vous avons fait certaines promesses, si votre voyage portait fruit pour nous. Notre père bien-aimé nous a appris à tenir les promesses royales, et le dieu nous enjoint de le faire. Les changements aléatoires ne modifient pas les vérités fondamentales. Ce qui est mentionné dans les documents n'est pas un présent, vous l'avez gagné. Il y a un autre élément, dont nous avons discuté à Varèna, si vous vous en souvenez. Il n'est pas inclus ici, car c'est à vous d'en décider et de choisir – ou non. L'autre cession ci-jointe est, nous l'espérons, une autre preuve de notre appréciation."

C'était signé "Gisèle, Impératrice de Sarance".

«Par les yeux, le sang et les os de Jad, mais qu'est-ce que tu as bien pu faire là-bas, Crispin ?

— Elle pense que je l'ai faite Impératrice», dit l'autre.

Martinien ne put que le regarder, les yeux écarquillés.

L'intonation de Crispin était bizarre, curieusement détachée.

Martinien comprit soudain qu'il lui faudrait beaucoup de temps pour comprendre ce qui était arrivé à son ami en Orient. Il y avait là de réelles différences. On ne voguait pas impunément vers Sarance, songea-t-il. Il se sentit glacé.

«Et l'élément non inclus qu'elle mentionne ?

— Une épouse.» La voix était sans inflexion. Une intonation froide, lugubre, que Martinien se rappelait de l'année précédente.

Il se racla la gorge. «Je vois. Et "l'autre cession" ?»

Crispin leva les yeux, sembla faire un effort pour s'animer. «Je l'ignore. Il y a plusieurs clés là-dedans.» Il tendait une lourde bourse de cuir. «Le soldat a dit qu'ils avaient ordre de rester de garde jusqu'à mon arrivée, et ensuite, c'était à moi d'y veiller.

— Oh. Les coffres dans l'ancienne chapelle, alors. Il y en a au moins vingt.»

Ils allèrent voir.

Un trésor ? songeait Martinien. Des pièces d'or, des pierres précieuses ?

Ce n'était pas cela. Crispin fit tourner des clés numérotées dans les verrous correspondants, l'un après l'autre, et rabattit les couvercles des coffres dans la lumière douce de la vieille chapelle rarement utilisée qui jouxtait le sanctuaire agrandi. Et Martinien de Varèna, qui n'était jamais allé à Sarance, qui n'avait même jamais quitté sa péninsule bien-aimée, se retrouva en train de pleurer, honteux de sa faiblesse de vieillard.

Mais c'étaient des tessères comme il n'en avait jamais vu et n'avait jamais pensé en voir de toute son existence. Après une vie entière passée à travailler avec des approximations troubles ou striées des couleurs éclatantes qu'il imaginait, il s'était peu à peu conditionné à accepter les limites du possible, dans la Batiare abattue – les déficiences du monde des mortels, les contraintes qui empêchaient les rêves de se réaliser.

Et c'était maintenant qu'arrivaient ces morceaux de verre éblouissants et sans défaut, bien après le temps où il se serait farouchement lancé dans un projet grandiose digne d'eux.

Il était tard. Il était très, très tard.

Il y avait un autre message dans le premier coffre. Crispin le lut puis le lui tendit, Martinien s'essuya les yeux et lut à son tour. La même écriture, mais pas la même langue, du rhodien, et dans le registre personnel et non royal.

"J'ai un projet proposé par l'Empereur. Une promesse qu'il m'a faite. Vous ne représenterez pas le dieu, ni Héladikos. Tout ce que vous jugerez bon de représenter par ailleurs dans le sanctuaire abritant les reliques de mon père sera protégé des édits, des proclamations et de tout dommage décidé par décret, pour autant que je puisse y veiller. Que ce soit une petite compensation pour une mosaïque exécutée à Sarance avec les matériaux adéquats, et qui vous a été enlevée."

La signature était différente aussi : rien que le nom, cette fois. Martinien reposa la note. Tendit la main avec lenteur vers ce premier coffre lourd de tessères – de l'or pâle, dans celui-ci, une couleur aussi chaude et unique que celle du miel.

«Attention. Elles doivent être coupantes, dit Crispin.

— Petit chiot, dit Martinien de Varèna. Je m'entaillais à mort sur des tessères avant même ta naissance.

— Je sais, dit Crispin. Justement.» Il reprit la note. Et sourit.

«Nous pouvons refaire la coupole du sanctuaire, dit Martinien. Pas Jad ni Héladikos, elle dit. On peut trouver une autre façon de décorer des chapelles. Consulter les prêtres, peut-être? Ici, et à Rhodias? Et même à Sarance?» La voix de Martinien tremblait de désir. Son cœur battait à tout rompre. Il éprouvait un besoin intense de continuer à toucher ces tessères, d'y plonger les mains.

Il était tard, mais pas trop tard!

Crispin eut un autre sourire en parcourant des yeux la pièce paisible et poussiéreuse. Ils étaient tout à fait seuls. Deux hommes, vingt énormes coffres pleins à ras bord, rien d'autre. Personne ne venait plus dans cette chapelle.

Il faudra engager des gardes, pensa soudain Martinien.

«Tu la referas, dit Crispin avec douceur. La coupole.» Ses lèvres frémirent légèrement. «Avec quiconque voudra encore travailler avec nous parmi ceux que tu n'as pas fait fuir avec tes manières de tyran.»

Martinien l'ignora. Il réagissait encore à la douceur de la première phrase. Une douceur perdue depuis longtemps et enfin retrouvée.

«Et toi?» demanda-t-il.

Car il lui venait soudain à l'esprit que son compagnon ne voulait peut-être plus travailler du tout. Il avait semblé presque indifférent à la nouvelle de ce qu'on avait fait à son Héladikos. Martinien croyait comprendre. Comment cela pouvait-il même effleurer sa conscience, après ce qui s'était passé en Orient?

Dans ses quelques lettres, Crispin lui avait un peu parlé de ce dôme à Sarance, de ce qu'il essayait d'y accomplir, qui en fût digne. Et la jeune femme, la fille de Zoticus, l'avait mentionné dans une des lettres qu'ils avaient échangées. Une merveille du monde, avait-elle dit. Le dôme lui-même, et ce que son ami était à y créer.

Et l'on était en train de détruire cette mosaïque. Martinien pouvait l'imaginer. Des soldats, des ouvriers. Des hampes de lance, des haches, des couteaux, des grattoirs pour balafrer et cisailler la surface. La chute sans fin des tessères.

Comment aurait-on encore pu désirer travailler ensuite ?

Il ôta ses mains du coffre, du verre doré. Se mordit les lèvres. "Une merveille du monde". Son ami était encore en deuil, comprit-il enfin, et lui, il était là à s'esbaudir comme un enfant avec un nouveau jouet.

Mais il avait tort. Ou, il le comprit plus tard, il n'avait pas entièrement raison.

Crispin s'était éloigné de lui et contemplait d'un air absent les murs rectilignes et grossiers au-dessus des battants grinçants des portes, à chaque extrémité de la chapelle. Celle-ci, de taille réduite, avait été édifiée selon le plus ancien plan connu : deux entrées, un autel au centre sous un dôme bas et aplati, des petites baies en demi-cercle à l'est et à l'ouest pour la prière et la réflexion intimes, avec des buissons de cierges pour les monuments commémoratifs. Sol de pierre, murs de pierre, pas de bancs, pas de plate-forme. Il n'y avait même plus d'autel ni de disque solaire, à présent. La chapelle avait au moins quatre cents ans et remontait au début du culte officiel de Jad à Rhodias. Il y pénétrait une lumière douce et mesurée, aussi fraîche qu'un vin pâle sur la pierre.

En voyant le regard de son collègue se déplacer d'une surface à l'autre, suivant la chute des rayons de soleil par les fenêtres sales ou brisées au-dessus de leur tête (on pouvait les nettoyer, les panneaux pouvaient être remplacés), Martinien regarda comme lui. Et puis, après un moment, dans un silence qui aspirait à n'être qu'un

pur et simple bonheur, il se contenta d'observer Crispin
tandis que celui-ci se tournait de tous côtés.

Crispin regarda une dernière fois au nord et au sud,
le demi-cercle des murs au-dessus de chacune des portes.
Il voyait des images qui n'étaient pas encore de ce
monde, Martinien le savait.

Il l'avait fait assez souvent lui-même. C'était ainsi
qu'on commençait.

« Moi, je vais faire quelque chose ici », déclara
Crispin.

◆

La très ancienne chapelle de Jad Hors-les-Murs, à
Varèna, n'avait pas connu de saints usages depuis qu'on
avait construit à côté le sanctuaire de plus grande taille,
quelque deux cents ans après la chapelle elle-même.
On en avait étendu deux fois le complexe depuis, y
ajoutant un dortoir, un réfectoire, une cuisine, une boulangerie, une distillerie et une petite infirmerie pourvue
à l'arrière d'un jardin d'herbes médicinales ; pendant un
temps, la chapelle avait servi d'entrepôt, et puis même
plus, et elle était restée à l'abandon, remplie de poussière,
refuge hivernal de rongeurs et d'autres créatures des
champs.

Une patine d'ancienneté la recouvrait, une aura paisible, même dans cet abandon, et les pierres en étaient
très belles, baignant avec sérénité dans le soleil. Il y
avait longtemps qu'on n'y avait pas allumé assez de
lampes pour savoir de quoi elle aurait l'air après la
tombée de la nuit, avec l'éclairage approprié.

C'était un endroit surprenant pour deux panneaux de
mosaïque, mais l'absence d'autel ou de disque solaire
pouvait être considérée comme légitimant la nature
entièrement séculière du nouveau travail, lequel était
exécuté – c'était inhabituel pour des mosaïques – par
un seul et unique artisan.

C'étaient deux œuvres de taille modeste, surmontant
chacune l'une des portes à doubles battants.

"Ni le dieu ni Héladikos. Tout ce que vous jugerez bon de représenter par ailleurs"…

C'était une promesse de Gisèle. Son père lui avait appris à tenir ses promesses. Le lieu avait été saint autrefois, mais ne l'était plus depuis des siècles. Une grâce paisible émanait encore de l'espace, des pierres, de l'atmosphère dans la lumière oblique du matin ou de l'après-midi. Mais ce n'était plus un lieu saint à présent, et même si des édits interdisaient désormais la représentation d'êtres humains en de tels endroits, celui-ci en serait exempt, sûrement, même si on ne tenait pas compte de la promesse.

Crispin y comptait. À ce stade, il aurait dû avoir appris à ne compter sur rien, il en avait conscience. Il aurait dû savoir que tout ce qu'un homme peut créer un autre peut le détruire, avec une épée, une torche ou un décret.

Mais il l'avait par écrit, cette promesse, de la main d'une impératrice. Et la lumière de cette chapelle – il ne l'avait jamais remarqué auparavant – était une autre sorte de promesse. Ainsi s'était-il trouvé passer là une année entière à travailler, l'été, l'automne, et tout l'hiver, qui avait été froid. Il avait tout fait lui-même, car c'était justement ce que devait être ce travail tel qu'il l'avait conçu au départ, en compagnie de Martinien, le jour de son retour. Tout : nettoyer la chapelle, balayer, laver à genoux, remplacer les fenêtres brisées, enlever la saleté accumulée sur celles qui avaient résisté. Préparer la chaux vive dans les fours extérieurs, bien essuyer les surfaces pour les préparer au lit de pose, et même assembler ses propres échafaudages et échelles avec clous et marteaux. Ils n'avaient pas besoin d'être très élevés et pouvaient être fixés en place. Il ne travaillait que sur deux parois, par sur une coupole.

Dans le plus grand sanctuaire, Martinien, ses employés et ses apprentis redécoraient la coupole. Après consultation avec Sybard de Varèna et d'autres prêtres sur place et à Rhodias, ils avaient choisi d'y créer un paysage : l'évolution de la forêt au champ cultivé, la ferme, la moisson… en fait, une évocation de l'évolution des Antæ. Pas de figures divines, pas de figures humaines. Le Patriarche de Rhodias, partie prenante des négociations ardues qui se déroulaient toujours entre Sarance et Varèna, avait accepté de consacrer de nouveau le sanctuaire après la fin des travaux.

À près tout, c'était là que reposait Hildric, et sa fille était l'impératrice de Sarance, dont l'empire incluait maintenant Mihrbor et une grande partie de la Bassanie septentrionale, désormais sujette à tout ce que pourrait bien stipuler le traité de paix – qu'on était également à négocier.

À Varèna, l'ancienne chapelle abandonnée ne se trouvait incluse dans aucune négociation. Un lieu dépourvu d'importance. On aurait même pu dire que tout ce qu'on y faisait était un travail vain, que bien peu de gens verraient jamais.

Mais c'était très bien ainsi, songeait Crispin. Il l'avait pensé toute l'année, avec un sentiment de paix intérieure plus profond qu'il ne se rappelait en avoir jamais éprouvé.

Il ne se sentait pourtant pas très paisible aujourd'hui. Il avait une impression d'étrangeté, après cette longue période d'intimité. Les autres l'avaient presque toujours laissé seul. Martinien venait parfois à la fin de la journée pour examiner tranquillement son travail, mais il n'avait jamais rien dit, et Crispin ne lui avait jamais rien demandé.

Cela lui appartenait, et il n'en devait de comptes à âme qui vive. Aucun patron n'avait approuvé ses esquisses, il ne devait pas égaler l'éblouissante architecture édifiée par autrui, ni comprendre l'ambition profane de quiconque et y adapter son œuvre. D'une façon curieuse, il avait eu toute l'année le sentiment qu'il parlait non aux vivants mais à ceux qui n'étaient pas encore nés, à des générations futures qui franchiraient ou non ces portes et découvriraient ces deux mosaïques, des centaines d'années plus tard, lèveraient les yeux vers elles et en comprendraient… ce qu'elles en comprendraient.

À Sarance, il avait participé à une entreprise colossale, une vision partagée à l'échelle la plus vaste possible, une aspiration qui transcendait la simple humanité – et qui ne devait jamais voir le jour. Sa contribution devait en avoir disparu, à cette heure.

Mais ici, son projet était tout aussi ambitieux (il le savait ; Martinien, qui venait voir et gardait le silence, devait le savoir aussi) – à une échelle entièrement humaine, profondément, résolument humaine.

Et pour cette raison peut-être, son œuvre durerait.

Il l'ignorait (comment un mortel pouvait-il le savoir ?) Mais dans cette lumière douce et bienveillante, il avait travaillé pierre et verre pendant un peu plus d'un an (c'était de nouveau l'été, feuilles vert sombre dehors, abeilles dans les fleurs sauvages et les haies), afin de laisser quelque chose après sa mort. Quelque chose qui pourrait apprendre aux générations ultérieures qu'un certain Caius Crispus de Varèna, fils d'Horius Crispus le maçon, avait vécu, avait bel et bien passé sur la terre du dieu le temps qui lui avait été imparti et qu'il avait compris, jusqu'à un certain point, la nature humaine, et celle de l'art.

Il s'était consacré entièrement à cette entreprise pendant un an. Et il n'avait à présent plus rien à y ajouter. Il venait de mettre la dernière main à sa création, un projet que personne n'avait jamais exécuté auparavant en mosaïque.

Il se trouvait toujours sur les barreaux de l'échelle appuyée au mur nord, celui qu'il venait d'achever. Il tira sur sa barbe, longue à nouveau, comme ses cheveux qui, pour un homme riche et distingué comme lui, n'étaient vraiment pas aussi bien coiffés qu'ils l'auraient dû – mais il avait été... occupé. Il se retourna, gardant son équilibre d'une main accrochée à l'échelle, et regarda la porte sud et le demi-cercle du mur au-dessus, où il avait mené à bien le premier des deux panneaux.

Pas Jad. Ni Héladikos. Rien qui aspirât à la sainteté ou qui parlât de religion. Mais, dans toute sa splendeur éclatante sur le mur, sous la lumière changeante des saisons et des jours, évaluée avec soin (il avait posé lui-même certains supports pour y accrocher des lanternes, la nuit), se trouvaient l'empereur de Sarance, Valérius III, antérieurement Léontès le Doré, et son impératrice, Gisèle, à qui Crispin devait ses matériaux (des tessères aussi éclatantes que des pierres précieuses), et la promesse qui l'avait libéré.

L'Empereur et l'Impératrice étaient entourés de leur cour, mais le travail avait été exécuté de telle façon que seules les deux figures centrales étaient rendues individuellement, animés d'une vie éclatante et dorée (et ils étaient littéralement dorés, leur chevelure, leurs parures, la teinte de leurs robes). Les courtisans, hommes et femmes, étaient figés dans des poses hiératiques, tous semblables, traités à l'ancienne, sans traits individuels; seules de subtiles différences dans leurs souliers ou leurs vêtements, leur maintien ou la couleur de leurs cheveux offraient une impression de mouvement, mais le regard était obligé de revenir sans cesse aux deux figures centrales. Léontès et Gisèle, de haute taille, jeunes et magnifiques, dans toute la gloire du jour de leur couronnement (Crispin ne l'avait pas vu, mais c'était vraiment sans importance), préservés ici – ou plus justement, on leur avait donné vie, ici – jusqu'à la chute de la pierre et du verre, l'incendie de l'édifice ou la fin du monde. Le Seigneur des empereurs pouvait venir, il viendrait bel et bien, il les ferait vieillir, il les emporterait, mais leur image serait encore là.

Le panneau était terminé. Crispin avait commencé par celui-là. Et c'était bien… ce qu'il avait voulu.

Il descendit alors de l'échelle et traversa le centre de la petite chapelle où s'était tenu, jadis, l'autel du dieu. Il se rendit de l'autre côté, grimpa à l'autre échelle, à une courte distance du sol, et se retourna de nouveau pour regarder le mur nord, dans une perspective identique.

Un autre empereur, une autre impératrice, leur cour. Les mêmes couleurs, presque exactement. Et une œuvre complètement différente, affirmant avec amour (pour ceux qui étaient capables de voir) tout autre chose, un autre univers.

Valérius II, qui avait été Pétrus de Trakésie dans sa jeunesse, se trouvait ici au centre, comme l'était Léontès sur le mur opposé. Ni grand, ni doré, ni jeune. Visage rond (tel qu'il l'avait eu), front dégagé par la calvitie naissante (tel qu'il avait été), regard sage et amusé des yeux gris contemplant la Batiare, où un empire était né, l'empire qu'il avait rêvé de reconstituer.

À ses côtés, une danseuse.

Et grâce à l'habileté de l'artisan avec le jeu des lignes, de la lumière, des tessères, l'œil de l'observateur irait se poser sur Alixana plus encore que sur l'Empereur auprès d'elle, et il trouverait difficile de s'en détacher. Il y a la beauté, pourrait-on alors être forcé de penser, et il y a ceci, qui est bien davantage.

Le regard se déplacerait, cependant (pour revenir), car autour de ces deux figures, pour les âges à venir qui les verraient et pourraient voir à travers eux, se trouvaient les hommes et les femmes de leur cour, et Crispin s'était livré là à un travail différent.

Cette fois, chaque silhouette du panneau était unique dans sa représentation. Maintien, geste, yeux, bouche. Si on regardait trop vite en entrant, on pourrait croire que les deux panneaux se ressemblaient. Mais un moment d'attention indiquerait le contraire. Ici, l'Empereur et l'Impératrice étaient des joyaux sertis dans la couronne qu'on formait autour d'eux ; chacun des participants avait sa propre lumière, ses propres ombres. Et Crispin – leur créateur, leur seigneur – avait inscrit leur nom en sarantin dans les drapés et replis de leurs vêtements, afin qu'on pût les reconnaître dans les siècles à venir : car les nommer, et ainsi évoquer leur souvenir, constituait pour lui le cœur même de l'entreprise.

Gésius, le vieux chancelier, aussi pâle que du parchemin, aussi tranchant qu'une lame ; le Stratège Léontès (ici aussi : présent sur les deux parois) ; le Patriarche d'Orient, Zakarios, barbe et cheveux blancs, un disque solaire entre ses longs doigts. Près du saint homme (et ce n'était pas un accident ; rien ici n'était un accident), se trouvait un homme de petite taille, à la peau sombre et au corps musclé, portant un casque d'argent et une tunique d'un bleu éclatant, un fouet à la main. Une silhouette encore plus petite, aux surprenants pieds nus au milieu de ces courtisans, avait de grands yeux bruns écarquillés et des cheveux bruns au désordre comique ; le nom inscrit là était "Artibasos".

Un soldat à la complexion colorée, à la forte carrure et aux cheveux noirs se tenait près de Léontès, pas aussi grand, mais plus massif, non pas vêtu comme un courtisan mais portant les couleurs de la cavalerie sauradienne, avec un casque métallique sous un bras. Un homme mince et pâle se trouvait près de lui (rendu plus mince et plus pâle encore par le contraste astucieux de leur proximité), traits aiguisés, long nez, air attentif. Une expression inquiétante, amère, dans le regard qu'il dirigeait vers le couple central. Son nom était écrit sur le parchemin enroulé qu'il tenait à la main.

En face d'eux se trouvaient les femmes.

La plus proche de l'Impératrice, un peu en retrait, était une dame de plus haute taille encore que Gisèle sur le mur opposé, tout aussi dorée et – pouvait-on dire – encore plus belle, du moins telle que la voyait celui qui l'avait représentée. D'un maintien et d'un port de tête pleins d'arrogance, avec un regard farouche et inflexible dans ses yeux très bleus. Elle ne portait, étrangement, qu'un unique rubis au creux de la gorge. Il brillait d'un certain feu, mais avec une curieuse modestie, compte tenu du reste de ses bijoux et de l'éclat éblouissant de l'or et des pierres précieuses que portaient les autres dames.

L'une d'elles se tenait aux côtés de la femme dorée, moins grande, chevelure noire sous un bonnet vert foncé, robe verte et ceinture sertie de pierres précieuses. C'était une figure riante, gracieuse, on pouvait le voir à la façon dont une main se dressait et s'incurvait, un geste d'actrice sur scène. Une autre danseuse, pourrait-on en conclure, avant de lire l'explication que constituait son nom.

À l'extrême bord de la scène, étrangement placé du côté des femmes dans le panneau, se tenait un autre homme, un peu à distance de la dame de la cour la plus proche. On aurait pu le considérer comme un ajout ultérieur si la précision du dessein ne s'était révélée ici avec autant d'évidence. On aurait plutôt pu le croire… déplacé. Mais présent. Il était bien là. Un homme de forte taille, celui-là, vêtu de façon tout à fait appropriée, même si la soie de ses vêtements faisait sur lui des plis un peu disgracieux. Peut-être était-ce la cause de l'irritation qu'on pouvait discerner en lui.

Il avait des cheveux roux, et c'était la seule personne représentée avec une barbe, à l'exception de Zakarios ; mais ce n'était pas un saint homme.

Il était tourné vers l'intérieur de la composition et en regardait le centre, comme le scribe ; il contemplait l'Empereur ou l'Impératrice – difficile à dire. En vérité, on pouvait constater, en étudiant les éléments en présence, que le regard de cet homme suivait une ligne qui équilibrait le regard du maigre scribe à l'étroite figure de l'autre côté du panneau et que, peut-être, c'était la raison de sa présence.

Cette silhouette aux cheveux roux portait aussi un ornement autour du cou. (Seul à le faire, avec la femme blonde de haute taille). Un médaillon d'or, avec deux lettres entrelacées, des C. Quel qu'en fût le sens.

Et cette deuxième œuvre était achevée aussi, à l'exception d'une petite portion tout en bas, en dessous de l'Empereur, là où le mélange lisse et grisâtre du lit de pose venait de recevoir ses tessères, et séchait en les fixant.

Crispin se tenait là, suspendu à peu de distance du sol, et il contemplait son œuvre, également suspendu dans le temps, mais d'une autre façon, avec un sentiment difficile à élucider, l'impression qu'il en aurait lui-même fini à jamais avec tout cela dès qu'il descendrait de l'échelle. Comme si cet instant était arraché à la durée : dans un moment, l'accomplissement de son travail serait rejeté dans le passé, ou dans le futur, mais ne serait plus jamais là, dans l'instant présent.

Son cœur débordait. Il pensait à des siècles de mosaïstes, ici à Varèna, à Sarance, à Rhodias, ou loin au sud dans des contrées par-delà les mers, dans des cités côtières plus lointaines que Candaria ou, à l'est, dans l'ancienne Trakésie, ou en Sauradie (de saints hommes, avec tous leurs talents, installant Jad dans cette chapelle, là-bas, leurs noms à jamais perdus dans le silence…). Tous ces créateurs inconnus, disparus, couchés dans le suaire du temps, effacés, morts.

Les œuvres (ce qui en survivait) étaient une merveille de la création divine et de la lumière accordée par le dieu, mais leurs créateurs étaient plus obscurs encore que des ombres.

Il regarda l'endroit où les tessères tout juste serties étaient encore en train de se fixer, et le double C de ses initiales, en écho au médaillon qu'il portait dans le panneau. C'était en pensant à eux, à eux tous, perdus, toujours vivants ou encore à naître, qu'il avait signé son œuvre sur le mur.

Il entendit la porte s'ouvrir doucement dans son dos. La fin de la journée, et le dernier jour. Martinien, qui savait comme il était près de terminer, était venu voir. Il n'avait pas parlé à son ami, à son maître, de sa signature, des initiales. C'était une sorte de présent, peut-être un présent bouleversant pour un homme émotif qui saurait – mieux qu'âme qui vive – les pensées qui sous-tendaient ces deux lettres entrelacées.

Crispin prit une profonde inspiration. Il était temps de redescendre, une fois de plus.

Il interrompit son mouvement, cependant, et resta immobile. Car, en inspirant ainsi, il avait compris que ce n'était pas Martinien qui était entré pour se tenir derrière lui sur les dalles de pierre. Il ferma les yeux. Sentit trembler le bras et la main qui le retenaient à l'échelle.

Un parfum. Qu'il reconnaîtrait toujours. Deux femmes l'avaient jadis porté à Sarance. Nulle autre n'en avait eu le droit. Pour l'une, c'était son parfum personnel, pour l'autre un présent, en récompense de son art, un art exercé aussi auparavant par la première femme, aussi éphémère qu'un rêve, que la vie. Qu'était une danseuse, lorsque cessait la danse ?

Elle était morte. Disparue, comme les noms des artisans. Elle durerait peut-être, pour autrui, plus tard, dans la représentation qu'on en avait faite ici. Mais sans le mouvement, sans la vie qui l'avait caractérisée sur la terre de Jad. C'était le monde des mortels et des mortelles, où certaines choses n'arrivaient pas, même avec des *zubirs*, des oiseaux animés par des alchimistes, la présence flottante de l'entre-deux-mondes, l'amour.

Et Crispin savait qu'il allait de nouveau vivre dans ce monde, en définitive, qu'il pouvait même l'embrasser pendant les années qui lui restaient avant qu'il ne fût lui aussi appelé par le dieu. Il y avait des dons du ciel, des grâces, des compensations, profondes et très réelles. On pouvait même sourire avec gratitude.

Sans se retourner, toujours agrippé à l'échelle, il dit : « Bonjour, Shirin, ma chère. Martinien t'a-t-il dit quand venir ? »

Et derrière lui alors, et le monde change, change totalement, il entend Alixana répliquer : « Oh, ciel. Je suis indésirable, en fin de compte. »

Indésirable.

On peut oublier de respirer, on peut avoir envie de pleurer en se sentant indigne de tant de grâce.

Et se retourner, trop vite, en manquant tomber, avec un cri jailli du cœur, pour voir de nouveau son visage, son visage vivant, une vision dont on a rêvé au cours de longues nuits, qu'on n'a jamais cru possible au jour.

Elle a les yeux levés vers lui et il voit que (c'est sa nature) elle a déjà lu dans les siens, dans son cri inarticulé, si elle ne l'avait déjà compris en reconnaissant son image sur le mur opposé.

Il y a un silence, tandis qu'il la contemple et qu'elle lui rend son regard, pour le porter ensuite vers ce qu'il a fait d'elle à l'autre extrémité de la chapelle, au-dessus de la porte nord. Elle revient enfin à lui, sur son échelle au-dessus du sol, et elle est vivante, elle est là, il s'est trompé, une fois de plus, sur ce qui peut arriver dans le monde des mortels.

« Je vous croyais morte, dit-il.

— Je sais. »

Elle examine de nouveau la paroi où il l'a placée au centre de tous les regards, au cœur de la lumière. Revient à lui et remarque, avec un tremblement inattendu dans la voix : « Vous m'avez faite… plus grande que je ne suis. »

Il la regarde bien en face alors ; il entend, sous ces simples paroles, ce qu'elle lui dit d'autre, cette femme qu'une année et la moitié du monde séparent de son ancienne existence.

« Non », dit-il. Il a du mal à parler. Il n'a pas cessé de trembler.

Elle a changé. On ne pourrait jamais la prendre pour une impératrice, à présent. Une façon de survivre, bien entendu, de traverser terres et mers. Pour venir ici. Là où il se trouve, lui. Et pour s'y tenir, les yeux levés vers lui. Ses cheveux noirs sont plus courts, mais en train de repousser. Elle porte une robe de voyageuse, bien coupée, brun foncé, avec une ceinture, et un grand capuchon rabattu en arrière. Elle n'a pas maquillé ses lèvres ni ses yeux (pour autant qu'il puisse en juger) et ne porte aucun bijou.

Il peut à peine imaginer ce que l'année écoulée à dû être pour elle.

Il déglutit avec peine : « Madame…

— Non, dit-elle aussitôt en levant une main. Je ne la suis pas. Pas ici. » Elle esquisse un sourire. « On s'imagine que je suis une disgracieuse créature.

— Je n'en suis pas surpris, réussit-il à répliquer.

— Venue vous séduire avec ma décadence orientale. »

Il ne dit rien cette fois, se contente de la contempler.

Un an depuis qu'elle a abandonné sa cape sur une plage rocailleuse, après avoir perdu un être aimé plus soudainement que si une épidémie le lui avait arraché, après avoir abandonné toute une existence. Il y a de l'incertitude en elle, à présent, de la fragilité, tandis qu'elle le dévisage. Il songe à la rose qui se trouvait dans ses appartements.

Elle murmure : « J'ai dit dans l'île… que je vous faisais confiance. »

Il acquiesce : « Je m'en souviens. J'ignore pourquoi.

— Je sais. C'était la deuxième fois que j'étais venue vous trouver.

— Oui. Vous êtes venue tout au début, au sanctuaire. Pourquoi ? À ce moment-là ? »

Elle secoue la tête : « Je ne saurais dire. Aucune raison claire. Je pensais que vous termineriez votre travail et nous quitteriez. »

Il fait une grimace ironique ; il le peut : assez de temps s'est écoulé. « J'ai plutôt fini la moitié de mon travail avant de vous quitter. »

Elle a une expression grave. « On vous l'a arraché. Parfois, on ne nous en accorde qu'une partie, et c'est tout. Tout ce que nous possédons peut nous être repris. Je l'ai toujours su. Mais parfois… on peut suivre quelqu'un. Le faire redescendre une fois de plus. »

Il tremble toujours. « Par trois fois ? J'en suis indigne.

— Qui en est jamais digne ?

— Vous. »

Elle a un petit sourire en secouant de nouveau un peu la tête : « Je vous ai demandé comment vous aviez continué à vivre. Après. »

Dans l'île, sur la plage. Dans ses rêves. « Je n'ai même pas pu répondre. Je ne le savais pas. Je l'ignore toujours. Mais j'étais seulement à moitié vivant. Trop amer. J'ai commencé à changer à Sarance. Mais même alors… j'essayais de me tenir à l'écart, seul. Là-haut. »

Cette fois, elle acquiesce : « Obligé de redescendre à cause de la séduction d'une femme décadente. »

Il la contemple. Alixana. Devant lui.

Il peut voir qu'elle réfléchit, démêle des nuances. « Vais-je… vous causer des ennuis ici ? » demande-t-elle. Encore cette hésitation.

« Je n'en doute pas. ». Il essaie de sourire.

Elle secoue encore la tête d'un air inquiet. Désigne le mur opposé. « Non, je veux dire, on pourrait me reconnaître à ceci. »

Il suspend son souffle, puis soupire, en comprenant enfin que cette hésitation, c'est à lui de la faire disparaître.

« Alors nous irons où ils ne seront pas », s'entend-il répliquer.

Elle se mord la lèvre : « Vous feriez cela ? »

Et, emporté par le flot précipité du temps et du monde, il répond : « Vous aurez du mal à imaginer ce que je ne ferais pas pour vous. » Il étreint son échelle. « Cela… suffira-t-il ? »

Son expression change. Il le voit. Elle se mord la lèvre encore, mais le sens en est différent. Il le sait, il lui a déjà vu cette expression.

« Eh bien, dit-elle, d'une voix qu'il n'a jamais cessé d'entendre, je veux toujours des dauphins. »

Il incline la tête, comme avec sagesse. Son cœur déborde de lumière.

Elle ajoute, après une pause : « Et un enfant. »

Il prend une grande inspiration et descend de l'écha-faudage.

Elle sourit.

*Aut lux hic nata est, aut capta hic libera regnat*
*Ou bien la lumière est née ici, ou bien,*
*retenue captive, elle y règne en toute liberté*

(Inscription à Ravennes, parmi les mosaïques.)


*Je crois que si je pouvais me voir accorder un*
*mois dans l'Antiquité, ainsi que la permission de*
*le passer dans la période de mon choix,*
*j'irais à Byzance un peu avant que Justinien*
*n'ouvre Sainte-Sophie et ne ferme l'académie de*
*Platon. Je crois que je pourrais trouver dans*
*quelque estaminet un artisan mosaïste qui serait*
*aussi un philosophe et pourrait répondre*
*à toutes mes questions, car il serait plus proche*
*du surnaturel…*

(W.B. Yeats. «Une vision»)

## GUY GAVRIEL KAY...

... est né en Saskatchewan en 1954. Après avoir étudié la philosophie au Manitoba, il a collaboré à l'édition de l'ouvrage posthume de J.R.R. Tolkien, *le Silmarillon*, puis terminé son droit à Toronto, ville où il réside toujours. Scénariste de *The Scales of Justice*, une série produite par le réseau anglais de Radio-Canada, il publiait au milieu des années quatre-vingts *la Tapisserie de Fionavar*, une trilogie qui devait le hisser au niveau des plus grands. Ont suivi *Tigane*, *Une chanson pour Arbonne* et *les Lions d'Al-Rassan*, trois romans de fantasy historique dont la toile de fond s'inspirait respectivement de l'Italie, de la France et de l'Espagne médiévale. Traduit en plus de douze langues, Guy Gavriel Kay a vendu plus d'un million d'exemplaires de ses livres au Canada et à l'étranger, ce qui en fait l'un des auteurs canadiens les plus lus de sa génération.

**Seigneur des Empereurs**
est le soixante-quatrième titre publié
par Les Éditions Alire inc.

Il a été achevé d'imprimer
en septembre 2002 sur les presses de